Ellery Queen

Besuch in der Nacht

Klassischer Krimi

Ullstein Krimi

Als die Nachricht bekannt wurde, daß Georg Khalkis an Herzschlag gestorben sei, konnte niemand ahnen, daß dieses Ereignis der Auftakt zu einer ganzen Reihe von Verbrechen und Morden sein würde. Möglicherweise hätte Ellery Queen den Tod von Georg Khalkis überhaupt nicht zur Kenntnis genommen, wenn nicht drei Tage nach der feierlichen Beisetzung des alten blinden Mannes plötzlich seine Aufmerksamkeit gewaltsam darauf gelenkt worden wäre.

In den ausführlichen Nachrufen, die die Zeitungen Georg Khalkis widmeten, fehlte übrigens ein Hinweis auf die eigenartige Begräbnisstätte, der sicherlich manchen Liebhaber von Alt-New-Yorker Geschichten interessiert hätte. Das altertümliche und düstere Haus der Familie Khalkis in der Vierundfünfzigsten Straße lag neben jener sagenumwobenen Kirche, deren Frontseite nach der Fünften Avenue gerichtet ist. Zwischen der Kirche und der Villa Khalkis befand sich der Friedhof, eine der ältesten Begräbnisstätten der inneren Stadt. Auf diesem Kirchhof wurden die sterblichen Überreste des Verblichenen beigesetzt.

Das Leichenbegräbnis verlief tränenlos und ohne Aufregung. Der Tote lag in einem großen Luxussarg aufgebahrt im Empfangssalon der Villa. Reverend John Henry Elder versah den Seelendienst.

Nach der Andacht traten die Familienmitglieder und die wenigen Freunde und Angestellten, die an der Zeremonie teilgenommen hatten, an den Sarg und nahmen Abschied von dem Toten. Delphina, die Schwester des Verstorbenen, weinte, aber sie tat es auf aristokratisch verhaltene Weise. Demetrios, der vom ganzen Hause Demmy genannt wurde, ließ seinen leeren idiotischen Blick auf dem Sarg ruhen und schien sich über das kühle, gelassene Gesicht seines toten Vetters zu wundern. Gilbert Sloane streichelte die fleischige Hand seiner Ehehälfte. Allan Cheney, Delphinas Sohn aus erster Ehe, hatte seine Hände in den Rocktaschen vergraben und schaute mürrisch vor sich hin. In der Ecke stand erschöpft Nacio Suiza, der Direktor der Gemäldegalerie Khalkis. Woodruff, der Rechtsberater des Verstorbenen, legte sein Gesicht pflichtgemäß in Trauerfalten.

Der Leiter des Begräbnisinstitutes namens Sturgess ließ es sich nicht nehmen, eigenhändig den Sargdeckel zuzuschrauben. Allan, Demmy, Sloane und Suiza hoben den Sarg auf die Schultern, Reverend Elder murmelte ein Gebet, und so setzte sich der Trauerzug langsam in Bewegung.

Der Trauerzug vermied den Haupteingang und bewegte sich durch eine Hintertür nach dem kleinen Garten, der an den Friedhof stieß. Neugierige, die das Ereignis zur Vierundfünfzigsten Straße gelockt hatte, fühlten sich um ein Schauspiel betrogen. Sie hingen wie Trauben am eisernen Gitter und starrten durch die Stäbe nach dem kleinen Friedhof. Zeitungsleute waren unter ihnen und Pressefotografen. Die Trauergesellschaft schenkte ihnen keine Aufmerksamkeit. Vor einer rechteckigen Öffnung, von der die Grasnarbe des Friedhofes entfernt worden war, machte der Zug halt. Er wurde von zwei Totengräbern, dem Küster Honeywell und einer kleinen alten Dame erwartet, die sich die tränenverschwollenen Augen wischte.

Alles Weitere vollzog sich, wie es sich gehörte. Einer der Totengräber beugte sich über die Platte, die unter der Grasnarbe zum Vorschein gekommen war, und klappte sie auf. Man verspürte einen modrigen Hauch aus der Tiefe. Der Sarg wurde langsam in die backsteinerne Gruft hinabgelassen.

2

Pfarrer Elder war in die Villa Khalkis zurückgekehrt, um den üblichen Trost zu spenden. Der Küster Honeywell, ein pflichteifriges Männchen, folgte im Schatten des Geistlichen. Die kleine alte Dame, die den Trauerzug auf dem Kirchhof erwartet hatte, befand sich plötzlich ebenfalls in dem Empfangszimmer und musterte neugierig die düstere Dekoration, die zur Aufbahrung gedient hatte, während Sturgess und seine Leute in lautloser Eile die Spuren ihres düsteren Handwerks beseitigten. Niemand hatte die kleine alte Dame aufgefordert einzutreten, niemand schien von ihrer Anwesenheit Notiz zu nehmen, außer vielleicht der schwachsinnige Demmy, der ihr einige Blicke des Mißwollens widmete. Die anderen hatten sich in Sessel niedergelassen oder wanderten auf und ab. Man bemühte sich krampfhaft um eine angemessene Unterhaltung und wußte offenbar nicht, was man miteinander anfangen sollte.

Miles Woodruff, dem es nicht anders ging als den übrigen Leidtragenden, schlenderte hinüber in die Bibliothek des Toten, um dem törichten Geschwätz zu entgehen. Der Butler Weekes sprang in einiger Verwirrung auf seine beiden alten Füße, als der Rechtsanwalt

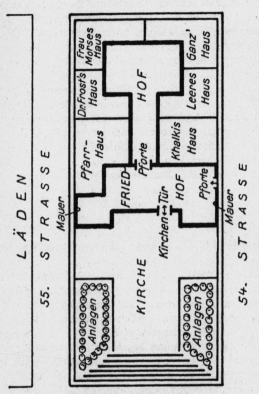

LÄDEN

MADISON AVENUE

Frau Morses Haus

Leeres Ganz' Haus

Dr. Frost's Haus

HOF

Leeres Haus

Khalki's Haus

Pfarr-Haus

Pforte

FRIED-

Pforte

LÄDEN

55. STRASSE

Mauer

Kirchen-Tür

HOF

Pforte

Mauer

54. STRASSE

KIRCHE

Anlagen

Anlagen

FÜNFTE AVENUE

eintrat. Er hatte offenbar ein Nickerchen gemacht. Woodruff winkte ab. Immer noch ziellos und mit trüben Gedanken beschäftigt, ging er auf jene Nische zwischen zwei Bücherschränken zu, in die Khalkis' Geldschrank eingelassen war. Woodruff hat später immer wieder steif und fest behauptet, daß er nur aus dem Bedürfnis, sich abzulenken, an dem Zeigerblatt des Safes gedreht habe, bis jene Einstellung herauskam, die es erlaubte, die schwere, runde Stahltür zu öffnen. Er versicherte, daß es ihm gar nicht eingefallen sei, nach der kleinen stählernen Kassette zu schauen, die er noch fünf Minuten, bevor der Trauerzug das Haus verließ, gesehen hatte. Jedenfalls – mochte es nun der Zufall oder die Vorsehung so gelenkt haben –, Woodruff entdeckte, daß die Kassette verschwunden war!

Woodruffs erschlaffte Haltung änderte sich überraschend. Er fuhr auf Weekes los, der glauben mußte, plötzlich einen Verrückten vor sich zu haben, und schrie ihn an: »Haben Sie sich an diesem Safe vergriffen?«

Weekes stammelte eine Verneinung. Woodruff keuchte und glaubte ersticken zu müssen.

»Seit wann haben Sie hier gesessen?«

»Seit der Trauerzug das Haus verließ, um sich nach dem Friedhof zu begeben, Sir.«

»Ist irgend jemand in das Zimmer gekommen, während Sie hier waren?«

»Keine lebendige Seele, Sir.« Weekes war sichtlich erschreckt. Woodruff stand gewaltig wie ein biblischer Richter vor dem zitternden Alten, der den Tränen nahe war, und donnerte ihn an: »Geschlafen haben Sie . . . Sie haben gedöst, als ich eintrat!«

Weekes flüsterte mit versagender Stimme: »Nur ein kleines Nickerchen, Sir, ein ganz kleines Nickerchen. Geschlafen hatte ich keinen Augenblick. Bin ich nicht gleich aufgesprungen, als ich Sie hereinkommen hörte, Sir?«

»Schon gut . . .« Woodruff schien hinreichend besänftigt. »Ich werde mich mit Ihnen nicht herumstreiten. Rufen Sie Sloane und Cheney herein.«

Die beiden Herren rissen verwundert die Augen auf, als sie Woodruff in der Haltung eines zornigen Erzengels neben dem Safe stehen sahen. Er musterte sie schweigend wie ein Untersuchungsrichter. Mit Sloane stimmte etwas nicht, das bemerkte er sofort, aber er konnte nicht herausfinden, was. Allan stierte, wie gewöhnlich, mürrisch vor

8

sich hin. Als er sich Woodruff näherte, spürte der Rechtsanwalt einen durchdringenden Whiskygeruch. Woodruff donnerte die beiden Herren an und sprühte Feuerblicke des tiefsten Mißtrauens um sich. Sloane schüttelte sein löwenähnliches Haupt. Allan schwieg – er zuckte gleichzeitig mit den schmalen Schultern.

»Schön«, sagte Woodruff, »ganz wie Sie wollen, meine Herren. Aber das sage ich Ihnen: ich gehe der Sache auf den Grund! Und zwar sogleich!«

Woodruff trommelte alle Leute, die im Hause anwesend waren, zusammen. Es mag erstaunlich klingen, aber es entspricht den Tatsachen, daß vier Minuten nach dem der Trauerzug in die Villa Khalkis zurückgekehrt war, die ganze Gesellschaft, einschließlich des Beerdigungsunternehmers Sturgess und seiner Helfer, im Arbeitszimmer des Toten versammelt war und das zweifelhafte Vergnügen genoß, von Mr. Woodruff angebellt zu werden. Alle, wie sie da waren, leugneten ganz entschieden, etwas aus dem Safe genommen zu haben oder überhaupt an jenem Tage auch nur in die Nähe des Safes gekommen zu sein.

In diesem Augenblick der dramatischen Zuspitzung wurden Joan Brett, die Sekretärin des Verstorbenen, und Allan Cheney plötzlich vom gleichen Gedanken befallen. Beide stürzten zur Tür und sausten durch das Treppenhaus nach dem Hauptportal. Mit heiserem Jagdruf setzte Woodroff hinter ihnen her. Er hatte einen gräßlichen Verdacht, ohne zu wissen, was für einen. Allan und Joan bemühten sich gemeinsam, die große Bronzetür aufzuschieben. Als es endlich gelang, standen sie der erstaunten Menschenmenge gegenüber, die das Haus umlagerte. Hinter ihnen erschien mit allen Zeichen der Aufregung Woodruff. Joan rief mit ihrer klaren Altstimme: »Hat in der letzten halben Stunde irgend jemand das Haus betreten?« Ein verwegen aussehender junger Mann, zweifellos einer der Reporter, lehnte sich über die verschlossene Gartentür und sagte bestimmt: »Nein!« Allan rief: »Oder ist jemand herausgekommen?« Wieder kam die Antwort: »Nein!« Verärgert trieb Woodruff die jungen Leute ins Haus zurück und verschloß das Portal sorgfältig hinter ihnen.

Oben, in der Bibliothek, gewann er seine Haltung wieder. Er warf mit Fragen um sich, nahm sich einen nach dem anderen vor und fluchte wie ein Fuhrknecht, als sich herausstellte, daß so ziemlich alle Personen, die zum Haus gehörten, das geheime Schlüsselwort, das zum Öffnen des Safes nötig war, kannten.

»Man versucht, mich dumm zu machen«, rief er wütend, »man versucht, mir ins Gesicht zu lügen. Aber ich werde die Wahrheit bald genug ans Licht bringen! Das verspreche ich Ihnen, meine Herrschaften! So schlau wie Sie bin ich noch lange. Ich folge nur meiner Pflicht! Begreifen Sie das?« Und alle nickten wie eine Versammlung von Stehaufmännchen. »Jeder in diesem Hause muß durchsucht werden, und zwar gleich!« Da hörten sie einmütig auf zu nicken. »Oh, das scheint Ihnen keinen Spaß zu machen. Denken Sie, es macht mir Spaß? Aber ich werde rücksichtslos durchgreifen. Man hat mir die Kassette direkt unter der Nase weggestohlen!«

Trotz des Ernstes der Situation mußte Joan Brett kichern. Woodruffs Nase ragte in der Tat weit ins Gelände.

Nacio Suiza, säuberlich und elegant wie aus dem Ei gepellt, wagte zu lächeln. »Geben Sie nicht so an, Woodruff. Möglicherweise klärt sich die ganze Geschichte höchst einfach auf.«

»Aha!« Woodruff durchbohrte ihn mit einem inquisitorischen Blick. »Der Gedanke einer Leibesvisitation scheint Ihnen peinlich zu sein, Suiza. Wollen Sie mir erklären, weshalb?«

Suiza lachte gedämpft. »Schließlich sind Sie ja kein Untersuchungsrichter, Woodruff. Vielleicht bilden Sie sich nur ein, die Kassette fünf Minuten vor Abmarsch des Trauerzuges gesehen zu haben.«

»So! Sie werden ja sehen, was ich mir einbilde, wenn sich herausgestellt haben wird, wer von Ihnen der Dieb ist!«

»Jedenfalls«, bemerkte Suiza und zeigte seine weißen Zähne, »werde ich mir so unverschämte Zumutungen nicht gefallen lassen. Versuchen Sie mal, mich zu durchsuchen, mein Lieber!«

Nun geschah das Unvermeidliche. Woodruff verlor den Rest von Selbstbeherrschung. »Bei Gott«, brüllte er, »ich werde Ihnen zeigen, was unverschämt ist!« Er riß das Telefon an sich, wählte mit zitternder Hand eine Nummer, redete mit einem unsichtbaren Partner und warf den Hörer auf die Gabel zurück. »Nun werden wir ja sehen, ob Sie sich eine Leibesvisitation gefallen lassen oder nicht«, sagte er mit höhnischem Triumph zu Suiza und fuhr gegen alle gewendet fort: »District Attorney Sampson befiehlt, daß niemand das Haus zu verlassen hat, bis seine Leute eingetroffen sind!«

3

Pepper, der Assistent des Staatsanwalts, war ein junger Mann von angenehmem Äußeren. Von dem Augenblick an, da er die Villa Khalkis betrat, schien alles wie am Schnürchen zu gehen, denn er besaß die schätzenswerte Gabe, die Leute zum Reden zu bringen. Übrigens nahm vorläufig niemand von einem mondgesichtigen und zigarrerauchenden Herrn Kenntnis, der in Peppers Begleitung eingetreten war. Es handelte sich um den Detektiv Cohalan, der zur Staatsanwaltschaft gehörte.

Woodruff zerrte Pepper eilig in eine Ecke und stopfte seine Geschichte in ihn hinein. »So liegt die Sache, Pepper: Fünf Minuten, bevor sich der Trauerzug hier im Hause formierte, ging ich in Khalkis' Schlafzimmer« – er wies mit unbestimmter Gebäurde auf eine zweite Tür –, »nahm den Schlüssel zur Stahlkassette an mich, ging wieder hierher zurück, öffnete den Safe, öffnete die Kassette . . . Und da war es . . . Da lag es mir vor Augen . . .«

»Was?«

»Habe ich es Ihnen noch nicht gesagt? Herrgott, muß ich aufgeregt sein . . . Das neue Testament von Khalkis! Beachten Sie bitte: das neue! Es steht zweifelsfrei fest, daß sich das Testament in der Stahlkassette befand. Ich nahm es heraus und überzeugte mich, daß mein eigenes Siegel intakt war. Dann legte ich es wieder in die Kassette, schloß sie, schloß auch den Panzerschrank und ging aus dem Zimmer . . .«

»Einen Augenblick bitte, Mr. Woodruff«, unterbrach Pepper zuvorkommend. »Besaß sonst noch jemand einen Schlüssel zur Stahlkassette?«

»Durchaus nicht, Pepper, absolut nicht! Schon vor langer Zeit sagte mir Khalkis, daß er nur einen einzigen Schlüssel für die Kassette habe. Ich fand ihn in Khalkis' Kleidern in seinem Schlafzimmer. Nachdem ich die Kassette wieder verschlossen hatte, steckte ich ihn zu mir. Genau gesprochen: ich befestigte ihn an meinem Schlüsselring.« Woodruff zog aus seiner Hüfttasche einen Schlüsselbund hervor, löste mit bebenden Fingern einen kleinen Schlüssel ab und überreichte ihn Pepper. »Ich kann beschwören, daß er sich die ganze Zeit über in meiner Tasche befunden hat.« Pepper nickte ernsthaft. »Gleich nachdem ich die Bibliothek verlassen hatte«, fuhr der Rechtsanwalt fort, »begann die Begräbnisfeierlichkeit. Als ich wieder zurückkam – weiß Gott, welche Eingebung mich hier in dieses Zimmer trieb –, waren die Kassette und das Testament verschwunden!«

Pepper schnalzte teilnehmend. »Haben Sie irgendeine Idee, wer das Testament an sich genommen haben könnte?«

»Eine Idee?« Woodruff schoß gefährliche Blicke durch den Raum. »Ich habe eine ganze Menge Ideen – aber keinen Beweis! Sie müssen folgendes beachten, Pepper: Erstens, alle Leute, die sich im Haus befanden, als ich das Testament noch in der Kassette sah, befinden sich jetzt noch hier. Zweitens, alle, die an dem Begräbnis teilnahmen, verließen das Haus in geschlossener Gruppe und kehrten ebenso wieder zurück. Außer einigen Leuten, die uns auf dem Friedhof erwarteten, kamen sie mit Außenstehenden nicht in Berührung. Drittens, als die Trauergesellschaft zurückkehrte, schlossen sich ihr auch jene Leute an, die am Grabe auf uns gewartet hatten. Sie befinden sich also ebenfalls im Hause.«

In Peppers Augen glänzte es auf. »Ein verdammt interessanter Fall. Mit anderen Worten: Wenn ein Teilnehmer der Trauergesellschaft das Testament gestohlen und einem der Außenstehenden zugesteckt haben sollte, so hätte er keinen Gewinn davon, denn es würde bei seinem Helfershelfer gefunden werden – vorausgesetzt, daß es dieser nicht auf dem Weg zwischen Friedhof und Haus verstecken konnte. Und wer sind diese ›Außenstehenden‹, wie Sie sagen?«

Woodruff zeigte auf die kleine alte Dame mit dem verschossenen schwarzen Hut. »Diese zum Beispiel. Eine gewisse Mrs. Susan Morse, eine Nachbarin.« Dann zeigte Woodruff auf den Küster, der sich zitternd hinter seinem Pfarrherrn verkrochen hatte. »Das ist Honeywell, der Kirchendiener, und dort die beiden Arbeiter sind die Totengräber, sie sind die Gehilfen von Sturgess, jenem berufsmäßigen Trauerkloß, der dort an der Wand lehnt. Nun zu Punkt vier: Während wir auf dem Kirchhof waren, hat niemand das Haus betreten oder verlassen. Das wurde mir von den Zeitungsleuten bestätigt, die auf der Straße warten.«

»Sie haben wirklich an alles gedacht, Mr. Woodruff«, sagte Pepper anerkennend, als plötzlich eine ärgerliche Stimme hinter ihm explodierte. Er wandte sich um und stand dem jungen Allan Cheney gegenüber. Allan hielt seinen Zeigefinger wie einen Revolverlauf auf Woodruff gerichtet.

»Wer ist das?« fragte Pepper.

»Glauben Sie ihm kein Wort«, schrie Allan. »Es ist ihm gar nicht eingefallen, die Zeitungsleute zu fragen! Joan Brett hat's getan – hier, Miss Brett! Stimmt's, Joanie?«

Joan Brett konnte schrecklich hochmütig aussehen, wenn sie wollte, sie hatte alles, was dazu gehörte, eine schmale, hohe Gestalt, ein energisches Kinn und ein paar scharfe blaue Augen und empfindliche Nasenflügel. Sie schaute durch den jungen Cheney hindurch, als ob er Luft wäre, und sagte mit eisiger, aber wohllautender Stimme: »Sie haben wieder mal eins über den Durst getrunken, Mr. Cheney. Bitte unterlassen Sie es, mich ›Joanie‹ zu nennen . . . Ich hasse das.«

Allan blieb nichts übrig, als sie mit trüben Blicken anzustarren. Woodruff erklärte Pepper: »Das ist Allan Cheney, der Neffe von Khalkis . . .« Er wollte weiterreden, aber Pepper entschuldigte sich und trat zu Joan: »War es wirklich Ihre Idee, die Zeitungsleute zu fragen, Miss Brett?«

»Allerdings!« Zwei kleine rote Flecken färbten ihre Wangen. »Übrigens hatte Mr. Cheney denselben Gedanken. Wir liefen zusammen vor das Haus, und Mr. Woodruff folgte uns.«

»Aha, so war das.« Pepper lächelte. »Und wer sind Sie, Miss Brett?«

»Ich war die Sekretärin von Mr. Khalkis.«

»Vielen Dank.« Pepper wandte sich wieder an Woodruff. »Sie wollten mir also sagen, Mr. Woodruff . . .?«

». . . daß Sie das Unterste zuoberst kehren sollen, Pepper, weiter nichts.« Woodruff räusperte sich. »Ich vergaß Ihnen noch mitzuteilen, daß die beiden einzigen Leute, die sich während der Beisetzung im Hause befanden, Mrs. Simms, die Haushälterin, die bei Khalkis' Tod einen Nervenzusammenbruch erlitt und das Bett hütet, und der Butler Weekes waren. Weekes – das ist das Unvorstellbarste an der ganzen Geschichte –, hielt sich hier in der Bibliothek auf, während wir auf dem Friedhof waren. Er beschwört, daß niemand hereingekommen ist, und hatte den Panzerschrank die ganze Zeit über vor Augen.«

»Schön. Das führt uns immerhin weiter«, sagte Pepper frisch. »Wenn man Weekes glauben darf, haben wir nunmehr die Möglichkeit, die Zeit einzugrenzen, in der der Diebstahl begangen wurde. Es kann sich nur um die fünf Minuten handeln, die zwischen dem Augenblick, die Sie nach dem Testament schauten, und der Formie-

13

rung des Trauerzuges lagen.«

Um die Untersuchung zu einem schnellen Abschluß zu bringen, rief Pepper das Büro der Staatsanwaltschaft an. »Der Chef schickt uns die Kriminalpolizei zu Hilfe«, sagte er und rieb sich befriedigt die Hände. »Ich beauftrage Sie hiermit, Mr. Woodruff, aufzupassen, daß niemand diesen Raum verläßt, während Cohalan und ich im Garten und auf dem Kirchhof nach der Kassette suchen. Ich bitte einen Augenblick um Ihre Aufmerksamkeit, meine Herrschaften!« Alle Blicke richteten sich auf ihn. Man spürte, daß die kleine Gesellschaft allmählich in einen Zustand tiefer Beunruhigung und Verstörtheit hineingeriet. »Ich habe Mr. Woodruff Amtsbefugnis übertragen und bitte Sie, ihm keine Schwierigkeiten zu machen. Niemand hat dieses Zimmer zu verlassen.« Damit ging er aus der Tür und machte sich mit Cohalan an die Suche.

Als sie eine Viertelstunde später mit leeren Händen wieder zurückkehrten, fanden sie einige neue Leute in der Bibliothek. Da war Sergeant Thomas Velie, von ungeheurem Wuchs, der zum Stab des Inspektors Queen gehörte. Da waren Flint und Johnson, zwei Detektive, die unter Velies Kommando arbeiteten, und eine Polizeibeamtin von vertrauenerweckend mütterlichen Formen.

Pepper und Velie zogen sich in eine Ecke zurück, um sich zu besprechen.

Velie schien unzugänglich und kalt wie immer. »Den Garten und den Friedhof habt ihr also abgesucht, wie?« grollte er.

»Ja, aber ich halte es für das beste, wenn Sie mit Ihren Leuten noch einmal die ganze Gegend durchharken«, sagte Pepper. »Man kann nicht sicher genug gehen.«

Velie grunzte einen Befehl. Flint und Johnson machten sich davon. Velie, Pepper und Cohalan begannen, das Haus systematisch zu durchsuchen. Sie gingen von Khalkis' Arbeitszimmer aus und arbeiteten dann die anstoßenden Schlaf-, Badezimmer und Demmys Schlafzimmer, das an die Räume seines Vetters grenzte, durch. Dann kehrte Velie, ohne ein Wort zu verlieren, in die Bibliothek zurück und krempelte nochmals alles um. Nichts entging seiner Aufmerksamkeit, nicht einmal ein kleines Tablett mit einer Teemaschine und verschiedenem Teegerät, das im Alkoven stand. Er ließ es sich nicht nehmen, den engschließenden Deckel der Teemaschine abzuheben und in ihr Inneres zu spähen. Knurrend stapfte er aus der Bibliothek. Vom Keller bis zum Dachboden ließen die drei Dektektive keinen

Fußbreit undurchforscht.

Gegen einen schrägen Dachbalken gelehnt, sagte Pepper müde: »Ich fürchte, die unangenehmste Arbeit steht uns erst noch bevor, Sergeant. Mir wäre verdammt wohler, wenn wir uns die Leibesvisitation hätten ersparen können.«

»Nach diesem Dreck«, sagte Velie und blickte finster auf seine schmutzigen Hände, »wird mir das ein himmlisches Vergnügen sein.«

Sie gingen wieder nach unten, wo sie Flint und Johnson trafen.

»Habt ihr was gefunden, Jungs?« brummte Velie.

Johnson, ein schmächtiges grauhaariges Männchen, rieb sich die Nase und sagte betrübt: »Nichts zu machen.«

»Keine Spuren auf dem Friedhof?«

»Nichts, nichts«, meinte Flint und ließ betrübt den Kopf hängen.

»Und Sie, Cohalan?«

Cohalan schüttelte den Kopf.

»Mal aufpassen!« dröhnte Velie mit erzener Stimme. »Das gestohlene Testament kann nur an einem einzigen Platz versteckt sein: nämlich bei einer der anwesenden Personen. Cohalan, Flint und Johnson, ihr nehmt die Männer aufs Korn. Und Sie –«, er wandte sich an die stämmige Polizeibeamtin, »– Sie verschwinden mit den Damen im Ankleidezimmer. Wenn Sie nichts finden, gehen Sie hinauf zur kranken Haushälterin und stellen ihre Stube auf den Kopf.«

Woodruff drehte die Daumen und blickte wohlwollend zu Nacio Suiza hinüber. Dieser grinste und bot sich Cohalan als erstes Opfer dar. Velie schnappte nach dem Telefon. »Polizeizentrale! . . . Johnny? . . . Edmund Crewe soll sofort zur Vierundfünfzigsten Straße Nummer elf kommen . . . Mach ihm Beine!« Dann lehnte er sich gegen den Schreibtisch und beobachtete frostig, wie die drei Detektive einen nach dem anderen vornahmen und mit ungeheurer Gründlichkeit durchsuchten. Gefunden wurde nichts. Nach einiger Zeit kehrte auch die Beamtin mit enttäuschtem Gesicht zurück. Die Damen – Mrs. Sloane, Mrs. Morse, Mrs. Vreeland und Joan Brett – kamen hinter ihr her. »Die Dicke oben ist auch stubenrein«, sagte sie.

Ein tiefes Schweigen entstand. Velie und Pepper schauten einander düster in die Augen. In Velie, der sich einer unlösbaren Aufgabe gegenübersah, stieg der Ärger hoch. Peppers helle, forschende Augen spiegelten heftige Gedankenarbeit.

»Hier stinkt's wie faule Fische«, meinte Velie mit schlecht verhehltem Zorn.

Pepper faßte ihn am Rockaufschlag. »Sie haben ganz recht, Sergeant«, sagte er besänftigend, »hier stimmt was nicht, aber wir können schließlich nicht mit dem Kopf durch die Wand. Möglicherweise befindet sich im Hause doch ein Geheimversteck, das uns entgangen ist. Crewe, unser Polizeiarchitekt, wird es bestimmt finden, wenn es eins gibt. Wir haben alles getan, was wir konnten. Jedenfalls können wir die Leute hier nicht ewig einsperren, vor allem diejenigen, die nicht im Hause wohnen.«

Velie scharrte auf dem Teppich wie ein Pferd. »Der Inspektor wird mich zum Teufel jagen«, brummte er.

Pepper führte in höflicher Redewendung aus, daß die Außenstehenden nunmehr gehen dürften, während die Hausbewohner ohne ausdrückliche behördliche Erlaubnis das Gebäude nicht verlassen dürften. Velie verteilte seine Leute als Wachtposten an den Ausgängen.

4

Edmund Crewe glich so vollkommen jener berühmten Witzblattfigur des zerstreuten Professors, daß Joan Brett nur mit Mühe ein Lachen unterdrücken konnte. Aber als er zu sprechen begann, erstarb sofort diese unziemliche Anwandlung. »Eigentümer des Hauses?« Seine Stimme knisterte wie elektrische Funken.

»Ist beim T . . .« Velie verbesserte sich zartfühlend: »Der Verstorbene.«

»Vielleicht kann ich Ihnen behilflich sein«, sagte Joan ein wenig verlegen.

»Wie alt ist das Haus?«

»Ich weiß nicht.«

»Dann treten Sie ab. Wer weiß es?«

Mrs. Sloane schneuzte sich zierlich in ihr Spitzentüchlein. »Es ist auf den Tag genau achtzig Jahre alt.«

»Es ist mal umgebaut worden«, sagte Allan eifrig. »Onkel hat's mir erzählt. Muß schon mächtig lange her sein.«

»Das ist keine präzise Auskunft.« Crewe war offenbar nicht leicht zufriedenzustellen. »Wo sind die Baupläne?«

Man blickte einander unsicher an.

Joan ging zum Schreibtisch des Toten und kramte in den unteren

Schubfächern, bis sie eine vergilbte Rolle aus Pappkarton fand, aus der sie halb verwischte Baupläne hervorzog. »Ist das richtig?«

Statt einer Antwort riß ihr Crewe die Blätter aus der Hand, breitete sie auf dem Schreibtisch aus und steckte seine spitze Nase hinein. Von Zeit zu Zeit nickte er. Plötzlich sprang er auf und verließ, die Pläne in der Hand, ohne Erklärung das Zimmer.

Velie nahm Pepper beiseite und packte Woodruff am Arm. »Hören Sie mal gut zu, Woodruff«, brummte der Riese. »Das Testament ist nun mal geklaut worden, da muß doch ein Grund dahinterstecken. Sagten Sie nicht, daß Sie das Testament neu gemacht haben? Vielleicht ist jemand dadurch benachteiligt worden?«

»Auf der anderen Seite«, unterbrach ihn Pepper, »scheint mir die Lage, abgesehen von dem kriminalistischen Tatbestand eines Diebstahls, nicht weiter ernst. Der letzte Wille des Verstorbenen kann doch jederzeit durch die Testamentsabschrift in Ihrem Büro festgestellt werden, Mr. Woodruff.«

»Den Teufel kann man!« sagte Woodruff zornig. »Wir können den letzten Willen des Alten eben nicht feststellen! Das ist ja das Verrückte bei der ganzen Geschichte. Das ursprüngliche Testament war bis zum vergangenen Freitag in Kraft. Seine Bestimmungen waren denkbar einfach. Gilbert Sloane sollte die Galerie Khalkis und das Kunst- und Antiquitätengeschäft erben. Außerdem waren Legate für Khalkis' Neffen Cheney und für seinen Vetter Demmy, den Schwachsinnigen, ausgesetzt. Das Haus und sein Privatvermögen sollte seiner Schwester, Mrs. Sloane, zufallen. Die kleineren Vermächtnisse an Hausangestellte und so weiter kann ich übergehen.«

»Wer war zum Testamentsvollstrecker ernannt?« fragte Pepper.

»James J. Knox.«

Pepper pfiff durch die Zähne, und Velie machte seinen Blick scharf. »Sie meinen Knox, den Multimillionär? Den übergeschnappten Kunstsammler?«

»Den meine ich. Er ist Khalkis' bester Kunde gewesen und hatte ein beinahe freundschaftliches Verhältnis zu ihm.«

»Ein schöner Freund«, meinte Velie. »Warum war er nicht beim Begräbnis?«

»Sie scheinen keine Zeitungen zu lesen, mein lieber Sergeant«, sagte Woodruff. »Mr. Knox wurde heute morgen nach Washington gerufen. Wie die Zeitungen schreiben, auf ausdrücklichen Wunsch des Präsidenten.«

»Wann kommt er wieder?« fragte Velie hartnäckig.

»Das weiß niemand.«

»Tut auch nichts zur Sache«, meinte Pepper. »Was war also mit dem neuen Testament?«

»Tja, das neue Testament . . .« Woodruff sah verschmitzt aus wie ein alter Fuchs. »Damit wird die Angelegenheit geheimnisvoll. Am letzten Donnerstag nacht wurde ich von Khalkis angerufen. Er beauftragte mich, ihm am nächsten Morgen, also Freitag, den vollständigen Entwurf zu einem neuen Testament zu überbringen. Das neue Testament sollte eine genaue Abschrift des alten sein, mit einer einzigen Ausnahme: Der Name von Gilbert Sloane als Erbe der Galerie Khalkis sollte weggelassen und Raum für einen anderen Namen ausgespart werden. Ich begab mich am Freitag kurz vor Mittag zu Khalkis und traf ihn allein. Ich kannte ihn als trockenen Geschäftsmann, den nichts aus der Fassung bringen konnte. An diesem Morgen aber merkte ich, daß er aufgeregt war. Mit einer Geheimnistuerei, die ihm sonst fremd war, richtete er es so ein, daß niemand den Namen jenes künftigen Besitzers seiner Kunstschätze erfuhr. Ich mußte das Dokument so vor ihn hinlegen, daß er den Namen bequem in die leere Spalte schreiben konnte. Dann bat er mich, in die andere Ecke zu gehen. Ich sah, wie er einen Namen kritzelte und schnell die Seite bedeckte. Dann wurden Miss Brett, Weekes und Mrs. Simms als Zeugen seiner Unterschrift herbeigerufen. Er unterschrieb, versiegelte das Testament mit meiner Hilfe, steckte es in die kleine Stahlkassette, trug sie in den Safe und schloß eigenhändig ab. Kein Mensch außer Khalkis wußte mithin, wer der neue Haupterbe war.«

Sie brauchten einige Zeit, um diese Neuigkeit zu verdauen. Endlich fragte Pepper: »Wer kannte die Bestimmungen des alten Testaments?«

»Jeder im Hause. Khalkis machte kein Geheimnis daraus. Übrigens verpflichtete er mich auch bei dem neuen Vermächtnis nicht zu Stillschweigen. Das hätte ja auch keinen Sinn gehabt, da man mit drei Zeugen im Hintergrund kein Geheimnis bewahren kann.«

»Dieser Sloane wußte demnach auch Bescheid?« knurrte Velie.

Woodruff nickte. »Das will ich meinen! Er rief mich am Nachmittag in meinem Büro an und wünschte von mir zu wissen, ob ihn die Veränderung betreffe. Ich sagte ihm, daß jemand anderer an seine Stelle getreten sei, daß aber, außer Khalkis, niemand wisse, wer.«

18

In Peppers Augen wetterleuchtete es. »Verdammt, Mr. Woodruff! Dazu hatten Sie kein Recht!«

Woodruff machte einen schwachen Versuch, sich zu verteidigen. »Vielleicht war es ungeschickt von mir, Pepper; aber sehen Sie, ich bildete mir ein, der neue Erbberechtigte wäre Mrs. Sloane, also Khalkis' Schwester. In diesem Falle wäre Sloane auf dem Umweg doch in den Besitz der Galerie gekommen und hätte im Grunde nichts verloren.«

»Sie können es drehen und wenden, wie Sie wollen«, sagte Pepper mit scharfer Betonung, »Sie haben die Grundsätze Ihrer Berufsmoral grob verletzt. Aber es hat schließlich keinen Zweck, verschimmeltes Brot wieder aufzubacken – als Sie das neue Testament fünf Minuten, bevor sich der Trauerzug in Bewegung setzte, in Händen hielten, werden Sie doch zweifellos nachgeschaut haben, wer der neue Erbberechtigte ist?«

»Nein. Ich wollte das Testament erst nach der Beisetzung öffnen.«

»Und Sie sind ganz sicher, daß Sie das Originaldokument vor sich hatten?«

»Ganz sicher.«

»Hatte das neue Testament eine Widerrufklausel?«

»Jawohl.«

»Was ist das?« grollte Velie mißtrauisch.

»Genug, um uns noch einiges Kopfzerbrechen zu machen«, sagte Pepper. »Die Widerrufklausel bestimmt, daß alle früheren Vermächtnisse aufgehoben werden. Das bedeutet, daß das alte Testament auch dann null und nichtig ist, wenn das neue Testament nicht gefunden wird. Wenn wir also das neue Testament nicht auftreiben und den Namen des Haupterben feststellen können, dem die Kunstsammlung zufallen soll, so wird das Gericht entscheiden, daß Khalkis ohne letzte Verfügung gestorben ist. Eine ganz verteufelte Sache!«

»Dann würde also Khalkis' Vermögen unter seine Verwandten aufgeteilt werden«, ergänzte Woodruff.

»Jetzt hab ich's kapiert«, brummte Velie. »Dieser Sloane macht seinen Schnitt auf alle Fälle – solange das neue Testament nicht gefunden wird.«

Edmund Crewe gesellte sich den drei Männern wieder zu. »Wie steht's, Eddie?« fragte Velie.

»Kann nichts finden. Weder hohle Holzverkleidung noch geheime

Nischen. Keine Zwischenräume zwischen den Wänden, gar nichts.«

»Verflucht!« sagte Pepper.

»Wenn sich das Testament nicht am Leibe einer der anwesenden Personen befindet«, fuhr der Polizeiarchitekt fort, »dürft ihr mir aufs Wort glauben, daß es nicht mehr in diesem Hause steckt.«

»Ich habe eine Idee«, sagte Pepper. »Aber das ist auch alles. Ich möchte zunächst einmal mit dem Chef darüber sprechen.«

Velie vergrub seine Fäuste in den Taschen und schaute über das Schlachtfeld hin. »Aufgepaßt, Leute!« donnerte er. »Wenn ich jetzt gehe, schließe ich diesen Raum und die beiden anstoßenden ab. Verstanden? Niemand hat hier was zu suchen. Und noch eins: Sie können das Haus verlassen und wiederkommen, wie es Ihnen Spaß macht, aber Sie stehen unter ständiger Polizeiaufsicht.«

»Ich meine . . .« Jemand sprach mit tiefer Grabesstimme. Velie drehte sich langsam um. Doktor Wardes war einen Schritt vorgetreten. Er war ein Mann von mittlerem Wuchs und mit einem langen Prophetenbart. Er betrachtete Sergeant Velie aus seinen engstehenden hellbraunen Augen mit unverhohlenem Humor.

»Wollen Sie was?« Velie war gereizt.

Der Arzt lächelte. »Ihre Anweisungen dürften den ständigen Bewohnern dieses Hauses keine besonderen Unannehmlichkeiten machen. Aber für mich sind sie recht peinlich, Sergeant. Ich bin hier nur als Gast und möchte meine Anwesenheit nach diesem traurigen Ereignis nicht ungebührlich ausdehnen.«

»Sagen Sie erst mal, wer Sie sind.« Velie trat einen Schritt vor.

»Ich heiße Wardes und bin britischer Staatsbürger«, erwiderte der bärtige Mann mit lustigem Augenzwinkern. »Ich bin Arzt – oder wenn Sie es genau wissen wollen: Augenspezialist. Ich hatte Mr. Khalkis seit einigen Wochen unter Beobachtung.«

Velie grunzte. Pepper trat an seine Seite und flüsterte ihm etwas ins Ohr. Velie nickte. »Es liegt uns nichts daran, Sie oder Ihre Gastgeber zu belästigen, Doktor«, sagte Pepper verbindlich. »Sie können das Haus nach Ihrem Belieben verlassen. Allerdings müssen wir Sie bitten, bevor Sie Ihren Aufenthalt wechseln, sich und Ihr Gepäck nochmals einer genauen Visitation unterziehen zu lassen.«

»Ach, bleiben Sie doch, Doktor!« rief Mrs. Sloane schrill. »Verlassen Sie uns nicht in diesem schrecklichen Augenblick.«

»Ja, bleiben Sie, Doktor.« So sprach eine neue Stimme. Sie gehörte einer großen stattlichen Frau, deren dunkle Schönheit in die Augen fiel. Der Arzt verbeugte sich, murmelte etwas Unverständliches, während Velie übelgelaunt knurrte: »Und wer sind Sie, meine Dame?«

»Ich bin Mrs. Vreeland und gehöre zum Hause. Mein Mann ist – vielmehr war Mr. Khalkis' Reisevertreter. Er ist zur Zeit oben in Kanada auf einer Geschäftsreise.«

»Wir versuchten ihn zu erreichen«, mischte sich Gilbert Sloane ein. »Seine letzte Nachricht kam aus Quebec. Wo er im Augenblick steckt, wissen wir nicht. Wir haben an sein letztes Hotel telegrafiert. Wahrscheinlich hat er den Tod meines Schwagers bereits aus den Zeitungen erfahren.«

»Vielleicht auch nicht«, sagte Velie kurz. »Gut. Bleiben Sie nun im Hause, Doktor Wardes?«

»Wenn man mich so liebenswürdig darum bittet, bleibe ich gern.« Doktor Wardes verbeugte sich leicht.

Velie sandte ihm einen zweifelnden Blick nach, winkte Pepper und stelzte hinaus.

5

Am Dienstag morgen, dem siebenten Oktober, einem trüben und freudlosen Tag, rief Staatsanwalt Sampson den Kriegsrat zusammen. Erst bei dieser Gelegenheit wurde Ellery Queen, der kluge Sohn des Inspektors Richard Queen, mit den geheimnisvollen Vorgängen bekannt, die sich später zu dem berühmten Fall Khalkis verdichteten.

Ellery hatte bisher weder vom Tode Khalkis noch von dem gestohlenen Testament gehört. Er plagte daher den Staatsanwalt mit Querfragen, die jeder der Anwesenden hätte beantworten können. Sampson machte seinem Ärger unverholen Luft. Auch der Inspektor hielt nicht hinterm Berge und meinte, Ellery hätte sich vorher aus den Zeitungen unterrichten sollen.

»Da wären wir wieder einmal soweit, meine Herren«, sagte Sampson. »Eine Masse Verdachtsmomente, aber keinen einzigen festen Anhaltspunkt. Haben Sie inzwischen noch etwas entdeckt, Pepper?«

»Nichts von Bedeutung«, erwiderte Pepper sorgenvoll. »Natürlich habe ich mir diesen Sloane noch einmal vorgenommen. Er ist ja schließlich der einzige, der von dem neuen Vermächtnis benachteiligt wurde. Er war stumm wie ein Fisch und nicht zum Reden zu bringen.

Was konnte ich tun? Wir haben keine Beweise gegen ihn.«

»Wo ein Wille ist, ist auch ein Weg«, sagte der Inspektor tiefsinnig.

»Wir waren uns klar darüber, daß wir vorläufig die Partie verloren hatten, Velie und ich. Wir hatten schließlich kein Recht, das Haus von der Welt abzuschneiden. Deshalb zog Velie gestern seine beiden Wachtposten zurück. Ich hingegen ließ mich in der vergangenen Nacht in der Villa einschließen, ohne daß es jemand merkte.«

»Hast du was aufgestöbert?« fragte Cronin neugierig.

Pepper zögerte. »Ich habe schon etwas gesehen. Aber...«, fügte er hastig hinzu, »ich glaube nicht, daß es was zu bedeuten hat. Ein so hübsches Mädchen kann doch nicht...«

»Von wem sprechen Sie eigentlich, Pepper?« fragte Sampson.

»Von Miss Brett... Joan Brett«, antwortete Pepper widerstrebend. »Ich sah sie gegen ein Uhr morgens in Khalkis' Bibliothek herumschnüffeln. Natürlich hätte sie das nicht tun dürfen. Velie hatte ausdrücklich den Zutritt zu Khalkis' Privaträumen untersagt...«

»Ha!« sagte der Inspektor.

»Sie machte sich ein bißchen am Panzerschrank zu schaffen«, fuhr Pepper stockend fort. »Aber ich glaube, sie hat nichts gefunden, denn sie stand eine Weile wie in Nachdenken versunken, stampfte dann mit dem Fuß auf und machte sich wieder davon.«

Sampson meinte trocken: »Ich muß Sie schon bitten, Ihre Vorliebe für hübsche Gesichter zu vergessen, wenn Sie im Dienst sind, Pepper. Ich verlange, daß sie gefragt wird.«

Pepper wollte wohl etwas entgegnen, er errötete bis hinter die Ohren, aber dann entschloß er sich, lieber zu schweigen.

»Sonst noch was?«

»Das Übliche...«, sagte Pepper. »Cohalan hat eine Liste der Leute aufgestellt, die seit Dienstag das Haus betreten haben.« Er zog aus seiner Brusttasche einen zerknüllten Zettel, den ihm Sampson aus der Hand riß.

»Reverend Elder. Mrs. Morse – das alte verrückte Frauenzimmer, nicht wahr? James J. Knox... So, der ist also zurück. Die Reporter Clintock, Eilers und Jackson. Schön.« Sampson zerdrückte den Zettel achtlos in seiner Faust. »Also, Pepper, haben Sie irgendwelche Ideen, wie man der Sache beikommen kann?«

Pepper schluckte. »Ja. Die ganze Verwirrung erklärt sich aus Woodruffs Behauptung, daß er das Testament fünf Minuten vor

Abmarsch des Trauerzuges im Safe gesehen habe. Vielleicht haben wir uns noch nicht hinreichend damit befaßt, daß diese Tatsache eben nichts anderes als eine Behauptung Woodruffs ist. Sie merken, worauf ich hinaus will?«

»Sie wollen sagen«, erwiderte der Inspektor nachdenklich, »daß Woodruff log, als er behauptete, das Testament gesehen zu haben. Mit anderen Worten: das Dokument könnte schon früher gestohlen worden und vom Dieb in aller Bequemlichkeit außerhalb des Hauses versteckt worden sein?«

»Das ist der Punkt, Inspektor. Das Testament kann sich doch nicht in Luft auflösen . . .«

»Warum soll das Testament nicht während jener fünf Minuten gestohlen worden sein, wie Woodruff sagte«, warf Sampson ein. »Fünf Minuten reichen aus, um es zu verbrennen oder zu zerreißen oder es sonstwie unkenntlich zu machen.«

»Aber Mrs. Sampson«, sagte Ellery sanftmütig, »Sie können doch nicht eine Stahlkassette verbrennen oder in Stücke reißen . . .«

»Das stimmt«, brummte der Staatsanwalt. »Wo, zum Teufel, steckt die Kassette?«

Pepper triumphierte. »Deshalb sagte ich eben, daß Woodruff gelogen hat. Das Testament und die Stahlkassette befanden sich eben nicht mehr im Panzerschrank, als er hineinguckte!«

»Aber weshalb sollte Woodruff lügen?« rief der Inspektor.

Ellery schien sichtlich erheitert. »Keiner von Ihnen hat bis jetzt das Problem von der richtigen Seite angefaßt, meine Herren«, sagte er.

»Sie werden uns vermutlich den richtigen Weg zeigen können«, sagte Sampson spöttisch.

»In der Tat. Und das führt mich zu recht interessanten Schlußfolgerungen.« Ellery richtete sich lächelnd auf. »Das Testament wurde weder im Hause noch bei einer der Personen im Hause, noch im Garten oder auf dem Friedhof gefunden. Ich beschwöre Sie, mir folgende aufschlußreiche Frage zu beantworten, meine Herren: Welches war das einzige Ding, das während des Leichenbegängnisses das Haus verließ, nicht zurückkam und nicht durchsucht wurde, nachdem sich herausgestellt hatte, daß das Testament abhanden gekommen war?«

»Reden Sie doch keinen Unsinn, junger Mann«, sagte Sampson. »Nichts ist übersehen worden.«

»O du grundgütiges Himmelslicht«, stöhnte Ellery. »Nichts ist übersehen worden – außer dem Sarg, in dem Khalkis' Leiche lag.«

Pepper faßte sich zuerst. »Famos, Mr. Queen«, sagte er. »Wirklich famos.«

Sampson hustete in sein Taschentuch. »Schau mal deinen Sprößling an, Queen! Ich nehme alles reuevoll zurück. Fahren Sie fort, junger Mann!«

»Es tut wohl, zu einem so aufmerksamen Publikum zu sprechen, meine Herren«, meinte Ellery mit Humor. »Ich halte mein Argument für schlagend. In der Aufregung, die der Formierung des Trauerzuges vorausging, muß es dem Dieb ein leichtes gewesen sein, den Safe zu öffnen, die schmale Stahlkassette an sich zu nehmen und sie in die Bahrtücher einzuschmuggeln, auf denen die Leiche lag.«

»Das Ei des Kolumbus«, brummte Inspektor Queen, »das Testament mit dem Leichnam zu begraben, ist gleichbedeutend mit seiner Vernichtung.«

»Sehr richtig, Papa. Da Khalkis eines natürlichen Todes gestorben war, hatte der Täter nicht den geringsten Grund, zu befürchten, daß der Sarg vor dem Jüngsten Gericht wieder geöffnet würde. Es gibt aber außerdem noch eine psychologische Rechtfertigung für meine Annahme. Woodruff trug den einzigen Schlüssel, der die Stahlkassette schließt, bei sich. Der Dieb konnte daher in der kurzen Zeitspanne von fünf Minuten die Kassette nicht gewaltsam öffnen. Es wäre viel zu gefährlich für ihn gewesen, die Kassette bei sich zu tragen. Nichts lag näher, als sie in den Sarg zu praktizieren. An Ihnen, meine Herren, ist es nun, zu handeln.«

Inspektor Queen sprang auf. »Die sofortige Exhumierung scheint mir gerechtfertigt zu sein.«

Sampson hustete und schaute zum Inspektor auf. »Eine Gewißheit, daß das Testament im Sarg steckt, haben wir nicht, das wird auch Ellery zugeben. Die Möglichkeit, daß Woodruff gelogen hat, besteht immerhin. Aber wir haben die Pflicht, den Sarg zu öffnen. Was sagen Sie, Pepper?«

Pepper lächelte. »Meiner Meinung nach hat Mr. Queen den Nagel auf den Kopf getroffen.«

»Also gut. Bereiten Sie die Ausgrabung der Leiche für morgen früh vor.« Sampson griff zum Telefon und verlangte die Villa Khalkis. »Cohalan, hier spricht Sampson ... Instruieren Sie die Hausbewohner, daß morgen früh alle anwesend zu sein haben ... Sie dürfen ruhig verraten, daß es sich um die Exhumierung von Khalkis'

Leiche handelt. ... Wer ist da? ... Ja, ich möchte gern mit ihm sprechen.« Er hielt die Hand über die Sprechmuschel und flüsterte dem Inspektor zu: »Knox ist da, der große Knox!« Dann wieder in den Apparat: »Hallo, Mr. Knox, hier spricht District Attorney Sampson ... Gewiß, sehr traurig ... Ja, wir haben leider einen zwingenden Grund, die Leiche wieder auszugraben ... Es ist wirklich unbedingt notwendig, Mr. Knox ... Wie bitte? ... Natürlich, wir werden so schonungsvoll wie möglich vorgehen.«

Er hängte auf und sagte: »Eine verzwickte Geschichte. Knox scheint sehr verärgert zu sein, daß er als Testamentsvollstrecker seines Amtes nicht walten kann, weil das Testament eben nicht vorhanden ist. Sollten wir es im Sarg finden, so werden wir uns bemühen, daß er von Staats wegen zum Nachlaßverwalter ernannt wird. Knox arbeitet soeben mit Woodruff an einer vorläufigen Bestandsaufnahme des Vermögens. Er sagt, er habe noch den ganzen Tag damit zu tun. Ich finde es sehr nett von ihm, daß er sich dieser Sache so selbstlos annimmt.«

»Wird er an der Öffnung des Sarges teilnehmen?« fragte Ellery. »Ich habe mir schon lange einmal gewünscht, einem Multimillionär ins Auge zu schauen.«

»Nein. Er muß morgen in aller Frühe verreisen.«

6

Es war am Freitag, dem 8. Oktober, als Ellery Queen zum erstenmal die Mitspieler in der Tragödie des Hauses Khalkis und den Schauplatz selbst kennenlernte. Man hatte sich im Empfangssalon versammelt, die Stimmung war sichtlich gedrückt. Während man auf die Ankunft von Sampsons Assistent Pepper und des Inspektors wartete, unterhielt sich Ellery angeregt mit einer liebenswerten jungen Dame, die in ihrer ganzen Haltung den Stolz und die Sicherheit des britischen Inselreiches verkörperte.

»Sie sind Miss Brett, wenn ich mich nicht irre?«

»Sie irren sich nicht, Sir«, sagte sie ernsthaft, während ihre klaren blauen Augen lächelten. Der junge Allan Cheney, der sich im Hintergrund hielt, schoß Blicke der tödlichen Verachtung.

Kaum waren Pepper und der Inspektor eingetreten, als Detektiv Flint einen kleinen dicken Herrn, der unglaublich schwitzte, ins Zimmer schob, als rollte er ein Faß vor sich her.

»Wer ist das?« knurrte Velie, der an der Tür Wache hielt.

»Er behauptet, er gehöre dazu«, sagte Flint. »Was soll ich mit ihm anfangen?«

Der Inspektor warf Mantel und Hut auf einen Stuhl und trat näher. »Wer sind Sie?«

Der Dicke schien sehr verstört zu sein. Er blies seine rosigen Wangen auf und strich sich nervös über das dichte weiße Haar. Gilbert Sloane kam ihm zu Hilfe. »Geht in Ordnung, Inspektor. Das ist Mr. Jan Vreeland, unser Reisevertreter.«

»So, so, also Vreeland . . .« Der Inspektor betrachtete ihn wie eine Kuriosität.

»Allerdings . . . so heiße ich«, keuchte Vreeland. »Was ist eigentlich los, Sloane? Was wollen alle diese Leute? Ich denke, Khalkis ist schon unter der Erde? . . . Wo ist meine Frau?«

»Hier bin ich, Liebling«, ließ sich eine zuckersüße Stimme vernehmen. Mrs. Vreeland stand in der Tür. Der kleine Mann lief zu ihr hin und küßte sie hastig auf die Stirn.

Der Inspektor sagte: »Wie kommt es, daß Sie erst jetzt zurückgekehrt sind, Mr. Vreeland?«

»Ich traf erst in der vergangenen Nacht wieder in meinem Hotel in Quebec ein«, sagte Vreeland unter kleinen Stoßseufzern. »Fand dort das Telegramm. Hatte noch kein Wort von Khalkis' Tod gehört. Schrecklich, schrecklich . . . Was soll die Versammlung?«

»Wir wollen den Leichnam wieder ausgraben, Mr. Vreeland.«

Auf dem Friedhof fanden sie den Küster Honeywell. Er steckte die Grenzen ab, zwei Männer griffen zu den Spaten und begannen mit Eifer zu graben.

Niemand sprach. Die Damen waren im Hause zurückgeblieben. Von den Herren hatten sich Sloane, Vreeland und Woodruff entschlossen, an der Prozedur teilzunehmen. Die beiden Queens, Sergeant Velie und ein schlanker Mann in schlaksiger Haltung mit einer scheußlichen schwarzen Zigarre zwischen den Zähnen beobachteten interessiert die Arbeit der Totengräber.

Bald schabten die Spaten gegen Eisen. Die beiden Männer verdoppelten ihren Eifer, als grüben sie nach einem verborgenen Schatz, schaufelten die letzten Erdreste von der Eisentür und öffneten sie.

In diesem Augenblick begannen sich die breiten Nasenflügel jenes Herrn, der an seiner Zigarre kaute, heftig zu bewegen. Er trat einen

Schritt vor, fiel zum großen Erstaunen der Zuschauer in die Knie und beugte sich schnüffelnd über die Gruftöffnung. Dann stützte er sich mit der Hand auf, erhob sich und sagte kurz zum Inspektor: »Hier ist was faul!«

Inspektor Queen wußte aus Erfahrung, daß Dr. Samuel Prouty, der Polizeiarzt, keinen falschen Alarm liebte. Ellery fühlte, wie sein Pulsschlag schneller ging.

Die Totengräber ließen sich vorsichtig in die schwarze Höhle gleiten. Endlich stand der Sarg wieder unter freiem Himmel auf dem Rasen.

Dr. Prouty schnüffelte wie ein Schweißhund. Jetzt verspürten sie alle einen fauligen, ekelerregenden Geruch, der von Sekunde zu Sekunde an Intensität zunahm.

Endlich wurde der Deckel abgehoben.

Auf dem starren, einbalsamierten Körper von Georg Khalkis lag mit schlaffen Gliedern der Körper eines zweiten Mannes. Ein zweiter Leichnam!

»Ermordet ... stranguliert ...«

Dr. Proutys Untersuchungsergebnis überraschte niemanden. Er hatte mit Sergeant Velies Hilfe die Leiche umgewendet. Man konnte jetzt das Gesicht sehen.

Inspektor Queen murmelte in sein Taschentuch: »Donnerwetter, der Kerl kommt mir bekannt vor!«

Pepper, der gespannt über die Schulter des Alten luchste, meinte: »Mir auch, Inspektor. Muß mal überlegen ...«

»Ist die Stahlkassette mit dem Testament da?« fragte Ellery mit seltsam spröder Stimme.

Velie und Dr. Prouty tasteten die Sargwände ab. »Nein«, sagte Velie.

»Wen kümmert das jetzt noch!« fauchte der Inspektor. »Deine Schlußfolgerungen haben ein erstaunliches Resultat gezeitigt, Ellery! Wahrhaft erstaunlich! Öffnet den Sarg, und ihr werdet das Testament finden ... Ja, Kuchen!« Er hielt sich die Nase zu. »Pfui Teufel, mein Junge!«

7

Innerhalb von fünf Minuten glich das Haus wieder einer belagerten Burg. Der Empfangssalon diente als behelfsmäßiges Laboratorium. Der Sarg mit seinem gespenstischen Inhalt war auf dem Fußboden abgestellt worden. Die Bewohner des Hauses waren in der Bibliothek versammelt, alle Ausgänge standen unter Bewachung. Dr. Prouty machte sich sachkundig an dem zweiten Leichnam zu schaffen. Pepper führte ein langes Telefongespräch.

Ellery Queen verständigte sich mit seinem Vater durch Blicke. Sie lächelten einander mit bleichen Gesichtern an. »Das eine muß ich dir zugute halten«, sagte der Inspektor, »ohne deinen verrückten Einfall wäre ein Mord unentdeckt geblieben . . .«

»Dieses gespenstische Gesicht wird mich in den Schlaf verfolgen«, sagte Ellery leise.

Der Inspektor nahm eine kräftige Prise und atmete tief durch. »Richten Sie ihn her, so gut es geht, Doktor«, sagte er zu Prouty. »Ich muß die Leute mit der Leiche konfrontieren.«

»Ich habe mein möglichstes getan, Inspektor.«

Nachdem alle Vorbereitungen getroffen waren, wurden die Hausbewohner einzeln hereingerufen. Niemand kannte den Toten. Niemand hatte ihn zuvor gesehen.

»Sie, Sloane?«

»O nein!« Sloane ging es sehr schlecht. Der Anblick hatte ihm den Magen umgedreht. Joan Brett hatte mit staunenswerter Willenskraft den Toten genau und gedankenvoll betrachtet. Mrs. Simms, die von Weekes und einem Detektiv aus dem Bett geholt worden war, schrie auf und fiel prompt in Ohnmacht. Vier Mann hatten Mühe, sie wieder hinauf in ihr Stübchen zu tragen. Der Inspektor und Ellery gingen hinüber in die Bibliothek, wo die Gesellschaft, blaß und verstört, der weiteren Ereignisse harrte. Pepper kam ihnen ungeduldig entgegen.

»Ich habe die Nuß geknackt, Inspektor«, sagte er eifrig. »Ich wußte doch, daß ich den Kerl schon gesehen hatte. Und ich kann Ihnen auch sagen, woher Sie ihn kennen . . . Erinnern Sie sich noch an den Fall Rogues?«

»Mir schwant was. Wer ist es?«

»Ich habe gerade mit Jordan, meinem alten Partner, gesprochen, Sie wissen doch, daß ich früher Anwalt war, bevor ich in den

Staatsdienst eintrat. Jordan frischte meine Erinnerung auf. Der Bursche hieß Albert Grimshaw.«

»Grimshaw?« Der Inspektor blieb unvermittelt stehen. »Doch nicht etwa der Fälscher?«

Pepper lächelte. »Eben der, Inspektor. Aber damit waren seine Talente nicht erschöpft. Ich verteidigte ihn vor etwa fünf Jahren, als ich noch zur Firma Jordan und Pepper gehörte. Wir verloren, und er wurde zu fünf Jahren verknackt. Jordan meint, er kann gerade erst aus dem Zuchthaus entlassen worden sein.«

»Wo hat er gesessen? In Sing-Sing?«

»Ja.«

Der Inspektor sagte zu einem der Detektive: »Flitzen Sie ins Archiv, Hesse, und lassen Sie sich die Akte Albert Grimshaw, der wegen Fälschungen fünf Jahre Sing-Sing absitzen mußte, herausgeben.« Der Mann verschwand. »Thomas!« Velie baute sich vor den Alten hin. »Ich will genau wissen, was der Kerl seit seiner Entlassung getrieben hat. Stell zunächst fest, wann er entlassen worden ist.«

Ellery suchte Joan Bretts Blick. »Miss Brett«, sagte er ruhig, »ich habe Sie vorhin genau beobachtet, als Sie den Toten im Salon ansahen . . . Sie kennen den Mann doch? Weshalb sagten Sie, Sie hätten ihn noch nie gesehen?«

Joan biß sich auf die Lippen. »Es ist eine verwünscht lange Geschichte. Und ich sehe nicht ein, was Sie damit anfangen können, da ich nicht einmal seinen Namen weiß . . .«

»Das lassen Sie getrost Sorge der Polizei sein«, sagte Pepper gewichtig. »Bedenken Sie, daß Sie unter Umständen wegen Zeugnisverweigerung zur Rechenschaft gezogen werden können.«

Sie warf den Kopf in den Nacken. »Aber ich verweigere gar nichts, Mr. Pepper. Ich war mir nur beim ersten Blick nicht ganz sicher. Sein Gesicht ist so schrecklich entstellt . . .« Sie schauderte. »Aber wenn ich es mir jetzt überlege, habe ich ihn doch schon mal gesehen. Oder vielmehr – zweimal.«

»Wo?« fragte der Inspektor.

»Hier in diesem Hause.«

»Wann?«

»Zum erstenmal vor einer Woche, am Donnerstagabend.«

»Am 30. September?«

»Ja. Er erschien gegen neun Uhr abends. Aber ich weiß noch nicht, wie ich ihn nennen soll . . .«, sagte sie plötzlich abschweifend.

»Er heißt Grimshaw, Albert Grimshaw. Fahren Sie fort, Miss Brett!«

»Er wurde gerade vom Mädchen eingelassen, als ich durch die Halle ging . . .«

»Und was geschah?«

»Nichts Besonderes, Inspektor. Das Mädchen führte diesen Grimshaw in Mr. Khalkis' Arbeitszimmer und kam sogleich wieder heraus. Weiter ereignete sich an diesem Abend nichts.«

»Sahen Sie den Mann das Haus verlassen?« warf Pepper ein.

»Nein, Mr. Pepper.«

»Und wann haben Sie ihn zum zweitenmal gesehen, Miss Brett?« fragte der Inspektor.

»Das zweitemal sah ich ihn am nächsten Abend . . . also am vergangenen Freitag.«

»Erlauben Sie eine Zwischenfrage, Miss Brett«, unterbrach Ellery. »Sie waren doch die Sekretärin von Mr. Khalkis?«

»Gewiß.«

»Und Khalkis war blind und hilflos?«

Sie verzog ein wenig das Gesicht. »Blind wohl, aber nicht eben hilflos. Weshalb?«

»Hat Ihnen Khalkis nicht am Donnerstag irgend etwas über den Besuch erzählt, den er am Abend erwartete? Beauftragte er Sie nicht, die Verabredung zustandezubringen?«

»Nein. Er sagte kein Wort. Ich war vollkommen überrascht, als dieser Mann am Donnerstag auftauchte. Anders am Freitag. Nach dem Abendessen ließ mich Mr. Khalkis in die Bibliothek kommen und gab mir peinlich genaue Anweisungen.«

»Vorwärts, Miss Brett!« sagte der Inspektor ungeduldig.

»Mr. Khalkis teilte mir mit, daß er in jener Nacht – und zwar sehr spät – zwei Besucher erwartete. Einer von ihnen, so sagte er, käme inkognito. Und er beauftragte mich, es so einzurichten, daß niemand den Eintritt der beiden bemerkte.«

»Eigentümlich«, brummte Ellery.

»Nicht wahr?« sagte Joan. »Ich sollte also die beiden persönlich einlassen und dann sofort ins Bett gehen . . . Die Herren kamen gegen elf Uhr. Der eine war – das erkannte ich sofort – derselbe Mann, der am Abend zuvor dagewesen war, also dieser Grimshaw. Der andere, der Geheimnisvolle, hatte verbundene Augen. Ich konnte sein Gesicht nicht erkennen. Er schien mir von mittleren Jahren oder etwas älter, aber das ist auch alles, was ich von ihm sagen kann, Inspektor.«

Inspektor Queen schneuzte sich. »Der geheimnisvolle Gast dürfte für uns von höchstem Interesse sein, Miss Brett. Können Sie ihn nicht doch genauer beschreiben? Wie war er gekleidet?«

»Er tug einen Überzieher und nahm den Hut nicht vom Kopf. Aber ich kann mich nicht einmal an den Schnitt oder die Farbe des Mantels erinnern.«

Der Inspektor schüttelte den Kopf. »Ereignete sich denn gar nichts, was uns einen Hinweis liefern könnte?«

Sie lachte. »Wenn Sie glauben, daß der Zwischenfall mit dem Kätzchen von Mrs. Simms was zu bedeuten hat, so . . .«

Ellery schaute gespannt auf. »Die Katze von Mrs. Simms? Vielleicht hat das mehr zu bedeuten, als Sie ahnen.«

Joan seufzte. »Also so ging das zu: Der große Unbekannte, der Mann mit den verbundenen Augen, trat zuerst in die Halle, als ich die Tür öffnete. Grimshaw ging halb rechts hinter ihm. Da lag nun das Kätzchen von Mrs. Simms auf der Schwelle. Der Unbekannte hielt den Fuß in der Luft an, um das Tier nicht zu treten. Ich bemerkte übrigens die Katze erst in dem Augenblick, als ich die akrobatische Anstrengung jenes Mannes sah, und scheuchte sie weg. Grimshaw trat auf mich zu und sagte: ›Khalkis erwartet uns‹, und dann führte ich die beiden in die Bibliothek. Das ist also der Zwischenfall mit dem Kätzchen.«

»Ein bißchen mager«, gab Ellery zu. »Und was sagte der Mann mit den verbundenen Augen?«

»Ach, ein ganz ungebildeter Kerl«, meinte Joan stirnrunzelnd. »Er sprach kein einziges Wort und behandelte mich, als ob ich ein Haussklave wäre. Als ich an die Tür zur Bibliothek klopfen wollte, stieß er mich zur Seite und öffnete selbst, ohne anzuklopfen. Er und Grimshaw schlüpften hinein und schlugen mir die Tür vor der Nase zu.«

»Schrecklich«, murmelte Ellery. »Er sprach also kein Wort?«

»Bestimmt nicht, Mr. Queen. Ich war wütend und ging nach unten; ich hörte nämlich einen Schlüssel in der Haustür und seltsame Kratzgeräusche . . .« Joans Blick verdunkelte sich und flog hinüber zu Allan Cheney, der müde an der Wand lehnte. »Als ich in die Halle kam – siehe da, wer schwankte mir entgegen? – Allan Cheney! Und er war mehr als benebelt . . .«

»Joan!« brummte Allan vorwurfsvoll.

»Ist das wahr, Cheney?« fragte der Inspektor.

Allan wagte ein schwaches Lächeln. »Wird schon so sein, Inspektor. Wenn ich einen über den Durst hebe, vergesse ich alles. Ich habe zwar keinen Schimmer mehr, aber wenn es Joan sagt, wird es schon stimmen.«

»Sie können mir glauben, Inspektor«, sagte Joan zornig. »Er war ekelhaft betrunken. Und da mir Mr. Khalkis ausdrücklich aufgetragen hatte, daß er keinen Lärm und keine Störung wünschte, blieb mir nichts anderes übrig, als Mr. Cheney energisch nach oben in sein Zimmer zu bugsieren, ins Bett.«

»Joan Brett!« rief Mrs. Sloane außer sich. »Allan! Du wirst sofort widerrufen, daß . . .«

»Ausgezogen habe ich ihn nicht, Mrs. Sloane«, sagte Joan kalt, »wenn Sie das meinen. Als er auf dem Bett lag, wurde ihm nämlich erst richtig übel . . .«

»Sie schweifen ab«, sagte der Inspektor knurrig. »Haben Sie noch irgend etwas von den beiden Besuchern bemerkt?«

»Nein. Ich ging nach einiger Zeit hinunter in die Küche, um ein paar rohe Eier zu holen, nach denen Mr. Cheney verlangt hatte. Als ich am Arbeitszimmer vorbeikam, bemerkte ich, daß unter der Tür kein Licht hervorschien. Ich schloß daraus, daß die beiden Herren das Haus verlassen hatten, während ich oben gewesen war.«

»Wie lange mag das gewesen sein?«

»Schwer zu sagen, Inspektor. Vielleicht eine halbe Stunde oder etwas darüber.«

»Sie haben die beiden Männer nicht wiedergesehen?«

»Nein.«

Ellery unterbrach das Verhör seines Vaters. »Welche Personen hielten sich sonst noch am Freitag abend im Hause auf, Miss Brett?«

»Ich kann es nicht genau sagen, Mr. Queen. Die beiden Mädchen hatte ich ins Bett geschickt, Mrs. Simms war auf ihrem Zimmer, und Weekes hatte, glaube ich, Ausgang. Außer Cheney habe ich niemanden gesehen.«

»Das werden wir gleich haben«, grunzte der Inspektor. »Mr. Sloane! Wo waren Sie am vergangenen Freitag abend?«

»In der Galerie«, erwiderte Sloane hastig. »Ich habe lange gearbeitet. Ich arbeite oft bis in die frühen Morgenstunden.«

»War jemand bei Ihnen?«

»O nein, ich war ganz allein.«

»Hm.« Der Alte tat einen Griff in die Schnupftabaksdose. »Um welche Zeit kamen Sie nach Hause?«

»Lange nach Mitternacht.«

»Wußten Sie etwas von Khalkis' beiden Besuchern?«

»Ich? Gewiß nicht.«

»Komisch«, sagte der Inspektor und steckte seine Schnupftabaksdose in die Rocktasche. »Mr. Khalkis scheint einen recht undurchsichtigen Charakter gehabt zu haben. Und Sie, Mrs. Sloane – wo waren Sie am Freitag abend?«

»Ich war oben in meinem Schlafzimmer und schlief. Ich wußte nichts davon, daß mein Bruder Besuch hatte.«

»Um welche Zeit gingen Sie schlafen?«

»Gegen zehn Uhr. Ich – ich hatte wieder einmal meine Migräne.«

Der Inspektor wirbelte zu Mrs. Vreeland herum. »Und Sie? Wo und wie verbrachten Sie den Freitagabend?«

Mrs. Vreeland lächelte kokett. »In der Oper, Inspektor.«

»Allein?«

»Mit einem Bekannten. Wir soupierten anschließend im *Carlton Hotel*, und ich kehrte gegen ein Uhr nach Hause zurück.«

»Bemerkten Sie in Khalkis' Arbeitszimmer Licht?«

»Wüßte nicht.«

»Begegneten Sie sonst jemandem im Hause?«

»Es war finster wie im Grab. Ich sah nicht einmal ein Gespenst, Inspektor.«

Der Inspektor zupfte an seinem Schnurrbart. Als er aufschaute, begegnete er dem erwartungsvollen Blick des Doktors. »Ah, Doktor Wardes«, sagte er liebenswürdig. »Und Sie?«

Doktor Wardes kämmte mit der Hand seinen Vollbart. »Ich war im Theater, Inspektor.«

»Im Theater? Demnach kamen Sie also vor Mitternacht nach Hause?«

»Nein, Inspektor. Nach dem Theater besuchte ich noch ein oder zwei Vergnügungslokale. Ich kam erst einige Zeit nach Mitternacht nach Hause.«

»Sie verbrachten den Abend allein?«

»O gewiß.«

Der Alte blinzelte listig. Er hatte im Verlauf seiner langen Dienstjahre Tausende von Leuten verhört und einen besonderen

Spürsinn für Wahres und Falsches erworben. Da war irgend etwas in Doktor Wardes überglatten Antworten und in Mrs. Vreelands gespannter Haltung, was seinen Verdacht weckte.

»Mir scheint, Sie halten sich nicht ganz an die Wahrheit, Doktor«, sagte er leichthin. »Ich begreife natürlich ... Sie waren am Freitag abend mit Mrs. Vreeland zusammen, nicht wahr?«

Die Frau atmete hörbar, Doktor Wardes zog seine buschigen Augenbrauen in die Höhe. Jan Vreeland schaute verstört von dem Arzt zu seiner Frau, sein kleines fettes Gesicht runzelte sich vor Kummer und Sorge.

Plötzlich lachte Doktor Wardes gedämpft. »Sie sind ein ausgezeichneter Fallensteller, Inspektor.« Er verbeugte sich leicht vor Mrs. Vreeland. »Sie gestatten doch, meine Liebe?« Sie nickte nervös. »Ich wollte vermeiden, Mrs. Vreelands Liebenswürdigkeit, mir diesen Abend zu schenken, in falschem Licht erscheinen zu lassen, Inspektor. Ich begleitete sie also in die Metropolitan Opera und später ins *Carlton* ...«

»Allerhand! Sie schulden mir eine Erklärung ...«, unterbrach ihn aufgeregt der kleine Vreeland.

»Aber lieber Mr. Vreeland, es war das unschuldigste Vergnügen, das Sie sich denken können ...«

Der Inspektor befahl Vreeland kurz angebunden, sich ruhig zu verhalten. Plötzlich blieb sein Blick auf der schwankenden Gestalt des Demetrios Khalkis haften ...

Abgesehen von seinem schwachsinnigen Gesichtsausdruck war Demmy ein häßliches und elendes Abbild seines Vetters Georg Khalkis. Seine großen leeren Augen waren fast ständig ins Nichts gerichtet, die dicke Unterlippe hing schwer herab, sein Hinterkopf war flach und die ganze Schädelbildung unförmig und mißraten. Er war während der Vernehmung geräuschlos auf und ab gewandert, hatte zu niemandem gesprochen und nur gelegentlich den Anwesenden mit kurzsichtigen Blicken in die Gesichter geschaut.

»Hallo, Mr. Khalkis!« rief der Inspektor.

Demmy setzte seinen Spaziergang unbekümmert fort.

»Ist er taub?« fragte der Alte ungeduldig, ohne sich an eine bestimmte Person zu wenden.

Joan Brett antwortete: »Nein, Inspektor. Aber er versteht nicht Englisch. Er ist Grieche.«

»Muß aber mit ihm sprechen«, meinte der Inspektor bärbeißig.

»Mrs. Sloane, er ist doch Ihr Vetter, nicht wahr?«

»Ja, Inspektor.«

»Können Sie Griechisch?«

»Genug, um mich mit ihm verständigen zu können.«

»Bitte fragen Sie ihn, was er am vergangenen Freitag abend tat.«

Mrs. Sloane seufzte, stand auf, faßte den Schwachsinnigen am Arm und schüttelte ihn heftig. Er drehte sich langsam zu ihr um und suchte verängstigt ihr Gesicht. Dann lächelte er und nahm ihre Hand. Sie rief laut: »Demetrios!«, und sprach in einer fremden Sprache auf ihn ein. Er lachte laut heraus und umspannte mit seiner Riesenpranke ihre Hand noch fester. Er antwortete ein wenig lispelnd.

Mrs. Sloane wandte sich an den Inspektor. »Er sagt, Georg habe ihn am Freitag gegen zehn Uhr zu Bett geschickt.«

»Sein Schlafzimmer liegt neben dem von Mr. Khalkis?«

»Ja.«

»Fragen Sie ihn, ob er aus der Bibliothek irgendwelche Geräusche hörte, nachdem er ins Bett gegangen war.«

Aufs neue Frage und Antwort in der fremden Sprache. »Nein, er sagt, er habe nichts gehört. Er schlief gleich ein und die ganze Nacht durch.«

Der Alte nickte. »Vielen Dank, Mrs. Sloane. Das ist vorläufig alles.«

Er ging zum Schreibtisch, um zu telefonieren. »Hallo! Hier spricht Queen . . . Mach die Ohren auf, Fred! Wie heißt doch unser griechischer Dolmetscher? . . . Wie? Trikkala? . . . Gut. Stöbere ihn auf, er soll sofort zur Vierundfünfzigsten Straße Nr. 11 kommen und nach mir fragen.«

Er legte auf. »Ich muß Sie bitten, hier auf mich zu warten und den Raum nicht zu verlassen«, sagte er, winkte Ellery und Pepper, nickte Sergeant Velie lakonisch zu und trat aus der Tür.

Sie gingen die teppichbelegten Stufen hinauf und wandten sich auf ein Zeichen Peppers nach rechts. Der Inspektor klopfte an. »Wer ist da?« hörte man eine erschreckte, tränenerstickte Frauenstimme.

»Inspektor Queen. Darf ich einen Augenblick eintreten, Mrs. Simms?«

»Wer? . . . O ja! Nur einen Moment, Sir, einen Moment!«

Schließlich keuchte es hinter der Tür: »Kommen Sie nur herein, Sir, kommen Sie!«

Der Inspektor öffnete die Tür, die drei Herren traten ein. Mrs.

Simms saß in einem altmodischen Ohrenstuhl, um die Schultern ein verschlossenes Umschlagetuch. Ihre großen Füße staken in gestickten Pantoffeln.

»Wie geht es Ihnen, Mrs. Simms?« fragte der Inspektor teilnahmsvoll.

»Ach, schrecklich, Sir ... Wer war denn dieser gräßliche Tote im Salon? Der hat mir den Rest gegeben.«

»Sie haben also den Mann bei Lebzeiten nicht gesehen?«

»Ich?« schrie sie. »Davor soll mich der Himmel bewahren! Nein, nein, niemals!«

»Schon gut, schon gut«, sagte der Inspektor eilig. »Können Sie sich an den vergangenen Freitag abend erinnern, Mrs. Simms?«

Sie drückte ihr feuchtes Taschentuch gegen die Nase, ihr Blick wurde lebendiger. »Vergangenen Freitag abend? Sie meinen die Nacht, bevor Mr. Khalkis starb? Freilich, freilich ... Das werde ich nie vergessen.«

»Das freut mich, Mrs. Simms. Ich hörte, Sie wären zeitig zu Bett gegangen – stimmt das?«

»Es stimmt. Mr. Khalkis hatte mich zu Bett geschickt.«

»Gab er Ihnen sonst noch einen Auftrag?«

»Oh, nichts Besonderes, Sir.« Mrs. Simms schneuzte sich geräuschvoll. »Er rief mich in sein Arbeitszimmer und ...«

»Um welche Zeit?«

Sie runzelte die Stirn. »Es muß so gegen dreiviertel elf gewesen sein. Mr. Khalkis befahl mir, ihm die Teemaschine, drei Tassen, einige Eier, Sahne, Zitrone und Zucker herzurichten ...«

»War er allein, als Sie die Bibliothek betraten?«

»Gewiß, Sir. Ganz allein.«

»Und was geschah dann.«

Sie tupfte sich die Augen. »Ich brachte das Teegerät und setzte es auf dem Tischchen neben dem Schreibtisch ab. Er fragte mich, ob ich wirklich alles gebracht hätte, was er mir aufgetragen hatte ...«

»Das ist immerhin merkwürdig«, brummte Ellery.

»Wieso, Sir? Er konnte doch nichts sehen. Dann sagte er scharf: ›Gehen Sie sofort zu Bett, Mrs. Simms! Haben Sie verstanden?‹ Ich antwortete: ›Ja, Mr. Khalkis‹, und ging gleich hinauf in mein Zimmer. Wenn ich mir's jetzt recht überlege, kommt es mir vor, als wäre er ein bißchen aufgeregt gewesen ...«

»Er sprach Ihnen gegenüber nicht davon, daß er Gäste erwarte?«

»Zu mir? O nein, Sir. Natürlich nahm ich an, daß er jemanden erwartete, wegen der drei Tassen und so. Aber es stand mir nicht zu, zu fragen.«

»Natürlich. Sie haben an jenem Abend auch keine Gäste ins Haus kommen sehen?«

»Nein, Sir. Ich ging in mein Zimmer und gleich zu Bett, wie ich schon sagte.«

»Vielen Dank für Ihre bereitwilligen Auskünfte, Mrs. Simms«, sagte der Inspektor. Die drei Herren gingen schnell aus dem Zimmer. Ellery machte ein nachdenkliches Gesicht, als sie die Treppe hinabstiegen.

8

Als sie unten wieder in die Bibliothek eintreten wollten, hörten sie aus dem Salon jenseits der Halle Stimmen. Sie gingen hinüber und fanden außer Dr. Prouty einen anderen Herrn, der ihnen unbekannt war und der sich an der Leiche Grimshaws zu schaffen machte. Prouty übernahm die Vorstellung. »Dr. Frost, Mr. Khalkis' Hausarzt . . .«

Dr. Duncan Frost murmelte irgendeine Höflichkeit, trat wieder zurück, schaute voll Interesse auf den Leichnam nieder.

»Ich begreife das einfach nicht«, sagte er. »Wie kommt diese Leiche in Khalkis' Sarg?«

»Wenn wir das wüßten, wäre uns wohler, Doktor«, meinte der Inspektor, um unvermittelt die Frage anzuschließen: »Kennen Sie diesen Mann? Haben Sie ihn jemals behandelt?«

Dr. Frost schüttelte den Kopf. »Er ist mir völlig fremd, Inspektor. Und ich kenne doch Khalkis' Lebensumstände seit vielen Jahren. Ich wohne schräg gegenüber. Wir waren sozusagen Nachbarn.«

»Wie lange ist der Mann tot?« fragte Ellery.

»Frost und ich haben gerade darüber gesprochen, bevor Sie hereinkamen«, sagte Dr. Prouty verdrießlich. »Nach der oberflächlichen Untersuchung kann man es schwer sagen . . .«

»Es hängt viel davon ab«, sagte Dr. Frost, »wo die Leiche aufbewahrt wurde, bevor sie zu Khalkis in den Sarg geschmuggelt wurde.«

»Dann ist er also seit mehr als drei Tagen tot?« fragte Ellery schnell. »Er starb vor Dienstag, dem Tag der Beisetzung?«

»Das dürfen Sie als sicher annehmen«, erwiderte Dr. Frost, und

Dr. Prouty nickte zustimmend. »Der Zustand der Leiche deutet auf eine allermindeste Frist von drei Tagen.«

»Also, Doktor, zerlegen Sie diesen Ehrenmann nach allen Regeln der Kunst«, sagte der Inspektor, »und sagen Sie uns genau, seit wann er sich aus dem Staube gemacht hat.«

»Und wie steht es mit Khalkis?« fragte Pepper plötzlich. »Ist da alles richtig? Ich meine, ist der natürliche Tod einwandfrei erwiesen?«

Der Inspektor starrte Pepper an, dann schlug er sich auf den Schenkel und rief aus: »Tüchtig, Pepper! Eine gute Idee ... Dr. Frost, Sie haben doch den Tod von Mr. Khalkis festgestellt, nicht wahr?«

»Jawohl.«

»Und Sie haben auch den Totenschein ausgeschrieben?«

»Gewiß.«

»Und nichts Verdächtiges bemerkt?«

Dr. Frost schien plötzlich ein Lineal verschluckt zu haben. »Ich nehme nicht an«, sagte er kalt, »daß Sie mir zumuten, ich hätte als Todesursache Herzschlag angegeben, wenn es sich nicht so verhielt, Sir.«

»Irgendwelche Komplikationen?« brummte Dr. Prouty.

»Nicht zur Zeit des Todes. Aber Khalkis war seit etlichen Jahren ein schwerkranker Mann. Seit zwölf Jahren litt er an allen Folgen einer Herzerweiterung, die sich aus einem Herzklappenfehler entwickelt hatte. Um die Sache noch übler zu machen, traten seit drei Jahren Magengeschwüre auf. Wegen der Herzschwäche konnten wir nicht operieren, sondern mußten uns mit internistischer Behandlung begnügen. Die Magenblutungen hatten seine Erblindung zur Folge.«

»Geht das immer Hand in Hand?« fragte Ellery neugierig.

Dr. Prouty sagte: »Es ist nicht alltäglich, aber es ereignet sich hier und da.«

»Auf jeden Fall«, fügte Dr. Frost hinzu, »war Dr. Wardes, der Augenspezialist, mit mir einer Meinung, daß die Erblindung nur zeitbedingt sei. Oft genug gewinnen die Patienten unter den vorgenannten Umständen das Augenlicht ebenso plötzlich wieder, wie sie es verloren haben. Allerdings, Khalkis starb blind.«

Der Inspektor winkte Dr. Prouty. »Ich halte es doch für gut, wenn Sie auch an Khalkis die Leichenschau vornehmen«, sagte er.

Dr. Frost nahm Hut und Überzieher und verabschiedete sich kühl.

In Khalkis' Arbeitszimmer traf der Inspektor den Experten für Fingerabdrücke.

»Hast du etwas entdeckt, Jimmy?« fragte der Inspektor leise.

»Eine Menge, aber das besagt nichts. Es wimmelt von Fingerabdrücken im ganzen Zimmer. Aber das ist doch kein Wunder, wenn hier seit einer Woche die Leute wie in einer Stehbierhalle aus und ein gehen.«

»Tu, was du kannst«, seufzte der Inspektor. »Geh zunächst mal hinüber in den Salon und nimm die Fingerabdrücke der Leiche. Wir denken, es ist Grimshaw. Hast du das Kontrollblatt aus dem Archiv mitgebracht?«

»Klar.« Jimmy rannte aus dem Zimmer.

Nach fünf Minuten kehrte er befriedigt zurück. »Es ist Grimshaw, da beißt die Maus keinen Faden ab«, sagte er.

9

Es klopfte laut. Sergeant Velie öffnete spaltbreit, nickte und ließ einen Mann eintreten. Der Inspektor erkannte in dem rundlichen Individuum den griechischen Dolmetscher Trikkala und trug ihm ohne Umschweife auf, Demmy über sein Verhalten am Freitagabend auszufragen.

In Demmys Augen glomm ein Funke von Intelligenz auf. Er war nicht daran gewöhnt, im Mittelpunkt der allgemeinen Aufmerksamkeit zu stehen, und empfand plötzlich etwas wie Eitelkeit. Jedenfalls grinste er über das ganze Gesicht und stotterte und stammelte eifriger als zuvor.

Trikkala berichtete, Khalkis habe Demmy an jenem Abend ins Bett geschickt, er habe nichts gesehen und nichts gehört.

Der Inspektor studierte die Haltung und zitternde Erregung des Schwachsinnigen. »Fragen Sie ihn«, sagte er zum Dolmetscher, »was am nächsten Morgen geschah, nachdem er erwacht war ... Also am Sonnabend, am Todestag seines Vetters.«

»Er sagt, er sei an jenem Morgen durch den Anruf seines Vetters erwacht. Georg habe ihn von seinem Schlafzimmer aus angerufen. Er sei aufgestanden, habe sich angezogen und sei dann ins Schlafzimmer seines Vetters hinübergegangen, um diesem bei der Toilette zu helfen.«

»Fragen Sie ihn, um welche Zeit das geschah«, verlangte der Alte.

»Er sagt, es wäre gegen halb neun gewesen.«

»Wie kommt es, daß Demmy seinem Vetter bei der Toilette half?« fragte Ellery scharf. »Sagten Sie nicht vorhin, Miss Brett, daß Khalkis trotz seiner Blindheit nicht hilflos war?«

Joan zog ihre hübschen Schultern hoch. »Sie müssen bedenken, Mr. Queen, daß Khalkis seine Erblindung sehr schwer nahm. Er war stets ein Willensmensch gewesen und wollte niemandem, nicht einmal sich selbst, zugeben, daß der Verlust des Augenlichts sein Leben beeinflußte. Aus diesem Grund bestand er darauf, daß niemand in der Bibliothek oder in seinem Schlafzimmer auch nur die geringste Veränderung vornahm. So bewegte er sich in seinen Räumen mit absoluter Sicherheit, genau wie ein Sehender.«

»Sie haben meine Frage nicht beantwortet, Miss Brett«, sagte Ellery liebenswürdig. »Nach allem, was Sie eben erzählten, hätte er bei der einfachen Aufgabe, aus dem Bett zu steigen und sich anzuziehen, erst recht jede Hilfe ablehnen müssen.«

»Ich glaube auch nicht, daß Demmy seinen Vetter wie eine Zofe bediente«, sagte Joan. »Immerhin gab es etwas, was Mr. Khalkis nicht allein tun konnte.«

»Und was war das?«

»Die Auswahl der Kleider«, sagte sie triumphierend. »Er war ungewöhnlich wählerisch. Da er blind war, konnte er sich seine Tagesgarderobe nicht so zusammenstellen, wie er es gewohnt war. Demmy mußte es für ihn tun.«

Demmy fühlte sich durch dieses Zwischengespräch vernachlässigt. Unversehens überfiel er den Dolmetscher mit einem Sturzbach von Worten. Trikkala sagte: »Er wiederholt dauernd, daß er seinen Vetter Georg ganz genau nach dem Schema anzog . . .«

Die beiden Queens unterbrachen ihn mit dem gleichen Zwischenruf: »Nach dem Schema?«

Joan lachte. »Die Sache ist so, Inspektor: Demmy war niemals imstande, die komplizierten Garderobenwünsche seines Vetters im Kopf zu behalten. Khalkis pflegte an jedem Wochentag einen anderen Anzug und dazu passende Wäsche zu tragen. Um Demmys verkümmertes Gehirn zu entlasten, hatte er ihm ein Wochenschema auf griechisch aufgeschrieben. Sobald sich Mr. Khalkis einbildete, ein Anzug sei abgetragen, mußte sein Schneider ein genaues Duplikat herstellen. Ebenso wurde es mit Wäsche, Schuhen und allem übrigen gehalten. Auf diese Weise blieb das Schema seit seiner Erblindung immer das gleiche.«

»Fragen Sie, was dann geschah, Trikkala«, brummte der Inspektor.

Demmy war wieder ganz in seinem Element, er antwortete in aller Breite, bis ihm Trikkala, der sich verzweifelt den Schweiß von der Stirn wischte, das Wort abschnitt. »Er erzählt immer wieder, daß er seinen Vetter Georg nach dem Schema ankleidete. Gegen neun Uhr habe er dann zusammen mit Georg das Schlafzimmer verlassen und sie seien in die Bibliothek gegangen.«

Joan mischte sich ein. »Mr. Khalkis pflegte jeden Morgen um neun Uhr mit Mr. Sloane in seinem Arbeitszimmer zu konferieren. Wenn diese geschäftlichen Besprechungen beendet waren, mußte ich das Diktat aufnehmen.«

»Davon hat Demetrios nichts gesagt«, meinte Trikkala gekränkt. »Er sagte nur, er hätte seinen Vetter bis zum Schreibtisch geführt, er selbst habe dann das Haus verlassen und sei spazierengegangen.«

»Danke, Trikkala. Er soll noch hierbleiben. Vielleicht brauchen wir ihn noch.« Der Inspektor wandte sich an Gilbert Sloane. »Sie waren offenbar der nächste nach Demmy, der Khalkis am vergangenen Sonnabendmorgen sah. Trafen Sie ihn wie gewöhnlich um neun Uhr zur Konferenz?«

Sloane räusperte sich nervös. »Nicht genau«, sagte er mit schwankender Stimme. »Ich bin sonst immer absolut pünktlich gewesen, aber gerade am letzten Sonnabend hatte ich verschlafen. Ich hatte bis in die Morgenstunden hinein in der Galerie gearbeitet. Als ich gegen Viertel zehn Uhr anklopfte, war Georg sehr verärgert, daß ich ihn hatte warten lassen. In den letzten Monaten konnte er oft recht grob und ungemütlich werden. Wahrscheinlich wuchs in ihm das Gefühl der Hilflosigkeit.«

Inspektor Queen gönnte seiner Nase eine kräftige Prise, nieste und sagte nebenhin: »Fanden Sie im Zimmer etwas verändert?«

»Wieso? . . . Natürlich nicht. Alles war wie sonst . . .«

»War er allein?«

»Jawohl.«

»Berichten Sie mir genau, wie Ihre Besprechung verlief.«

»Auch daran war nichts Besonderes, Inspektor. Ich versichere Ihnen, daß . . .«

Der Inspektor fuhr ihn an: »Es ist nicht Ihre Sache, zu beurteilen, was wichtig oder unwichtig ist, Mr. Sloane.«

Sloane duckte sich. »Wir sprachen also schnell das Geschäftliche durch«, sagte er leise. »Dabei hatte ich den Eindruck, daß Georg mit ganz anderen Dingen beschäftigt war als mit Kunstsammlungen und Einkäufen.«

»Aha!«

»Er war sehr grob mit mir, ungewöhnlich grob. Wahrscheinlich fühlte er selbst, daß er zu weit gegangen war, und änderte plötzlich das Thema. Er befühlte die rote Krawatte, die er trug und sagte viel ruhiger: ›Mir scheint, der Schlips ist verschossen, Gilbert.‹ Ich beruhigte ihn und meinte, alles wäre in schönster Ordnung. ›Nein‹, sagte er, ›ich fühle ganz genau, daß er schäbig ist, Gilbert. Erinnere mich bitte, bevor du gehst, daß ich Barretts anrufe und ein paar neue bestelle.‹ Barrets war nämlich der Wäschelieferant.«

»Haben Sie Ihren Schwager an die Bestellung erinnert, als Sie gingen?« fragte Ellery schnell.

Sloane kniff die Augen zu. »Selbstverständlich. Miss Brett wird es Ihnen bestätigen. Sie erinnern sich doch, Miss Brett?« fragte er ängstlich die junge Dame. Joan nickte nachdrücklich. »Na also«, sagte Sloane triumphierend.

»Und weiter ereignete sich nichts zwischen Ihnen und Khalkis an jenem Morgen?« fragte der Inspektor.

»Haargenau, wie ich es Ihnen erzählt habe, Inspektor. Ich ging nicht gleich in die Galerie, sondern erledigte erst einen Stadtgang. Als ich nach ungefähr zwei Stunden ins Büro kam, erfuhr ich, daß Georg, kurz nachdem ich das Haus verlassen hatte, gestorben war. Mr. Suiza hatte sich bereits ins Trauerhaus begeben. Ich folgte ihm sogleich. Die Galerie liegt nur wenige Häuserblocks von hier entfernt in der Madison Avenue.«

Pepper flüsterte mit dem Inspektor, Ellery steckte seinen Kopf dazwischen, man hielt eine kleine Geheimkonferenz ab. Der Inspektor nickte und wandte sich wieder an Sloane. »Ich fragte Sie vorhin, ob Sie an jenem Sonnabendmorgen in diesem Zimmer irgendeine Veränderung bemerkten, und Sie verneinten das. Wie Sie vorhin der Zeugenaussage von Miss Brett entnehmen konnten, besuchte jener Grimshaw Ihren Schwager am Abend vor dem Tode in Begleitung eines großen Unbekannten, dem offenbar viel daran lag, keine Spuren zu hinterlassen. Bitte nehmen Sie alle Gedanken zusammen: Erinnern Sie sich nicht doch vielleicht, hier in der Bibliothek, insbesondere auf diesem Schreibtisch, etwas gesehen zu haben, was nicht hingehörte und was uns einen Anhaltspunkt liefern könnte?«

Sloane schüttelte den Kopf. »Ich erinnere mich wirklich nicht. Ich saß direkt neben dem Schreibtisch und hätte ganz bestimmt den kleinsten Gegenstand bemerkt, der nicht zu Georgs Utensilien gehörte.«

»Hat Khalkis etwas von seinem nächtlichen Besuch erwähnt?«

»Kein Wort, Inspektor.«

»Ich danke Ihnen, Mr. Sloane ...« Sloane ließ sich mit einem Seufzer der Erleichterung neben seiner Frau in einen Sessel fallen. Der Inspektor winkte Joan Brett. »Sie waren uns bis jetzt so behilflich, meine Liebe ... Eine Zeugin so recht nach meinem Herzen. Ich wüßte sehr gern Näheres über Sie. Erzählen Sie mir etwas von sich.«

Joan lächelte den Inspektor an: »Ich heiße Joan Brett. Bei Mr. Khalkis arbeite ich seit über einem Jahr. Mein britischer Akzent weist auf meine Herkunft, ich stamme aus verarmtem englischem Landadel. Ich kam zu Mr. Khalkis auf Empfehlung von Sir Arthur Ewing, dem berühmten britischen Kunsthändler, bei dem ich in London gearbeitet hatte. Khalkis brauchte gerade eine zuverlässige Hilfskraft und engagierte mich mit einem sehr anständigen Gehalt als Privatsekretärin. Meine Kenntnisse im Kunsthandel gaben wohl den Ausschlag.«

Der Inspektor winkte ab. »Ich möchte nun wissen, was sich am vergangenen Sonnabend vormittag hier ereignete.«

Sie dachte nach und begann: »Ich betrat das Arbeitszimmer, als Mr. Sloane und Mr. Khalkis ihre geschäftliche Besprechung beendet hatten. Ich hörte noch, wie Mr. Sloane meinen Chef an die Krawatte erinnerte. Dann ging Sloane, und ich nahm eine Viertelstunde lang Stenogramme auf. Als wir fertig waren sagte ich: ›Soll ich Barrett anrufen und die Krawatten bestellen, Mr. Khalkis?‹ Er antwortete: ›Nein, das tue ich selbst.‹ Dann überreichte er mir einen versiegelten und frankierten Briefumschlag und trug mir auf, ihn zur Post zu bringen. Ich war ein wenig überrascht, denn eigentlich ging seine gesamte Korrespondenz sonst durch meine Hände ...«

»Ein Brief?« sinnierte der Inspektor. »An wen adressiert?«

Joan runzelte die Stirn. »Tut mir leid, Inspektor. Ich weiß es nicht, es interessierte mich nicht weiter.« Sie zuckte mit den Schultern. »Dann sah ich gerade noch, bevor ich das Zimmer verließ, wie Mr. Khalkis das Telefon abhob und Barrett verlangte.«

»Um welche Zeit war das?«

»Es muß gegen dreiviertel zehn gewesen sein.«

»Und Sie trafen Khalkis bei Ihrer Rückkehr nicht mehr am Leben an?«

»Nein, Inspektor. Ich war ungefähr eine halbe Stunde später oben in meinem Zimmer, als ich plötzlich von unten einen lauten Schrei hörte. Ich raste hinunter und fand Mrs. Simms im Arbeitszimmer ohnmächtig und Mr. Khalkis tot über seinen Schreibtisch gelehnt. Mrs. Vreeland und Mrs. Sloane kamen hinter mir her und begannen sofort zu jammern. Ich versuchte, sie zur Besinnung zu bringen, bat sie, sich um die arme Simms zu kümmern, und telefonierte mit Dr. Frost und der Galerie. Weekes erschien, gleich darauf Dr. Frost und Dr. Wardes. Frost stellte den Totenschein aus, während wir anderen Mrs. Simms in ihr Stübchen trugen und uns bemühten, sie wieder zu sich zu bringen.«

»Und wie haben Sie sich in der Nacht vom Mittwoch zum Donnerstag – also vorgestern – verhalten?«

Joan zögerte. Die lustige Pendelbewegung ihrer Beine hatte aufgehört. Schließlich aber sagte sie im leichten Gesprächston: »Nach all den überstürzten Ereignissen der letzten Tage fühlte ich mich erholungsbedürftig. Ich ging also am Mittwoch nachmittag in den Zentralpark, um ein wenig Luft zu schöpfen, nahm zeitig mein Abendbrot ein und zog mich gleich darauf zurück. Im Bett las ich noch etwa eine Stunde lang und löschte gegen zehn Uhr das Licht. Das ist alles.«

»Sie schliefen die ganze Nacht hindurch?«

»Natürlich.«

Der Inspektor legte seine Hand auf Peppers Arm und sagte: »Wie wollen Sie uns dann die Tatsache erklären, Mrs. Brett, daß Mr. Pepper Sie in jener Nacht gegen ein Uhr in die Bibliothek eintreten und am Panzerschrank hantieren sah?«

Niemand wagte zu atmen. Cheney schaute wild von Joan zum Inspektor, dann schoß er unheilvolle Blicke auf Pepper.

Joan schien am wenigsten aus der Fassung gebracht. Sie lächelte und wandte sich direkt an Pepper. »Sie sahen mich in die Bibliothek eintreten, Mr. Pepper? Und Sie haben bemerkt, daß ich mich am Safe zu schaffen machte? Sind Sie Ihrer Sache ganz sicher?«

»Liebe Miss Brett«, sagte Inspektor Queen und klopfte ihr auf die Schulter. »Ich rate Ihnen ab, mit der Wahrheit Fangball zu spielen. Was suchten Sie hier zu jener nächtlichen Stunde?«

44

Joan schüttelte bekümmert den Kopf. »Ich weiß wirklich nicht, wovon Sie eigentlich sprechen, Inspektor!«

Der Inspektor schaute Pepper verstohlen von der Seite an. »Sie müssen ja wissen, ob Sie einen Geist oder diese junge Dame hier gesehen haben, Pepper?«

Der Detektiv scharrte unmutig den Teppich. »Es war Miss Brett ... Dafür laß ich mich hängen«, flüsterte er. »Ich saß hier hinten in der Ecke in dem großen Lehnstuhl und döste. Wer auf meine Anwesenheit nicht gefaßt war, konnte mich nicht erkennen. Miss Brett trat vorsichtig ein, schloß geräuschlos die Tür und zündete die kleine Schreibtischlampe an. In ihrem schwachen Licht konnte ich alles genau beobachten. Miss Brett öffnete den Panzerschrank und durchsuchte alle Papiere ...« Die letzten Sätze purzelten eilig hervor, als wäre Pepper froh, mit seinem peinlichen Bericht zu Ende zu kommen.

Das Mädchen war bei jedem Wort bleicher geworden. Es biß sich verstört auf die Lippen, Tränen traten ihm in die Augen.

»Ist das wahr, Miss Brett?« fragte der Inspektor gelassen.

»Nein, nein ... Es ist nicht wahr!« rief sie, bedeckte das Gesicht mit beiden Händen und begann krampfhaft zu weinen.

Mit einem unterdrückten Fluch sprang der junge Allan Cheney Pepper an den Hals und würgte den bis dahin sauberen Kragen des Detektivs.

»Verdammter Lügner!« brüllte er. Pepper lief dunkelrot an und hatte Mühe, sich aus Cheneys Griff zu befreien. Sergeant Velie war wie der Blitz an Cheneys Seite und packte ihn mit einem so gewaltigen Griff am Arm, daß der junge Mann wie ein Taschenmesser zusammenknickte.

»Ein gottverdammter Schwindel!« schrie Allan und wand sich unter Velies Faust.

»Setzen Sie sich, junger Held!« donnerte der Inspektor. »Thomas, bändige diesen Höllenhund und bring ihn dort hinten in der Ecke zur Vernunft.«

»Fassen Sie sich, Allan ...« Joan sprach. Es klang leise und wie erstickt und zwang alle zum Aufhorchen. »Mr. Pepper hat die Wahrheit gesagt. Ich war in der Nacht von Mittwoch zu Donnerstag hier in der Bibliothek.«

»Na also, meine Liebe ... Es macht doch viel mehr Spaß, die Wahrheit zu sagen«, meinte der Inspektor heiter. »Was wollten Sie hier?«

Sie sprach schnell, ohne die Stimme zu heben. »Ich glaubte, es wäre zu schwer, es zu erklären, deshalb versuchte ich, es zu leugnen... Ich erwachte gegen ein Uhr. Plötzlich fiel mir ein, daß Mr. Knox, der doch zum Testamentsvollstrecker bestellt war, möglicherweise eine Aufstellung der Pfandbriefverschreibungen fordern würde, die Mr. Khalkis besaß. Ich ging deshalb nach unten, um die Liste herzustellen...«

»Um ein Uhr morgens, Miss Brett?« fragte der Alte knapp.

»Gewiß. Aber als ich sie im Safe entdeckt hatte, kam mir zum Bewußtsein, wie komisch es war, diese Arbeit zu so ungewöhnlicher Stunde vorzunehmen, und ich ging wieder ins Bett. Ja, so war das, Inspektor.« Der Inspektor fühlte plötzlich eine leise Berührung am Arm. Es war Ellery, der ihn mit dem Ellenbogen anstieß. »Was gibt's, mein Junge?« fragte er leise.

Aber Ellery antwortete so laut, daß es alle hören mußten, und lächelte gewinnend. »Das klingt durchaus vernünftig!«

Sein Vater stand einen Augenblick lang sehr still und in Nachdenken versunken. »Ja«, wiederholte er mechanisch. »Das klingt ganz vernünftig... Sie werden für eine Abwechslung dankbar sein, Miss Brett. Bitte, gehen Sie doch hinauf und fragen Sie Mrs. Simms, ob sie nicht gleich mal herunterkommen kann?«

»Das will ich gerne tun«, erwiderte Joan mit dünner Kinderstimme, glitt von dem Schreibtisch herunter, schaute Ellery dankbar an und huschte aus dem Zimmer.

Mrs. Simms hatte sich in einen schreiend bunten Schlafrock geworfen. Joan schlüpfte auf einen Stuhl neben der Tür – und neben dem jungen Allan, der sie völlig übersah.

»Bitte, nehmen Sie Platz, Mrs. Simms«, sagte der Inspektor. »Erinnern Sie sich der Ereignisse am vergangenen Sonnabend morgen, bevor Mr. Khalkis starb?«

»Ich erinnere mich«, sagte sie mit einem Schauder. »Ich kam hier gegen Viertel elf ins Zimmer, um aufzuräumen, das Teegeschirr wegzutragen, das am Abend vorher gebraucht worden war, und die gewöhnliche Hausarbeit zu tun. Als ich durch die Tür kam – da sah ich den armen Mr. Khalkis auf dem Schreibtisch liegen... Ich meine, sein Kopf lag auf dem Schreibtisch. Er macht ein Nickerchen, sagte ich mir. Aber irgendwas trieb mich, seine Hand zu berühren. Ach, die war kalt, so kalt... Ich versuchte, ihn zu schütteln... Mit einem Male fing ich an zu schreien, und weiter weiß ich nichts, Sir, das schwöre ich beim Heiligen Buch. Als ich wieder zu mir kam«, fuhr sie fort, »standen Weekes und ein Mädchen um mich herum und hielten mir Riechsalz unter die Nase ... Und da merkte ich, daß ich oben in meinem Zimmer im Bett lag.«

»Mit anderen Worten«, sagte Ellery, »Sie kamen nicht dazu, hier in der Bibliothek oder in den beiden Schlafzimmern aufzuräumen.«

»Nein, Sir.«

Ellery flüsterte mit dem Inspektor. Der Alte nickte und sagte dann: »Hat außer Miss Brett, Mr. Sloane und Demetrios sonst noch jemand, der zum Haushalt gehört, Mr. Khalkis am Sonnabend vormittag vor seinem Tode gesehen oder gesprochen?«

Alle verneinten heftig.

»Und Sie haben auch während der sieben Tage, die seit Mr. Khalkis Tod vergangen sind, in diesen Räumen nichts angerührt, Mrs. Simms?« fragte Ellery.

»Ich war doch krank, Sir«, sagte die Haushälterin leicht gekränkt.

»Und Sie, Weekes?«

Die weißen Schafslöckchen über seinen Ohren zitterten. »Nein, Sir. Bis zum Dienstag, dem Tag der Beisetzung, blieb alles, wie es war, und danach wurde uns von der Polizei verboten, die Räume zu betreten.«

»Ausgezeichnet!« sagte Ellery.

Der Inspektor wandte sich an den braunbärtigen englischen Arzt. »Dr. Frost sagte mir, daß Sie mit ihm zusammen Khalkis' Leichnam kurz nach Eintritt des Todes untersucht haben. Stimmt das?«

»Allerdings.«

»Was ist Ihre persönliche Meinung über die Todesursache?«

Dr. Wardes runzelte seine buschigen Augenbrauen. »Ich stimme vollkommen mit meinem Kollegen überein.«

»Sehr gut. Nun ein paar persönliche Fragen, Doktor.« Der Inspektor nahm eine Prise und lächelte zuvorkommend. »Wollen Sie mir Ihre Beziehungen zu diesem Hause klarlegen?«

»Ich fürchte, ich muß Ihre Wißbegierde enttäuschen«, sagte Dr. Wardes gleichgültig. »Ich bin Augenspezialist in London und fuhr nach New York, um meinen Urlaub in Amerika zu verbringen. Miss Brett suchte mich in meinem Hotel auf ...«

»Waren Sie denn miteinander bekannt?«

»Jawohl. Durch Sir Arthur Ewing, Miss Bretts früheren Chef«, erklärte der Arzt. »Als sie aus den Zeitungen von meiner Ankunft in

New York erfuhr, suchte sie mich auf, um mich zu überreden, Mr. Khalkis zu untersuchen. Khalkis nahm mich außerordentlich liebenswürdig auf und bat mich, während meines Aufenthaltes in den Staaten sein Gast zu sein. Ich hatte ihn etwas über vierzehn Tage unter Beobachtung, als er starb.«

»Stimmte Ihre Diagnose mit der von Dr. Frost überein?«

»Durchaus. Die Phänomene der völligen Erblindung nach Magenblutungen sind noch wenig erforscht. Ich machte einige Versuche, die aber leider keinen Erfolg hatten. Den letzten Eingriff unternahm ich am vergangenen Donnerstag, ohne daß die gewünschte Reaktion eintrat.«

»Sie sind vollkommen sicher, diesem Grimshaw — ich meine, dem zweiten Mann im Sarg — niemals begegnet zu sein, Doktor?«

»Aber nein«, erwiderte Wardes ungeduldig. »Ich weiß nicht das geringste über Mr. Khalkis' Privatleben, seine Geschäfte und Freunde oder sonstige Dinge, die für Ihre Untersuchung wichtig sein könnten.«

Der Inspektor kaute an seinem Schnurrbart. »Ellery!« knurrte er dann verärgert. »Was, zum Teufel, treibst du da?«

Sein Sohn rückte nicht sogleich mit der Antwort heraus. Er hatte etwas sehr Eigentümliches entdeckt und schien vorderhand keine Lust zu haben, darüber zu reden. Er starrte wie geistesabwesend auf die Teemaschine nieder, die auf dem Servierwagen im Alkoven stand.

10

Ellery Queen war während des nutzlosen Verhörs in der Bibliothek hin und her gewandert, hatte hier ein Buch hervorgezogen, dort die Holztäfelung beklopft, und war einige Male an dem kleinen fahrbaren Teetisch vorübergestrichen, ohne das geringste dabei zu denken. Plötzlich aber war ihm gewesen, als wittere er etwas, er hatte es körperlich gespürt, daß irgendwo die Harmonie der Dinge gestört war. Die Teemaschine hatte es auf ihn abgesehen, er mußte zu ihr hin und den Deckel abheben. Und was sah er da? ... Nichts als Wasser, einen Rest von Wasser, der darin zurückgeblieben war.

Er ließ die Frage seines Vaters unbeantwortet und wandte sich an Mrs. Simms. »Wo befand sich dieser Teewagen am Sonnabend vormittag, als Sie Khalkis tot auffanden?«

»Neben dem Schreibtisch, Sir. Nicht dort, wo er jetzt steht. Neben dem Schreibtisch, wohin ich ihn am Abend vorher gefahren hatte.«

»Danke.« Ellery wandte sich an alle: »Wer hat den Teewagen in den Alkoven geschoben?«

Wieder war es Joan Brett, die antwortete. »Ich hab's getan, Mr. Queen.«

Der Inspektor runzelte die Stirn, aber Ellery beschwichtigte ihn mit einem Lächeln. »Also Sie, Miss Brett. Darf ich fragen, wann und weshalb?«

Sie lachte leise und ein wenig gezwungen. »Es sieht wirklich so aus, als hätte ich hier alles und jedes getan ... Am Nachmittag nach dem Begräbnis gab es hier Aufregung, weil man das Testament suchte. Der Teewagen, der neben dem Schreibtisch stand, war im Wege, und deshalb schob ich ihn in den Alkoven. Daran ist doch nichts Schlimmes?«

»Gewiß nicht«, sagte Ellery nachsichtig und wandte sich wieder an die Haushälterin. »Als Sie am Freitag abend das Teegerät brachten, Mrs. Simms ... Wie viele Tee-Eier waren dabei?«

»Sechs Stück, Sir.«

Der Inspektor und Pepper traten näher und blickten den Teewagen mit neuem Interesse an. Obenauf lag ein großes silbernes Servierbrett mit dem elektrischen Kocher, drei Tassen, einer Zuckerdose und einem Teller mit eingetrockneten, aber nicht gebrauchten Zitronenscheiben. Auf einem zweiten Teller befanden sich drei unversehrte Tee-Eier. Außerdem ein silbernes Kännchen mit geronnener Sahne. Am Rande der Tassen und auf dem Boden bemerkte man die gelblichen Ablagerungen der Teeflüssigkeit. Ebenso waren die drei silbernen Löffel trübe und fleckig.

Ellery entfernte wiederum den Deckel vom Kocher, starrte hinein, holte dann aus seinem Taschenbesteck eine kleine Glasröhre, füllte sie mit einigen Tropfen des abgestandenen Wassers, verkorkte sie und nahm sie wie eine Kostbarkeit an sich. Unter den verwunderten Blicken seiner Zuschauer hob er das Tablett vom Teewagen und setzte es auf den Schreibtisch. »Haben Sie auf dem Servierbrett etwas verändert, als Sie den Teewagen am Dienstag beiseite schoben, Miss Brett?« fragte er eindringlich.

»Nein, Mr. Queen«, antwortete sie gehorsam.

»Ausgezeichnet.« Er rieb sich befriedigt die Hände. »Meine Damen und Herren, wir haben alle einen recht anstrengenden Vormittag hinter uns. Darf ich Ihnen eine Erfrischung anbieten? ...«

»Ellery!« sagte der Inspektor sehr gemessen. »Schließlich hat alles seine Grenzen. Für faule Scherze ist hier nicht der Ort . . .«

Ellery verständigte seinen erbosten Vater durch einen Blick. Der Inspektor trat beiseite, als wollte er sagen: ›Du hast das Wort, mein Junge, tu was du willst.‹

Ellery schien einem festen Plan zu folgen. Beinahe barsch sagte er zu Mrs. Simms: »Bitte holen Sie drei neue Tee-Eier, sechs reine Tassen und was man sonst noch braucht.«

Die Haushälterin schaukelte aus dem Zimmer. Ellery suchte inzwischen einen Steckkontakt, den er am Schreibtisch fand, und schaltete den elektrischen Kocher ein. Als Mrs. Simms aus der Küche zurückkehrte, brodelte das Wasser bereits in der kleinen Glaskuppel. Ellery drehte den Hahn auf und füllte die sechs Tassen, ohne die Tee-Eier hineinzuhängen. Als die fünfte Tasse nahezu voll war, gab die Maschine kein Wasser mehr. Pepper, der das ganze Manöver mit ehrlichem Erstaunen verfolgt hatte, konnte sich nicht enthalten, zu bemerken: »Aber das Wasser ist doch abgestanden, Mr. Queen. Es ist seit mindestens einer Woche im Kessel. Man kann es bestimmt nicht mehr trinken . . .«

Ellery lächelte. »Tatsächlich. Wie töricht von mir. Mrs. Simms, darf ich Sie bitten, den Kocher mit frischem Wasser zu füllen und sechs neue Tassen aufzutragen?«

Mrs. Simms nahm die Maschine an sich und rauschte davon. Während sie draußen war, versenkte Ellery die drei angegilbten, gebrauchten Tee-Eier in die Tassen, die mit kochendem Wasser gefüllt waren. Dann schwenkte Ellery die drei Tee-Eier und beklopfte sie mit den Löffeln, um sie zu veranlassen, das Letzte an Essenz herzugeben. In diesem Augenblick erschien Mrs. Simms aufs neue, mit einem Riesentablett, auf dem zwölf reine Tassen und die Teemaschine balancierten, und sagte spitzig: »Ich hoffe, daß Sie nun genug haben, Mr. Queen. Den Geschirrschrank habe ich so ziemlich ausgeräumt!«

»Tausend Dank, Mrs. Simms. Sie sind eine Perle.«

Er kehrte zu seiner sonderbaren Zeremonie zurück. Trotz aller Anstrengung lieferten die alten Tee-Eier nur den gelblichen Schimmer eines teeähnlichen Getränks. Ellery schmunzelte und nickte, als habe er eine wichtige Bestätigung gewonnen. Dann wartete er geduldig, bis das frische Wasser kochte und füllte damit sechs Tassen voll. »Ich fürchte, liebe Mrs. Simms, Sie müssen die Maschine noch einmal nachfüllen. Wir sind eine zahlreiche Gesellschaft ...« Dies blieb der wackeren Haushälterin erspart. Alle lehnten einmütig ab, Ellerys Beispiel zu folgen, der gemächlich eine Tasse des neu bereiteten Tees schlürfte und dabei nachdenklich über den Schreibtisch blickte, der mit Porzellan und Silber vollgestellt war wie ein Küchentisch mit Abwaschgeschirr.

11

Nachdem sich Ellery den Mund gewischt hatte, setzte er die leere Tasse nieder und begab sich immer noch schmunzelnd in Khalkis' Schlafzimmer. Der Inspektor und Pepper folgten ihm resigniert.

Khalkis' Schlafzimmer war groß und dunkel. Es hatte keine Fenster. Ellery knipste Licht an und schaute sich um. Im Zimmer herrschte eine bemerkenswerte Unordnung. Das Bett war zerwühlt, eine Menge Kleidungsstücke lagen auf einem Sessel daneben. Er ging auf eine hochbeinige, altmodische Kommode zu und begann, die Schubfächer zu durchsuchen. In der obersten Lade entdeckte er zwei auf Karton aufgezogene Schriftblätter, in die er sich sogleich vertiefte. »Hast du was?« brummte der Inspektor, stellte sich auf die Zehenspitzen, und blickte zusammen mit Pepper über Ellerys Schulter.

»Bloß das Kleiderschema, nach dem der Schwachsinnige seinen Vetter bediente«, sagte Ellery.

Ellery stöberte in den übrigen Schubfächern, schien aber nichts Bemerkenswertes zu finden, bis er in der untersten Lade ein langes, flaches und versiegeltes Paket fand. Es war an Georg Khalkis, 54. Straße, New York City, adressiert und trug in der linken Ecke das Warenzeichen von Barretts. Ellery öffnete es. Er fand sechs gleichgemusterte rote Moirékrawatten.

Der Inspektor und Pepper waren in die Bibliothek zurückgekehrt. Ellery machte sich noch einmal in Khalkis' Schlafzimmer zu schaffen. Er durchsuchte vergeblich den dunkelgrauen Anzug, der achtlos über den Sessel geworfen lag, und öffnete dann den Kleiderschrank. Neben zwölf Straßenanzügen hingen drei Smokings und ein Frack auf der Stange. Auf dem Krawattenhalter, der an der Innenseite der Tür angebracht war, hingen Dutzende von Längs- und Querbindern. Unten auf dem Boden standen eine Menge Schuhe, alle mit den zugehörigen Leisten versehen.

Merkwürdigerweise war es um die Hüte nur schwach bestellt. Auf dem Bordbrett fanden sich ein weicher Hut, ein Bowler und ein Zylinder.

Ellery schloß den Kleiderschrank, nahm das Paket mit den Krawatten von der Kommode und kehrte in das Arbeitszimmer zurück, wo er Velie in respektvollem Gespräch mit dem Inspektor vorfand. Der alte Queen schaute forschend auf. Ellery lächelte ihm beruhigend zu und ging hinüber zum Schreibtisch, um zu telefonieren. Schnelle Fragen schienen von dem unsichtbaren Sprecher am anderen Ende des Drahtes schnell beantwortet zu werden. Als Ellery wieder auflegte, strahlte er über das ganze Gesicht. Er hatte mit dem Begräbnisunternehmer Sturgess gesprochen und festgestellt, daß die Kleidungsstücke, die er auf dem Sessel neben Khalkis' Bett gefunden hatte, Stück für Stück mit denen übereinstimmten, die Sturgess und seine Gehilfen dem Toten ausgezogen hatten, bevor er einbalsamiert worden war. Zum Begräbnis war dem Leichnam dann der eine von den beiden Frackanzügen, die Khalkis besaß, angezogen worden.

Ellery schwenkte das Paket in der Hand und sagte aufgeräumt: »Ist jemand unter Ihnen, dem das bekannt vorkommt?«

Zwei der Anwesenden meldeten sich: Weekes und – unvermeidlicherweise – Joan Brett. Ellery lächelte dem Mädchen ermunternd zu, wandte sich aber zuerst an den Butler. »Was wissen Sie davon, Weekes?«

»Das ist doch das Paket von Barretts, Sir. Es wurde am vergangenen Sonnabend nachmittag abgegeben – einige Stunden nach dem Ableben von Mr. Khalkis.«

»Nahmen Sie es selbst entgegen?«

»Ja, Sir.«

»Was taten Sie damit?«

Weekes blickte erstaunt auf. »Ich legte es auf den runden Tisch in der Eingangshalle, wenn ich mich recht erinnere.«

Ellerys Lächeln erlosch. »Auf den Tisch in der Halle, Weekes? Sind Sie ganz sicher? Haben Sie es nicht später von dort entfernt und anderswohin getragen?«

»Nein, Sir. Da bin ich ganz sicher, das habe ich nicht getan.«

»Merkwürdig ... Und Sie, Miss Brett? Was wissen Sie von diesem Paket?«

»Ich sah es am vergangenen Sonnabend nachmittag auf dem Tisch in der Halle liegen, Mr. Queen.«

»Haben Sie es berührt?«

»Nein.«

Ellery wurde plötzlich sehr ernst. »Es steht außer Zweifel, daß eine der anwesenden Personen dieses Paket vom Tisch in der Eingangshalle entfernt und in die unterste Lade der Kommode im Schlafzimmer des Toten gelegt hat, wo ich es soeben gefunden habe. Wer war das?«

Niemand antwortete.

»Hat außer Miss Brett sonst noch jemand das Paket auf dem Tisch liegen sehen?«

Alle blieben stumm.

»Gut«, sagte Ellery kurz. Er händigte das Corpus delicti dem Inspektor aus. »Ich halte es für richtig, Papa, dieses Paket mit den Krawatten bei Barretts vorlegen zu lassen und zu ermitteln, wer es bestellt hat und von wem es abgeliefert wurde.«

Der Inspektor nickte geistesabwesend und winkte einen seiner Detektive heran. »Sie haben gehört, was Mr. Queen gesagt hat, Piggott. Machen Sie sich auf die Socken.«

Piggott versteckte das Paket unter seinem Rock und verschwand.

Der Inspektor klatschte in die Hände, die Anwesenden setzten sich zurecht wie eine gemaßregelte Schulklasse. »Das ist alles für heute. Aber ich möchte Sie noch auf eines hinweisen, bevor wir auseinandergehen. In der vergangenen Woche suchten wir hier nach einem gestohlenen Testament. Das Blatt hat sich jetzt gewendet. Über Ihnen allen schwebt ohne Ausnahme ein Mordverdacht. Wer von Ihnen besondere Geschäfte zu versehen hat, wie etwa Sie, Sloane, und Sie, Mr. Vreeland, der mag ihnen wie gewöhnlich nachgehen. Ich verpflichte Sie aber, meine Herren, jederzeit auf Anruf zur Verfügung zu stehen. Sie, Mr. Suiza, können nach Hause gehen ... im übrigen gilt für Sie das gleiche. Sie, Woodruff, setze ich außer Verdacht. Alle übrigen haben das Haus nur mit besonderer Erlaubnis und mit genauer Angabe ihres Ziels zu verlassen.«

Der Inspektor, der keinen Versuch mehr machte, seine Verärgerung zu bemeistern, schlüpfte in seinen Mantel. Ellery folgte ihm und lächelte in sich hinein.

12

Die Abendmahlzeit im Heim der Queens verlief an diesem denkwürdigen Tage recht einsilbig. Ihre schlechte Laune besserte sich durchaus nicht, als die Gäste eintraten. Ellery hatte Staatsanwalt Sampson und Pepper zum Abendbrot eingeladen. Sie erschienen mit versorgten Gesichtern und vermochten die Stimmung keineswegs aufzuheitern.

Erst nachdem er die Serviette zusammengefaltet hatte, ergriff Sampson das Wort. »Wieder mal eine gottverlassene Angelegenheit, Queen. Was meinst du dazu?«

Der Inspektor kniff die Augen ein. »Frag meinen Sohn.« Er begrub seine Nase in der Kaffeetasse. »Der hört wieder mal das Gras wachsen.«

»Du nimmst die Sache wirklich zu schwer, Papa«, sagte Ellery. »Der Fall hat seine Ecken und Kanten, aber . . .«, er blies Rauch durch die Nase, ». . . daß er unlösbar wäre, möchte ich durchaus nicht behaupten.«

»Was?« Die drei Herren starrten ihn an, als wäre er soeben vom Himmel gefallen.

»Ich bitte euch inständig, setzt mir nicht die Daumenschrauben an«, murmelte Ellery.

Sampson sagte herausfordernd: »Ich verlange, daß Sie die Katze aus dem Sack lassen, Ellery! Was wissen Sie?«

Ellery nahm die Kaffeetasse zur Hand. »Noch zu früh, Sampson. Sie müssen mir Zeit lassen.«

Sampson sprang auf und lief erregt durch die Stube. »Immer wieder dieselbe faule Ausrede . . . ›Zu früh!‹« Er schnaubte wie ein Hengst. »Was ist das Neueste, Pepper? . . . Ich erfahre anscheinend überhaupt nichts mehr . . .«

»Aber, Chef . . .«, sagte Pepper gekränkt. »Velie hat eine ganze Menge festgestellt. So hat zum Beispiel Honeywell, der Küster, ausgesagt, daß die Tür zum Kirchhof zwar stets unverschlossen bleibt, daß aber weder er noch seine Gehilfen das geringste Verdächtige nach dem Begräbnis bemerkt haben.«

»Das besagt gar nichts«, brummte der Inspektor. »Der Kirchhof und der Garten zwischen dem Häuserviereck werden nicht bewacht. Es ist eine Kleinigkeit, dort ungesehen einzudringen. Vor allem bei Nacht.«

»Und wie steht's mit den Nachbarn?«

»Nichts herauszukriegen«, erwiderte Pepper. »Auch da hat Velie ganze Arbeit getan. Alle Häuser des Straßenblocks haben ihre Hinterausgänge nach dem Gartenhof. Nr. 14, an der Ecke der Madison Avenue, gehört Susan Morse, der verrückten alten Schachtel, die beim Begräbnis auftauchte. Nr. 12 wird von Dr. Frost bewohnt. Daneben steht das Pfarrhaus, das an die Kirche stößt. Gegenüber, in der 54. Straße, kommt erst mal Nr. 15, wo Rudolph Ganz seine Zelte aufgeschlagen hat . . .«

»Der Fleischkonservenfabrikant?«

»Ganz recht. Zwischen diesem Hause und der Villa Khalkis, also der Nr. 11, befindet sich logischerweise Nr. 13 . . . Eine leere Villa, die seit längerer Zeit unbewohnt ist.«

»Wem gehört sie?«

»Sie gehört einem unserer berühmtesten Multimillionäre, nämlich James J. Knox, den Khalkis zu seinem Testamentsvollstrecker erkoren hatte. Knox hat vor vielen Jahren dort gewohnt, bis er weiter oben in sein neues Palais zog. Seitdem steht die Villa leer.«

Sampson fragte dazwischen: »Wo hält sich übrigens Knox zur Zeit auf?«

»Er hat heute morgen die Stadt verlassen, ohne daß wir Näheres wissen«, antwortete der Inspektor. »Ich habe Velie einen Haussuchungsbefehl ausstellen lassen. Wir können nicht warten, bis es Knox beliebt, wieder nach New York zurückzukehren. Ich halte es für dringend geboten, die leere Villa sofort unter Polizeiaufsicht zu stellen.«

»Der Inspektor hält es nämlich für wahrscheinlich«, wandte sich Pepper an den Staatsanwalt, »daß die Leiche Grimshaws in der leeren Villa versteckt gehalten wurde, bis sich die Gelegenheit bot, sie in Khalkis' Sarg verschwinden zu lassen.«

»Gar nicht übel, Queen.«

»Wenn Khalkis starb, bevor Grimshaw ermordet wurde«, bemerkte der Inspektor, »so bedeutet das im Hinblick auf den Fundort der Leiche, daß der Mörder im vorhinein mit dem Plan zu Werke gegangen war, Grimshaw in Khalkis' Sarg verschwinden zu lassen. Merkt ihr, worauf ich hinaus will? In diesem Falle wäre das leere Haus der gegebene Ort gewesen, die Leiche bis nach dem Begräbnis aufzubewahren.«

»Du kannst die Sache auch von einer anderen Seite her ansehen,

Queen«, warf Sampson ein. »Da wir den Befund der Obduktion noch nicht kennen, dürfen wir ebensogut annehmen, daß Grimshaw bereits ermordet war, als Khalkis starb. In diesem Fall konnte der Mörder weder mit dem unerwarteten Abschneiden Khalkis' noch mit der günstigen Gelegenheit, die Leiche im Sarg zu verbergen, rechnen. Er hätte unter dieser Voraussetzung die Leiche am Tatort vergraben müssen. Daß aber der Mord in der leeren Villa Knox verübt wurde, dafür fehlen uns durchaus alle Anhaltspunkte. Es hat keinen Zweck, daß wir uns die Köpfe zerbrechen, bevor wir nicht wissen, wann Grimshaw in die ewigen Jagdgründe eingegangen ist.«

13

Am nächsten Morgen, einem strahlenden Oktobertag, sah die Welt für den Inspektor wieder freundlich aus. Dr. Samuel Prouty tauchte plötzlich im Dienstzimmer des Alten auf. Pepper, als Abgesandter des Staatsanwalts, den wichtige Amtsgeschäfte abhielten, Sergeant Velie und die beiden Queens hatten ihn schon schmerzlich erwartet.

»Was gibt's Neues, Doktor?« rief der Inspektor mit jugendlicher Wißbegierde.

Dr. Prouty ließ sich Zeit, er suchte sich zunächst einmal den bequemsten Sessel aus und streckte faul alle Glieder von sich. »Mal hübsch der Reihe nach, meine Herren«, sagte er, nachdem er eine Zeitlang auf seiner schwarzen Zigarre herumgekaut hatte. »Erstens: Khalkis darf sich mit Recht rühmen, eines natürlichen Todes gestorben zu sein. Sein Herz war keinen Schuß Pulver mehr wert. Der Totenschein, den Dr. Frost ausgestellt hat, ist in schönster Ordnung.«

»Keine Spur von Gift?«

»Nichts. Zweitens: Bei Grimshaw deutet alles darauf hin, daß er vor Khalkis starb. Der gute Junge hat uns die Arbeit nicht gerade leicht gemacht. Immerhin möchte ich mit ziemlicher Sicherheit behaupten, daß Albert Grimshaw sechs und einen halben Tag vor der Öffnung des Sarges gestern vormittag ermordet worden ist.«

»Mit anderen Worten«, sagte der Inspektor, »Grimshaw wurde in den späten Nachtstunden des vergangenen Freitag oder in den frühen Morgenstunden des Sonnabend umgebracht.«

»Ganz recht. Dabei hat es den Anschein, daß in dem natürlichen Verwesungsprozeß eine leichte Verzögerung eintrat. Sollte mich nicht wundern, wenn die Leiche an einem trockenen Ort ohne Luftbewegung aufgehoben wurde, bevor sie zu Khalkis in den Sarg gesteckt wurde.«

»Eine andere Todesursache als Erwürgen kommt für Grimshaw nicht in Frage?« fragte der Inspektor, einer plötzlichen Eingebung folgend.

»Nein. Er ist mit bloßen Händen erwürgt worden.«

»Haben Sie die Wasserprobe analysiert, die ich Ihnen mitgab, Doktor?« fragte Ellery.

»Ach, diese Geschichte...« Der Polizeiarzt schien vom Ergebnis seiner Untersuchung nicht besonders befriedigt zu sein. »Ich habe gewisse Salze – vor allem Kalksalze – darin gefunden, die für hartes Wasser charakteristisch sind. Sie wissen doch, daß unser Trinkwasser hart ist. Beim Kochen schlagen sich dann die Salze nieder. Die Probe, die Sie mir aus der Teemaschine gegeben haben, weist auf gekochtes Wasser, dem nachträglich bestimmt kein Frischwasser zugesetzt worden ist.«

»Meinen Respekt vor Ihrer Kunst, Doktor«, sagte Ellery.

»Ach, machen Sie keine Faxen. Sonst noch was?«

»Nein. Schönsten Dank, Doktor«, sagte der Inspektor.

Dr. Prouty dehnte sich, stand auf und verschwand wie ein Gespenst aus dem Zimmer.

»Jetzt ist es an der Zeit, Umschau zu halten«, begann der Alte und rieb sich hurtig die Hände. Er blätterte im Polizeibericht, der vor ihm lag. »Da haben wir zum Beispiel diesen Vreeland. Seine Reise nach Quebec ist durch Fahrkarten, Hotelrechnungen und dergleichen einwandfrei belegt. Da ist Demetrios Khalkis. Er war am Sonnabend, während sein Vetter starb, bei Dr. Bellows, einem Psychiater, der seit Jahren mit ihm experimentiert... Die Suche nach Fingerabdrücken in der Villa Khalkis führt zu nichts. Auf dem Schreibtisch im Arbeitszimmer des Toten finden sich Abdrücke von Grimshaw neben solchen aller übrigen Hausbewohner... Was hat Piggott bei Barretts herausgekriegt, Thomas?«

»Piggott sprach mit dem Angestellten, der die telefonische Bestellung entgegengenommen hat«, erwiderte Velie. »Der Angestellte beschwört, daß Khalkis persönlich am Telefon war. Er bestellte bei ihm am Sonnabend morgen ein halbes Dutzend roter Moirékrawatten. Die Zeit, die der Angestellte nennt, stimmt. Im Lieferbuch fand sich die Unterschrift von Weekes, der das Paket abnahm.«

»Und wie steht es mit dem leeren Haus, Sergeant?« fragte Pepper. »Habt ihr den Haussuchungsbefehl ausgeführt?«

»Auch 'ne Niete«, brummte der Inspektor.

»Ritter ist mit der Vollmacht losgezogen«, berichtete Velie düster, »und hat den alten Kasten durchstöbert. Gefunden hat er nichts. Bis auf eine morsche Truhe im Keller ist die ganze Bude ausgeräumt.«

Der Inspektor nahm sich ein neues Aktenblatt vor. »Jetzt kommen wir zu Grimshaw selber«, sagte er. »Ein schönes Konto. Am Dienstag vor seiner Ermordung, also am 28. September, haben sie ihn aus Sing-Sing entlassen. Ihr wißt doch, daß er fünf Jahre wegen Fälscherei abbrummen mußte. Man hatte ihn damals erst drei Jahre nach dem Verbrechen fassen können. Bis dahin war er unauffindbar gewesen. Übrigens ist er vor fünfzehn Jahren schon mal zu zwei Jahren verknackt gewesen. Er hatte damals aus einem Museum in Chikago, wo er als Wärter angestellt war, ein Gemälde gestohlen.«

»Darauf wollte ich anspielen«, bemerkte Pepper, »als ich unlängst sagte, mit Fälschungen sei sein Repertoire nicht erschöpft.«

Ellery spitzte die Ohren. »Museumsdiebstahl? Das nenne ich ein glückliches Zusammentreffen ... Auf der einen Seite ein Kunsthändler, auf der anderen ein Museumsrabe ...«

»Daran kann schon was sein«, sagte der Inspektor. »Um auf die Zeit nach seiner Entlassung zurückzukommen: aus dem Gefängnis zog er in das *Hotel Benedict,* einem Haus dritten Ranges in der 49. Straße, und trug sich mit seinem richtigen Namen Grimshaw ein.«

»Habt ihr das Hotelpersonal vorgenommen?« fragte Ellery.

»Aus dem Tagportier und dem Geschäftsführer war nichts herauszukriegen«, sagte Velie. »Ich habe nach dem Nachtportier geschickt. Er muß gleich hier sein. Vielleicht weiß der was.«

»Haben Ihre Leute noch mehr ermittelt, Inspektor?« fragte Pepper.

»Allerdings, mein Lieber. Grimshaw wurde mit einer Frau in einer Kneipe der 49. Straße gesehen. Das war am Mittwoch abend, einen Tag nach seiner Entlassung. Ist Schick schon da, Thomas?«

»Draußen.« Velie erhob sich und ging hinaus.

»Wer ist Schick?« fragte Ellery.

»Der Kneipenwirt. Noch einer aus der guten alten Zeit.«

Velie kehrte mit einem stämmigen Mann zurück, auf dessen gerötetem Gesicht geschrieben stand, daß er ein langes Leben hinter Schnaps- und Bierflaschen verbracht hatte. »Morgen, Inspektor.

Schöner Tag heute, was?«

»Es geht«, grunzte der Alte. »Nehmen Sie Platz, Schick. Möchte Ihnen ein paar Fragen vorlegen. Wir wissen, daß ein schwerer Junge namens Albert Grimshaw am Mittwoch abend der vergangenen Woche in Ihrer Höhle auftauchte. Stimmt's?«

»Glaub' schon, Inspektor«, gab Schick zögernd zu. »Der Kerl, den sie umgebracht haben, wie?«

»Sie sind auf dem Posten, Schick . . . Er wurde damals mit einer Frau gesehen. Wie steht's damit?«

»Das kann ich Ihnen ganz genau sagen, Inspektor«, sagte Schick und rückte vertraulich ein bißchen näher. »Ich kenne nämlich das Weib gar nicht, hab sie niemals vorher gesehen.«

»Wonach sah sie denn aus?«

»'ne stramme Nummer. Groß und blond, mit 'ner Figur, wie's sein muß. Möchte sagen, so um fünfundreißig.«

»Was war zwischen den beiden?«

»Sie kamen so gegen neun – der Betrieb geht erst später los . . .« Schick hüstelte. »Sie setzten sich, und Grimshaw bestellte 'ne Flasche Bier. Die Dame wollte nichts. Sie fingen gleich an, sich zu zanken. 'ne regelrechte Schlacht, möchte ich sagen. Ich konnte zwar nicht hören, um was es ging, aber ich schnappte wenigstens den Vornamen der Dame auf . . . Lily hieß sie. Sie war störrisch wie 'n Esel. Mit einemmal stand sie auf und haute ab. Grimshaw platzte vor Wut. Er blieb noch fünf oder zehn Minuten sitzen, dann machte er sich dünn. Weiter weiß ich nichts, Inspektor.«

»Lily – eine große Blonde?« Der Inspektor strich sich das schmale Kinn und schien nachzudenken. »Gut, Schick. Ist Grimshaw nach dem Mittwoch abend noch einmal zu Ihnen gekommen?«

»Ausgeschlossen . . . Nehme es auf meinen Eid, Inspektor«, sagte Schick.

»Soll ich mir die große Blonde greifen?« fragte Velie.

»Nimm sie fest, Thomas. Wahrscheinlich ist sie mal seine Gelegenheitsbraut gewesen, ehe er ins Kittchen kam.«

Velie ging hinaus. Er kehrte mit einem jungen Mann zurück, in dessen kalkweißem Gesicht zwei schreckensweite Augen standen. »Das ist Bell, der Nachtportier vom *Hotel Benedict,* Chef . . .«

Der Inspektor winkte Velie beiseite. »Keine Angst, Bell«, sagte er wohlwollend. »Sie sind hier unter Freunden. Ich will nur ein paar Auskünfte von Ihnen. Seit wann machen Sie Nachtdienst?«

»Seit viereinhalb Jahren, Sir.« Der Mann wand seinen Hut in den Händen wie eine nasse Windel.

»Hatten Sie am 28. September Dienst?«

»Jawohl, Sir. Ich habe seit längerer Zeit keinen Urlaub gehabt.«

»Kannten Sie einen Gast namens Albert Grimshaw?«

»Jawohl. Das ist doch der Mann, von dem in den Zeitungen steht, daß sie ihn im Friedhof an der 54. Straße ermordet aufgefunden haben.«

»Sehr gut, Bell. Freut mich, daß Sie Bescheid wissen. Haben Sie Grimshaw aufgenommen?«

»Nein, Sir. Das war mein Kollege vom Tagdienst.«

»Wieso kennen Sie ihn dann?«

»Das ist eine komische Geschichte, Sir.« Bell vergaß allmählich seine Aufregung. »Einmal, nachts, während er bei uns wohnte, passierte verschiedenes, was mir in Erinnerung blieb, weil es mir nicht ganz sauber vorkam.«

»In welcher Nacht war das?« fragte der Inspektor eifrig.

»Zwei Tage, nachdem er ins Hotel gekommen war. In der Nacht vom Donnerstag zum Freitag . . . In dieser Nacht kamen fünf Leute zu Grimshaw auf Besuch. Und zwar alle im Verlauf einer halben Stunde.«

Der Inspektor benahm sich bewunderungswürdig. Er lehnte sich zurück und nahm eine Prise, als wäre Bells Aussage ohne besondere Bedeutung. »Weiter, Bell.«

»Am Donnerstag gegen zehn Uhr abends sah ich Grimshaw mit einem Herrn von der Straße in die Halle eintreten. Die beiden sprachen heftig aufeinander ein, sie schienen es verdammt eilig zu haben. Was sie sagten, konnte ich nicht hören.«

»Wie sah Grimshaws Begleiter aus?« fragte Pepper.

»Kann ich leider nicht sagen, Sir. Er hatte den Kragen hochgeschlagen und den Hut tief in die Stirn gezogen. Er war regelrecht vermummt. Sie gingen zum Fahrstuhl und kamen mir aus den Augen.«

»Einen Moment, Bell.« Der Inspektor wandte sich an Velie. »Laß den Liftboy holen, Thomas.«

»Schon geschehen, Chef«, sagte der Sergeant. »Hesse muß jeden Augenblick mit ihm hier sein.«

»Gut. Fahren Sie fort, Bell.«

»Beinahe gleichzeitig – Grimshaw und sein Begleiter standen

noch beim Fahrstuhl und warteten – trat ein Herr zu mir in die Portiersloge und fragte nach Grimshaw. Er wollte die Zimmernummer wissen. Ich sagte: ›Dort drüben steht er, Sir.‹ Im selben Augenblick verschwand Grimshaw im Fahrstuhl. ›Seine Zimmernummer ist 314‹, sagte ich. Der Herr schaute mich so komisch an; er schien aufgeregt zu sein. Aber er ging hinüber durch die Halle und wartete, bis der Fahrstuhl wieder herunterkam.«

»Und?«

»Kurze Zeit darauf bemerkte ich eine Frau, die vor dem Eingang hin und her lief. Schließlich kam sie zu mir herein und fragte: ›Haben Sie ein leeres Zimmer neben 314?‹ Ich merkte gleich, daß sie die Nummer aufgeschnappt haben mußte, die ich dem Herrn gesagt hatte. Komisch ist das, dachte ich, da ist was faul, zumal die Dame kein Gepäck hatte. Wie es das Glück wollte, war 316, das Zimmer neben Grimshaw, frei. Ich nahm den Schlüssel und rief nach dem Zimmerkellner. Aber sie sagte, sie würde es schon allein finden, sie brauche keine Begleitung. Da gab ich ihr den Schlüssel, und sie ging hinüber zum Fahrstuhl, der gerade mit dem anderen Herrn unterwegs war.«

»Wie sah sie aus?«

»Eine kleine, untersetzte Frau in mittlerem Alter.«

»Welchen Namen trug sie in den Meldezettel ein?«

»Mrs. J. Stone. Aber ich sah gleich, daß sie versuchte, ihre Handschrift zu verstellen. Sie schrieb mit Vorsatz recht undeutlich.«

»War sie blond?«

»Nein, Sir. Schwarz mit einem Schuß ins Graue.«

»Sie haben uns von fünf Leuten erzählt. Wie steht es mit den beiden letzten?«

»Also, fünfzehn oder zwanzig Minuten später kamen zwei Herren und fragten, ob ein Albert Grimshaw bei uns wohne und in welchem Zimmer.«

»Kamen sie zusammen?«

»Nein, Sir, ungefähr fünf oder zehn Minuten nacheinander.«

»Glauben Sie, daß Sie die beiden wiedererkennen würden?«

»Ganz klar!« Bell wurde zutraulich. »Ich paßte besonders auf, weil sich alle Leute, die nach Grimshaw fragten, so benahmen, als wollten sie nicht gesehen werden ... Und sie waren auch alle sehr nervös.«

»Und haben Sie bemerkt, wann diese Leute das Hotel wieder verließen?«

Bells Gesicht zog sich in die Länge. »Ich könnte mich ohrfeigen, Sir. Hätte besser aufpassen sollen ... Aber da kam eine ganze Artistengesellschaft, die ich abfertigen mußte ... Und in der Zwischenzeit sind mir die Grimshaw-Leute durch die Lappen gegangen.«

»Wie war das mit der Frau, die ein Zimmer genommen hatte?«

»Auch komisch. Als ich am nächsten Abend meinen Dienst antrat, erzählte mir der Kollege, daß das Bett von 316 nicht benutzt worden war. Das Zimmermädchen hatte es ihm gemeldet. Der Schlüssel steckte im Schloß. Die Frau scheint kurze Zeit, nachdem sie das Zimmer genommen hatte, wieder verduftet zu sein.«

»Und wie war es an den anderen Tagen: Dienstag – Mittwoch – Freitag? Hatte Grimshaw da auch Besuch?«

»Könnte ich nicht sagen, Sir«, erwiderte der Nachtportier. »Nach ihm gefragt hat niemand mehr. Am Freitag abend gegen neun Uhr ließ er sich die Rechnung geben und zog aus, ohne seine zukünftige Adresse zu hinterlassen.«

»Möchte gern mal einen Blick in das Zimmer werfen«, brummte der Inspektor. »Hat nach Grimshaw jemand in Nr. 314 gewohnt?«

»Jawohl, Sir. Inzwischen hatten es drei verschiedene Gäste.«

Pepper schüttelte untröstlich den Kopf. »Wenn überhaupt Spuren da waren, Inspektor, sind sie jetzt todsicher ausgelöscht.«

Jetzt ließ sich plötzlich Ellery vernehmen. »Hatte Grimshaw ein Zimmer mit Bad?«

»Jawohl, Sir.«

Velie kam zurück. »Draußen wartet Hesse mit dem Fahrstuhlführer vom *Hotel Benedict*.«

»Laß ihn herein.«

Der Fahrstuhlführer erwies sich als junger Neger, dessen Haut vor Furcht einen violetten Schimmer zeigte. »Wie heißt du, mein Sohn?«

»White, Sir.«

»Du lieber Himmel«, sagte der Inspektor. »Na schön, White ... Erinnerst du dich an einen Mann namens Grimshaw, der in der vergangenen Woche bei euch gewohnt hat?«

»Der Gentleman, den sie erwürgt haben, Sir?«

»Jawohl.«

»Ja, ja ... Ich erinnere mich ganz genau.«

»Dann weißt du wohl auch, daß er am vergangenen Donnerstag abend gegen zehn Uhr in Begleitung eines anderen Herrn hinauffuhr?«

»Ja . . . Das weiß ich.«

»Wie sah der andere aus?«

»Weiß nicht, Sir . . . Weiß nicht, wie er aussah.«

»Erinnerst du dich sonst an was? Du hast doch noch andere Leute in Grimshaws Stockwerk hinaufgefahren?«

»Massenhaft, Sir . . . Immer wieder neue Leute . . . Alles, was ich weiß, ist, daß Mr. Grimshaw mit seinem Freund in den dritten Stock gefahren ist . . . Und da habe ich sie nach 314 gehen seh'n . . . Und dann haben sie die Tür zugemacht. 314 liegt gegenüber vom Fahrstuhl, Sir.«

»Worüber haben sie sich im Fahrstuhl unterhalten?«

Der Neger stöhnte. »Mein Kopf ist ganz leer, Sir . . . Weiß nicht . . . weiß nicht . . .«

»Schon gut, du kannst gehen.«

White verschwand wie ein Schatten. Der Inspektor erhob sich und zog seinen Mantel an. Zu Bell sagte er: »Warten Sie hier auf mich. Ich will Sie ein paar Leuten gegenüberstellen, unter denen Sie vielleicht alte Bekannten finden.« Damit verließ er das Zimmer.

Pepper starrte an die Wand. »Ich komme vom Gedanken an das gestohlene Testament nicht los, Mr. Queen«, sagte er zu Ellery. »Der Staatsanwalt macht meine Karriere davon abhängig . . . Aber ich habe manchmal das Gefühl, daß wir das Testament niemals zu Gesicht kriegen werden . . .«

»Mein lieber Pepper«, sagte Ellery, »ich kann Ihnen sagen, wer das Testament hat, wenn es überhaupt vorhanden ist.«

»Wieso?« fragte Pepper ungläubig. »Wer?«

Ellery seufzte. »Wer? . . . Niemand anderer als derjenige, der Grimshaw in Khalkis' Sarg begrub.«

14

Inspektor Queen fand genug Gründe, um sich später an jenen schönen, strahlenden Oktobermorgen zurückzuerinnern. Das Unglück begann mit dem Verschwinden des jungen Allan Cheney.

Cheneys Abwesenheit fiel zunächst niemandem auf. Der Inspektor hatte die ganze Gesellschaft wieder in der Bibliothek der Villa Khalkis zusammengetrieben. Bell, vor Stolz geschwollen, stand neben dem Richterstuhl, den sich der Inspektor in die Mitte des Zimmers hatte rücken lassen. Nach und nach kamen alle herein: Gilbert

Sloane und Nacio Suiza, der wie immer untadelig gekleidete Direktor der Galerie Khalkis, Mrs. Sloane, Demmy, die Vreelands, Dr. Wardes und Joan. Woodruff traf etwas später ein. Weekes und Mrs. Simms hatten sich in die äußerste Ecke gedrückt. Bei jeder Person, die über die Schwelle trat, kniff Bell seine scharfen kleinen Augen zusammen, fuchtelte mit den Händen und bewegte die Lippen. Manchmal wiegte er den Kopf feierlich hin und her. Kurz, er benahm sich in höchstem Maße beunruhigend.

Der Inspektor schmatzte genußvoll. »Nehmen Sie bitte Platz. Nun, Bell ... Erkennen Sie unter den Versammelten irgend jemanden, der Albert Grimshaw in der Nacht vom Donnerstag zum Freitag besuchte?«

Bell musterte alle kritisch wie ein Feldwebel seine Rekruten. Endlich deutete er auf Gilbert Sloane.

»Der war auch dabei«, sagte er munter.

»So ...« Der Inspektor nahm eine Prise. »Ungefähr das habe ich mir gedacht. Da hätten wir Sie also bei einer kleinen Schwindelei ertappt, Mr. Gilbert Sloane. Gestern behaupteten Sie, Albert Grimshaw nicht zu kennen. Hier, der Nachtportier des Hotels, in dem Grimshaw wohnte, identifiziert Sie als einen der Besucher, die bei Grimshaw in der Nacht vor seinem Tode vorsprachen. Was haben Sie dagegen vorzubringen?«

Sloane bewegte unschlüssig den Kopf. »Ich weiß wirklich nicht, was der Mann meint, Inspektor. Es handelt sich bestimmt um ein Mißverständnis ...«

»Ein Mißverständnis?« Der Inspektor nickte wohlwollend, wobei um seine Augen teuflische kleine Runzeln spielten. »Bell, irren Sie sich, oder haben Sie den Herrn ganz bestimmt wiedererkannt?«

»Der ist es gewesen, Sir«, sagte Bell bestimmt.

»Also, Mr. Sloane?«

Sloane schlug hastig die Beine übereinander. »Aber das ist doch lächerlich. Ich habe keine Ahnung, was Sie von mir wollen.«

Der Inspektor lächelte und wandte sich an Bell. »Welcher war er, Bell?«

Bell schaute ein wenig benommen drein. »Das kann ich nicht genau sagen, Sir. Aber daß er einer von den fünf Besuchern war, dafür lasse ich mich braten!«

»Da können Sie mal sehen ...«, begann Sloane eifrig.

»Wir unterhalten uns später darüber, Mr. Sloane.« Der Inspektor winkte ab. »Weiter, Bell. Noch jemand?«

Bell begab sich wieder auf die Pirsch. Er warf sich in die Brust und sagte: »Und die da nehme ich auch auf meinen Eid!«

Er tippte auf Delphina Sloane.

»Hm ...« Der Inspektor verschränkte die Arme. »Ich nehme an, daß auch Sie keine Ahnung haben, wovon die Rede ist, Madam?«

Die kalkweißen Wangen der Dame verfärbten sich zu einem ungesunden Rosa. »Allerdings nicht, Inspektor. Ich begreife nicht ...«

»Und auch Sie haben behauptet, Grimshaw niemals vorher gehen zu haben.«

»Habe ich auch nicht!« kreischte sie. »Habe ich auch nicht!«

Der Inspektor schüttelte betrübt den Kopf. »Sonst noch jemand, Bell?«

»Jawohl, Sir.« Jede Unsicherheit war von Bell gewichen, als er jetzt auf Dr. Wardes zuschritt und ihn an der Schulter berührte. »Diesen Herrn würde ich noch nach tausend Jahren wiedererkennen. Seinen buschigen braunen Bart kann man nicht vergessen.«

Dem Inspektor schien die Entwicklung der Dinge inniges Vergnügen zu bereiten. Er schaute den englischen Arzt an. »Welcher war er in der Reihe, Bell?«

»Der Letzte«, sagte Bell entschieden.

Wardes reagierte kühl und spöttisch. »Das ist doch gehobener Blödsinn. Welche Verbindung kann ich mit jenem amerikanischen Galgenvogel gehabt haben? Welches Motiv können Sie mir unterschieben, einen solchen Mann zu besuchen?«

»Wollen *Sie* mich ausfragen, Dr. Wardes?« Der Alte lächelte. »Ich halte es für zweckmäßiger, wenn ich Sie ausfrage. Sie sind von einem Mann identifiziert worden, der darauf geschult ist, sich Tausende von Gesichtern zu merken. Sie müssen zugeben, daß Bell recht hat, wenn er behauptet, daß sich Ihre Physiognomie besonders leicht einprägt.«

Wardes seufzte. »Eigentlich sollte ich Ihnen nicht erklären müssen, daß gerade dieser Gesichtspunkt gegen Sie spricht, Inspektor. Sie müssen selbst zugeben, daß es nichts Leichteres auf der Welt gibt, als mich nachzumachen ...«

»Sehr geschickt, Doktor«, sagte der Inspektor beifällig. »Und durchaus zutreffend. Wir wollen Ihr Wort gelten lassen und annehmen, daß Sie einen Doppelgänger hatten. Ich bitte Sie nur der Form halber, uns genau anzugeben, was Sie am Abend des 30. September in der fraglichen Zeit unternommen haben.«

Dr. Wardes runzelte die Stirn. »Donnerstagabend . . . Tut mir leid, Inspektor. Sie können schließlich nicht erwarten, daß ich mich an jede halbe Stunde der vergangenen Woche zurückerinnere.«

Plötzlich wandten sich alle dorthin, wo Joan Brett saß. Sie sprach mit klarer Stimme, während sie den Blick fest auf den berühmten Augenarzt heftete: »Lieber Doktor, Sie scheinen gar nicht galant zu sein . . . Erst gestern haben Sie Mrs. Vreeland als echter Kavalier verteidigt . . . Warum wollen Sie mich heute verleugnen?«

»Wahrhaftig!« rief Wardes sogleich, in seinen braunen Augen leuchtete es auf. »Wirklich unverzeihlich von mir, Joan. Ich war doch am Donnerstag abend mit Miss Brett ausgegangen!«

»Ausgegangen?« Der Inspektor schaute langsam von dem Arzt zu Joan. »Hübsch, sehr hübsch . . .«

»Ja«, sagte Joan schnell. »Es war, nachdem ich gesehen hatte, daß Grimshaw zu Mr. Khalkis eingelassen wurde. Ich kehrte in mein Zimmer zurück, und da klopfte Dr. Wardes bei mir an und fragte, ob ich nicht Lust hätte, mit ihm noch ein bißchen bummeln zu gehen . . .«

»Sehr richtig«, murmelte der Engländer. »Wir verließen bald darauf das Haus und gingen in irgendein kleines Café in der 57. Straße. Es war ein reizender Abend. Es muß so gegen Mitternacht gewesen sein, als wir wieder zu Hause waren, was meinen Sie, Joan?«

»Das dürfte stimmen, Doktor.«

Der Alte grunzte. »Sind Sie immer noch der Meinung, daß Sie den letzten Besucher von Grimshaw vor sich haben, Bell?«

Bell antwortete verbissen: »Er ist es, das kann mir kein Mensch ausreden.«

Dr. Wardes schmunzelte. Der Inspektor sprang auf: »Wir haben Mr. Sloane, Mrs. Sloane und Dr. Wardes festgestellt.« Er betonte mit Nachdruck das letzte Wort. »Wie steht es mit den beiden noch fehlenden Personen, Bell?«

Bell schüttelte den Kopf. »Von den Leuten hier war keiner dabei, Sir. Der eine war ein sehr großer Mann, ich möchte sagen: ein Riese. Er hatte angegrautes Haar, ein rotbraunes Gesicht, und sprach wie ein Ire. Ich kann mich nicht mehr genau erinnern, ob er zwischen dieser Dame und dem Herrn da« – er wies auf Mrs. Sloane und Dr. Wardes – »gekommen ist, oder ob er einer von den ersten beiden Besuchern war.«

»Ein großer Ire also?« brummte der Inspektor. Er schaute sich verärgert um. Seine scharfen grauen Augen schienen die Versammelten zu durchbohren. Es war klar, daß er jenen Unglücklichen suchte, auf den sich Bell nicht besinnen konnte. Plötzlich flackerte in seinen Augen das Feuer der Erkenntnis, und er rief: »Ich wußte doch, daß hier jemand fehlt! Ich habe es die ganze Zeit über gespürt! . . . Cheney! Wo ist dieser junge Windhund Cheney?«

Leere Blicke begegneten ihm.

»Thomas! Wer hat unten an der Eingangstür Dienst?«

Velie machte ein schuldiges Gesicht und sagte mit dünner Stimme: »Flint, Chef.«

»Hol ihn!«

Velie verschwand so schnell, daß selbst der Inspektor davon erweicht wurde. Aber diese sanftere Regung verflog sofort, als Flint erschien, der dem Sergeant an Körpergröße kaum nachstand.

»Nur herein, Flint«, sagte der Inspektor mit einem gefährlichen Unterton in der Stimme. »Nur hereinspaziert!«

Flint murmelte: »Zu Befehl, Chef.«

»Haben Sie Allan Cheney das Haus verlassen sehen, Flint?«

Flint schluckte krampfhaft. »Jawohl, Chef.«

»Wann?«

»In der vergangenen Nacht, Chef. Elf Uhr fünfzehn, Chef.«

»Wohin ist er gegangen?«

»Er sagte, er ginge in seinen Klub.«

Der Inspektor fragte ruhig: »Gehört Ihr Sohn einem Klub an, Mrs. Sloane?«

Delphina Sloane rang die Hände. »Nein, Inspektor. Ich verstehe nicht . . .«

»Wann kam er zurück, Flint?«

»Er kam nicht zurück, Chef.«

»Er – kam – nicht – zurück?« Die Stimme des Inspektors wurde entsetzlich ruhig. »Warum haben Sie das nicht Sergeant Velie gemeldet?«

Flint war dem Tode nahe. »Ich wollte es gerade melden, Chef. Ich trat gestern abend um elf Uhr meinen Dienst an und werde in ein paar Minuten abgelöst. Deshalb wollte ich es gleich jetzt melden, Chef. Ich dachte, der Cheney macht sich mal einen vergnügten Abend. Außerdem hatte er ja auch kein Gepäck bei sich, Chef . . .«

»Warten Sie draußen auf mich. Ich habe noch mit Ihnen zu reden«, sagte der Alte. Flint wankte hinaus wie ein zum Tode Verurteilter.

»Mrs. Sloane, hat Ihr Sohn ein Bankkonto?«

»Ja, Inspektor«, flüsterte sie. »Bei der Handelsbank.«

»Thomas, ruf bei der Handelsbank an und frage, ob Allan Cheney heute morgen Geld abgehoben hat.«

In seinem Eifer stieß Sergeant Velie Joan Brett unsanft an, die ihm im Wege stand, als er auf den Schreibtisch losstürzte. Er brummte eine Entschuldigung, aber sie schien überhaupt nichts bemerkt zu haben. Selbst Velie, der heftig genug unter seinem eigenen Mißgeschick litt, wurde von dem jammervollen Ausdruck ihrer Augen ergriffen. Er wandte sich ab, um seine Rührung zu verbergen, und griff nach dem Telefon.

»Haben Sie eine Ahnung, wohin sich Ihr Sohn begeben hat, Madam?« fragte der Inspektor Allan Cheneys Mutter mit beißender Höflichkeit.

»Nein ... Sie glauben doch nicht etwa, daß ...«

»Wie steht es mit Ihnen, Mr. Sloane? Hat der Junge Ihnen gegenüber geäußert, daß er das Haus verlassen wollte?«

»Kein Wort, das kann ich beschwören.«

Velie legte auf. »Ausgeflogen, Chef. Hat heute früh um neun Uhr sein ganzes Konto abgehoben.«

»Teufel«, sagte der Inspektor. Delphina Sloane sprang auf, blickte wild um sich, setzte sich aber wieder, als ihr Mann ihren Arm berührte.

»Wie hoch war sein Konto?«

»Viertausendzweihundert Dollar, Chef. Er verlangte das Geld in kleinen Scheinen. Er trug ein Köfferchen, das neu aussah. Irgendwelche Erklärungen hat er nicht abgegeben.«

Der Inspektor ging zur Tür. »Hagstrom!« Ein Detektiv mit unverkennbar skandinavischen Zügen trat ein. »Allan Cheney ist fort. Hob heute morgen bei der Handelsbank viertausendzweihundert Dollar ab. Sie werden ihn finden. Sie werden feststellen, wo er die Nacht zugebracht hat. Lassen Sie sich einen Haftbefehl ausstellen.«

Hagstrom verschwand, Velie folgte ihm schnell nach.

Der Inspektor wandte sich wieder zur Gesellschaft. Diesmal war alles Wohlwollen aus seinem Blick gewichen, als er auf Joan Brett wies. »Sie haben bis jetzt in allem, was hier vorgegangen ist, Ihre Hände gehabt, Miss Brett. Wissen Sie etwas über Cheneys Flucht?«

»Nichts, Inspektor«, antwortete sie leise.

»Oder sonst jemand?« wütete der Alte. »Ich will wissen, was dahintersteckt!« Er drehte sich auf dem Absatz. Sergeant Velie stand in der Tür wie die leibhaftige Nemesis. »Was gibt's, Thomas?«

Velie hielt ein Blatt Papier in der Hand, das offenbar aus einem Notizbuch gerissen war. Der Inspektor schnappte es, Ellery und Pepper kamen schnell herbei. Sie lasen zu dritt, was in eiliger Schrift auf das Zettelchen gekritzelt stand.

»Ich möchte Ihnen etwas vorlesen, meine Damen und Herren. Eine Nachricht, die Sergeant Velie eben im Hause gefunden hat«, sagte der Inspektor dann. »Sie trägt die Unterschrift Allan Cheney. Die Botschaft heißt: ›Ich gehe fort. Vielleicht für immer. Unter diesen Umständen wird alles sinnlos. Es ist alles zu verwickelt, als daß ich darüber reden könnte ... Leben Sie wohl. Vielleicht sollte ich lieber nicht schreiben. Es kann Ihnen gefährlich werden. Ich bitte Sie um Ihrer selbst willen, diesen Zettel sogleich zu verbrennen. Allan‹.«

Mrs. Sloane versuchte sich zu erheben, aber der Inspektor ging schon zu ihr hin und hielt ihr das Papier vor die verschwollenen Augen. »Ist das die Handschrift Ihres Sohnes, Madam?«

Ihr Mund öffnete sich krampfhaft. »Ja. Armer Allan, armer Allan...«

Der Inspektor fragte laut: »Sergeant Velie, wo haben Sie diesen Zettel gefunden?«

»Oben in einem Schlafzimmer«, grollte Velie. »Er steckte unter einer Matratze.«

»In welchem Schlafzimmer?«

»Im Schlafzimmer von Miss Brett.«

Das war für alle Beteiligten entschieden zuviel. Joan schloß die Augen, um die feindlichen Blicke, die unausgesprochene Anklage und den stillen Triumph des Inspektors abzuwehren.

»Nun, Miss Brett?« war alles, was er sagte.

Sie schlug die Augen wieder auf. Sie schwammen in Tränen. »Ich fand den Zettel heute morgen. Er war zwischen Tür und Schwelle in mein Zimmer geschoben worden.«

»Weshalb haben Sie uns nicht sofort davon Mitteilung gemacht?«

Keine Antwort.

»Warum haben Sie den Zettel nicht erwähnt, als wir Cheneys Abwesenheit entdeckten?«

Schweigen.

»Was meinte Allan Cheney, wenn er schrieb: ›Es kann Ihnen gefährlich werden‹?«

Joan Brett schneuzte sich.

»Nun, Miss Brett?«

An Stelle einer Antwort sprang sie auf, hielt schützend den Arm vor ihr tränenüberströmtes Gesicht und rannte aus dem Zimmer. Man hörte, wie sie draußen über die Stufen emporhastete.

»Sergeant Velie«, sagte der Inspektor kalt. »Sie sind mir von diesem Augenblick an für Joan Brett verantwortlich!«

Ellery zupfte seinen Vater am Ärmel und flüsterte, so daß die anderen es nicht vernehmen konnten: »Mein lieber und hochverehrter Papa, du bist vermutlich der beste Kriminalpolizist der Welt, aber als Psychologe . . .« Er schüttelte betrübt den Kopf.

15

Ellery Queen hatte bisher, wenn man so sagen darf, den Fall Khalkis nur flüchtig beschnuppert. Am Nachmittag jenes denkwürdigen neunten Oktober, der die Flucht von Cheney enthüllte, hielt er es für angezeigt, aus der Reserve herauszutreten.

Der Schauplatz war für dramatische Enthüllungen denkbar günstig gewählt: man hatte sich im Dienstzimmer des Inspektors versammelt, dessen Atmosphäre mit wichtigen Entscheidungen geschwängert war. Da war Sampson, der wie ein gefangenes Raubtier im Käfig hin und her lief, Pepper, tief in Gedanken versunken, da war nicht zuletzt der Inspektor selbst, der wie ein böser kleiner Zwerg auf seinem Schreibtischstuhl hockte und finstere Blicke abschoß. Sampson faßte den Fall noch einmal zusammen. Alle schönen Worte konnten nicht verbergen, daß auch er keinen Ausweg wußte und völlig im Dunkeln tastete. Ellery hatte auf diesen Augenblick der Hilflosigkeit gewartet. Als nun gar noch der Sekretär des Inspektors atemlos ins Zimmer trat und ankündigte, daß draußen James J. Knox, der Börsenkönig, wartete, fühlte sich Ellery auf der schwindelnden Höhe künftigen Ruhmes.

Knox mußte früher einmal imponierend gewirkt haben. Jetzt erschien seine ungewöhnlich hohe Gestalt ausgemergelt und ausgedörrt. Von der körperlichen Kraft, die ihm nachgerühmt wurde, war wohl nicht mehr viel vorhanden. Er war an die Sechzig. Kopfhaar, Brauen, Schnurrbart waren völlig weiß. Nur die steinernen grauen Augen schienen noch jung zu sein.

»Konferenz?« fragte er. Seine Stimme klang wider Erwarten sanft.

Sie hatte etwas Unentschiedenes an sich und enttäuschte.

»Gewiß – jawohl, Mr. Knox«, beeilte sich Sampson zu versichern. »Wir haben gerade den Fall Khalkis durchgesprochen. Eine recht unerfreuliche Angelegenheit.«

»Allerdings.« Knox schaute dem Inspektor gerade ins Gesicht. »Fortschritte?«

Inspektor Queen sah recht unglücklich aus. »Ein ungewöhnlich verwickelter Fall, Mr. Knox. Ich kann nicht eben behaupten, daß wir schon klar sähen . . .«

Das war der gegebene Augenblick für Ellery. »Du bist wirklich zu bescheiden, Papa«, sagte er.

Inspektor Queen saß wie angenagelt auf seinem Stuhl. Pepper sperrte den Mund auf.

Ellery wandte sich an den Börsengewaltigen. »Sie müssen nämlich wissen, Mr. Knox, daß mein Vater, weil einige Kleinigkeiten noch ungewiß sind, sich nicht entschließen kann zuzugeben, daß der Fall im großen und ganzen gelöst ist.«

»Ich verstehe nicht ganz«, sagte Knox.

Der Inspektor brachte nichts heraus als ein zitterndes: »Ellery . . .«

»Ich hoffe, mich deutlich auszudrücken, Mr. Knox«, sagte Ellery mit gespielter Gleichgültigkeit. »Der Fall ist gelöst!«

Ellery studierte die Veränderungen auf den Gesichtern der Anwesenden wie ein kühler Wissenschaftler, der eine vorausberechnete Reaktion beobachtet.

»Der Mörder von Grimshaw . . .« sagte der Staatsanwalt mit erstickter Stimme.

»Ja, wer war also der Mörder Mr. Queen?« fragte Knox kühl.

Ellery seufzte und zündete sich eine Zigarette an, bevor er antwortete. Er hatte mit seiner Enthüllung nicht die geringste Eile. Endlich sprach er es, umwölkt von Rauch, gelassen aus: »Georg Khalkis . . .«

Staatsanwalt Sampson bekannte später, daß ihn damals nur die Anwesenheit von James J. Knox davon abgehalten habe, eines von den Telefonen, die auf dem Schreibtisch des Inspektors standen, Ellery an den Kopf zu werfen. Er glaubte es nicht. Er konnte es nicht glauben. Das konnte nur den Hirngespinsten eines Hanswursts entstammen . . . Sampson machte übermenschliche Anstrengungen, sich seine Erregung nicht merken zu lassen.

Knox, dessen Seele längst mit Gleichgültigkeit gegerbt war, fand zuerst Worte. »Khalkis – so . . . Das wundert mich.«

Der Inspektor feuchtete sich die trockenen Lippen an. »Ich denke, wir schulden Mr. Knox eine Erklärung, mein Junge?«

Ellery setzte sich auf die Kante des Schreibtisches. »Ganz gewiß«, sagte er mit Wärme. »Zumal doch Mr. Knox an dem Fall persönlich interessiert ist. Zur Lösung dieses – ich darf wohl sagen – einzigartigen Problems standen uns zwei Hauptanhaltspunkte zur Verfügung: den ersten lieferte die Krawatte, die Georg Khalkis an jenem Morgen trug, als ihn der Herzschlag ereilte, den zweiten die Teemaschine und die Tassen in Khalkis' Arbeitszimmer.«

Knox schaute verständnislos drein. »Verzeihen Sie, Mr. Knox«, sagte Ellery, »Sie sind natürlich mit diesen Dingen nicht vertraut.« Er berichtete in kurzen Worten, welchen Weg die Untersuchung genommen hatte, und fuhr fort: »Ich möchte nun zuerst erklären, was wir aus der Krawattenaffäre herausgeholt haben.« Er war ängstlich darauf bedacht, in der Mehrzahl zu sprechen, denn er besaß ausgeprägten Familienstolz. »Am Sonnabend vor einer Woche, an Khalkis' Todestag also, stellte Demmy, wie es zu seinen Pflichten gehörte, die Kleider für seinen Vetter genau nach dem Schema zusammen. Welche Krawattenfarbe schreibt das Schema für Sonnabend vor?« Er schaute den Inspektor, Sampson und Pepper der Reihe nach fragend an. Sie hatten es vergessen. »Eine grüne!« beantwortete Ellery die eigene Frage. »Ihr könnt euch davon auf der Abschrift überzeugen, die zu den Akten genommen wurde.

Nachdem Demmy seinem Vetter bei der Toilette geholfen hatte, verließ er gegen neun Uhr das Haus. Es vergehen fünfzehn Minuten, die Khalkis allein in seinem Arbeitszimmer verbringt. Neun Uhr fünfzehn meldet sich Gilbert Sloane, um die Tagesgeschäfte durchzusprechen. Was stellt sich da heraus? Wir erfahren durch Sloanes Zeugenaussage, die um so wertvoller ist, weil sie ohne Absicht und Nachdruck erfolgte, daß Khalkis um neun Uhr fünfzehn eine rote Krawatte trug.«

Jetzt hatte Ellery seine Zuhörer im Bann. »Demmys Zustand schließt eine bewußte Lüge aus. Wir haben keinen Grund, an der Wahrheit seiner Aussage, nämlich daß er sich genau an das Schema gehalten und mithin eine grüne Krawatte vorgesehen hatte, zu zweifeln. Wie läßt sich aber dieser Widerspruch erklären? Es gibt nur eine plausible Erklärung: in der Viertelstunde, in der er allein war, ging Khalkis aus einem Grunde, den wir wahrscheinlich niemals erfahren werden, in sein Schlafzimmer und wechselte die Krawatte. Er vertauschte die grüne, die ihm Demmy gegeben hatte, mit einer roten, die er aus dem Kleiderschrank holte.

Von Sloane wissen wir, daß Khalkis seine Krawatte befühlte und wörtlich sagte: ›Erinnere mich bitte, bevor du gehst, daß ich Barret's anrufe und ein paar neue Krawatten von der gleichen Sorte bestelle.‹ Sloane hatte uns vorher beiläufig mitgeteilt, daß die Krawatte rot gewesen sei. »Nun beachten Sie bitte folgendes: Als Miss Brett einige Zeit später das Arbeitszimmer verließ, hörte sie gerade noch, wie Khalkis anrief, um die Bestellung aufzugeben. Was lieferten Barret's? Sechs rote Krawatten!«

Ellery beugte sich vor und stützte sich mit den Ellbogen auf den Schreibtisch. »Ich fasse zusammen: Wenn Khalkis gesagt hatte, er wolle Krawatten von derselben Sorte bestellen, wie er sie gerade trage, wenn dann rote Krawatten geliefert wurden, so muß er gewußt haben, daß er eine rote Krawatte trug. Wie aber konnte er als blinder Mann wissen, daß er eine Farbe trug, die nicht mit dem Schema für Sonnabend übereinstimmte? Natürlich konnte ihm jemand die Farbe verraten haben. Aber wer? Nur drei Personen waren mit ihm an jenem Morgen zusammengekommen, bevor er die Bestellung bei Barret's aufgab: Demmy, Sloane, in dessen Unterhaltung die Farbe nicht genannt wurde, und Joan Brett, die nach ihrer Aussage ebenfalls keinen Anlaß hatte, die Farbe zu erwähnen. Mit anderen Worten: Niemand teilte Khalkis die Farbe der gewechselten Krawatte mit.«

Ellery drückte seine Zigarette aus. »Meine Herren«, fuhr er sachlich fort, »es bleibt nur eine Annahme: die Annahme, daß er Farben mit eigenen Augen unterscheiden konnte – daß er sehen konnte!

Aber er war doch blind, werden Sie einwenden.

Hier wäre eine gefährliche Klippe für meine Schlußfolgerungen, wenn nicht Dr. Frost und Dr. Wardes übereinstimmend berichtet hätten, daß die Art der Erblindung, die Georg Khalkis befallen hatte, mit der momentanen Zurückgewinnung des Augenlichtes verbunden sein kann.

Nach allem Vorhergesagten sind wir berechtigt zu behaupten, daß Georg Khalkis, mindestens am vergangenen Sonnabendvormittag, ebensowenig blind war, wie Sie oder ich es sind.

Wesentliche Fragen ergeben sich daraus. Wenn er nach einer längeren Periode der Blindheit plötzlich wieder sehen konnte, weshalb alarmierte er nicht in begreiflicher Freude sein Haus? Warum rief er nicht die Ärzte herbei? Für all dies gibt es nur einen vernünftigen Grund: er wünschte nicht, daß man ihn wieder für sehend hielt, es stimmte mit irgendeinem Vorsatz zusammen. Was für ein Vorsatz kann das gewesen sein?

Wir wollen diesen Teil der Untersuchung einen Augenblick verlassen«, sagte Ellery ruhig, »und uns der Teemaschine und den Tassen zuwenden. Das Geschirr, das sich auf dem Servierwagen gefand, wies darauf hin, daß drei Personen Tee getrunken hatten. Drei Tassen zeigten Bodensatz und den bekannten gelblichen Ring unter dem Tassenrand, drei Tee-Eier waren gebraucht worden, es fanden sich drei zerdrückte Zitronenscheiben, und die silbernen Löffel waren angelaufen. Dieser Befund stimmte durchaus mit der Bemerkung Khalkis' überein, daß er zwei Besucher erwarte. Die beiden Herren wurden von Joan Brett in das Arbeitszimmer eingelassen. Dem Anschein nach mußten also drei Personen dort versammelt gewesen sein.

Aber ...« schmunzelte Ellery, »dieser oberflächliche Befund hielt nicht stand, nachdem wir einen Blick in den elektrischen Kocher geworfen hatten. Was sahen wir da? Einen Wasserbehälter mit zuviel Wasser. Als wir nämlich den Inhalt der Maschine ausrinnen ließen, konnten wir damit knappe fünf Tassen anfüllen. Der geringere Inhalt der fünften Tasse erklärte sich daraus, daß wir vorher eine kleine Wasserprobe für die chemische Analyse entnommen hatten. Wir erzielten also in Wirklichkeit fünf volle Tassen. Als wir später den Kocher mit frischem Wasser hatten füllen lassen, ergab er genau sechs Tassen. Wie war es also möglich, daß Khalkis drei Tassen aus dem Kocher abgezapft hatte, während sich bei unserer Untersuchung herausstellte, daß nur eine Tasse entnommen worden war? Sollte das etwa bedeuten, daß jeder der drei Männer nur eine drittel Tasse getrunken hatte? Unmöglich ... der Rand in den Tassen bewies, daß sie regelrecht gefüllt gewesen waren. Es blieb noch die Annahme, daß zwar drei Tassen entnommen, aber zwei Tassen frischen Wassers wieder nachgefüllt worden waren. Die Analyse des abgestandenen Wassers widerlegte diese Möglichkeit.

Hier war nur eine Schlußfolgerung erlaubt: mit dem Wasser in der Teemaschine hatte es seine Richtigkeit, mit den drei Tassen aber nicht. Irgend jemand hatte vorsätzlich mit dem Teegerät so hantiert, daß der Anschein erweckt werden mußte, drei Personen hätten Tee getrunken. Der Betreffende hatte sich nur einen einzigen Fehler zuschulden kommen lassen: anstatt jede Tasse vollaufen zu lassen, hatte er den Inhalt derselben Tasse nacheinander bei allen Tassen verwendet.

Wozu jedoch dieses Manöver, das eine Dreimännergesellschaft vortäuschen sollte, wenn tatsächlich drei Männer in Khalkis' Studierzimmer beisammen gewesen waren? Dafür gibt es nur einen Grund: es sollte ein nachdrücklicher Hinweis erzielt werden. Welchen Sinn konnte es aber haben, mit Nachdruck auf drei Personen hinzuweisen? Weil in Wirklichkeit eben nicht drei Personen beisammen gewesen waren.«

Er ließ einen triumphierenden Blick über seine Zuhörerschaft hingleiten. Jemand seufzte zustimmend. Ellery stellte mit tiefer Befriedigung fest, daß dieser Jemand der Staatsanwalt in eigener Person war.

Ellery fuhr fort: »Es erhebt sich nun die Frage, wieviele Personen waren bei Khalkis, wenn die vorgetäuschte Zahl drei ausscheidet?

Eine Person allein konnte es nicht gewesen sein, denn Joan Brett hatte mit eigenen Augen zwei Männer in das Arbeitszimmer eintreten sehen.

Welche Schwierigkeiten tauchen auf, wenn wir auf zwei Personen tippen? Wir wissen, daß die eine Albert Grimshaw war. Nach allen Regeln der Wahrscheinlichkeitsrechnung muß die zweite Georg Khalkis gewesen sein. Wenn das stimmt, dann muß der Mann, der mit Grimshaw ins Haus kam – der Mann ›mit den verbundenen Augen‹, wie sich Miss Brett ausgedrückt hat – ebenfalls Khalkis gewesen sein! Ist das möglich?«

Ellery zündete sich eine neue Zigarette an. »Es ist möglich, ganz entschieden. Ein merkwürdiger Umstand unterstützt noch unsere Annahme. Wenn Sie sich an den Bericht von Miss Brett erinnern, so wurde sie an der Tür von dem unbekannten Besucher unsanft beiseitegestoßen. Sie sollte also keinen Blick in das Arbeitszimmer werfen, um die Abwesenheit von Khalkis nicht zu bemerken.

Was wissen wir noch von Grimshaws Begleiter? Äußerlich war er Khalkis an Gestalt und Haltung ähnlich. Das ist das eine. Zum andern belehrt uns der kleine Zwischenfall mit Mrs. Simms' Katze, daß der Mann sehen konnte. Wäre er blind gewesen, hätte er auf das Tierchen treten müssen. Diese Annahme stimmt mit jener anderen überein, die wir aus der Krawattenaffäre abgeleitet haben: daß nämlich Khalkis das Augenlicht unversehens wiedergewonnen hatte.

Wir haben nun auch eine Antwort auf die Frage, weshalb Khalkis die Zurückgewinnung seiner Sehkraft verschwieg. Wenn Grimshaws Tod entdeckt und der Verdacht auf Khalkis gelenkt worden wäre, dann wäre seine Blindheit das wichtigste Alibi gewesen.

Das Täuschungsmanöver bot an sich keine besonderen Schwierigkeiten. Nachdem Khalkis das Teegerät bestellt und Mrs. Simms zu Bett geschickt hatte, schlüpfte er in seinen Überzieher, stahl sich aus dem Hause, traf Grimshaw an einem vereinbarten Ort und kehrte mit ihm als der große Unbekannte zurück.«

Knox saß regungslos in seinem Sessel. Er schien etwas sagen zu wollen, kniff jedoch die Augen zu und zog es vor, zu schweigen.

»Die Auflösung«, sagte Ellery lächelnd, »die ich hier gebe, läßt gewiß manche Fragen offen, die niemals restlos geklärt werden können. Wesentlich erscheint mir nur, daß meine Theorie im großen und ganzen richtig ist. Wird es uns zum Beispiel jemals gelingen, die Ursachen aufzuklären, die Khalkis bestimmten, einen Mord zu begehen? Aber auch in diesem Falle hilft uns die logische Schlußfolgerung.

Wir wissen, daß Grimshaw Khalkis am Abend zuvor allein aufgesucht hatte. Nach diesem Besuch, noch spät in der Nacht, rief Khalkis bei Woodruff, seinem Rechtsanwalt, an und verlangte die Abfassung eines neuen Testaments. Die einzige Änderung gegenüber dem ursprünglichen Testament beruhte in der Einsetzung eines neuen Erbberechtigten für die Galerie Khalkis, die einen erheblichen Vermögenswert darstellt. Den Namen dieses neuen Erbberechtigten hielt Khalkis sorgfältig geheim. Nicht einmal sein Anwalt durfte ihn erfahren. Scheint da die Annahme aus der Luft gegriffen, daß Grimshaw oder eine von Grimshaw vorgeschobene Person der Nutznießer dieses neuen Vermächtnisses sein sollte? Und wenn man Grimshaws Charakter und seine Vergangenheit in Betracht zieht, wird man sofort an Erpressung denken. Man darf nicht übersehen, daß Grimshaw in Khalkis Geschäften bewandert war. Er war Museumswärter gewesen und wegen eines mißglückten Bilderdiebstahls zu Gefängnis verurteilt worden. Das mutmaßliche Motiv zu einer Erpressung ist demnach unschwer zu erraten: Grimshaw wußte etwas von irgendeinem dunklen Geschäft Khalkis'.

Gestützt auf dieses Motiv können wir nun das Verbrechen selbst rekonstruieren. Während seines Besuchs am Donnerstag abend dürfte Grimshaw ein Ultimatum gestellt haben. Khalkis entschloß sich, an Stelle einer Zahlung sein Testament zugunsten Grimshaws oder eines Strohmanns abzuändern. Wahrscheinlich wird sich herausstellen, daß Khalkis in Finanzschwierigkeiten war und über flüssige Mittel zur Zeit nicht verfügte. Nachdem Khalkis seinen Rechtsanwalt beauftragt hatte, das Testament zu ändern, wird er sich überlegt haben, daß ihn auch dieses Opfer vor weiteren Erpressungen nicht schützte. Kurz: er beschloß, Grimshaw aus der Welt zu schaffen, um dem eigenen Ruin vorzubeugen. Übrigens weist dieser Punkt eindeutig darauf hin, daß Grimshaw allein und nicht mit einem Partner arbeitete. Es hätte keinen Sinn für Khalkis gehabt, Grimshaw zu ermorden, wenn im Hintergrund ein zweiter Erpresser gelauert hätte. Wie dem auch sei, Grimshaw kam am nächsten Abend, also am Freitag, wieder in die Villa, um sich das Testament zu holen. Er ging in die Falle, die Khalkis ihm gestellt hatte, und wurde getötet. Khalkis versteckte die Leiche irgendwo in der Nachbarschaft, bis eine Gelegenheit kam, sie für immer zu beseitigen. Hier griff das Schicksal ein. Bevor Khalkis die Spuren seines Verbrechens verwischen konnte, ereilte ihn der Herzschlag, da sein geschwächter Organismus den Aufregungen der vorhergegangenen Tage nicht gewachsen war.«

»Ja, aber . . .« begann Sampson.

Ellery schmunzelte: »Ich weiß schon, was Sie fragen wollen: Wenn Khalkis Grimshaw umgebracht hat und kurz darauf starb, wer praktizierte dann Grimshaw nach dem Leichenbegängnis in den Sarg?

Ohne Zweifel tritt hier eine dritte Person auf, die Grimshaws Leiche entdeckte und den Sarg als vorteilhaftes Versteck erkannte. Weshalb verständigte dieser unbekannte Totengräber nicht die Polizei von seinem Fund, weshalb brachte er ihn stillschweigend beseite? Weil er von den Lebenden und Toten im Hause Khalkis' weiteres Unheil abwenden und den Fall in des Wortes buchstäblicher Bedeutung begraben wollte. Auf Einzelheiten kommt es dabei nicht an. Jene dritte Person, die in unsere Theorie haarscharf hineinpaßt, ist der Mann, der sein Bankkonto abhob und in dem Augenblick verschwand, als ihm befohlen wurde, sich jederzeit verfügbar zu halten. Jener Mann, der es verschmähte, an der unerwarteten Öffnung des Sarges teilzunehmen, weil er fürchtete, seine Nerven zu verlieren und sich dadurch zu verraten. Ich meine Allan Cheney, den Neffen von Georg Khalkis.«

Mit einem Lächeln, das nicht frei von Eitelkeit war, schloß Ellery: »Ich denke, meine Herren, wenn wir Cheney gefunden haben, ist der Fall geklärt.«

Der Inspektor sprach zum erstenmal, seit Ellery seinen Bericht begonnen hatte. »Aber wer hat das Testament aus dem Panzerschrank gestohlen? War es Cheney?«

»Wahrscheinlich nicht«, antwortete Ellery. »Das beste Motiv für den Diebstahl des Testaments hatte Gilbert Sloane. Er war der einzige, der von der Änderung betroffen wurde. Der Diebstahl des Dokuments, von Sloane ausgeführt, hatte mit dem Verbrechen selbst nichts zu tun. Übrigens haben wir keinerlei brauchbare Beweise gegen Sloane.«

Sampson hatte neue Sorgen. »Wie erklären Sie aber die Besuche in Grimshaws Hotel am Abend vor seiner Ermordung?«

Ellery winkte großzügig ab. »Eitel Rauch und Dunst, Sampson. Die sind durchaus unwichtig. Sehen Sie mal, Grimshaw . . .«

Es klopfte, Detektiv Johnson trat auf leisen Sohlen ins Zimmer, schlich zum Inspektor und flüsterte: »Draußen steht Miss Brett, Chef . . . Sie will durchaus herein.«

»Sie will zu mir?«

Johnson sagte entschuldigend: »Sie möchte gern Mr. Ellery Queen sprechen, Chef . . .«

»Rein mit ihr.«

Johnson öffnete die Tür, die Herren erhoben sich. Joan sah besonders reizend aus, aber ihre Augen waren tief umschattet, und sie schwankte leicht, als sie über die Schwelle trat.

»Sie möchten Mr. Queen sprechen?« fragte der Inspektor bärbeißig. »Wie Sie sehen, haben wir gerade eine Konferenz.«

»Ich glaube, es ist wichtig, Inspektor . . .«

Ellery sagte schnell: »Sie haben Nachricht von Cheney!« Sie schüttelte den Kopf. Ellery runzelte die Stirn. »Verzeihen Sie, Miss Brett, darf ich Ihnen Mr. Knox und Mr. Sampson vorstellen . . .« Der Staatsanwalt nickte kurz, Knox sagte: »Hatte schon das Vergnügen.« Es entstand ein betretenes Schweigen. Ellery bot der jungen Dame einen Stuhl an.

»Ich weiß kaum, wie ich es erklären soll«, sagte Joan und spielte nervös mit ihren Handschuhen. »Sie werden mich gewiß für töricht halten. Jetzt erscheint es mir so lächerlich geringfügig, daß ich . . .«

Ellery sagte ermutigend: »Haben Sie etwas Neues entdeckt, Miss

Brett? Oder ist Ihnen etwas eingefallen, was Sie vergessen hatten, uns mitzuteilen?«

»Ja. Ich meine . . . Ich hatte etwas vergessen.« Sie sprach mit dünner Kinderstimme, die so gar nichts mit ihrem früheren, selbstbewußten Ton gemein hatte. »Etwas über die Teetassen.«

»Die Teetassen!« stieß Ellery hervor.

»Jawohl . . . Es war an dem Tag, als ich den Teewagen mit dem Geschirr vom Schreibtisch in den Alkoven schob. Ich erinnere mich jetzt, daß mit den Tassen etwas anders war. Als Sie das Teegeschirr untersuchten, waren drei Tassen gebraucht . . . Nun ist mir aber eingefallen, daß an jenem Nachmittag nach dem Begräbnis, als ich den Teewagen zur Seite schob, nur eine Tasse gebraucht gewesen war . . .«

Ellery sprang heftig auf. Die strahlende Laune war dahin, harte Linien gruben sich um seinen Mund. »Überlegen Sie Ihre Aussage genau, Miss Brett«, schnarrte er. »Es hängt alles davon ab. Sie behaupten also, daß am Dienstag auf dem Servierbrett zwei saubere Tassen standen und nur eine Gebrauchsspuren zeigte?«

»Allerdings. Und diesmal bin ich vollkommen sicher. Ich erinnere mich genau, daß eine Tasse mit abgestandenem Tee nahezu bis zum Rande gefüllt war, während das übrige Geschirr unberührt war.«

»Das war also nach Khalkis' Tod?«

»Gewiß«, seufzte Joan. »Nicht nur nach seinem Tode, sondern nach seiner Beisetzung, am Dienstag, wie ich schon sagte.«

»Ich bin Ihnen zu unendlichem Dank verpflichtet, Miss Brett«, sagte Ellery leise. »Sie haben uns vor einem verhängnisvollen Irrtum bewahrt . . . darf ich Sie bitten, jetzt zu gehen?«

Joan erhob sich und ging leise aus dem Zimmer. Johnson folgte ihr und schloß von außen die Tür.

Sampson war der erste, der die Sprache wiederfand. »Tja, mein Junge«, sagte er nicht unfreundlich, »das war ein schöner Reinfall . . . Aber Sie sollen es sich nicht allzusehr zu Herzen nehmen, Ellery. Wir machen alle mal Fehler. Und wenn es auch verkehrt war, so war es doch fabelhaft durchdacht.«

Ellery winkte müde ab. »Ein Fehler, Sampson? Das war unentschuldbarer Leichtsinn! Man sollte mich wie einen Hund mit einem Tritt an die Luft setzen . . .«

James Knox erhob sich zu seiner vollen Länge. Mit einem Auflug von Humor schaute er auf Ellery herab. »Ihre Auflösung hinkte auf zwei Füßen, Mr. Queen.«

»Ich weiß, Mr. Knox, ich weiß«, stöhnte Ellery. »Sie brauchen mir das nicht noch unter die Nase zu reiben.«

»Sie sollen lernen, junger Mann«, sagte der Börsenkönig, »daß es ohne Fehlschläge keine Erfolge gibt. Das eine Hauptstück Ihrer Theorie waren die Teetassen. Geistreich aufgebaut, aber Miss Brett hat es zunichte gemacht. Sie können nunmehr auch die Schlußfolgerungen nicht mehr aufrechterhalten, daß nur zwei Leute in Khalkis' Studierzimmer anwesend waren. Sie hatten aus der Teetassenangelegenheit entwickelt, daß nur Khalkis und Grimshaw an jenem Abend zusammenkamen und daß eine dritte Person nicht vorhanden sein konnte.«

»Das ist richtig«, sagte Ellery betrübt, »aber nun ...«

»Das ist falsch«, erwiderte Knox mit seiner sanften Stimme. »Denn es war tatsächlich eine dritte Person im Bunde. Ich kann das ganz direkt und nicht auf dem Umweg einer Schlußfolgerung beweisen.«

»Wieso?« Ellerys Kopf fuhr empor. »Wieso, Sir? Was können Sie beweisen? Was wissen Sie?«

»Knox kicherte. »Ich weiß es ganz genau«, sagte er, »weil ich der dritte Mann war!«

16

Plötzlich war der Inspektor ganz auf der Höhe. Er bombardierte den großen Knox mit einem Trommelfeuer von Fragen. Was war in jener Nacht geschehen? Wie war Knox in Grimshaws Gesellschaft geraten? Was sollte das alles bedeuten?

Knox gab die folgenden Erklärungen ab: Vor etwa drei Jahren hatte sich Khalkis dem Millionär, der zu seinen besten Kunden zählte, mit einem eigenartigen Angebot genähert. Khalkis hatte behauptet, er sei im Besitz eines Gemäldes von unschätzbarem Wert, das er Knox unter der Bedingung verkaufen wolle, daß es dieser niemals ausstellen werde. Knox war vorsichtig gewesen. Wozu diese Geheimniskrämerei? Khalkis zog ihn ins Vertrauen und spielte dabei überzeugend den untadeligen Ehrenmann. Das Gemälde, so sagte er, stamme aus dem Besitz des Victoria-Museums in London. Es sei vom Museum mit einer Million Dollar bewertet worden ...

»Eine Million Dollar, Mr. Knox?« fragte der Staatsanwalt. »Ich verstehe zwar nicht viel vom Kunsthandel, aber das scheint mir selbst für ein Meisterwerk ein ungeheuerlicher Preis zu sein.«

Knox lächelte flüchtig. »Nicht für dieses Meisterwerk, Sampson. Es handelte sich um einen Leonardo.«

»Leonardo da Vinci?«

»Ja.«

»Aber ich denke, alle seine großen Gemälde sind längst bekannt?«

»Das kann man nicht sagen. Dieses jedenfalls war erst vor wenigen Jahren vom Victoria-Museum entdeckt worden. Es war eine Ölskizze von Leonardos unvollendetem Entwurf für die Fresken im Palazzo Vecchio in Florenz. Das Victoria-Museum nannte den kostbaren Fund ›Teilstück aus der Standartenschlacht‹. Ein neuer Leonardo – das dürfen Sie mir aufs Wort glauben – ist mit einer Million Dollar nicht zu teuer bezahlt. Begreiflicherweise verlangte ich von Khalkis genaue Auskunft, wie er in den Besitz dieses seltenen Stückes geraten sei. Ich hatte nichts davon gehört, daß das Gemälde auf den Markt gebracht worden war. Khalkis äußerte sich in unbestimmten Ausdrücken. Er ließ mich glauben, daß er im Auftrag des Museums einen amerikanischen Käufer suche. Das Museum, so sagte er, bestehe darauf, daß der Handel unter Ausschluß der Öffentlichkeit abgeschlossen werde, weil sonst die Zeitungen einen Proteststurm entfesseln würden. Es war ein wundervolles Stück. Als er damit herausrückte, konnte ich nicht länger widerstehen. Ich kaufte es für siebenhundertfünfzigtausend Dollar.«

Der Inspektor nickte. »Jetzt sehe ich schon, was da kommt.«

»Jawohl. Vor einer Woche, am Freitag, kam ein Mann namens Albert Grimshaw in mein Büro und wünschte mich zu sprechen. Unter gewöhnlichen Umständen hätte man ihn nicht vorgelassen, da er aber einen Zettel mit dem Kennwort ›Standardenschlacht‹ zu mir hereinschicken ließ, blieb mir keine Wahl. Ein schmächtiger, dunkler Mensch mit Rattenaugen trat ein. Er erzählte mir eine erstaunliche Geschichte. Des Pudels Kern war, der Leonardo, den ich von Khalkis im guten Glauben, daß es sich um einen Museumsverkauf handelte, erworben hatte – war Diebesgut. Er war vor fünf Jahren aus dem Museum entwendet worden. Er, Grimshaw, habe den Diebstahl ausgeführt und sähe gar keine Veranlassung, mir gegenüber ein Geheimnis daraus zu machen.«

Sampson war von Knox' Bericht völlig gefangengenommen, der Inspektor und Pepper lauschten mit offenem Munde. Ellery schien unbewegt, aber sein Blick hing an Knox.

Ohne Hast, kühl und präzise, fuhr Knox fort. Grimshaw, damals unter dem Namen Graham Aufseher im Victoria-Museum, hatte vor fünf Jahren den Leonardo gestohlen und war damit nach den Vereinigten Staaten geflohen. Ein verwegener Diebstahl, der erst entdeckt wurde, nachdem Grimshaw England verlassen hatte. In New York hatte er sich an Khalkis gewendet, um seine Beute zu verkaufen. Khalkis war im allgemeinen ein ehrenhafter Kaufmann, aber er war auch ein leidenschaftlicher Kunstsammler und konnte der Versuchung nicht widerstehen, eines der größten Meisterwerke aller Zeiten zu besitzen. Grimshaw verkaufte es ihm für eine halbe Million Dollar. Ehe dieser Betrag gezahlt werden konnte, wurde Grimshaw in New York festgenommen und wegen einer alten Fälschungsgeschichte fünf Jahre nach Sing-Sing geschickt. In der Zwischenzeit schien Khalkis durch unvorteilhafte Kapitalanlagen den größten Teil seines flüssigen Vermögens verloren zu haben. In dieser Klemme wandte er sich an Knox, der das Gemälde für eine dreiviertel Million erstand. Knox hatte keinen Grund gehabt, Khalkis' Geschichte vom Geheimverkauf des Museums zu bezweifeln. Daß das Gemälde gestohlen war, hatte er nicht gewußt.

»Als Grimshaw am Dienstag der vorigen Woche entlassen wurde«, fuhr Knox fort, »war sein erster Gedanke, die halbe Million zu kassieren, die ihm Khalkis schuldete. Wie er mir mitteilte, war er am Donnerstagabend bei Khalkis gewesen, um das Geld einzutreiben. Khalkis, dessen Vermögensverhältnisse sich offenbar weiterhin verschlechtert hatte, schwor, kein Geld zu haben. Grimshaw verlangte darauf das Gemälde zurück. Nun mußte Khalkis bekennen, daß er es an mich weiterverkauft hatte. Grimshaw bedrohte Khalkis, er würde ihn umbringen, wenn er nicht zu seinem Geld käme. Er ging und kam am nächsten Tag zu mir, wie ich schon gesagt habe.

Grimshaws Absicht war durchsichtig. Er verlangte von mir die halbe Million, die ihm Khalkis schuldete. Natürlich schlug ich es ab. Grimshaw war verdammt zäh. Er drohte mir mit der Öffentlichkeit, wollte es an die Zeitungen geben, daß ich einen gestohlenen Leonardo besitze. Diese Unverschämtheit brachte mich in Wut. Ich war wild auf Khalkis, der mich getäuscht und in diese scheußliche Lage gebracht hatte. Ich telefonierte mit ihm und traf jene Verabredung, die am Freitag spätabends stattfand. Das Unternehmen war für mich kompromittierend genug, ich verlangte Vorsichtsmaßregeln. Khalkis, der völlig zusammengebrochen war, versprach mir, alle Leute fortzuschicken und uns von Miss Brett öffnen zu lassen, die in die Geschichte nicht eingeweiht sei, auf deren Diskretion er sich aber verlassen könne. Mir blieb nichts übrig, als auf seine Vorschläge einzugehen. Das übrige wissen Sie bereits.«

Knox hatte, wie er weiterberichtete, darauf bestanden, daß Khalkis die Suppe allein auslöffeln sollte, die er sich eingebrockt hatte.

Vollkommen verzweifelt beteuerte Khalkis, er könne das Geld unter keinen Umständen aufbringen, habe aber das Testament zugunsten von Grimshaw geändert. Er überreichte das Dokument Grimshaw mit der zutreffenden Bemerkung, daß die Galerie weitaus mehr als eine halbe Million Dollar wert sei.

»Grimshaw war kein Dummkopf«, sagte Knox grimmig. »Er wies das Anerbieten glatt ab und sagte, er hätte keine Lust, mit der Verwandtschaft um die Erbschaft zu prozessieren. Nein, er wolle sein Geld in marktfähigem Börsenpapier oder in bar und sofort. Er behauptete, der Handel ginge nicht ihn allein an. Er habe einen Partner, der die Geschichte vom Gemäldediebstahl und dem Handel mit Khalkis genau kenne. Er machte auch kein Hehl daraus, daß er am Abend zuvor, nachdem er bei Khalkis gewesen war, mit seinem Partner ins *Hotel Benedict* gegangen sei und ihn dort informiert habe, daß ich der derzeitige Besitzer des Leonardo sei. Auf das Testament oder ähnlichen Schwindel fielen sie nicht hinein. Wenn Khalkis nicht auf der Stelle bezahlen könne, würden sie sich mit einem Sichtwechsel über fünfhunderttausend Dollar mit vier Wochen Laufzeit begnügen. In dieser Zeit habe Khalkis reichlich Gelegenheit, seine Kunstsammlungen unter den Hammer zu bringen und das Geld zusammenzukratzen. Grimshaw lachte gemein und sagte, wir würden nichts davon haben, wenn wir ihn um die Ecke brächten, weil sein Partner genau im Bilde sei und uns bis aufs Blut peinigen würde, wenn ihm etwas geschähe. Wer sein Partner war, damit rückte er leider nicht heraus ... Khalkis stellte also den Wechsel aus, unterschrieb ihn und gab ihn Grimshaw, der ihn in seine alte, abgeschabte Brieftasche steckte.«

»Die Brieftasche haben wir gefunden«, warf der Inspektor ein, »aber es war nichts darin.«

»Ich habe es in den Zeitungen gelesen. Bevor wir gingen, sagte ich zu Khalkis, ich wolle mit der ganzen Angelegenheit nichts mehr zu schaffen haben. Khalkis war ein gebrochener Mann, als wir ihn verließen. Er hatte sich in seiner Schlinge gefangen. Zum Glück trafen wir niemanden, als wir durch das Haus gingen, Grimshaw und ich. Draußen sagte ich zu ihm, ich würde die ganze Sache vergessen, wenn er mich fernerhin aus dem Spiele ließe.«

»Wann sahen Sie Grimshaw zum letztenmal, Mr. Knox?« fragte der Inspektor.

»An jenem Abend. Ich war froh, den Halunken los zu sein. Ging hinüber nach der Ecke der Fünften Avenue, rief eine Taxe an und fuhr nach Hause.«

»Und was tat Grimshaw?«

»Er blieb auf dem Bürgersteig gegenüber der Villa Khalkis stehen und schaute mir nach. Am nächsten Vormittag – ich hatte bereits gehört, daß Khalkis gestorben war – erhielt ich einen handschriftlichen Brief von Khalkis. Nach dem Poststempel mußte er kurze Zeit vor seinem Ableben aufgegeben worden sein. Er hatte ihn wohl noch am Freitagabend geschrieben, nachdem Grimshaw und ich gegangen waren. Ich habe ihn hier.«

Knox holte aus seiner Brusttasche ein Papier hervor und überreichte es dem Inspektor, der es entfaltete und laut vorlas:

»Mein lieber J. J. K., was heute nacht geschehen ist, muß mich Ihnen gegenüber in ein schlechtes Licht setzen. Aber ich weiß mir nicht zu helfen. Ich habe viel Geld verloren und stehe mit gebundenen Händen da. Keinesfalls wollte ich Sie in die Geschichte hineinziehen. Ich hatte nicht damit gerechnet, daß dieser Schuft von Grimshaw sich an Sie heranmachen und auch bei Ihnen einen Erpressungsversuch unternehmen würde. Ich verspreche Ihnen, daß Sie künftig mit dieser üblen Sache nicht mehr behelligt werden. Ich werde Grimshaw und seinem Spießgesellen den Mund stopfen, und wenn ich mein Geschäft verkaufen, meine Privatsammlung verschleudern und meine Lebensversicherung beleihen müßte. Außer Grimshaw, der ja nun zufriedengestellt wird, weiß kein Mensch von dem Leonardo. Ich habe nicht einmal mit Sloane darüber gesprochen, der sonst mit allen meinen Geschäften vertraut ist . . . K.«

»Das muß der Brief gewesen sein«, meinte der Inspektor, »mit dem Khalkis Miss Brett am Sonnabendmorgen zur Post schickte.«

Ellery fragte ruhig: »Sie haben niemanden ins Vertrauen gezogen, Mr. Knox?«

»Niemanden«, grunzte Knox. »Kein Mensch meiner näheren und weiteren Umgebung hat auch nur die geringste Ahnung, daß ich einen Leonardo besitze.«

Sampson setzte seine Amtsmiene auf. »Sie sind sich natürlich darüber klar, daß Sie sich da in einer sehr heiklen Situation befinden, Mr. Knox?«

»Was wollen Sie damit sagen?«

»Mr. Sampson will sagen«, erklärte der Inspektor trocken, »daß Sie sich der Hehlerei schuldig gemacht haben.«

Knox ließ sich durchaus nicht einschüchtern. »Können Sie das Gemälde herbeizaubern, meine Herren? ... Ohne den Leonardo steht Ihr Beweisantrag auf tönernen Füßen.«

Der Inspektor kniff die Augen zusammen. »Sie wollen also damit sagen, Mr. Knox, daß Sie das Gemälde nicht herausgeben wollen, ja, daß Sie seinen Besitz überhaupt abstreiten?«

Knox massierte sein Kinn und schaute ruhig erst Sampson und dann den Inspektor an. »Ich glaube, meine Herren, Sie ereifern sich am falschen Ort. Um was handelt es sich eigentlich ... Um eine Morduntersuchung oder um das Bespitzeln eines etwas dubiosen Geschäfts?«

»Es scheint mir doch, Mr. Knox«, sagte der Inspektor und erhob sich, »daß Sie da eine sehr eigenartige Haltung einnehmen. Schließlich ist es unsere Aufgabe, jeder Verfehlung nachzugehen. Wenn Sie es von dieser Seite her sehen, war es vielleicht nicht besonders klug von Ihnen, uns in das Geheimnis einzuweihen.«

»Sie machen aus Ihrem Herzen keine Mördergrube, Inspektor«, sagte Knox erheitert. »Ich habe zwei Gründe. Erstens möchte ich helfen, den Mord aufzuklären, zweitens zwingt mich mein Privatinteresse zur Enthüllung der dunklen Vorgeschichte.«

»Wie meinen Sie das?«

»Ich meine, daß ich gründlich hereingelegt worden bin. Der Leonardo, für den ich dreiviertel Million bezahlt habe, ist nämlich gar kein Leonardo!«

»Schau mal an.« Der Inspektor schaute verkniffen zu ihm hinüber. »Also da liegt der Hase im Pfeffer ... Wann haben Sie das herausgefunden?«

»Gestern abend. Ich ließ das Gemälde durch meinen Kunstsachverständigen untersuchen. Er meint, das Gemälde ist von einem Schüler Leonardos, vielleicht auch von Lorenzo di Credi, einem Zeitgenossen Leonardos. Beide Maler waren Schüler von Verrocchio. Ich kann mich auf meinen Experten unbedingt verlassen. Jedenfalls ist das ganze Ding höchstens ein paar tausend wert ... Man hat mich verflucht begaunert.«

»Auf jeden Fall gehört das Gemälde dem Victoria-Museum, Mr. Knox«, sagte der Staatsanwalt kampflustig. »Sie sollten es umgehend zurückschicken.«

»Woher weiß ich, daß es dem Victoria-Museum gehört? Vielleicht hat man mir sogar nur eine Kopie angedreht. Ich bezweifle nicht, daß der Leonardo des Victoria-Museums gestohlen worden ist. Das besagt aber nicht, daß man ihn mir angeboten hat.«

Ellery sagte: »Jedenfalls scheint es ratsam, daß alle Anwesenden über diese Geschichte strengstes Stillschweigen bewahren.«

Man ließ es dabei bewenden. Knox war unbestritten Herr der Situation. Der Staatsanwalt nahm sich vor, diesen Fall zu gelegenerer Zeit wieder aufzurollen.

»Verzeihen Sie, wenn ich mich noch einmal als geschlagener Held in die Arena zurückbegebe«, sagte Ellery mit ungewöhnlicher Demut. »Ich wüßte gern, was am vergangenen Freitagabend in bezug auf das Testament geschah, Mr. Knox?«

»Nachdem es Grimshaw zurückgewiesen hatte, ging Khalkis mit seinem starren, blinden Schritt zum Safe, legte das Testament in eine Stahlkassette und schloß die Panzertür.«

»Und das Teegeschirr?«

»Das stand auf dem kleinen Wagen neben dem Schreibtisch«, erklärte Knox. »Khalkis fragte uns, ob wir Tee haben wollen. Wie ich bemerkte, kochte das Wasser bereits in der Maschine. Wir lehnten beide ab. Während wir verhandelten, bereitete sich Khalkis eine Tasse Tee.«

»Er benutzte dabei ein Tee-Ei und eine Zitronenscheibe?«

»Ja. Aber in der Erregung des Gesprächs vergaß er zu trinken. Der Tee wurde kalt. Solange wir da waren, trank Khalkis nicht davon.«

»Auf dem Servierbrett befand sich das Gerät für drei Personen?«

»Jawohl. Zwei Tassen blieben unbenutzt und wurden natürlich auch nicht mit Wasser gefüllt.«

Ellery ergriff das Wort. »Ich halte es für nötig, gewisse Irrtümer richtigzustellen, um die Voraussetzung für unsere weitere Arbeit zu schaffen. Zweifellos haben wir es mit einem sehr geschickten Gegner zu tun. Bitte hören Sie recht aufmerksam zu:

Der Verbrecher hat uns mit bewundernswertem Scharfsinn auf eine falsche Fährte gelockt. Er hat uns Anhaltspunkte serviert, die dazu führen mußten, Khalkis für den Mörder zu halten. Wenn wir jetzt erfahren, daß noch einige Tage nach Khalkis' Tode nur eine Teetasse gebraucht war, so muß das Täuschungsmanöver, das auf drei gebrauchten Tassen beruhte, vom Mörder vorgenommen worden sein. Er goß den Inhalt aus der einen Tasse nacheinander in die beiden sauberen, bis sie die bewußten Gebrauchsspuren zeigten. Dann schüttete er das Wasser weg. Natürlich war er eifrig bedacht, den Wasserinhalt der Teemaschine nicht zu ändern, denn das sollte ja eben der Ausgangspunkt meiner falschen Theorie werden, nach der Khalkis die Anwesenheit von drei Personen vortäuschte, um sich vom Mordverdacht zu reinigen.

Um diese falsche Theorie zu untermauern, mußte der Mörder Anhaltspunkte liefern, die gegen Khalkis' Blindheit sprachen. Hierbei kam ihm der Zufall zu Hilfe. Er entdeckte oder kannte bereits das Schema, nach dem Khalkis sich kleiden ließ. Als er nun das Paket von Barrets auf dem Tisch in der Halle fand, machte er sich den Widerspruch in der Farbe zunutze und versteckte das Paket in Khalkis' Schlafzimmer in der Erwartung, daß wir es finden würden.

Eins ist immerhin wichtig. Der Täter kann nicht bewirkt haben, daß Khalkis am Sonnabendmorgen, also an seinem Todestag, eine falsche Krawatte trug. Die ganze Beweisführung, die darauf beruhte, daß Khalkis das Augenlicht wiedergewonnen hatte, ist irgendwie unhaltbar. Immerhin gibt es noch eine Möglichkeit, nach der Khalkis gewußt haben kann, daß er eine rote Krawatte trug, ohne daß es ihm jemand gesagt hat und ohne daß er die Farbe sehen konnte ... Wir werden das gleich heraushaben. Ich bitte einen Augenblick um Entschuldigung.«

Ellery griff nach dem Telefon und ließ sich mit der Villa Khalkis verbinden. »Mrs. Sloane? Hier spricht Ellery Queen. Ist Mr. Demetrios im Hause? ... Ausgezeichnet. Bitte schicken Sie ihn doch gleich in die Polizeizentrale – Dienstzimmer von Inspektor Queen ... Jawohl, ich verstehe. Weekes soll ihn herbegleiten ... Noch eins, Mrs. Sloane. Sagen Sie Ihrem Vetter, er möge eine von Ihres Bruders grünen Krawatten mitbringen. Ich danke Ihnen.«

Danach beauftragte er den Hausdienst, Trikkala, den griechischen Dolmetscher, aufzustöbern und zum Inspektor zu schicken.

»Ich begreife nicht ganz ...« begann Sampson.

»Bitte, lassen Sie mich fortfahren.« Ellery zündete sich eine neue Zigarette an. »Wir wissen jetzt, daß die Lösung, die Khalkis zum

Mörder stempelte, falsch war, weil die Elemente, auf denen sie beruhte: nämlich, daß Khalkis sehen konnte und daß am Freitagabend in seinem Arbeitszimmer nur zwei Personen waren, durch die Aussagen von Mr. Knox und Miss Brett entkräftet worden sind.

Knox' Geschichte macht es mehr als wahrscheinlich, daß Grimshaw aus einem Motiv ermordet wurde, das mit dem gestohlenen Leonardo zusammenhängt. Daß das gestohlene Gemälde im Angelpunkt der Ereignisse steht, geht aus folgendem hervor: als Grimshaw im Sarg gefunden wurde, fehlte der Wechsel, den ihm Khalkis ausgestellt hatte. Offenbar hatte ihn der Mörder an sich genommen. Der Mörder hatte damit die unbeschränkte Macht über Khalkis, denn wir dürfen nie vergessen, daß Grimshaw getötet wurde, bevor Khalkis starb. Als Khalkis unerwartet das Zeitliche segnete, wurde das Papier in der Hand des Mörders plötzlich wertlos. Es wäre für ihn zu riskant gewesen, seinen Anspruch anzumelden. Durch seinen Tod ersparte Khalkis seiner werten Verwandtschaft eine halbe Million Dollar.

Aus alledem ergibt sich ein Umstand von weit größerer Bedeutung. Hören Sie zu. Die einzige Person, die ein Interesse daran haben konnte, den Verdacht auf den toten Khalkis abzulenken, ist natürlich der Mörder. Demgemäß läßt sich zweierlei von dem Mörder aussagen: erstens, er muß die Möglichkeit gehabt haben, die Täuschung mit den Teetassen vorzunehmen, er muß also zwischen Dienstag abend, als Miss Brett die beiden sauberen Tassen sah, und Freitag, als wir die drei Tassen benutzt fanden, Zugang zur Villa Khalkis gehabt haben. Zweitens: das ganze Manöver mit den Tassen, das uns zur Annahme von zwei Personen zwingen sollte, hing absolut davon ab, daß Mr. Knox über die Tatsache Schweigen bewahren würde, daß er der dritte Mann war.

Woher gewann der Mörder diese Sicherheit? Es gibt dafür nur eine Erklärung: er kennt die Geschichte mit dem Leonardo. Er weiß, daß Knox das Gemälde unter gesetzwidrigen Umständen erworben hat. Nur unter dieser Voraussetzung konnte er sich darauf verlassen, daß Knox seine Teilnahme an jenem Dreimännergespräch am Freitagabend verleugnen würde.«

»Tüchtig, junger Mann«, sagte Knox anerkennend.

»Die Hauptsache kommt erst noch«, fuhr Ellery fort. »Wer kann wissen, daß Sie, Mr. Knox, mit dem gestohlenen Leonardo etwas zu tun haben?

Wir wollen das Feld der Untersuchung eingrenzen. Khalkis hat, wenn man seinem Brief glauben darf, zu niemandem von dieser Sache gesprochen, und er ist jetzt tot. Knox hat einem einzigen Menschen davon Mitteilung gemacht: nämlich seinem Kunstexperten. Aber erst gestern abend. Damit scheidet dieser ebenfalls aus. Wer bleibt uns noch? Grimshaw, und der ist tot. Grimshaw hat mit Knox von einem Partner gesprochen, dem er das Geheimnis anvertraut habe. Demnach bleibt uns kein anderer Rückschluß, als daß der einzige Mensch, der uns die falschen Anhaltspunkte lieferte, nur Grimshaws Partner gewesen sein kann. Demnach muß Grimshaws Partner der Mörder sein. Nach Grimshaws eigenen Worten war er es, der am Abend vorher mit Grimshaw das *Hotel Benedict* aufsuchte. Wir haben allen Grund anzunehmen, daß er am Freitagabend, nachdem das Gespräch bei Khalkis beendet war, Grimshaw traf und von diesem die Sache mit dem Testament und dem Wechsel erfuhr.«

»Du sortierst alles hübsch auseinander«, sagte der Inspektor grüblerisch. »Aber ich sehe nicht, wohin uns das im Augenblick führen soll. Wir haben nicht die geringste Beschreibung von dem Mann, der Grimshaw am Donnerstagabend ins Hotel begleitete.«

»Richtig. Aber wir kennen unsere Marschroute. Einen wesentlichen Punkt habe ich übrigens noch nicht erwähnt. Der Mörder ist im Grunde doch geprellt worden, weil Knox eben nicht geschwiegen hat. Und warum haben Sie Ihr Schweigen gelüftet, Mr. Knox?«

»Das habe ich Ihnen doch schon erzählt«, meinte der Dollarkönig. »Mein Leonardo ist kein Leonardo. Er ist praktisch wertlos.«

»Stimmt. Da das Gemälde vom Standpunkt Knox' wertlos ist, hatte er keinen Grund, die Geschichte länger zu verheimlichen. Aber bis jetzt sind wir, meine Herren, die einzigen, die etwas davon wissen! Mit anderen Worten, Grimshaws Partner, also der Mörder, glaubt noch, daß wir von dem Gemälde keine Ahnung haben. Er nimmt an, daß wir Khalkis für den Mörder halten. Wir müssen den wirklichen Mörder zu Äußerungen treiben, wir müssen erreichen, daß er sich allmählich selbst verrät. Aus diesem Grunde schlage ich vor, daß wir erst mal der Presse die Theorie liefern, daß Khalkis der Mörder war, daß wir aber bald darauf die Aussage von Miss Brett veröffentlichen, welche die erwähnte schöne Theorie wie eine Seifenblase platzen läßt. Bei alledem kein Wort davon, daß Knox uns seine Geschichte offenbart hat. Der Mörder muß unter allen Umständen bei dem Glauben bleiben, daß das Spiel um einen Leonardo geht, der eine Million Dollar wert ist.«

»Gute Idee, Ellery«, brummte der Staatsanwalt. »Grimshaws Partner wird auf diese Weise erfahren, daß die Jagd nach dem Mörder fortgesetzt wird, und sich veranlaßt sehen, unsere Schachzüge zu durchkreuzen.«

»Wir laufen dabei nicht Gefahr, unser Wild zu verprellen«, fuhr Ellery fort. »Denn der Mörder, der gewiß ein schlauer Bursche ist, muß von vornherein damit gerechnet haben, daß die Sache mit den Teetassen schiefgehen konnte und daß die Belastung von Khalkis nicht auf die Dauer glücken könne.«

»Wie steht es aber mit Cheneys Flucht?« fragte Pepper.

Ellery seufzte. »Meine Annahme, daß Allan Cheney Grimshaws Leiche beiseitegeschafft habe, ging von der Voraussetzung aus, daß Khalkis, sein Onkel, der Mörder war. Unsere neuen Ermittlungen lassen wohl keinen anderen Schluß zu, als daß Grimshaw von derselben Person in den Sarg gesteckt wurde, die ihn ermordet hat. Die Ursache von Cheneys Flucht können wir im Augenblick nicht restlos aufhellen. Ich glaube nicht, daß sie für die Hauptuntersuchung wesentlich ist.«

Das Haustelefon meldete sich. Der Inspektor rief hinein: »Er soll kommen. Behalten Sie den andern draußen.« Er wandte sich an Ellery. »Demetrios ist da.«

Ellery nickte. Die Tür ging auf, es erschien zitternd und ängstlich Demetrios Khalkis. Im Vorzimmer saß Weekes und hielt seinen steifen Hut gegen die Brust gedrückt. Durch eine Nebentür trat fett und schwammig Trikkala ein.

»Fragen Sie Demmy, ob er das mitgebracht hat, was ich verlangt habe«, wandte sich Ellery an den griechischen Dolmetscher.

Trikkala, bei dessen Eintritt ein Leuchten über Demmys Gesicht zog, brach in seine bekannten wortreichen Tiraden aus. Demmy nickte heftig und hielt ein Paket in die Höhe.

»Sehr schön.« Ellery war wieder ganz in Form. »Fragen Sie ihn, Trikkala, was er mitbringen sollte.«

Nach kurzem Wortwechsel erklärte Trikkala: »Er sagt, er sollte eine grüne Krawatte bringen, eine von den grünen Krawatten, die zur Garderobe seines Vetters Georg gehörten.«

»Großartig. Sagen Sie ihm, er soll die Krawatte vorzeigen.«

Trikkala schleuderte Demmy einen Befehl entgegen. Dieser nickte gehorsam und begann mit ungeschickten Fingern, das Paket aufzupacken. Endlich schob er das Papier zur Seite und hielt eine rote

Krawatte in der Hand.

Ellery beschwichtigte mit einer Handbewegung den kleinen Tumult, der sich erhob. Er kramte in einer der Schubladen des Schreibtisches. Als er sich wieder aufrichtete, hielt er ein grünes Löschblatt in der Hand.

»Trikkala«, sagte er, »fragen Sie Demmy nach der Farbe dieses Löschblatts.«

Demmy gab in seiner Muttersprache eine sehr bestimmte Antwort. »Er sagt«, berichtete der Dolmetscher mit tiefem Erstaunen, »das Löschblatt wäre rot.«

»Ausgezeichnet. Ich danke Ihnen, Trikkala. Nehmen Sie Demmy mit hinaus und sagen Sie Weekes, er könne mit ihm nach Hause gehen.« Ellery schloß hinter beiden Männern die Tür.

»Damit wäre bewiesen«, sagte er, »daß der Topf, in dem ich mein Ragout von Schlußfolgerungen gekocht habe, ein Loch hat. Ich hatte die Möglichkeit nicht in Betracht gezogen, daß Demmy farbenblind sein könnte!«

»Das bedeutet also«, meinte Pepper, »daß Demmy, Sloane und Miss Brett die Wahrheit gesagt haben. Das ist immerhin etwas.«

James J. Knox erhob sich, um anzudeuten, daß die Zeit der Millionäre kostbar ist.

»Ich kann damit rechnen, daß Sie mir jede Neuigkeit, die mit dem Leonardo zusammenhängt, sofort mitteilen, Mr. Knox?« fragte der alte Queen.

»Wird mir ein Vergnügen sein.« Pepper half dem Bankier in den Mantel. »Ich arbeite mit Woodruff zusammen«, sagte Knox. »Er nimmt zur Zeit die Vermögenswerte auf. Alles morsch, alles faul. Wollen nur hoffen, daß das neue Testament nicht plötzlich auftaucht. Woodruff meint, das würde die ganze Angelegenheit unnötig komplizieren. Mrs. Sloane, als nächste Verwandte, hat mich gebeten, den Nachlaß zu verwalten, wenn das Testament nicht gefunden wird.«

»Zum Teufel mit dem Wisch«, sagte Sampson verdrießlich. »Es würde nichts weiter als ein Rattenschwanz von Prozessen dabei herauskommen.« Knox grunzte, winkte leutselig mit der Hand und ging. Sampson und Pepper standen auf und schauten einander in die Augen. »Ich weiß, was Sie denken, Chef«, sagte Pepper. »Sie denken, daß Knox' Geschichte von dem falschen Leonardo ein Märchen ist.«

»Sollte mich nicht wundern«, bekannte Sampson.

»Mich auch nicht«, meinte der Inspektor. »Er ist zwar ein großes

Tier, aber er spielt ein bißchen zu leichtfertig mit dem Feuer.«

»Bin ganz eurer Meinung«, stimmte Ellery zu. »Nur halte ich die Frage im Augenblick nicht für besonders wichtig. Der Mann ist ein leidenschaftlicher Sammler und wird seinen Leonardo wie ein Löwe verteidigen.«

»Jawohl, die Karre steckt im Dreck«, seufzte der Alte. Sampson und Pepper nickten Ellery zu und verließen das Zimmer. Der Inspektor folgte ihnen, um sich zu einer Konferenz mit den Polizeireportern zu begeben.

Ellery blieb allein. Als der Inspektor zurückkehrte, war Ellery in die Betrachtung seiner Stiefelspitzen versunken und scheinbar vollkommen geistesabwesend.

»Das wäre erledigt«, brummte der Alte und ließ sich in seinen Sessel fallen. »Ich habe der Presse das Schauermärchen von Khalkis, dem Mörder Grimshaws, aufgetischt und ihnen dann Joan Bretts Aussage als Kompott serviert, die alles wieder aufhebt. In ein paar Stunden wird die Stadt damit überschwemmt sein, und der Mörder wird sich neue Tricks ausdenken müssen.«

Der Inspektor rief seinen Sekretär herbei und diktierte ihm ein Telegramm mit dem Vermerk »Vertraulich«, das an den Direktor des Victoria-Museums in London gerichtet war. Der Sekretär stürzte davon.

»Ich denke nicht daran, die Sache mit dem Gemälde stillschweigend unter den Tisch fallen zu lassen«, sagte der Alte, straff wie ein Staatsanwalt, während er sich eine Prise genehmigte. »Ich habe draußen noch mit Sampson darüber gesprochen. Auf Knox' Wahrheitsliebe setze ich in diesem Falle keinen Pfifferling.«

17

Der sprichwörtlich lange Arm der Polizei streckte sich aus und ergriff Allan Cheney am Sonntagabend, dem zehnten Oktober, auf dem Flugplatz in Buffalo, als er gerade das fahrplanmäßige Flugzeug nach Chicago besteigen wollte. Detektiv Hagstrom packte sein Opfer, das schwer geladen hatte, in die nächste Maschine und brachte es nach New York zurück.

Die Queens, die von der Verhaftung in Kenntnis gesetzt worden waren, bewillkommneten den Durchgänger am Montagmorgen im Dienstzimmer des Inspektors. Staatsanwalt Sampson und sein Assistent Pepper vervollständigten das Empfangskomitee.

»Nun, Mr. Cheney«, begann der Inspektor das Verhör in bester Laune, nachdem der junge Mann, der sich vor Katzenjammer nicht auf den Füßen halten konnte, Platz genommen hatte, »was wollen Sie über Ihre Abenteuer erzählen?«

Allans Stimme klang rauh. »Ich verweigere die Aussage.«

Sampson fuhr ihn an: »Sie sind sich hoffentlich darüber klar, daß Sie sich durch Ihre Flucht schwer belastet haben, Cheney?«

»Durch meine Flucht?« Er versuchte, die verschwollenen Augen aufzureißen.

»Aha, es war also durchaus keine Flucht, sondern bloß ein kleiner Sonntagsausflug, wie?« Der Inspektor kicherte. Aber plötzlich schlug seine heitere Stimmung um. »Wir sind keine Kinder, die Scherze treiben. Weshalb sind Sie ausgerissen?«

Der junge Allan blickte störrisch zu Boden.

Der Inspektor wühlte in seiner Schreibtischlade. »Sie hatten natürlich nicht die geringste Angst, Cheney. Sie hätten ebensogut hierbleiben können, nicht wahr?« Er hielt plötzlich den Zettel in der Hand, den Sergeant Velie in Joan Bretts Schlafzimmer gefunden hatte.

Allan wurde bleich wie die Wand. »Wo haben Sie das her?« flüsterte er.

»Scheint Sie immerhin ein bißchen aus der Ruhe zu bringen ... Wir fanden diesen Zettel unter der Matratze von Miss Bretts Bett, wenn Sie es genau wissen wollen!«

»Sie – sie hat ihn nicht verbrannt?«

»Nein. Hören Sie auf, Theater zu spielen, mein Lieber. Wollen Sie reden, oder soll ich Sie zwingen?«

Allan fuhr sich hastig über die Augen. »Was ist geschehen? Miss Brett ist doch nichts zugestoßen ...?«

»Bis jetzt noch nicht.«

»Was soll das heißen?« Allan sprang heftig auf. »Sie haben sie noch nicht in der ...?«

»Was?«

Allan schüttelte den Kopf und setzte sich wieder. Er drückte die Fingerknöchel gegen seine Augen wie ein kleines Kind.

Sampson winkte den Inspektor in eine Ecke. »Wenn er die Aussage verweigert«, sagte der Staatsanwalt, »können wir ihn nicht zum Reden zwingen. Ich sehe auch keinen Vorteil, wenn wir ihn in Untersuchungshaft nehmen. Schließlich haben wir nicht einen einzigen stichhaltigen Beweis gegen ihn.«

»Du hast recht. Bevor wir ihn gehen lassen, möchte ich aber noch ein kleines Experiment machen.« Der Alte ging zur Tür und rief Velie.

Velie stapfte davon und kehrte einige Augenblicke später mit Bell, dem Nachtportier des *Hotels Benedict,* zurück. Allan Cheney hockte zusammengesunken in seinem Sessel. Der Inspektor wies mit dem Daumen auf ihn. »Bell, erkennen Sie in diesem Mann einen der Besucher Grimshaws vom vergangenen Donnerstagabend?«

Bell betrachtete sein Opfer von hinten und vorn. Endlich schüttelte er energisch den Kopf. »Nein, Sir, der war nicht dabei. Ich habe diesen Herrn noch nie gesehen.«

Der Inspektor grunzte enttäuscht. Allan, der keine Ahnung hatte, was mit dieser Schaustellung gemeint war, fühlte immerhin, daß ein Kelch an ihm vorübergegangen war, und seufzte erleichtert. Bell durfte abtreten.

»Also, Sie wollen über Ihren kleinen Seitensprung nicht reden, Cheney?«

Allan feuchtete sich die Lippen an. »Muß erst mit meinem Anwalt sprechen.«

»Und wer ist Ihr Anwalt, Cheney?«

»Miles Woodruff.«

»Das Familienerbstück, wie?« sagte der Inspektor mit einiger Gehässigkeit. »Sie können sich das sparen. Wir werden Sie gehen lassen, junger Mann.« Allan war plötzlich wie verwandelt, er strahlte. »Sie dürfen nach Hause. Aber . . .« Der Alte beugte sich drohend vor. »Das eine verspreche ich Ihnen: Sie werden von nun an schärfstens bewacht. Ich gebe Ihnen einen Schatten mit, vor dem Sie nicht kneifen werden. Hagstrom!« Der Detektiv stellte sich in Positur. »Sie gehen mit Cheney nach Hause. Sie weichen nicht mehr von seiner Seite.«

Hagstrom schmunzelte und nahm den jungen Mann beim Arm. Allan versuchte, ihn abzuschütteln, aber er meinte es mit diesem Protest nicht allzu ernst. Ihm war so übel, daß er im stillen für die Begleitung dankbar war.

Ellery Queen hatte während dieses Zwischenspiels kein Wort von sich gegeben. Er betrachtete seine wohlgepflegten Fingernägel, seufzte ab und zu, rauchte wie ein Schlot und bemühte sich, seinen

Kummer zu verdauen. Erst als Pepper, der mit einem merkwürdigen Ausdruck Cheney und Hagstrom nachschaute, sich mit einer sonderbaren Bemerkung an Sampson wandte, spitzte er wieder die Ohren.

»Mir scheint, da geht Hagstrom mit einem Mörder spazieren, Chef.« Das waren Peppers Worte.

Sampson erwiderte ruhig: »Sie sind doch sonst ein gescheiter Kerl, Pepper . . . Womit wollen Sie Cheney belasten?«

»Daß er im entscheidenden Augenblick zu fliehen versuchte!«

»Großartig! Aber bis jetzt ist es vor Gericht noch nicht üblich, jemanden für einen Verbrecher zu halten, bloß weil er ausgerissen ist.«

»Mein Gefühl wird mich nicht täuschen«, sagte Pepper unverbesserlich.

»Dummes Zeug«, bellte der Inspektor. »Sie wissen ganz genau, Pepper, daß wir kein einziges Verdachtsmoment gegen Cheney bringen können. Sollte dennoch etwas faul mit ihm sein, so werden wir es schon herauskriegen . . . Was ist los, Thomas? Du scheinst ja vor Neuigkeiten zu platzen.«

Tatsächlich hatte sich Sergeant Velie von einem zum anderen gewandt und versuchte eine Bresche in das Gespräch zu legen. Nun blies er den Atem von sich wie ein Walfisch und sagte: »Ich habe die beiden draußen!«

»Wen?«

»Die Dame, die sich mit Grimshaw in Schicks Kellerhöhle gestritten hat, und ihren Ehemann. Sie ist eine gewisse Lily Morrison und war früher mit Grimshaw liiert. Während Grimshaw brummte, hat sie geheiratet.«

»Laß Schick holen!«

»Wartet schon draußen.«

Einen Augenblick später trat der Kneipenwirt mit krebsrotem Gesicht über die Schwelle. Zögernd folgten ihm eine stattliche blonde Frau und ein kolossaler Kerl mit einer dicken, irischen Nase und stechenden, schwarzen Augen.

Velie besorgte die Vorstellung. »Mr. und Mrs. Jeremiah Odell, Inspektor.«

Der Inspektor wies auf die Stühle. Sie setzten sich steif.

»Bitte, Mrs. Odell«, begann der Inspektor, »erschrecken Sie nicht; es handelt sich um eine bloße Formalität. Haben Sie Albert Grimshaw gekannt?«

Ihre Blicke trafen sich, dann wandte sich die Frau ab. »Sie meinen den Mann, der erwürgt im Sarg gefunden wurde?«

»Jawohl. Kennen Sie ihn?«

»Nein. Nur aus den Zeitungen.«

»Aha.« Der Inspektor wandte sich an Schick, der still und bescheiden daneben saß. »Erkennen Sie die Dame?«

»Klar«, sagte Schick.

»Wo haben Sie sie zum letztenmal gesehen?«

»In meinem Lokal in der Vierundfünfzigsten Straße. Vor reichlich einer Woche. Am Mittwochabend.«

»Unter welchen Umständen?«

»Nun – eben mit jenem Kerl, mit Grimshaw . . .«

»Und Mrs. Odell zankte sich mit dem Ermordeten?«

»Aber feste«, lachte Schick.

»Die Sache ist wohl weniger komisch, als Sie meinen, Schick. Sie sind also vollkommen sicher, diese Frau mit Grimshaw zusammen gesehen zu haben?«

»Todsicher.«

Der Inspektor wandte sich an Mrs. Odell. »Und Sie bestehen darauf, Albert Grimshaw überhaupt nicht zu kennen?«

Ihre aufgeworfene Oberlippe begann zu zittern. Odell kam ihr zu Hilfe. Er warf gefährliche Blicke um sich und grunzte: »Wenn meine Frau nein sagt, dann möchte ich mal den sehen, der es anders meint.«

Der Inspektor schien diese Worte im Herzen zu bewegen. »Schick, haben Sie diesen streitbaren Herrn schon mal gesehen?« Er wies mit dem Daumen auf den gigantischen Iren.

»Nein. Kann ich nicht behaupten.«

»Gut, Schick. Sie können wieder hinter Ihre Theke zurückkehren.« Der Gastwirt stand schwerfällig auf und machte sich davon.

»Wie ist Ihr Mädchenname, Mrs. Odell?«

Ihre Unruhe nahm zu. »Morrison.«

»Lily Morrison?«

»Ja.«

»Wie lange sind Sie mit Odell verheiratet?«

»Seit zweieinhalb Jahren.«

»So. Und nun hören Sie mal zu, Lily Morrison-Odell. Ich habe hier gewisse Polizeiakten vor mir, die auch Sie interessieren. Vor fünf Jahren wurde Albert Grimshaw festgenommen und nach Sing-Sing geschickt. Sie haben damals keine Verbindung mehr mit ihm gehabt.

Das ist richtig. Aber einige Jahre vorher haben Sie mit ihm zusammengelebt ... Wie war die Adresse, Sergeant Velie?«

»Zehnte Straße, Nummer fünf«, rasselte Velie.

Odell war aufgesprungen, das Gesicht dunkelrot vor Zorn. »Mit ihm gelebt?« brüllte er. »Zieh den Rock aus, du stinkiger Lügenhund, ich schlage dich zu Brei!« Er ging mit erhobenen Fäusten auf Velie los, aber plötzlich fiel sein Kopf so heftig in den Nacken, daß man fürchten mußte, er habe sich das Rückgrat gebrochen. Der Sergeant hatte ihn mit eisernem Griff am Kragen gepackt und schüttelte ihn zweimal wie ein Baby, das mit seiner Klapper spielt. Odell war derart überrumpelt, daß er sich widerstandslos auf einen Stuhl drücken ließ.

»Halt mal die Luft an, Junge«, sprach ihm Velie freundlich zu. »Du mußt immer bedenken, daß so etwas leicht in Beamtenbeleidigung ausartet.«

Odell atmete schwer und wagte nicht einmal Velies Faust abzuschütteln, die noch immer Rock und Kragen zusammenpreßte.

»Ich denke, er ist jetzt vernünftig, Thomas«, sagte der Inspektor beiläufig, als wäre nichts Aufregendes geschehen. »Nun, Mrs. Odell, vielleicht werden Sie uns jetzt ein wenig entgegenkommen?«

Die Frau, die mit fassungslosem Entsetzen zugesehen hatte, schluckte heftig. »Ich weiß von nichts«, sagte sie leise. »Ich weiß nicht, wovon Sie überhaupt reden. Ich habe niemals jemanden gekannt, der Grimshaw hieß. Ich habe niemals ...«

»Ein ganzer Berg voll ›niemals‹, Mrs. Odell«, fiel ihr der Inspektor in die Rede. »Warum hat Sie Grimshaw aufgestöbert, als er vor vierzehn Tagen aus dem Gefängnis entlassen worden war?«

»Kein Wort!« knurrte der Riese.

»Ich weiß von nichts – von gar nichts ...«

Der Inspektor heftete einen bösen Blick auf den Mann. »Wissen Sie, daß ich Sie einsperren kann, wenn Sie der Polizei Ihre Hilfe bei einer Morduntersuchung versagen? Wo wohnen Sie?«

»In Brooklyn – im Bezirk Flatbush.«

»Steht der Mann in den Akten, Thomas?«

Sergeant Velie ließ von seinem Opfer ab. »Hat noch nicht mit uns zu tun gehabt, Chef«, sagte er mit Bedauern.

»Und wie steht es mit der Frau?«

»Scheint sich ordentlich gehalten zu haben.«

»Na also!« schrie Mrs. Odell triumphierend.

Plötzlich unterbrach Ellerys kühle Stimme das ergebnislose Verhör: »Jetzt wäre es wohl an der Zeit, unseren allwissenden Freund Bell auftreten zu lassen.«

Der Inspektor gab Velie einen Wink, der den Nachtportier aus dem Nebenzimmer herbeiholte. »Werfen Sie mal einen Blick auf diesen Mann, Bell«, sagte der Inspektor.

Bells Adamsapfel begann fröhlich zu tanzen. Er stieß seinen Zeigefinger wie einen Revolverlauf in Jeremiah Odells Gesicht. »Das ist er! Das ist er!« rief er aus.

»Ha!« Der Inspektor stand schon auf den Beinen. »Welcher war es, Bell?«

Bell schaute einen Augenblick ins Leere. »Jetzt weiß ich's! Er war der Vorletzte, er kam vor dem Doktor mit dem Bart! Er war der große Ire, von dem ich gesprochen habe, Inspektor.«

»Sind Sie ganz sicher?«

»Ich kann es beschwören.«

»Gut, Bell. Sie können jetzt nach Hause gehen.«

Bell trollte sich. Odells Kinnlade sperrte sich, in seinen dunklen Augen glomm Verzweiflung.

»Was sagen Sie nun, Odell?«

Der Ire schüttelte den Kopf wie ein Boxer, der sich bei neun mühsam vom Boden erhebt. »Nichts sage ich.«

»Haben Sie den Mann, der eben gegangen ist, schon mal gesehen?«

»Nein!«

»Sie wissen auch nicht, wer er ist?«

»Nein!«

»Er ist der Nachtportier des *Hotel Benedict*«, sagte der Inspektor gutgelaunt. »Mal dort gewesen?«

»Nein!«

»Er sagte, er hätte Sie am dreißigsten September zwischen zehn und zehn Uhr dreißig dort gesehen.«

»Verdammte Lüge!«

»Sie fragten in der Portierloge, ob ein Albert Grimshaw im Hotel wohne.«

»Keine Spur!«

»Bell teilte Ihnen die Zimmernummer mit. 314, erinnern Sie sich, Odell?«

Odell erhob sich in seiner ganzen Größe. »Nun paßt mal auf. Ich zahle meine Steuern und bin ein ehrenhafter Bürger. Ich habe keine Ahnung, wovon ihr hier faselt. Wir sind doch nicht bei den Bolschewiken!« brüllte er. »Ich habe meine Rechte so gut wie jeder andere! Komm, Lily, wir gehen . . . Niemand kann uns zurückhalten!«

Die Frau erhob sich gehorsam. Velie trat auf Odell zu, es sah einen Augenblick lang aus, als wollten sich beide aufeinander stürzen. Aber der Inspektor winkte ab. Er sah zu, wie die Odells erst langsam, dann mit bemerkenswerter Eile auf die Tür zuschritten.

»Häng' ihnen jemand an die Fersen«, sagte Inspektor Queen verdrossen. Velie schwamm im Kielwasser der Odells davon.

»Die hartköpfigsten Zeugen, die mir jemals untergekommen sind«, brummte Sampson. »Uns Bolschewiken zu nennen – ein starkes Stück!«

»Dieser Grimshaw hatte eine Menge Eisen im Feuer«, sagte Pepper. »Die Odells sind mir verdammt verdächtig.«

Der Inspektor spreizte hilflos die Finger. Das Schweigen wuchs.

Am Montagabend, gerade als der Inspektor Ellery auffordern wollte, mit ihm nach Hause zu fahren, platzte die Bombe. Der Inspektor war schon mit einem Arm in seinen Mantel gefahren, als plötzlich Pepper ins Zimmer stürzte und mit allen Anzeichen höchster Erregung einen Brief schwenkte.

»Inspektor! Mr. Queen! Schauen Sie sich das mal an!« Er warf den Umschlag auf den Schreibtisch. »Ist gerade mit der Post gekommen. An Sampson adressiert, wie Sie sehen. Da der Chef fort ist, bekam ich ihn.«

Ellery sprang heftig auf und trat neben seinen Vater. Sie starrten beide auf den Briefumschlag nieder. Er war von billiger Qualität, die Adresse in Schreibmaschinenschrift. Der Stempel zeigte, daß er am Morgen in der Hauptpost aufgegeben worden war.

Der Inspektor zog einen Briefbogen hervor, der von der gleichen Allerweltsqualität war und nur wenige Zeilen in Maschinenschrift enthielt. Kein Datum, keine Anrede, keine Unterschrift. Der Alte las langsam vor:

»Schreiber dieser Zeilen hat eine Entdeckung zum Fall Grimshaw gemacht, die den Staatsanwalt interessieren dürfte.

Kümmern Sie sich um die Familiengeschichte von Albert Grimshaw. Sie werden finden, daß er einen Bruder hat. Was Sie aber nicht finden werden, ist, daß dieser Bruder mit dem Verbrechen in enger

Beziehung steht. Der Name dieses Bruders lautet zur Zeit Gilbert Sloane.«

»Was sagen Sie nun?« schrie Pepper.

Die beiden Queens schauten erst einander und dann gemeinschaftlich den Assistenten des Staatsanwalts an. »Wenn es stimmt, ist es nicht ohne«, bemerkte der Inspektor. »Aber es kann ja auch eine Finte sein.«

»Selbst wenn es wahr ist«, sagte Ellery ruhig, »sehe ich darin keine besondere Bedeutung.«

Pepper machte ein langes Gesicht. »Na, hören Sie mal!« sagte er. »Hat Sloane nicht behauptet, er habe Grimshaw niemals gesehen? Wenn sie wirklich Brüder sind, stinkt diese Lüge doch zum Himmel!«

Ellery schüttelte den Kopf. »Sie ist menschlich verständlich, Pepper. Sie können es Sloane nicht übelnehmen, daß er sich eines Bruders schämte, der ein Galgenvogel war. Daß Sloane vor der Leiche des Ermordeten schwieg, erklärt sich aus seiner Furcht vor dem Verlust seiner gesellschaftlichen Stellung.«

»Da bin ich mir gar nicht so sicher«, sagte Pepper verbissen. »Was wollen Sie unternehmen, Inspektor?«

»Zunächst werden wir den Brief mal etwas genauer unter die Lupe nehmen«, sagte der Alte trocken. Dann ließ er sich mit dem Büro der Schriftsachverständigen verbinden und beorderte Miss Lambert zu sich.

Eine junge Dame mit scharf geschnittenem Gesicht meldete sich unmittelbar darauf im Allerheiligsten des Inspektors. »Um was handelt es sich, Inspektor?«

Der Alte schob ihr den Brief über den Schreibtisch zu. »Was machen Sie daraus?«

Trotz ihrer Begabung, aus der Schrift einen Menschen zu rekonstruieren, vermochte Una Lambert in diesem Falle keine wesentlichen Anhaltspunkte zu liefern. Der Brief war auf einer Underwood-Maschine neuesten Modells geschrieben. Durch die Lupe betrachtet, stellten sich kleine Fehler heraus, die in gewissen Intervallen wiederkehrten. Miss Lambert meinte, sie würde von nun an jedes weitere Schriftstück, das auf dieser Maschine geschrieben wurde, erkennen. Das war aber auch alles.

Dann schickte der Inspektor Velie mit dem Brief ins Polizeilaboratorium, um ihn fotografieren und nach Fingerabdrücken absuchen zu lassen.

»Ich muß den Staatsanwalt aufgabeln«, sagte Pepper verzweifelt. »Er wird diesem Schriftstück mehr Liebe entgegenbringen als Sie.«

»Tun Sie das«, sagte Ellery. »Und teilen Sie ihm mit, daß wir inzwischen einen Blick in Nr. 13 werfen werden.«

Der Inspektor schien ebenso überrascht wie Pepper. »Was soll das heißen, Junge? Ritter hat die Villa Knox bereits auf den Kopf gestellt. Hast du eine besondere Idee?«

»Meine Ideen sind noch Nebel«, erwiderte Ellery. »Ich halte Ritter für einen Ehrenmann ohne Fehl und Tadel, aber in seine Beobachtungsgabe setze ich einigen Zeifel.«

18

Es war Nacht, als der Inspektor, Ellery und Sergeant Velie vor der düsteren Fassade von Nr. 13 standen.

Die leere Villa Knox war eine Zwillingsschwester der benachbarten Villa Khalkis. Die großen altmodischen Fenster in grauem Stein gaben ihr etwas Gespenstisches.

»Hast du den Schlüssel, Thomas?« Selbst der Inspektor fühlte sich von der Trostlosigkeit des leeren Gebäudes angerührt und sprach mit gedämpfter Stimme.

Velie zog schweigend einen gewaltigen Schlüssel hervor.

Die Eingangstür kreischte und schlug hinter den Männern wieder zu. Velie knipste seine große Blendlaterne an. Sie durchstreiften die leeren Zimmer, uralter Staub wirbelte auf, ihre Schritte donnerten durch das ganze Haus.

»Na, nun wirst du ja zufrieden sein«, grollte der Alte, nachdem sie die Eingangshalle wieder erreicht hatten. Er nieste heftig.

»Habt ihr nicht etwas von einer morschen Truhe erzählt?« fragte Ellery den Sergeanten.

»Jawohl, Ritter hat sie im Keller gefunden«, antwortete der Sergeant.

»Hinunter also.«

Der Kellerraum erstreckte sich unter dem ganzen Haus. An seinen Tragepfeilern brach sich das Licht der Blendlaterne und warf unheimliche Schatten. Wenige Schritte von der Treppe entfernt lagen die Überreste einer alten Truhe, die durch den dicken eisernen Beschlag notdürftig zusammengehalten wurde. Der Deckel war aus den

Scharnieren geglitten, das Schloß hing schief im wurmstichigen Holz.

»Du wirst hier nichts finden«, sagte der Inspektor. »Ritter hat ausdrücklich gemeldet, daß er die Truhe untersucht hat.«

»Gewiß, gewiß«, murmelte Ellery und zerrte mit der behandschuhten Rechten den Deckel vollends zur Seite. Er leuchtete das Innere des Holzkastens ab. Leer.

Er wollte gerade den Deckel wieder auflegen, als er sich plötzlich weit vorneigte und zu schnüffeln begann. »Heureka!« rief er aus. »Das Parfüm kenne ich doch.«

Der alte Queen und Velie schnupperten. »Bei allen guten Geistern«, brummte der Inspektor und richtete sich auf, »derselbe Geruch, der uns aus dem Sarg entgegenschlug. Nur schwächer, viel schwächer.«

Ellery ließ den Deckel los, er schlug krachend zu. »Jawohl. Wir haben somit jenes Ruheplätzchen gefunden, das den sterblichen Überresten Grimshaws zuerst zugedacht war.«

»Man muß dem Himmel für jede kleine Gabe danken«, sagte der Inspektor fromm. »Immerhin verstehe ich nicht, daß dieser Schafskopf Ritter nichts gemerkt hat.«

Ellery sprach mehr zu sich als zu den anderen: »Wahrscheinlich ist Grimshaw hier erwürgt worden. Das geschah spät am Freitagabend. Seine Leiche wurde in die Truhe gestopft. Dieses verlassene Haus war im Grunde ein ideales Versteck für eine Leiche. Aber dann starb Khalkis, und da mag es dem Mörder aufgegangen sein, daß sich ihm eine unwiderbringliche Gelegenheit bot, die Spur seines Verbrechens für immer zu verwischen. Er wartete das Begräbnis ab, stahl sich in der Nacht zum Mittwoch oder Donnerstag hier in den Keller und schleppte die Leiche durch jene Tür« – er wies auf eine verwitterte Holztür, die sich im Hintergrund abzeichnete – »in den Garten und von dort auf den Friedhof. Nach alledem muß Grimshaws Leiche etwa vier oder fünf Tage in dieser Truhe gelegen haben.«

Er leuchtete alle Winkel des ungastlichen Raumes ab. Außer der Truhe schien er nichts zu enthalten. Und doch . . . da war ein riesiger Kasten, mit eisernen Klappen und erblindeten Meßuhren: die Zentralheizung für das ganze Haus. Ellery stieß die rostige Ofentür auf und richtete den Strahl der Blendlaterne in die Feueröffnung. »Hier ist was! Papa, Velie, schnell!« rief er plötzlich aus.

Die drei Männer schauten in die ausgebrannte Höhle. Auf dem Rost, ganz hinten, lag ein winziges Häuflein Asche, aus dem ein kleiner Schnipsel angekohlten weißen Papiers herausragte.

Ellery holte aus seiner Tasche eine Lupe, näherte sie vorsichtig dem Papierrest und ließ den Strahl der Laterne durch sie hindurchgehen. »Nun?« fragte der Inspektor.

»Ich denke«, sagte Ellery langsam, während er sich aufrichtete und die Lupe wieder einsteckte, »ich denke, wir haben endlich das Testament von Georg Khalkis gefunden.«

Der gute Sergeant brauchte zehn Minuten, um das Problem zu lösen, wie er das Stück Papier aus dem Aschenhaufen herausfischen konnte, ohne es – morsch, wie es war – zu ruinieren. Es gelang endlich, indem er es auf eine feine Nadel spießte, die er an Ellerys Spazierstock befestigt hatte. Der Schnipsel schien, wie Ellery vorausgesagt hatte, unzweifelhaft ein Bestandteil von Khalkis' Testament zu sein. Eigenartigerweise hatte der Zufall gerade jene Stelle erhalten, die den neuen Erben der Galerie Khalkis bezeichnete. In jener kritzligen Schrift, die der Inspektor sofort als die des blinden Georg Khalkis erkannte, stand da der Name: Albert Grimshaw.

»Das bestätigt Knox' Erzählung«, sagte der Inspektor, »und beweist, daß Sloane tatsächlich durch das neue Testament von der Erbschaft ausgeschlossen werden sollte.«

»Durchaus«, sagte Ellery. »Die Person, die das Dokument verbrannt hat, präsentiert sich als erstaunlicher Stümper ... Rätselhaft, sehr rätselhaft.«

»Eins ist sicher«, sagte der Inspektor befriedigt. »Sloane wird sich anstrengen müssen, um sich aus allem herauszuschwindeln. Der anonyme Brief, das Testament hier und der tote Grimshaw, der doch sein Bruder sein soll, werden ihm noch manche schlaflose Nacht bereiten. Bist du hier fertig, mein Junge?«

Ellery nickte. Er ließ noch einmal den Scheinwerfer durch das unterirdische Gewölbe irren. »Ich glaube, wir haben alles herausgeholt, was herauszuholen war.«

19

Die beiden Queens und Sergeant Velie begaben sich zur Villa Khalkis und trommelten den Butler heraus. Weekes erklärte auf die Frage des Inspektors, daß alle zum Haushalt gehörigen Personen anwesend seien. Während die drei Herren sich in die Bibliothek begaben, forderte der Inspektor barsch, Gilbert Sloane möge sofort kommen.

Der Inspektor telefonierte von Khalkis Schreibtisch aus mit Pepper, dem er mitteilte, daß das Testament nun gefunden sei. Pepper versprach, sofort zu kommen. Ein zweites Gespräch mit der Polizeizentrale schien den Alten nur wenig zu befriedigen. »Jimmy kann mit dem anonymen Brief nichts anfangen. Keine Fingerabdrücke. Der Schreiber muß ein verdammt vorsichtiger Bursche sein ... Kommen Sie nur herein, Sloane! Habe mit Ihnen zu sprechen.«

Sloane trat vorsichtig ins Zimmer, setzte sich auf die Kante seines Stuhls und faltete schüchtern die Hände im Schoß. Ellery zündete sich eine Zigarette an und studierte durch den gekräuselten Rauch Sloanes Profil.

»Sloane«, begann der Inspektor ohne Umschweife, »wir haben Sie bei einer Menge handfester Lügen ertappt.«

Sloane erbleichte. »Was soll das nun wieder? Ich versichere Ihnen ...«

»Sie haben uns versichert, daß Sie vor Öffnung des Sarges Albert Grimshaw niemals gesehen hätten«, unterbrach ihn der Insepktor. »Sie blieben bei dieser zweifellos falschen Aussage auch dann noch, als Sie der Nachtportier des *Hotel Benedict* als eine der Personen identifizierte, die Grimshaw in der Nacht des 30. September besuchten.«

»Gewiß«, stotterte Sloane. »Es war ja auch nicht wahr.«

»Ach, das war also nicht wahr?« Der Inspektor beugte sich vor und tippte Sloane vertraulich auf das Knie. »Nun, was sagen Sie dazu, Mr. Grimshaw, wenn ich Ihnen sage: wir wissen, daß Sie der Bruder von Albert Grimshaw sind?«

Sloane bot in diesem Augenblick keinen besonders angenehmen Anblick dar. Er schnappte wie ein erstickender Fisch nach Luft, seine Augen traten aus den Höhlen, auf seiner Stirn perlte der Schweiß.

»Eine kleine Überraschung, Sloane, wie? ... Heraus nun mit Ihrer Geschichte!« Der Inspektor wurde ungeduldig.

Endlich gelang es Sloane, Gedanken und Sprache wieder in Einklang zu bringen. »Wie, zum Teufel, haben Sie das herausgebracht?«

»Das ist schließlich unsere Sache. Aber daß es stimmt, werden Sie doch nicht leugnen?«

»Nein.« Sloane wischte sich mit der Hand über die Stirn. »Nein ... Aber ich begreife nicht, wie Sie ...«

»Erklären Sie sich, Sloane!«

»Albert war tatsächlich mein Bruder. Als Vater und Mutter starben – es ist viele Jahre her –, blieben wir ohne Anhang zurück. Albert war immer ein schwieriger Mensch gewesen. Wir zerstritten uns und gingen auseinander.«

»Und Sie änderten Ihren Namen?«

»Ja. Natürlich hatte ich Gilbert Grimshaw geheißen.« Er schluckte, seine Augen wurden feucht. »Als Albert zum erstenmal ins Gefängnis geschickt wurde, nahm ich den Mädchennamen meiner Mutter an, da ich glaubte, die Schande nicht überleben zu können. Ich fing ganz von vorn an und teilte Albert mit, daß ich künftig nichts mehr mit ihm zu tun haben wollte ... Albert wußte nicht, daß ich den Namen gewechselt hatte. Ich entfernte mich aus der Heimat. So kam ich nach New York und baute mein Geschäft auf ... Albert ließ ich dauernd beobachten. Ich fürchtete, er würde sofort Erpressungsversuche starten, wenn er mich aufspürte. Er war wohl mein Bruder, aber zugleich ein unverbesserlicher Taugenichts.«

»Sie haben also Grimshaw in der Nacht zum Freitag im Hotel aufgesucht, nicht wahr?«

Sloane seufzte. »Es wäre wohl sinnlos, es noch länger abzustreiten. Jawohl. Ohne daß er es wußte, hatte ich seine ganze traurige Laufbahn verfolgt. Als er am Dienstag aus dem Gefängnis kam, ließ ich seinen Aufenthaltsort erkunden und ging am Donnerstagabend ins Hotel, um mit ihm zu sprechen. Es gefiel mir nicht, daß er den Schauplatz seiner Taten nach New York verlegt hatte. Ich wollte ihn überreden, wieder wegzugehen.«

»Einen Augenblick mal, Mr. Sloane«, mischte sich Ellery ein. »Warum sahen Sie Ihren Bruder zum letztenmal, bevor Sie ihn am Donnerstagabend aufsuchten?«

»Seit ich den Namen Sloane trage, bin ich niemals mit ihm zusammengekommen.«

»Ausgezeichnet«, murmelte Ellery und überließ sich wieder seiner Zigarette.

»Was ereignete sich zwischen Ihnen in jener Nacht?« fragte der Inspektor Queen.

»Nichts ... Ich schwöre es Ihnen! Ich fragte ihn nach seinen Absichten und suchte ihn zu überreden, die Stadt zu verlassen. Ich bot ihm Geld an .. Er war überrascht. Ich erkannte an seinem höhnischen Grinsen, daß es ihm einen höllischen Spaß machte, mich in dieser Klemme zu sehen ... Ich war mir bald darüber im klaren, daß es klüger gewesen wäre, diese Zusammenkunft zu vermeiden, zumal er mir erklärte, daß er seit Jahren nicht mehr an mich gedacht hatte. Ich bot ihm fünftausend Dollar, wenn er der Stadt auf Nimmerwiedersehen den Rücken kehrte. Ich hatte das Geld in kleinen Scheinen mitgebracht. Er steckte es ein und versprach alles, was ich wollte. Ich ging.«

»Haben Sie ihn danach noch einmal gesprochen?«

»Nein! Ich glaubte, er wäre wirklich abgereist. Sie können sich nicht vorstellen, wie mir zumute war, als der Sarg geöffnet wurde und ich ihn darin sah.«

»Teilten Sie ihm während Ihrer Unterredung den Namen mit, den Sie jetzt führen?« fragte Ellery.

Sloane schien noch nachträglich vom Grauen geschüttelt zu werden. »Natürlich nicht. Ich glaube, er ist nicht einmal auf den Gedanken gekommen, daß ich mich nicht mehr Gilbert Grimshaw nenne. Deshalb war ich auch so erstaunt, als mir der Inspektor mitteilte, daß unsere verwandtschaftliche Beziehung entdeckt worden sei.«

»Sie wollen damit sagen«, warf Ellery schnell ein, »niemand weiß, daß Gilbert Sloane Albert Grimshaws Bruder ist?«

»Sehr richtig.« Sloane wischte sich wieder den Schweiß von der Stirn. »Ich habe niemandem mitgeteilt, daß ich überhaupt einen Bruder habe, nicht einmal meiner Frau. Und Albert kann es niemandem erzählt haben, weil er nicht wußte, daß ich mich Gilbert Sloane nenne.«

»Sehr merkwürdig«, brummte der Inspektor.

»Höchst merkwürdig«, pflichtete Ellery bei. »Mr. Sloane, wußte Ihr Bruder, daß Sie mit Georg Khalkis in Verbindung standen?«

»O nein! Ganz gewiß nicht. Er hatte mich in seiner hämischen Art nach meinem Beruf gefragt. Ich ließ ihn natürlich abblitzen. Hatte keine Lust, ihn auf meine Fährte zu hetzen.«

»Noch eins. Trafen Sie Ihren Bruder am Donnerstagabend irgendwo und gingen Sie mit ihm ins Hotel?«

»Nein. Ich kam allein. Ich betrat die Hotelhalle knapp hinter Albert und einem andern Mann, der sich offensichtlich vermummt hatte...«

Der Inspektor stieß einen Ausruf des Erstaunens aus.

»Das Gesicht jenes Mannes konnte ich nicht sehen. Wo Albert herkam, wußte ich nicht. Ich fragte in der Portierloge nach seiner Zimmernummer und fuhr in den dritten Stock. Ich wartete einige

Zeit auf dem Korridor in der Hoffnung, daß Alberts Begleiter aus dem Zimmer kommen und mir den Weg freigeben würde . . .«

»Hatten Sie die Tür zu 314 dauernd unter Beobachtung?« fragte Ellery scharf.

»Ja und nein. Ich nehme an, daß Alberts Besuch aus dem Zimmer schlüpfte, als ich gerade einmal wegschaute. Nach einer Weile klopfte ich. Es dauerte ein paar Sekunden, dann öffnete Albert die Tür . . .«

»Und das Zimmer war leer?«

»Ja. Albert erwähnte auch nicht, daß jemand bei ihm gewesen sei.« Sloane seufzte. »Es lag mir ja auch mehr daran, den peinlichen Handel zu einem schnellen Ende zu bringen als unliebsame Fragen zu stellen.«

Der Inspektor sagte plötzlich: »Das wäre alles. Ich danke Ihnen.«

Sloane sprang auf. »Der Dank ist auf meiner Seite, Inspektor. Sie sind sehr menschlich mit mir gewesen. Sie auch, Mr. Queen.«

Sie blickten ihm schweigend nach. Einige Augenblicke später hörten sie die Eingangstür schwer ins Schloß fallen.

In diesem Augenblick eilte Pepper ins Zimmer, das Gesicht vor Eifer gerötet. Er wünschte vor allem, das Überbleibsel des Testaments zu sehen, das sie im Nebenhaus aus dem Ofen gefischt hatten. »Wenn wir beweisen können, daß dieses Bruchstück tatsächlich zu Khalkis' Testament gehört«, sagte er nachdenklich, »und diesen Befund mit der Geschichte des ehrenwerten Mr. Knox verquicken, so wird das Ergebnis eine jener komplizierten Erbstreitigkeiten sein, die den Gerichten das Leben sauer macht.«

»Wie meinen Sie das?«

»Ich meine, daß dann die Galerie Khalkis tatsächlich an Albert Grimshaw beziehungsweise seine Erben fällt, sofern wir nicht beweisen können, daß es unter Zwang unterzeichnet wurde.«

Sie schauten einander verblüfft an. Der Inspektor sagte langsam: »Ich begreife. Und Sloane ist ja offenbar der nächste Verwandte von Grimshaw . . .«

Er zog die Schultern hoch und setzte Pepper von Sloanes Aussagen in Kenntnis. Sie schauten in einiger Hilflosigkeit auf das angekohlte Stück Papier nieder. Plötzlich hoben sie schnell die Köpfe, als draußen im Vorzimmer leichte Schritte hörbar wurden. Mrs. Vreeland erschien in der Tür. Sie sah in dem schwarzen, schimmernden Abendkleid verführerisch aus. Pepper nahm hastig den Papierschnitzel an sich und steckte ihn in seine Brieftasche. »Bitte, treten Sie näher, Mrs. Vreeland«, sagte der Inspektor liebenswürdig. »Möchten Sie mich sprechen?«

»Ja.« Sie machte einen gehetzten Eindruck. »Ich habe Ihnen etwas Wichtiges vorenthalten, Inspektor«, flüsterte sie.

»So?«

»Am Mittwochabend vor einer Woche ...«

»Am Tag nach der Beisetzung?« fragte der Inspektor schnell.

»Ja. Es war spät in der Nacht, ich konnte wieder einmal nicht schlafen ... In dieser Nacht also stand ich auf und trat ans Fenster meines Schlafzimmers. Ich kann von dort aus Hof und Garten des Hauses übersehen, und ich sah, wie sich ein Mann durch den Hof schlich und die Tür zum Friedhof öffnete, Inspektor!«

»Das ist in der Tat sehr interessant, Mrs. Vreeland«, sagte der Inspektor verbindlich. »Wer war der Mann?«

»Gilbert Sloane!«

Sie stieß diesen Namen mit einer Heftigkeit hervor, die erschreckend wirkte. Pepper ballte frohlockend die rechte Faust. Nur Ellery blieb ungerührt. Er studierte die Frau, als wäre sie eine Bakterie unterm Mikroskop.

»Gilbert Sloane ... Sind Sie ganz sicher, Mrs. Vreeland?«

»Todsicher.«

»Wenn Ihre Aussage stimmt, kommt ihr allerdings wesentliche Bedeutung zu. Ich muß Sie ersuchen, uns peinlich genaue Aufklärung zu geben. Aus welcher Richtung kam Sloane?«

»Er trat aus dem Schatten unter meinem Fenster. Woher er kam, kann ich nicht genau sagen, wahrscheinlich aus dem Erdgeschoß der Villa Khalkis. Wenigstens hatte ich diesen Eindruck.«

»Wie war er gekleidet?«

»Er trug einen weichen Hut und einen Überzieher.«

»Sie sagten, es war sehr spät, Mrs. Vreeland?« ließ sich Ellery vernehmen. Sie wandte sich in seine Richtung.

»Ja. Die Stunde weiß ich nicht genau, aber es muß lange nach Mitternacht gewesen sein.«

»Zu dieser Zeit dürfte es im Hof außerordentlich dunkel sein«, sagte Ellery, ohne die Stimme zu erheben. »Konnten Sie sein Gesicht erkennen?«

»Nein. Aber ich erkenne Gilbert an Gang und Haltung, da mögen die Umstände sein wie sie wollen ...« Sie biß sich auf die Lippen.

»Sie würden also notfalls beschwören«, sagte der Alte, »daß Sie in jener Nacht Gilbert Sloane durch Hof und Garten in den Friedhof gehen sahen?«

»Jawohl.«

»Blieben Sie noch am Fenster, als er im Friedhof verschwunden war?« fragte Pepper.

»Ja. Er kam nach etwa zwanzig Minuten zurück. Er ging schnell und verschwand genau unter meinem Fenster. Ohne Zweifel trat er wieder ins Haus.«

»Sonst haben Sie nichts gesehen?« drang Pepper in sie.

»Mein Gott«, sagte sie verärgert, »genügt Ihnen das nicht?«

Der Inspektor richtete sich auf. »Trug er etwas bei sich, als er in den Friedhof ging, Mrs. Vreeland?«

»Nein.«

Der Inspektor wandte sich ab, um seine Enttäuschung zu verbergen. Ellery setzte das Verhör fort: »Warum haben Sie diese Aussage nicht schon früher gemacht, Mrs. Vreeland?«

Sie starrte ihn böse an. Offenbar fürchtete sie, in eine Falle gelockt zu werden.

»Ich hielt es nicht für wichtig! Ich habe mich erst jetzt wieder daran erinnert.«

»So«, sagte der Inspektor. »Das ist alles, was Sie berichten können, Mrs. Vreeland?«

»Ja.«

»Ich ersuche Sie, diese Geschichte niemandem anzuvertrauen. Niemandem, verstehen Sie! Sie können jetzt gehen.«

Sie ging hinaus, ohne noch einmal zurückzuschauen. Der Inspektor schloß hinter ihr die Tür und rieb sich die Hände. »Mit einemmal sieht alles anders aus«, sagte er frisch. »Daß dieses Frauenzimmer die Wahrheit gesagt hat, konnte jedes Kind merken!«

»Ich bitte dich, nicht zu vergessen«, bemerkte Ellery, »daß die Dame das Gesicht jenes dunklen Ehrenmannes nicht gesehen hat.«

»Glauben Sie, daß sie gelogen hat?« fragte Pepper.

»Ich glaube, daß sie für wahr hält, was sie uns erzählte.«

»Ich bin dafür, der Sache sofort auf den Grund zu gehen«, sagte Pepper. »Das nächste wäre wohl, Sloanes Privaträume zu durchsuchen.«

»Ich stimme Ihnen durchaus zu«, erwiderte der Inspektor. »Kommst du mit, Ellery?«

Seufzend folgte Ellery dem Inspektor und Pepper. Seine Hoffnung war gering.

Die Privaträume der Sloanes im Obergeschoß bestanden aus Schlaf- und Wohnzimmer. Der Inspektor und Pepper durchstöberten mit kriminalistischem Spürsinn jeden Winkel, während Ellery ablehnte, sich an der Suche zu beteiligen.

Pepper konnte sich nicht genug tun, die Wände abzuklopfen und die Teppiche aufzurollen. Während er sich auf den Schreibtisch stützte, um sich die Möglichkeit besonders raffinierter Verstecke auszudenken, wurde sein Blick hypnotisch von einer großen, künstlerisch geformten Tabaksdose angezogen. Goldlockiger Pfeifentabak füllte das Innere. »Das wäre kein übler Platz . . .«, murmelte er und fuhr mit der Hand hinein. Plötzlich stutzte er. Er fühlte einen kühlen, metallischen Gegenstand. »Alle Wetter!« rief er gedämpft. Der Inspektor, der sich am Kamin zu schaffen machte, hob den Kopf, wischte sich einen Rußfleck von der Wange und sprang hinüber zum Schreibtisch. Auch Ellerys Gleichgültigkeit war verschwunden. Pepper hielt zwischen zitternden Fingern einen Schlüssel empor.

Der Inspektor riß den Schlüssel an sich und steckte ihn in die Westentasche. »Ich denke, das genügt«, sagte er. »Wir können uns hier jede weitere Arbeit sparen. Wenn der Schlüssel dort paßt, wo ich annehme, dann geht der Höllentanz los!«

Sie eilten aus den Zimmern. Unten in der Halle wartete bereits Sergeant Velie. »Ich habe einen Mann ins *Hotel Benedict* nach dem Gästebuch geschickt«, meldete er. »Er muß gleich hier sein . . .«

»Das hat jetzt nichts mehr zu sagen, Thomas«, flüsterte der Inspektor und schaute sich vorsichtig um. Er zog den Schlüssel hervor, drückte ihn Velie in die Hand und flüsterte ihm etwas ins Ohr. Velie nickte und verschwand. Einen Augenblick später hörte man die Haustür ins Schloß fallen.

»Meine Herren«, sagte der Inspektor fröhlich, nahm eine ungebührlich starke Prise zu sich und nieste schallend, »die Sache ist so klar wie dicke Tinte. Wir wollen hier niemandem im Wege stehen. Kommt in die Bibliothek!«

Sie warteten schweigend in Khalkis' Arbeitszimmer. Der Inspektor hatte die Tür spaltbreit offen gelassen und lauschte. Als Velie zurückkehrte, zeigte er entgegen seinem sonstigen Wesen deutliche Spuren von Erregung.

»Nun, Thomas, ist er's?«

»Klar, er ist es!«

»Beim Barte des Propheten!« rief der Inspektor triumphierend. »Der Schlüssel aus Sloanes Tabaksdose paßt zur Kellertür der Villa Knox!«

Pepper hüpfte wie ein eifriger Spatz durch das Zimmer, während Ellery einem düsteren Raben ähnelte, der sein schwarzes Gefieder schüttelt und sein Gekrächz auf gelegenere Zeit verschiebt.

»Die Sache mit dem Schlüssel hat doppelte Bedeutung«, meinte der Inspektor. »Wir erfahren erstens, daß Gilbert Sloane, der ein starkes Motiv hatte, das Testament zu stehlen, Zugang zu jenem Keller hatte, in dem das Überbleibsel des Testaments gefunden wurde. Das heißt mit anderen Worten, daß er es gewesen ist, der das Testament im Ofen verbrannte. Zum zweiten wissen wir, daß Grimshaws Leiche in der Truhe versteckt wurde, bevor sich die Gelegenheit ergab, sie zu Khalkis in den Sarg zu stecken. Auch für dieses Geschäft war der Besitz des Kellerschlüssels von wesentlicher Bedeutung!«

»Ja, der Karren ist endlich aus dem Dreck«, sagte Pepper und rieb sich das Kinn. »Ich werde gleich mal zu Woodruff gehen und feststellen, ob der Papierschnitzel mit seiner Testamentsabschrift übereinstimmt.« Er ging zum Tischtelefon und wählte eine Nummer. Woodruffs Diener meldete, daß sein Herr ausgegangen sei, aber höchstwahrscheinlich in einer halben Stunde nach Hause zurückkehren werde. Pepper trug ihm auf, der Rechtsanwalt möge auf ihn warten.

»Das ist mal ein Fall«, kicherte der Inspektor, »wo deine logischen Seiltänzerkünste einen Quark wert sind, mein lieber Junge.«

Ellery knurrte.

»Du verwirrst die einfachsten Dinge«, fuhr der Inspektor schlau fort, »wenn du allen Menschen komplizierte Seelenregungen andichtest. Hier liegt doch alles klar auf der Hand. Sloane hatte zwei gute Gründe, sich Grimshaw vom Halse zu schaffen. Grimshaw war ihm in vieler Beziehung gefährlich. Wahrscheinlich versuchte er, Sloane zu erpressen. Aber das war noch nicht das Hauptmotiv. Die Testamentsgeschichte gab den Ausschlag. Sloane konnte es nicht ertragen, seines Erbes beraubt zu werden. Er mußte den ungebetenen Bruder beiseiteschaffen und das Dokument vernichten, um über seine Frau gefahrlos in den Besitz der Galerie Khalkis zu kommen. Kannst du das bestreiten?«

»O nein . . .«

Der Inspektor lächelte. »Wie du uns bei der Darlegung deines Fehlschusses, der Khalkis zum Verbrecher stempelte, so überzeugend dargestellt hat, muß der Mörder die falschen Indizien, die den Verdacht auf Khalkis lenkten, zusammengetragen haben. Da er nicht mit Khalkis' plötzlichem Sterben rechnen konnte, mußte er der Verschwiegenheit des Blinden sicher sein. Das wiederum war nur möglich, wenn er Mitwisser des Geheimnisses von dem gestohlenen Leonardo war. Du hast selbst nachgewiesen, daß hierfür einzig Grimshaws unbekannter Partner in Betracht kam. Demnach muß Sloane Grimshaws unbekannter Partner gewesen sein.«

Ellery ächzte.

»Gewiß, ich weiß . . .«, fuhr der Inspektor ungeduldig fort, »das bedeutet, daß Sloane uns knüppeldicke Lügen aufgebunden hat. Wenn er Grimshaws Partner war, so wußte Grimshaw, daß er jetzt den Name Sloane trug und mit Khalkis in Verbindung stand. Zweitens muß Sloane der Mann gewesen sein, der mit Grimshaw zusammen ins *Hotel Bendedict* kam und nicht – wie er behauptet – der zweite Besucher, der Grimshaw mit seinem Begleiter im Fahrstuhl verschwinden sah. Das bedeutet untrüglich, daß Sloane der Spießgeselle von Grimshaw war und daß die einzige Person, die noch nicht festgestellt werden konnte, der zweite Besucher war, der Sloane und Grimshaw folgte. Gott allein weiß, wer dieser große Unbekannte war.«

»Das wäre ein wichtiger Punkt«, bemerkte Ellery. »Aber da du dir nun die Motive so hübsch zurechtgelegt hast, möchte ich nun auch gern hören, wie du die Tat selbst rekonstruierst«.

»Nichts leichter als das. Sloane begrub Grimshaw in der Nacht vom Mittwoch zum Donnerstag in Khalkis' Sarg. Es war die Nacht, in der ihn Mrs. Vreeland über den Hof gehen sah. Ich vermute, daß er den Weg zweimal machte, sonst hätte sie ja sehen müssen, daß er die Leiche trug.«

Ellery schüttelte den Kopf. »Ich kann dir nicht mit guten Gründen widersprechen, Papa. Aber, was du sagst, klingt schief.«

»Unsinn. Manchmal bist du störrisch wie ein Esel. Natürlich begrub Sloane seinen Bruder, und wahrscheinlich brachte er bei dieser Gelegenheit das Testament an sich, um es endgültig zu vernichten. Ebenso dürfte er Grimshaw den Wechsel abgenommen haben, um ihn aus der Welt zu schaffen. Das paßt doch alles wie nach Maß gearbeitet, mein Junge!«

»Findest du?«

»Die Tatsachen sprechen für sich, verdammt noch mal! Der Kellerschlüssel in Sloanes Tabaksdose – einwandfreier Beweis. Der Überrest des Testaments im Ofen – einwandfreier Beweis. Und als Schlußklammer über allem die eingestandene Tatsache, daß Grimshaw und Sloane Brüder waren ... Wach auf, Junge! Stell dich nicht dümmer, als du bist.«

»Bitte, erspar mir alle Erklärungen, Papa«, seufzte Ellery. »Ich habe mir einmal die Finger verbrannt, zum zweitenmal werde ich nicht auf gefälschte Indizien hereinfallen.«

»Du willst doch nicht im Ernst behaupten«, sagte der Inspektor gründlich verärgert, »daß jemand den Schlüssel in Sloanes Tabaksdose gesteckt hat, um ihn fälschlich zu belasten?«

»Ich kann dir darauf keine Antwort geben«, sagte Ellery und erhob sich. »Leider sehe ich noch nicht klar genug, um mich in ein Streitgespräch einlassen zu können. Aber ich hoffe zu Gott, daß es mir vergönnt sein möge, den Betrüger zu betrügen.«

»Höherer Blödsinn!« rief der Inspektor und sprang aus dem Sessel auf. »Thomas, nimm Hut und Mantel und rufe ein paar Leute zusammen. Wir wollen der Galerie Khalkis einen Besuch abstatten. Wenn uns Pepper dann die Nachricht bringt, daß das Testament echt war, so wird Sloane noch heute nacht hinter Schloß und Riegel sitzen und sich wegen Mordes zu verantworten haben!«

20

Die Madison Avenue, in der sich die Galerie Khalkis befand, war in dieser späten Nachtstunde, als Inspektor Queen, Ellery, Sergeant Velie und eine Anzahl Detektive in sie einbogen, dunkel und menschenleer. Wie man durch die große Schaufensterscheibe sehen konnte, lag die Galerie im Finstern. Der Haupteingang war durch ein elektrisch geladenes Gitter gesichert. Velie trat zu dem Nebeneingang und drückte auf einen Knopf mit der Aufschrift Nachtglocke. Es kam keine Antwort. Noch einmal klingelte Velie. Nachdem sie fünf Minuten gewartet hatten, winkte Velie seinen Leuten. Sie brachen sachkundig die Tür auf und drangen in die dunkle Vorhalle ein.

Im Schein der Blendlaternen drückten sie eine zweite Tür ein, ohne auf die Alarmeinrichtung die geringste Rücksicht zu nehmen. Sie befanden sich nun in einem langgestreckten Raum, an dessen Wänden Gemälde hingen.

Am Ende der Galerie, von links her, fiel ein Lichtschein durch eine weit geöffnete Tür. »Sloane! Mr. Sloane!« rief der Inspektor. Aber es kam keine Antwort. Sie liefen schnell auf den Lichtschimmer zu.

Sei drängten sich auf der Schwelle und hielten einen Augenblick den Atem an. Über den Schreibtisch gesunken, von der Stehlampe mitleidlos erhellt, lag Gilbert Sloane. Und es gehörte nicht das geschulte Auge des Kriminalisten dazu, um zu erkennen, daß er sich jenseits der irdischen Gerechtigkeit befand.

Jemand knipste die volle Beleuchtung an. Sie starrten hilflos auf das zertrümmerte Haupt nieder, das auf der grünen Schreibtischunterlage ruhte. Der Körper hing schlaff im Ledersessel, der rechte Arm schleifte am Boden, neben der Hand lag ein Revolver, als wäre er soeben erst den umspannenden Fingern entglitten. Ohne den Körper zu berühren, untersuchte der Inspektor die rechte Schläfe des Toten. Dann kniete der Alte nieder und nahm mit besonderer Vorsicht den Revolver an sich. Die Trommel war bis auf eine Kammer geladen. Der Inspektor schnupperte an der Mündung der Waffe und nickte. »Wenn das nicht Selbstmord ist«, erklärte er, während er sich wieder erhob, »will ich einen Besen fressen.«

Ellery schaute sich im Zimmer um. Es war ein kleiner, geschmackvoll eingerichteter Raum. Nicht die geringsten Spuren eines Kampfes waren zu entdecken.

Der Inspektor wickelte den Revolver in ein Tuch und schickte einen Detektiv damit los, um seine Herkunft zu ermitteln. Dann wandte er sich an Ellery. »Das dürfte dir doch schließlich genügen, wie? Hälst du das immer noch für einen gestellten Theatereffekt?«

»Nein, es sieht sehr echt aus«, murmelte Ellery. »Aber ich kann es trotzdem nicht begreifen. Nach unserem Gespräch mit Sloane konnte er nicht argwöhnen, daß sich der Verdacht auf ihn gerichtet hatte. Von dem Testament war nicht die Rede gewesen, den Schlüssel hatten wir noch nicht gefunden, und Mrs. Vreeland war noch nicht mit ihrer Geschichte herausgerückt. Ich ahne, daß . . .«

Ellery riß Sloanes Tischtelefon an sich. Er ließ sich mit dem Fernamt verbinden und sprach mit der Aufsicht . . .

Die Aufmerksamkeit des Inspektors wurde plötzlich abgelenkt. In der Ferne heulte eine Sirene, Wagen sausten durch die Madison Avenue heran, gleich drauf polterten schwere Schritte die Stufen empor. Der Inspektor trat hinaus in die Galerie. Sergeant Velies kühle Verachtung für die Alarmanlage zeitigte ihre Früchte. Grimmig aussehende Männer mit vorgehaltenen Revolvern brachen in das Heiligtum der schönen Künste ein. Es kostete den Inspektor einige Minuten, die Hüter der Ordnung zu überzeugen, daß er wirklich und wahrhaftig der wohlbekannte Inspektor Queen sei und daß die Männer, die mit erhobenen Armen an den Wänden standen, Detektive und nicht Diebe seien. Nachdem sie endlich abgezogen waren, kehrte er in das Büro zurück. Ellery sah verstörter aus denn je.

»Hast du inzwischen was ausgeknobelt?«

»Es ist unglaublich . . . Heute nacht wurde einmal mit der Galerie Khalkis telefoniert«, sagte Ellery trübe. »Und zwar innerhalb der letzten Stunde. Es gelang auch, die Nummer des Anrufers festzustellen. Das Gespräch kam aus der Villa Khalkis.«

»Aha! Jemand hat unser Gespräch mit Mrs. Vreeland belauscht und Sloane sofort benachrichtigt. Thomas!« Velie erschien auf der Schwelle. »Fahr' sofort in die Villa Khalkis und nimm dir alle Leute vor. Ich muß wissen, wer im Hause war, während wir Sloanes Privaträume durchsuchten und mit Sloane und Mrs. Vreeland sprachen. Versuche herauszufinden, wer heute nacht das Telefon gebraucht hat. Nimm dir in dieser Beziehung besonders Mrs. Sloane vor, verstanden?«

»Soll ich die Neuigkeit verraten?« brummte Velie.

»Warum nicht? Nimm ein paar Leute mit. Niemand darf die Villa verlassen, ehe ich es erlaube.«

Velie ging. Der Inspektor wurde ans Telefon gerufen. Der Detektiv, den er mit dem Revolver weggeschickt hatte, meldete, daß die Waffe mit dem polizeilichen Waffenschein von Gilbert Sloane übereinstimme. Der Alte nickte zufrieden und rief dann die Polizeizentrale an: Dr. Samuel Prouty, der Polizeiarzt, möge sofort kommen.

Ellery untersuchte inzwischen den kleinen Panzerschrank, der hinter dem Schreibtisch in die Wand eingelassen war.

»Hallo!« Er beugte sich vor. Zwischen verschiedenen Dokumenten, die verstreut in dem kleinen Panzerschrank lagen, glitzerte etwas Metallisches. Der Inspektor griff danach. Es war eine schwere, altmodische Taschenuhr, deren goldener Deckel zerschrammt und ab-

115

geschliffen war.

Der Alte ließ den Deckel aufspringen. »Das hat noch gefehlt! Endlich können wir unter die ganze Sache den Schlußstrich ziehen, Ellery!«

In der Innenseite des Deckels stand der Name Albert Grimshaw eingraviert. Die Gravierung war zweifellos alt.

Ellery machte ein noch unzufriedeneres Gesicht, aber der Inspektor steckte die Uhr triumphierend in seine Westentasche und sagte: »Damit bestätigen sich unsere kühnsten Annahmen. Sloane nahm zugleich mit dem Wechsel auch Grimshaws Uhr an sich, nachdem er den Mord begangen hatte. In Verbindung mit Sloanes Selbstmord ergibt dies alles einen schlüssigen Beweis seiner Schuld, wie man ihn nicht bündiger wünschen kann.«

Kurze Zeit drauf erschienen Miles Woodruff und Pepper auf dem Schauplatz.

»So, demnach ist es also Sloane gewesen«, sagte Woodruff. Sein rundes Gesicht war um einige Grade bleicher als sonst. »Damit ist der Fall erledigt, Inspektor?«

»Gott sei Dank, ja.«

Der Rechtsanwalt ließ sich schwerfällig in einen Stahlrohrsessel fallen. »Was nun das Testament angeht: die Papierprobe stimmt genau mit der Kopie in meiner Kanzlei überein. Und der Schriftzug – ich meine, der Name Grimshaw – stammt ganz gewiß von Khalkis.«

»Sehr schön. Haben Sie den Papierschnitzel und die Abschrift mitgebracht?«

»Selbstverständlich.« Woodruff händigte dem Inspektor einen umfangreichen Briefumschlag aus. »Ich habe auch noch einige Proben von Khalkis' Handschrift beigefügt.«

Der Alte winkte einem der Detektive. »Lassen Sie sich von der Zentrale die Adresse von Una Lambert, unserer Schriftspezialistin, geben, Johnson. Ich lasse sie bitten, sofort die Schriftproben in diesem Umschlag mit dem Schriftzug auf dem angekohlten Papierrest zu vergleichen.«

Johnson riß auf der Schwelle beinahe den guten Dr. Prouty um, der wie immer seine unvermeidliche Zigarre kaute.

»Nur herein, Doktor!« sagte der Inspektor gutgelaunt. »Wieder ein kleines Geschäft für Sie.«

Dr. Prouty setzte sein schwarze Tasche nieder, warf Hut und

Mantel ab und machte sich an die Arbeit. Fünf Minuten später legte er die Instrumente aus der Hand und richtete sich auf. »Selbstmord. Wo ist die Waffe?«

»Habe sie schon weggeschickt«, sagte der Inspektor.

»Vermutlich Kaliber .38?«

»Richtig.«

»Ich frage nur, weil ich die Kugel nicht finde«, meinte Prouty.

»Was wollen Sie damit sagen?« fragte Ellery schnell.

Doktor Prouty zeigte auf die Einschußstelle und deutete die Richtung an, die die Kugel genommen haben mußte.

»Sie muß durch die offene Tür hinausgeflogen sein«, sagte der Inspektor. »Die Tür stand offen, als wir hier eindrangen. Die Kugel muß irgendwo in der Galerie stecken.«

Der Inspektor trat hinaus. Er schätzte die ungefähre Flugrichtung der Kugel ab und begab sich zu einem dicken, alten, persischen Teppich, der an der Wand gegenüber hing. Einiges Stochern mit der Bleistiftspitze, und der Alte kehrte triumphierend mit einer leicht abgeplatteten Revolverkugel zurück.

Der Inspektor drehte die tödliche Kugel zwischen den Fingern. »Es bleibt dabei. Er drückte ab, die Kugel ging durch den Kopf, trat aus der linken Schläfe wieder aus, flog mit geschwächter Kraft hinaus in die Galerie und landete im Teppich.«

Ellery untersuchte die Kugel und gab sie dann seinem Vater zurück. Er hob resigniert die linke Schulter und zog sich in die Ecke zu Woodruff und Pepper zurück.

Während die Leiche abgeholt wurde, eilte Sergeant Velie heran, nahm vor dem Inspektor Stellung und knurrte: »Nichts zu machen! Niemand hat heute nacht telefoniert – mindestens wird das behauptet.«

»Natürlich. Wer telefoniert hat, wird es nicht zugeben«, bemerkte der Inspektor. »Ich wette Dollars gegen Ziegendreck, daß Mrs. Sloane ihrem Eheherrn ein Licht aufgesteckt hat.«

Ellery hatte kaum zugehört, er ging ruhelos im Zimmer auf und ab, durchsuchte noch einmal den Panzerschrank und schlenderte dann hinüber zu dem Schreibtisch, der mit Papieren aller Art bedeckt war. Ein Buch, in zartes Marocainleder gebunden, zog seine Aufmerksamkeit an sich. Mit Goldbuchstaben war der Titel ›Tagebuch‹ eingepreßt. Der Inspektor blickte über seine Schulter. Seite auf Seite war mit einer weitausgreifenden, charakteristischen Handschrift bedeckt. Ellery verglich die Schrift mit einigen Notizzetteln auf dem Schreibtisch. Sie zeigten alle den gleichen Duktus.

»Ist was?« fragte der Inspektor.

»Das dürfte dich nicht mehr interessieren, Papa«, sagte Ellery. »Ich denke, du hältst den Fall für abgeschlossen?«

21

Ellerys trübe Stimmung hielt bis weit in die frühen Morgenstunden vor. Vergeblich bot der Inspektor alle väterlichen Überredungskünste auf, seinem Jungen die Wonnen der Bettruhe zu schildern. Ellery saß zusammengekrümmt im Lehnstuhl vor dem schwachen Kaminfeuer und schien die Welt um sich vergessen zu haben. Er las in Sloanes Tagebuch, das er auf dem Schreibtisch gefunden hatte.

Endlich schlurfte der Inspektor müde in die Küche, braute sich einen Topf Kaffee und trank allein auf seinen Erfolg. Der liebliche Kaffeeduft kitzelte Ellery in der Nase, zumal er seine Lektüre soeben beendet hatte. Er rieb sich schläfrig die Augen, ging in die Küche, schenkte sich eine Tasse voll, und dann tranken die beiden in abgründigem Schweigen.

Der Alte setzte endlich seine Tasse geräuschvoll auf den Tisch. »Willst du deinem alten Vater nicht sagen, wo dich der Schuh drückt, mein Junge?«

»Nett, daß du fragst«, sagte Ellery. »Du behauptest, daß Gilbert Sloane seinen Bruder, Albert Grimshaw, ermordet hat. Nun frage ich dich: wer hat den anonymen Brief geschickt, der uns davon in Kenntnis setzte, daß Sloane und Grimshaw Brüder waren? Sloane hat zweifellos den Brief nicht selbst geschrieben. Er hätte verrückt sein müssen, wenn er die Polizei selbst auf seine Fährte gehetzt hätte. Du wirst dich erinnern, daß Sloane aussagte, niemand, nicht einmal Grimshaw, sein eigener Bruder, wisse, daß Gilbert Sloane mit Gilbert Grimshaw identisch war. Ich frage also noch einmal: wer schrieb den Brief?«

»Natürlich hat Sloane den Brief nicht selbst geschrieben«, schmunzelte der Inspektor. »Aber es ist mir auch völlig egal. Ich halte es für sehr gut möglich, daß er sein Verwandtschaftsverhältnis mit Grimshaw unter dem Siegel der Verschwiegenheit einer zweiten Person anvertraut hat. Am nächsten hätte ihm hierfür seine Frau gestanden, obwohl es nicht sehr wahrscheinlich ist, daß sie den anonymen Brief geschrieben hat . . .«

»Zumal Mrs. Sloane nach deiner Theorie ihren Mann telefonisch vor der Polizei gewarnt hat«, ergänzte Ellery die Ausführung seines Vaters.

»Richtig«, gab der Inspektor zu. »Aber da sehe ich einen neuen Weg vor mir. Hatte Sloane einen Feind? Allerdings, einen verdammt gefährlichen, der uns auf die rechte Spur gebracht hat: Mrs. Vreeland! Sie wird den Brief geschrieben haben. Wie sie zur Kenntnis des brüderlichen Verhältnisses zwischen Sloane und Grimshaw gekommen ist, bleibt der Phantasie überlassen. Aber ich wette . . .«

»Halt, du verlierst dein Geld, Papa. Es ist was faul. Ich will mich hängen lassen, wenn . . .« Ellery sprach den Satz nicht zu Ende. Beide fuhren zusammen, denn das Telefon schrillte.

»Wer, zum Teufel, meldet sich zu so unchristlicher Stunde?« rief der Alte. »Hallo! . . . Oh, guten Morgen . . . So, sehr schön. Nun aber schnell ins Bett. Späte Nachtarbeit ist Gift für ein hübsches junges Mädchen . . .« Lächelnd legte er auf. Ellery hob fragend die Augenbrauen. »Una Lambert. Sie meint, der Namenszug auf dem Papierrest stamme untrüglich von Khalkis' eigener Hand.«

Diese Nachricht schien Ellery nicht zu erfreuen, so gelegen sie dem Inspektor kam. »Bei Gott, man könnte geradezu glauben, daß du traurig bist, weil die Sache nun ein Ende hat. Sloane ist tot und damit auch Grimshaws Partner, der die Geschichte von dem gestohlenen Leonardo wußte. Die ganze Sache bleibt Geheimnis der Polizei. Wir werden James J. Knox zwingen, das Gemälde, das Grimshaw gestohlen hat, dem Victoria-Museum zurückzuerstatten.«

»Hast du eine Antwort auf dein Telegramm?«

»Kein Wort.« Der Inspektor runzelte die Stirn. »Verstehe nicht, weshalb das Museum nicht zurückdrahtet.«

Ellery blieb stumm, er streckte den Arm nach Sloanes Tagebuch aus und durchflog aufs neue die Blätter.

»Schau her, Papa«, sagte er endlich, »es stimmt schon, daß oberflächlich alle Schuld an Sloane hängenbleibt. Aber es stört mich gerade, daß die Indizien so haarscharf ineinandergreifen. Bei näherer Betrachtung stoße ich auf kleine Schönheitsfehler, die mich nicht zur Ruhe kommen lassen. Zum Beispiel hier . . .« Er hielt das Tagebuch in die Höhe. Die linke Seite, die die letzten Eintragungen enthielt, trug das Datum vom Sonntag, dem 10. Oktober. Die rechte Seite mit dem Vordruck ›Montag, den 11. Oktober‹, war unbeschrieben. »Du

siehst, daß in der Nacht, die Sloane zum Verhängnis wurde, keine
Eintragungen gemacht wurden. Ich muß hierzu ein wenig ausholen.
Ich habe mich mit dem geistigen Gehalt dieses Tagebuches genau
auseinandergesetzt. Es geht daraus hervor, daß Sloane ein Mensch
mit übermäßigem Selbstgefühl war, ein Mann, der es liebte, jede
kleine Seelenregung zu bespiegeln. Vor allem nahm er gewisse Lie-
beserlebnisse ungeheuer wichtig und beschrieb sie in allen Einzelheiten, wobei er die Namen seiner Partnerinnen vorsichtig verschwieg.
Nun frage ich dich«, rief er aus, »ist es wahrscheinlich, daß ein
Mann, der jedes kleine Erlebnis vor sich selbst dramatisch auf-
bauscht, sich den größten und folgenschwersten Schritt seines Lebens,
nämlich den Entschluß, zu sterben, entgehen lassen wird, um nicht
daran schmerzliche und aufwühlende Bekenntnisse zu knüpfen?«

Der Inspektor stand auf und legte die Hand auf Ellerys Arm.
»Das klingt überzeugend, mein Junge, aber es beweist nichts ... Hör
auf zu grübeln, komm zu Bett.«

22

Ellery verlebte die folgende Woche wie im Nebel. Der einzige
Trost, der ihm das Leben erträglich machte, war seltsamerweise die
Tatsache, daß Gilbert Sloane eines sehr schnellen und unerwarteten
Todes gestorben war. Von dieser Seite her begann sich denn auch das
Dunkel zu lichten.

Es begann mit einem unschuldigen kleinen Ereignis am Dienstag,
dem 19. Oktober, kurz vor Mittag. Da erschien Mrs. Sloane in
Trauerkleidung in der Polizeizentrale und bat, bei Inspektor Richard
Queen vorgelassen zu werden, weil sie ihm etwas Wichtiges mitzuteilen habe.

Der Inspektor war allein, als sie zu ihm hereingeführt wurde. Er
schob ihr einen Stuhl hin, und sie kam schnurstracks zur Sache.

»Mein Mann war kein Mörder, Inspektor«, sagte sie mit einer
Stimme, die vor Erregung zitterte.

Der Inspektor seufzte. »Aber die Tatsachen, Mrs. Sloane ...«

Sie schien davon nicht das mindeste zu halten. »Ich verlange Gerechtigkeit, hören Sie, Inspektor!« schrie sie. »Der Skandal wird uns
alle, mich und meinen Sohn, ins Grab bringen!«

»Aber Madam, Ihr Gatte hat sich selbst gerichtet. Bitte, bedenken
Sie doch, daß sein Selbstmord ...«

»Selbstmord!« rief sie wütend aus. »Seid ihr denn alle blind? Selbstmord!« Ihre Stimme erstickte in Tränen. »Mein armer Gilbert ist ermordet worden, und niemand . . . Niemand . . .« Vor Schluchzen versagte ihr die Sprache.

Es war recht peinlich, und der Inspektor starrte mißvergnügt zum Fenster hinaus. »Das ist eine Behauptung, die des Beweises bedarf, Mrs. Sloane. Haben Sie Beweise?«

Sie sprang heftig auf. »Eine Frau braucht keine Beweise«, schrie sie. »Ich weiß . . .«

»Liebe Mrs. Sloane«, sagte der Inspektor trocken, »es tut mir leid, aber wenn Sie mir keine Hinweise bringen, die den Mordverdacht auf eine andere Person lenken, sind meine Hände gebunden. Unsere Akten über den Fall sind geschlossen.«

Sie verließ das Amtszimmer, ohne noch ein Wort zu verlieren.

Dieses kurze, unerfreuliche Erlebnis war, oberflächlich besehen, ohne Bedeutung. Und doch wurde es zum Ausgangspunkt einer Reihe wichtiger Ereignisse. Ellery sprach noch viele Jahre später die Überzeugung aus, daß der Fall im Polizeiarchiv versandet wäre, wenn ihm nicht der Inspektor beim Abendbrot von Mrs. Sloanes Besuch erzählt hätte. Ellery war sogleich voller Spannung. »So, sie meint also auch, daß Sloane ermordet wurde«, sagte er überrascht. »Sehr interessant.«

»Ja, interessant, wie so ein Weibergehirn arbeitet. Sie war nicht zu überzeugen.« Der Alte kicherte und erwartete eine zustimmende Bemerkung.

Ellery erwiderte ruhig: »Du nimmst die Sache zu sehr auf die leichte Schulter, Papa. Ich habe eine Woche lang Daumen gedreht, aber jetzt werde ich handeln.«

Am nächsten Morgen, gleich nach dem Frühstück, begab sich Ellery zur 54. Straße. Die Villa Khalkis schien ausgestorben. Erst nach mehrmaligem Klingeln grunzte hinter der Tür eine Stimme: »Wer ist da?« Es bedurfte zäher Geduld und mannigfacher Überredungskünste, bis Weekes die Tür öffnete, um sie schnell wieder hinter dem unerwünschten Besuch zu schließen.

Mrs. Sloane schien sich in ihren oberen Gemächern verbarrikadiert zu haben. Weekes bedauerte unendlich, aber Mrs. Sloane sei durch nichts zu bewegen, Mr. Queen zu empfangen.

Ellery ließ sich indessen nicht mit Redensarten abspeisen. Er dankte Weekes und ging über die Treppe empor ins erste Stockwerk. Weekes schaute ihm entgeistert nach und rang die Hände.

Ellerys Plan, sich Zugang zu verschaffen, war einfach genug. Er klopfte an Mrs. Sloanes Wohnzimmertür und sagte auf ihren Anruf: »Wer ist da schon wieder?« in gedämpftem Ton: »Jemand, der nicht glaubt, daß Gilbert Sloane ein Mörder war.« Sogleich flog die Tür auf, Mrs. Sloane stand heftig atmend auf der Schwelle und starrte den Sprecher mit hungrigen Augen an. Als sie ihn erkannte, schlug ihre Erwartung in Haß um. »Das ist ein Gaunertrick!« rief sie wütend aus. »Ich will Sie nicht mehr sehen!«

»Sie tun mir Unrecht, Mrs. Sloane«, erwiderte Ellery sanft. »Es war kein Trick, und ich glaube an das, was ich sage.«

Schließlich schmolz ihr Mißtrauen dahin, sie seufzte und sagte: »Entschuldigen Sie, Mr. Queen, ich bin etwas aufgeregt ... Treten Sie ein.«

Ellery legte Hut und Stock auf den Schreibtisch und sagte: »Lassen Sie mich sogleich zur Sache kommen, Mrs. Sloane. Bloße Vermutungen führen uns zu nichts. Ich will den ganzen Fall noch einmal bis in seine verstecktesten Winkel durchforschen. Dazu brauche ich Ihr Vertrauen.«

»Sie meinen ...«

»Ich meine«, sagte Ellery fest, »daß Sie mir zunächst mitteilen sollen, weshalb Sie vor einigen Wochen Albert Grimshaw im *Hotel Benedict* aufsuchten.«

Sie ließ den Kopf auf die Brust sinken. Ellery wartete ohne große Hoffnung. Aber als sie wieder aufschaute, wußte er, daß er das erste Gefecht gewonnen hatte. »Ich werde Ihnen alles erzählen«, sagte sie einfach. »Als ich damals aussagte, ich sei nicht ins *Hotel Benedict* gegangen, um Albert Grimshaw zu treffen, sprach ich die Wahrheit, Mr. Queen.« Ellery nickte ihr ermutigend zu. »Ich wußte nicht, wohin ich ging, denn ...«, sie machte eine Pause, starrte zu Boden, »... ich verfolgte an jenem Abend meinen Mann ...«

Leise und stockend erzählte sie ihre Geschichte. Schon einige Monate vor dem Tode ihres Bruders Georg hatte Mrs. Sloane ihren Gatten im Verdacht gehabt, eine heimliche Beziehung zu Mrs. Vreeland zu unterhalten. Sie mußte sich unbedingt Gewißheit verschaffen. Am Donnerstagabend, dem 30. September, begab sie sich auf den Kriegspfad. Ihr Mann hatte wieder einmal von einer Konferenz gesprochen, als er einen Vorwand suchte, sich nach dem Abendessen zu entfernen.

Sloane irrte scheinbar ziellos durch die Stadt. Von einer Konferenz war offensichtlich nicht die Rede. Gegen zehn Uhr begab er sich zum *Hotel Benedict*. Mrs. Sloane malte sich mit Schrecken aus, daß Mrs. Vreeland ihren Mann in einem jener unsauberen Zimmer mit offenen Armen erwarten würde. Während Sloane mit dem Portier verhandelte, schnappte sie hinter der Tür das Wort »Zimmer 314« auf. Nachdem Sloane im Fahrstuhl verschwunden war, ließ sie sich das anstoßende Zimmer 316 geben. Sie preßte ihr Ohr gegen die Wand, konnte aber nichts hören. Plötzlich vernahm sie, daß die Tür zum Nebenzimmer geöffnet wurde. Sie flog zu ihrer eigenen Tür und öffnete sie spaltbreit. Sie konnte gerade noch sehen, wie ihr Mann Zimmer 314 verließ und quer über den Korridor zum Fahrstuhl ging ... Verstohlen schlich sie aus ihrem Zimmer und raste die Treppen hinunter. Sie sah gerade noch Sloane aus der Halle eilen und nahm wieder die Verfolgung auf. Zu ihrer Verwunderung begab er sich zur Villa Khalkis. Wieder zu Hause, erfuhr Mrs. Sloane durch geschickte Fragen von der Haushälterin Simms, daß Mrs. Vreeland die Villa an jenem Abend nicht verlassen hatte.

Ihre Augen hingen in kindlicher Erwartung an Ellery, als habe sie ihm den Schlüssel zu allen Geheimnissen ausgeliefert.

»Hörten Sie noch eine weitere Person in Zimmer 314 eintreten, während Sie in 316 warteten, Mrs. Sloane?« fragte Ellery gedankenvoll.

»Nein. Ich sah Gilbert kommen und gehen. Wäre in der Zwischenzeit die Tür noch einmal geöffnet worden, hätte ich es bestimmt gehört.«

»Aha. Das hilft uns schon weiter, Mrs. Sloane. Und da Sie bisher so freimütig waren, wage ich noch eine weitere Frage: Telefonierten Sie am vergangenen Montagabend mit Ihrem Mann?«

»Nein. Ich hatte keine Ahnung, daß seine Verhaftung bevorstand.«

Ellery studierte ihr Gesicht. An ihrer Aufrichtigkeit war nicht zu zweifeln.

»Eine letzte Frage, Mrs. Sloane. Hat Ihr Mann jemals von seinem Bruder gesprochen?«

Sie schüttelte den Kopf. »Niemals. Ich glaubte immer, er sei das einzige Kind seiner Eltern.«

Ellery griff nach Hut und Stock. »Haben Sie Geduld, Mrs. Sloane, und vor allem: sprechen Sie mit niemandem über diese Dinge.«

Unten in der Diele hörte Ellery von Weekes eine Neuigkeit, die ihn einen Augenblick lang stutzig machte. Dr. Wardes war abgereist. Nach Sloanes Selbstmord hatte er seine Koffer gepackt und das unheimliche Haus verlassen. Niemand wußte, wohin er sich gewendet hatte.

»Und Joan Brett . . .« fügte Weekes hinzu.

Ellery erbleichte. »Was ist mit Miss Brett? Sie ist auch abgereist?«

»Nein, Sir, sie ist noch nicht fort, aber im Begriff dazu. Die gnädige Frau, ich meine, Mrs. Sloane, hat Miss Brett mitgeteilt, daß ihre Dienste fernerhin nicht gewünscht werden«, sagte Weekes und hüstelte entschuldigend.

»Wo ist sie jetzt?«

»Oben in ihrem Zimmer, Sir. Ich glaube, sie packt. Erste Tür rechts von der Treppe . . .«

Ellery fegte wie der Wind davon. Auf dem letzten Treppenabsatz hielt er jedoch plötzlich inne. Er hörte Stimmen. Wenn er sich nicht täuschte, gehörte die eine Joan Brett. Die andere Stimme hatte unleugbar eine männliche Klangfarbe und zitterte vor verhaltener Leidenschaft: »Joan! Liebste! Ich liebe . . .«

»Trunkenbold!« ließ sich Joan kühl vernehmen.

»Nein! Joan! Du darfst jetzt keinen Scherz mit mir treiben. Es ist mir todernst. Ich liebe dich, liebe dich! Wirklich, ich . . .«

Die nächsten Geräusche deuteten einen stummen Kampf an. Plötzlich vernahm man ein wütendes Fauchen und dann einen laut klatschenden Schlag, so heftig, daß sich Ellery krümmte, obwohl er nicht in Miss Bretts Reichweite stand.

Stille. Die beiden Kämpfer – Ellery glaubte es zu sehen – starrten sich nun feindselig an. Er grinste, als er die Männerstimme murmeln hörte: »Das hättest du nicht tun sollen, Joan. Ich wollte dich doch nicht erschrecken . . .«

»Mich erschrecken? Du lieber Himmel! Da müßten andere kommen!«

»Verflucht!« schrie der Mann verzweifelt auf. »Ist das die Art, ein ernsthaftes Heiratsangebot zu beantworten?«

»Wie können Sie es wagen, mich mit Liebesschwüren zu belästiggen, Sie . . . Sie . . .!« schrie Joan. »Dort ist die Tür! Gehen Sie auf der Stelle!«

Ellery drückte sich gegen die Wand. Ein wilder Wutschrei, das

Krachen einer Tür, und Allan Cheney tobte mit geballten Fäusten die Treppe hinunter.

Nachdem Allan in seinem Zimmer verschwunden war, rückte Ellery Queen seine Krawatte zurecht, stieg ohne Zögern ins zweite Stockwerk empor und klopfte mit seinem Stock sanft an Joan Bretts Zimmertür.

Schweigen. Er klopfte noch einmal. Darauf hörte er einen erstickten Schluchzer und Joans Stimme: »Wagen Sie es nicht, noch einmal hereinzukommen, Sie . . .«

»Hier ist Ellery Queen, Miss Brett«, sagte Ellery, als wäre nichts natürlicher, daß junge Damen mit Schluchzen und Verwünschungen antworten, wenn man an ihre Tür klopft. Er wartete geduldig. Drinnen wurde heftig geschneuzt, dann erklang eine dünne Stimme: »Treten Sie ein, Mr. Queen. Die Tür ist offen.«

Joan Brett stand neben ihrem Bett. In der Hand zerdrückte sie ein feuchtes Taschentuch. Über den ganzen anheimelnden Raum waren Kleider- und Wäschestücke verstreut. Zwei Handköfferchen lagen auf den Stühlen, ein kleiner Kabinenkoffer sperrte weit sein Maul auf.

Wenn es der höhere Zweck erforderte, konnte sich Ellery wie ein gelernter Diplomat benehmen. Er lächelte weltmännisch und sagte nebenhin: »Was meinten Sie, als ich zum erstenmal klopfte, Miss Brett? Ich fürchte, ich habe es nicht recht verstanden.«

»Oh! Ich . . . ich halte oft Selbstgespräche. Eine dumme Angewohnheit, nicht wahr?« Joan wies auf einen Stuhl und setzte sich selbst auf einen anderen.

»Durchaus nicht«, sagte Ellery herzlich und nahm Platz. »Das Sprichwort sagt: Wer Selbstgespräche führt, hat Geld auf der Bank. Haben Sie Geld auf der Bank, Miss Brett?«

Sie wagte ein kleines Lächeln. »Nicht viel, außerdem habe ich es schon überweisen lassen . . . Ich verlasse die Vereinigten Staaten, Mr. Queen.«

»So sagte mir Weekes. Wir werden untröstlich sein, Miss Brett.«

Sie lachte laut heraus. »Sie reden galant wie ein Franzose, Mr. Queen.«

»Ich kann es immerhin begreifen«, sagte Ellery. »Diese Mordgeschichten haben Ihnen den Aufenthalt verleidet. In diesem Zusammenhang möchte ich Sie über den Zweck meines Besuches beruhigen. Der Fall ist abgeschlossen, die Polizei schwimmt in Ruhm und

Glück. Ich komme zu Ihnen als Privatmann, der sein Steckenpferd reitet und sich einige kleine Aufklärungen holen möchte, die vor der irdischen Gerechtigkeit ohne weitere Bedeutung sind ...« Er schaute sie ernst an. »Was hatten Sie vor, Miss Brett, als Sie damals nachts unter Peppers Augen in der Bibliothek herumstöberten?«

Sie schätzte ihn mit ihren kühlen blauen Augen ab. »Damals schienen Sie meiner Erklärung kein Interesse abzugewinnen, Mr. Queen ... Ich werde bekennen, und ich darf wohl im voraus sagen, daß ich eine hübsche Überraschung für Sie bereit habe: Mr. Queen, Sie haben eine Kollegin vor sich ... Ich bin Detektivin.«

»Nein!«

»Aber ja. Ich bin im Victoria-Museum in London angestellt. Leider nicht bei Scotland Yard, das wäre zuviel für meine bescheidenen Fähigkeiten ...«

»Daß man mich doch in Butter brate!« murmelte Ellery. »Sie sprechen in Rätseln, meine Liebe. Beim Victoria-Museum? Erleuchten Sie mich.«

Joan strich die Asche von der Zigarette ab. »Die Geschichte ist ziemlich bewegt. Im geheimen Auftrag des Victoria-Museums wurde ich bei Georg Khalkis als Sekretärin eingeschleust. Ich hatte den Auftrag, einen Museumsdiebstahl aufzuklären, dessen Spuren in Khalkis' Richtung wiesen ...«

Ellery vergaß seine galante Einführung, er war nun mit Leib und Seele bei der Sache. »Um was für einen Diebstahl handelte es sich, Miss Brett?«

Sie zog die Schultern hoch. »Um ein Teilstück eines Gemäldes von Leonardo da Vinci, das in der Kunstwelt unter dem Namen ›Die Standartenschlacht‹ bekannt ist. Khalkis stand im Verdacht der Hehlerei, aber wir hatten keine stichhaltigen Anhaltspunkte. Während der ganzen Zeit, die ich hier als Sekretärin zubrachte, suchte ich einen Hinweis auf den Leonardo zu erlangen. Aber ich fand nicht die geringsten Spuren.

Damit komme ich zu Albert Grimshaw. Das Gemälde war von einem Museumsaufseher namens Graham gestohlen worden, der sich später als Albert Grimshaw entpuppte. Die erste Hoffnung, das erste greifbare Ergebnis meiner verzweifelten Bemühungen zeigte sich, als sich am Abend des 30. September ein Mann namens Grimshaw melden ließ. Ich erkannte sofort nach den Beschreibungen, die man mir zur Verfügung gestellt hatte, daß dieser Mann mit Graham identisch war, mit jenem Graham, der vor fünf Jahren spurlos aus England verschwunden war.«

»Ausgezeichnet!«

»Finde ich auch. Ich lauschte an der Tür zur Bibliothek, konnte aber von der Unterhaltung zwischen Khalkis und Grimshaw nichts verstehen. Auch am nächsten Abend, als Grimshaw mit dem großen Unbekannten wiederkehrte, blieb mir jedes Glück versagt. Die Lage wurde dadurch besonders trostlos« – sie errötete tief –, »daß Allan Cheney im entscheidenden Augenblick ekelhaft angetrunken ins Haus torkelte. Ich mußte mich um ihn kümmern und war nicht in der Lage, die beiden Männer zu beobachten, als sie das Haus verließen. Das eine war mir immerhin zur Gewißheit geworden – daß nämlich das Geheimnis des gestohlenen Leonardo bei Grimshaw und Khalkis lag.«

»Demnach durchsuchten Sie in jener Nacht die Bibliothek in der Hoffnung, unter Khalkis' Privatpapieren einen neuen Anhaltspunkt zu finden?« meinte Ellery.

»Richtig. Aber auch diese Nachforschung blieb erfolglos. Da ich von Zeit zu Zeit im Hause und in der Gemäldegalerie jeden Winkel durchstöberte, war ich nun sicher, daß sich der Leonardo nicht mehr in Khalkis Besitz befand. Nach der Nervosität Khalkis' und der Geheimnistuerei des Unbekannten nahm ich an, daß dieser an dem dunklen Geschäft beteiligt sein müsse. Ich glaube bestimmt, daß das Schicksal des Leonardo mit dieser dritten Person aufs engste verknüpft ist.«

»Sie haben nicht feststellen können, wer dieser Mann ist?«

Sie warf die Zigarette in die Aschenschale. »Leider nicht.«

Ellery sah sie zweifelnd an. »Noch eine kleine Frage, Miss Brett: Weshalb fahren Sie in dem Augenblick nach Hause, da der Fall seinen dramatischen Höhepunkt erreicht hat?«

»Aus dem einfachen Grund, weil ich mich der Aufgabe nicht mehr gewachsen fühle.« Sie zog aus ihrem Handtäschchen einen Brief hervor und überreichte ihn Ellery, der ihn rasch überflog. Er war vom Direktor des Victoria-Museums unterzeichnet. »Sie sehen, ich habe London über alles auf dem laufenden gehalten. Dieser Brief ist die Antwort auf meinen Bericht über den großen Unbekannten. Sie haben ja wohl selbst gelesen, daß sich die Museumsleitung in einer Zwickmühle befindet. Seit dem ersten Kabel von Inspektor Queen hat sich zwischen dem Direktor und der New Yorker Polizei ein beträchtlicher Briefwechsel angesponnen. Die erste Antwort blieb lange aus, weil man sich nicht entschließen konnte, die unerquickliche Geschichte preiszugeben.

Die Direktion stellt mir anheim, mit der New Yorker Polizei zusammenzuarbeiten und meine künftigen Schritte nach eigenem Ermessen zu bestimmen.« Sie seufzte. »Mein eigenes Ermessen sagt mir leider, daß ich dem Fall nicht gewachsen bin. Ich habe mir vorgenommen, meine Geschichte dem Inspektor anzuvertrauen und dann nach London zurückzukehren.«

Ellery händigte ihr wieder den Brief aus, den sie sorgfältig in der Tasche barg. »Ich gebe zu«, sagte er, »daß die Jagd nach dem Gemälde selbst die ältesten Spürhunde außer Atem bringen kann und daß sie die Kräfte einer jungen Dame übersteigt. Auf der anderen Seite« – er machte eine wirkungsvolle Pause –, »könnte ich Ihnen vielleicht in der nächsten Zeit ein paar nützliche Winke geben.«

»Mr. Queen!« Ihre Augen leuchteten.

»Würde Ihnen das Museum einen weiteren Aufenthalt in New York bewilligen, wenn Sie Aussicht hätten, den Leonardo zu beschaffen?«

»O ja! Das ist ganz sicher, Mr. Queen! Ich werde dem Direktor noch einmal telegrafieren.«

»Tun Sie das.« Er lächelte. »An Ihrer Stelle würde ich nicht gleich zur Polizei laufen, Miss Brett. Es wird nützlicher sein, wenn Sie noch – wie soll ich mich höflich ausdrücken – unter Verdacht bleiben.«

Joan sprang auf. »Das ist eine großartige Idee.«

»Vielleicht auch gefährlich«, sagte Ellery. »Wir müssen uns das genau überlegen – jeder Mensch weiß, daß Sie hier gekündigt sind; ohne Arbeit können Sie nicht in New York bleiben, ohne aufzufallen, vor allem dürfen Sie nicht in der Villa Khalkis bleiben ... Ich hab's!« Er faßte sie an den Händen. »Es gibt einen wundervollen Platz, an dem Sie arbeiten können, ohne den geringsten Verdacht zu erwecken.«

»Und wo wäre das?«

Sie setzten sich gemeinsam auf das Bett und steckten die Köpfe zusammen. »Sie sind doch mit Khalkis' Geschäften vollkommen vertraut, nicht wahr? Es gibt einen Herrn, der sich in diese verwickelte Sache mehr eingelassen hat, als ihm lieb ist. Ich meine James J. Knox!«

»Oh, großartig!« flüsterte sie.

»Für Knox würden Sie eine unschätzbare Arbeitskraft bedeuten«, fuhr Ellery schnell fort. »Zumal ich in der vergangenen Nacht von Woodruff hörte, daß Knox' Sekretärin erkrankt sei. Ich werde die Sache so drehen, daß Ihnen Knox persönlich das Angebot unterbreitet. Und Sie werden stumm sein wie ein Grab. Sie werden diese Stellung annehmen, als hätten Sie die ehrliche Absicht, Ihr Geld an der Schreibmaschine zu verdienen, verstanden?«

Er wehrte Joans Dankworte ab und verließ rasch das Zimmer.

Unten in der Halle blieb er stehen und dachte nach. Dann überquerte er schnell den Korridor und klopfte bei Allan Cheney an.

Allan Cheneys Schlafzimmer sah aus, als hätte ein Wirbelsturm darin gehaust. Er ging mit gereizten Tigerschritten auf und ab und brüllte: »Immer rein, wer eins hinter die Ohren haben will!«

Ellery blieb mit weit offenen Augen auf der Schwelle stehen. Als ihn der junge Mann erkannte, fragte er etwas gemäßigter: »Sie wünschen?«

»Ein Wort mit Ihnen.« Ellery schloß die Tür.

Der junge Allan bemühte sich um Haltung. »Bitte nehmen Sie Platz«, murmelte er.

»Zur Sache, Mr. Cheney«, begann Ellery. »Ich beschäftige mich noch zu meinem Vergnügen mit dem Mord an Grimshaw und dem Selbstmord Ihres Stiefvaters.«

»Von Selbstmord keine Spur«, erwiderte Allan kurz angebunden.

»Meinen Sie? Ihre Frau Mutter sagte mir vor einigen Augenblicken das gleiche. Haben Sie einen Anhaltspunkt, auf den Sie Ihre Behauptung stützen?«

»Nein, wüßte nicht. Spielt ja auch keine Rolle mehr.« Allan warf sich auf sein Bett. »Was wollen Sie von mir, Queen?«

Ellery lächelte. »Eine nebensächliche Frage, auf die Sie mir jetzt wohl die Antwort nicht mehr verweigern werden . . . Weshalb gingen Sie vor anderthalb Wochen durch?«

Allan lag still auf dem Rücken. Plötzlich sprang er auf und begann wieder seinen wilden Marsch. »Gut«, knurrte er. »Ich werde reden. Es war ein Dummerjungenstreich, vor diesem verdammten Frauenzimmer auszukneifen!«

»Mein lieber Cheney«, fragte Ellery sanft, »von wem reden Sie eigentlich?«

»Ich rede davon, daß ich ein ausgemachter Esel bin! Lachen Sie mich nicht aus, Queen. Ich – ich war verliebt in diese . . . In Joan

Brett. Ich wußte, daß sie seit Monaten im Hause herumschnüffelte. Weiß Gott, was sie gesucht haben mag. Habe niemals ein Wort darüber verloren. Aber als der Inspektor mit Peppers Geschichte herausrückte, daß nämlich Joan in der Nacht nach dem Begräbnis meines Onkels den Safe durchstöbert hatte, da wußte ich doch nicht mehr, was ich denken sollte. Fühlte mich in einer verdammten Klemme ... Das gestohlene Testament, der ermordete Mann ... Ich konnte nicht mehr daran zweifeln, daß Joan irgendwie in diese böse Sache verwickelt war. Deshalb ging ich auf und davon ...« Seine letzten Worte waren kaum mehr zu verstehen gewesen. »Jedenfalls weiß ich jetzt, daß ich eine Riesendummheit gemacht habe, und daß sie es nicht wert gewesen ist. Bin froh, daß ich mir die ganze Sache mal vom Herzen geredet habe. Werde sie schnellstens vergessen, die junge Dame.«

Ellery erhob sich. »Vielen Dank, Mr. Cheney. Wer liebt, darf nicht verzweifeln. Und einen recht schönen Morgen!«

Eine Stunde später saß Ellery Queen dem Rechtsanwalt Miles Woodruff in einem höchst bequemen Klubsessel gegenüber und paffte eine von Woodruffs ausgezeichneten Importen.

»Sie haben keine Ahnung, mein lieber Queen«, rief der Rechtsanwalt aus, »in welche Schwierigkeiten uns jenes ominöse Papierschnitzel gestürzt hat. Wir müssen uns im Ernst bemühen, Grimshaws Erben ausfindig zu machen, um mit ihm – wenn es ihn gibt – einen Vergleich zu schließen. Knox hängt die Sache längst zum Halse heraus ...«

»Knox? Ja, richtig. Er hat wohl alle Hände voll zu tun, wie?«

»Scheußlich, scheußlich! Khalkis hat uns einen hübschen Trümmerhaufen hinterlassen. Knox hat von den Ehren eines Nachlaßverwalters bereits genug und wird alles auf mich abwälzen ...«

»Wie ich hörte, ist Knox' Sekretärin zu allem Überfluß krank geworden«, fragte Ellery nebenhin. »Vielleicht könnte Miss Brett, die doch im Augenblick stellungslos ist ...«

Woodruffs Zigarre tanzte zwischen seinen Lippen. »Miss Brett! Sie haben manchmal phänomenale Einfälle, Queen! Sie ist doch in Khalkis' Geschäfte eingeweiht ... Knox wird mit beiden Händen zugreifen. Ich werde mal ...«

Ellery verabschiedete sich eilig. Die Tür hatte sich kaum hinter ihm geschlossen, als Rechtsanwalt Woodruff sich mit James J. Knox verbinden ließ. »Mir fiel gerade ein, daß Miss Brett ihren Dienst bei

Khalkis aufgibt . . .«

»Woodruff! Eine fabelhafte Idee . . .!«

Joan Brett wunderte sich nicht wenig, als sie kurze Zeit darauf von James J. Knox höchst persönlich an den Apparat verlangt wurde. Der Millionär bot ihr ein fabelhaftes Gehalt und freie Wohnung in seiner Villa und fragte in der artigsten Weise, ob er bereits am nächsten Vormittag über Joan verfügen dürfte.

Joan Brett begann Ellery Queen für einen Hexenmeister zu halten.

23

Am Freitag, dem 22. Oktober, hatte James J. Knox Mr. Queen um seinen Besuch bitten lassen. Ein Diener führte Ellery in einen farbenprächtigen Salon. Nach kurzer Wartezeit öffnete sich die Flügeltür, ein Butler bat den fremden Herrn herein.

Das Arbeitszimmer war höchst modern eingerichtet und hatte etwas von der kühlen Sauberkeit eines Maschinensaales an sich. Dem Schreibtisch gegenüber, Auge in Auge mit Knox, saß Joan Brett und hielt den Stenogrammblock auf den Knien. Knox begrüßte Ellery mit beinahe echter Herzenswärme. »Freut mich, daß Sie sich gleich freigemacht haben, Queen. Wundern Sie sich, Miss Brett hier zu sehen, wie?«

»Bin überrascht«, sagte Ellery todernst. »Eine glückliche Wendung für Joan.«

»Das Glück ist auf meiner Seite. Miss Brett ist eine unschätzbare Kraft . . . Sie weiß alles, vor allem in dieser vertrackten Khalkis-Geschichte! Nun zu Ihnen, Queen . . .« Knox spielte mit einem goldenen Bleistift. »Gestern fiel mir etwas ein, was ich bei meinem Besuch im Amtszimmer Ihres Vaters völlig vergessen hatte . . .«

»Um was handelt es sich?« fragte Ellery.

In seiner sprunghaften, abgehackten Art berichtete Knox, daß in jener Nacht, in der er mit Grimshaw zusammen bei Khalkis gewesen war, sich außer den bekannten Dingen noch folgendes ereignet hatte. Nachdem Grimshaw den Wechsel, den Khalkis ausgestellt hatte, in seiner Brieftasche geborgen hatte, war ihm wohl eingefallen, daß die Zeit für eine kleine Nebenerpressung günstig war. Er verlangte von Khalkis tausend Dollar in bar für seine nächsten Bedürfnisse, da er versprochen hatte, das Papier nicht gleich in Umlauf zu bringen.

»Wir haben aber keine tausend Dollar gefunden, Mr. Knox!«

sagte Ellery gespannt.

»Lassen Sie mich ausreden, junger Mann«, meinte Knox trocken. »Khalkis sagte, er habe das Geld nicht im Hause. Er bat mich, den Betrag vorzulegen, und versprach, ihn mir am nächsten Tag zuzustellen. Ich hatte mir gerade von meiner Bank fünf Tausenddollarnoten für meinen persönlichen Bedarf auszahlen lassen. Ich zog eine aus meiner Brieftasche und gab sie Khalkis, der sie seinerseits Grimshaw überreichte.«

»Und wohin steckte Grimshaw sie?« fragte Ellery.

»Grimshaw riß sie Khalkis aus der Hand, zog aus seiner Westentasche eine dicke, alte, goldene Uhr, öffnete den Deckel an der Rückseite, faltete die Banknote zusammen, legte sie in den Deckel und ließ ihn wieder einschnappen . . .«

Ellery nagte an seinem Fingernagel. »Glauben Sie, daß es sich um die Uhr handelt, die wir in Sloanes Safe gefunden haben?«

»Ich bin vollkommen sicher. Erkannte die Uhr sofort aus den Fotos in den Zeitungen.«

»Können Sie die Nummern der Banknoten feststellen, die Sie damals von Ihrer Bank erhielten, Mr. Knox? Wir werden die Uhr sogleich untersuchen. Wenn die Banknote verschwunden ist, könnte uns die Seriennummer unter Umständen auf die Spur des Mörders bringen.«

»Das war auch mein Gedanke. Wir werden das gleich haben. Miss Brett, verbinden Sie mich mit dem Hauptkassierer meiner Bank.«

Nach einigen Sekunden überreichte Joan Knox den Hörer. »Bowman? Hier Knox. Ich brauche die Seriennummern der fünf Tausenddollarnoten, die ich am ersten Oktober abheben ließ . . .« Knox wartete, kritzelte dann auf einen Notizzettel. Er lächelte, legte auf und überreichte Ellery den Zettel. »Hier sind sie, Queen.«

»Darf ich Sie bitten, mir zur Polizei zu folgen und die Uhr zu inspizieren, Mr. Knox?« fragte Ellery.

»Mit Vergnügen. Detektivgeschichten haben mir von jeher Spaß gemacht.«

Das Telefon schnarrte. Joan Brett sprang dienstfertig auf, um den Anruf entgegenzunehmen. »Für Sie, Mr. Knox. Der Börsenvorstand. Soll ich . . .?«

»Geben Sie her. Entschuldigen Sie mich, Queen.«

Während Knox im trockenen Geschäftston Namen und Zahlen in die Sprechmuschel murmelte, erhob sich Ellery und ging mit Joan

Brett hinüber zu ihrem Schreibtisch. Er wechselte mit ihr einen Blick und sagte: »Ach, Miss Brett, darf ich Sie bitten, mir diese Seriennummern auf der Schreibmaschine abzuschreiben?« Dies war der Vorwand, um sich über sie zu beugen und ihr etwas ins Ohr zu flüstern. Während sie ein Blatt einspannte und zu schreiben begann, murmelte sie vorwurfsvoll: »Und weshalb haben Sie mir nicht gesagt, daß Mr. Knox der große Unbekannte war, der in jener Nacht Grimshaw begleitete?«

Ellery schüttelte warnend den Kopf, aber Knox war noch völlig im Bann der Börse.

»Neuigkeiten aus London?« flüsterte Ellery.

Sie schüttelte den Kopf und sagte laut: »Ich kann mich so schwer an Mr. Knox' Schreibmaschine gewöhnen . . . Es ist eine Remington, und ich habe bisher immer auf der Underwood geschrieben . . .« Sie spannte ein neues Blatt ein, schrieb und flüsterte: »Sollte etwa Knox den Leonardo haben?«

Ellery griff so hart nach ihrer Schulter, daß sie sich krümmte und blaß wurde. Mit gewinnendem Lächeln sagte er: »Vielen Dank, Miss Brett!« und flüsterte, während er das Blatt geräuschvoll zusammenfaltete: »Machen Sie keine Geschichten. Schnüffeln Sie nicht im Haus herum, verlassen Sie sich auf mich. Sie sind eine Sekretärin und sonst nichts. Kein Wort über die Tausenddollarnoten . . .«

»O bitte, stets gern zu Ihrer Verfügung, Mr. Queen«, sagte sie laut und blinzelte ihm schalkhaft zu.

Ellery hatte das Vergnügen, neben James J. Knox in einer fabelhaften Limousine stadtwärts zu brausen.

In der Polizeizentrale genoß Ellery den kleinen Triumph, von den Polizisten und Detektiven, die auf den Korridoren zu tun hatten, respektvoll begrüßt zu werden, während Knox hier offenbar nicht den geringsten Eindruck hinterließ. Würdevoll befahl Ellery, man solle ihm sofort die Beweisstücke im Fall Grimshaw-Sloane vorlegen. Er entnahm der kleinen Panzerkassette die altmodische goldene Uhr, wartete, bis sich der dienstbeflissene Beamte verzogen hatte, und öffnete mit einiger Mühe den Rückdeckel der Uhr.

Eine Tausenddollarnote, mehrmals zusammengefaltet, fiel zu Boden.

Ellery war gründlich enttäuscht. Die Möglichkeit, die er in Knox' Arbeitszimmer erwogen hatte, schwand in dem gleichen Maße dahin, als er den Geldschein glättete und feststellte, daß die Nummer mit einer von denen, die Joan Brett getippt hatte, übereinstimmte. Er schloß den Deckel der Uhr und legte sie in das Stahlkästchen zurück.

»Was halten Sie davon, Queen?«

»Nichts Besonderes. Diese neue Tatsache ändert nichts am Fall Sloane, wie er in den Polizeiakten niedergelegt ist«, erwiderte Ellery trübe. »Der Geldschein würde nur beweisen, daß Grimshaw seinen Partner darum prellen wollte. Sloane – als Grimshaws angeblicher Partner und Mörder – konnte nicht ahnen, daß die Uhr ein kostbares Geheimnis enthielt, als er sie der Leiche abnahm. Mehr läßt sich nicht herausholen . . .«

»Mir scheint, Sie sind von Sloanes Schuld nicht so felsenfest überzeugt wie Ihr ehrenwerter Vater«, sagte Knox verwundert.

»Überzeugungen sind oft eine billige Ware, Mr. Knox.«

24

Am Sonnabend nachmittag unternahm Ellery einen kleinen Ausflug über Brooklyn hinaus nach Flatbush, wo hübsche neue Siedlungshäuschen inmitten wohlgepflegter Gärten standen. Er strich an den niedrigen, weiß lackierten Zäunen entlang, studierte die Hausnummern und – siehe da – plötzlich erschien zwischen Dahlien und Sonnenblumen die stattliche Gestalt der Mrs. Jeremia Odell.

Mrs. Odell schien den Mann, der so selbstsicher ihre Gartentür aufklinkte, für einen Versicherungsagenten zu halten, denn sie winkte energisch ab. Sobald sie jedoch den Ankömmling erkannt hatte, wischte sie ihre Hände an der Schürze trocken und sagte entschuldigend: »Kommen Sie nur herein, Mr. Queen. Ich habe Sie nicht gleich erkannt.«

Sie führte ihn in ein kühles, freundliches Wohnzimmer. »Wollen Sie Jerry . . . ich meine, wollen Sie meinen Mann sprechen?«

»Bitte.«

Sie verschwand wie der Blitz.

Ellery schaute sich schmunzelnd um. Die Ehe hatte mehr für Lily Morrison getan, als nur ihren Namen zu ändern. Hier waltete zweifellos eine tüchtige Hausfrau, die mit dem flotten Mädchen, das ehedem Grimshaws Leben verschönte, nichts mehr gemein hatte.

Ellerys freundliche Gedanken wurden rauh unterbrochen, als der Herr des Hauses über die Schwelle trat. Jeremia Odell schwenkte seine gewaltigen Fäuste und schnaubte: »Was ist los? Ich dachte, diese verdammte Schwindelei hätte ein Ende!«

»Ich habe keinen amtlichen Auftrag, Mr. Odell«, sagte Ellery bescheiden. »Ich betreibe die weitere Aufklärung des Mordes als Privatsport. So wüßte ich zum Beispiel gern, warum Sie seinerzeit vor dem Inspektor abstritten, Grimshaw im *Hotel Benedict* besucht zu haben?«

Odells Stimme schwoll orkanartig an: »Du verdammter dreckiger Schnüffelfritze . . .« Er verschluckte einige weitere unfreundliche Bemerkungen, denn seine Frau legte ihm schwer die Hand auf die Schulter und sagte: »Das hat doch gar keinen Zweck, Jerry. Du kennst die Polizei nicht. Sie werden uns zu Tode hetzen, bis sie es heraus haben . . . Sag' Mr. Queen die Wahrheit, Jerry.«

»Gut«, sagte der Ire nach einer Pause, »ich werde reden. Setz dich, Lily. Du machst mich nervös. Der Inspektor hat recht gehabt, ich war im *Benedict*. Ich kam ein paar Minuten nach einer Frau . . .«

»Demnach waren Sie der vierte in der Reihe«, sagte Ellery gedankenvoll. »Was wollten Sie von Grimshaw, Mr. Odell?«

»Gleich nachdem der Kerl aus dem Kittchen 'raus war, versuchte er, sich wieder an Lily heranzumachen. Ich – ich wußte vorher nichts von ihm. Sie hatte Angst, ich würde ihr da verschiedenes übelnehmen . . . Grimshaw lauerte ihr also auf – weiß Gott, wie der dreckige Hund auf ihre Fährte gekommen ist! – und zwang sie, ihn in Schicks Kneipe zu treffen. Sie ging hin, weil sie fürchtete, er würde mir sonst verschiedenes flüstern.«

»Ich verstehe.«

»Er dachte, sie gehörte zu irgendeiner Bande und wollte nicht glauben, daß sie ehrlich geworden war. Er verlangte, sie sollte ihn im *Benedict* auf seinem Zimmer besuchen. Sie schlug es ab, kam nach Hause und erzählte mir alles . . .«

»Und da gingen Sie ins *Benedict*, um einen Schlußstrich zu ziehen?«

»Richtig.« Odell schaute düster auf seine Schaufelhände nieder. »Sagte ihm, er solle seine dreckigen Pfoten von meiner Frau lassen, oder ich würde Hackfleisch aus ihm machen. Das war alles. Ich bestärkte ihn noch ein bißchen in der Gottesfurcht und zog dann ab.«

»Sie sehen, Mr. Queen, Jerry hat nichts Unrechtes getan«, sagte Mrs. Odell schüchtern.

Ellery lächelte gedankenvoll. »Sie hätten uns eine Menge Ärger ersparen können, wenn Sie uns die Geschichte gleich erzählt hätten,

Odell. Trotzdem: ich verspreche Ihnen, daß die Polizei Ihr Eheglück vorläufig nicht mehr stören wird.«

25

Ellery war kaum zu Hause angelangt, als das Telefon anschlug. Die Stimme des Inspektors klang hell und scharf. »Etwas Neues hat sich herausgestellt, ich glaube, es dürfte dich interessieren. Aber du kommst besser ins Amt, es ist eine lange Geschichte.«

Ohne große Begeisterung machte sich Ellery auf den Weg.

»Also, was ist die welterschütternde Neuigkeit?«

Der Inspektor schob Ellery einen Stuhl zu. »Ruh deine müden Glieder aus, mein Junge. Ich hatte eine kleine Nachmittagsunterhaltung mit unserem gemeinsamen Freund Suiza, und er erzählte mir, daß er in der Nacht von Sloanes Selbstmord in der Galerie Khalkis gewesen war.«

Ellery sprang auf. Seine Müdigkeit war verflogen. »Nein!«

»Daß du nur die Nase im Gesicht behälst«, grollte der Inspektor. »Kein Grund, an die Decke zu springen. Suiza sagte, er bearbeite einen Katalog der Khalkisschen Kunstsammlungen und sei damals nachts in die Galerie gegangen, um Aufzeichnungen zu machen.«

»In der Nacht, als Sloane starb?«

»Ja doch. Er schloß mit dem Hauptschlüssel auf und begab sich über die Treppe in den Ausstellungsraum . . .«

»Das ist doch unmöglich, wenn die elektrische Alarmvorrichtung funktionierte?«

»Sie war eben noch nicht in Betrieb. Suiza erkannte daran, daß noch jemand da sein mußte. Er sah Licht in Sloanes Büro, trat ein, weil er etwas fragen wollte, und fand die Leiche in derselben Lage, wie wir sie später entdeckten. Da kriegte er es mit der Angst und stürzte Hals über Kopf davon. Er hütete sich, etwas zu berühren, um nicht den Verdacht auf sich zu lenken.«

»Wenn es doch möglich wäre!« flüsterte Ellery kaum hörbar.

»Nimm Vernunft an, mein Junge«, sagte der Inspektor. »Weshalb soll es nicht möglich sein? Suiza ist wirklich nicht verdächtig. Als die Geschichte vom Selbstmord durch die Zeitungen ging, fühlte er sich etwas beruhigter. Aber er wollte immer noch abwarten, wie sich die Dinge entwickelten, ehe er mit seiner Sache herausrückte. Als er endlich die Überzeugung gewonnen hatte, daß der Fall begraben sei, kam er zu mir, um sein Gewissen zu entlasten. Das ist die ganze Geschichte. Jedenfalls ändert sie nichts an der Schlußlösung.«

»Es stimmt«, rief Ellery mit zunehmender Erregung aus, »daß Suizas Aussage, soweit du sie mir wiedergegeben hast, an der Auflösung des Falles Sloane nichts ändert. Aber wir haben es jetzt in der Hand, durch eine kleine Frage an Mr. Nacio Suiza den Selbstmord Sloanes einwandfrei zu beweisen ... Wir wollen Suiza einen kleinen Besuch abstatten.«

Nacio Suiza sah nicht mehr ganz so geleckt und gebügelt aus, wie man es von ihm gewöhnt war. Er empfing die Herren gegenüber von Gilbert Sloanes Büro. »Womit kann ich dienen, Inspektor?« fragte er in verhaltener Angst. »Ich hoffe doch, daß Sie nicht ...«

»Sie brauchen für Ihren Seelenfrieden nichts zu fürchten«, sagte der Inspektor begütigend. »Mein Sohn möchte Ihnen ein paar Fragen stellen.«

»Wie ich hörte«, sagte Ellery, »traten Sie in der bewußten Nacht in Sloanes Büro ein, weil Sie dort Licht sahen. Stimmt das?«

»Nicht genau.« Suiza faltete leicht die Hände. »Mir fiel ein, ich könnte Sloane etwas fragen, was mit dem Katalog zusammenhängt, als ich einen Lichtstreifen unter seiner Tür sah ...«

Die beiden Queens bäumten sich, als säßen sie auf elektrischen Stühlen, durch die plötzlich der volle Strom gejagt würde. »Ein Lichtstreifen unter der Tür?« rief Ellery aus. »Demnach war die Tür zu Sloanes Büro geschlossen, bevor Sie eintraten?«

Suiza schaute verwundert auf. »Natürlich. Ich denke, ich habe es Ihnen gegenüber erwähnt, Inspektor.«

»Nein, das haben Sie nicht getan!« fauchte der Inspektor. »Und dann rannten Sie fort und ließen die Tür offen?«

»Ja«, stotterte Suiza. »Das Grauen saß mir im Genick ... Aber was wollten Sie fragen, Mr. Queen?«

»Sie haben es bereits beantwortet«, sagte Ellery.

Eine halbe Stunde später saß Ellery im bequemen Lehnsessel vor dem Kamin, während der Inspektor in Selbstgesprächen durch das Zimmer spazierte.

Die Klingel schrillte. Der Hausboy sprang zur Tür und ließ zwei Herren eintreten: Staatsanwalt Sampson und seinen Assistenten Pepper.

»Famos«, sagte Sampson. »Habt euch da wieder mal ein hübsches Ding ausgedacht!«

Der Alte wies mit dem Kopf auf Ellery. »Frag ihn. Er hat sich zuerst in den Gedanken verbissen.«

»Nun, Ellery?«

Alle Blicke wandten sich ihm zu. Er sagte langsam: »Meine Herren, ich hoffe, daß Sie künftig den Regungen meines Unterbewußtseins etwas mehr Respekt entgegenbringen. Der Befund, den ich Ihnen vorlege, ist einfach folgender: Die Kugel, die in Sloanes Kopf eindrang und ihn wieder verließ, nahm ihre Flugrichtung durch die Tür des Büros. Wir fanden die Kugel in einem Teppich an der Wand des Ausstellungsraumes, gegenüber der Tür. Die Tür muß also offen gewesen sein, als der Schuß abgefeuert wurde. Als wir in die Galerie eindrangen, stand die Bürotür auch wirklich offen, was dem Kugelfund im Teppich entsprach. Nunmehr klärt uns jedoch Nacio Suiza darüber auf, daß wir nicht die ersten waren, die nach Sloanes Tod die Galerie betraten. Er, Suiza, war vor uns dagewesen. Suiza aber hatte die Tür geschlossen vorgefunden! Was bedeutet das? Als die Kugel abgefeuert wurde, muß die Tür zweifellos offengestanden haben, andernfalls hätte sie in der Türfüllung steckenbleiben müssen. Nach dem Schuß muß dann die Tür geschlossen worden sein. Es bleibt uns also kein anderer Schluß, als daß jemand nach Sloanes Tod und bevor Suiza kam, die Tür zugemacht hat.«

»Aber, Mr. Queen«, warf Pepper ein, »warum sollte es nicht möglich sein, daß Suiza nicht der einzige Besuch in jener Nacht war, sondern daß schon vor ihm eine andere Person die Galerie betreten hat?«

»Ausgezeichnet, Pepper. Das ist genau das, was ich eben sagen wollte: Suiza hatte einen Vorgänger – und dieser war Sloanes Mörder!«

Sampson rieb sich bestürzt die Wangen. »Es besteht doch immerhin die Möglichkeit, daß dieser Vorgänger ebenso unschuldig ist wie Suiza selbst und daß Sloane dennoch Selbstmord beging.«

Ellery schwenkte ungeduldig die Hand. »Es wäre möglich, aber höchst unwahrscheinlich. Nein, Sampson, Sie werden sich schon entschließen müssen, die Theorie vom Selbstmord fahren zu lassen und die Morduntersuchung einzuleiten.«

»Es ist wahr«, sagte der Inspektor verzweifelt. »Es ist ganz bestimmt wahr. Er hat uns bei den Hammelbeinen, Jungs. Da helfen alle Faxen nichts: Sloane ist ermordet worden.«

Sie nickten trübe.

Ellery sprach weiter. »Wenn Sloane ermordet wurde, hat er auch nicht Grimshaw um die Ecke gebracht. Ich halte es für ausgemacht, daß Grimshaws Mörder auch Sloane tötete und den Mord auf Selbstmord frisierte, um den Verdacht gegen Sloane zu festigen.

Wir wissen von früheren Überlegungen, daß der Mörder Grimshaws nur unter der Voraussetzung die falschen Indizien gegen Khalkis zusammentragen konnte, daß er von dem Gemäldegeschäft zwischen Knox und Khalkis Kenntnis hatte. Ich habe vor etlicher Zeit nachgewiesen, daß der Mörder die falsche Khalkis-Lösung auf der Voraussetzung aufbaute, daß Knox absolutes Stillschweigen bewahren werde. Der einzige Mensch, der von diesen Dingen wußte, muß Grimshaws Partner gewesen sein. Grimshaws Partner also muß der Mörder gewesen sein, und da Sloane selbst ermordet wurde, kann er nicht Grimshaws Spießgeselle gewesen sein. Der Mörder lebt also noch.

Da Sloane unschuldig war, haben wir keinen Grund, seine Aussage über die Ereignisse im *Hotel Benedict* weiterhin anzuzweifeln. Seine Behauptung, daß er damals der zweite Besucher war, ist höchstwahrscheinlich richtig gewesen. Der Unbekannte, der vor ihm mit Grimshaw in den Fahrstuhl trat, dürfte demnach Grimshaws Partner gewesen sein.

Ihr werdet euch erinnern, daß Sloane sagte, er sei der einzige Mensch in der Welt, der wußte, daß Gilbert Sloane Grimshaws Bruder war. Nicht einmal Grimshaw selbst hatte erfahren, daß sein Bruder den Namen gewechselt hatte. Trotzdem unterrichtete uns jener Anonymus von der Tatsache, daß Sloane Grimshaws Bruder war. Wer kann jenen Brief geschrieben haben? Grimshaw, der den Namen seines Bruders nicht kannte, kann ihn niemandem mitgeteilt haben. Sloane hatte eine Menge Gründe, es niemandem anzuvertrauen. Es kann also nur eine Person das Geheimnis entdeckt haben, die beide zusammen sah, die hörte, daß sie Brüder waren und wußte, daß jener Bruder Gilbert Sloane war. Nun zeigt sich etwas Erstaunliches! Sloane sagte aus, daß jenes Zusammentreffen im *Hotel Benedict* die erste Gelegenheit nach vielen Jahren war, bei der sich die Brüder wieder einmal gegenüberstanden, und daß er in der Zwischenzeit seinen Namen geändert hatte. Mit anderen Worten: der Unbekannte, der die Tatsache entdeckte, daß Gilbert Sloane Albert

Grimshaws Bruder war, muß in jener Nacht in Grimshaws Zimmer zugegen gewesen sein. Ob er sich versteckt gehalten hat, wissen wir nicht. Jedenfalls aber stimmt mit dieser Annahme überein, daß Sloane niemanden das Zimmer 314 verlassen sah, als er auf dem Korridor stand, und daß Grimshaw Sloane ein paar Augenblicke warten ließ, ehe er auf sein Klopfen öffnete.«

»Das führt uns tatsächlich weiter«, sagte Sampson widerwillig. »Können Sie uns noch mehr erklären, Ellery?«

»Grimshaws Partner, der sich versteckt hatte, kann der einzige Mensch sein, der die Polizei über das Verhältnis zwischen Sloane und Grimshaw aufklärte. Der anonyme Brief hatte den Zweck, ebenso wie der Kellerschlüssel, der sich in Sloanes Tabaksdose fand, und Grimshaws Uhr in Sloanes Panzerschrank, den Mordverdacht auf Sloane zu lenken. Der gleichen Absicht diente der Papierschnitzel, der von Khalkis' Testament übriggeblieben war.

Ich komme nun zu Mrs. Vreelands Aussage. Was trieb Sloane in der Nacht zum Donnerstag, sich über den Hof in den Friedhof zu schleichen? Ich habe da eine Vermutung, die mich nicht losläßt. Sollte Sloane in jener Nacht nicht eine verdächtige Geschäftigkeit bemerkt haben, dem Mörder ungesehen nachgeschlichen sein, das geheimnisvolle Begräbnis mit angeschaut und gesehen haben, daß der Mörder die stählerne Kassette mit dem Testament an sich nahm? Von dieser phantasievollen Annahme aus können wir Sloanes weiteres Verhalten ableiten. Er kannte den Mörder und hatte mit angesehen, wie dieser Grimshaw beisetzte. Weshalb benachrichtigte er nicht sofort die Polizei? Stichhaltiger Grund: der Mörder war im Besitz des Testaments, das Sloane von der Erbschaft ausschloß. Es scheint mir durchaus möglich, daß sich Sloane später an den Mörder mit dem Vorschlag wandte, Schweigen zu bewahren, wenn ihm der Mörder das Testament aushändigte oder es vernichtete. Es wäre damit ein neuer Anreiz für den Mörder gegeben gewesen, Indizien gegen Sloane zu häufen und den ›Selbstmord‹ Sloanes begreiflich zu machen.«

»Immerhin scheint mir«, warf Sampson ein, »daß Sloane den Mörder zwingen konnte, ihm das Testament auszuhändigen. Das würde der Tatsache widersprechen, daß wir das Testament im Heizofen von Knox' Villa fanden.«

Ellery gähnte. »Sampson, wann werden Sie endlich lernen, von Ihrem Großhirn Gebrauch zu machen? Halten Sie denn den Mörder für einen Narren? Er hatte doch Sloane völlig in der Hand. Er brauchte nur zu sagen: ›Wenn Sie der Polizei mitteilen, daß ich Grimshaw umgebracht habe, so werde ich als Gegengeschenk der Polizei das Testament ausliefern. Nein, Mr. Sloane, ich werde das Testament behalten, um mich Ihres Schweigens zu versichern.‹ Sloane blieb nichts anderes übrig, als auf diesen Vorschlag einzugehen. Im Augenblick, als er sich mit dem Mörder einließ, besiegelte er sein Schicksal. Armer Sloane! Er dürfte sich in seiner Haut nicht wohlgefühlt haben.«

26

Am Dienstag, 26. Oktober, genau eine Woche nachdem Mrs. Sloane den Stein erneut ins Rollen gebracht hatte, wurde Ellery Queen durch das Telefon aus dem schönsten Morgenschlaf gerissen. Der Inspektor rief an, daß der Telegrammwechsel zwischen New York und London eine bemerkenswerte Zuspitzung erfahren habe. Das Victoria-Museum werde ungemütlich. Man habe auf elf Uhr eine Konferenz in Sampsons Dienstzimmer einberufen.

»Ich werde pünktlich sein, Papa«, sagte Ellery.

Als er zwei Stunden später in Sampsons Allerheiligstes eintrat, waren sie schon versammelt. Der Inspektor, Sampson und Pepper bemühten sich, ihre Nervosität zu verbergen. Wie auf einem Thron saß ihnen gegenüber James J. Knox.

»Mr. Knox!« Sampson strich wie ein rebellierender Gardehauptmann vor dem Thronsessel hin und her. »Ich habe bisher, wie Ihnen wohl bekannt ist, in das Verfahren nicht eingegriffen. Mr. Pepper, mein Assistent, hat mich vertreten. Nun haben aber die Dinge eine Wendung genommen, die mich zwingt, persönlich einzugreifen.«

»Richtig.« Knox lag mit eingezogenen Krallen auf der Lauer.

»Jawohl, richtig!« sagte Sampson scharf. »Wünschen Sie zu wissen, weshalb ich die Untersuchung Mr. Pepper aus der Hand genommen habe?« Er blieb vor Knox stehen und funkelte ihn an. »Weil Ihr Verhalten uns ernste diplomatische Konflikte auf den Hals zu laden droht, Mr. Knox . . . Deshalb!«

»Mein Verhalten?« Knox schien amüsiert.

Sampson antwortete nicht sogleich. Er ging zu seinem Schreibtisch und nahm ein Bündel Papiere auf.

»Ich werde Ihnen jetzt den Telegrammwechsel zwischen Inspektor

Queen und dem Direktor des Victoria-Museums vorlesen, Mr. Knox«, fuhr Sampson fort. »Die beiden letzten Telegramme entstammen einer anderen Quelle, und Sie werden selbst beurteilen, ob man sie auf die leichte Schulter nehmen darf. Ich lese zuerst das Telegramm, das Inspektor Queen nach der irrtümlichen Khalkis-Lösung an das Museum schickte«, sagte der Staatsanwalt. »Es lautet: ›WURDE IHNEN VOR FÜNF JAHREN WERTVOLLER LEONARDO GESTOHLEN?‹«

Knox seufzte. Sampson fuhr nach kurzem Zögern fort: »Das Museum antwortete: ›LEONARDO VOR FÜNF JAHREN GESTOHLEN STOP AUFSEHER GRAHAM – WAHRSCHEINLICH IDENTISCH MIT GRIMSHAW – DIEBSTAHLVERDÄCHTIG STOP BISHER KEINE SPUREN STOP GRÜNDE DIEBSTAHL GEHEIM ZU HALTEN STOP DRAHTET OB IHR SPUREN GEFUNDEN‹«

»Mißverständnisse, lauter Mißverständnisse«, sagte Knox heiter.

»Meinen Sie, Mr. Knox?« Sampson lief blaurot an und blätterte das dritte Telegramm auf. Es war Inspektor Queens Erwiderung: »BESTEHT MÖGLICHKEIT DASS GESTOHLENES GEMÄLDE NICHT VON LEONARDO SONDERN VON ZEITGENÖSSISCHEM SCHÜLER STAMMT UND NUR MIT BRUCHTEIL DES KATALOGWERTES ZU BEWERTEN IST?«

Antwort der Museumsleitung: »WO BEFINDET SICH GEMÄLDE PLANEN ERNSTHAFTE SCHRITTE STOP WENN GEMÄLDE NICHT UMGEHEND ZURÜCKGESANDT WIRD STOP URHEBERSCHAFT LEONARDOS DURCH EINWANDFREIE EXPERTEN FESTGESTELLT STOP WERT ZWEIHUNDERTTAUSEND PFUND.«

Inspektor Queens Antwort: «BITTE UM ZEIT STOP SIND NICHT VOLLKOMMEN SICHER STOP WOLLEN UNNÖTIGE KOMPLIKATIONEN VERMEIDEN STOP HALTEN FÜR WAHRSCHEINLICH DASS GEMÄLDE DEM WIR AUF DER SPUR SIND KEIN ECHTER LEONARDO.«

Antwort des Museums: »VERSTEHEN LAGE NICHT STOP WENN GEMÄLDE TEILSTÜCK DER STANDARTENSCHLACHT SO IST ES VON LEONARDO UND GEHÖRT UNS STOP WENN SIE SICH AUF AMERIKANISCHE EXPERTEN BEZIEHEN MÜSSEN SIE AUFENTHALTSORT GEMÄLDES KENNEN STOP BESTEHEN AUF RÜCKGABE UNBESCHADET MEINUNG AMERIKANISCHER SACHVERSTÄNDIGER WERK GEHÖRT VICTO-

RIAMUSEUM UND IST NUR DURCH DIEBSTAHL IN VER-EINIGTE STAATEN GEKOMMEN.«

Inspektor Queens Antwort: »BRAUCHEN UNBEDINGT ZEIT STOP BITTE HABT VERTRAUEN.«

Sampson machte eine bedeutungsvolle Pause. »Und nun, Mr. Knox«, fuhr er mit erhobener Stimme fort, »komme ich zu den letzten beiden Kabeln, die uns mehr Kopfzerbrechen machen als alles übrige. Das erste antwortet auf Queens Telegramm, das ich eben verlas, und ist von Inspektor Broome von Scotland Yard unterzeichnet. Es lautet:

›FALL VICTORIAMUSEUM IN UNSERER HAND STOP ERSU-CHEN NEW YORKER POLIZEI UM AUFKLÄRUNG.‹«

»Ich hoffe«, sagte Sampson und schielte über das Blatt hinweg, »daß Ihnen allmählich der Ernst der Lage bewußt wird. Mr. Knox. Hier ist Inspektor Queens Antwort: »LEONARDO NICHT IN UN-SEREM BESITZ STOP GEFAHR GEMÄLDE ZU VERLIEREN STOP WENN ALLZUSTARKEN DRUCK AUSÜBT STOP ARBEI-TEN AUSSCHLIESSLICH IM INTERESSE DES MUSEUMS STOP GEBT UNS ZWEI WOCHEN ZEIT.«

James Knox nickte. Er drehte sich ein wenig herum, um den Inspektor anzusehen, und sagte beifallsfreudig: »Ausgezeichnete Antwort, Inspektor. Sehr geschickt, sehr diplomatisch. Beglückwünsche Sie.«

Der Inspektor schluckte, als habe er einen Frosch im Hals. Sampson fuhr mit zusammengebissenen Zähnen fort: »Und hier das letzte Kabel, das heute morgen einlief. Ebenfalls von Inspektor Broome:

›ZWEI WOCHEN FRIST GEWÄHRT STOP VERSCHIEBE EIGENE AKTION BIS DAHIN STOP VIEL GLÜCK.‹«

Sampson warf die Telegrammblätter mit dramatischem Schwung auf den Schreibtisch. »Da stehen wir also, Mr. Knox. Wir haben unsere Karten aufgedeckt. Um Gott und aller Heiligen willen, Sir, seien Sie doch vernünftig! Geben Sie uns die Möglichkeit, das Gemälde von einem unparteiischen Kunstsachverständigen untersuchen zu lassen . . .«

»Werde mich auf diesen Unsinn keinesfalls einlassen«, erwiderte Knox leichthin. »Mein Experte sagt, es ist kein Leonardo, und er muß es wissen. Zum Teufel mit dem Victoria-Museum, Sampson. Die Leute haben nichts anderes im Sinn, als ernsthaften Sammlern

Scherereien zu machen.«

Der Inspektor sprang auf. »Weshalb sträuben Sie sich denn, das Ding dem Museum zurückzugeben? Buchen Sie den Verlust auf laufende Ausgaben. Sie können doch an der Börse das Doppelte mit einem Augenzwinkern verdienen.«

Knox lächelte nicht mehr. Er erhob sich mit gefährlicher Ruhe. »Auf Unkosten? Sehr gut ... Können Sie mir einen stichhaltigen Grund nennen, weshalb ich eine Sache verschenken soll, für die ich dreiviertel Millionen Dollar bezahlt habe? Beantworten Sie diese Frage, Queen!«

Pepper schnitt mit diplomatischem Takt eine heftige Erwiderung des Inspektors ab. »Immerhin müssen Sie doch zugeben, Knox, daß von Ihrem Sammlerehrgeiz kein besonderes Opfer verlangt wird, wenn das Gemälde nach den Worten Ihres Sachverständigen nahezu wertlos ist.«

Knox war nun wirklich ärgerlich geworden. »Ich behaupte, das Gemälde, das ich gekauft habe, hat mit jenem, das aus dem Museum gestohlen wurde, nichts zu tun. Beweisen Sie mir das Gegenteil! Wenn Sie glauben, mich in die Enge treiben zu können, meine Herren, so werden Sie sich in der eigenen Falle fangen!«

Ellery sprang plötzlich in die Bresche. Er fragte mit honigsüßem Lächeln: »Wer ist eigentlich Ihr Sachverständiger, Mr. Knox?«

Der Börsenkönig blinzelte einen Augenblick, als habe er in ein grelles Licht geschaut, dann lachte er kurz auf. »Das ist durchaus meine Sache, Queen. Ich werde mit ihm herausrücken, wenn ich es für nötig halte. Wenn ihr nicht bald Ruhe gebt, leugne ich einfach ab, das verdammte Ding zu besitzen!«

Sampson schlug mit der Faust auf den Schreibtisch. »Ihr Verhalten, Knox, bringt mich und die Polizei in peinliche Verlegenheit. Wenn Sie auf Ihrer kindischen Weigerung bestehen, zwingen Sie mich, den Fall an den Generalstaatsanwalt abzutreten. Scotland Yard wird nicht mit sich spielen lassen, und der Generalstaatsanwalt auch nicht.«

Knox nahm seinen Hut und stampfte nach der Tür. Das Verhör war für ihn beendet.

Die Tür krachte ins Schloß.

Der Staatsanwalt stöhnte laut auf. »Der Karren steckt tiefer im Dreck als zuvor. Was, zum Teufel, soll jetzt geschehen?«

Der Inspektor zupfte wütend an seinem Bart. »Wir können uns

nicht länger zum Narren halten lassen. Wenn Knox die verdammte Kleckserei nicht in den nächsten Tagen herausrückt, mag der Generalstaatsanwalt schwerere Geschütze auffahren.«

»Wir müssen uns mit Gewalt in den Besitz des Gemäldes bringen«, sagte Sampson kummervoll.

»Wenn Knox es aber so gründlich verlegt hat, daß wir es nicht finden können, meine Herren?« meinte Ellery.

Sie kauten an diesem Satz wie an einem zähen Bissen. Sampson zog die Schultern hoch. »Nun, Sie wissen ja immer alles besser, Ellery. Was würden Sie an meiner Stelle tun?«

Ellery schaute an die Decke. »Ich würde . . . Ich würde nichts tun. Es gibt Situationen, in denen die Untätigkeit die höchste Form der Aktivität darstellt. Wenn wir auf Knox allzu heftigen Druck ausüben, werden wir ihn zum äußersten reizen. Wenn wir ihm aber ein bißchen Zeit lassen, kommt er vielleicht zur Besinnung. Bewilligt ihm wenigstens die zwei Wochen, die euch das Muséum zugebilligt hat. Der nächste Schritt wird zweifellos von Knox erfolgen.«

Es blieb den Herren nichts übrig, als grämlich zu nicken.

27

Zwei Tage, nachdem James J. Knox seinen Willen bekundet hatte, mit den Vereinigten Staaten und Großbritannien Krieg zu führen, trat das ein, was Ellery vorausgesagt hatte. Knox meldete sich. Aber der Anlaß schien dunkel, und das Telegramm, das dem Inspektor auf den Schreibtisch flatterte, machte Ellery einiges Kopfzerbrechen.

»SCHICKEN SIE DETEKTIV IN ZIVIL INS BÜRO DER WESTERN UNION COMPANY 33. STRASSE STOP SOLL DORT PÄCKCHEN VON MIR ABHOLEN STOP HABE GRÜNDE MICH NICHT DEUTLICHER AUSZUDRÜCKEN STOP JAMES J KNOX.«

Vater und Sohn schauten einander an. »Immerhin eine Überraschung«, murmelte der Inspektor. »Sollte er diesen Weg wählen, um uns den Leonardo auszuliefern, El?«

Ellery zog die Stirn kraus. »Nein«, sagte er ungeduldig, »das kann es nicht sein. Wenn ich mich recht erinnere, ist der Leonardo anderthalb mal zwei Meter groß. Selbst als Rolle kann man das kein ›Päckchen‹ nennen. Es muß etwas anderes sein.«

Sie warteten ungeduldig, während der Detektiv zu dem bezeichneten Telegrafenbüro ging. In einer Stunde kehrte der Mann mit einem kleinen Paket zurück, das keine Anschrift trug. Der Alte öffnete es. Es befand sich darin ein Brief und ein zusammengefalteter Briefbogen, der offenbar eine Nachricht von Knox an den Inspektor enthielt. Die Verpackung im Karton war offenbar gewählt worden, um den Inhalt zu verschleiern. Knox hatte eigenhändig folgendes niedergeschrieben:

»An Inspektor Queen. Beiliegend finden Sie einen anonymen Brief, den ich heute morgen durch die Post erhielt. Da ich fürchte, daß mich der Absender beobachtet, wählte ich diesen ungewöhnlichen Weg, um Ihnen den Brief zuzustellen. Was soll ich tun? Vielleicht können wir den Mann greifen, wenn wir umsichtig sind. Er weiß offenbar nicht, daß ich Ihnen vor einigen Wochen die Sache mit dem Leonardo mitgeteilt habe. J. J. K.«

Der Briefumschlag war von jener billigen Qualität, die man in kleinen Läden neben den Postämtern kaufen kann. Den Inhalt des Briefes, der mit Schreibmaschine geschrieben war, las der Inspektor laut vor:

»Mr. James J. Knox, Esq. Schreiber dieser Zeilen hat eine Forderung an Sie, und Sie werden dieselbe erfüllen ohne zu mucksen. Damit Sie wissen, mit wem Sie es zu tun haben, betrachten Sie genau die Rückseite dieses Blattes. Sie werden erkennen, daß ich auf der Hälfte des Wechselformulars schreibe, das Khalkis in Ihrer Anwesenheit Grimshaw übergab . . .«

Ellery schrie laut auf, und der Inspektor hielt mit Vorlesen inne, um das Blatt in seiner zitternden Hand zu wenden. Es schien unglaublich . . .

»Tatsächlich die Hälfte des Wechsels!« rief der Inspektor aus.

»Sehr merkwürdig«, flüsterte Ellery. »Wie geht der Brief weiter?«

Der Inspektor feuchtete sich die Lippen an, drehte das Blatt herum und begann wieder zu lesen:

»Sie werden nicht so dumm sein, mit diesem Brief zur Polizei zu laufen, denn Sie besitzen den gestohlenen Leonardo und müßten sonst damit herausrücken, daß Sie widerrechtlich ein Kunstwerk zurückhalten, das einem britischen Museum gehört und eine Million wert ist. Ich bin entschlossen, Ihnen, sehr geehrter Mr. Knox, die Würmer gründlich aus der Nase zu ziehen. Über das erste Geschäft, das wir zusammen machen werden, erfahren Sie in den nächsten Tagen Näheres. Ich würde aufrichtig bedauern, wenn Sie versuchen wollten, mir Schwierigkeiten zu machen. Sähe mich dann gezwungen, der Polizei zu flüstern, daß der große James J. Knox ein kleiner Hehler ist.« Der Brief trug keine Unterschrift.

»Ein geschwätziger Bursche, wie?« murmelte Ellery.

»Und kalt wie eine Hundeschnauze«, sagte der Inspektor kopfschüttelnd. »Will Knox erpressen, weil er ein gestohlenes Gemälde besitzt . . . Gipfel der Unverschämtheit!«

Er legte den Brief vorsichtig auf den Schreibtisch und rieb sich die Hände. »Jedenfalls haben wir den Kerl nun! Er zappelt schon in der Schlinge . . .«

Ellery nickte geistesabwesend. »Immerhin wäre es ratsam, einen Schriftvergleich vorzunehmen . . .«

Der Inspektor lief nach der Tür und winkte in das Vorzimmer hinaus. »Thomas, laß dir im Archiv den anonymen Brief geben, in dem uns angezeigt wurde, daß Sloane und Grimshaw Brüder waren. Und hol Miss Lambert her . . .«

Wenige Minuten später arbeitete die Schriftsachverständige am Schreibtisch des Inspektors. Für die Ungeduld der Männer dauerte es reichlich lange, bis sich Una Lambert aufrichtete und verkündete: »Die Unterschrift auf dem Wechsel stammt ohne Zweifel von Khalkis. Der Brieftext auf der Rückseite des Wechsels wurde ohne Frage auf derselben Maschine und von derselben Person getippt wie der erste anonyme Brief.«

Der Inspektor und Ellery nickten. »Einzelheiten, Miss Lambert?« fragte der Inspektor.

»Ja. Für beide Mitteilungen wurde dieselbe große Underwood-Maschine gebraucht. Der Schreiber hat sich Mühe gegeben, alles Persönliche zu verwischen.«

Der Inspektor entließ die junge Dame mit einer freundlichen Handbewegung. Velie stampfte ins Laboratorium, um den Brief auf Fingerabdrücke hin untersuchen zu lassen. Erwartungsgemäß fanden sich auf der Briefseite keine. Ein Abdruck von Khalkis auf der Formularseite bestätigte die Echtheit des Dokuments.

»Wir wollen den Brief Sampson zeigen«, meinte der Inspektor befriedigt.

Die beiden Queens fanden Sampson und Pepper im Privatbüro des Staatsanwalts. Der anonyme Brief, den der Inspektor triumphierend schwenkte, schien den Raum mit Licht und Freude zu erfüllen. Die endgültige Beilegung des Falles schien nahegerückt.

147

»Ich halte es für das beste«, sagte Sampson, »wenn du dich vorläufig im Hintergrund hältst, Queen. Der Bursche könnte sonst Witterung bekommen. Wir müssen eine unverdächtige Person bei Knox stationieren, die das Haus überwacht und zugegen ist, wenn der nächste Brief einläuft.«

»Ich glaube, du hast recht, Henry«, gab der Inspektor zu.

»Wie wäre es mit mir, Chef?« fragte Pepper diensteifrig.

»Ausgezeichnet. Sie sind der richtige Mann. Nisten Sie sich bei Knox ein und warten Sie die Entwicklung der Dinge ab.«

28

In der nächsten Woche geschah etwas Erstaunliches, nämlich gar nichts. Täglich meldete Assistent Pepper aus Knox' Palazzo, daß der Erpresser weder schriftlich noch persönlich in Erscheinung getreten sei. Aber auch in der Leonardo-Sache kam man nicht voran. James J. Knox blieb zugeknöpft und lehnte Pepper gegenüber jedes Gespräch über dieses heikle Thema ab. Ferner meldete Pepper, daß er ein besonderes Auge auf Joan Brett habe. Sampson grunzte bei dieser Bemerkung. Bei Peppers galanter Ader fand er dessen Ausdrucksweise ein wenig zweideutig.

Erst am Freitag, dem 5. November, wurde der Waffenstillstand abgeblasen. Mit der Morgenpost kam ein Brief, auf den sich Knox und Pepper wie hungrige Löwen stürzten. Nach kurzem Kriegsrat stahl sich Pepper durch den Eingang für die Dienerschaft davon, schlüpfte in eine Taxe, holte Sampson aus seinem Büro und begab sich mit ihm eiligst zur Polizeizentrale.

Als Pepper und Sampson in das Dienstzimmer des Inspektors einbrachen, waren die Queens sofort im Bilde.

»Der zweite Erpresserbrief«, keuchte Sampson. »Er kam mit der heutigen Morgenpost.«

»Und er ist auf der zweiten Hälfte des Wechsels geschrieben, Inspektor!« rief Pepper.

Gleich dem ersten Erpresserbrief trug auch der zweite keine Unterschrift. Er lautete:

»Mr. Knox, Sie werden als erste Rate die Kleinigkeit von dreißigtausend Dollar erlegen. Selbstverständlich in bar und in kleinen Scheinen. Sie werden ein kleines Paket heute nacht, nicht vor zehn Uhr, im Expeditionsraum des *Times*-Gebäudes auf den Namen

Leonard D. Vincey hinterlegen. Bedenken Sie, daß Sie sich vor der Polizei in acht nehmen müssen. Außerdem bin ich auf dem Posten, mit faulen Tricks kommt mir niemand bei, Knox!«

»Unser Schwätzer hat Sinn für Humor«, sagte Ellery. »Drollig, wie er den armen Leonardo da Vinci ins Amerikanische übersetzt.«

»Ehe die Nacht vorbei ist, wird ihm das Lachen vergehen«, knurrte Sampson.

»Keine Zeit für unangebrachte Scherze, Jungs!« schmunzelte der Inspektor. Dann schnauzte er ins Haustelefon. Noch bevor er wieder aufgelegt hatte, erschien Una Lambert und hinter ihr der Chef des Fingerabdruckarchivs.

Miss Lambert meinte nach eingehender Prüfung, der zuletzt eingegangene Brief sei auf einer anderen Schreibmaschine geschrieben worden als die früheren. »Diesmal hat der Schreiber eine große Remington benutzt, Inspektor. Nach Stellung und Präzision der Typen muß die Maschine fast neu sein. Ich glaube nicht fehl zu gehen, wenn ich behaupte, daß der Schreiber mit dem Verfasser der früheren Briefe identisch ist . . . Hier eine interessante Einzelheit: ein kleiner Schreibfehler bei der Ziffer 3, die den Betrag von dreißigtausend Dollar einleitet. Der Schreiber war offenbar ziemlich nervös.«

»Abdrücke, Jimmy?« fragte der Inspektor ohne große Hoffnung.

»Nichts«, sagte der Sachverständige für Fingerabdrücke.

»Gut. Das ist alles, Jimmy. Danke, Miss Lambert.«

»Nehmen Sie Platz, meine Herren«, sagte Ellery wohlgelaunt. »Wir brauchen uns nicht zu beeilen, wir haben noch einen vollen Tag vor uns. Dieser neue Brief bietet uns einige Denksportaufgaben. Da hat Miss Lambert auf einen wunden Punkt hingewiesen.« Ellery nahm den Brief auf und deutete mit dem Fingernagel auf die fehlgetippte 3. »Als der Schreiber die 3 anschlagen wollte, hatte er offenbar die Umschaltetaste nicht sorgfältig niedergedrückt, so daß ein wenig über den Raum der 3 die Andeutung eines anderen Buchstabens erschien. Wenn man genau hinschaut, dürfte der angedeutete Buchstabe das £-Zeichen bedeuten, das zur Abkürzung des englischen Pfunds benutzt wird. Sehr interessant . . .«

»Begreife nicht, was daran besonders interessant sein soll«, sagte Sampson.

Ellery lächelte. »Das Interessante ist die Tatsche, daß die Remington-Maschine, um die es sich handelt, nicht die gewöhnliche

Tastatur aufweist. Aber vielleicht nehme ich diese Sache zu wichtig.«

»Nicht die gewöhnliche Tastatur?« wiederholte Sampson verblüfft. »Wie kommen Sie darauf?«

Ellery hob nur die Schultern.

»Jedenfalls dürfen wir nicht den Verdacht des Halunken erregen«, unterbrach der Inspektor. »Wir müssen uns bis heute nacht gedulden, um ihn in der Expedition der *Times* hochzunehmen.«

Sampson schien noch Ellerys Gedankengängen zu folgen, denn sein Blick hing mißbilligend an dem jungen Sherlock Holmes. Aber dann schüttelte er alle unerfreulichen Erwägungen ab und nickte. »Willst du alle Vorbereitungen persönlich übernehmen, Queen?«

»Das kannst du mir getrost überlassen«, grinste der Alte. »Die einzige Schwierigkeit ist, wie wir an Knox herankommen, ohne daß der Kerl was merkt.«

Sie fuhren in einem unscheinbaren Wagen durch Nebenstraßen und gelangten glücklich zum Hintereingang der Knoxschen Besitzung, wo sie eilig durch die Pforte für Lieferanten und Dienerschaft verschwanden.

Knox diktierte eben Joan Brett, als die vier Herren in sein Arbeitszimmer eindrangen. Während die Herren den Schlachtplan für den Abend zurechtlegten, zog sich Joan an ihren kleinen Schreibtisch in der Ecke zurück.

Ellery zeigte für das Geflüster wenig Interesse. Leise vor sich hinpfeifend, spazierte er durch das Zimmer, bis er bei Joan Brett landete, die auf der Schreibmaschine tippte. Er spähte über ihre Schulter, als interessierte ihn ihre Arbeit, und flüsterte dabei: »Behalten Sie diesen unschuldigen Schulmädelausdruck, meine Liebe, er steht Ihnen ausgezeichnet. Unsere Sache geht vorwärts . . .«

»Wirklich?« murmelte sie, ohne den Kopf zu heben. Lächelnd richtete sich Ellery wieder auf und ging hinüber zu den anderen.

Sampson fühlte sich durchaus als Herr der Situation. Mit starkem Nachdruck wandte er sich soeben an Knox: »Sie müssen zugeben, daß sich das Blatt gewendet hat, Mr. Knox. Wenn wir heute nacht den Vogel gefangen haben, sind Sie uns einigen Dank schuldig. Wir schützen Sie als Privatmann und hoffen als Gegengabe, daß Sie nun endlich mit dem Bild herausrücken . . .«

Knox hob plötzlich beide Hände, als wäre er unter Räuber gefallen. »Gut, meine Herren, ich gebe nach. Nehmen Sie das verfluchte Bild und machen Sie damit, was Sie wollen.«

»Aber ich denke, Sie besitzen gar nicht das Gemälde, das aus dem Victoria-Museum gestohlen wurde«, sagte der Inspektor ruhig.

»Das behaupte ich auch jetzt noch! Das Bild gehört mir. Aber Sie können es von Ihrem Sachverständigen untersuchen lassen. Wenn sich herausstellt, daß ich die Wahrheit gesagt habe, erbitte ich es mir wieder zurück.«

»Das ist doch ganz selbstverständlich, Mr. Knox«, sagte Sampson gekränkt.

Sie trafen die letzten Verabredungen und verabschiedeten sich von Knox, der ihnen matt zunickte.

»Kommst du nicht mit, Junge?« fragte der Inspektor in der Tür.

»Ich möchte noch ein wenig Mr. Knox' Gastfreundschaft in Anspruch nehmen«, erwiderte Ellery. Er lächelte ihnen zu und winkte, während sie schweigend das Zimmer verließen.

Nachdem sich die Tür hinter ihnen geschlossen hatte, sagte James Knox: »Ich weiß zwar nicht, wie Sie sich hier die Zeit vertreiben wollen, junger Mann, aber Sie sollen mir willkommen sein. Muß Sie allerdings allein lassen. Verabredungsgemäß muß ich jetzt persönlich bei meiner Bank dreißigtausend Dollar abheben. Sampson meint, unser Mann würde mir nachspionieren. Wir müssen ihn in Sicherheit wiegen.«

»Sampson denkt wirklich an alles«, lächelte Ellery. »Ich danke Ihnen für die liebenswürdige Aufnahme.«

Ellery wartete am Fenster zehn Minuten lang, ohne Joan anzusprechen. Erst nachdem Knox' Wagen davongerollt war, ging er auf ihren Schreibtisch zu. »Wieviel Hausangestellte sind in diesem Fuchsbau beschäftigt?«

Sie zählte an den Fingern ab. »Acht. Jawohl, acht. Mr. Knox führt ein zurückgezogenes Leben.«

»Sind in der letzten Zeit neue Leute eingestellt worden?«

»Keine Spur. Das wäre gegen den konservativen Geist des Hauses. Der jüngste Angestellte arbeitet hier seit fünf oder sechs Jahren.«

»Und Knox hat volles Vertrauen zu seinen Leuten?«

»Durchaus.«

Ellery nickte. »Was anderes: erinnern Sie sich jenes Morgens, an dem der erste Erpresserbrief kam?«

»Gewiß.«

»Haben seit jenem Tag fremde Leute das Haus betreten, die sonst Knox nicht zu besuchen pflegen?«

»Natürlich kamen allerhand Leute, aber niemand ist über das Empfangszimmer hinausgekommen.«

»Und wie steht es mit Miles Woodruff?« fragte Ellery.

»Woodruff ist in letzter Zeit nicht ins Haus gekommen. Man beschränkte sich auf tägliche Telefongespräche.«

»Sollte es wirklich wahr sein?« murmelte Ellery. »So ein Glück – so ein unverschämtes Glück.« Er umspannte mit festem Griff ihre Handgelenke: »Das war ein ereignisvoller Morgen, Joan Brett, ungewöhnlich ereignisvoll.«

Ellery ließ sich erst am späten Nachmittag in der Polizeizentrale blicken.

»Vielleicht wäre es das beste, wenn wir uns gegen neun Uhr bei Knox versammelten«, sagte er ohne Umschweife zu seinem Vater.

»Bei Knox? Weshalb?«

»Ich habe meine Gründe. Die Detektive mögen getrost den Zeitungspalast belauern. Die Generäle sollten sich lieber bei Knox zum Kriegsrat versammeln.«

Der Inspektor wollte etwas entgegnen, aber Ellerys Blick war plötzlich stahlhart. Der Alte blinzelte ihm zu und sagte: »Na, schön.« Er griff zum Telefon und benachrichtigte Sampson von der Änderung des Aufmarschplanes.

Sergeant Velie stampfte hinaus. Ellery sprang auf und folgte ihm. Er erwischte Velie auf dem Korridor, faßte ihn am Arm und sprach mit ungewöhnlichem Ernst auf ihn ein.

Es war bemerkenswert, wie Sergeant Velies steinerne Züge sich plötzlich belebten. Ein schwerer Seelenkonflikt schien ihn heimzusuchen. Endlich, als er nicht mehr wußte, wie er sich Ellerys erwehren sollte, seufzte er unglücklich, brummte: »Gut, Mr. Queen, aber wenn es schiefgeht, bin ich meinen Posten los.« Er ging schnell davon.

29

Schlag neun Uhr war alles vollzählig im Arbeitszimmer des großen Knox versammelt: die beiden Queens, Staatsanwalt Sampson, Pepper, Joan Brett und Knox. Die Fenster waren so dicht verhangen, daß kein Lichtstrahl nach außen dringen konnte.

»Haben Sie das Paket, Mr. Knox?« fragte der Inspektor.

Knox zog aus einer Schublade seines Schreibtisches ein kleines, in braunes Papier eingeschlagenes Paket. »Papierabfall in Größe der Hundertdollarnoten.«

»Worauf warten wir eigentlich?« unterbrach der Staatsanwalt das gespannte Schweigen. »Ich halte es für das beste, wenn Sie jetzt gehen, Mr. Knox. Wir werden Ihnen in respektvollem Abstand folgen. Das Gebäude ist bereits umstellt, der Bursche kann uns nicht mehr durch die Lappen . . .«

»Ich erlaube mir zu bemerken«, näselte Ellery, »daß es keinen Zweck mehr hat, dem *Times*-Gebäude heute abend einen Besuch abzustatten.«

Der Inspektor reckte sich auf die Zehenspitzen. »Was soll das heißen, Ellery? Wir haben keine Zeit zu verlieren.«

Ellery hielt ruhig die bestürzten Blicke aus, die ihn von allen Seiten durchbohrten. »Gut«, sagte er betont, »ich werde mich erklären. Wissen Sie, weshalb es unnütz wäre, jetzt in die Stadt zu fahren? Weil der Mann niemals dorthin kommen wird. Weil man uns an der Nase herumgeführt hat!«

Ellery wandte sich an den Bankier. »Darf ich Sie bitten, Ihrem Butler zu klingeln, Mr. Knox?«

Der alte Diener meldete sich sogleich. »Bitte, Mr. Knox?«

An Stelle seines Herrn antwortete Ellery. »Sie heißen?«

Der alte Mann zog verwundert die buschigen weißen Augenbrauen in die Höhe. »Krafft, Sir . . .«

»Sind Sie mit der Alarmvorrichtung dieses Haus vertraut, Krafft?«

»Ja, Sir . . .«

»Sehen Sie nach, ob sie funktioniert!«

Nach wenigen Minuten atemlosen Schweigens stürzte Krafft wieder ins Zimmer. »Jemand hat sich daran vergriffen, Sir . . . Sie funktioniert nicht! Und gestern war sie noch in Ordnung, Sir!«

»Was?« schrie Knox.

Ellery sagte kühl: »Genau, wie ich es erwartet habe. Ich danke Ihnen, Krafft . . . Mr. Knox, ich glaube, ich kann Ihnen und meinen zweifelnden Kollegen beweisen, daß wir hereingelegt worden sind. Ich schlage Ihnen vor, einen Blick auf das bewußte Gemälde zu werfen, Mr. Knox.«

Knox zuckte zusammen. Seine grauen Augen verschleierten sich. Ohne ein Wort zu äußern, stürmte er aus dem Zimmer. Ellery folgte ihm schnell, die anderen liefen hinterdrein.

Knox sprang die Treppe empor und raste im oberen Stockwerk in einen Saal, an desssen Wänden alte Gemälde in kostbaren Goldrahmen hingen. Er machte sich wie ein Zauberer an der Wandtäfelung zu schaffen, plötzlich glitt die Holzfüllung auseinander, es erschien eine tiefe, schwarze Öffnung, in die Knox den Arm steckte. Er stierte mit dem Blick eines Wahnsinnigen in die Höhle.

»Es ist weg!« schrie er. »Es ist gestohlen worden!«

»Erwartungsgemäß«, sagte Ellery kühl.

30

»Sie sind vollkommen sicher, daß das Gemälde gestohlen worden ist, Mr. Knox? Sie haben es persönlich in diesem Geheimschrank versteckt?« fragte Ellery.

Der Börsenkönig hatte seine Haltung wiedergefunden, er nickte mit leichter Anstrengung.

»Ich habe vor einer Woche zum letztenmal nachgeschaut, es war noch da. Niemand kennt diesen Geheimschrank. Habe ihn vor vielen Jahren einbauen lassen.«

»Man müßte zunächst wissen, wann das Bild gestohlen wurde«, sagte der Inspektor. »Wie der Dieb ins Haus gekommen ist, und woher er wußte, wo es steckte.«

»Heute abend kann es nicht gestohlen worden sein – das ist ganz klar«, sagte der Staatsanwalt ruhig. »Weshalb aber wurde dann die Alarmeinrichtung zerstört?«

Knox zuckte mit den Schultern.

»Es wird sich alles aufklären«, meinte Ellery. »Bitte, folgen Sie mir ins Arbeitszimmer.«

In Knox' Allerheiligstem wurde Ellery plötzlich von ungeahntem Tatendrang befallen. Er bat Pepper, an der Tür zu warten und Störungen zu verhindern. Dann machte er sich an einem breiten, kunstgeschmiedeten Gitter zu schaffen, das in die Wand eingelassen war. Er hob es aus und legte es auf den Fußboden. In der freigelegten Öffnung erschienen wie Orgelpfeifen die Röhren der Warmwasserheizung. Ellery betastete sie. »Ich bitte zu bemerken«, sagte er lächelnd, »daß sieben Röhren brühheiß sind, während sich die achte wunderbar kühl anfühlt.« Er beugte sich über diese achte Röhre und schraubte an ihrem Oberteil herum. Plötzlich lockerte sie sich und ließ sich herausnehmen. Ohne Anstrengung drehte Ellery den Deckel ab, wie ein Zaubermeister hielt er die mit Asbest ausgelegte Hohlröhre seinen Zuschauern unter die Augen, dann drehte er sie mit elegantem Schwung um. Eine derbe Leinwandrolle glitt heraus. Er fing sie geschickt auf.

»Was ist das?« flüsterte der Inspektor.

Ellery zog die Rolle auseinander. Es erschien ein Gemälde, das in leuchtenden Farben eine Gruppe mittelalterlicher Krieger darstellte, die um eine Fahne kämpften.

Ellery breitete das Bild über Knox' Schreibtisch. »Ihr mögt es glauben oder nicht«, sagte er, »ihr schaut hier auf eine Million Dollar nieder. Mit anderen Worten: hier ist unser vielgesuchter Leonardo.«

»Unsinn!« sagte jemand scharf. Ellery drehte sich herum und stand vor James Knox, der starr auf das Bild niederblickte.

»Als ich mir die unverzeihliche Freiheit herausnahm, heute nachmittag in Ihrem Hause herumzustöbern, fand ich dieses Meisterwerk, Mr. Knox. Sie behaupten, es sei Ihnen gestohlen worden. Wie reimt sich das zusammen?«

»Wenn ich ›Unsinn‹ sage, dann ist es auch Unsinn.« Knox lachte kurz auf. »Jedenfalls merke ich, daß ich Ihre Intelligenz unterschätzt habe, Queen. Aber trotzdem irren Sie sich. Ich habe die Wahrheit gesagt. Der echte Leonardo ist tatsächlich gestohlen worden. Ich hatte immer gehofft, verbergen zu können, daß ich das Bild zweimal besitze ...«

»Zweimal?« sagte der Staatsanwalt fassungslos.

»Jawohl.« Knox seufzte. »Was Sie hier sehen, ist die Kopie. Obwohl die Kopie bis auf den kleinsten Pinselstrich täuschend nachgebildet ist, wird sie nur mit einem Bruchteil des Originals bewertet. Als ich den echten Leonardo von Khalkis kaufte – jawohl, ich habe ihn gekauft! – besaß ich bereits die Kopie. Ich verschwieg diese Tatsache, weil ich mir vorgenommen hatte, das wertlose Duplikat notfalls dem Victoria-Museum auszuliefern und zu behaupten, ich hätte dieses von Khalkis erworben ...«

»Wir können uns über die Neuigkeiten, die wir da erfahren, nicht beklagen, Mr. Knox«, sagte Sampson und funkelte den Millionär an. »Wie steht es nun mit dem Original?«

Knox blieb hartnäckig. »Das ist gestohlen worden.«

Sampson zog Ellery, den Inspektor und Pepper in eine Ecke und flüsterte mit ihnen. Ellery hörte aufmerksam zu, sagte etwas Zustimmendes, dann kehrten sie zu Knox zurück, der in kläglicher Haltung vor dem farbensprühenden Gemälde verharrte. Joan Brett lehnte reglos gegen die Wand, ihre Augen standen weit offen, sie atmete tief und heftig.

»Es ist eine kleine Meinungsverschiedenheit entstanden, Mr. Knox«, sagte Ellery. »Der Staatsanwalt und Inspektor Queen sind der Ansicht, daß sie unter den vorwaltenden Umständen Ihrem Wort, dieses Gemälde sei eine Kopie und nicht der echte Leonardo, nicht volles Vertrauen schenken können. Da niemand von uns Anspruch darauf erheben kann, in Kunstdingen für sachverständig zu gelten, schlage ich vor, einen unparteiischen Experten herbeizuziehen. Darf ich . . .?«

Er wartete Knox' Kopfnicken nicht ab, ging zum Telefon und führte ein kurzes Gespräch. »Ich habe Toby Johns angerufen. Kennen Sie ihn, Mr. Knox?«

»Mal irgendwo kennengelernt«, sagte Knox kurz.

Toby Johns war ein kleiner würdiger alter Herr mit scharfblickenden Augen.

Ellery übernahm die Einführung. »Es handelt sich um eine sehr ernste Angelegenheit, Mr. Johns, die uns allen Schweigen auferlegt.«

Johns nickte, als habe er dergleichen schon oft anhören müssen.

Ellery deutete mit dem Kopf auf das Bild. »Können Sie feststellen, wer dieses Bild gemalt hat, Mr. Johns?«

Der Sachverständige klemmte sich eine Lupe ins Auge und breitete mit Ellerys und Peppers Hilfe das Gemälde auf dem Fußboden aus. Dann schaltete er Beleuchtungskörper aus und ein, bis er das gewünschte Licht hatte. Er arbeitete eine halbe Stunde lang, indem er Zoll für Zoll absuchte.

»Dieses Gemälde hat seine besondere Geschichte«, begann Johns feierlich. »Seit Jahrhunderten weiß man, daß es zwei Bilder des gleichen Vorwurfs gibt, die einander gleichen wie ein Ei dem anderen . . .«

Johns schien den Ort und seine Zuschauer allmählich zu vergessen. Er verschwand sozusagen vor den Augen der Anwesenden im Dickicht der Kunstgeschichte. Namen schwirrten, Künstlerschicksale längst vergangener Zeiten wurden lebendig. Nach und nach kristallisierte sich die Geschichte heraus, die man schon kannte: wahrscheinlich hatte Lorenzo di Credi das Teilgemälde Leonardos eigenhändig kopiert. Eine genaue Bestimmung wäre nur möglich, so meinte Johns abschließend, wenn er beide Gemälde nebeneinander sehen könne.

Ellery komplimentierte den kleinen Herrn mit überschwenglichen Dankesworten hinaus.

»Zum Teufel mit der Kunstgeschichte!« rief der Inspektor verächtlich aus, als man wieder unter sich war. »Wir sitzen jetzt tiefer in der Tinte als zuvor.«

»Ich sehe nicht ganz so schwarz«, sagte der Staatsanwalt nachdenklich. »Auf alle Fälle bestätigt Johns die Behauptung Knox', daß es zwei Gemälde der gleichen Art gibt. Allerdings wissen wir auch jetzt noch nicht, wo die Million steckt. Es bleibt uns nichts anderes übrig, als weiter nach dem Dieb zu suchen.«

»Ja, Sampson«, sagte Ellery, »Sie haben völlig recht. Der Bilderdieb hat auch die Erpresserbriefe an Knox geschrieben und dazu Khalkis' Wechsel benutzt, und deshalb kann er kein anderer sein als der Mörder Sloanes und der Partner Grimshaws, der Grimshaw beiseiteschaffte.«

»Ein hübsches Sündenregister«, sagte Sampson sarkastisch. »Hoffentlich werden Sie uns nun auch noch mitteilen, wer dieser unliebsame Zeitgenosse ist, Ellery!«

Ellery seufzte. »Lieber Sampson, liegt Ihnen wirklich etwas daran, den Namen jenes Mannes zu erfahren?«

Sampson bekam plötzlich einen scharfen Blick. »Ellery«, sagte er ruhig und vollkommen beherrscht, »wissen Sie wirklich, wer es ist?«

»Ja«, sagte Knox. »Wer ist dieser Teufel, Queen?«

Ellery lächelte. »Hübsch, daß gerade Sie mich danach gefragt haben, Mr. Knox. James J. Knox, Sie sind verhaftet!«

James J. Knox ließ sich in aller Ruhe abführen.

31

Am Sonnabend, dem 6. November, morgens, versammelte sich eine auserwählte Gesellschaft im Demonstrationssaal der Polizeischule. Inspektor Queens Amtszimmer wäre viel zu klein gewesen, um die Teilnehmer, unter diesen den Polizeipräsidenten, einen Senator und einen Freund des Oberbürgermeisters, und den Schwarm der Presseberichterstatter zu fassen. Auch Mrs. Sloane, Joan Brett, Allan Cheney, die beiden Vreelands, Nacio Suiza und Woodruff waren erschienen.

Ellery stand auf der Estrade des Versammlungsraumes wie ein Schulmeister. Eine schwarze Wandtafel hinter ihm verstärkte die Illusion. Er sah sehr würdig aus.

Weitausholend unterrichtete er alle, die mit dem Fall nicht näher vertraut waren, über die Fehlschlüsse und Irrtümer, zu denen der Verbrecher die Polizei verleitet hatte. Nachdem er von den Erpresserbriefen gesprochen hatte, machte er eine Pause, um sich die Lippen anzufeuchten. »Wie ich schon vorher sagte, konnte nur eine Person die Erpresserbriefe abschicken, die wußte, daß James Knox das gestohlene Gemälde besaß. Wer, außer einigen Funktionären der Polizei, hatte von dieser geheimgehaltenen Tatsache Kenntnis? Zwei Personen: Grimshaws Partner, der zugleich Grimshaws und Sloanes Mörder war, und Knox in eigener Person.

Die Tatsache, daß die Erpresserbriefe auf den halben Wechselformularen geschrieben waren, bewies, daß der Schreiber Grimshaws Mörder war, denn nur dieser konnte den Wechsel an sich genommen haben.

Weiter. Der erste Erpresserbrief war auf einer Underwood-Maschine geschrieben worden, und zwar auf derselben Maschine, mit der die Botschaft hergestellt worden war, daß Sloane Grimshaws Bruder sei. Der zweite Erpresserbrief wurde auf einer Remington getippt. Dem Schreiber unterlief hierbei ein verhängnisvoller Irrtum.«

Ellery malte an die große Wandtafel in genauer Nachbildung nach dem Original die Ziffer drei und darüber eine halbe Buchstabenschleife, die er durch eine punktierte Linie zum Zeichen für das englische Pfund ergänzte. Dieses Pfundzeichen gehört nicht zur Normaltastatur der amerikanischen Remingtonmaschine. Ellery berichtete, daß er zufällig gehört habe, wie Knox Miss Brett aufgetragen habe, beim Ausschreiben der Rechnung für die neue Maschine einen kleinen Betrag für die Änderung einer Type hinzuzufügen. Später habe er sich vergewissert, daß der Umschaltbuchstabe zur Normaltype 3 bei der Knoxschen Maschine eben dieses Pfundzeichen sei. Es konnte also keinem Zweifel unterliegen, daß der zweite Erpresserbrief auf der Maschine geschrieben wurde, die sich in James J. Knox' Arbeitszimmer befand.

»Wir wissen, daß Knox nach Empfang des ersten Erpresserbriefes keinen Besuch mehr zuließ. Demnach kommen als Schreiber des zweiten Briefes auf der bewußten Schreibmaschine nur in Frage: Knox selbst, Miss Brett und die Hausangestellten. Da nun beide Briefe auf die Hälften des Wechselformulars geschrieben waren, das der Mörder Grimshaws an sich gebracht hatte, so mußte sich unter den eben erwähnten Personen der Mörder befinden. Die Hausangestellten schieden aus.

Konnte es Miss Brett gewesen sein? ... Verzeihen Sie, Joan«, sagte Ellery mit einer kleinen entschuldigenden Verbeugung. »Nein, sie konnte es nicht gewesen sein. Sie hatte sich zwar im Hause Khalkis' aufgehalten, als der Mörder die Kulissen für die falschen Beschuldigungen stellte, aber sie konnte aus einer Reihe von Gründen, die ich früher dargetan habe, nicht Grimshaws Partner gewesen sein. Außerdem bekannte sie mir im weiteren Verlauf der Untersuchung, daß sie zum Fahnungsdienst des Victoria-Museums in London gehört.«

Seine nächsten Worte gingen im Beifallsgetrampel der Versammlung unter. Joan Brett errötete und hätte sich am liebsten unter ihrer Bank verkrochen.

»Nachdem Miss Brett und die Hausangestellten vom Verdacht gereinigt waren, blieb Knox übrig als Schreiber des zweiten Erpresserbriefes und mithin als Grimshaws Partner und Mörder.

Ich wende mich nun den Gemälden zu. Es gibt da zwei Möglichkeiten: Entweder besaß Knox, wie er behauptet, von Anfang an zwei Exemplare oder nur das eine, das er von Khalkis kaufte. Wenn er nur eins besitzt, dann log er, als er behauptete, das Original sei gestohlen worden. Ob das Gemälde, das sich jetzt im Besitz des Staatsanwalts befindet, das Original oder die Kopie ist, wissen wir nicht. Jedenfalls halte ich es für sehr wahrscheinlich, daß – wenn Knox überhaupt beide Bilder besessen hat – das zweite noch irgendwo in seinem Hause versteckt ist.«

»Ich fasse zusammen«, schloß Ellery. »Der Mörder hatte drei Bedingungen zu erfüllen. Erstens: er muß die Möglichkeit gehabt haben, falsche Indizien gegen Khalkis und Sloane zusammenzutragen. Zweitens: er muß Schreiber der Erpresserbriefe gewesen sein. Drittens: er muß sich in Knox' Haus aufgehalten haben, um den zweiten Brief schreiben zu können. Dieser letzten Bedingung entsprechen die Hausangestellten, Miss Brett und Knox. Ich habe vorhin nachgewiesen, weshalb die Dienerschaft und Miss Brett ausgeschlossen werden müssen. Es bleibt niemand übrig außer Knox, der alle drei Bedingungen erfüllt und somit der Mörder sein muß.«

Nach Ellerys Vortrag trafen sich die beiden Queens in dem

Dienstzimmer des Inspektors, wo der Alte endlich seinem Herzen Luft machen konnte.

»Wenn du nicht mein Junge wärst«, polterte er, »würde ich dich mit einem Tritt zum Tempel hinausjagen. Habe meiner Lebtag noch kein so fadenscheiniges Gewäsch gehört, wie du es diesen Schafsköpfen vorgesetzt hast. Du kannst Gift darauf nehmen, daß Knox' Rechtsanwälte in deine armselige Logik Löcher bohren werden, daß sie wie Schweizerkäse aussieht. Vor Gericht gelten nur Beweise und zureichende Motive! Welchen Grund hatte Knox, Grimshaw umzubringen? Hälst du denn deinen alten Vater wirklich für einen Idioten?« tobte er weiter. »Da schließt du zum Beispiel mit einer bloßen Redensart Knox' Dienerschaft von der möglichen Teilnahme am Verbrechen aus, weil von diesen Leuten niemand im Hause Khalkis' gesehen worden ist. Dabei müßte doch mindestens die Möglichkeit in Betracht gezogen werden, daß jemand von Knox' Hausangestellten mit dem Mörder unter einer Decke steckte und für diesen auf Knox' Schreibmaschine den zweiten Erpresserbrief geschrieben hat!«

Ellery nickte demütig. »Ausgezeichnet, Papa, wirklich ausgezeichnet. Ich hoffe wenigstens, daß im Augenblick niemand ähnliche Gedanken hat.«

»Sei gescheit, El«, beschwor ihn der Alte. »Du hast doch ganz bestimmt die Schwächen deiner Beweisführung selbst erkannt. Warum lenkst du nicht ein, bevor es zu spät ist?«

Ellery zog die Schultern hoch und strich sich mit der Hand über die Stirn. »Gott, bin ich müde! . . . Ich will dir sagen, warum ich nicht einlenke, vielgeplagtes Vaterherz. Aus dem einfachen Grunde, weil ich es nicht wage.«

Der Inspektor schüttelte den Kopf. »Was soll das heißen, du wagst es nicht? Ist das ein Grund?«

»Papa, ich bin im Augenblick wirklich nicht imstande, noch ein ernstes Wort zu sprechen«, sagte Ellery müde. »Alles, was ich noch sagen kann, ist dies: Der Fall ist noch nicht erledigt; aber gerade jetzt, in diesen Stunden, geht er seiner Auflösung entgegen . . .«

32

In den folgenden Stunden schien sich zwischen Vater und Sohn eine Kluft aufgetan zu haben. Ellery saß mit gesenktem Kopf und vermied es, dem Blick seines Vaters zu begegnen. Nur wenn der Alte aufsprang und aus dem Zimmer stürmen wollte, erwachte Ellery zum Leben. »Bitte, geh nicht ... Du mußt unbedingt hierbleiben«, bat er fast kindlich.

Einmal brach der Inspektor aus und verließ das Zimmer. Ellery beugte sich über das Telefon wie eine Katze, die sich zum Sprunge duckt. Der Inspektor aber hielt es draußen nicht lange aus und kam bald zurück. Grollend hielt er mit seinem Sohn gemeinsam Wache.

Endlich hellte sich Ellerys Gesicht auf, die Spannung lockerte sich. Mit monotoner Regelmäßigkeit kamen Telefonanrufe. Der Inspektor wußte nicht, von wem sie kamen, noch was sie bedeuteten. Ellery schnappte nach dem Apparat, als wäre er ein zum Tode Verurteilter, der den Gnadenerlaß erwartet.

Als der Inspektor Sergeant Velie rufen ließ, stellte sich heraus, daß dieser seit dem vorhergehenden Abend nicht mehr in der Polizeizentrale erschienen war. Niemand wußte, wo er war. Der Alte knackte vor Zorn mit den Kinnladen, als wollte er den Sergeanten verspeisen. Aber er sagte nichts. Ellery senkte schuldbewußt den Kopf, schwieg aber ebenfalls. Im Verlauf des Nachmittags stellte sich heraus, daß die zuverlässigsten Helfer des Inspektors – Hagstrom, Piggott, Johnson und ein paar andere – ebenfalls wie vom Erdboden verschluckt waren.

Ellery konnte den ohnmächtigen Zorn seines Vaters nicht länger ertragen. »Velie und die anderen führen einen Auftrag aus. Der Befehl kommt von mir«, sagte er ruhig.

Stündlich, halbstündlich kamen geheimnisvolle Anrufe für Ellery Queen. Der Inspektor hatte sich nun wieder in der Hand, er stürzte sich kopfüber in die gewohnte Arbeit. Aber der Tag zog sich entsetzlich in die Länge. Im Mittelpunkt aller Dinge stand nach wie vor das schwarze Telefon.

Endlich brach Ellery das eisige Schweigen. Er sprach schnell und betont. Je länger er sprach, desto mehr verschwanden aus dem Gesicht des Inspektors alle Härten. Dagegen wuchs sein Erstaunen ins Grenzenlose. »Ich kann es nicht glauben. Es ist unmöglich ...« flüsterte er.

Nachdem Ellery seinen Bericht abgeschlossen hatte, leuchtete es in den Augen des Inspektors auf, und er schien stumm um Verzeihung zu bitten. Ihre Blicke trafen sich, das alte Einvernehmen war wiederhergestellt.

Der Inspektor rief seinen Sekretär herbei und erteilte ihm Befehle.

Eine Viertelstunde später wußte man in der Polizeizentrale, daß Inspektor Queen seine Tagesarbeit abgeschlossen habe, daß er nach Hause gegangen sei, um sich für den Kampf mit Knox' Rechtsanwälten zu stärken.

Aber Inspektor Queen saß immer noch in seinem verdunkelten Dienstzimmer und wartete mit Ellery am Telefon, das nunmehr unter Ausschaltung der Zentrale über einen Privatanschluß hinweg bedient wurde.

Unten im Hof wartete ein Auto mit laufendem Motor.

Es war knapp nach Mitternacht, als der entscheidende Anruf eintraf. Ellery riß den Hörer an sich. »Was ist?« rief er.

Man hörte eine Männerstimme antworten.

»Wir kommen!« rief Ellery und hängte ein. »Villa Knox, Papa!«

Sie stürmten aus dem Dienstzimmer des Inspektors, sprangen in den Wagen und rasten zum leeren Haus in der Vierundfünfzigsten Straße. Die Sirene war schon einige Häuserblocks vorher abgestellt worden. Der Wagen bog vorsichtig in die dunkle Straße ein und bremste ohne das geringste Geräusch. Ellery und der Inspektor sprangen schnell heraus und begaben sich ohne Zögern zur Villa Knox . . .

Aus der Finsternis des Portals tauchte plötzlich Velies gigantischer Schatten auf. Der Schein einer abgeblendeten Lampe glitt über die beiden Queens und verlöschte sogleich wieder. »Drin«, flüsterte der Sergeant. »Der Platz ist umstellt . . . Kann nicht weg. Schnell, Chef!«

Der Inspektor nickte. Velie öffnete leise die Kellertür. Aus dem Dunkel tauchte plötzlich ein zweiter Mann auf, der den Queens Lampen in die Hände drückte. Der Sergeant schlich durch das Kellergewölbe voran, wie auf dem Kriegspfad folgten ihm die Queens. Oben in der Vorhalle wechselte Velie mit einem Detektiv, der wie ein Geist aus einer Nische heraustrat, ein paar unhörbare Worte, dann tappte man in völliger Finsternis in das obere Stockwerk empor.

Am oberen Treppenkopf angelangt, blieben sie plötzlich gebannt stehen. Auf der Schwelle einer entfernten Tür lag ein schwacher Lichtschimmer.

Ellery berührte Sergeant Velies Arm und flüsterte ein paar Worte. Velie ließ die Hand in die Manteltasche gleiten. Als sie wieder erschien, blinkte der Lauf eines Revolvers.

Auf ein Signal des Sergeanten setzte sich die Gesellschaft lautlos in Bewegung. Vor der Tür wurde haltgemacht. Velie holte tief Atem und brüllte plötzlich: »Los!«

Velies eiserne Schulter rammte die Tür, daß sie wie Spanholz zersplitterte. Von zwei Kollegen flankiert, drang er in den Raum, Ellery und der Inspektor folgten ihnen auf den Fersen. Die Stablampen füllten das leere, ungastliche Zimmer mit grellem Licht. Inmitten des Zimmers erkannten sie eine menschliche Gestalt, die sich über zwei Gemälde beugte, die auf dem Fußboden ausgebreitet waren.

Einen Augenblick lang herrschte Schweigen, aber dann brach die Hölle los. Der ertappte Verbrecher stieß einen halberstickten Schrei aus. Mit katzenhafter Gewandtheit sprang er zurück und hielt, wie aus der Luft herbeigezaubert, eine blaufunkelnde Pistole in der Hand.

Ein Blick unbezähmbaren Hasses saugte sich an Ellery Queen fest. Die Pistole hob sich, aber im selben Augenblick krachte eine Salve aus großkalibrigen Polizeirevolvern. Sergeant Velie, dessen Gesicht zur eisernen Maske erstarrt war, sprang mit einem Satz auf sein Opfer los ... Wie eine Strohpuppe brach es leblos auf dem Fußboden zusammen.

Ellery Queen öffnete weit die Augen, stöhnte leise auf und sank seinem Vater in die Arme.

Zehn Minuten später erleuchteten die Stablampen eine Szene, die ebenso still wie die vorhergehende wild gewesen war: Dr. Duncan Frost beugte sich über Ellery, der auf einem Lager aus Mänteln ausgestreckt war. Inspektor Queen kniete neben dem Arzt und ließ keinen Blick von Ellerys blutleerem Gesicht.

Frost hob den Kopf. »Schlecht gezielt. Er wird bald wieder frisch und munter sein. Nur eine leichte Fleischwunde in der Schulter. Da kommt er ja schon zu sich.«

Der Inspektor seufzte wie ein Kind, das aus bösen Träumen erwacht. Ellery schlug die Augen auf und griff unwillkürlich mit der rechten Hand nach der linken Schulter, die verbunden war.

»Ellery, alter Junge, es ist nichts Schlimmes. Wie fühlst du dich?« sagte der Inspektor und unterdrückte das Zittern in seiner Stimme.

Ellery rang sich ein Lächeln ab. Er gab sich einen Ruck und stand langsam auf. Hilfreiche Hände stützten ihn. »Es geht mir großartig«, sagte er, während er sich ein wenig krümmte.

Er schaute sich um, ging schwankend hinüber, stützte sich auf Velie und starrte auf die Gestalt nieder, die auf dem Fußboden lag.

»Tot?« fragte er leise.

»Er hat vier Kugeln im Leib«, grunzte Velie, »von denen jede einzelne genügt hätte.«

Ellery nickte. Sein Blick wanderte zu den beiden Gemälden, die unbeachtet in einer Ecke lagen. »Die hätten wir also«, sagte er mit einem trüben Lächeln und schaute wieder auf den Toten nieder. »Ein böses Ende, ein sehr böses Ende, lieber Mann. Wie Napoleon haben Sie alle Schlachten gewonnen – bis auf die letzte.«

Ein Frösteln überkam ihn, er wandte sich an den Inspektor.

»Den guten alten Knox können wir nun entlassen, Papa«, sagte Ellery. »Er hat sich wissentlich zum Opfer machen lassen, um die Schlußlösung zu ermöglichen ... Der Fall Grimshaw liegt nun hier im Staube. Alles in einer Person: Erpresser, Dieb und Mörder ...«

Sie starrten gemeinsam auf den Toten nieder. Es war Pepper, der Assistent des Staatsanwalts.

33

»Ich wüßte nicht, weshalb ich Ihnen die Aufklärung des Falles vorenthalten sollte, Mr. Cheney. Sie sind doch unmittelbar interessiert ...« Ellery wies freundlich auf einen Stuhl. Der Inspektor, der Staatsanwalt und James J. Knox nickten wohlwollend. Bevor sich der junge Mann gesetzt hatte, klingelte es heftig. Der Hausboy der Queens stürzte zur Tür. Es erschien auf der Schwelle Joan Brett.

Die junge Dame schien ungeheuer erstaunt zu sein, Allan Cheney in diesem Kreis zu sehen. Sie lehnte sich, von plötzlicher Schwäche befallen, gegen den Türrahmen.

Ellery erhob sich von dem Sofa und spielte den liebenswürdigen Gastgeber. Er war zwar noch bleich, aber bereits wieder vergnügt und zu kleinen Scherzen aufgelegt.

»Nun mal los!« sagte Sampson ungeduldig. »Die übrigen Herrschaften sind nur zu ihrer Unterhaltung hier, aber mir schulden Sie von Amts wegen eine Erklärung, Ellery.«

Ellery sank wieder auf das Sofa und zündete sich mit einer Hand die unvermeidliche Zigarette an.

»Wie Sie wissen, hatte der vorliegende Fall vier Lösungen«, begann Ellery. »Erstens die Khalkis-Lösung, bei der mich Pepper an der Nase herumführte. Zweitens die Sloane-Lösung, die eine Art Waffenstillstand zwischen uns herbeiführte, drittens die Knox-Lösung, bei der ich Pepper an der Nase herumführte, und endlich die Pepper-Lösung.

Ich bekenne, daß auch ich keine Ahnung hatte, wer der Schuldige war, bis sich die Ereignisse in Knox' Palazzo zuspitzten und die Erpresserbriefe kamen.

Ich will bei den Ereignissen im Hause Knox beginnen. Sie werden sich erinnern, daß ich gestern vormittag drei Bedingungen nannte, die der Mörder erfüllen mußte. Erstens: er mußte die Möglichkeit gehabt haben, die falschen Indizien gegen Khalkis und Sloane zusammenzutragen. Zweitens: er mußte die Erpresserbriefe geschrieben haben. Drittens: er mußte sich im Hause Knox aufgehalten haben, um den zweiten Erpresserbrief zu tippen.

Um zu beweisen, daß der Mörder keinen Helfer hatte, muß zunächst einmal die Unschuld Knox' festgestellt werden. Hätte Pepper die entscheidende Tatsache gekannt, die Knox von jedem Verdacht reinigte, wäre er niemals in die Falle gegangen.

Es handelt sich ganz einfach um folgendes: In jener Periode, als Gilbert Sloane für den Mörder gehalten wurde, teilte mir Knox aus freien Stücken und in Anwesenheit von Miss Brett mit, daß Grimshaw eine Tausenddollarnote, deren Nummer bekannt war, in seiner Taschenuhr versteckt hatte. Wir begaben uns ins Archiv der Polizei und fanden den Geldschein am bezeichneten Ort. Wäre Knox Grimshaws Mörder gewesen, hätte er alles getan, um die Banknote nicht in die Hände der Polizei fallen zu lassen, da sie ihn ja auf das schwerste belastete. Wie die Dinge auch liegen mochten, Mr. Knox konnte nicht mit ihnen in Verbindung gebracht werden.«

»Gott sei Dank«, sagte Knox trocken.

»Wenn Mr. Knox als Mörder oder Helfershelfer ausschied«, fuhr Ellery fort, »so war er auch nicht im Besitz des Wechsels, auf dem die Erpresserbriefe geschrieben worden waren. Wie ich nun gestern an Hand der vertippten 3 und des angedeuteten Pfundzeichens umständlich nachwies, mußte der zweite Brief auf Mr. Knox' Schreibmaschine geschrieben worden sein. Eine recht erstaunliche Tatsache! Es gehörte nicht viel Scharfsinn dazu, zu folgern, daß der Erpresser den Irrtum absichtlich begangen hatte, um den Verdacht auf Mr. Knox zu lenken.«

Ellery zog die Stirn nachdenklich in Falten. »Wir kommen nun der Sache näher. Es lag auf der Hand, daß der wirkliche Verbrecher nur dann die Spur mit Erfolg auf Knox hinlenken konnte, wenn er damit rechnen durfte, daß Knox in den Augen der Polizei nicht mehr ganz unbescholten war. Das bedeutet also, daß der Mörder von der Banknotengeschichte nichts wußte. Damit schied Miss Brett aus der Untersuchung aus. Sie hätte es nicht gewagt, Mr. Knox zu bezichtigen, da sie ja die Banknotengeschichte kannte.

Daß vom Dienstpersonal im Hause Knox niemand der Mörder sein konnte, ergab sich daraus, daß niemand von diesen Leuten in der Villa Khalkis bekannt war und mithin das Täuschungsmanöver, das auf die Belastung von Georg Khalkis hinzielte, nicht ausgeführt haben konnte. Es läßt sich aber auch leicht beweisen, daß niemand von den Hausangestellten ein Spießgeselle des Mörders war. Der Umstand, daß Knox' Schreibmaschine ein wesentliches Mittel war, um den Verdacht auf Knox hinzulenken, setzt voraus, daß der Mörder von Anfang an mit dieser Schreibmaschine gerechnet hatte. Sein Betrug konnte nur dann Erfolg haben, wenn es gelang, den zweiten Erpresserbrief auf der Knoxschen Maschine zu schreiben. Zweifellos hätte es die Absichten des Mörders noch mehr unterstützt, wenn er beide Briefe auf dieser Maschine hätte schreiben können. Wir wissen aber, daß der erste Brief auf einer gewöhnlichen Underwood getippt wurde. Wir müssen daraus entnehmen, daß der Mörder nicht an die Knoxsche Maschine kerankonnte, als er den ersten Brief schrieb. Hätte er unter dem Dienstpersonal einen Helfershelfer gehabt, so hätte es für ihn in diesem Punkt keine Schwierigkeiten gegeben. Mr. Knox, Miss Brett und das Hauspersonal schieden demnach als Mörder oder Helfer des Mörders aus. Trotzdem mußte der zweite Brief in Knox' Arbeitszimmer geschrieben worden sein. Wie war das möglich?«

Ellery warf seine Zigarette ins Kaminfeuer. »Wir wissen, daß nach Eintreffen des ersten Briefes kein Fremder mehr in die Knoxschen Wohnräume zugelassen wurde, mit Ausnahme einer Person. So gewiß nun jeder beliebige Mensch der Welt den ersten Erpresserbrief von draußen hatte schreiben können, so gewiß kam für den zweiten Brief nur ein einziger in Frage, nämlich der, der sich Zugang zum Hause verschafft hatte. Und nun wurde auch etwas anderes klar. Ich hatte mich schon die ganze Zeit über gefragt, welchem Zweck der erste Brief gedient haben sollte. Im allgemeinen gehen Erpresser schnurstracks auf ihr Ziel los. Sie erklären nicht in einem ersten Brief, daß sie Erpresser seien, und verlangen erst im zweiten Geld. Es war klar, daß der Mörder mit dem ersten Brief einen besonderen

Zweck verfolgte. Welchen Zweck? Nun, Zugang zum Hause Knox zu erlangen! Und weshalb erstrebte er dies? Um den zweiten Brief auf Knox' Schreibmaschine schreiben zu können!

Wer war nun diese mysteriöse Persönlichkeit, die sich zwischen erstem und zweitem Brief im Hause Knox eingenistet hatte? So seltsam es schien, so unglaublich und unwahrscheinlich: ich konnte mich der Tatsache nicht verschließen, daß unser liebenswürdiger Kollege Pepper auf seinen eigenen Vorschlag hin den Wachtposten im Hause Knox bezogen hatte!

Natürlich sträubte ich mich zunächst, daran zu glauben. Aber je länger ich Pepper mit dem Fall in Beziehung brachte, desto mehr überzeugte ich mich von seiner Schuld.

Pepper hatte Grimshaw als früheren Klienten identifiziert, den er vor fünf Jahren verteidigt hatte. Auf diese Weise beugte er einer späteren Entdeckung seiner Beziehung zu Grimshaw vor. Es ist nur ein unwesentlicher Punkt, aber er beweist, wie umsichtig Pepper dachte. Die beiden hatten wahrscheinlich vor fünf Jahren zueinander gefunden, als Grimshaw mit dem gestohlenen Gemälde aus England kam und einen Rechtsbeistand suchte. Grimshaw, der wegen einer anderen Sache zu fünf Jahren verurteilt wurde, mag Pepper beauftragt haben, den Leonardo, den Khalkis zwar übernommen, aber nicht bezahlt hatte, im Auge zu behalten. Sobald Grimshaw nun aus dem Gefängnis kam, wollte er von Khalkis sein Geld haben. Zweifellos war Pepper bei dieser Geschichte Grimshaws stiller Berater, der sich wohlweislich im Hintergrund hielt.

Nach jener Konferenz zwischen Grimshaw, Knox und Khalkis dürfte Pepper Grimshaw in der Nähe der Villa Khalkis erwartet haben. Aus Grimshaws Bericht erfuhr Pepper alles Wissenswerte über den Handel zwischen Khalkis und Knox. Er überlegte, daß er Grimshaw nicht mehr brauchte, um die Kuh zu melken, ja, daß Grimshaw eine ständige Gefahr für seine Sicherheit bedeutete. Und er entschloß sich, seinen Partner zu töten. Der Mord geschah höchstwahrscheinlich im Keller der Villa Knox. Pepper nahm den Wechsel an sich, Grimshaws Uhr und die fünftausend Dollar, die Sloane seinem Bruder am Abend zuvor gegeben hatte.

Welche Pläne Pepper gemacht hatte, um die Leiche verschwinden zu lassen, wissen wir natürlich nicht. Vielleicht hätte er sie getrost in der Truhe vermodern lassen, wenn sich nicht durch den plötzlichen Tod von Georg Khalkis jene einzigartige Gelegenheit geboten hätte, die Spuren des Mordes für immer zu tilgen. Das Glück kam ihm auf halbem Wege entgegen. Am Tage von Khalkis' Beisetzung rief Woodruff die Staatsanwaltschaft an und bat um Hilfe. Wie Sie sich erinnern werden, Sampson, bot sich Pepper an, die Aufklärung der Testamentsangelegenheit zu übernehmen.

Er hatte nun freien Zugang zur Villa Khalkis und konnte sein Vorhaben bequem ausführen. Wahrscheinlich machte er sich an das grausige Werk, nachdem Miss Brett dem Arbeitszimmer von Khalkis ihren nächtlichen Besuch abgestattet hatte.

Nunmehr fügt sich auch Mrs. Vreelands Bericht lückenlos in die Geschehnisse ein. Peppers Verhalten in jener Nacht dürfte Sloanes Argwohn erregt haben. Sloane schlich ihm nach und wurde Zeuge der geheimnisvollen Totengräberarbeit. Er wußte nun, daß Pepper ein Mörder war.

Pepper aber fühlte sich vollkommen sicher. Sein Opfer war beseitigt, nach menschlichem Ermessen würde kein Hahn mehr danach krähen. Als ich am nächsten Vormittag die Möglichkeit erörterte, daß das Testament im Sarg versteckt sein könnte, und die Exhumierung beantragte, mag sich Pepper nicht sehr wohl gefühlt haben. Die Leiche in der folgenden Nacht wieder auszugraben, war allzu riskant, denn unsere Leute hielten ja bereits Wache. Er überlegte, ob er nicht aus der Entdeckung der Leiche Kapital schlagen konnte. Das brachte ihn darauf, die falschen Indizien gegen Khalkis zu konstruieren. Khalkis war tot; wenn er nachträglich zum Mörder gestempelt wurde, so hatte im Grunde niemand einen Nachteil davon, und die Polizei konnte den Fall befriedigt zu den Akten legen.

Die fälschliche Bezichtigung von Khalkis konnte aber nur unter der Voraussetzung glücken, daß Knox den Besitz des gestohlenen Leonardo und mithin seinen nächtlichen Besuch bei Khalkis verschwieg. Die Sache mit den Teetassen war doch eben darauf aufgebaut, daß nicht drei, sondern zwei Personen in Khalkis' Bibliothek anwesend waren.

Als Miss Brett die Khalkis-Lösung zu Fall brachte, dürfte Pepper peinliche Augenblicke durchlebt haben. Sein Lügengebäude brach vollends zusammen, als Knox bekannte, der dritte Mann gewesen zu sein. Wir wußten nun, daß ein geheimnisvoller Unbekannter sein Spiel mit uns trieb. Immerhin war Pepper in der beneidenswerten Lage, dauernd über meine Gedanken unterrichtet zu sein. Er wird sich oft genug ins Fäustchen gelacht haben, wenn er meine scharfsinnigen Schlußfolgerungen mitanhören mußte und es dann nachträglich so einrichten konnte, daß sie stimmten ...

Nach Khalkis' Tod war der Wechsel, den Pepper Grimshaw abgenommen hatte, um damit Erpressung zu treiben, wertlos geworden. Auf welche Weise konnte er sich für diesen Verlust entschädigen? Knox wegen des widerrechtlichen Besitzes des Leonardo zu erpressen, war nicht mehr möglich, seit dieser die Polizei verständigt hatte. Als Wertgegenstand blieb nur das Gemälde selbst. Zwar hatte Knox behauptet, das Bild sei nur eine Kopie und nahezu wertlos, aber Pepper glaubte nicht so recht an diese Geschichte. Wie wir alle nahm er an, daß Knox der Polizei einen Bären aufbinden wollte, um den kostbaren Leonardo nicht ausliefern zu müssen. Die Tatsachen haben bewiesen, daß Peppers Vermutung richtig war.

Knox grunzte und blickte verlegen zur Seite.

»Jedenfalls blieb Pepper keine andere Möglichkeit, als den Leonardo an sich zu bringen, wenn er noch Kapital aus der verfahrenen Angelegenheit schlagen wollte«, fuhr Ellery fort. »Er mußte zu diesem Zwecke reinen Tisch machen, denn die Polizei war bereits hart an der Wahrheit.

Damit kommen wir zum Fall Sloane.

Sloane hat sich zweifellos mit Pepper in Verbindung gesetzt und einen Handel vorgeschlagen. Er bezichtigte Pepper des Mordes an Grimshaw und versprach zu schweigen, wenn ihm das Testament ausgeliefert wurde. Pepper war zu schlau, um auf dieses Geschäft einzugehen. Das Testament war die Kette, an der er Sloane hielt. Während er Sloane diesen Sachverhalt auseinandersetzte, dürfte er im Inneren beschlossen haben, den einzigen lebenden Zeugen seiner Schuld aus der Welt zu schaffen.

Er verbrannte das Testament im Ofen – bis auf jenen Papierrest, der es gestattete, die Echtheit des Dokumentes festzustellen. Er praktizierte den Kellerschlüssel in Sloanes Tabaksdose und lenkte den Verdacht so vorzüglich auf Sloane, daß dessen ›Selbstmord‹ als natürliches Ende eines Verbrechers erscheinen mußte.

Zwei Wochen lang galt Sloane als Mörder, der sich selbst der irdischen Gerechtigkeit entzogen hatte. Pepper konnte nunmehr in aller Ruhe den Diebstahl des Leonardo vorbereiten. Sein Plan mag gewesen sein, das Gemälde so zu entwenden, daß es scheinen mußte, Knox habe es eigenhändig beiseite gebracht, um es nicht dem Victoria-Museum ausliefern zu müssen. Nachdem aber Suiza mit seiner

Türgeschichte den Stein ins Rollen gebracht hatte, stand die Frage nach dem Mörder wieder offen. Pepper, der nun bereits zweimal vergeblich einen ›Mörder‹ geliefert hatte, versuchte nun die Gesamtschuld auf Knox zu häufen. Er setzte die Erpresserbriefe in die Welt und arbeitete so geschickt auf seinen Zweck hin, daß er Knox mindestens eine längere Untersuchungshaft verschafft hätte, wenn nicht durch die Geschichte von der Tausenddollarnote in Grimshaws Uhr Knox' Unschuld einwandfrei erwiesen gewesen wäre.«

»Hier, trink mal was, mein Junge!« knurrte der Inspektor. »Deine Kehle ist schon ganz trocken.«

»Danke ... Nun wird auch deutlich, weshalb Pepper den ersten Erpresserbrief von draußen schreiben mußte. Er mußte einen Vorwand schaffen, um als Beauftragter der Polizei im Hause Knox' dauernden Aufenthalt nehmen zu können. Nur auf diese Weise konnte er in aller Bequemlichkeit das Versteck des Bildes ausfindig machen.

Er stahl den Leonardo aus dem Geheimschrank im oberen Saal und versteckte ihn in der leeren Villa Knox in der Vierundfünfzigsten Straße. Daß Knox zwei Exemplare von der Standartenschlacht besaß, ahnte er freilich nicht. Nachdem er das Bild gestohlen hatte, schickte er den zweiten Erpresserbrief, mit dem er Knox des Doppelmordes überführt zu haben glaubte.«

»Weshalb zerstörte er die Alarmvorrichtung?« fragte James Knox. »Ich kann mir nicht erklären, welche Absicht dahinter steckt.«

»Oh, das!« fuhr Ellery fort. »Er hatte doch erwartet, daß wir zum Times-Gebäude gehen und mit leeren Händen zurückkehren würden. Wir hätten dann aller Wahrscheinlichkeit nach angenommen, daß der Zweck des Briefes gewesen war, uns aus dem Hause zu locken, damit inzwischen das Gemälde gestohlen werden konnte. Diese Erklärung hätte sich von selbst ergeben. Hätte sich aber dann der Verdacht gegen Knox gerichtet, so hätte es geheißen: Aha, Knox hat seine Alarmvorrichtung selbst zerstört, um uns vorzutäuschen, daß der Leonardo durch einen Einbrecher entführt worden wäre. Die komplizierte Anlage dieses Planes stellt Peppers Intelligenz ein hervorragendes Zeugnis aus.«

»Das ist mir alles klar«, wandte der Staatsanwalt ein. Er war Ellerys Erklärungen wie ein Schießhund gefolgt. »Aber was ich noch nicht ganz übersehe, ist die Sache mit den Gemälden, und weshalb Sie Mr. Knox verhaften ließen.«

Zum erstenmal verzogen sich Knox' marmorhafte Züge zu einem freundlichen Grinsen, und Ellery lachte laut heraus. »Ich hätte euch längst erzählen sollen, daß das Märchen von den beiden alten Gemälden, die kaum voneinander zu unterscheiden sind, ein frommer Schwindel ist. Am Nachmittag nach Eintreffen des zweiten Erpresserbriefes wußte ich endlich, wer mein Gegner war. Aber die Lage war seltsam: Wir hatten keine stichhaltigen Beweise, um Pepper zu überführen und zu verhaften. Außerdem besaß er ja den kostbaren Leonardo und konnte ihn für immer verschwinden lassen, wenn er Lunte roch. Wenn es nun gelang, Pepper in einer verdächtigen Situation mit dem gestohlenen Leonardo zu überraschen, so war er entlarvt und zugleich das Bild in Sicherheit.«

»Demnach haben Sie sich ein ganzes Kapitel Kunstgeschichte aus den Fingern gesogen, Ellery?« fragte Sampson.

»Ich kann es nicht leugnen. Ich zog Knox ins Vertrauen und deckte alles auf. Darauf gestand er mir, von Khalkis den echten Leonardo gekauft zu haben. Er ließ davon eine Kopie anfertigen, die an das Museum zurückgehen sollte, wenn der Druck der Behörden zu stark wurde. Natürlich hätte jeder Kunstsachverständige die Kopie sofort erkannt. Aber gegen Knox' Behauptung, daß er dieses Gemälde als das Original von Khalkis gekauft hätte, wäre schließlich kaum etwas zu machen gewesen. Mit anderen Worten: während Knox die Kopie in der Heizröhre aufhob, steckte das Original im Geheimschrank, aus dem es Pepper mit seinem Spürsinn entwendet hatte. Diesem Sachverhalt verdanke ich meine Erleuchtung. Ich besprach mit Mr. Knox, daß ich ihn verhaften lassen und seine Schuld einer oberflächlichen Zuhörerschaft so überzeugend darstellen würde, daß Pepper vom völligen Gelingen seines Anschlages überzeugt sein mußte. Mr. Knox ging auf meinen Plan ein. Wir zogen Toby Johns ins Vertrauen und heckten gemeinschaftlich eine Geschichte aus, die Pepper zu weiterem Handeln zwingen mußte. Unser Gespräch nahmen wir auf Tonband auf, um das Gericht von Knox' Unschuld zu überzeugen, wenn unser Plan mißlang und er ernstlich unter Mordverdacht geraten sollte.

In welche Lage geriet nun Pepper, als er aus dem Munde eines berufenen Kunsthistorikers hören mußte, daß beide Gemälde, das Original und die ›zeitgenössische‹ Kopie, einander so ähnlich seien, daß sie nur durch unmittelbares Vergleichen unterschieden werden konnten? Pepper mußte sich folgerichtig sagen: ›Ich weiß nicht, ob ich das Original oder die Kopie besitze, auf Knox' Behauptung gebe ich keinen Pfifferling. Ich muß also beide Gemälde miteinander vergleichen, und zwar so schnell wie möglich, denn das eine, das mir von Amts wegen zur Aufbewahrung übergeben wurde, kann jeden Augenblick von der Staatsanwaltschaft angefordert werden.‹ Er hoffte, bei Gegenüberstellung der Bilder das echte herauszufinden, um dann die Kopie im Archiv des Staatsanwalts zu hinterlegen.

Einem Kunstkenner hätten wir die Geschichte, die Toby Johns mit so viel Gelehrsamkeit vortrug, natürlich nicht auftischen können, aber Pepper war ein krasser Laie und schluckte sie bedenkenlos.

Während ich Mr. Knox in seinem eigenen Hause des Doppelmordes beschuldigte, durchsuchte Sergeant Velie Peppers Wohnung und Dienstzimmer, ob er das Bild dort versteckt hatte. Es war ungeheuer schwer gewesen, den guten Sergeanten hinter dem Rücken meines Vaters handeln zu lassen. Am Freitagabend richtete ich es so ein, daß Pepper das Bild, das ich aus der Heizröhre geholt hatte, zur Aufbewahrung übergeben wurde. Wie wir nun wissen, schmuggelte er das Gemälde gestern abend aus dem Amtsgebäude und schlich sich damit in die leere Villa Knox, wo wir ihn bei seinen kunsthistorischen Studien überraschten. Natürlich waren Sergeant Velie und seine Leute den ganzen Tag lang wie Bluthunde hinter Pepper hergewesen.

Die Tatsache, daß er nach meinem Herzen zielte« – Ellery berührte leicht seine Schulter – »und zum Glück für die Nachwelt ein bißchen daneben traf, beweist, daß er in der Schrecksekunde der Entdeckung sofort erkannte, daß ich ihn in die Falle gelockt hatte.«

Die Zuhörer seufzten, die atemlose Spannung ließ nach. Der Boy deckte den Teetisch. Die Unterhaltung lockerte sich. Man warf Ellery hundert Fragen zu, die er wie ein geschickter Jongleur auffing und knapp beantwortete.

»Und was war eigentlich mit diesem Dr. Wardes, Queen?« fragte Allan Cheney. »Warum verschwand er so plötzlich und spurlos? War er auch in den Fall verwickelt?«

»Ich denke, darüber kann uns Miss Brett Auskunft geben«, sagte Ellery schmunzelnd.

Joan blickte auf und lächelte. »Dr. Wardes war mein Bundesgenosse. Einer der geschicktesten Detektive von Scotland Yard.«

Es war unschwer zu bemerken, daß diese Nachricht Allan Cheney ungemein gelegen kam. »Ich durfte Ihnen nichts davon sagen, Mr. Queen«, fuhr Joan immer noch lächelnd fort, »weil er es mir ausdrücklich verboten hatte. Sein Auftrag war gewesen, den Leonardo aufzuspüren und jede Einmischung der Behörden zu vermeiden, weil das Museum einen Skandal vermeiden wollte. Er war sehr verärgert über die Wendung, welche die Angelegenheit nahm.«

»Demnach haben Sie ihn planmäßig in das Haus Khalkis eingeschmuggelt?« fragte Ellery.

»Ja. Als ich merkte, daß ich nicht vorwärts kam, schrieb ich ans Museum. Die Direktion wandte sich an Scotland Yard.«

»Und er besuchte in jener Nacht Grimshaw im *Hotel Benedict?*« fragte der Bezirksamtmann.

»Gewiß. Es war mir in jener Nacht unmöglich, Grimshaw zu verfolgen. Ich machte Dr. Wardes in aller Eile Mitteilung von dem Besuch bei Khalkis, und er nahm sofort die Spur auf. Er sah, wie Grimshaw einen anderen Mann traf, dessen Identität sich nicht feststellen ließ . . .«

»Pepper, natürlich«, murmelte Ellery.

». . . und wie beide im Hotel verschwanden. Hinter einem Pfeiler in der Hotelhalle verborgen, hörte er, wie Sloane, dann Mrs. Sloane und später Odell nach Grimshaw fragten, ohne allerdings Grimshaws Zimmer zu betreten. Er sah alle wieder gehen, mit Ausnahme des ersten Besuchers. Natürlich konnte er Ihnen von seinen Entdeckungen nichts erzählen, ohne sein Geheimnis zu lüften, was er nicht durfte . . . Unverrichteter Dinge kehrte Dr. Wardes in die Villa Khalkis zurück. In der nächsten Nacht, als Grimshaw und Knox Khalkis besuchten, war Dr. Wardes zu unserem Unglück mit Mrs. Vreeland ausgegangen, in der Hoffnung, durch sie etwas zu erfahren.«

Knox und Sampson verabschiedeten sich bald. Auch der Inspektor schützte Arbeit vor. Er streichelte väterlich Joan Bretts Hand, gab Allan einen derben Klaps auf die Schulter und ging.

Joan und Allan erhoben sich steif, um sich zu verabschieden.

»Was! Sie wollen doch nicht schon gehen?« rief Ellery aus. Er rappelte sich von dem Sofa auf und lächelte. »Warten Sie. Ich habe noch eine kleine Überraschung für Sie, Miss Brett.«

Er verschwand so rasch, wie sein Zustand es erlaubte. Während seiner Abwesenheit wurde kein Wort gesprochen. Wie zwei Kinder, die miteinander böse sind, standen sich Allan und Joan gegenüber und bemühten sich, durcheinander hindurch zu schauen. Als Ellery wieder aus dem Schlafzimmer auftauchte, eine umfangreiche Rolle unter dem Arm, seufzten sie gemeinschaftlich.

»Hier ist das blöde Ding, welches das ganze Unheil angestiftet hat«, sagte Ellery mit betontem Ernst zu Joan. »Wir haben kein Interesse mehr an Leonardos unsterblicher Leinwand. Da Pepper tot ist, fällt die Gerichtsverhandlung aus ...«

»Sie wollen doch ... Sie wollen es doch nicht etwa mir ...« Joan stotterte. Allan Cheney starrte die Wand an.

»Natürlich. Sie fahren doch jetzt nach London zurück, nicht wahr? Ich erteilte Ihnen hiermit den ehrenvollen Auftrag, das Gemälde dem Victoria-Museum eigenhändig zu überbringen.«

»Oh!« Ihr Mund zitterte ein wenig, sie schien nicht besonders begeistert zu sein. Unschlüssig drehte sie die Rolle in den Händen, als wüßte sie nicht genau, was sie damit anfangen sollte.

Ellery trat zu einem Schränkchen und holte eine Flasche hervor. Sie war alt und braun, und ihr Inhalt funkelte bernsteinfarben. Er sprach leise mit dem Boy, der aus der Küche ein Sodasiphon und Gläser holte.

»Einen Whisky mit Soda, Miss Brett?« fragte Ellery fröhlich.

»O nein!«

»Vielleicht einen Cocktail?«

»Sie sind sehr gütig, aber ich verabscheue Alkohol, Mr. Queen.« Miss Brett war so eisig, daß die beiden Männer fröstelten.

Allan Cheney betrachtete die Flasche mit durstigen Blicken. Ellery schob ihm ein Glas zu, wie es sich unter Männern gehört.

»Er ist wirklich ausgezeichnet«, murmelte Ellery. »Ich weiß doch, daß Sie einen guten Tropfen lieben ... Wie? Sie mögen nicht?« Ellery lehnte sich in abgründigem Erstaunen gegen die Wand. Denn unter dem forschenden Blick von Joan Brett lehnte Allan Cheney das aromatische Getränk mit einer Gebärde des Ekels ab. »Danke«, sagte er knurrig. »Habe genug davon. Sie können mich nicht in Versuchung führen, Queen.«

Das Eis schmolz in Joan Bretts Gesicht; man durfte ohne Übertreibung behaupten, daß sie strahlte. Der Leonardo, der doch nach den Katalogen eine Million Dollar wert war, rutschte unter ihrem Arm hervor und rollte über den Fußboden wie ein billiger Druck.

»Schade«, sagte Ellery enttäuscht. »Übrigens hörte ich von Ihrer Mutter, daß Sie die Geschäfte weiterführen und die Galerie Khalkis übernehmen wollen, Mr. Cheney. Stimmt's?«

Allan nickte. Ellery schwatzte weiter, aber plötzlich hielt er inne, weil ihm seine Gäste nicht mehr zuhörten. Joan hatte sich plötzlich Allan zugewandt. Ihre Blicke hingen aineinander, die rauhe Umwelt war versunken. Als Joan sich endlich wieder Ellery zukehrte, war ihre Stimme glockentief und ruhig. »Ich glaube doch nicht«, sagte sie, »daß ich nach London zurückkehren werde. Aber es war sehr nett von Ihnen . . .«

Nachdem sich die Tür hinter dem Paar geschlossen hatte, starrte Ellery lange und nachdenklich auf das Gemälde nieder, das Joan Brett entglitten war und das den Tod dreier Männer verursacht hatte. Aber dann blickte er nach der Tür, hinter der Joan Brett verschwunden war, seufzte und hob lächelnd das Glas an die Lippen.

Ellery Queen

Mord im
neunten Monat

Klassischer Krimi

Ullstein Krimi

Normalerweise liegt das Ei 24 Stunden lang wartend im Uterus

9. August 1962

Wallace Ryerson Whyte betrat den Raum mit dem Vertrauen eines Astronauten, daß die Gesetze des Universums ihn nicht fallenlassen würden. Das Vertrauen enttäuschte ihn nicht. Er schwebte hoch über dem East River, von unten verborgen durch Nebelschwaden, die sich nach dem feuchten Tag bei sinkender Temperatur gebildet hatten.

Der schmale kleine Balkon des Dachgeschosses mit den steinernen Wasserspeiern war die Marotte eines Architekten des Fin de siècle gewesen, der seiner homosexuellen Abneigung gegen die leichtlebigen Damen seiner Zeit damit Luft machte. Jetzt verschwendete der hochgewachsene Mann keine Gedanken mehr daran. Er lehnte am Geländer und verbrachte so die ihm noch verbleibende Zeit.

Bezeichnenderweise rauchte er eine Charatan-Pfeife im Wert von zweihundertfünfzig Dollar, die mit einem preisgekrönten Tabak – ein Dollar für die Unze – gestopft war. Und ebenso bezeichnend hatte ein Funke den braunen Samtaufschlag seines Edward-Jacketts angesengt. Der Funke glühte noch leicht. Aber der Mann versuchte, sich über den Grund für Importunas Aufforderung klarzuwerden, und achtete nicht auf den Funken. Seine leicht orientalisch aussehenden Augen verrieten Konzentration. Es waren die zusammengekniffenen Augen eines Waldläufers, die er sich absichtlich zugelegt hatte, damit sie zu seinem Gesicht paßten, welches das Country-Club-Leben zu Sattelleder gegerbt hatte. Er war groß und schwer, seine Eleganz etwas liederlich; nicht ganz die eines Mannes von Stand. Es gelang ihm, seine Intelligenz hinter der Fassade seiner Herkunft zu verbergen, die von den verstaubten Tugenden seiner Klasse überwuchert wurde. Sein Vater hatte ihn vor langer Zeit enterbt und so seit drei Generationen zum ersten männlichen Sproß seiner Linie gemacht, der für seinen Lebensunterhalt arbeiten mußte.

Er paffte und grübelte.

Offensichtlich war es eine ernste Angelegenheit. Er hatte oft genug Gelegenheit gehabt, die drei obersten Apartments von Nummer 99

East aus privaten Gründen oder wegen anderer vertraulicher Geschäfte mit dem Importuna-Industriekonzern zu besuchen; aber Nino Importuna hatte seine Betriebsleiter nie nach Büroschluß in sein Penthouse eingeladen, nicht wegen eines alltäglichen Geschäfts, und auch nicht wegen alltäglicher Vergnügungen.

Ein leichtes Zittern überlief den Raucher.

Nino war ihm auf die Schliche gekommen.

Gott war ihm auf die Schliche gekommen.

Der Tag der Vergeltung ...

Der große Mann klopfte seine Pfeife auf dem Geländer aus, beobachtete, wie die Funken erloschen, und erwog, welche Wahl ihm noch blieb, als eine schmeichelnde Stimme aus dem Wohnzimmer »Sir?« fragte. Sie zog die eine Silbe so lang, als bestünde sie aus vier Buchstaben. Er drehte sich mit forschenden Augenbrauen um und ging gewohnheitsmäßig in Abwehrhaltung. Es war Ninos schafsköpfiger Diener Crump, der ihn eingelassen hatte. Crump war einer der wenigen echt englischen Butler in Manhattan und besaß den sechsten Sinn seiner Klasse. »Mr. Importuna empfängt Sie jetzt, Sir. Würden Sie mir bitte folgen?«

Er schlenderte hinter dem Mann her, versuchte den boshaften Rücken der Bedientenseele zu ignorieren und dachte daran, wieviel besser die Deckengemälde, die Arabesken an den Wänden, der großartige Marmorkamin und die viergeteilten Kathedralenfenster zu ihm selbst paßten als zu Importuna.

Crump glitt vor ihm zur Schwelle des Allerheiligsten, trat beiseite und verschwand – wie er geschworen hätte – durch eine massive Wand.

Im Heiligtum saß hinter einem päpstlichen, florentinischen Tisch, der authentischen Berichten zufolge von einem Medici stammte, sein Papst. Nino Importuna war ein untersetzter Mann. Seinen breiten fleischigen Körper hatten die Gene von Bauern und eine Kindheit voller Pasta geformt – ein typischer Süditaliener. Aber sein mächtiger Kopf war alles andere als typisch. Die Nase sprang wie ein Bugspriet vor, der schmale Mund schien weibisch, aber dies war eine Täuschung der Natur. Wenn er lächelte und seine sehr großen, weißen Zähne zeigte, was selten geschah, verwandelte sich die Weichheit in etwas Furchterregendes. Der Schatten auf seinen glattrasierten Wangen hatte eine olivfarbene Patina und paßte gut zu dem matten Glanz des schwarzgefärbten Haares. Die Augen unter den starken, noch immer natürlich schwarzen Brauen beherrschten das Gesicht. Sie hatten die Farbe von abgestandenem, trübem Espresso, bitter und ohne Wärme oder Liebe, beinahe ohne menschliches Empfinden – die Augen eines Feindes.

Diese Augen waren auf den großen Mann gerichtet, die Hände in Dürerpose unter dem Kinn gefaltet; die Augenlider blieben halb geschlossen.

Es sah wirklich schlecht aus.

»*Entrate pure.*« Wie gewöhnlich konnte man der schwerfälligen, italo-amerikanischen Stimme nichts entnehmen. Oder vielleicht klang sie um einige Grade voller? Er wies auf einen Stuhl.

Der große Mann trat gehorsam ein und setzte sich. Der Stuhl war ebenso wuchtig wie Importuna und hatte Schnitzereien, die das Sitzen beinahe absichtlich zur Pein machten. Ja, sehr schlecht ... Nino nannte dieses Zimmer seine Löwenhöhle. Es war eine Höhle; düster, da ohne Fenster, und übelriechend nach abgestandenem Rauch, teurem Rasierwasser und der Pomade, die Nino in sein borstiges, graues Haar schmierte, um es zu schwärzen. Es fehlte nur der schale Blutgeruch früherer Jagdbeute.

Der große Mann mußte über seine Einbildungskraft lachen.

»So vergnügt heute?« erkundigte sich Importuna.

»Wie bitte?«

»Sie lächeln. Kommen Sie gerade von einer Frau?«

»Kaum, Nino. Ich kam vom Büro direkt hierher, als ich Ihre Aufforderung erhielt.«

»Worüber lächeln Sie dann?«

Die berühmte Importunatechnik.

»Über nichts, Nino.« Die berühmte Technik des Arbeitnehmers. »Es ging mir gerade etwas durch den Kopf.«

»Ein Witz?«

»Nein. Nun ja, eigentlich doch.«

»Was für einer? Erzählen Sie, *amigo*. Heute würde ich gern etwas hören, das mich aufheitert.«

Der große Mann ertappte sich dabei, wie er seine Schuhe in der Seide des Kashanteppichs vergrub, der aus dem frühen siebzehnten Jahrhundert stammte und eigentlich einen Ehrenplatz an der Wand hätte haben sollen. Er lächelte nicht mehr, sondern wurde ärgerlich. So ging es nicht, nicht bei Nino. Man mußte Ninos Kälte parieren.

Er gab sich einen Ruck.

»Es ist wirklich nichts«, wiederholte er. »Kommen wir zur Sache, Nino, was immer es sei. Was haben Sie auf dem Herzen?« Ein Fehler, dachte er mit sinkendem Mut. Er verriet Furcht. Man durfte Nino gegenüber nie Furcht zeigen, sonst hatte er einen.

»Das wissen Sie nicht?«

»Nein, Nino.«

Dieses Mal lächelte Importuna. Und was du für große Zähne hast, Großmutter . . .

»Superba-Nahrungsmittel?« erkundigte sich Importuna plötzlich. »L.M.T.-Elektronik? Harris-Fuller-Farm-Zubehör? Ultima-Bergbau?«

»Ja?« Der große Mann war stolz auf sich. Seine Augenlider hatten nicht einmal gezuckt. Er atmete sogar gleichmäßig. »Was ist damit, Nino?«

»Jetzt sind Sie spröde«, sagte Importuna. »Oder *stupido*. Und Sie sind nicht *stupido*. Ich stelle keine Geschäftsführer ein, die *stupido* sind. Mein Vizepräsident spielt also den Unschuldsengel. Den Unschuldsengel spielen heißt, seine Schuld zugeben. *Bene?*«

»Ich wüßte wirklich gern, worüber Sie reden, Nino.«

»Über Schuld«, wiederholte Importuna und bleckte die übergroßen Zähne. Das Lächeln verursachte dem Mann eine Gänsehaut. Aber er behielt seine verwirrte Pose bei.

Bedächtig schüttelte er mit dem Kopf. »Schuld, Nino? Schuld woran?«

»An L.M.T., Ultima, Superba und Harris-Fuller.«

»Akustisch habe ich's schon beim erstenmal verstanden, aber den Sinn verstehe ich immer noch nicht.«

»Es sind doch Betriebe, die zum Konzern gehören?«

»Natürlich.«

»Sie sind der Geschäftsführer dieser Betriebe?«

»Worauf wollen Sie hinaus, Nino?«

»Sie sind also doch *stupido*.« Importuna steckte sich eine neue Zigarre zwischen die Zähne und lehnte sich in seinem großen Drehstuhl zurück. »Es ist allein schon ein Zeichen von Dummheit, wenn Sie meinen, Sie kämen mit Ihrer wunderbar falschen Buchführung durch, ohne entdeckt zu werden, Mr. Geschäftsführer-Vizepräsident-Playboy-Zuhälter-Glücksspieler! Nicht daß Sie die Zahlen nicht schlau manipuliert hätten. Sie sind ein wahrer Zauberkünstler mit Zahlen, das habe ich immer gesagt. Es sah für Sie wohl zu einfach aus, he? Ein wenig hier, ein wenig dort, etwas von einem Betrieb zu Lasten eines anderen gebucht und von diesem zu Lasten eines Dritten – dachten Sie, Sie könnten so jahrelang vor meiner Nase weitermachen? Vielleicht war's Glück, *amigo* – Ihr Pech, mein Glück –, daß ich alles entdeckte.« Er zündete die Zigarre an und blies wie ein Einmannexekutionskommando einen Schwall von beißendem Rauch über den großen Tisch. »Was meinen Sie dazu?«

»Oh, ich pflichte Ihnen bei«, erwiderte der große Mann. »Nur ein Dummkopf hätte das getan, was Sie mir vorwerfen. Er hätte Ihnen gegenüber auch nicht die geringsten Chancen.«

Der mächtige Kopf wackelte.

»Jetzt beleidigen Sie mich. Sie schauspielern noch immer. Glauben Sie, ich rate nur oder versuche, Ihnen eine Falle zu stellen, weil ich keine Beweise habe? Wieder ein Fehler, *amigo*. Ich habe Ihre Bücher von einem Experten prüfen lassen. Natürlich heimlich.«

Der Geschäftsführer sagte langsam: »Der neue Mann – Hartz.«

»*S'intende*. Er berichtete mir, daß mein schlauer Geschäftsführer mir und meinen Brüdern in den vergangenen drei Jahren über 300 000 Dollar gestohlen hat. Noch mehr, er lieferte mir die Beweise. Wenn ich diese dem Distriktsanwalt oder der Finanzbehörde übergebe, werden Sie den Rest Ihres Lebens im Gefängnis verbringen, Mr. Vizepräsident. In welchem, hängt davon ab, ob der Staat New York oder die Bundesregierung Sie zuerst erwischt. Was wollten Sie sagen?«

»Sie könnten dem Todeskandidaten eine Zigarre anbieten.«

Importuna sah erstaunt hoch. Er bot ihm die Schachtel mit den billigen Zigarren an.

»Die nicht, wenn Sie nichts dagegen haben«, meinte der große Mann. »Die Havannas, die Sie für wichtige Gäste reservieren, sind mehr nach meinem Geschmack.«

»Ihr Geschmack«, sagte der Industriekapitän und lächelte zum drittenmal. »Ach ja.« Er hob den antiken florentinischen Dolch, den er als Brieföffner verwendete, und schob ihm damit eine handgearbeitete Lederschachtel zu. Der Geschäftsführer öffnete sie, griff eine Handvoll großer, dicker, duftender grüner Zigarren, zündete eine an, verstaute die anderen sorgfältig in der Brusttasche, lehnte sich zurück und rauchte mit Genuß.

»Ich weiß nicht, was Sie dem Mann bezahlt haben, der sie für Sie von Kuba hereingeschmuggelt hat, Nino, aber sie sind das Dreifache wert. Wie können Sie die Luft mit diesen schrecklichen schwarzen Stumpen verpesten, wenn Sie so etwas besitzen? Aber was ich sagen wollte, Nino«, fuhr er fort, »Sie hätten mich heute abend nicht hierhergebeten, wenn Sie nichts anderes in petto hätten als die Polizei und die Finanzbehörde. Das war von Anfang an klar. Natürlich war ich nicht ganz sicher. Ich meine, wenn ich etwas nervös erschien, so gebe ich zu, das war echt. Aber jetzt bin ich sicher. Ihre sogenannten Beweise sind nur ein Druckmittel, mit dem Sie mich zu einem Geschäft zwingen wollen. Sie wollen offensichtlich etwas für Ihr Geld.«

»Das«, meinte Importuna mit sanftem Lächeln, seinem vierten, »ist nicht der Ausspruch des *stupido*, für den ich Sie hielt.«

»Ich gehe wohl ziemlich sicher in der Annahme, daß Sie mit Ihrer gewohnten Tüchtigkeit und Gründlichkeit alle meine Tätigkeiten durchleuchtet haben. So wissen Sie wahrscheinlich, wohin die angeblich geborgten Gelder wanderten, und Sie wissen genauso, daß ich keinen roten Heller behalten habe – sondern darüber hinaus noch Hals über Kopf verschuldet bin. Sie können also keine Rückerstattung fordern. Was verlangen Sie also, Nino? Was habe ich, das Sie sich wünschen könnten?«

»Virginia.«

Einen Augenblick lang saß der große Mann ziemlich still, und seine Augen verdunkelten sich zu einem tiefen Meerblau. »Virginia«, sagte er, als wäre es ein Wort, das er noch nie gehört hatte.

»Virginia«, wiederholte der Industrielle und genoß es.

Der große Mann nahm die Havanna aus dem Mund und starrte in den Rauch. »Nun, ich weiß nicht, Nino. Wir sind hier nicht in Ihrer Heimat Italien. Oder im neunzehnten Jahrhundert. Nur nebenbei, Sie wollen meine Tochter doch heiraten, oder? Nicht nur irgendein schmutziges Schlafzimmerspiel treiben?«

»Maiale! E figlio d'un maiale!«

Der große Mann saß unberührt von dem beinahe sichtbaren Dampf, der aus den espressofarbenen Augen kam. Er war etwas erstaunt über Importunas Wut. Der alte Ziegenbock mußte das Mädchen wirklich gern haben.

Der Mann hinter dem Tisch sank mühsam beherrscht zurück. »Ja, sie soll meine Frau werden«, entgegnete er scharf. »Machen Sie mich nicht wieder wütend. Ich sage Ihnen: Sie überreden Virginia dazu, mich zu heiraten, und ich lasse Sie nicht als Betrüger verhaften, sondern werde sogar Ihre Schulden bezahlen – 46 000 Dollar, nicht wahr?«

»48 000 und etwas«, erwiderte der Veruntreuer bescheiden.

»Denn dann sind Sie mein Schwiegervater. Mein *suocero*, wie es in der alten Heimat heißt. Familie. Sie wissen, wie wir an unserer Familie hängen, *suocero*.«

»Ich bin etwas jung für diese Rolle«, murmelte der Geschäftsführer, »aber ertappte Diebe sind wie Bettler, nicht wahr, Nino?« Er steckte die Zigarre zwischen die Zähne zurück. »Außerdem bin ich mir nicht klar, ob ich richtig verstanden habe. Sie sagen, Sie wollen Virginia heiraten. Aber Sie gehen doch auch sonst direkt aufs Ziel los, wenn Sie etwas wollen. Warum haben Sie Virginia nicht gefragt? Oder haben Sie das etwa schon getan?«

»Mehrmals.«

»Dann hat sie Sie abblitzen lassen.«

»Jedes Mal . . .« Importuna war auf dem besten Weg, mehr zu sagen. Statt dessen drückte er die Zigarre aus.

»Wie soll ich sie umstimmen? Sind sie lange genug in Amerika, um zu wissen, daß sklavische Töchter und Vernunftehen längst aus der Mode gekommen sind.«

»Sie werden schon ein Mittel finden, *suocero*. Zum Beispiel könnten Sie gewisse Gelder erwähnen, die Sie nahmen, obwohl sie Ihnen nicht gehörten. Oder die harten Matratzen in Sing-Sing oder Danbury? Die Schande für Ihren alten Familiennamen? Ich überlasse Ihnen die richtige Taktik, *amigo*. Mit Ihrem Schicksal vor Augen werden Sie sicher Erfolg haben.«

»Sie sprechen wie ein verdammter Schnulzenheld«, knirschte der Veruntreuer. Aber sein Verstand erwog schon mögliche Taktiken. »Schauen Sie, Nino, das ist nicht so einfach. Virigina hat ihre eigenen Ansichten . . .«

»Aber sie liebt Sie«, antwortete Importuna. »Obwohl Gott wissen mag, warum.«

»Und das kommt noch dazu. Der Religionsunterschied . . .«

»Sie wird zur katholischen Kirche übertreten. Das ist selbstverständlich.«

»Einfach so? Angenommen, sie macht nicht mit, Nino. Es gibt keine Garantie. Vielleicht wirkt nicht einmal das Gefängnis.«

»Das ist Ihr Problem. Nur vergessen Sie nie«, sagte Importuna, »daß ich Sie wegen Unterschlagung anzeige, wenn Sie Ihren Teil des

Handels nicht erfüllen.«

Die Havanna erlosch. Er nahm sie aus dem Mund, betrachtete sie mit Bedauern und legte sie in Importunas Aschenbecher. »Wieviel Zeit geben Sie mir?«

»Ah«, antwortete der dunkelhäutige Mann lebhaft. »Heute ist der 9. August. Ich gebe Ihnen einen Monat, um sie zu überreden, einen Monat auf den Tag genau. Ich möchte Virginia am 9. September heiraten.«

»Verstehe.« Er schwieg. Dann ließ ihn ein Rest von Anständigkeit sagen: »Wissen Sie, Nino, obwohl ich ein Schuft bin, ist Virginia doch meine kleine Tochter, und wenn ich daran denke, daß ich ihre Gefühle für mich ausnutzen soll, um sie einem Mann in die Arme zu treiben, der dreimal so alt ist . . .«

»Soll ich weinen, *amigo?*« erkundigte sich Importuna. »Sie fangen an, mich zu langweilen. Sie würden Virginia an jeden Araber verschachern, wenn genug Geld dabei herausspränge. Ja, ich wurde am 9. September 1899 geboren und werde nächsten Monat dreiundsechzig Jahre. Virginia ist einundzwanzig, also bin ich genau dreimal so alt, wie Sie schon sagten. Der ideale Hochzeitstag. Die Zahlen sind sehr günstig, *perfetto.*«

»Aber dreimal . . .«

»Ich sagte, Schluß damit!« schrie Importuna.

Der große Mann war bestürzt. »In Ordnung, Nino«, seufzte er, »in Ordnung.«

Importuna entspannte sich und murmelte etwas auf italienisch. Endlich sah er auf. »Legen Sie mir kein Hindernis in den Weg. Ich will sie haben. Verstanden? Sie können ihr ausmalen, was sie bekommt, wenn sie mich heiratet. Ich verspreche beim Andenken meiner Mutter, daß sie alles bekommt, was ihr Herz begehrt. Ich biete ihr Villen, Schlösser und Paläste – Sie kennen meine Besitztümer. Eine der größten Privatjachten, größer als die von Onassis und Niarchos. Ein eigenes Flugzeug. Juwelen pfundweise, wenn sie mag. Kleider, die nur für sie entworfen wurden – von jedem der größten Couturiers. Alles.«

»Alles, außer einen jungen Mann im Bett«, erwiderte der große Mann. Er wußte nicht genau, warum er es sagte, und bedauerte die Herausforderung sofort. In den Tiefen der kaffeebraunen Augen begann es zu kochen. Aber dann entspannten sich die Hände, die den Dolch fester gepackt hatten.

»Ist das Opfer denn so groß«, fragte Importuna eisig, »wenn sie soviel dafür gewinnt? Ersparen Sie mir Ihre väterliche Sentimentalität, *amigo*. Ich kenne Sie von Grund auf.«

Vielleicht, vielleicht auch nicht, dachte der große Mann. Laut meinte er: »Also abgemacht?« Als Importuna den Kopf schüttelte, meinte der große Mann: »Die Sache hat also noch einen Haken?«

»*Si davvero, caro mio.* Es wird vor der Heirat ein Abkommen geben – eine Vereinbarung, die Virginia unterschreiben muß.«

»Was für eine Vereinbarung?«

»Daß sie fünf Jahre lang keinen Anspruch an mich und meinen Besitz hat, damit sie nicht erst meine Frau wird und mich dann verläßt. Aber wenn sie sich an die Vereinbarung hält – wenn sie am 9. September 1967 noch immer meine Frau ist und mit mir zusammenlebt –, dann wird sie meine Erbin. Meine Universalerbin, *suocero*. Wie finden Sie das? Gibt es ein faireres Angebot?«

»Es gibt so etwas wie Vertrauen zwischen Mann und Frau«, begann der zukünftige Schwiegervater, dann brach er ab und lachte. »Nein, Sie haben natürlich das Recht, sich unter den – hm – Umständen zu schützen.« Er angelte wieder über den Tisch nach der Havanna und zündete sie an. »Aber, Nino . . .«

»*Ora che cosè?*«

»Am 9. September 1967 werden Sie doch achtundsechzig. Da wir offen miteinander reden«, sagte er durch den feinen kubanischen Rauch, »muß ich die unangenehme Möglichkeit erwähnen, daß Sie zu dieser Zeit nicht mehr unter uns weilen könnten. Was geschieht mit meiner Tochter, falls Sie vor dem Ablauf der fünf Jahre sterben sollten? Sie bliebe mit leeren Händen zurück.«

»Ja«, erwiderte Importuna, »und Sie auch.«

»Aber, Nino, es könnte bedeuten, daß sie fast fünf Jahre ihres jungen Lebens verschwendet hat. Das scheint nicht fair . . .«

»Richtig, *amigo*. Aber das ist ihr Risiko. Ist es so ein Vabanquespiel, wenn man den Einsatz betrachtet? Außerdem, versuchen Sie mal, es von meinem Standpunkt aus zu sehen.«

»Oh, das tue ich, Nino. Aber Virginia ist alles, was ich habe. Ihre Mutter ist tot, wie Sie wissen. Kein einziger Verwandter, den wir kennen, ist auf beiden Seiten übriggeblieben . . .«

»Mein armer *suocero*, mein Herz leidet mit dir. Aber wie sagt man so schön? Du wirst keine Tochter verlieren, sondern einen Sohn gewinnen.«

»Wie wahr«, murmelte der große Mann. »Na schön, Nino, ich verspreche, mein Möglichstes zu tun. O ja – was jene Beweise betrifft . . .«

»Was ist damit?«

»Nichts, nichts.«

»Ich halte mein Wort«, sagte Importuna. »Zweifeln Sie an meinem Wort?«

»Bestimmt nicht . . .«

»Und Sie können Ihren Posten als Geschäftsführer und Vizepräsident behalten. Sie bringen dies in Ordnung, und ich erhöhe vielleicht sogar Ihr Gehalt, gebe Ihnen Aktien. Aber ich warne Sie, Gernegroß.«

»Wovor, Nino?«

»Es wird nicht mehr bei Superba-Nahrungsmitteln, Ultima-Bergbau und anderen ›geborgt‹. Kleine Leihgeschäfte, die so schnell anwachsen. *Capito?*«

»Sicher. Natürlich.«

»Und keine Taschenspielertricks mit den Geschäftsbüchern. Hartz wird Sie überwachen.«

»Nino, ich verspreche . . .«

»Und bieten Sie Hartz keine Bestechungsgelder an, damit er mir falsche Berichte liefert – jemand, den Sie nicht kennen, wird Sie beide überwachen. Nicht daß ich mich den Teufel darum schere, ob Sie im Gefängnis verfaulen, *caro.* Aber es schickt sich nicht für den Vater von Nino Importunas Frau. Entschuldigen Sie.« Er hob einen Hörer ab, der diskret summte. »Ja, Peter?«

»Mr. E. ist gerade aus Australien zurückgekehrt«, sagte eine Männerstimme.

»Mr. E.? Ist er in der Wohnung?«

»Er wartet.«

»In Ordnung, Peter. Ich möchte ihn gleich sehen.«

Importuna legte auf und verabschiedete den Besucher mit einer kurzen Geste. Er schien seiner verunstalteten Hand wegen nicht befangen, die nur vier Finger aufwies. Wo der Zeigefinger und der Mittelfinger sein sollten, war nur ein Finger von doppelter Dicke, eine Art siamesischer Zwilling.

Er war seltsam biegsam.

»*Ciao, Suocero*«, sagte der neunfingrige Millionär sanft.

Nach der Befruchtung setzt sich der neue Organismus an der Uteruswand fest und beginnt zu wachsen, anstatt wie sonst abzusterben und zu verschwinden

Auszug aus Virginia Whyte-Importunas Tagebuch
9. Dezember 1966

Ich frage mich, warum ich dieser Schreiberei immer noch etwas hinzufüge. Dieses vermaledeite Durcheinander von Gefühlen – Hoffnungen, Enttäuschungen, Entsetzen, Freude, alles ... Ist es wegen der Freude? Weil ich so wenig davon habe? Das fast zwanghafte Bedürfnis, sie in Worten auszudrücken? Warum verweile ich dann aber bei den schlimmen Ereignissen? Manchmal glaube ich, es ist das Risiko nicht wert. Falls N. dich jemals findet, Tagebuch ... Na schön, was könnte er schon tun?

Viel.

Und das würde er auch. Nicht bloß Daddy gegenüber.

Sieh der Sache ins Gesicht, Virginia. Er hat dich in der Hand.

Ich fühle ... Heute war ein verteufelter Tag! Schlimm! Er begann mit dem jeden Morgen wiederkehrenden Gefühl der Hoffnung, das einen so wunderbar erschauern läßt und noch viel mehr verspricht als die Sutherland in der Met, wenn sie in Höchstform ist ... Oh, hör auf, wie ein dummer Teenager zu schwärmen, der zum erstenmal verknallt ist. Mit fünfundzwanzig! Und rechtmäßig verheiratet!

Tatsache ist, daß ich hingerissen war und um alles in der Welt mit P. allein sein wollte. Ich wagte nicht einmal, ihn anzusehen, in Gegenwart dieses schrecklichen Fisches Crump, der mich mit seinen gekochten Augen beobachtet, während sein zimperlicher Mund jene widerlichen ›Madams‹ formt, als koste er mich.

Und die alte Editta mit ihrer roten Marmeladennase. Ich könnte schwören, sie zuckte zusammen, als Peter und ich heute morgen zufällig in der Halle vor meinem Ankleidezimmer zusammenstießen. Oder ist das nur mein Schuldgefühl? Sich vor einer Zofe fürchten, die kaum einen verständlichen Satz in ihrer eigenen Sprache hervorbringen kann, geschweige denn in meiner!

Ich werde noch verrückt. Die Grippe hat die arme alte Seele erwischt, und sie möchte, daß ich einmal ohne Hilfe bade und mich für die Nacht ausziehe. Editta *cara*, ich wünschte, ich könnte es. Warum Nino auf dieser sklavischen Bedienung besteht, als wäre ich eine Sultanin, weiß ich nicht. *Er* ist natürlich ein Sultan. Es gilt also wahrscheinlich seinem Image und nicht meiner Person. Ich bin nur dazu da, Gäste zu empfangen, die Hausherrin für seine Freunde, Kreaturen und Geschäftspartner zu spielen und eine dekorative Figur abzugeben — eine Art Fünf-Sterne-Haushälterin, wie mich P. in Wahrheit nennt. (Aber nicht in N.'s Gegenwart.)

Endlich bin ich das arme Ding für heute nacht los. Ich mußte ihr versichern, daß der Signore nie, nie davon erfahren wird. Vielleicht können wir, Editta und ich, in Zukunft ein Übereinkommen treffen. Glückliche Wunschträume. Sie hat so eine schreckliche Angst vor Nino, daß sie sich in die Hose macht, wenn er ihr nur einen bösen Blick zuwirft. Arme Editta!

Ich Arme. Ein fürchterlicher Tag, wiederhole ich. Mein Deckmantel, wie der Spion es nennt (oder nicht? Gebrauche ich den Begriff falsch? Ich muß Peter fragen. Er weiß alles.) — jedenfalls meine Ausrede oder mein Alibi war, daß ich Weihnachtseinkäufe erledigen mußte. Ich wollte mich aus der Reichweite von Crumps Röntgenaugen und Edittas Schnüffelnase fortstehlen und in dem gesegneten Schmutz der Fifth Avenue untertauchen. Und N. schmiedet Tausende von Meilen entfernt in West-Berlin oder Belgrad oder Athen oder sonstwo Pläne, wie er noch mehr Millionen machen kann. Was haben Julio oder Marco gestern gesagt, wieviel der Konzern jetzt wert ist? Beinahe eine halbe Milliarde Dollar. Wie kann einer solche Summen verdauen? Da er sich auf der anderen Seite des Atlantiks aufhält, war ich frei — frei, fast den ganzen Tag mit Peter zu verbringen! Ja, sogar waghalsig zu sein. So wie jetzt, da ich seinen Namen ausschreibe.

O Peter, mein Liebling . . .

Wir waren bestimmt waghalsig. Glücklicherweise passierte nichts. Glaube ich wenigstens. Aber wie endete es . . . Peters Entdeckung . . . Ich weiß nicht. Wer weiß, woher das Unheil droht? Aus welcher Richtung es kommen kann, wann und sogar warum? Bin ich wirklich verrückt? Peter meint, das Leben in New York sei zur Zeit ein nicht enden wollendes Russisches Roulett, an das man sich entweder gewöhnt oder das einen verrückt macht. Und nach einer Weile fordert man es sogar heraus, sagt er – trotzt ihm bis zum tödlichen Ende, während sich unter dem herausfordernden Benehmen die ganze Zeit eine verschüchterte kleine Maus verbirgt, die sich ganz einfach schrecklich fürchtet.

Was bedeutet schon ein Mörder, der im Dunkeln mit einem Messer wartet, im Vergleich zu dem Ausgeliefertsein an die Hände eines Dämons wie N.?

Schrecklicher Gedanke. Ich bin fast tausendmal aufgewacht, um Gott zu danken, daß es nur ein Alptraum war – und dann zu entdecken, daß es doch keiner war.

Ich weiß, die Leute würden für meinen verdammten Verstand fürchten, wenn sie hören könnten, daß ich so über N. rede. Aber Liebste, er ist doch der freundlichste, großzügigste – und reichste – Mann in vier Kontinenten! Und er bewundert dich grenzenlos und liebt dich rasend. N. liebt mich rasend? Na schön, so wie ein Jivaro seinen Lieblingsschrumpfkopf. Liebe ... Sie sollten wissen, was das Wort für ihn bedeutet. Und was es für eine Frau bedeutet, vier Jahre lang ...

Liebes Tagebuch, ich brauche einen Drink.

Schon besser.

Es wird spät, und ich habe kaum begonnen, die Ereignisse des Tages aufzuschreiben. Na ja, kein Hahn kräht danach! Entschuldige mich noch einmal, Tagebuch, aber das schmeckt nach mehr.

Alles, was eine Frau nur begehrt. Ihr Neid sagt mir das. O la la, ich möchte die Frau mal sehen ... Kann die Flasche auch gleich in Reichweite stehenlassen. Brandy handy. Mir fällt kein Reim auf Kognak ein.

Ich frage mich, ob Savonarola Nino ähnlich sah. Eines Tages muß ich mir das Porträt dieses lieben alten Paters aus Ferrara ansehen. Ich wette, sie haben dasselbe Profil.

Nino sieht in der Tat wie eine sehr bösartige Ausgabe von Frederico Fellini aus. Ich bin an einen alternden Fellini gekettet, der jede Menge Illusionen mit einem Wink seiner fetten, nassen Hände erschaffen kann. Die neun Finger ... Sie stoßen mich ab.

Es ist unfreundlich von mir, wirklich gefühllos. Nino kann für das Unglück bei seiner Geburt so wenig wie der Minotaur und Quasimodo. Vor einem Mann mit Hasenscharte zum Beispiel würde ich nicht zurückschrecken, es sei denn, er versuchte mich zu küssen. Bäh.

Aber etwas an diesem wabbeligen Doppelfinger dreht mir den Magen um. Und wenn er mich damit berührt . . .

Und sein lächerlicher Aberglaube. Unvorstellbar. Denken Sie sich eine treibende Kraft in der Geschäftswelt, ein wirklich großes Rad der Wall Street und der Börse, einen Magnaten, der es tatsächlich fertigbringt, die beiden letzten Buchstaben seines Nachnamens fallen-zulassen und sich das arme, verstümmelte Ding durch offiziellen Akt übertragen zu lassen, nur weil der Name, mit dem er geboren wurde, nicht zu seiner Glückszahl paßt! Er glaubt wirklich an diesen Unsinn. Nicht einmal Marco, der wie ein Jünger an ihm hängt, kann das schlucken, obwohl er es mannhaft versucht. Diese Sache ist fast das einzige, wofür ich Marco und Julio manchmal gern habe. Editta hat mir erzählt, welchen Druck der große Bruder Nino ausübte, damit sie die Endsilbe to von Importunato fallenließen, genau wie er. Aber sie weigerten sich.

Heute abend scheine ich ständig abzuschweifen. Keine Disziplin. Ha, wer hätte auch den Ehrgeiz, die Emily Dickinson des zwanzig-sten Jahrhunderts zu werden? Und wie könnte die Muse mit dem dritten Teil einer halben Milliarde Dollar konkurrieren? Ganz zu schweigen von der Verpflichtung meinem Vater gegenüber, der seine Hände nicht vom Eigentum anderer Leute lassen konnte und mich in diese ausweglose Lage hineinmanövrierte. O Dad, wenn ich dich nur nicht so gern hätte, verdammt noch mal, dann würde ich dich dort verfaulen lassen, wohin du gehörst. Und du würdest dich mit char-mantem Lächeln und einem Kuß auf den Nacken verabschieden . . .

Jedenfalls stritten Peter und ich uns über einen geeigneten Treff-punkt. Aus irgendeinem Grund erschien uns das lebenswichtig. Er war genauso schlimm dran wie ich, nur richtete sich sein Unmut gegen eine andere Person. Er war in seiner Verdammt-Nino-Stimmung, in der er gewöhnlich droht, ihm die Zähne einzuschlagen. Dieses Mal wollte er mit einem Lautsprecher auf das *Biltmore* steigen, und jedem, der aus Grand Central kommt, unsere im Himmel beschlos-sene Liebe verkünden, jedem, sogar den Reportern. Ich will damit sagen, er beharrte tatsächlich auf dem *Pavillion* oder dem *Twenty-one* oder sonst einem unmöglichen Restaurant, zu dem alles strömt. Ich lehnte entschieden ab. An diesen Orten, wo sich die ganze Welt trifft, existiert ein unterirdisches Nachrichtensystem, und die Neuig-keit hätte Nino in zwei Stunden in Addis Abeba erreicht, falls er sich dort aufhält. Peter meinte dazu: »Und wenn schon! Je früher, desto besser!« Er war in absolut selbstmörderischer Stimmung.

Am Ende schlossen wir einen Kompromiß und entschieden uns für meinen Vorschlag, ein obskures altmodisches Schlupfloch, in das mich Daddy einmal mitgenommen hatte. Dort bestand nicht die geringste Chance, daß uns jemand entdecken würde. Und das Essen ist dort besser als in vielen Nepplokalen, wo sogar der Blick, den das Zigarettenmädchen deinem Freund in ihren Ausschnitt gönnt, extra berechnet wird.

Irgendwie bedrückte mich das erste öffentliche Auftreten mit Peter schrecklich. Ich war gewiß nicht in Hochform. Einmal weiß ich nicht, warum ich das Pozzuolimodell wählte. Ich hasse es, denn ich sehe darin aus, als verberge ich eine Schwangerschaft. Diese Kleider schmeicheln nur, wenn man im neunten Monat ist oder Hüften wie ein Elefant hat. Und der Mantel, den ich darüber trug, der Cashmere mit dem Riesenkragen aus russischem Luchs, der noch der unauffälligste war, den mein spendabler Ehemann mir zu kaufen erlaubte, hatte vorn einen gräßlichen Fleck. Ich konnte ihn nicht verbergen, ohne den Mantel aufzuschlagen, wodurch wiederum das verhaßte Kleid sichtbar wurde. Es war eine Katastrophe.

Zweitens hatte ich vor Furcht, wir könnten trotz unserer Vorsichtsmaßnahmen erkannt werden, Beine wie Wackelpudding.

Und drittens setzte mir Peter wieder mit der Scheidung zu, anstatt ein kluger und verständnisvoller Partner zu sein und sich an ein unverfängliches Tischgespräch zu halten. Als ob ich mich nicht scheiden lassen wollte!

»Peter, was nützt es, wieder damit anzufangen?« sagte ich, so vernünftig ich konnte. »Du weißt, es ist unmöglich. Ich hätte gern einen Glühwein, bitte.«

»In diesem schmutzigen Loch, das *du* ausgesucht hast?« fragte Peter und lächelte gemein. »Sie würden nicht mal wissen, wovon du sprichst, mein Herz. Ich schlage vor, wir bestellen Bier, das verstehen sie. Und nichts ist unmöglich, auch nicht eine Scheidung. Es muß einfach einen Weg geben.«

»Mich friert, ich möchte etwas Heißes«, antwortete ich. »Und Sarkasmus ist nicht deine Stärke. Ich wiederhole, es ist unmöglich. Ich kann Nino nicht verlassen, Peter. Er läßt mich nicht fort.«

»Wie wär's mit einem gewöhnlichen Grog? Es besteht die geringfügige Chance, daß sie Grog kennen. Woher willst du wissen, daß er sich nicht scheiden läßt, wenn du ihn nicht mal fragst?«

»Nein, Peter! Auch wenn du ihm den ganzen Tag so nah bist, bedeutet das noch nicht, daß du ihn kennst. Ich sage dir, es besteht keine Aussicht, daß er mich gehen läßt, nicht die geringste, ganz abgesehen vom Religiösen. Oh, es tut mir leid, daß wir heute so leichtsinnig sind. Ich habe das Gefühl, wir werden es noch bereuen.«

»Er hält dich tatsächlich so in Angst und Schrecken? Na schön, aber mich nicht!«

»Ich weiß, Liebling, du hast den Mut eines Löwen, ich nur den eines Huhns. Außerdem muß ich an Daddy denken.«

Peters leidenschaftlicher Mund zog sich nach unten. Daddy ist ein Thema, das wir gern vermeiden. Peter weiß, wie ich fühle, und er tut, was er kann, um meine Empfindungen zu respektieren, aber es gelingt ihm nie. Peter hat es sich zur Gewohnheit gemacht, der unauffällige Mann im Hintergrund zu sein, wie es sich für Privatsekretäre gehört. Aber er ist einfach zu hoch gewachsen, breitschultrig, dunkelblond, amerikanisch und grau-blau-grünäugig (je nachdem, was gerade in ihm vorgeht), um die ganze Zeit unbemerkt zu bleiben. Ich kann ihn jedenfalls lesen wie eine Verkehrsampel. Er schaltete gerade auf Rot um.

Ich nehme an, daß ich, um noch einmal durchzukommen, zu hart aufs Gas trat und ausplapperte, was ich noch niemandem erzählt hatte, nicht einmal Peter. Und ich tat's auf die schlimmste Art – im Spaß, als wäre es ein ganz großes Gaudi, der Spaß meines Lebens.

»Oh, lassen wir Daddy«, sagte ich schlau. »Weißt du, daß ich einen Kosenamen für meinen Mann habe?«

Peter reagierte, als hätte ich auf ihn geschossen. »Einen *Kosenamen*? Für Nino?«

»Es ist eine Verkleinerung von Importuna.«

»Verkleinerung? So wie Import? Schau her, Virgin, du willst mich nur ablenken ...«

»Kürzer.« Etwas ließ mich weitermachen. Ein Dämon, was sonst? Anders läßt es sich nicht erklären.

»Kürzer als Import? ... Imp*? Das paßt zu ihm wie Zuckerbaby.«

»Dazwischen«, erwiderte ich so munter, als wäre es ein Kinderspiel. Wie dumm man sein kann!

»Zwischen Import und Imp?« Peters seidige Brauen runzelten sich. »Du ziehst mich auf. Es gibt nichts zwischen Import und Imp.«

---

* Schelm

»Nicht?« Mich stach der Hafer. »Wie wär's mit Impo?«

Im Augenblick, als mir das rausgefahren war, hätte ich mir am liebsten die Zunge abgebissen. Denn Peter schöpfte daraus neue Hoffnung. Ich sah den Funken in seinen Augen.

»Impo!« wiederholte er. »Du willst doch nicht sagen, daß Nino – der große Nino – unfähig ist . . .«

»Es lohnt sich nicht, darüber zu diskutieren«, warf ich schnell ein. »Ich weiß nicht, wie ich darauf kam. Meinst du nicht, wir sollten bestellen?«

»Es lohnt nicht, *darüber* zu diskutieren?«

»Peter, leise! Bitte.«

»Um Gottes willen, Baby, weißt du nicht, was das bedeutet? Wenn die Ehe nie vollzogen wurde, so ist es gar keine. Das ist ein Grund zur Annullierung!«

In seinem Überschwang behandelte Peter das Thema, worin denn nun eigentlich mein Eheleben bestand, nicht weiter. Das war ganz gut. Ich möchte nicht daran denken, was hätte passieren können. Es ist schon schlimm genug.

So wiederholte ich die ganze langweilige Litanei von Verneinungen noch einmal. Daß eine Annullierung nichts ändern könne, daß Nino mich Daddys wegen in der Hand habe, jetzt mehr als je zuvor, da der lebenslustige Geschäftsführer noch immer nichts aus der Lektion von 1962 gelernt hat, für die ich schon beinahe mit fünf Jahren meines Lebens bezahlt habe. Nino unterläßt es nie, mir alles bis auf den Cent genau vorzurechnen, damit ich meine wachsenden Verpflichtungen genau kenne und weiß, was mir und Daddy droht: eine Gefängniskluft.

»Wie kann ich das zulassen, Peter? Er ist mein Vater. Auf seine verdrehte Art liebt er mich. Wir könnten ganz bestimmt kein gemeinsames Leben auf so einer Grundlage aufbauen. Ich weiß, ich könnte es nicht, und ich glaube, du auch nicht.«

»Dessen bin ich nicht so sicher«, erwiderte Peter grob. »Was ist los mit deinem verrückten alten Herrn? Warum, zum Teufel, geht er nicht zu einem Psychiater? Merkt er nicht, daß er dein Leben ruiniert?«

»Er ist fanatischer Spieler, Peter.«

»Und Frauenheld, nicht zu vergessen. Virgin, dein Vater ist in allen Dingen fanatisch.« Peter nannte mich seit einiger Zeit Virgin, wenn wir unter uns waren. Wie genau das zutraf, hatte er bisher nicht gewußt. Es ließ mich erschauern. »Du sagst, er liebt dich. Eine verteufelte Liebe, die einen Vater seine einzige Tochter an einen – einen Eunuchen verkaufen läßt, nur um sein elendes Fell zu retten.«

»Daddy ist schwach, Peter, und bequem, aber für ihn ist eine Heirat mit einem der reichsten Männer der Welt kein so schlechtes Schicksal. Natürlich kennt er Ninos – Zustand nicht.« Der Kellner lungerte herum, und ich sagte arrogant: »Ich bin hungrig«, was nicht stimmte. »Willst du mich fasten lassen?«

Wir bestellten etwas. Meins muß ein Kalbskotelett gewesen sein, das in Leim gewälzt war – ihr wunderbarer Chefkoch hatte vermutlich gerade frei. Peter erkundigte sich wie ein Distriktsanwalt weiter über die Vereinbarung, die ich bei der Hochzeit unterschreiben mußte. Ich nehme an, der arme Liebling war zu allem fähig, weil wir schon ein dutzendmal vor dieser Mauer gestanden und nach einem Schlupfloch oder dem kleinsten Spalt gesucht hatten. Ich mußte wieder darauf hinweisen, daß ich fünf Jahre lang absolut keinen finanziellen Anspruch an Nino und seinen Besitz habe und daß ich, falls ich mich vor Ablauf der Frist von seinem Tisch und Bett trennte, nicht nur auf dem trockenen säße, sondern daß er auch die Polizei auf Daddy hetzen und ihn ins Gefängnis werfen lassen könnte – ja, es bestimmt tun würde.

»Legst du so großen Wert auf sein Geld?« Wie hochmütig sich Peters Lippen verzogen.

»Ich hasse es. Und ihn! Um Himmels willen, Peter, du kannst doch nicht wirklich glauben, daß es am Geld liegt. Ich habe es dir erklärt. Ich würde gern jede Form eines anständigen Lebens dafür eintauschen, ganz gleich, welche Mühen es bringen würde, wenn nicht ...«

»Da wären wir also wieder beim lieben alten Dad«, sagte Peter und knirschte mit den Zähnen. »Zur Hölle mit ihm! Wann läuft die Frist ab? Die Vereinbarung gehört zu Ninos Privatpapieren, an die er mich nicht heranläßt.«

»Der wievielte ist heute? Der 9. Dezember. Schön, heute in neun Monaten läuft sie ab, an Ninos achtundsechzigstem Geburtstag, der gleichzeitig unser fünfter Hochzeitstag ist. Am 9. September nächsten Jahres.«

»Genau in neun Monaten«, sagte Peter mit ganz sonderbarer Betonung.

Mir war daran nichts aufgefallen, bis Peter es wiederholte. Da erschien es mir witzig, so daß ich lachte. Peter lachte nicht, und sein

Gesichtsausdruck ließ mich verstummen. »Was ist los, Peter? Was hast du?«

»Nichts«, antwortete er.

Die Art, wie er es sagte ...

Ich weiß bestimmt, es war nicht ›nichts‹. Es bedeutete etwas, etwas Schreckliches. Ich meine das, was durch seinen blonden, frustrierten, wütenden Kopf ging. Ich wollte nicht darüber nachdenken, was es sein konnte. Ich wollte es aus meinem Gehirn auslöschen, so schnell ich konnte. Ich sagte mir, mein Peter konnte keine so undenkbaren Pläne wälzen, nicht einmal im Zorn oder in der Phantasie.

Aber ich wußte, er konnte es und tat es auch.

Kennt man jemals einen anderen ganz genau, den Mann, den man liebt, nicht ausgeschlossen? In diesem Augenblick kannte ich Mr. Peter Ennis, dreißig Jahre alt, Harvard Jahrgang 1959, Privatsekretär von Nino Importuna, von Julio und Marco Importunato, Sachverwalter der persönlichen Angelegenheiten der drei Brüder, nicht ... Ich konnte ihn von keinem Fremden unterscheiden, den ich zufällig auf der Straße streifte.

Es ängstigte mich.

Es ängstigt mich noch immer.

Und das war nicht alles, was den heutigen Tag so gräßlich machte. Als ich Peter über den Tisch hinweg anstarrte, auf meine Serviette biß, sah ich über seiner Schulter, gerade das Restaurant betretend, meinen Vater. Im selben Augenblick, als ich ihn entdeckte, bemerkte ich neben ihm ein aufgedonnertes Küken, aber ob sie mit ihm oder allein kam, habe ich nicht herausgefunden. Mich interessierte nur, daß er mich nicht mit Peter sehen durfte. Denn nicht einmal Daddy weiß etwas von Peter und mir. Er würde mich nie absichtlich an Nino verraten, aber manchmal trinkt er über den Durst, und Nino ist ein menschliches Radargerät – er empfängt Nachrichten aus der leeren Luft. Ich konnte es einfach nicht riskieren.

Ich flüsterte Peter zu: »Peter, dort ist mein Vater – nein, schau dich nicht um, er darf uns nicht zusammen sehen ...«

Gesegnet sei Peter! Er ließ ganz nebenbei zwanzig Dollar auf den Tisch fallen und schlenderte mit mir zum hinteren Teil des Restaurants, so daß wir Daddy den Rücken kehrten. Wir taten, als gingen wir in den Erfrischungsraum, und entkamen durch ein äußerst blasiertes Küchenpersonal.

Es war ein knappes Entkommen, zu knapp, und draußen sagte ich zu Peter, daß wir ein Rendezvous in der Öffentlichkeit nicht mehr riskieren konnten. Er warf einen Blick in mein erschrecktes Gesicht, küßte mich und setzte mich in ein Taxi.

Aber mein Liebster war noch nicht fertig. O nein! Kurz bevor Peter die Wagentür zuwarf, sagte er leise und erregt: »Es gibt für mich nur eines, und bei Gott, wenn die Zeit reif ist, werde ich es tun.«

Das war das letzte, was ich heute von ihm sah.

Aber Peters Bemerkung verfolgt mich seither. Sie und der Ausdruck auf seinem Gesicht, ehe Daddy das Lokal betrat.

Auf den Tag genau neun Monate ...

Es war, als wäre heute etwas im Schoß der Zeit beschlossen worden. Ich hoffe und bete, daß ich unrecht habe, denn falls ich das wirklich in Peters Augen entdeckte, was ich zu entdecken glaubte, und falls seine Abschiedsworte das bedeuten, was sie zu bedeuten schienen, wird das Embryo sich zu einem Monstrum entwickeln.

Ein krankhafter Gedanke. Außerdem werde ich unzusammenhängend. Ich stelle fest, ich habe über die Hälfte der Flasche ausgetrunken, ich fühle mich wohl und bin total blau, was ich mir fast nie erlaube, weil ich mich zu sehr daran gewöhnen könnte, und zum Teufel mit allem. Ich höre lieber auf und verkrieche mich artig in mein Heiabettchen.

DER ERSTE MONAT

Januar 1967

Die Schwangerschaft hat begonnen.

Die Frucht ist zu einem vielzelligen Embryo von der Größe einer Erbse geworden. Die Zellen im Kern bilden jetzt einen Rand, an dessen einem Ende ein Knötchen Gestalt annimmt: der Kopf.

DER ZWEITE MONAT

Februar 1967

Vor der zweiten Hälfte des zweiten Monats unterscheidet sich die Frucht eines Menschen kaum von der eines Hundes. Aber nach den ersten acht Wochen nimmt sie unverkennbare Ähnlichkeit mit einem Menschen an. Sie wird zum Fötus.

DER DRITTE MONAT

März 1967

Die Augen sitzen nicht länger zu beiden Seiten des Kopfes, sondern haben sich einander genähert. Winzige Schlitze bezeichnen Ohren und Nasenlöcher, ein größerer Schlitz den Mund. Die Stirn wächst. Die oberen Gliedmaßen lassen Unterarme, Handgelenke und Finger erkennen, die inneren Fortpflanzungsorgane sind zu unterscheiden.

DER VIERTE MONAT

April 1967

Der Unterleib entwickelt sich mit bemerkenswerter Geschwindigkeit, so daß das Mißverhältnis zwischen Kopf und Körper schwindet. Die Haare beginnen zu wachsen. Der Mutter werden die Bewegungen des kleinen Parasiten fühlbar.

Mai 1967

Zur Halbzeit der Schwangerschaft vergrößert sich der Unterleib des Fötus. Die Beine wachsen besonders schnell. Die Mutter merkt jetzt sehr genau, was sie trägt. In ihrem Leib ist ständige, heftige Bewegung.

Ellery hatte sein Studierzimmer renovieren und mit Treibholz täfeln lassen, was ihn zu jener Zeit begeisterte. Die narbige und unregelmäßig gemaserte Oberfläche sah aus, als hätte das jahrelange Auf und Ab der Gezeiten an ihr gearbeitet. Außerdem war sie künstlich zu einem salzigen Seeschaumgrau gebeizt worden. Wenn er sie betrachtete, spürte er fast Wellenbewegung unter den Füßen und Mückenstiche auf den Wangen. Ließ er dazu den Ventilator auf Hochtouren laufen, konnte er sich nur mit Mühe ausreden, daß er an Deck einer Vergnügungsjacht den Sund durchpflügte.

Dies erwies sich als ernsthafte Ablenkung. Durch die Umgestaltung seines Arbeitsplatzes hatte sich seine Umgebung bis zu dem kritischen Punkt verändert, an dem ein sachliches Arbeitszimmer zu einer spielerischen Ablenkung wurde. Ellery war dabei immer der Meinung gewesen, daß ein Schriftsteller zur bestmöglichen Ausnutzung seiner Zeit und zur Erfüllung des Vertrages vor allem eine Arbeitsatmosphäre von vertrauter Ungemütlichkeit brauchte. Die schöpferische Flamme brannte am hellsten in dunklen und staubigen Dachstuben. Warum also hatte er die liebe, schmutzige Tapete, die ihn ergeben durch viele schwierige Manuskripte begleitet hatte, verstoßen?

Wütend starrte er auf die viereinhalb Sätze in der Schreibmaschine und machte beschwörende Gesten, als sein Vater hereinschaute und müde fragte: »Noch immer bei der Arbeit?« Schnell zog er sich vor dem schmerzlichen Anblick zurück.

Fünf Minuten später erschien der alte Mann wieder, etwas erfrischt und mit einem eisigen, grüngefärbten Cocktail in der Hand. Ellery schlug sich sanft gegen die Schläfen.

Inspektor Queen ließ sich auf Ellerys Sofa fallen und nahm einen durstigen Zug, während er sich setzte. »Warum schlägst du dir das Gehirn ein?« verlangte er zu wissen. »Hör auf, Junge. Du hast weniger auf der Seite stehen als heute morgen.«

»Was?« fragte Ellery und blickte nicht auf.

»Mach Schluß für heute.«

Ellery sah auf. »Ich kann nicht. Bin im Verzug.«

»Du holst es schon wieder auf.«

Ellery stieß ein hohles Gelächter aus. »Dad, ich versuche zu arbeiten, wenn du nichts dagegen hast.«

Der Inspektor machte es sich gemütlich und hob sein Cocktailglas. »Wie wär's, wenn ich dir auch so einen mixte?«

»Was?«

»Ich frage«, wiederholte der Inspektor geduldig, »ob du auch einen Tipperary möchtest. Es ist eine Spezialmischung von Doc Prouty.«

»Was ist drin?« erkundigte sich Ellery und nahm eine Korrektur des Bogens in der Maschine vor, der schon auf den Millimeter genau steckte. »Ich habe Doc Proutys Spezialmischung schon probiert. Sie schmecken alle so, wie sein Laboratorium riecht. Falls du aber ein so passionierter Barkeeper bist, Dad, dann mix mir einen Johnnie auf Eis.«

Sein Vater holte den schottischen Whisky. Ellery schlürfte die Hälfte mit ruhiger Dankbarkeit, stellte das Glas vorsichtig neben seine Schreibmaschine und bewegte die Finger. Der alte Herr lehnte sich mit zusammengepreßten Knien wie ein Vikar auf Pflichtbesuch zurück, schlürfte seinen Tipperary und beobachtete ihn. Gerade als die Finger sich auf die Tasten senken wollten, sagte der pater familias: »Yessir. Ein verfluchter Tag.«

Der Sohn senkte langsam die Hände. Er lehnte sich zurück und griff nach seinem Glas. »Na gut«, meinte er, »ich bin ganz Ohr.«

»Nein, nein, ich habe nur zufällig laut gedacht, mein Junge. Es ist unwichtig. Ich meine, es tut mir leid, daß ich dich unterbrochen habe.«

»Mir auch. Aber es ist nun mal geschehen. Ich könnte jetzt keine druckreife Zeile mehr zu Papier bringen, selbst wenn ich auf dem Totenbett läge.«

»Ich sagte ja, es tut mir leid«, antwortete der Inspektor verschnupft. »Ich mache mich wohl besser aus dem Staube.«

»Oh, bleib sitzen. Du bist offensichtlich mit böser Absicht hier eingebrochen. Falls du meine tätige Mitwirkung brauchen solltest, Dad, ich kann keinen Finger rühren. Dieser verdammte Termin ist mir zu dicht auf den Fersen. Aber wenn dir ein Schreibtischrat nützt . . . Worum handelt es sich?«

»Um den dritten Teil einer halben Milliarde Dollar«, grunzte der Inspektor. »Und du brauchst dich darüber nicht lustig zu machen.«

»Nur frustrierte Schriftstellerhysterie, Dad. Hab' ich richtig gehört? Milliarde?«

»Richtig.«

»Um Himmels willen, wer ist das?«

»Der Importunakonzern. Kennst du dich mit seiner Besatzung aus?«

»Ich weiß nur, daß er ein Konglomerat aus mehreren Fabriken und Gesellschaften ist, großen und kleinen, ausländischen und einheimischen. Gehört drei Brüdern namens Importuna.«

»Falsch. Gehört einem Bruder namens Importuna. Die anderen beiden heißen Importunato.«

»Stiefbrüder?«

»Echte, soweit ich weiß.«

»Woher dann die verschiedenen Nachnamen?«

»Nino, der älteste, ist abergläubisch. Er hat irgendeinen Tick mit Glückszahlen – ich mußte mir über wichtigere Dinge den Kopf zerbrechen. Jedenfalls kürzte er den Familiennamen ab, seine Brüder taten es nicht.«

»Kapiert. Na und?«

»Oh, verdammt«, sagte sein Vater und schluckte verzweifelt. »Ellery, ich warne dich – dies ist ungeheuerlich. Ich will nicht dafür verantwortlich sein, dich in solch ein kompliziertes Durcheinander hineingezogen zu haben, wenn du eigene Arbeit hast . . .«

»Ich erteile dir Absolution, Dad. Schriftlich, wenn du willst. Zufrieden? Weiter!«

»Na schön«, erwiderte der Inspektor mit einem Seufzer, der Ellery die Verantwortung zuschob. »Die drei Brüder bewohnen ein Apartmenthaus in der oberen East Side, mit Blick auf den Fluß. Ein altes Gebäude mit neun Stockwerken und Dachgeschoß, entworfen von einem bedeutenden Architekten in den späten neunziger Jahren. Als Nino Importuna es kaufte, ließ er es in seiner ursprünglichen Form renovieren, Installation und Heizung modernisieren, die modernste Klimaanlage einbauen – kurz, er machte es zu einem der piekfeinsten Gebäude in der Gegend. Ich habe gehört, daß die Mieter eine härtere Prüfung über sich ergehen lassen müssen als die Sicherheitsbeamten des Präsidenten.«

»Nicht ganz, nehme ich an«, meinte Ellery.

»Darauf komme ich noch. Das Gebäude ist eins von ich weiß nicht wie vielen Wohnsitzen, welche die Brüder – besonders Nino – überall auf der Welt haben, aber 99 East, wie Importuna es nennt, scheint die Zentrale zu sein, von der aus sie den Konzern beherrschen, jedenfalls den amerikanischen Zweig.«

»Haben sie keine Büros?«

»Büros? Ganze Ketten von Bürohäusern! Aber die wirkliche Arbeit, die großen Entscheidungen, das alles wird in 99 East gemacht. Okay, Ellery, ehe ich zu dem Mord komme...«

Bei diesem schicksalhaften Wort zuckte Ellerys Nase wie die eines Bernhardiners. »Kannst du mir nicht wenigstens sagen, wer beiseite geräumt wurde? Wie? Wo?«

»Nur eine Minute, mein Junge. Das Haus ist folgendermaßen aufgeteilt: Nino bewohnt das Penthouse. Seine Brüder Marco und Julio wohnen in den Apartments des obersten Stockes, direkt unter dem Penthouse. Jedes Stockwerk besteht aus zwei Apartments von riesigen Ausmaßen. Du kennst diese protzigen alten Häuser. Die Brüder teilen sich einen Privatsekretär, einen Burschen namens Ennis, Peter Ennis. Ein gutaussehender Mensch, der sehr clever sein muß, sonst hätte er den Job nicht...«

»Privatsekretär kann sehr viel bedeuten. Was erledigt Ennis für die Brüder?«

»Hauptsächlich ihre Privatangelegenheiten, behauptet er, obwohl ich nicht verstehe, wie Ennis die geschäftlichen Transaktionen verborgen bleiben können, da die Brüder so häufig von der Wohnung aus operieren. Jedenfalls heute am frühen Morgen...«

»Sind alle Brüder verheiratet?«

»Nur Nino. Die anderen beiden sind Junggesellen. Darf ich jetzt zum Mord kommen oder nicht?«

»Ich bin ganz Ohr.«

»Als Ennis heute morgen zur Arbeit erschien, machte er wie gewöhnt die Runde durch die drei Apartments, um den Tag richtig einzuteilen. Er fand Julio, den jüngsten Bruder, tot auf. Mausetot – eine richtige Schweinerei.«

»Wo fand er ihn?«

»In Julios Apartment, in der Bibliothek. Der Schädel war ihm zertrümmert worden. Ich meine, er wurde erschlagen. Nur ein Schlag – aber was für einer – machte sein Gehirn zu Mus, jedenfalls auf der einen Seite. Ein scheußlicher Mord, Ellery. Und wenn man bedenkt, daß der Ermordete der Dynastie Importuna angehört, ist es eine heikle Angelegenheit. Die Wogen des Schreckens ...« Inspektor Queen nahm einen großen Schluck.

»Welche Wogen?«

»Hast du nicht die Nachrichten gehört?«

»Ich hatte die ganze Woche noch kein Radio an. Was ist passiert?«

»Der Mord an Julio Importunato erschütterte den Aktienmarkt. Nicht nur Wall Street – die Geldmärkte ganz Europas. Das war die erste Auswirkung. Die zweite kam vom Polizeipräsidenten. Er zieht die Daumenschrauben an, Junge – ebenso wie der Bürgermeister –, und ich gehöre zu denen, die dazwischengeraten sind.«

»Verdammt!« Ellery warf einen bösartigen Blick auf seine widerspenstige Schreibmaschine. »Und?«

»Wenn ich's mir genau überlege, was nützt's? Es hat keinen Zweck, Ellery. Klemm dich hinter deine Arbeit.« Der Inspektor machte den ziemlich theatralischen Versuch, sich zu erheben. »Ich werde schon irgendwie fertig.«

»Du bist wirklich nervtötend«, rief Ellery. »Es hat immer Zweck! Aber ich kann dir nicht von Nutzen sein, wenn du mich im dunkeln läßt. Was gibt's für Fakten? Irgendwelche Hinweise?«

»Oh, natürlich. Mindestens zwei.« Er schwieg wieder. »Genaugenommen weisen beide direkt auf den Mörder.«

»Tun sie das? Auf wen?«

»Marco.«

»Seinen Bruder?«

»Richtig.«

»Welches Problem gibt's dann noch? Ich verstehe nicht, Dad. Du tust, als wärst du am Ende, und im selben Atemzug erklärst du, daß einige Hinweise den Bruder des Opfers klar mit dem Verbrechen in Verbindung bringen.«

»Korrekt.«

»Aber, um Himmels willen, was für Hinweise?«

»Todsichere. Die wirklich altmodische Sorte«, erläuterte Inspektor Queen und schüttelte seinen Schnurrbart, »bei der ihr Kriminalschriftsteller euch lieber erschlagen lassen würdet, als sie heutzutage in eine eurer Geschichten einzubauen.«

»Na schön, du hast mein Interesse auf Siedehitze gebracht«, meinte Ellery mit grimmiger Stimme. »Laß uns jetzt zur Sache kommen. Welcher Art sind diese todsicheren, altmodischen, abgedroschenen Hinweise?«

»Der Zustand seiner Bibliothek läßt auf einen Kampf schließen, auf einen heftigen Kampf. Bis aufs Messer. Schön, wir fanden auch einen Knopf am Tatort...«

»Was für einen Knopf?«

»Aus solidem Gold. Mit Monogramm M. I.«

»Gehört Marco Importunato?«

»Ja. Es hängen noch Fäden daran. Das ist Hinweis Numero eins.«

»Knopf«, wiederholte Ellery. »Knöpfe auf dem Schauplatz des Verbrechens sind schon lange aus der Mode. Und der andere Hinweis?«

»Noch unmoderner.«

»Was?«

»Ein Fußabdruck«, erwiderte Inspektor Queen.

»Fußabdruck! Von einem nackten Fuß?«

»Von einem Schuh, einem Männerschuh.«

»Wo wurde er entdeckt?«

»In der Bibliothek des Toten, am Tatort.«

»Aber ... Habt ihr nachgewiesen, daß der Fußabdruck von Marco stammt?«

»Sicher.«

»Knopf und Fußabdruck«, meinte Ellery verwundert. »Und das im Jahre 1967. Nun, alles ist möglich. Aber wenn alles so klar ist, Dad, was bekümmert dich dann?«

»Es ist nicht ganz so klar.«

»Aber ich dachte, du hättest gesagt...«

»Ich habe dir gesagt, der Fall ist sehr kompliziert.«

»Warum kompliziert? Wodurch?«

Der alte Herr stellte sein leeres Glas auf den Fußboden, wo es wahrscheinlich leichter umgestoßen werden konnte. Ellery beobachtete ihn mißtrauisch.

»Tut mir leid, daß ich davon angefangen habe«, sagte sein Vater aufrichtig und erhob sich. »Vergessen wir's, mein Junge. Ich meine, vergiß du's.«

»Größten Dank! Wie soll ich? Es ist offensichtlich einer dieser irreführenden Fälle, die ganz einfach scheinen. Daher . . .«

Das »Ja?« kam wie ein ungeduldiges Zwitschern aus dem Vogelgesicht des Inspektors.

»Ein altes Darmfieber hat mich erneut niedergeworfen. Du weißt doch, Dad, die Nachwirkung der Kugel aus der langen afghanischen Flinte, die bei der Schlacht an der Maiwand meine Schlagader verletzte und mir die Schulter zerschmetterte.«

»Deine Schulter zerschmetterte?« rief sein Vater. »Welche Kugel ritzte deine Ader? Und bei welcher Schlacht?«

»Ich muß daher meinen Verleger benachrichtigen, daß es bei meinem nächsten Buch eine kleine Verzögerung geben wird. Was macht das schon für einen Unterschied? Es irrt wahrscheinlich ohnehin verloren auf ihrer Neuerscheinungsliste herum. Kein Verleger nimmt von einem Kriminalschriftsteller Notiz, außer, wenn er den Profit von dessen armseligen Bemühungen einstreicht. Wir sind das Proletariat der Literatur.«

»Ellery, ich will nicht die Ursache sein . . .«

»Das hast du schon mal gesagt. Natürlich bist du die Ursache, sonst hättest du einige Happen zu dir genommen und wärest in die Falle gekrochen, ohne daß ich deine Heimkehr auch nur bemerkt hätte. Warum auch nicht? Lebenswichtige Interessen stehen auf dem Spiel. In der City ist der Teufel los. Du wirst nicht jünger, und ich habe dich noch nie im Stich gelassen. Also los!«

»Du willst wirklich, Junge?«

»Ich dachte, ich hätte mich klar ausgedrückt.«

Eine wunderbare Veränderung ging mit Inspektor Queen vor sich. »In dem Fall«, rief er, »hol deine Jacke.«

Ellery erhob sich folgsam. »Wohin geht's?«

»Ins Labor.«

Sergeant Joe Voytershack, einer der verläßlichsten Männer der technischen Abteilung, machte Überstunden. Das zeigte Ellery, welche Bedeutung der Fall in den Augen der sonst so etatbewußten Vorgesetzten hatte. Sergeant Voytershack untersuchte einen Knopf unter der Lupe. Der Knopf war aus Gold, und einige Fäden hingen daran.

»Was ist daran problematisch, Joe?« erkundigte sich Inspektor Queen. »Ich dachte, Sie wären mit dem Knopf fertig.«

»Das war ich auch.«

»Warum untersuchen Sie ihn dann noch einmal?«

»Weil ich damit verflucht unzufrieden bin«, erwiderte Sergeant Voytershack säuerlich. »Aus irgendeinem Grund will mir der Knopf nicht gefallen. Und wie ich sehe, jauchzen auch Sie nicht vor Freude, Inspektor.«

»Ellery möchte ihn betrachten.«

»Hello, Joe«, sagte Ellery.

»Mit Vergnügen.« Der Sergeant übergab ihm Lupe und Knopf. Ellery starrte hindurch.

»Hattest du nicht behauptet, daß dieser Knopf bei einem Kampf abgerissen wurde, Dad?«

»Hatte ich das?«

»Nicht ausdrücklich. Aber ich nahm natürlich an ...«

»Ich glaube, dir wird bald klarwerden, mein Junge, daß bei diesem Fall Annahmen jeder Art ziemlich riskant sind«, erwiderte der Inspektor. »Ich deutete nur an, daß Anzeichen für einen heftigen Kampf vorhanden sind, was stimmt. Und daß wir einen goldenen Knopf am Tatort fanden, was ebenfalls stimmt. Aber ich sagte nicht, daß das eine notwendigerweise mit dem anderen zusammenhängt. Nur zum Spaß – was siehst du, Ellery?«

»Ich sehe mehrere Fäden gleicher Länge mit sehr scharfen, sauberen Enden. Falls der Knopf während eines Handgemenges abgerissen wurde, wären die Fäden unterschiedlich lang, die Enden faserig und nicht so scharf und sauber. Der Knopf wurde mit einem scharfen Instrument abgetrennt. Vermutlich mit einer Schere.«

»Richtig«, stimmte Sergeant Voytershack zu.

»Richtig«, pflichtete der Inspektor bei.

»Fand man ihn in der Hand des Toten?«

»Auf dem Fußboden.«

Ellery zuckte mit den Schultern. »Nicht daß es das Bild ändern würde, wenn man ihn in seiner Hand gefunden hätte. Tatsache ist, daß einer den Knopf von einem Kleidungsstück Marco Importunatos abschnitt. Da er am Tatort gefunden wurde, liegt der Schluß nahe, daß ihn einer dort absichtlich hingelegt hat, um euch irrezuführen. Jemand, der nicht viel für Bruder Marco übrig hat.«

»Yessir, du hast den Nagel auf den Kopf getroffen«, meinte sein Vater. »Es macht einen netten sauberen Fingerzeig auf Marco zu einer schmutzigen Falle für ihn. Verstehst du? Etwas Einfaches wird zu kompliziert.«

Ellery runzelte die Stirn. Er nahm den Knopf auf und drehte ihn um. Das Relief auf der Vorderseite zeigte ein konventionelles Muster gekreuzter Anker und Taue. Dazwischen waren die Initialen M. I. eingraviert.

Er legte den Knopf hin und wandte sich dem Techniker zu. »Wurde von dem Fuß ein Abdruck gemacht, Sergeant? Ich möchte ihn mir gern ansehen.«

Voytershack schüttelte sein graues Haupt. »Hat der Inspektor ihn nicht beschrieben?«

»Keine Spur«, sagte der alte Herr. »Ich wollte nicht, daß er voreingenommen ist.«

Der Sergeant reichte Ellery eine Anzahl Fotos. Es waren große Nahaufnahmen aus verschiedenen Blickwinkeln von demselben Gegenstand, der auf einem kurzhaarigen Läufer zu liegen schien.

»Von welchem Material hebt sich der Fußabdruck ab?« fragte Ellery. »Es sieht wie Asche aus.«

»Es ist auch Asche«, antwortete Voytershack.

»Welcher Art?«

»Zigarrenasche.«

Es gab davon eine ganze Menge. Auf einem anderen Foto sah man einen großen Glasaschenbecher in einem Elfenbeinhalter ungefähr dreißig Zentimeter vom Aschenhaufen entfernt umgekippt liegen.

»Wessen Zigarren?« erkundigte sich Ellery. »Haben Sie das festgestellt?«

»Dieselben wie in einer Kassette auf dem Schreibtisch des Ermordeten«, erwiderte der Sergeant. »Kubanische. Erste Sorte.«

»Der Aschenbecher muß ziemlich voll gewesen sein, wenn er so viel Asche verstreute, als er umstürzte.«

»Alle behaupten, Julio sei ein Kettenraucher gewesen«, meinte Inspektor Queen. »Und das Mädchen hatte die Bibliothek morgens noch nicht saubergemacht.«

»Der Aschenbecher wurde also vermutlich beim Handgemenge vom Schreibtisch geworfen?«

»So sieht's aus. Joe wird dir Fotos von dem Zimmer zeigen. Stühle und Lampen umgefallen, eine zweihundert Jahre alte chinesische Vase zertrümmert, ein Gestell mit Kamingeräten umgeworfen – ein massiver, dreizinkiger Feuerhaken ist die Mordwaffe –, ein antikes Taboret zu Feuerholz zerschmettert, als wäre jemand darauf gefallen. Wie ich dir zu Hause erzählte, ein wüster Trümmerhaufen. Was hältst du von dem Fußabdruck, Ellery?«

»Der rechte Schuh eines Mannes; klein – schätze, höchstens acht, könnte sogar sieben sein. Die Sohle ist geriffelt. Vielleicht Krepp. Sicher irgendein Sportschuh. Diagonal in der Sohle befindet sich etwas, das wie ein tiefer Schnitt im Krepp aussieht. Er gehört bestimmt nicht zum Muster. Der Schnitt kreuzt vier aufeinanderfolgende Rippen im spitzen Winkel. Dad, dies muß die Identifikation doch zu einem Kinderspiel machen. Das heißt, falls ihr den Schuh gefunden habt.«

»Oh, wir fanden den Schuh«, erwiderte der Inspektor. »Ein Segelschuh mit Kreppsohle, wie du festgestellt hast, wurde in einem Schuhschrank im Ankleidezimmer des Ostapartments gefunden. Die Größe ist ungefähr siebeneinhalb. Paßt haargenau zu dem Abdruck in der Asche. Und hat einen Schnitt in der Sohle, der vier Rippen im spitzen Winkel kreuzt.«

»In Marco Importunatos Apartment? Sein Schuh?«

»In Marco Importunatos Apartment. Sein Schuh. Stimmt genau.«

»Joe, haben Sie den Schuh hier?«

Sergeant Voytershack holte ihn hervor. Es war ein gewöhnlicher marineblauer Sportschuh mit der üblichen dicken Kreppsohle. Ellery untersuchte den Schnitt.

»Kann ich eine Pinzette oder eine Zange haben, Joe? Etwas, um die Kanten des Schnittes auseinanderzuziehen.«

Voytershack reichte ihm ein Werkzeug und ein Vergrößerungsglas. Die beiden Beamten beobachteten Ellery mit ausdruckslosem Gesicht. Ellery trennte die Schnittkanten und blickte durch das Glas ins Innere.

Er sah mit einem Nicken auf. »Kein Zweifel möglich. Der Schnitt sieht neu aus – wahrscheinlich wurde er erst kürzlich gemacht. Und ich verstehe nicht, wie ein Schnitt von dieser Länge und gleichmäßigen Tiefe von irgend etwas herrühren soll, auf das er getreten ist. Es sei denn, der Träger habe auf einer Axt balanciert. Der Schnitt im Krepp wurde absichtlich gemacht. Und da dies ein Schuh ist, der serienweise produziert wird und beinahe überall erhältlich ist, ist er schlecht aufzuspüren. Der Schnitt kann nur dem Zweck gedient haben, die Identifikation zu erleichtern – den deutlichen Abdruck in der Zigarrenasche mit Marco Importunatos Schuh in Verbindung zu bringen. Mit anderen Worten, um Marco für den Mord an seinem Bruder verantwortlich zu machen. Ist Marco schon verhört worden?«

»Ganz vorsichtig«, erwiderte Inspektor Queen. »Nur so *en pas-*

sant. Bei diesem Fall ist Eile fehl am Platz. Wir sondieren erst einmal vorsichtig das Terrain.«

Ellery stellte Marco Importunatos Schuh hin. Sergeant Voytershack verstaute ihn sorgfältig.

»Und das ist alles, was gegen Marco spricht?« erkundigte sich Ellery. »Der goldene Knopf? Der Fußabdruck?«

»Er ist auch Linkshänder«, antwortete sein Vater.

»Linkshänder? Unmöglich. Kein Hahn kräht heute noch nach Mördern, die Linkshänder sind.«

»Das Verbrechen könnte aber von einem Linkshänder begangen worden sein.«

»Und wahrscheinlich sind alle anderen Verdächtigen Rechtshänder?«

»Über alle Verdächtigen weiß ich nicht Bescheid – wir haben noch nicht einmal die Oberfläche angekratzt. Jedenfalls sind Julio und Nino Rechtshänder.«

»Warum soll ein Linkshänder das Verbrechen begangen haben? Hast du einen Hinweis?«

Inspektor Queen deutete mit dem Kinn auf den Sergeanten. Schweigend übergab Voytershack Ellery eine Mappe mit Fotos.

Der Inspektor wies auf das oberste. »Sag's mir.«

Man sah die Ecke eines Zimmers.

Das Foto war kein Beispiel für die künstlerische Ader des Fotografen. Es zeigte einen schweren, länglichen, feudalen Schreibtisch aus Eiche, der üppig mit Schnitzereien verziert war. Ein Mann oder das, was einmal ein Mann gewesen war, saß anscheinend auf einem Drehstuhl mitten vor dem Schreibtisch. Der Blick fiel über den Schreibtisch auf den Toten. Oberkörper und Kopf waren nach vorn auf die Schreibtischoberfläche gesunken. Eine Seite des Kopfes war zertrümmert.

Ein großer Löscher und einige Papiere lagen auf dem Schreibtisch verstreut – glücklicherweise befand sich auf der Seite des zertrümmerten Kopfes eine Zeitung, die das Blut und die Gehirnmasse aufgesogen hatte. Diese ganze Seite – des Kopfes, der Schulter und des Schreibtisches – war ein Bild der Zerstörung.

»Nach der Wunde zu schließen«, meinte Ellery und verzog das Gesicht, »ein einziger Schlag und Volltreffer.« Er zeigte mit der Fingerspitze auf das Farbfoto. »Die Frage ist, wenn zwischen ihm und seinem Mörder ein Kampf stattfand, der so heftig war, daß

Vasen zertrümmert und Mobiliar zerschlagen wurde, wie kommt es, daß er mehr oder weniger friedlich vor seinem Schreibtisch sitzt?«

»Wir müssen annehmen, daß er den Kampf verlor«, erwiderte der Inspektor mit einem Achselzucken. »Der Mörder zwang ihn, sich hinter den Schreibtisch zu setzen, oder er überredete ihn dazu. Mit welcher Ausrede oder Drohung oder welchem Süßholzgeraspel kann sich jeder selbst ausmalen. Vielleicht, um sich über ihre Meinungsverschiedenheiten auszusprechen. Jedenfalls gelang es dem Mörder, Julio eins mit dem Feuerhaken überzuziehen. Es ist die einzige Theorie, die Sinn ergibt. Falls überhaupt etwas Sinn ergibt.«

»Läßt sich die Tatzeit bestimmen?«

»Gestern abend gegen zehn Uhr, lautet die vorläufige Schätzung des Arztes.«

»Hat jemand etwas vom Kampf gehört?«

»Die Zimmer der Bediensteten sind weit entfernt. Und was das Hören betrifft, so könnte man eine Rotte Kinder in diesen Räumen herumtollen lassen, ohne daß jemand sie hören würde. Zu der Zeit, als 99 East gebaut wurde, zog man noch Wände, die ihren Namen verdienen. Nein, keiner hörte den Kampf.«

Ellery legte die Aufnahme hin. Sergeant Voystershack wollte danach greifen, aber Ellery hatte sie schon wieder aufgehoben. »Und Prouty konnte sich nicht genauer über die Zeit äußern?«

»Du bist so ruhelos, mein Junge«, meinte sein Vater. »Entspricht dieser Fall nicht deinem gewohnten Niveau? Nein, Doc konnte es nicht – jedenfalls noch nicht heute, falls überhaupt.«

»Du scheinst nicht allzuviel Vertrauen in den Fall zu haben.«

»Und du«, erwiderte der Inspektor, »scheinst keine allzu große Eile zu haben, unsere Theorie des Linkshänders zu stützen.«

Ellery runzelte die Stirn und betrachtete das Foto mit zusammengekniffenen Augen. Eine Schmalseite des Schreibtisches berührte eine Seitenwand. Die Längsseite lief daher parallel zur Rückwand hinter dem Stuhl des Toten.

»Das ist nicht weiter schwer«, antwortete Ellery. »Nicht nach diesem Foto. Wenn der Schlag von dem Ort und aus dem Winkel geführt wurde – und angenommen, Julio saß auf dem Stuhl –, könnte der Schlag schon von einem Linkshänder herrühren.«

Der Inspektor und Sergeant Voytershack nickten ohne Begeisterung.

»Das ist alles?« erkundigte sich Inspektor Queen.

»Nein, für mich nicht«, erwiderte Ellery. »Noch nicht. Es paßt, daß Marco Linkshänder ist. Aber da liegt das Problem. Falls der Verdacht auf Marco gelenkt werden soll, falls der Knopf und der Fußabdruck falsche Spuren sind, kann auch die linkshändige Täterschaft Schwindel sein. Ich würde mir den Tatort gern näher ansehen, Dad. Und könntest du es so einrichten, daß uns der Privatsekretär – wie heißt er noch gleich – Peter Ennis? – dort erwartet?«

Es war 9.35 Uhr abends, als die Queens mit dem kleinen Privataufzug zum obersten Stockwerk 99 East hinauffuhren und die einfache Halle betraten, die sowohl zu dem Ost- wie zu dem Westapartment des neunten Stockes gehörte. Sie hatten sich durch das Wespennest der Reporter und Fotografen im Erdgeschoß kämpfen müssen, und beide Männer waren zerzaust.

»Machen Sie auf«, schnauzte der Inspektor den Beamten an, der die Osttür bewachte. Der Mann klopfte dreimal, und ein zweiter Beamter öffnete die Tür von innen.

»Schlimm dort unten, Inspektor?« erkundigte er sich.

»Kampf bis aufs Messer. In Ordnung, Mulvey, wir finden den Weg.«

Ellery folgte seinem Vater und betrachtete die hohen Decken und Rokokoverzierungen des Apartments. Die Möbel waren schwer und meist italienischer Herkunft, aber die Einrichtung war erstaunlich hell. Sie drückte keinen besonderen Stil aus, sondern eher die Launen des Dekorateurs, der zweifellos Julio Importuna geheißen hatte. Der Ermordete muß ein leichtherziger, farbenfroher Bonvivant gewesen sein, überlegte Ellery. Das lebensgroße Ölporträt im Wohnzimmer, an dem sie vorbeigingen, bestätigte seine Annahme. Es zeigte einen großen, teigigen Mann mit kräftigem Schnurrbart und Augen, die vor liebenswertem Mutwillen glühten. Die Symbolik des Malers war so herzhaft wie sein Modell.

Endlich drangen sie zum Tatort durch. Die Bibliothek war im selben Zustand wie zur Stunde, als Peter Ennis den Toten gefunden hatte: Stühle waren umgestürzt, Lampen lagen zerbrochen am Boden, der Ständer mit den Kamingeräten lag auf der Kaminplatte, sogar die Überreste des antiken Taborets lagen dort, wo es zusammengebrochen war. Nur für Julio Importunatos Leiche war ein Stellvertreter zurückgeblieben – der geisterhafte Umriß seines Oberkörpers und Kopfes in Kreide auf dem blutigen Schreibtisch.

»War dort der Fußabdruck?« Ellery deutete mit der Fußspitze auf ein Loch von sechzig Zentimeter Durchmesser in dem kobaltblauen indischen Läufer. Das Stück war in der Nähe einer der vorderen Ecken des Schreibtisches aus der Brücke herausgeschnitten worden.

Inspektor Queen nickte. »Für das Büro des Distriktsanwalts.«

»Ist Ennis hier?«

Der Inspektor nickte dem wachhabenden Beamten zu. Dieser öffnete eine Tür am entfernten Ende der Bibliothek. Zwei Männer traten ein. Der Mann, der zuerst auftauchte, war auf keinen Fall Ennis. Er wanderte ohne Eile herum wie der Kapitän eines Schiffes. Peter Ennis folgte mit schnellen kleinen Schritten als Paradebeispiel eines Untergebenen. Die kleinen Schritte ließen den naturgegebenen Vorteil der Größe, den er über seinen Arbeitgeber hatte, zusammenschrumpfen.

»Dies ist Mr. Importuna«, verkündete der jüngere Mann. »Mr. Nino Importuna.« Er besaß eine erstaunlich hohe Tenorstimme, die man bei einem Mann seiner Größe und seiner männlichen blonden Erscheinung nicht erwartet hätte.

Keiner nahm diese Fanfare gebührend zur Kenntnis. Ennis trat errötend einen Schritt zurück.

Importuna blieb vor dem Schreibtisch seines ermordeten Bruders stehen und blickte ausdruckslos auf das getrocknete Blut, die Gehirnmasse und den Kreideumriß nieder.

»Dies ist das erstemal« – seine rechte Hand mit den vier Fingern umschrieb ein undeutliches Oval –, »daß ich dies sehe. Sie ließen mich bis jetzt nicht rein.«

»Sie sollten auch jetzt nicht hier sein, Mr. Importuna«, sagte der Inspektor. »Ich wollte es Ihnen lieber ersparen.«

»Freundlich, aber unnötig«, erwiderte der Multimillionär. Aus seiner tiefen und trockenen Stimme klang ein schwaches Echo von Gewissensbissen wie aus einem alten Brunnen. »Italienische Contadini sind an den Anblick von Blut gewöhnt ... So sieht also der Mord an einem Bruder aus. *Omicidio a sangue freddo.*«

»Warum sagen Sie ›kaltblütig‹, Mr. Importuna?« fragte Ellery.

Die gesenkten Augen wandten sich Ellery zu. »Wer sind Sie? Sie sind kein Polizeibeamter.«

»Mein Sohn Ellery«, stellte der Inspektor schnell vor. »Er hat ein berufsmäßiges Interesse an Mordfällen, Mr. Importuna, obwohl er von Beruf kein Polizist ist. Er schreibt über die Arbeit der Polizei.«

»Oh. Mein Bruder Julio dient Ihnen also als Rohmaterial, Mr. Queen?«

»Nicht aus Profitgier«, erwiderte Ellery. »Wir halten dies für einen schwierigen Fall, Mr. Importuna. Ich helfe nur. Aber Sie haben meine Frage nicht beantwortet.«

»Sie verstehen Italienisch?«

»Ein wenig. Warum ›kaltblütig‹?«

»Ein Schlag, der mit großer Wucht und Genauigkeit geführt wurde. Das ist kein Werk der Wut oder blinden Hasses. Wenn mein Bruder leidenschaftlich angegriffen worden wäre, hätte es nicht einen, sondern viele Schläge gegeben.«

»An Ihnen ist ein Detektiv verlorengegangen, Mr. Importuna«, erwiderte Ellery. »Sie haben gerade eine äußerst wichtige Bemerkung gemacht.«

Nino Importuna zuckte mit den Achseln. »Nebenbei, meine Herren, muß ich meine Frau entschuldigen, weil sie nicht erschienen ist. Mrs. Importuna mochte Julio sehr gerne. Sein Tod hat sie so erschüttert, daß ich ihr verbieten mußte, den Fuß in dieses Apartment zu setzen.«

»Wir müssen natürlich mit ihr sprechen«, erwiderte der Inspektor. »Aber es eilt nicht. Wann es Ihrer Frau paßt, Mr. Importuna.«

»Danke. Ich habe erfahren, daß Sie meinen Sekretär, Mr. Ennis, noch einmal ausfragen wollen.«

»Mein Sohn möchte es.«

»Peter, erzählen Sie Mr. Queen alles, was er wissen will.«

Der grobschlächtige Mann zog sich zur nächsten Wand zurück. In der Nähe war ein Stuhl, aber er lehnte sich gegen die Wand. Sein weibischer Mund war zusammengepreßt, seine Augen waren auf Ennis gerichtet.

»Ich nehme an«, sagte Peter Ennis zu Ellery, »ich soll die Geschichte wiederholen – ich meine, wie ich ihn fand . . .«

»Nein«, antwortete Ellery.

»Nein?«

»Nein, ich möchte, daß Sie mir die Eindrücke schildern, die Sie hatten, als Sie über den ersten Schock hinweggekommen waren.«

»Tut mir leid«, stammelte der blonde Sekretär. »Tut mir leid, ich verstehe nicht genau, was Sie . . .«

Ellery lächelte ihm zu. »Ich mache Ihnen keinen Vorwurf daraus, daß Sie verwirrt sind. Ich bin selbst nicht ganz sicher, wonach ich taste. Versuchen wir's mal so. Fiel Ihnen zu jener Zeit in dem Zimmer irgend etwas auf, das anders war als sonst? Ich habe gehört, daß Sie mit allen drei Apartments vertraut sind. Manchmal hat man ein ungutes Gefühl, eine Art innere Unruhe, wenn man eine vertraute Umgebung betritt und etwas nicht an seinem gewohnten Platz ist, fehlt oder hinzugefügt worden ist.«

»Natürlich, die umgeworfenen Gegenstände, das zerbrochene Gerät . . .«

»Abgesehen davon, Mr. Ennis?«

»Nun . . .«

»Einen Augenblick.«

Inspektor Queen sah, daß Ellery etwas entdeckt hatte – wie ein Spürhund, dem er oft ähnelte. Er zitterte beinahe, so still stand er. Er konzentrierte seine Aufmerksamkeit auf den Teppich und die Rückwand des Zimmers.

Plötzlich lief er hinüber, ließ sich auf ein Knie fallen und studierte es aus der Nähe. Dann rutschte er zu einer Stelle, die ein gutes Stück hinter dem Schreibtisch lag, und untersuchte dort etwas. Danach sprang er auf die Füße, rannte zur Vorderseite des Schreibtisches, ließ sich auf alle viere nieder und schaute hinunter auf einen Punkt, der ungefähr um ein Drittel der Schreibtischlänge von der Seitenwand entfernt war.

Diesmal winkte er dem Wachhabenden, als er sich erhob.

»Könnten Sie mir bitte behilflich sein?«

Er wies den Beamten an, den Schreibtisch an der vorderen Ecke zu heben, die der Seitenwand am nächsten war. »Nur zwei Zentimeter oder so. Etwas höher. Gut so. Halten Sie ihn einen Augenblick.« Er starrte aus der Nähe auf die Brücke unter dem Eckbein nieder. »Schön. Jetzt hier drüben.«

Der Wachhabende mußte die Prozedur an jeder Ecke des Schreibtisches wiederholen. Ellerys Untersuchung an der hinteren Ecke neben der Seitenwand dauerte etwas länger.

Endlich nickte er dem Beamten zu und erhob sich.

»Nun?« Die Stimme des Inspektors verriet keine Überraschung.

Ellery blickte hinüber zu Ennis und Importuna. Sein Vater antwortete ihm mit einem leichten Nicken. Ellery kehrte sofort zu seinem ersten Betrachtungspunkt zurück. »Wenn Sie die Brücke hier untersuchen«, sagte er, »werden Sie einen runden Abdruck vom Durchmesser eines Schreibtischfußes finden, aber an einer Stelle, wo keiner steht. Andererseits werden Sie, wenn Sie das nächste Bein des Schreibtisches heben und den darunterliegenden Läufer betrachten, etwas Seltsames feststellen. Der Abdruck dort ist nicht annähernd so tief wie der, wo kein Bein steht.

Hier drüben —« und Ellery schritt zu seinem zweiten Untersuchungspunkt hinter dem Schreibtisch, beinahe an der Rückwand, »genau dieselbe Erscheinung: ein sehr tiefer Abdruck dort, wo sich jetzt kein Bein befindet, aber offensichtlich lange Zeit eins stand. Doch dort, wo das entsprechende Bein wirklich steht, ist ein viel schwächerer Abdruck.

Wenn Sie zur Vorderseite des Schreibtisches, ein Stückchen von der Seitenwand entfernt, gehen und halb unter dem Tisch nachsehen, werden Sie wieder einen tiefen Abdruck entdecken, während die Brücke unter dem nächsten Bein nur schwach eingedrückt ist.

Und falls Sie die Brücke unter dem hinteren Bein, das der Seitenwand am nächsten steht, betrachten, machen Sie die interessante Feststellung, daß dort kein schwacher Abdruck ist wie bei den drei anderen Beinen, sondern ein noch tieferer als die anderen tiefen. Als hätte man dieses Bein als Drehpunkt benutzt.

Die einzig mögliche Schlußfolgerung ist«, sagte Ellery, »daß der Schreibtisch verschoben wurde — von dort, wo er gewöhnlich stand, nach dort, wo er jetzt steht. Und zwar erst kürzlich.«

»Also?« erkundigte sich der Inspektor auf dieselbe unbewegliche Weise.

»Lassen wir uns von den tiefen Abdrücken leiten — Wachtmeister, könnten Sie den Schreibtisch bitte an dieser Ecke anfassen? —, ihn um das hintere Bein zur Seitenwand drehen und ihn genau auf die tiefen Abdrücke stellen ... Nein, noch etwas weiter. So ist's richtig. Jetzt steht der Schreibtisch wieder wie gewöhnlich — übereck, wie Sie sehen. Und der Drehstuhl ist praktisch in den kleinen dreieckigen, freien Raum hinter dem Tisch eingeklemmt. Man hat an den Seiten kaum genug Platz, um dahinter zu gelangen. Es muß ein arges Gequetsche gewesen sein, wenn sich Mr. Importunato mit seinem Körperumfang dort hinsetzen wollte. Stimmt's, Mr. Ennis?«

Peter Ennis' Verlegenheit war peinlich. »Ich weiß wirklich nicht, was ich sagen soll, Mr. Queen. Natürlich hat der Tisch immer so gestanden. Ich kann mir nicht vorstellen, warum ich nicht bemerkt habe, daß er umgestellt wurde. Wenn es nicht der Schock gewesen ist ...«

»Das mag's gewesen sein«, erwiderte Ellery freundlich. »Und Sie, Mr. Importuna? Anscheinend ist Ihnen die Veränderung auch verborgen geblieben?«

»Mr. Importuna kommt selten hierher . . .«, warf Ennis schnell ein.

»Ich kann selber antworten, Peter«, meinte Nino Importuna, und der junge Mann errötete wieder. »Ich habe sofort, als ich hereinkam, bemerkt, daß der Tisch umgestellt worden war, Mr. Queen. Aber ich dachte, die Polizei hätte ihn während ihrer ersten Untersuchung verschoben.« Die Augen waren undurchdringlich. »Macht das einen Unterschied? Sehen Sie darin eine Bedeutung?«

»Jede Abweichung macht einen Unterschied«, antwortete Ellery. »Ja, ich messe dem Bedeutung bei, Mr. Importuna. Wie dem Knopf und dem Fußabdruck . . .«

»Knopf? Fußabdruck?« Der Multimillionär starrte sie an. »Welcher Knopf? Wessen Fußabdruck? Keiner hat mir erzählt . . .«

Der Inspektor klärte ihn bereitwillig auf.

»Der Knopf und der Fußabdruck waren falsche Spuren, um Ihren Bruder Marco zu verdächtigen«, erklärte Ellery. »Das Umstellen des Schreibtisches scheint einem ähnlichen Motiv entsprungen. Marco ist Linkshänder. Die Position des Schreibtisches – parallel zur Rückwand –, als Julio gefunden wurde, und die Seite des Kopfes, die von dem Schlag getroffen wurde, könnten vermuten lassen, daß der Schlag von einem Linkshänder geführt wurde. So haben wir also wieder einen Beweis für Marcos Schuld. Oder wenigstens keinen Widerspruch zu dieser Theorie.

Jetzt wissen wir jedoch, daß auch der umgestellte Tisch eine falsche Spur war. Denn was passiert, wenn der Tisch in seine gewohnte Position übereck geschoben wird, wie er auch in Wirklichkeit stand, als der Schlag geführt wurde? In dieser Stellung ist es für einen Linkshänder unmöglich, Julios Kopf an der Seite zu treffen, an der sich die tödliche Wunde befindet. Es ist einfach nicht genug Platz, um den Feuerhaken zu schwingen. Der Mörder hat das erkannt. Um die Vermutung, daß der Schlag von einem Linkshänder kam, zu verstärken, mußte er den Tisch umstellen.

Jetzt sind also nicht nur der Knopf und der Fußabdruck mit Vorsicht zu genießen«, meinte Ellery, »sondern auch der linkshändige Täter. Kurz, alle Hinweise auf Marco sind suspekt. Das ist für Marco sicher eine Erleichterung, uns fehlt jetzt jedoch jeglicher Anhaltspunkt.«

Er sah seinen Vater an. »Wußtest du von dem Schreibtisch?«

Inspektor Queen nickte. »Daher wollte ich dich gern dabei haben, Ellery. Diese gerissenen Tricks liegen dir mehr als uns.«

»Ich glaube, ich verstehe Sie nicht ganz«, krächzte Importuna.

»Jemand hatte nicht nur mit Julio ein Hühnchen zu rupfen, Mr. Importuna«, erklärte Ellery, »sondern anscheinend auch mit Ihrem Bruder Marco. Jedenfalls ist er nicht davor zurückgeschreckt, Marco zum Verdächtigen zu stempeln. Wer haßte Julio und möglicherweise auch Marco so sehr, um den einen zu ermorden und den Verdacht auf den anderen zu lenken?«

»Was das betrifft, habe ich Inspektor Queen und die Polizeibeamten schon über Julio aufgeklärt. In Julios Fall kann ich es mir nicht einmal mit Phantasie vorstellen. Er war wie ein fetter, munterer Hund, ein junger Bernhardiner, der spielerisch in Sachen hineinschlitterte und die Menschen mit seiner Zuneigung umwarf. Er war nicht gemein und wollte niemanden verletzen. Voller Freude, Späße und Gutmütigkeit. Großzügig mit seinem Geld, immer bereit zu helfen. Ein frommer Mann . . .«

»Sie beschreiben einen Heiligen, Mr. Importuna«, murmelte Ellery. »Aber das Porträt in seinem Apartment verrät, daß der Heilige auch einige Schwächen hatte, wie zum Beispiel das Glücksspiel.«

»Falls Sie damit andeuten wollen, daß er in finanziellen Schwierigkeiten steckte, ist das zum Lachen, Mr. Queen. Ich versichere Ihnen, das trifft nicht zu. Und falls es so gewesen wäre, hätten Marco und ich ihn hundertmal herausgeholt.« Die weichen Lippen lächelten nun tatsächlich.

»Oder Frauen«, schlug Ellery vor.

»O ja, Frauen«, erwiderte Nino Importuna mit einem Achselzucken. »Julio hatte viele Freundinnen. Aber wenn er genug von ihnen hatte, waren sie reicher und glücklicher.«

»Frauen haben manchmal Ehemänner, Mr. Importuna. Eifersüchtige Ehemänner.«

»Julio gab sich nicht mit verheirateten Frauen ab«, sagte der Multimillionär scharf. »Das war in der Familie streng tabu. Die Heiligkeit der Ehe wurde uns von Kindheit an eingebleut. Julio hätte ebensogut eine Nonne vergewaltigen können wie mit einer verheirateten Frau schlafen.«

»Wie steht's mit dem Geschäft, Mr. Importuna? Sie können kaum zu dritt so hoch gestiegen sein, ohne vielen auf die Zehen zu treten – ohne sogar einige Leben zu ruinieren. War Julio auch ein Heiliger, wenn's ums Geschäft ging?«

Die Lippen kräuselten sich wieder. »Sie zögern nicht, frei von der Leber weg zu sprechen, Mr. Queen.«

»Nicht in einem Mordfall.«

Der Multimillionär nickte. »Ein Besessener, wie ich sehe. Nein, Mr. Queen, Julio interessierte sich nicht für große Transaktionen. Er wäre, wie er oft sagte, als *venditore di generi alimentari* glücklicher gewesen, wenn er den ganzen Tag *pasta* und Tomaten hätte verkaufen können und Käse schneiden. Was Sie behaupten, streite ich nicht ab. Um auf dem internationalen Markt großes Geld zu machen, muß man *inumano – spietato* – sein, ohne Gefühl. Marco und ich waren *spietato*, wenn es sein mußte. Julio habe ich nie gebeten, an solchen Sachen teilzunehmen. Er hätte es auch abgelehnt. Ich erhielt ihm seinen Seelenfrieden, würde er lachend bekennen. Wie ich schon sagte, er war ein frommer und guter Mensch. Jeder, aber auch jeder, liebte ihn.«

»Nicht jeder, tut mir leid«, erwiderte Ellery. »Es gibt mindestens einen, der das nicht tat. Und wie steht's mit Marco, Mr. Importuna? Ist Marco bei allen beliebt?«

Nino schüttelte den gewaltigen Kopf; ob in Verneinung oder aus Verärgerung über die Frage konnte Ellery nicht entscheiden. Er sagte schnell und sanft etwas auf italienisch, das Ellery nicht verstand. Als er Importunas außerordentliche Augen betrachtete, dachte er: um so besser.

»Ich glaube«, warf Inspektor Queen plötzlich ein, »wir gehen weiter, Mr. Importuna, und führen das längst fällige Gespräch mit Marco.«

Falls die Umgebung etwas über den Menschen aussagt, überlegte Ellery im Gehen, ist Marco der überspannte Intellektuelle unter den drei Brüdern. Sein Apartment war so verschieden von Julios wie Andy Warhols Ära von Michelangelos Florenz. Jede Verzierung des spätviktorianischen Stils war entfernt, geändert oder verdeckt worden. Sie durchquerten nackte, weiße, kubische Räume, die wie leere Krankenzimmer aussahen. Nur die Fußböden prangten in rohen, schreienden Farben. Gelegentlich sprang ein Kunstprodukt ins Auge – ein sich krümmendes Möbelstück aus unwahrscheinlichem Material, eine isolierte Ansammlung von Skulpturen. Von einer Wand reckte sich eine gigantische Texaco-Pumpe in den Raum, im Begriff, dem Liebhaber der Pop-Art auf den Kopf zu fallen. Ein anderes Zimmer war anscheinend psychedelischen Lichtspielereien geweiht. Ellery sah Flutlichter, Scheinwerfer, Feuerräder und Stecknadelleuchten, auf denen man wie auf einer Orgel spielen konnte.

Sie fanden den Besitzer dieser zeitgenössischen Herrlichkeiten in einer Gymnastikhalle, die gleichzeitig als Spielzimmer diente und an seine Privatwohnung angrenzte. Er trug eine braunrote Sporthose, saß mit gekreuzten Beinen auf einem Trampolin und hielt ein Whiskyglas umklammert. Die glänzende Ebenholzbar in der Nähe war offensichtlich von woanders herbeigerückt worden und zeigte Spuren von zahlreichen Trinkgelagen.

»Nino.« Er kroch vom Trampolin und balancierte dabei das Glas in den Händen. »Gott sei Dank. Weißt du, daß ich seit einer Ewigkeit versuche, dich zu erreichen? Ich habe Virginia, ich weiß nicht wie oft, angerufen. Wo hast du gesteckt? Mein Gott, Nino, wenn ich dich je brauchte, dann heute. Der schrecklichste Tag meines Lebens.« Marco Importunato stolperte seinem Bruder in die Arme und leerte den Whisky über sie beide aus.

Er begann ganz ungeniert zu schluchzen.

»Peter«, sagte Importuna. Wie gewöhnlich war aus seinem Tonfall nichts zu lesen, kein Ärger, keine Verlegenheit, keine Abneigung, nicht einmal Mitgefühl.

Ennis eilte vorwärts. Gemeinsam schleppten sie Marco rückwärts zu einem Stuhl, und Importuna nahm ihm das Glas fort. Ennis griff nach einem Barhandtuch und begann Importunas Jackett zu trocknen.

»Macht nichts«, sagte der Multimillionär. »Wie Sie sehen, Inspektor Queen, ist er betrunken. Ich glaube, Sie verschieben das Verhör auf ein anderes Mal.«

»Nein, Sir. Ich möchte jetzt mit ihm reden, wenn Sie nichts dagegen haben«, erwiderte der Inspektor. Er beugte sich über den Weinenden. »Mr. Importunato, wissen Sie, wer ich bin?«

»Sicher weiß ich, wer Sie sind«, sagte Marco mit grämlicher Kargheit. »Was für eine Frage. Sie sind Polyp. Inspektor Irgendwer.«

»Queen. Dies ist mein Sohn Ellery Queen. Tut mir leid, daß wir Sie den ganzen Tag warten lassen mußten . . .«

»Verdammt richtig. Genau, Nino. Daher bin ich blau. Habe auf ihre verfluchten Fragen gewartet und konnte an nichts anderes denken als an den armen alten Julio. Armer Bastard. Hat nie einer Fliege etwas zuleide getan. Gib mein Glas her!«

»Nicht mehr, Marco«, erwiderte sein Bruder.

Marco torkelte auf und griff danach. Importuna trat ihm in den Weg. Der jüngere Mann klammerte sich weinend an ihn.

»Was wollen Sie in dieser Verfassung aus ihm herauskriegen?« fragte Importuna den Inspektor.

»Das kann man nie wissen. Und ich kann nicht warten, bis er nüchtern wird«, antwortete der Inspektor.

»Aber was sollte er über Julios Tod wissen?«

»Das kann ich Ihnen nicht sagen, Mr. Importuna. Das möchte ich herausbekommen.«

Ellery ergriff die Gelegenheit, um den Mann im Turndreß einzuschätzen. Während Nino gedrungen und kräftig war und Julio groß und weich, war der mittlere Bruder zart, fast schwindsüchtig und hatte schwache Knochen. Seine olivfarbene Haut wirkte gebleicht, als fehle ihr die Sonne. Um seinen Mund liefen tiefe Angstlinien, und er hatte blutunterlaufene Augen.

Marco Importunato war offensichtlich neurotisch veranlagt und sehr stark von seinem ältesten Bruder abhängig. Als Ellery das bleiche, eingesunkene Gesicht betrachtete, das von Angst und Kummer zerfurcht, aber doch durch die Nähe des Bruders erleichtert wirkte, erinnerte er ihn an ein erschrecktes Kind, das seine Beine um den Vater schlingt. Es war nur ein momentaner Eindruck und daher mit Vorsicht zu genießen. Er vermeinte auf dem älteren, schwereren Gesicht einen schwachen Ausdruck liebevoller Verachtung zu erblicken. Auch das paßte. Nino Importuna schien kein Mann zu sein, der Schwäche achtete, besonders nicht beim eigenen Fleisch und Blut. Da traf es zu empfindlich.

Importuna machte Ennis ein Zeichen, und der Sekretär sprang wieder vor, um Marco auf den Stuhl zu setzen. Der untersetzte Mann ging hinter die Theke, kippte den größten Teil des Whiskys aus und reichte seinem Bruder den kleinen Rest. Marco nahm einen zittrigen Schluck. Dann nickte er zu etwas, das Importuna ihm zugeflüstert hatte.

»Er kann jetzt reden«, sagte der Multimillionär und nahm ihm das Glas fort.

»Mr. Importunato«, begann Inspektor Queen sofort, »erinnern Sie sich daran, daß Sie heute morgen einen Goldknopf mit dem Monogramm M.I. gezeigt bekamen?«

Marco stotterte etwas über Knopf – Knopf?

»Inspektor Mackey aus Manhattan-Nord zeigte ihn Ihnen, Mr. Importunato, und Sie identifizierten ihn als den Ihren. Erinnern Sie sich daran?«

»Oh, sicher. Klare Sache. Das Ding ging von meiner Segeljacke ab. Sagte ich ihm. Netter alter Vogel. Nur schrecklich schlechter Atem. Sein bester Freund sollte ihn darauf aufmerksam machen.«

»Marco«, mahnte der ältere Bruder.

»Wissen Sie, wo der Knopf gefunden wurde?«

Marco schüttelte den Kopf.

»Auf dem Fußboden der Bibliothek Ihres Bruders Julio.«

»Was Sie nicht sagen.«

»Können Sie erklären, wie er dorthin kam, Mr. Importunato? Und wann?«

Marco Importunato blinzelte durch den Nebel.

Inspektor Queen ging zum Trampolin, zog es zum Stuhl und setzte sich. Er tätschelte das haarige Knie des halbnackten Mannes freundschaftlich. »Ich bin dabei, eine Vorschrift des Polizeiverhörs zu verletzen, Marco – Sie haben doch nichts dagegen, daß ich Sie Marco nenne? –, wenn ich Ihnen erzähle, was wir über Ihren Goldknopf herausgefunden haben. Hören Sie zu, Marco?«

»*Si*. Ich meine, ja.«

»Zuerst dachten wir, Sie wären der Mann, der den Streit mit Julio hatte. Und daß er den Knopf während des Handgemenges von Ihrer Jacke riß.«

»N-nein«, sagte Marco mit beinahe kraftvollem Kopfschütteln.

»Aber bei näherer Untersuchung erkannten wir, daß der Knopf nicht von der Jacke abgerissen, sondern höchstwahrscheinlich mit der Schere abgeschnitten worden war. So entschieden wir, daß jemand versucht, Ihnen den Mord an Ihrem Bruder in die Schuhe zu schieben. Verstehen Sie mich, Marco?«

»Sicher verstehe ich«, erwiderte Marco würdevoll. »Und wissen Sie, was ich darauf antworte? Lächerlich!«

»Was meinen Sie damit?«

»Ich kann Ihnen erzählen, wer den Knopf von meiner Jacke abgeschnitten hat.«

»Das können Sie? Wer?«

»Ich.«

»Sie?«

»Hab’ ihn schnipp-schnapp abgeschnitten. Mit meiner Nagelschere. War locker, und ich wollte ihn nicht verlieren. Ist schließlich aus Gold. Die Importunatos waren immer eine sparsame Familie. Die *famiglia* hatte keine andere Wahl. Kann kein Geld zum Fenster rauswerfen, wenn man keins hat, eh, Nino?« Marco schielte zu seinem Bruder hin.

Importuna lächelte nicht zurück.

»Wann passierte das, Mr. Importunato?« erkundigte sich Ellery. »Wann haben Sie den Knopf abgeschnitten?«

»Ich weiß nicht. Was ist heute? Gestern. Stimmt. Hatte noch keine Zeit, Tebaldo zu sagen, er soll ihn wieder annähen.«

»Tebaldo?«

»Sein Diener«, erklärte Importuna.

»Was haben Sie mit dem Knopf gemacht, Mr. Importunato?«

»Was wohl?« wiederholte der Mann im Turndreß gekränkt. »In die Tasche gesteckt, natürlich. Wer sind Sie noch mal?«

»Mein Name ist Queen. In welche Tasche? Die Ihrer Segeljacke?«

»Aye, aye, Sir. *Si, capitano mio.*«

»Befindet sich die Jacke auf der Wache, Dad? Ich vermute, daß die Beamten der technischen Abteilung sie mitgenommen haben.«

»Sie ist im Labor.«

»Ich hätte daran denken sollen, sie zu untersuchen. Könnte ich irgendwo ein Telefon benutzen, Mr. Importuna?«

»Im Schlafzimmer meines Bruders ist ein Anschluß.«

»Erlauben Sie, Mr. Importunato?«

»Rufen Sie Tokio an. Oder wo Sie wollen.« Marco winkte freundlich.

Ellery war in wenigen Minuten zurück. Er zog sich an der Nase, als wäre sie aus Toffee. »Dieser Fall steckt wirklich voller Überraschungen, Dad. Ich bin gerade davon unterrichtet worden, daß bei einer Untersuchung der linken Tasche – die Jacke hat aufgesetzte Taschen – festgestellt worden ist, daß das Futter ein wenig herausschaut. Es ist also ein nicht sehr bemerkenswertes Loch unten in der Tasche, groß genug, daß ein Knopf hindurchschlüpfen kann.«

Die Queens sahen einander an.

»Dieser *stupido* Tebaldo«, meinte Marco und schüttelte den Kopf.

»Hätte ich ihn doch gefeuert, statt angeheuert. He, hast du das gehört? Ich bin ein Dichter und wußte es nicht.«

»Erzählen Sie mir nur noch dies, Marco«, sagte Inspektor Queen. »Kennen Sie den Schuh, den wir heute ausgeliehen haben? Den mit der Kreppsohle?«

»Behalten Sie ihn«, erwiderte Marco großzügig. »Sie können auch den anderen haben. Ich habe mehr Schuhe als Macy und Gimbel zusammen.«

»Wissen Sie, daß über die halbe Länge der Sohle ein tiefer Schnitt verläuft?«

»Was heißt ›wissen Sie‹? Natürlich weiß ich das! Passierte – wann? Na, ist nicht wichtig. Vor einigen Tagen.«

»Oh?« Der Inspektor sah verwirrt drein. »Wie passierte es?«

»Ich wollte eine spezielle Freundin zum Segeln in Larchmont mitnehmen – habe dort eins meiner Boote liegen. Sie kam irgendwo vom Land, und ich wollte sie am Grand Central abholen. Was tue ich? Ich trete auf einen blöden Kaugummi, den ein Schmutzfink auf den Boden gespuckt hat. Machte mich total verrückt. So ging ich also hinunter auf die Toilette, zog den Schuh aus und borgte von der Klofrau ein Messer. Während ich den Kaugummi zwischen den Rillen ausgrub, rutschte die Schneide ab und ratsch – der schönste kleine Schnitt, den Sie je gesehen haben. Die reinste Chirurgie. Oh, Sie haben ihn ja wirklich gesehen. Stimmt.«

»Warum haben Sie uns nicht vorher erzählt, daß Sie den Knopf von der Jacke abgeschnitten und den Schnitt in Ihre Sohle gemacht haben?« knurrte der Inspektor.

»Sie haben mich nicht danach gefragt«, wehrte sich Marco wütend. »Niemand hat mich gefragt. Nino, noch'n Drink! Mir hängen diese dummen Fragen zum Hals raus.«

»Nein«, lehnte sein Bruder ab.

Etwas in seiner Stimme ließ Marco vorsichtig blinzeln. Er beschloß zu lachen. »Sie müssen wissen; daß Nino scharfes Zeug meidet. Etwas *vino* ab und zu, das genügt ihm. So ist mein Bruder. Niemand wird ihn je blau erleben. Zu schlau, eh, Nino?«

»Ich glaube«, sagte Importuna zum Inspektor, »mein Bruder hat genug Fragen beantwortet.«

»Ich bin fast fertig, Mr. Importuna.«

»Ich möchte Ihrer Arbeit nicht im Weg stehen, aber wenn Sie so weitermachen, muß ich unseren Anwalt zuziehen. Ich hätte von

Anfang an darauf bestehen sollen. Sie sehen Marcos Verfassung, Inspektor. Dies war für uns alle ein schlimmer Tag ...«

»Was ist?« schrie Marco. »Was stimmt mit meiner Verfassung nicht?« Er kam torkelnd auf die Füße und begann, die knochigen Fäuste zu schwingen. »Gleich werden Sie mich noch Saufbold nennen. Ich bestehe jeden Test ...«

Importuna nickte kurz, und Peter Ennis sprang wieder vor, um ihm mit dem jetzt rebellischen Mann zu helfen. Während sie ihm begütigend zuredeten und ihn zum Sessel zurückbrachten, nahmen die Queens die Gelegenheit wahr, sich außer Hörweite zu besprechen.

»Da Marco den Knopf abgeschnitten hat«, murmelte der Inspektor. »und den Schnitt zufällig selbst in den Schuh gemacht hat, ist unsere Sündenbocktheorie im Eimer, Ellery. Der Knopf fiel einfach aus dem Loch in der Tasche, und der Fußabdruck in der Zigarrenasche ist ein legitimes Indiz. Nach diesen Eingeständnissen weisen beide Fingerzeige darauf hin, daß Marco tatsächlich in Julios Bibliothek war.«

»Erlaubst du, daß ich nach all den Ungereimtheiten, auf die wir bis jetzt gestoßen sind, daran zweifle?« Ellery zupfte sich nun nicht mehr an der Nase, sondern an der Unterlippe. »Schau, Dad, bei diesem Fall wimmelt es nur so von Widersprüchen. Laß uns wenigstens einige aufklären. Möchtest du Marco in Angriff nehmen, oder soll ich?«

»Besser ich. Importuna hat es sich in den Kopf gesetzt, mit seiner Macht zu drohen. Es ist für ihn schwerer, mich hinauszuwerfen ... Sie sind ein wenig aufgebracht, Mr. Importunato? Ich glaube nicht, daß Sie sich das momentan leisten können – so wie die Dinge für Sie stehen.«

Marco zuckte zusammen. Seine blasse Haut nahm einen grünlichen Schimmer an.

»Laß dich nicht aus der Ruhe bringen, Marco«, besänftigte ihn sein Bruder. »Was wollen Sie damit sagen, Inspektor Queen?«

»Ganz einfach. Wir wissen jetzt, daß der Verdacht nicht auf Marco gelenkt wurde. Er hat diese Theorie durch seine Eingeständnisse zunichte gemacht. Aber wir fanden seinen Knopf und seinen Fußabdruck in Julios Bibliothek. Das bedeutet in meiner Sprache, daß Ihr Bruder tatsächlich am Schauplatz des Verbrechens weilte. Ehe der Bezirksanwalt eingreift, würde ich Marco sehr empfehlen, seine Erklärungen, falls er welche hat, jetzt abzugeben.«

»Er braucht gar nichts zu erklären«, erwiderte der Multimillionär grob. »Mir wird's jetzt langsam zu bunt ...«

»Nino ...« Marco hob den Kopf von den zitternden Händen. »Ich möchte lieber reden.«

»Mir wäre es lieber, du würdest schweigen, wenigstens so lange, bis ich Emerson Lundy herbeizitieren kann.«

»Warum sollte ich nach einem Anwalt schreien, Nino?« Plötzlich war er erschreckend nüchtern. »Als wäre ich schuldig? Ich habe kein schlechtes Gewissen! Wenn diese Leute glauben, ich hätte Julio töten können ... Großer Gott, Julio war *famiglia* – mein leiblicher Bruder. Es stimmt, ich war gestern abend in Julios Bibliothek, Inspektor Queen. Und wir stritten uns. Aber ...«

»Zu welcher Zeit war das, Mr. Importunato?« erkundigte sich Inspektor Queen beiläufig, als hätte Marco etwas ganz Alltägliches gesagt.

»Ich kann es nicht genau angeben. Es war vor neun Uhr, denn ich weiß, daß es nicht ganz neun war, als ich ihn verließ.« Die blutunterlaufenen Augen suchten die des Inspektors. »Ich verließ ihn gesund und munter«, fuhr er fort.

»In welchem Zustand war das Zimmer? Die zerbrochenen Möbel, die umgestürzten Lampen ...«

»Davon weiß ich nicht das geringste. Als ich Julios Bibliothek verließ, war alles am gewohnten Platz. Wir hatten keine tätliche Auseinandersetzung, weiß Gott nicht, nur einen Disput, Inspektor. Ein etwas hitziges Gespräch unter Brüdern. Julio und ich diskutierten viel. Fragen Sie Nino. Fragen Sie, wen Sie wollen.«

»Marco, ich verlange, daß du den Mund hältst«, sagte sein Bruder. »Ich befehle es dir! Hörst du?«

»Nein«, erwiderte Marco heiser. »Sie glauben, ich habe Julio ermordet. Ich muß Sie überzeugen, daß ich es nicht war. Stellen Sie weitere Fragen, Inspektor! Los, fragen Sie mich.«

»Über was stritten Sie?«

»Übers Geschäft. Wir haben ein Familiengesetz, nach dem alle wichtigen Entscheidungen über Investitionen einstimmig von Nino, Julio und mir getroffen werden müssen. Wenn einer dagegen ist, kommt der Vertrag nicht zustande. Gewöhnlich fällt es uns nicht schwer, einer Meinung zu sein. Aber kürzlich schlug Nino vor, eine neue Gesellschaft zu gründen und die halbe kanadische Arktis zu kaufen, denn unser bester Geologe glaubt, daß in diesem Gebiet große Erdölvorkommen zu finden sind – nein, Nino, ich halte den

Mund nicht! –, größere als in Texas und Oklahoma. Wir können den Morgen für einen Dollar fünfzig erwerben. Es wäre also keine große Investition. Nach Überprüfung der Berichte hielten Nino und ich es für ein gutes Geschäft. Aber Julio wollte nicht einsteigen. Es kam also nicht zur notwendigen Übereinstimmung, und wir mußten den Plan fallenlassen. Nino war ärgerlich darüber und ich auch. Aber – Mord?« Sein Kopf wackelte wie der eines Kleinkindes oder eines Greises. Ob es eine bewußte Verneinung sein sollte oder einfach eine Schwäche der Halsmuskulatur, war nicht zu entscheiden.

»Fahren Sie fort, Mr. Importunato.«

»Ich dachte, vielleicht ist er heute abend besserer Stimmung, vielleicht kann ich seine Meinung ändern. Aber nein, er war noch immer absolut dagegen – er hatte es sich in den Kopf gesetzt, daß entweder jemand unseren Geologen bestochen hatte, uns um ein hübsches Sümmchen zu erleichtern, oder daß es ein wirtschaftliches Desaster bedeute, auch wenn Öl gefunden würde, eine Produktion und Pipeline über Tausende von Kilometern gefrorener Einöde aufzubauen. Ein Wort führte zum anderen, und wir begannen, einander lauthals italienische Flüche an den Kopf zu werfen.« Marco hob das von Tränen geschwollene Gesicht. »Aber Julio konnte nie lange wütend sein. Ganz plötzlich sagte er: ›Schau *fratello*, warum streiten wir? Zum Teufel, warum sollen wir nicht sieben- oder achtundzwanzig Millionen zum Fenster rauswerfen? Was ist schon Geld?‹ Er lachte, und ich lachte auch. Wir reichten uns über den Tisch die Hände, und ich wünschte ihm eine gute Nacht und verdrückte mich. Das war alles, Inspektor. Ich schwöre es.«

Er schwitzte jetzt sehr heftig.

»Marco, willst du damit sagen, daß Julio dem Plan zustimmte?« verlangte Nino Importuna zu wissen. »Das hast du mir noch gar nicht mitgeteilt.«

»Ich hatte keine Gelegenheit dazu.«

»Einen Augenblick, Mr. Importuna«, warf der Inspektor ein. »Es kam also nicht zu Tätlichkeiten? Es wurden keine Gegenstände geworfen, nichts zerbrochen?«

»Bei Julio und mir? Nie!«

»Mr. Importunato«, fragte Ellery, während sein Vater ihn anblickte und sofort zurücktrat, »haben Sie oder Ihr Bruder zufällig den Aschenbecher vom Schreibtisch gestoßen?«

Bei diesem Angriff aus einer anderen Ecke fuhr Marcos Kopf hoch.

Er zog ihn wie eine Schildkröte sofort wieder ein. »Ich erinnere mich an nichts dergleichen.«

»Wo befand sich Julio genau, als Sie ihn verließen? Ich meine, wo in der Bibliothek?«

»Er saß hinter dem Schreibtisch.«

»Und der Schreibtisch stand in seiner gewohnten Stellung? Übereck?«

»Richtig.«

»Haben Sie oder Ihr Bruder den Schreibtisch verschoben, während Sie im Zimmer waren?«

»Ihn verschoben? Warum? Ich glaube nicht, daß ich ihn auch nur mit der Hand berührte. Und Julio stand kein einziges Mal dahinter auf.«

»Sie behaupten, daß Sie die Bibliothek vor neun Uhr verließen. Sie sind sich über den Zeitpunkt sehr sicher, Mr. Importunato. Warum?«

Marco begann zu schreien. »Heilige Mutter, gilt bei euch das Wort eines Mannes überhaupt nichts? Ein Täubchen erwartete mich um Viertel nach neun in meinem Apartment, um mit mir tanzen zu gehen. Ich sah auf die Uhr, als ich Julio verließ. Es war einige Minuten vor neun. Ich hatte gerade Zeit zum Umziehen. Zufrieden?« Er schob die Unterlippe vor.

»Welche Kleider haben Sie gewechselt? Was trugen Sie, als Sie Julio gestern abend besuchten?«

Die Lippen wurden zusammengepreßt. Die Hände umklammerten die Stuhllehnen, die Knöchel traten gelblichweiß hervor.

»Ihre Segeljacke, Mr. Importunato?« fragte Ellery. »Die Schuhe mit Kreppsohlen?«

»Ich beantworte keine Fragen mehr. Es reicht, Mr. Wer-Sie-auch-sein-mögen. Raus aus meinem Apartment!«

»Oh?« reagierte Ellery. »Warum plötzlich so verschlossen?«

»Warum? Ich kann sehen, daß Sie von meiner Schuld überzeugt sind. Ich hätte auf Ninos Rat hören und die Schnauze halten sollen. Falls Sie noch was wissen wollen, wenden Sie sich, verdammt noch mal, an meinen Anwalt!«

Marco Importunato stellte sich auf die Füße und schwankte zur Bar. Sein Bruder trat ihm in den Weg. Er fegte den älteren Mann heftig beiseite, packte die Whiskyflasche, warf den Kopf zurück und begann zu schlucken. Importuna und Ennis packten ihn.

Das Durcheinander nützend, fragte der Inspektor leise: »Was hältst du davon, Ellery? Der Knopf kann aus seiner Tasche gefallen sein, ohne daß er es merkte. Der Aschenbecher kann vom Tisch geworfen worden sein, und Marco kann mit dem Fuß in die Asche getreten sein.«

»Aber denk an den umgestellten Schreibtisch, Dad. Wenn Marco der Mörder ist, ergibt es keinen Sinn. Angenommen er lügt und hat den Schreibtisch verschoben. Warum? Um vorzutäuschen, daß der Mord von einem Linkshänder begangen wurde. Aber Marco *ist* Linkshänder. Würde er versuchen, sich selbst zu belasten?« Ellery schüttelte den Kopf. »Mir geht's wie einem Yo-yo. Augenblicklich bin ich geneigt, ihm zu glauben. Jemand anders rückte den Schreibtisch. Wenn nicht . . .« Er schwieg.

»Wenn nicht was, Junge?«

»Ich verstehe«, sagte Ellery. »Das heißt, ich glaube, zu verstehen . . . Es ist eine Möglichkeit.«

»Was?«

»Dad, laß uns in Julios Bibliothek zurückkehren, und sag einem Beamten, er soll uns in der Halle mit den daktyloskopischen Geräten erwarten.«

Nino Importuna und Peter Ennis gesellten sich kurz darauf in der Bibliothek zu den Queens. Sie waren in Marcos Apartment zurückgeblieben, um ihn zu beruhigen. Der Inspektor entspannte sich in einem Sessel; er sah müde aus. Ellery stand am Schreibtisch.

»Es gelang uns, ihn endlich zu Bett zu bringen.« Ennis war offensichtlich zerzaust und bürstete seine Kleider mit unnötig kräftigen Strichen. »Ich hoffe aufrichtig, er bleibt dort! Marco ist eine ziemliche Plage, wenn er getankt hat.«

»Tebaldo wird sich um ihn kümmern«, sagte der Multimillionär brüsk. »Mr. Queen, nimmt dieser Tag nie ein Ende? Ich fühle mich allmählich drangsaliert. Was ist jetzt schon wieder?«

»Diese Sache mit dem Schreibtisch, Mr. Importuna.« Ellery starrte darauf nieder. Er stand übereck, wie sie ihn verlassen hatten. »Wenn der Schreibtisch übereck steht und man annimmt, daß Julio auf dem Drehstuhl dahinter gesessen hat und seinen Angreifer anblickte, wäre es für den, der ihn tötete, unmöglich gewesen, mit der linken Hand dort, wo die Wunde an Julios Kopf ist, einen Schlag zu landen. Es sei denn, der Mörder hätte mit der Rückhand geschlagen, was theoretisch möglich sein kann. Aber ich hege starke Zweifel, daß jemand einen Feuerhaken mit der Rückhand genügend kräftig und zielsicher schwingen kann, um diese tiefe und tödliche Wunde zu verursachen – besonders wenn man berücksichtigt, daß es nur ein einziger Schlag war. Nein, wir müssen vielmehr daraus schließen, daß wir die Wunde auf der anderen Seite von Julios Kopf gefunden hätten, wenn Marco der Schläger gewesen wäre. Es sei denn –« und Ellery drehte sich plötzlich um – »es sei denn, unsere Annahme ist falsch, und Julio blickte seinen Angreifer im Augenblick des Schlages nicht an.«

»Ich verstehe nicht . . .« begann Importuna.

»Einen Augenblick!« keuchte der Inspektor. »Wie stellst du dir das vor, Junge?«

»Angenommen, Julio ahnte den Schlag, während er dem Mann vis-à-vis gegenübersaß. Eine hundertstel Sekunde vorher versuchte er auszuweichen. Aber es gelang ihm nur, den Stuhl um hundert-achtzig Grad zu drehen. Er saß also verkehrt herum, blickte in die Ecke und präsentierte dem Feuerhaken den Hinterkopf und nicht das Gesicht, wie wir angenommen hatten. Der Feuerhaken traf also die entgegengesetzte Seite des Kopfes!« Ellery schritt zornig auf und ab. »Wo, zum Henker, steckt der Experte für Fingerabdrücke?«

»Ich will verdammt sein«, schnaubte der Inspektor und wiederholte es noch einmal. Dann schüttelte er den Kopf. »Und niemand hat es gemerkt! Aber warum einen Experten für Fingerabdrücke, Ellery?«

»Um eine Theorie zu erhärten. Ist es nicht möglich, daß Julio, als er sich mit dem Stuhl drehte, um dem Feuerhaken auszuweichen, instinktiv die Arme vorwarf? Dann hat er vermutlich die Wände in der Ecke mit den Händen berührt.« Ellery quetschte sich hinter den Schreibtisch. »Ungefähr hier, schätze ich. – Ah, hier kommt er! Hier drüben bitte – Maglie, nicht wahr?«

»Aber wir haben schon alles eingestaubt, Mr. Queen.« Der Experte war ohne Schlips, unrasiert und trug ein stark verknülltes und schmutziges weißes Hemd. Sein langes Gesicht verriet, daß er vom Fernseher und einer Flasche Bier aufgescheucht worden war. »Was ist unklar, Inspektor Queen?«

Der alte Mann winkte nachlässig mit der Hand. »In jener Ecke, Maglie. An den Wänden. Ellery wird's Ihnen zeigen.«

Einige Minuten später starrten sie auf zwei große, verschmierte Handflächen in Schulterhöhe eines Sitzenden. Jede Handfläche war ungefähr dreißig Zentimeter von der Ecke entfernt und zeigte mit den Fingerspitzen auf die andere.

Niemand sagte ein Wort, bis der Experte zusammengepackt hatte und gegangen war.

»Soviel wert wie ein Foto«, meinte der Inspektor. Er hatte sich zu beachtlicher Höhe aufgerichtet und versuchte nicht ganz erfolgreich, ein zufriedenes Lachen zu unterdrücken. »Es war also wirklich so! Wenn Julio dem Mörder den Rücken zukehrte, sitzt die Kopfwunde genau dort, wo sie sein müßte, wenn ein Linkshänder der Mörder war. Keine Wenn und Aber mehr. Julio wurde von einem Linkshänder getötet, das ist Gewißheit. Das belastet, so leid es mir tut, wie der Goldknopf und der Fußabdruck, wieder Ihren Bruder Marco, Mr. Importuna. Dieses Mal nur noch stärker als zuvor.«

»Warten Sie«, sagte Nino Importuna undeutlich. »Sie beantworten damit keine wesentliche Frage. Warum hat man dann Julio nicht in der Stellung gelassen . . . Ich meine, so wie er starb, mit dem Blick zur Ecke? Warum wurde sein Körper so gedreht, daß sein Gesicht nach vorne auf den Schreibtisch fiel?«

»Wenn Sie nicht so außer Fassung wären, Mr. Importuna«, erwiderte Ellery, »könnten Sie das selbst beantworten. Wir stellen jetzt auf Grund der Indizien die Hypothese auf, daß Ihr Bruder Marco der Mörder ist. Marco gab den tödlichen Schlag ab und blickte hinunter auf Julios Kopf, der unerwarteterweise verdreht und an einer Seite verletzt war, die zweifellos auf einen Linkshänder verwies. Und Marco ist Linkshänder. Mörder wollen nicht erwischt werden, Mr. Importuna, jedenfalls nicht bewußt. Marco drehte also Julios Körper so, daß er ihn ansah. In dieser Stellung scheint ein Schlag mit der Linken ausgeschlossen. Ist das nicht Grund genug für Marco, Julio nicht in seiner ursprünglichen Stellung zurückzulassen?«

»Ja, aber warum hat Marco den Schreibtisch umgestellt?« argumentierte Importuna. »Hätte er ihn übereck stehenlassen und Julio nur mit dem Gesicht zu sich gedreht, hätte es so ausgesehen, als sei der Schlag aus der entgegengesetzten Richtung gekommen. Sie hätten also feststellen müssen, daß der Mörder Rechts-, nicht Linkshänder war. Wenn Marco Julio ermordete, hatte er allen Grund, den Schreibtisch nicht umzustellen. Ich frage noch einmal, warum verschob er ihn und machte seine eigene Absicht zunichte, Mr. Queen? Sie können es nicht so drehen, wie Sie wollen!«

»Er hat recht, Ellery«, meinte der Inspektor und sah wieder müde aus.

Ellery zog sich an der Nase und murmelte, was er selten tat. »Ja, das stimmt. Wenn Marco einen so klaren Kopf behielt, daß er den Körper umdrehte, wäre er auch klug genug gewesen, den Tisch nicht zu verschieben. Dies ist der verrückteste Fall ... Wir sollten uns noch einmal mit Marco unterhalten. Vielleicht kann er es erklären.«

Aber in dieser Nacht sollten sie nicht noch einmal mit Marco reden und auch in keiner anderen mehr, es sei denn kurz vor der Auferstehung. Sie fanden ihn am Kletterseil hängend in dem hohen Gymnastikraum. Er hatte eine Schlinge in das dicke Ende gemacht, den Kopf hindurchgesteckt, war augenscheinlich zur Decke hochgeklettert und hatte sich dann mit dem Kopf voran auf den Boden fallen lassen. Am Ende dieses Manövers hatten die eigene Schwerkraft und das Seil ihm das Genick gebrochen.

Der Diener Tebaldo lag ausgestreckt auf dem Trampolin, schnarchte kräftig und hielt eine fast leere Flasche Brandy im Arm. Viel später, als man ihn wiederbelebt hatte und er beinahe nüchtern war, berichtete er, daß sein *cugino* Marco – ein Vetter fünften Grades, der ihn aus Familiensinn mit großen Kosten aus der alten Heimat geholt habe – plötzlich aus dem Bett gekrochen sei. Er habe ihn zu einem Trinkwettbewerb herausgefordert, bei dem er männlich versucht habe, mitzuhalten und an dessen Ausgang er sich nicht erinnere. Nur Vetter Marcos flammende Augen hätten, wie er, sich mehrmals bekreuzigend, beharrte, wie zwei Höllenfeuer gebrannt.

»Junge, Junge, keiner kann sich bei einem solchen Sprung täuschen«, sagte Inspektor Queen, als sie beobachteten, wie Marco heruntergeholt wurde. Die Männer aus dem Laboratorium nahmen den größten Teil des Seiles und auch die Schlinge zur Untersuchung mit. »Sei nicht so unglücklich. Ich bin genau wie du verantwortlich, war ebenso mißtrauisch gegenüber allen Fingerzeigen, die direkt auf Marco wiesen. Und doch war der Fall von Anfang an ziemlich klar. Alles spricht für Marco als Täter – der Knopf, den er aus der Tasche verlor, der Fußabdruck in der Asche, der linkshändige Schlag. Und jetzt begeht er Selbstmord. Sich aufzuhängen, kommt einem schriftlichen Geständnis gleich ... Was hast du, Ellery? Warum ziehst du ein langes Gesicht? Bist du noch immer nicht zufrieden?«

»Eine direkte Frage verlangt eine direkte Antwort«, erwiderte Ellery. »Nein.«

»Nein? Warum nicht? Was beunruhigt dich noch?«

»Mehrere Dinge. Warum hat Marco den Tisch nicht übereck stehenlassen? Die Tatsache, daß er Selbstmord begangen hat, ist nicht notwendigerweise das Mordgeständnis, obwohl man versucht sein kann, es dafür zu halten. Er kann sich erhängt haben, weil er zuviel Alkohol im Blut hatte – wir haben doch gesehen, wie zitterig und durcheinander er war – und vorübergehend den Verstand verlor. Nicht zu vergessen, daß er, falls er unschuldig war, es aus Panik vor den Verdächtigungen getan haben könnte.

»Dad, wir sollten auch fragen: *cui bono?*« fuhr Ellery fort. »Wem nützt es? Wer gewinnt durch den Tod der Brüder Importunato?«

»Weißt du, was ich glaube«, explodierte der Inspektor. »Ich glaube, du suchst eine Ausrede, um nicht an dein Buch zurück zu müssen! Na schön, laß uns gehen und Importuna verhören.«

»Laß mich reden, Dad.«

Der alte Herr zuckte mit den Achseln.

Er hatte Importuna und Ennis in Marcos Schlafzimmer geschickt, während die Experten an der Arbeit waren. Sie fanden den Sekretär zusammengesunken in einem Sessel, während Importuna statuengleich einen Meter vom Fußende des Bettes entfernt stand. Ellery hatte den lächerlichen Eindruck, als stünde er wie ein Storch auf einem Bein. Er konnte keine Anzeichen dafür entdecken, daß der Multimillionär bei dem zweiten gewaltsamen Tod innerhalb von vierundzwanzig Stunden etwas empfand. Die schweren Gesichtszüge zeigten keine Veränderung. Sie waren wie in Bronze gegossen.

»Warum nehmen Sie nicht Platz, Mr. Importuna?« fragte Ellery. So zurückhaltend der Mann auch war, fiel es doch schwer, kein Mitleid mit ihm zu haben. »Wir sind nicht gefühllos gegenüber dem Verlust, den es für Sie bedeuten muß.«

Nino Importuna erwiderte ohne mit der Wimper zu zucken und mit großer Härte: »Was wünschen Sie?« Die espressofarbenen Augen, die bitteren Augen des Feindes, starrten Ellery direkt an. Ihr Ausdruck und der Tonfall seiner Stimme zeigten, daß zwischen ihnen etwas Kaltes und Tödliches aufgesprungen war, das die Kluft überbrückte und sie fest aneinanderband. Vielleicht war es die ganze Zeit vorhanden gewesen, dachte Ellery. Vielleicht war ich von Anfang an sein Gegner.

»Wer erbt das Vermögen Ihres Bruders Julio, Mr. Importuna? Und wer das Marcos? Da doch keiner der beiden verheiratet war.«

»Niemand.«

»Niemand?«

»Der Konzern.«

»Dessen alleiniger Besitzer Sie sind?«

»Selbstverständlich. Ich bin der letzte der Brüder. Der letzte der ganzen Familie.«

»Ich dachte, Tebaldo sei ein Vetter fünften Grades?«

»Ein alter Witz Marcos, an den Tebaldo schon zur Hälfte glaubt. Bei einem Besuch in Italien machte Marco Tebaldos Schwester schwanger. Das war vor Jahren. Marco stellte Tebaldo als Diener ein, um ihn zu beruhigen, und traf zur selben Zeit Vorkehrungen für das Mädchen. Der betrunkene Dummkopf ist nicht blutsverwandt mit uns. Wenn Sie also wissen wollen, wer von dem Tod Julios und Marcos profitiert, Mr. Queen«, sagte Nino Importuna, »lautet die Antwort: ich. Sonst niemand.«

Ihre Augen blieben aneinander hängen.

»Dad«, sagte Ellery, ohne den Inspektor anzusehen, »um welche Zeit ist Julio Dr. Prouty zufolge gestorben?«

»Gegen zehn Uhr. Es kann eine halbe Stunde früher oder später gewesen sein.«

»Mr. Importuna«, erkundigte sich Ellery höflich, »können Sie uns sagen – falls Sie natürlich nicht von Ihrem Recht zu schweigen Gebrauch machen wollen –, wo Sie sich gestern abend zwischen halb zehn und halb elf Uhr abends aufgehalten haben?«

Die Gleichmäßigkeit seiner Stimme im Gegensatz zu Importunas Grobheit gab Ellery eine Überlegenheit, die der Millionär sofort spürte. Als er wieder zu sprechen begann, war sein Ton genauso ruhig.

»Peter!«

Ennis war schon längst auf den Füßen, durch die Kampf verheißenden Stimmen aufgeschreckt.

»Rufen Sie oben an und bitten Sie Mrs. Importuna, sich sofort zu uns zu gesellen. Da ich sehe, worauf das Verhör hinausläuft, haben Sie sicher nichts dagegen, meine Herren, wenn ich meine Frau rufen lasse.« Mit derselben Stimme hätte er im Klub eine nichtssagende Unterhaltung führen können.

In weniger als drei Minuten meldete ein kreidebleicher Tebaldo Virginias Ankunft und entfernte sich ziemlich schwankend.

Virginia Whyte-Importuna ging direkt auf ihren Mann zu und

stellte sich neben ihn. Ellery bemerkte mit scharfem Interesse, daß sie nicht nach seiner Hand griff, sich an ihn lehnte oder ihn auch nur mit einem Teil des Körpers berührte. Sie stand aufrecht und aufmerksam neben ihm wie ein Soldat in Gegenwart des kommandierenden Offiziers. Zwischen ihnen dehnte sich eine unsichtbare Kluft. Augenscheinlich verlangte sie selbst nach keiner körperlichen Beruhigung, oder sie fühlte nicht die Notwendigkeit, sie ihm zu gewähren.

Sie hatte natürliche, sehr helle, milchkaffeefarbene Haare und intelligente veilchenblaue Augen, hohe nordeuropäische Wangenknochen und eine kleine gerade Nase, die jetzt leidenschaftlich erhoben war. Ellery erschien sie wirklich bezaubernd. Ihre Schönheit hatte etwas Ätherisches, fast Poetisches. Aber er war sicher, daß ein rostsicherer Mantel sie schützte, der jedem Angriff widerstand. Welche andere Frau hätte es mit einem Mann wie Nino Importuna aufnehmen können?

Sie trug ein sehr modernes Kleid von täuschender Schlichtheit, das ihre langen Beine und gute Figur hervorhob. Sie war größer als ihr Mann, obwohl er Schuhe mit Einlagen trug und sie solche ohne Absatz. Zweifellos auf seine Anweisung. Ellery schätzte sie auf Mitte Zwanzig. Man hätte sie für Importunas Enkelin halten können.

»Virginia, dies sind Inspektor Queen vom Polizeihauptquartier und sein Sohn Ellery Queen. Mr. Queen ist Amateurkriminologe, der sich für unsere Schwierigkeiten interessiert. Oh, nebenbei, meine Liebe, ich hatte noch keine Gelegenheit, dich zu benachrichtigen, Marco hat gerade Selbstmord begangen.«

»Marco . . .?« Ganz schwach. Mehr sagte sie nicht. Sie prallte vor der grausamen Ankündigung ihres Mannes zurück, aber sie fing sich sofort wieder. Ihr einziges Zugeständnis an den Schock war, daß sie sich in den nächsten Stuhl sinken ließ. Importuna schien stolz auf ihre Fassung. Er wandte sich ihr mit einem liebevollen, bitteren Blick zu.

»Und jetzt sieht es so aus«, fuhr er fort, »als habe Mr. Queen mich in Verdacht. Er hat mich gerade gefragt, wo ich gestern abend zwischen halb zehn und halb elf gewesen bin. Kannst du es ihm erzählen?«

Virginia Importuna sagte sofort: »Mein Mann und ich waren mit vier Gästen in der Oper.« Ihre sehr weibliche Stimme war eiskalt beherrscht und zudem ein musikalisches Rätsel. Ellery war von ihr gefesselt. Er hatte gehört, daß Importuna seine Frau anbetete, und er begann ihn zu verstehen. Sie war das rechte Pendant zu seiner Lordschaft.

»In unserer Loge, Mr. Queen«, erklärte Importuna. »Parsival. Es wird Sie zweifellos schockieren, aber ich finde Parsival schrecklich langweilig. Für einen italienischen Bauern, der Puccini und Rossini liebt, ist er schwer durchzustehen. Wagner hat mich nie begeistert, auch nicht ideologisch, trotz Mussolinis Liebe für die Deutschen. Aber Virginia verehrt Wagner – nicht wahr, meine Liebe? –, da sie ganz Frau ist. Ich verdiene eine Tapferkeitsmedaille, weil ich die ganze Vorstellung durchstand. Oder nicht, meine Liebe?«

»Ja, Nino.«

»Ich war also um zehn Uhr – da das die Zeit ist, die Sie interessiert, Mr. Queen – um zehn Uhr und nicht nur eine halbe Stunde, sondern sogar zwei Stunden davor oder danach zusammen mit Mrs. Importuna in Gesellschaft von vier weiteren Personen. Ständig. Niemand von uns verließ die Loge, außer in den Pausen und auch dann immer als Gruppe. Nicht wahr, Virginia?«

»Ja, Nino.«

»Sie wollen sicher die Namen wissen, Mr. Queen? Senator Henry L. Factor mit Frau, Bischof Tumelty von New York und Rabbi Winkleman von der Synagoge Park Avenue. Ich glaube, der Rabbi genoß den Parsival genauso wie der Bischof. Hattest du nicht auch den Eindruck, meine Liebe? Ihr Vater kann und wird sicherlich unser Alibi beim Senator und den beiden geistlichen Herrn überprüfen, Mr. Queen. Ist damit Ihre Frage beantwortet?«

»Ja, Sie haben sie beantwortet«, erwiderte Ellery.

»Möchten Sie noch etwas wissen?«

»Sehr viele Dinge, Mr. Importuna, aber ich habe das Gefühl, ich verschwende Ihre und meine Zeit.«

Der untersetzte Mann zuckte mit den Achseln. »Sie, Inspektor Queen?«

»Nein, Sir.«

Aber Importuna war in seiner kurzangebundenen, höflichen Weise beharrlich. »Vielleicht haben Sie jetzt, da meine Frau anwesend ist, noch einige Fragen an sie, Inspektor?«

»Nein«, antwortete der alte Herr. »Für heute abend keine weiteren Fragen.«

»*Benone! Allora rivederla.*« Er rief seine Frau und Ennis wie kleine Kinder. »*Andiamo, andiamo!* Wir haben heute noch Arbeit mit der Midwest-Molkerei, Peter. Und ich kann Mr. E. nicht ewig oben warten lassen.«

Die Queens standen schweigend da, als die Importunas vorbeifegten. Peter Ennis folgte in einiger Entfernung mit gesenktem Blick. Der Überlebende der Brüder hielt dann so unerwartet inne, daß seine Frau weiterging und aus ihrem Blickfeld verschwand. Ennis rannte beinahe in ihn hinein.

»Oh, Mr. Queen, mir fällt gerade ein . . .«

»Ja?« erwiderte Ellery.

»Darf ich Sie mit Vornamen anreden?«

Ellery lächelte. »Sie meinen, wie zum Beispiel Peter?« Er sah, wie sich der Halsansatz unter Ennis' dunkelblondem Haar rötete, und fuhr fort: »Es sollte keine Spitze gegen Sie sein, Mr. Ennis. Ich suchte nur ein Beispiel für eine solche Beziehung.«

»*Touché*, Mr. Queen!« Importuna lächelte zurück. Seine Zähne waren sehr groß und verwirrend. »Suchen Sie eine lohnende Beschäftigung? Natürlich als leitender Angestellter. Eine Vertrauensposition? Ich habe Verwendung für einen Mann von Ihrer Intelligenz und Ihrem Temperament.«

»Danke für das Kompliment, Mr. Importuna, aber nein, ich bin lieber selbständig.«

»Ah. Na schön. Zu schade. Falls Sie je Ihre Meinung ändern sollten, Mr. Queen, wissen Sie ja, wo ich bin.«

»Ich frage mich . . .«, sagte Ellery auf dem Heimweg im Polizeiwagen.

»Was?« Inspektor Queen war eingenickt.

»Importunas letzter Schuß. Daß ich weiß, wo er ist. Ich frage mich, ob überhaupt jemand, seine Frau eingeschlossen, weiß, wo Nino Importuna ist? Und was er ist? Ein zäher Mann. Ein gefährlicher Mann! Da wir schon über seine Frau sprechen – fiel dir an Peter Ennis nichts auf, Dad?«

»Du tanzt herum wie heißes Fett in der Pfanne«, klagte der Inspektor. »Wenn wir über Mrs. Importuna reden – eine tolle Person –, warum soll ich da an Peter Ennis etwas bemerkenswert finden? Er nahm kaum Notiz von ihr, solange sie da war.«

»Gerade das ist bemerkenswert. Ennis könnte vielleicht anders programmiert sein, doch das glaube ich nicht. Aber wie kann ein Mann aus Fleisch und Blut mit einer so bezaubernden Frau zusammen sein, ohne sie ständig anzusehen oder sonstwie auf sie zu reagieren?«

»Das kannst du dir selber ausmalen«, murmelte der alte Herr. »Für mich wurde der Mord an Julio Importunato geklärt, als sich Marco erhängte. Und, Junge . . .«

»Ja, Dad?«

»Leg dich nicht mit Importuna an. Hör auf meinen Rat. Du wirst dir nur die Finger verbrennen. Er ist zu mächtig für dich . . . Was? Was hast du gesagt?«

»Mr. E.«, murmelte Ellery.

»Wer?«

»Mr. E. Hast du Importuna nicht zugehört? Er darf Mr. E. nicht warten lassen. Ich frage mich, wer, zur Hölle, ist Mr. E. . . . Dad?«

Aber der Inspektor war eingeschlafen.

DER SECHSTE MONAT

Juni 1967

Der Fötus wird schlanker.
Augenwimpern und Augenbrauen zeigen sich.
Der Körper wächst schnell.

Sie befanden sich in der ›Höhle‹. Ennis, den Oberkörper über einen Schreibblock und einen Stoß Papiere und Kabel gebeugt, saß am Fußende des florentinischen Tisches. Zu seinem ständigen Ärger mußte er sich erst einen Stuhl heranziehen und Raum schaffen. Ennis hatte zwar ein eigenes Arbeitszimmer im Apartment, aber Importuna hatte nie einen Gedanken daran verschwendet, ihm für ihre Arbeitssitzungen, die seit Jahren regelmäßig stattfanden, einen festen Platz in der ›Höhle‹ einzuräumen. Ich bin wirklich ein äußerst bescheidener Privatsekretär, dachte Ennis, bis auf mein heimliches Verhältnis mit der Frau des Chefs. Warum, zum Teufel, läßt er nicht die Außenwand einschlagen und ein großes Fenster einsetzen, damit die ›Höhle‹ anständiges Licht bekommt? Außerdem würde es nichts schaden, einen neuen Ventilator einbauen zu lassen.

Dieser stinkt förmlich, so schlecht wird er mit dem ewigen Zigarrenrauch fertig.

Nichts von diesen Gedanken zeigte sich auf Ennis Gesicht. Er wartete geduldig, eine vorbildliche Marionette.

Importuna ging auf und ab. Das Stirnrunzeln auf seinem schweren Gesicht interessierte Ennis. Es war nicht das übliche Stirnrunzeln des *padrone*, vor dem Vorstände und Aufsichtsräte bebten. Sein Stirnrunzeln richtete sich gegen etwas, das in ihm selber vorging.

Plötzlich dachte Ennis, kann es Furcht sein?

Könnte sich der mächtige Importuna vor etwas fürchten?

Er wurde durch die schnarrende Stimme aufgeschreckt.

»Wo waren wir stehengeblieben, Peter?«

»Bei einem Memorandum an den Vertrieb der E.I.S. in Zürich. Der ganze Stab soll seine Anstrengungen verdoppeln, um so schnell wie möglich eine positive Verkaufsbilanz zu erreichen.«

»Ja«, sagte Importuna. »Noch eine Nachricht für Mrs. Importuna: ›Meine Liebe, gib Mrs. Longwell die Anweisung, den Kashan in meiner Höhle für den Sommer aufzurollen und ihn zum Reinigen und zur Lagerung zu Bazhabatyan zu bringen. Ich bat schon vor zwei Tagen darum, aber es wurde noch nicht erledigt.‹ Unterschreiben Sie wie gewöhnlich.«

»Mit großer Liebe«, murmelte Ennis beim Schreiben, »Nino.« Als er vom Notizblock aufsah, fragte er: »Stimmt etwas nicht, Mr. Importuna?«

»Was wollen Sie damit sagen?«

Es war faszinierend, Importunas Auf- und Abgehen zu beobachten. Er machte neun Schritte in eine Richtung und wieder neun Schritte zurück. Nie mehr oder weniger. Zählte er sie bewußt, oder war die Besessenheit von seiner Glückszahl ihm so in Fleisch und Blut übergegangen?

»Eigentlich nichts. Sie scheinen heute morgen beunruhigt.«

»Das bin ich auch. Ich bekam frühmorgens, ehe Sie auftauchten, einen Anruf aus Europa. Das Ploesti-Geschäft ist geplatzt.«

»Aber ich dachte, das sei fest abgeschlossen.«

»Das war es! Ich weiß nicht, wie es passieren konnte. Ohne Warnung – pffft, geplatzt. Etwas ging im letzten Augenblick schief. Ich frage mich, ob mein Glück ... Wissen Sie, an welchem Tag?«

»Heute ist Freitag.«

»Der Neunte.«

»Oh«, erwiderte Peter Ennis. »Ja. Nun, vielleicht ist's Glück im Unglück, Mr. Importuna. Erinnern Sie sich, was Ihr Bruder Julio zu sagen pflegte? Die süßesten Geschäfte werden zuerst sauer. Vielleicht ist die Tatsache, daß das Ploesti-Geschäft am Neunten geplatzt ist, ein Zeichen dafür, daß Sie es gar nicht hätten abschließen sollen.«

Importunas Stirn glättete sich. Es war unglaublich, ein Mann von seiner Intelligenz . . . »Meinen Sie wirklich, Peter?«

»Wer weiß, Mr. Importuna? Falls Sie Vertrauen in irgendeine höhere Ordnung haben . . .«

Wie lange noch, um Gottes willen?

Sie nahmen die Arbeit wieder auf.

Importunas neun Schritte führten ihn zu den Bücherregalen an der Seitenwand. Gewöhnlich machte er auf dem Absatz kehrt, wenn er die Regale erreicht hatte, und ging die neun Schritte zurück. Manchmal jedoch, wenn er Ennis diktierte, machte er eine Pause, lehnte sich einem Gedankengang folgend an das Regal, hob die rechte Hand mit den vier Fingern zu einem höheren Fach und richtete den Blick auf den Kashan. Während einer dieser Überlegungspausen schaute Importuna plötzlich um sich. Sein Blick blieb in Augenhöhe an der Bücherreihe hängen. Die Gedankenversunkenheit in seinem Gesicht wich panischer Angst.

»Peter!« schrie er wütend.

Ennis blickte erschreckt hoch. »Ja, Sir?«

»Kommen Sie her!«

Ennis sprang auf. »Was ist los?«

»Ich sagte, kommen Sie her!«

»Stimmt etwas nicht, Mr. Importuna?«

»Dieses Regal — diese Bücher hier . . .« Er war beinahe unfähig zu reden.

»Bücher? Was ist mit Ihnen? Sie sehen ganz in Ordnung aus.«

»Sie sind nicht in Ordnung! Diese drei — dies, dies und dies — standen verkehrt herum im Regal. Nicht wahr? Nun, es stimmt doch?«

Ennis stotterte: »Wenn Sie es sagen, Mr. Importuna . . .«

»Sie wissen, daß es so war!« donnerte der Tycoon. »Warum haben Sie sie nicht in Ruhe gelassen? Sie haben sie umgedreht, nicht wahr, Peter? Nicht wahr?«

»Falls es die waren, Mr. Importuna. Warten Sie, jetzt erinnere ich mich. Ich habe mich nicht damit aufgehalten, die Titel zu lesen. Ich sah einige Bücher, die verkehrt herum im Regal standen, und brachte sie selbstverständlich in Ordnung.«

»Was heißt ›selbstverständlich‹? Das ist nicht selbstverständlich. Warum haben Sie das getan?«

»Nun, weil . . .«

»Erinnern Sie sich nicht, daß ich Ihnen ausdrücklich befohlen habe, die Finger von den Büchern dieses Regals zu lassen?«

Ennis war außerordentlich blaß. »Tut mir leid, Mr. Importuna, ich habe es vergessen. Oder mich im Regal geirrt. Jedenfalls habe ich nur . . .«

»Was Sie damit angerichtet haben«, wütete Nino Importuna, packte die drei Bücher und steckte sie wieder umgekehrt hinein, »können Sie gar nicht ermessen! Kein Wunder, daß das Ploesti-Geschäft aufflog. Von jetzt an berühren Sie nichts, was ich Ihnen zu berühren verboten habe, Peter. Verstanden? Geben Sie mir die direkte Verbindung zum Büro.«

Ennis rannte zum Tisch, griff nach dem Telefon und spurtete damit zurück zu Importuna.

»Verbinden Sie mich mit Crabshawe . . . John! Importuna. Berufen Sie eine Sitzung ein. Sofort. Und arrangieren Sie alles für eine transozeanische Telefonkonferenz. Mit von Slonem in Bukarest . . . Ich weiß, daß das Ploesti-Geschäft geplatzt ist, John! Aber jetzt weiß ich auch, warum und glaube, es kann gerettet werden. Ich werde ein neues Angebot machen, das unter Garantie nicht ausgeschlagen wird . . . Ja. Ich bin in genau . . .« Er blickte auf die Uhr und lächelte sogar –, »in genau neun Minuten bei Ihnen.« Er legte auf, und Ennis nahm ihm den Apparat ab. »Den Wagen, Peter!«

»Ich habe McCoombes schon benachrichtigt. Er wartet mit dem Wagen am Eingang, wenn Sie herunterkommen, Mr. Importuna. Kann ich in der Zwischenzeit noch etwas für Sie tun?«

»Nein, wir erledigen den Rest morgen früh. Kümmern Sie sich nur um die Dinge, die ich schon notiert habe. Und sagen Sie Mrs. Importuna, ich rufe Sie wegen heute abend später an. Ich weiß nicht, wie lange mich die Rumänen aufhalten werden.« Importuna lächelte noch einmal und klopfte Ennis liebevoll gegen die Brust. »Tut mir leid, daß ich Sie angeschrien habe, Peter. Aber Sie haben mich erzürnt.«

Er schien guter Laune, als er hinausmarschierte.

Ennis sank in Importunas Stuhl. Seine Hände zitterten, und er griff nach den Armlehnen, um sie zu beruhigen. Seine Brust schmerzte, wo Importunas doppelter Finger ihn berührt hatte.

Zwei kühle weiche Hände legten sich von hinten über seine Augen. Ennis Hände faßten nach ihnen und versuchten sie zu lösen. »Virginia. Ich habe nichts gehört. Er ist vielleicht noch hier . . .«

»Er ist fort, Liebling«, erwiderte Mrs. Importuna. »Die Luft ist rein. Ich habe aufgepaßt.«

Sie kam herum, setzte sich ihm auf den Schoß und schlang ihm die nackten Arme um den Hals.

»Süßes – falls Editta oder Crump . . .«

»Ich habe Editta mit einem Auftrag fortgeschickt. Sie bleibt sicher eine Stunde fort. Und Crump ist bei Mrs. Longwell in der Speisekammer. Sie putzen das Silber für die Party heute abend.«

»Vielleicht findet heute abend gar keine Dinnerparty statt. Er trug mir auf, dir zu sagen, er werde dich später benachrichtigen. Vielleicht hält ihn der Kauf von halb Rumänien ab. Bist du sicher . . .«

»Sei nicht so ängstlich«, flüsterte sie ihm ins Ohr. »Niemand wird uns bei etwas Unartigem ertappen. Oder doch?«

Sie umarmten sich wie immer leidenschaftlich im Stuhl ihres Mannes.

»Weißt du was, Peter?« murmelte Virginia nach einer Weile.

»Was, Virginia?«

»Könnten wir uns nicht hier lieben?«

»Hier? Wo?«

»Auf Ninos Tisch. Er macht so ein Getue darum. Nur weil er einem Medici gehörte. Ich wette, er hat Schlimmeres gesehen.« Sie knabberte lachend an seinem Ohr. »Was meinst du?«

»Klingt phantastisch! Aber laß mir Zeit, Baby. Ich bin noch etwas durcheinander.«

»Oh?« Sie richtete sich auf und betrachtete ihn. »Etwas passiert?«

»Ehe er sich verzog, hat er mir fast den Kopf abgerissen. Und du wirst nie erraten, weshalb.«

»Du hast den Ring nicht geküßt.«

»Das ist kein Scherz! Vor langer Zeit befahl er mir, nie eines der Bücher im Regal dort drüben anzurühren. Zum Teufel, ich hatte es total vergessen. Es schien so kindisch. Das verdammte Regal enthält ganz gewöhnliche Bücher. Gestern kam ich wegen etwas herein – Nino war nicht da – und bemerkte, daß einige Bücher verkehrt herum standen. Umgedreht, verstehst du? Na ja, du weißt, was ich für ein Ordnungsfanatiker bin. Ich drehte sie, ohne zu überlegen, um. Praktisch eine Reflexhandlung. Ich habe mich nicht einmal daran erinnert, daß es das verbotene Fach war.«

»Und er merkte es?«

»Merkte es? Er ging an die Decke. Man hätte vermuten können, ich hätte ein Kapitalverbrechen begangen. Er drehte sie wieder um und drohte, mir das Fell bei lebendigem Leib über die Ohren zu ziehen, falls ich je wieder einen Befehl mißachtete. Ich mußte mich verflixt beherrschen, um ihm nicht übers Maul zu fahren. Virginia, es wird mir von Tag zu Tag schwerer. Ich weiß nicht, wie lange ich's noch aushalte – vor meinem Herrn und Meister zu katzbuckeln, damit ich ab und zu einen Blick von dir erhasche.«

»Mein armer Liebling . . .«

»Bewahrt absichtlich Bücher verkehrt herum im Regal auf! Ich schwöre dir, Virginia, es geht mit Nino bergab, seit Marco Julio ermordet und sich erhängt hat.«

»Diese Sache mit den Büchern«, sagte Virginia nachdenklich. Sie sprang von Ennis Schoß und ging hinüber zu dem Regal. Er folgte ihr. »Es muß etwas mit seinen verrückten Neunen zu tun haben, Peter.«

»Wie könnte es?«

»Ich weiß nicht. Aber immer wenn er unvernünftig handelt, ist eine Neun daran schuld. Sind es diese?«

»Genau.«

Sie drehte den Kopf und las die von unten nach oben verlaufenden Titel. »›Die Gründung von Byzanz‹! Autor jemand namens MacLister. Toll spannend . . . ›Die Niederlage von Pompeji‹, A. Santini. Ein richtiger Thriller . . . Und das dritte ist ›Der Originale KKK‹ von J. J. Beauregard.«

»Abenteuerlich.«

»Es stimmt nicht, Peter. Sie können nichts mit Neunen zu tun haben. Meinst du, wir finden einen Fingerzeig bei den andern Büchern im Regal? Obwohl sie so stehen, wie es sich für anständige Bücher gehört?«

»Meinst du ›Die Landung der Pilgerväter‹, Süßes? Oder – hier ist ein Kandidat für die Bestsellerliste, wenn ich je einen gesehen habe: ›Magna Charta in Runnymede‹. Ein echter Hit. Und – halt den Atem an, Baby – ›Die Gründung des Römischen Weltreiches‹.«

Peter Ennis lachte. Er blickte sich um.

Dann hob er Virginia Whyte-Importuna auf und trug sie hinüber zum Medici-Schreibtisch.

SIEBTER UND ACHTER MONAT

Juli und August 1967

Der Reifeprozeß schreitet fort.
Eine Fettschicht wird unter der Haut gespeichert, um den Fötus im Anfangsstadium der Geburt zu nähren und zu schützen.

NEUNTER MONAT

Geburtswehen

Die Haut verliert ihre Röte. Finger- und Fußnägel zeigen sich. Drüsenabsonderungen bereiten den Fötus auf die baldigen Veränderungen vor. Die ersten rhythmischen Kontraktionsbewegungen signalisieren den Beginn der Geburt. Das Baby ist im Begriff, das Licht der Welt zu erblicken.

Nino war an diesem Tag charmant, ja beinahe bezaubernd. Es fiel Virginia fast schwer, ihn nicht zu mögen. Sie mußte sich keine übermäßig große Mühe geben, aber doch ein wenig.

Es war der 9. September, ein Tag zum Feiern. Aber nicht in erster Linie, weil es Ninos achtundsechzigster Geburtstag, sondern weil heute ihr fünfter Hochzeitstag war. Der fünfte Hochzeitstag hatte für Virginia Whyte-Importuna eine ganz besondere Bedeutung (und um ihretwillen auch für Peter Ennis). Der Tag bezeichnete das Ende der Zeitspanne, die in dem Übereinkommen vor der Hochzeit festgelegt worden war. Während dieser Frist hatte Virginia auf Besitz und Witwenrechte verzichten müssen. Bei ihrem Ablauf wurde sie – wenn sie noch immer in ehelicher Gemeinschaft mit Nino zusammenlebte – seine Alleinerbin.

Das Penthouse hatte noch nie so viele Besucher erlebt. Menschen kamen den ganzen Tag über mit Geschenken und Blumen: Virginias Vater; Geschäftsführer von Importunas Gesellschaften mit Sitz in New York; Freunde aus dem Jet-Set; Botschafter und andere Würdenträger ausländischer Delegationen bei den Vereinten Nationen, die es für taktisch klug hielten, sich Nino Importunas Gunst zu bewahren; Kollegen aus der Finanzwelt; die nie fehlenden Politiker; sogar die Kirche. Boten brachten zum Bersten gefüllte Kartons mit Glückwunschtelegrammen und Kabeln von Importunas Geschäftsverbindungen im In- und Ausland.

Virginia war ziemlich beeindruckt, besonders davon, daß sich Nino zum erstenmal seit ihrer Hochzeit an diesem Tag ausschließlich ihr widmete. Mehrmals bestellte ihm Peter Ennis, daß Mr. E. am Telefon sei und ihn dringend zu sprechen wünsche, nur um die lächelnde Antwort zu erhalten, die Geschäfte müßten bis morgen warten. Der heutige Tag gehöre seiner Frau. Da Mr. E., soweit Virginia wußte, sonst Tag und Nacht ungehindert Zugang hatte, traute sie kaum ihren Ohren.

Am Spätnachmittag verzogen sich die Besucher, und als die Zeit fürs Dinner näherrückte, waren die Importunas endlich allein. Dies war der Augenblick, vor dem sich Virginia trotz des Glückstages seit dem Morgen gefürchtet hatte. Ihr fünfjähriges Eheleben hatte sie noch immer nicht abgehärtet.

Zu ihrer Überraschung sagte er: »Weißt du, meine Liebe, Peter sitzt noch immer am Schreibtisch – so gerne ich ihm auch an diesem Tag frei gegeben hätte. Es gab einige Dinge, die er erledigen mußte. Ich fühle mich ein klein wenig in seiner Schuld, wenn man an das heutige Ereignis denkt. Macht es dir etwas aus, wenn ich ihn zum Abendessen einlade?«

»Aber nein, Nino. Wie aufmerksam von dir«, antwortete Virginia, sofort völlig uninteressiert. Wie gut es mir und Peter gelungen ist, ihn an der Nase herumzuführen, dachte sie. Es würde natürlich anstrengend werden, wie immer, wenn sie zu dritt waren. Aber andererseits war es noch schwerer, mit Nino allein zu bleiben. »Natürlich stört es mich nicht. Wenn es dir Freude macht?«

»Würde es dir nicht auch Freude machen, Virginia?«

Warum hatte er das gefragt? Nino hatte eine unheimliche Art, sie unsicher zu machen. Nichts durfte jetzt schiefgehen, ermahnte sie sich. Ich habe allzulange allzuviel erduldet, um es im Augenblick des Sieges aufs Spiel zu setzen.

Sie zuckte die Achseln. »Wie du meinst.«

»Dann werde ich ihn einladen.«

Sie konnte an Zeichen, die nur sie zu deuten vermochte, erkennen, daß Ninos plötzliche Einladung auch für Peter kein reines Vergnügen war. Trotzdem bildeten sie bei Tisch ein höfliches Terzett. Cesar, der Chefkoch aus der Schweiz, der sich auf italienische Küche spezialisiert hatte, übertraf sich bei Virginias Lieblingsgerichten fast selbst. Der Tischwein war tadellos, der Champagner samtweich. Peter brachte einen Toast auf den Geburtstag ihres Mannes und auf ihren Hochzeitstag aus, was sie amüsierte und erregte, wenn sie an das dachte, was noch auf sie wartete. Sie haßte sich für ihre chronische Heuchelei, aber jahrelange Übung erleichterte ihr die gespielte Zurückhaltung.

Peter brachte seine Geschenke zum Vorschein. Für Importunas Geburtstag hatte er bei irgendeiner Auktion einen Brief von Gabriele D'Annunzio an seine Geliebte Eleonore Duse ausgegraben. Er steckte in einem großen, üppigen Rahmen aus Blattgold, war mit Lorbeer und hervorlugenden Satyrn verziert und enthielt außerdem die Fotografien des Dichtersoldaten und der Schauspielerin. Der Brief stammte aus dem Jahre 1899. Importuna las ihn Virginia laut vor und übersetzte ihn in pedantisches Englisch. Er erläuterte D'Annunzios Philosophie der Leidenschaft – ›die sinnlichen Freuden allein geben dem Leben Wert‹. Importuna war sichtlich erfreut darüber. »Peter, wie geschickt von Ihnen, so einen Schatz aus meinem Geburtsjahr aufzutreiben! Ich werde ihn sofort in meiner Höhle aufhängen lassen.«

Virginia fand es zu geschickt und zu gefährlich von Peter, wenn man den Inhalt des Briefes berücksichtigte.

Zum Hochzeitstag überreichte Peter ihnen eine Vase aus Reticelloglas, mit Schwänen verziert, aus der Mitte des neunzehnten Jahrhunderts. Virginia wie Nino schätzten venezianisches Glas sehr, und das Penthouse war angefüllt mit Stücken des vetro di trina und mit Fadengläsern, wovon Peters Vase ein verhältnismäßig neueres Beispiel war. Importunas Sammlung enthielt seltene Stücke aus dem fünfzehnten Jahrhundert. Der Industrielle bedankte sich überschwenglich, Virginia tat es ihm in der schweigenden Hoffnung nach, daß ihr Dank genau den richtigen Grad interesseloser Herzlichkeit verriet.

Dann war sie an der Reihe. Sie hatte sich ihr Geschenk lange überlegt und schon vor Monaten durch einen Agenten in Italien bestellt. Virginia klatschte in die Hände, und Crump schob den Servierwagen mit dem Selbstbewußtsein eines Fünfsternegenerals ins Eßzimmer. Er stellte ihn neben Importunas Stuhl und zog sich gesetzt zurück. Auf dem Wagen standen neun große, versiegelte Flakons aus exquisitem Kristall. Jedes trug das Monogramm N. I. in Platin und war mit einer farblosen Flüssigkeit gefüllt.

»Wie ich immer sagte – es ist schwierig, dir ein Geschenk zu machen, Nino«, meinte Virginia lächelnd. »Dies ist also für einen Mann, der alles hat. Herzliche Glückwünsche zum Geburtstag und zum Hochzeitstag, Liebster.« Es gelang ihr, dieses Kosewort hervorzubringen, ohne daß sich ihr Lächeln verzerrte.

Importuna untersuchte die Flakons mit neugierigem Interesse. Plötzlich hellte sich sein Gesicht auf.

»Grazie, sposa«, murmelte er. »Du hast dich daran erinnert. Ich bin gerührt. *Grazie di nuovo.*«

»Aber was ist es denn?« fragte Peter. »Es sieht wie Wasser aus.« Er wußte ganz genau, was es war. Sie hatten ihre Wahl miteinander besprochen.

»Es ist auch Wasser«, antwortete Virginia. »Während unserer Hochzeitsreise vor fünf Jahren nahm mich Nino in Rom mit zur Piazza di Spagna und zeigte mir den Berninibrunnen, dessen Wasser ungewöhnliche Eigenschaften und einen hervorragenden Geschmack haben soll. Und in der Tat, während wir dort standen, kam ein ständiger Strom von Menschen aus dem nahen Künstlerviertel – der Via Margutta und der Via del Babuino – gefällt Ihnen der Name? Straße der Paviane, nicht? – mit Töpfen und Eimern und füllten sie an dem Brunnen, wie es die Leute seit dreihundertfünfzig Jahren getan haben.«

»Den römischen Spöttern zum Trotz ist es hervorragend«, meinte Importuna. »Cesar wird mich vor Dankbarkeit küssen, wenn ich ihm etwas zum Kochen abgebe. Artischocken und Zucchini haben, wenn sie in diesem Wasser gekocht werden, einen besonderen *brio*, wie man sagt. Es stimmt. Was für ein phantasievolles Geschenk, Virginia, so voll Gefühl. Ich danke dir noch einmal. Besonders dafür, daß du auf meinen Aberglauben eingegangen bist – nicht nur Flaschen mit dem Wasser des Barcaccia gefüllt, sondern noch dazu neun! Das ist fast zuviel für mich.

Und jetzt, meine Liebe, kommt mein Geburtstagsgeschenk«, sagte er und suchte in der Brusttasche.

Jetzt endlich – endlich. Der Höhepunkt des Tages. Der Höhepunkt ihrer fünf Jahre und ihrer grauenvollen Nächte. Unter dem Tischtuch, einer Assisi-Arbeit, preßte sie die Nägel in die Handflächen. Ihr Gesicht blieb freundlich und erwartungsvoll.

»Ich glaube nicht«, fuhr ihr Mann fort, als er ein blaues Papier aus der Smokingjacke zog, »daß du die besondere Bedeutung dieses Hochzeitstages vergessen hast, Virginia.«

»Nein, Nino, das habe ich nicht«, erwiderte sie ruhig, obwohl ihr das Herz in der Brust hämmerte.

»Vor fünf Jahren hast du dieses Papier unterschrieben. Seinen Bedingungen entsprechend, hast du auf alle Rechte an mich und meinen Besitz, einschließlich der Witwenrechte, für einen Zeitraum von fünf Jahren verzichtet. Schön, die Zeit ist vorbei. Du bist noch immer meine Frau und lebst mit mir zusammen.« Importunas Blick umfaßte mit dem unverhüllten Stolz des Besitzers – die bezaubernden nordischen Gesichtszüge, die zarten Farben, die feine Haut, ihre weibliche Figur, die das Dekolleté entblößte. Mit einem Zittern, das sie sofort unterdrückte, entdeckte sie, wie das gefürchtete Feuer in seinen Augen aufflammte. »Vertrag ist Vertrag, Virginia. Die Probezeit ist vorbei, die Prüfung bestanden, das Abkommen ist null und nichtig. Du kannst es zerreißen, verbrennen, behalten – es spielt jetzt keine Rolle mehr, meine Liebe. Es ist bedeutungslos. Peter, würden Sie es bitte Mrs. Importuna zur freien Verfügung überreichen?« Und er gab Ennis das blaue Papier, der es schweigend an Virginia weiterreichte.

»Du verstehst doch, wenn ich es durchlese, Nino?«

Er winkte mit der vierfingrigen Hand und zeigte lächelnd die Zähne zum Zeichen des Einverständnisses. »Es wäre dumm, es nicht zu tun. Und du bist, Gott sei Dank, nicht dumm. Warum solltest du einem Mann trauen, der dich zu einem solchen Übereinkommen zwang? Prüfe es unbedingt nach.«

Falls es Ironie war, ließ sie sich nicht davon abhalten. »Entschuldigen Sie, Peter.«

»Natürlich, Mrs. Importuna.«

Sie studierte die Vereinbarung sorgfältig, sogar das Datum, die Unterschriften und den Stempel des Notars. Dann nickte sie, faltete das Papier zusammen und steckte es in den Ausschnitt.

»Ich möchte es aufheben, Nino, zur Erinnerung. Wie steht's jetzt mit dem zweiten Punkt der Abmachung?«

Importuna kicherte. »Erklären Sie's ihr, Peter.«

»Wie bitte?«

»Das Testament, bei dem Sie vor kurzem Zeuge waren. Das neue, das ich Ihnen zu lesen gab.«

»Oh! Mr. Importuna hat vor kurzem von seinen Anwälten ein neues Testament aufsetzen lassen, Mrs. Importuna. Ich wurde gerufen, um mit zwei anderen die Unterschrift zu bezeugen. Danach bat mich Mr. Importuna, es zu lesen. Soll ich Mrs. Importuna den Inhalt widergeben?«

»Bitte.«

»Es ist im Grunde ein einfaches Dokument, obwohl der Anwalt wegen der Steuern ein ziemlich kompliziertes Trustsystem ausklügelte. Sie erben Mr. Importunas gesamten Besitz.« Peter hüstelte. »Meine Glückwünsche, Mrs. Importuna.«

»Danke.« Virginia erhob sich, ging zu ihrem Mann und küßte ihn zu seinem offensichtlichen Erstaunen und Vergnügen auf die Stirn. »Nochmals herzlichen Dank, Nino.«

»Ich habe dich glücklich gemacht«, murmelte Importuna. »Du weißt nicht, wie gern ich – wie gern ich . . .«

Er hielt keuchend inne, und Virginia fragte scharf: »Was ist dir?«

Sein Gesicht war gelb geworden, schmutziggelb. Er krümmte sich, offensichtlich in einem Anfall von Schmerzen.

Ennis sprang auf. »Was fehlt Ihnen, Mr. Importuna?«

Dieser winkte ab. »Nichts, nichts. Verdauungsstörungen – Krämpfe. Und ich bin schwindlig – ich habe heute zuviel getrunken, ich bin nicht daran gewöhnt . . .« Schweiß trat auf sein Gesicht. Er versuchte einen Scherz. »Wie oft feiert ein Mann schon seinen fünften Hochzeitstag mit einer Frau wie meiner?«

»Hör auf zu reden«, sagte Virginia und hielt ihm ein Glas Wasser an die Lippen. »Hier, trink dies. Peter, rufen Sie lieber Dr. Mazzarini an . . .«

»Nein, nein, er macht mir nur das Leben mit tausend unnötigen Untersuchungen sauer. Ich werde ein Aspirin nehmen und eine Dosis kohlensaures Natron und zu Bett gehen. Morgen ist alles wieder gut ... Der Schmerz läßt schon nach.« Importuna stand mühsam auf. »Meine Liebe, bitte entschuldige. Ich verderbe dir den Hochzeitstag ...«

»Ich helfe Ihnen in Ihr Zimmer«, sagte Ennis und nahm seinen Arm.

»Ich komme schon allein zurecht, Peter. Danke. Leisten Sie Mrs. Importuna Gesellschaft – Cesar wird untröstlich sein, wenn sein Nachtisch nicht beachtet wird. *Cara*, wir sehen uns beim Frühstück.« Er winkte noch einmal und verschwand taumelnd.

Sie blieben, wo sie waren, und berührten sich beinahe. Aber als Peter nach ihr fassen wollte und den Mund öffnete, um etwas zu sagen, trat Virginia zurück, schüttelte den Kopf und legte einen Finger auf die Lippen.

»Also gut, Peter«, sagte sie mit klarer Stimme, »setzen wir uns wieder und beenden das Essen. Bitte läuten Sie nach Crump. Oder kommt er da schon?«

Erst später, als sie an einem Ort allein waren, wo niemand lauschen konnte, unterhielten sie sich unbefangen.

»Hattest du auch das Gefühl, er weiß es?« murmelte Peter. »Aber wenn er es weiß, warum handelt er dann nicht wie ein betrogener, rasender Ehemann? Was meinst du, Virgin?«

»Du hast eine außerordentliche Begabung im Erfinden von Spitznamen«, murmelte Virginia aus der Tiefe seiner Arme.

»Nein, ernsthaft.«

»Ich weiß nicht, was Nino vermutet. Er ist wie eine Sphinx.«

»Warum gab er mir vor ein paar Tagen das neue Testament zu lesen? Warum hat er mich heute zum Dinner eingeladen?«

»Angsthase!« Virginia lachte. »Das Testament ist doch in Ordnung, Peter, oder? Keine faulen Tricks mehr?«

»Überhaupt keine Bedingungen. Bei seinem Tod erbst du eine halbe Milliarde Dollar. Manche Leute sind eben Glückspilze.«

»So wie wir!« Virginia atmete tief ein. »Aber, Peter ...«

»Ja, Baby?«

»Wir müssen von jetzt an besonders vorsichtig sein.«

»Warum?«

»Testamente kann man ändern.«

»Oh«, erwiderte Peter Ennis. »Na ja, mach dir deswegen keine Sorgen, Täubchen. Ich glaube, wir sind über den Berg.«

Das Kind hat das Licht der Welt erblickt

Ziemlich spät am nächsten Morgen, als Crump ihr den Stuhl im Frühstückszimmer hielt, erkundigte sich Virginia Whyte-Importuna: »Wo steckt Mr. Importuna?«

»Er hat das Schlafzimmer noch nicht verlassen, Madam.«

»Nino schläft noch? Zu dieser Zeit? Das sieht ihm nicht ähnlich.«

»Ich nehme an, die gestrige Aufregung ...«

»Es stimmt, er fühlte sich beim Essen nicht wohl und ging direkt zu Bett«, antwortete Virginia. Sie runzelte die Stirn. »Hat Vincenzo nichts gesagt?«

»Mr. Importunas Diener hat den strengen Befehl, den Herrn nicht zu stören, bis er läutet, Madam.«

»Das weiß ich! Aber Befehle sind dazu da, daß man ihnen zuwiderhandelt, Crump. Das unterscheidet Menschen von Robotern!«

»Ja, Madam. Soll ich nach Mr. Importuna sehen?«

»Ich werde es selber tun.«

Sie trug einen wehenden Morgenmantel, und als sie durch die weitläufige Wohnung fegte, dachte sie, hielte ich jetzt eine Kerze in der Hand, könnte man mich mit Lady Macbeth verwechseln.

Importunas Schlafzimmertür war zu.

Sie versuchte den Türknopf. Er ließ sich drehen. Sie hob die Hand, zögerte und klopfte dann leise.

»Nino?«

Seit kurz nach ihrer Hochzeit, als Virginia einer der bitteren Wahrheiten ihres Abkommens zum erstenmal ins Auge sehen mußte, hatten sie getrennte Schlafzimmer. Du hast mich zu dieser Heirat erpreßt und mit Zuckerbrot und Peitsche gezwungen, deine Bestialitäten zu ertragen, hatte sie zu ihm gesagt. Aber nichts im Kontrakt zwingt mich, dein Schlafzimmer zu teilen, wenn deine Leidenschaft gestillt ist. Ich verlange ein eigenes Schlafzimmer.

Er hatte ihrem Wunsch sofort nachgegeben. ›Solange du nur deine

Pflicht tust, *sposa*‹, hatte er mit einer spöttischen Verbeugung geantwortet.

»Nino?« Virginia klopfte noch einmal.

Und doch waren es nie körperliche Grausamkeiten, dachte sie, nur Demütigungen. Nur! Oft hätte sie die Grausamkeit der Demütigung der quälenden Herabsetzung ihrer Weiblichkeit vorgezogen. Als wäre sie für seine Impotenz verantwortlich und müßte dafür bezahlen.

»Nino!«

Noch immer keine Antwort.

Virginia riß die Tür auf, öffnete den Mund und war überrascht, daß ihr der Schrei in der Kehle steckenblieb. Sie versuchte es noch einmal, und jetzt hatte der Schrei vollen Klang. Dann kam Crump, als renne er um sein Leben, Editta verstärkte den Krach noch, Vinzenco und die anderen Angestellten, sogar der prächtige Cesar und endlich Peter eilten herbei. Peter, der fünf Sekunden lang in Importunas Schlafzimmer starrte, dann hineinfaßte, die Klinge ergriff und die Tür energisch zuzog. Er packte die Schreiende mit beiden Armen, warf sie Crump entgegen und rief: »Bitte, tun Sie einmal im Leben etwas Menschliches. Kümmern Sie sich um Mrs. Importuna. Die Polizei – ich muß die Polizei alarmieren.«

DIE NACHGEBURT

Die Placenta ist ein schwammiges, ovales Gebilde im Mutterleib, das den Fötus während der Schwangerschaft ernährt. Sie wird sofort nach der Geburt ausgestoßen.

September – Oktober 1967

Der phantastische Mordfall Importuna-Importunato (alle, die sich mit der Untersuchung befaßten, stimmten überein, daß die Mord-Selbstmord-Mord-Folge drei Glieder derselben Kette waren) begann für Ellery erst. Die Unglaublichkeit des Falles rief bei ihm jene Kopfschmerzen hervor, die er gewöhnlich nur in der Erinnerung genoß, wenn er auf der Woge des Erfolges schwamm. Aber während der Migräne ertappte er sich manchmal bei dem Wunsch, er hätte eine einfachere Nebenbeschäftigung gewählt, wie zum Beispiel die, eine überzeugende Erklärung für das Möbiusband zu suchen.

Die Fakten zu dem Mord an Nino Importuna versprachen wenig. Der Industrielle hatte am Ende eines glücklichen Festtages, der gleichzeitig sein achtundsechzigster Geburtstag und fünfter Hochzeitstag war, mit seiner Frau und seinem Privatsekretär daheim zu Abend gegessen. Während des Essens hatte er plötzlich über Schwindelgefühl und Magenschmerzen geklagt, aber den Vorschlag, einen Arzt zu holen, mit der Begründung abgelehnt, seine Unpäßlichkeit sei für eine ärztliche Behandlung nicht ernst genug. Er hatte jede Hilfe abgelehnt und sich allein in seine Privatgemächer zurückgezogen, nachdem er versprochen hatte, ein Hausmittel zu nehmen und zu Bett zu gehen.

Im Schlafzimmer hatte er seinen Diener Vincenzo Ricci gerufen und dem Mann gesagt, er solle ihm aus den Kleidern helfen und das Bett aufschlagen. Dann hatte er Ricci für die Nacht entlassen. Als Vincenzo ging, hatte er noch gesehen, wie sein Chef im Bad das Medizinschränkchen öffnete. Der Diener war offensichtlich die letzte Person, die Importuna außer dem Mörder lebend gesehen hatte. Nein, Mr. Importuna habe nicht sehr krank ausgesehen, nur etwas unwohl.

Mrs. Importuna sagte aus, sie habe sein Schlafzimmer in dieser Nacht nicht betreten und auch nicht hineingeschaut, weil sie fürchtete, ihn zu wecken. »Hätte er sich schlechter gefühlt«, berichtete sie den Kriminalbeamten, »hätte er nach Vincenzo geläutet oder mich gerufen. Da ich nichts hörte, nahm ich an, er schliefe sich gesund.«

Peter Ennis, der Privatsekretär, hatte das Penthouse sofort nach dem Dinner verlassen und war in seine Junggesellenbude zurückgekehrt. Er bewohnte ein Apartment einige Blocks weiter westlich.

Eine kleine Flasche Aspirin, eine große Flasche kohlensaures Natron mit abgeschraubtem Deckel und ein Teelöffel mit getrockneten Natronresten befanden sich im Badezimmer auf dem Marmorbord neben dem Waschbecken.

Die Leiche, mit dem Seidenpyjama bekleidet, den Vincenzo Ricci am vergangenen Abend für ihn herausgelegt hatte, war unter einer leichten, seidenen Sommerdecke in dem riesigen Bett ausgestreckt. Nur sein Kopf war unbedeckt, das heißt, das, was davon übriggeblieben war. Auf dem Bettzeug und dem Bord oberhalb des Kopfes war viel Blut, sehr wenig woanders. Im Unterschied zu Julio war

Ninos Kopf das Ziel mehrerer Schläge gewesen. Der Polizeiarzt zählte neun verschiedene Gehirnfrakturen. Offensichtlich war Importuna im Schlaf überrascht worden. Es gab keine Anzeichen für einen Kampf. Nichts fehlte oder war nach Ansicht des Dieners in Unordnung geraten.

Importunas Brieftasche, die einige tausend Dollar in bar und eine Unmenge von Kreditkarten enthielt, lag unberührt auf dem Nachttisch neben dem Bett.

Ein Schlag hatte die Armbanduhr zertrümmert, die er noch am Handgelenk trug. In seinem Zustand hatte er augenscheinlich vergessen, sie abzunehmen. Es war eine handgearbeitete Platinuhr italienisch-schweizerischer Herkunft.

Das Tatwerkzeug, eine schwere, abstrakte Skulptur aus Gußeisen, war auf das blutbefleckte Bett neben die Leiche geworfen worden. Weder darauf noch sonstwo im Schlafzimmer fanden sich Fingerabdrücke – außer Importunas eigenen, denen des Dieners Ricci und des puertorikanischen Hausmädchens, dessen Arbeit zum Teil darin bestand, die Zimmer sauberzuhalten. Der Mörder hatte wahrscheinlich Handschuhe getragen.

Die Frage, wie der Mörder unbemerkt in das Gebäude gelangen konnte, blieb ungeklärt. Der ältere Nachtwächter, ein ehemaliger New Yorker Polizist namens Gallegher, schwor Stein und Bein, daß kein Unbekannter an ihm vorbeigegangen sei. Andererseits war das Haus groß, und er konnte nicht überall gleichzeitig sein. Die Kriminalbeamten stimmten überein, daß ein entschlossener Eindringling, der geduldig beobachtete und eine günstige Gelegenheit ergriff, unbemerkt an Gallegher vorbeischlüpfen konnte.

Zutritt zum Penthouse konnte der Mörder nach Ansicht der Beamten nur erlangt haben, wenn er von einem Komplizen in die Wohnung eingelassen oder mit einem Schlüssel versorgt worden war. Mit einer vorläufigen Befragung des Personals hatte man begonnen. Außerdem war eine weitläufige Fahndung nach Schlossern anberaumt worden, da die Möglichkeit bestand, daß ein Zweitschlüssel angefertigt worden war.

Wenn der Mord an Julio und der Selbstmord Marcos die Finanzzentren der Welt schon zum Beben gebracht hatten, so erschütterte sie der Mord am Familienoberhaupt bis ins Mark. Die Aktienschwankungen wurden fast überall gespürt, in New York, London, Paris, Frankfurt, Antwerpen, Brüssel, Zürich, Wien, Athen, Kairo, Hongkong, Tokio und sogar in Süd- und Westafrika, wo bedeutendes Importuna-Kapital investiert war. Zwei Biographien des ermordeten Industriellen füllten bereits drei Wochen nach seinem Tod die Bücherstände. Das Fernsehen rief Bankiers und Wirtschaftswissenschaftler am runden Tisch zusammen, um die wahrscheinlichen Folgen von Importunas Tod zu diskutieren. Sonntagsbeilagen schwelgten in düsteren, meist phantastischen Einzelheiten über seinen Start, sein Privatleben und seinen raketenhaften Aufstieg.

Und über Nacht wurde seine Witwe zu der Frau, über die in der Welt am meisten geschrieben und gesprochen wurde. Der Grund dafür war nicht allein der, daß der brutale Mord Virginia (die, wie eine Journalistin es formulierte, in neun Ohnmachten sank) zu einer der reichsten Frauen der Geschichte machte. Sie war ebenso unbestreitbar eine der fotogensten. Ihre Wangenknochen warfen Schatten, die ihr Gesicht zu einer lieblichen, tragischen Maske formten. Ihre großen hellen Augen gaben ihr auf einigen Fotos fast überirdische Schönheit.

Aber wenn schon die bezaubernde Witwe das Opfer von Zudringlichkeiten, Spekulationen und ziemlich bösartigem Klatsch wurde, so war der bedauernswerte Tote, der diese Welt so abrupt verlassen hatte, eine noch begehrtere Zielscheibe der öffentlichen Neugier. Der Mann, der zu Lebzeiten Publicity gemieden hatte, wurde bei seinem Tod zu einem internationalen Begriff. Die Sensation wurde angeheizt durch Einzelheiten über seinen Aberglauben, die täglich von Presse, Rundfunk und Fernsehen verbreitet wurden. Nino Importuna, der realistischste aller Männer, so wurde berichtet, hegte während seines ganzen von Dollar, Pfund, Franc und Lire bestimmten Lebens den eigenartigen, fanatischen, vernunftwidrigen Glauben an die geheimnisvolle Macht eines abstrakten Begriffes: an die Zahl neun. Für den Verstorbenen war die Zahl neun die Achse gewesen, um die sich die Speichen seines Lebensrades drehten.

»Okay«, sagte Inspektor Queen abrupt, »wir können darüber diskutieren. Spuck aus, was du auf der Zunge hast, aber erwarte nicht, daß ich es dir abnehme, Ellery. Ich stecke dieses Falles wegen bis zum Hals in Schwierigkeiten und bin nicht gewillt, wegen magischer Zahlen vollends einen Esel aus mir zu machen.«

»Das Wort ›magisch‹ habe nicht ich verwendet«, wehrte sich Ellery. »Ich sagte nur, daß die Zeitungen dieses eine Mal recht haben.

Ich meine, wenn sie Importunas Getue um die Neun herausstreichen. Wie kannst du das überschen, Dad? Die Neun war sein Lebensnerv.«

»Mich interessiert nur, ob sie uns helfen kann, den Mörder dingfest zu machen«, murrte sein Vater.

»Ich weiß nicht. Vielleicht auf lange Sicht.«

Der Inspektor hob die Augenbrauen flehend gen Himmel. »Schön, mach weiter! Ich habe versprochen, zuzuhören.«

»Fangen wir ganz vorn an, bei Ninos Geburt. Wann wurde er geboren? Am 9. September 1899. Also am neunten Tag des neunten Monats.«

»Glänzende Eingebung.«

»Und das Jahr 1899 ist ein Vielfaches von 9.«

»Die Zahl 1899 kann durch 9 geteilt werden.«

»Was heißt das schon?«

»Als nächstes, die Quersumme von 1899, 1 plus 8 plus 9 plus 9 ergibt was? 27. 27 ist wiederum ein Vielfaches von 9. Und wenn du die Quersumme von 27 nimmst, bekommst du wieder 9.«

»Ellery, um Himmels willen . . .«

»Stimmt's etwa nicht?«

»Das kann nicht dein Ernst sein.«

»Importunas war's. Was ihn zu dieser lebenslangen Besessenheit von der Zahl 9 brachte, wird wahrscheinlich niemand ergründen. Vielleicht war es sein Geburtsdatum oder die Tatsache, daß er zufällig mit neun statt den üblichen zehn Fingern auf die Welt kam. Oder vielleicht ist ihm etwas Traumatisches an seinem neunten Geburtstag zugestoßen. Was es auch war – nachdem es diesen zähen, kaltblütigen Geschäftsmann erst einmal gepackt hatte, ließ es ihn nicht mehr los.

Du kannst die Macht der Neun nicht übersehen, wenn du merkst, daß er seinen Familiennamen ihretwegen änderte. Die Familie und alles, was dazu gehört, sind der ganze Stolz des italienischen *conta-dino*. Aber Nino ließ die beiden letzten Buchstaben seines Nachnamens fallen und wurde Importuna. Ich möchte darauf hinweisen, daß seine Brüder sich strikt weigerten, es ihm nachzutun. Warum Nino Importuna an Stelle von Nino Importunato? Weil ein Name mit elf Buchstaben dadurch zu einem mit neun wurde!

Schüttle nicht ständig den Kopf, Dad. Hier steckt etwas Wichtiges, ich weiß es. Ich fühle es . . . Nimm seinen Vornamen. Wie lautete er?«

»Nino, natürlich.«

»Falsch. Tullio. Ich machte mir die Mühe, es nachschlagen zu lassen. Als er das Gericht ersuchte, seinen Nachnamen in Importuna zu ändern, bat er zugleich, seinen Vornamen von Tullio in Nino umzuwandeln. Tullio wurde er in der winzigen Kirche seiner italienischen Heimatstadt getauft. Ich kabelte einer Privatdetektei in Rom wegen dieser Information. Tullio. Warum mußte er ihn in Nino umwandeln?«

»Nino«, sagte der Inspektor, gegen seinen Willen gepackt, »N-i-n-o. Heißt Nino auf italienisch neun?«

»Nein, Nino bedeutet auf italienisch nicht neun, es bedeutet Kind. Neun heißt *nove*.«

»Gibt es einen italienischen Vornamen, der mit N-o-v-e beginnt?«

»Nein, denn ich bin überzeugt, er hätte ihn sonst angenommen. Also noch einmal – warum Nino? Weil es der Name war, der nach Aussehen und Aussprache seiner Glückszahl am nächsten kam? Das glaube ich nicht. Ich habe einige Nachforschungen angestellt, Dad. Wahrscheinlich glaubst du, ich sei verrückt oder betrunken ...«

»Das glaube ich schon lange«, erwiderte sein Vater mit einer müden Handbewegung. »Mach weiter.«

»Wir werden es nie beweisen können, aber ich bin überezugt, daß Tullio Importunato sich mit allen neun Fingern und beiden Füßen in das Geheimnis der Zahl neun vertiefte, ehe er sich Nino Importuna nannte. Es gibt eine Menge Material, da die Neun seit der Antike als wichtige mythische Zahl gilt.

Lars Porsena schwor bei den neun Göttern. Es gab neun Höllenflüsse. Jesus starb in der neunten Stunde am Kreuz. Die skandinavische Mythologie berief sich auf neun Erden. Die Hydra hat neun Köpfe. Darf ich ›und so weiter‹ anfügen?«

Der Inspektor öffnete den Mund, aber Ellery war schon wieder in Fahrt.

»Die Volksdichtung ist voll mit der Neun. Der Abracadabra wird neun Tage getragen, ehe er in den Fluß geworfen wird. Um das Volk der Elfen zu sehen, muß man neun Körner Weizen auf ein vierblättriges Kleeblatt legen. Soll ich noch weitermachen?«

»Bitte nicht«, stöhnte sein Vater. »Nach alldem, was du mir als Beweis an den Kopf geworfen hast, muß die Neun eine verteufelte Zahl sein. Aber was nützt das, Ellery?«

»Für Importuna bedeutete es offensichtlich sehr viel, so viel, daß er, wie ich wetten möchte, zum alten chaldäischen und hebräischen Alphabet zurückkehrte, das bestimmte Zahlen für einzelne Buchstaben einsetzte. Ich weiß, es klingt unsinnig, Dad, aber ich bin überzeugt, daß sich Tullio Nino nannte, weil irgend jemand im Altertum ein Symbolsystem ausarbeitete, nach dem N-i-n-o zur Quersumme addiert neun ergibt.«

Schweigen und das leise Sinken eines Unterkiefers.

Endlich klappte Inspektor Queen seinen Mund entschlossen wieder zu. »Okay, mein Junge, ich wage den Einsatz. Was habe ich schon zu verlieren? Andererseits, was kann ich gewinnen? Was bringt's uns ein?«

»Die Frage sollte richtiger lauten, wie brachte es Nino weiter? Offenbar in großen Sprüngen, nach seinem phantastischen Erfolg zu urteilen. Möchtest du einen Bericht über das Ausmaß, in dem er den Gott Neun verehrte? Es steht alles kleingedruckt in den Schilderungen seiner Lebensumstände, die ich in den letzten beiden Tagen studiert habe und die niemand ernst zu nehmen scheint.«

»Was heißt das?«

»Importuna unterzeichnete Geschäftsabkommen und andere wichtige Dokumente nur am 9. Tag des Monats oder am 18., 1 plus 8, wie ich gerade erwähnt habe, oder am 27., 2 plus 7. Neue riskante Unternehmungen des Konzerns wurden nie – ich wiederhole, nie – gestartet und alte Geschäftsabkommen nie liquidiert außer am 9., 18. oder 27.

Dann Importunas Hochzeit«, fuhr Ellery fort. »Beachte, daß er die Hochzeit mit Virginia Whyte auf den 9. September 1962 legte. Der 9. Tag des 9. Monats eines Jahres, dessen Quersumme 18 ergibt, die wieder durch neun teilbar ist. Ein Jahr überdies, das ein Vielfaches von neun ist. Unser verstorbener Freund ging nicht das Risiko ein, an einem ungünstigen Tag zu heiraten. Das wäre jeder Tag gewesen, der nicht mit Neunen gesegnet war.«

»Wenn man daran denkt, was fünf Jahre später passierte«, bemerkte der Inspektor, »steckte aber der Wurm in diesen Neunen.«

Ellery betrachtete seinen Vater neugierig. »Willst du damit andeuten, daß seine Frau . . .«

»Wer deutet was an?« erwiderte der Inspektor. »Mach weiter, Ellery, es fasziniert mich. Wie hat er die Neun noch verwendet?«

»Das Apartmenthaus, das Importuna vor Jahren kaufte, hat die Hausnummer 99. Es hat neun Stockwerke. Kann auch nur der geringste Zweifel bestehen, daß er das Gebäude wegen der Neunen kaufte? Die Konsequenz des Mannes ist ehrfurchterregend.

Wenn man sagt, daß er von dieser Zahl besessen war, so ist das eine monumentale Untertreibung«, rief Ellery aus. »Weißt du, wie er in seinem Büro auf und ab schritt? Während er diktierte oder laut dachte, machte Importuna laut Peter Ennis neun Schritte in eine Richtung und neun Schritte zurück. Nie mehr, nie weniger. Ennis erklärt, es sei ihm aufgefallen, weil er beim Gehen einen bestimmten Rhythmus einhielt. Den Grund dafür erkannte er erst, als er eines Tages die Schritte zählte.«

»Bei dem Burschen muß eine Schraube locker gewesen sein.«

»Natürlich. Nur ein absolut Irrer konnte so viel Geld scheffeln. Weißt du, daß er nur Gesamtausgaben von Büchern kaufte, wenn sie neun oder achtzehn oder siebenundzwanzig Bände umfaßten? In seinem Apartment kannst du alles finden von den ›Ausgestorbenen Vögeln der Hebriden‹ bis zur ›Geschichte der Gynäkologie‹. Für Importuna war offenbar das Wichtigste an Büchern die Zahl der Bände und nicht ihr Inhalt.«

»Schau«, meinte sein Vater, »er war ein armer Irrer, gut. Aber ich möchte immer noch wissen, wie die Neun uns hilft, den Mörder ausfindig zu machen. Was haben die Neunen mit dem Mord zu tun?«

»Ah«, sagte Ellery, als hätte er den alten Herrn bei einem umstrittenen Punkt ertappt, »ich weiß nicht, wie sie uns helfen sollen, den Mörder zu überführen. Aber daß sie etwas mit dem Mord zu tun haben, weiß ich ganz sicher.«

»Natürlich, du hast recht«, murmelte der Inspektor. Die Tatzeit . . .«

»Das ist das eine, ja. Der Schlag, der Importunas Armbanduhr um neun Minuten nach neun stillstehen ließ. Ich hätte es nicht geglaubt, wenn ich mich nicht mit eigenen Augen überzeugt hätte.«

»Und die Anzahl der Schläge«, warf Inspektor Queen ein.

»Richtig. Neun deutlich zu unterscheidende Schädelfrakturen, die von neun Schlägen herrühren. Doc Prouty meint, er muß schon lange vor dem neunten Schlag tot gewesen sein.«

»Aber das sind jetzt alle Neunen in Verbindung mit dem Mord.«

»Nicht alle, Dad. Die Waffe, das abstrakte Kunstwerk aus Gußeisen, mit der anmutigen Verschlingung? Hast du nicht bemerkt, daß es wie die Zahl 9 aussieht?

Das wären also drei Neunen beim Mord selbst«, erklärte Ellery seinen Füßen, als er umherwanderte und sich an der Nase zupfte, »und ich weigere mich, auch nur die Möglichkeit in Betracht zu ziehen, daß es Zufälle sind. Tod um 9 Uhr 09, verursacht durch eine Waffe in Form einer Neun, die Importuna neunmal traf ...« Ellery schüttelte den Kopf so heftig, daß seinem Vater das Genick weh tat. »Es gibt nur eine Erklärung, die mich befriedigt: Der Mörder, der über Importunas bergeversetzenden Glauben an die Neun bestens informiert war, bemühte sich, Importunas Todesumstände mit Neunen zu spicken und aller Aufmerksamkeit darauf zu lenken. Ich bin beinahe versucht zu sagen: sie unter einer Fülle von Neunen zu verbergen. Erinnere dich nur daran, daß er Importuna gar nicht neunmal auf den Kopf schlagen brauchte – er war schon vorher tot.

Befriedigte er so seine eigene Leidenschaft für das Phantastische, das Groteske, irgendeinen bizarren Sinn für das Angemessene, sogar bei einem Mord? Da Nino sozusagen nach der Neun gelebt hatte, dachte der Mörder vielleicht, er solle auch nach der Neun sterben.«

»Ich glaub's nicht«, schnaubte der Inspektor. »Dann wäre der Mörder genauso verrückt wie Importuna. Zwei Irre in einem Fall? Das nehme ich dir nicht ab, Ellery.«

»Ich gebe dir recht.«

»Du gibst mir recht?« erkundigte sich sein Vater mißtrauisch.

»Gewiß. Was der Mann auch ist, der den verrückten Mord an Julio plante und ausführte und dann, nachdem Mario sich erhängt hatte, diesen Mord an Nino vollbrachte, er hat Verstand – vielleicht einen verdrehten, aber trotzdem einen ungeheuer scharfen. Indem er Nino auf diese Weise ermordete, bombardierte er uns mit Neunen. Ich kann ihn beinahe lachen hören. Trotzdem habe ich das seltsame Gefühl, daß ...«

»Er ist verrückt!«

»Du hast gerade gesagt, er kann nicht verrückt sein.«

»Dann habe ich meine Meinung eben geändert«, rief der alte Herr. »So ein Fall kann eine ganze Polizeitruppe in die Klapsmühle bringen.«

Er ahnte nicht, daß die Verrücktheiten noch gar nicht richtig angefangen hatten.

Die erste der anonymen Botschaften (man konnte sie nicht als anonyme Briefe bezeichnen, da einige gar keine schriftlichen Mitteilungen enthielten) kam durch Eilboten am Dienstagmorgen, dem

19. September. Sie war am vorhergehenden Tag, irgendwo in dem Bezirk, den das Grand-Central-Postamt abfertigte, eingeworfen worden. Der Umschlag war am 18. September gestempelt, ein gewöhnlicher, mittelgroßer, frankierter Briefumschlag, wie er auf jedem amerikanischen Postamt von Maine bis Hawaii erhältlich ist. Er war an Inspektor Richard Queen, Polizeipräsidium, New York, Centre Street, New York, N. Y. 10013, adressiert, und zwar handschriftlich mit einem der hundert Millionen blauer Kugelschreiber, die täglich in der zivilisierten Welt benutzt werden und sogar in einigen nichtzivilisierten Ländern, wie Experten behaupten. Es war keine Schreibschrift, die man hätte analysieren können, sondern gedruckte Großbuchstaben, so ohne besondere Merkmale, daß sie überhaupt keinen Anhaltspunkt für eine Nachforschung ergaben.

Der erste Kommentar, den Inspektor Queen gab, als er den Inhalt des Umschlages sah, war: »Warum ich?« Die Frage glich nicht ganz der Hiobs, sowohl er versucht war, ein ›O Gott‹ anzuhängen. Es gab unzählige andere Polizeibeamte, die mit Nachforschungen betraut waren. Einige unter ihnen standen in der Hierarchie beträchtlich höher als Richard Queen. »Warum ich?« Niemand konnte das beantworten, bis Ellery auch alle anderen Rätsel gelöst hatte.

Seltsamerweise zögerte der Inspektor nicht, die Botschaft vom 18. September, so geheimnisvoll sie für Nichteingeweihte auch war, mit dem Importunamord in Zusammenhang zu bringen. Er verknüpfte sie, ohne Ellerys Hilfe, augenblicklich damit, so gut hatte er die Bedeutung der Neun behalten.

Das Postamt der Grand Central Station konnte keine Aufklärung geben. Obwohl später, nachdem Ellery darauf hingewiesen hatte, daß die Postleitzahl 10017 lautete und daß aller Wahrscheinlichkeit nach künftige anonyme Botschaften von Postämtern kommen würden, deren Postleitzahl sich ebenso zu neun addieren ließ, die Hoffnung bestand, daß Beobachtungsposten in solchen Postämtern vielleicht einen glücklichen Fang machen konnten. Weitere Botschaften kamen in der Tat vom Postamt Triborough (10035), der Church Street Station (10008) und der Morningside Street (10026). Aber der anonyme Absender konnte nicht gefaßt werden.

Keine Fingerabdrücke oder andere identifizierbare Merkmale wurden gefunden.

Als allgemein Einigkeit darüber herrschte, daß die erste Botschaft vom Mörder kam, wurde von oben befohlen, die Ankunft und den

Inhalt der Botschaften, ja sogar ihre Existenz, unbedingt geheimzuhalten. Das Büro des Polizeipräsidenten gab durch, daß jede Verletzung dieses Befehls, die ein Durchsickern an Presse, Funk und Fernsehen zur Folge hatte, strengstens geahndet werden würde. Als weitere Botschaften auftauchten, wurde dieser ausdrückliche Befehl in noch strikterem Ton wiederholt.

Was Inspektor Queen an jenem Morgen des 19. September aus dem gewöhnlichen Umschlag mit dem Poststempel der Grand Central Station zog, war ein Teil einer ziemlich bemerkenswerten, steifen, noch nie benutzten Spielkarte mit rotgemusterter Rückseite. Bemerkenswert an der Karte war, daß sie mit äußerster Sorgfalt mitten durchgerissen worden war.

Es war eine halbe Kreuz-Neun.

In dem Augenblick, als der Inspektor die Zahl neun in der Ecke erblickte, blitzte durch sein Gehirn die Vision einer ganzen Kreuz-Neun. Daraufhin faßte er die halbe Karte so an, als wäre sie in eine Lösung getaucht, die beim Berühren unter Garantie tödlich wirkte.

»Stammt von Importunas Mörder«, sagte der Inspektor zu Ellery, der in das Büro seines Vaters geeilt war, nachdem der alte Herr angerufen hatte. »Die Neun auf der Karte beweist es.«

»Nicht nur die Neun.«

»Noch was?« fragte sein Vater erzürnt. Er hatte ein Lob erwartet, weil er seine Lektion so gut gelernt hatte.

»Wann wurde dies aufgegeben?«

»Der Poststempel ist vom 18. September.«

»Der neunte Monat. Und achtzehn läßt sich zu neun addieren. Weiterhin möchte ich darauf hinweisen«, fuhr Ellery fort, »daß Importuna am 9. September ermordet wurde – neun Tage, bevor dies aufgegeben wurde.«

Der Inspektor schlug sich an den Kopf. »Ich muß doch jede Minute aufwachen! ... Also gut«, sagte er, während er sich noch immer den Kopf hielt, »eine halb durchgerissene Kreuz-Neun. Schon die Neun ist ein Kennzeichen. Ich gebe es zu, ich gebe das mit den neun Tagen zu, ich gebe alles zu! Es hat ohne Frage mit dem Importunafall zu tun. Aber was, mein Junge, was?«

Die silbrigen Augen des jüngeren Queen glitzerten vor Abenteuerlust. »Hast du dir noch nie auf Coney Island die Zukunft weissagen lassen?«

»Coney Island?« Sein Vater kaute auf den Wörtern herum, als wolle er sie kosten. Sie schmeckten offenbar schlecht. »Zukunft weissagen ... Nein!«

»Zukunft weissagen, ja. Jede der zweiundfünfzig Karten eines Spiels hat eine eigene Bedeutung, die sich bei keiner wiederholt. Die Karo-Fünf bedeutet zum Beispiel ein Telegramm. Der Herz-Bube weist auf den Priester hin. Das Pik-As ...«

»Kenne ich, danke«, sagte der Inspektor grimmig. »Was soll also die Kreuz-Neun bedeuten?«

»Letzte Warnung.«

»Letzte Warnung?« Der Inspektor verdaute das erstaunt.

»Aber dies heißt nicht ›letzte Warnung‹, Dad.«

»Entscheide dich endlich, Junge! Zuerst sagst du, es bedeutet letzte Warnung, dann sagst du, es bedeutet nicht letzte Warnung! Ellery, ich bin nicht zum Spaßen aufgelegt!«

»Es ist kein Scherz. Eine ganze Kreuz-Neun bedeutet letzte Warnung. Aber diese ist halb durchgerissen. Bei einer halben Karte kehrt sich die Bedeutung um, lautet die Regel.«

»Die Regel – umgekehrt?« Der Inspektor sah verwirrt drein. »Du meinst – erste Warnung?«

»Ist doch offensichtlich.«

»Ach? Warum? Erste Warnung wovor?«

»Das kann ich nicht sagen.«

»Kannst du nicht? Warum nicht?«

»Ich weiß es nicht.«

»Du weißt es nicht? Ellery, du kannst nicht einfach in mein Büro marschieren und eine Menge Zeugs über – über Kartenlegen erzählen und mich dann mit offenem Mund sitzenlassen! Ich muß darüber Bericht erstatten.«

»Ich wünschte, ich könnte dir helfen, Dad. Aber ich weiß einfach nicht, wovor er dich warnt. Ganz gleich, ob erste oder letzte Warnung.«

Der Inspektor murmelte: »Herr, steh mir bei«, und eilte mit seinem geheimnisvollen Beweisstück von dannen. Spät des Nachts, als er sich von einer Seite auf die andere wälzte, konnte er die Erinnerung an die späteren Ereignisse des Tages nicht länger unterdrücken. Halb bedeutet erste Warnung ... Was soll das heißen, Queen? ... Ich weiß nicht, Sir ... Hat dieser Tunichtgut – ich meine, Ihr Sohn – sich noch keine Meinung gebildet, Queen? Dies ist doch sein verfluchter Fall ... Nein, Sir, Ellery weiß nichts ... Die knurrenden Stimmen und unwirschen Gesichter seiner Vorgesetzten würden die Quelle noch vieler künftiger Alpträume sein.

Die zweite Botschaft steckte im gleichen Umschlag wie die erste und war ebenfalls an Inspektor Queen adressiert. Der Umschlag enthielt jedoch weder eine ganze noch eine halbe Spielkarte, sondern einen kleinen Bogen billigen, weißen Papiers, der unter dem Mikroskop an der Schmalseite Reste von Klebstoff und rotem Leinen zeigte. Das Papier hatte kein Wasserzeichen.

»Dieser Bogen«, lautete der Laborbericht, »wurde von einem gewöhnlichen Notizblock abgerissen, den man für zehn Cent überall kaufen kann. Es wäre unmöglich, die Quelle nachzuweisen, und selbst, falls diese gefunden werden könnte ...«

Was in großen Druckbuchstaben mit Kugelschreiber auf dem kleinen Zettel stand, warf nicht mehr Licht in die Sache als der Laborbericht:

EINER VON NINOS JUGENDKAMERADEN WURDE RICHTER AM OBERSTEN GERICHTSHOF

Keine Unterschrift.

Selbst höchste Polizeibeamte entschieden sich mit diesem Beweisstück vor Augen für Richard Queens Meinung. Zu dieser Zeit hatten sie vom Sohn über den Vater gehört, daß eine Neun hinter der Botschaft steckte, obwohl sie keinem von ihnen auch nur das Geringste sagte. Einer von Ninos Jugendfreunden hatte sich also in den obersten Gerichtshof der Vereinigten Staaten hinaufgearbeitet. Gut für ihn, wer es auch sei, bemerkte der stellvertretende Polizeichef, der sich um rechtliche Angelegenheiten kümmerte. »Aber ich frage Sie, was soll's?« Niemand erwog auch nur einen Augenblick, daß mit dem obersten Gerichtshof der des Staates New York gemeint sein könnte. Es gab nur einen berühmten obersten Gerichtshof mit neun Mitgliedern.

Die Botschaft selbst enthielt neun Wörter.

»Wissen Sie was?« sagte der Polizeichef. »Zur Hölle damit!«

Trotzdem verlangte die Routine, daß Ninos Jugendfreunde und ihr späterer Werdegang ermittelt wurden.

Die dritte Botschaft erinnerte an die erste: Der Umschlag enthielt wieder eine nagelneue Spielkarte mit rotem Rücken.

Aber diesmal war es eine ganze Karte.

Die Herz-Neun.

»Ich werd' verrückt«, knurrte der Inspektor. »Was bedeutet die Herz-Neun im Wahrsagerlatein?«

»Gewöhnlich Enttäuschung«, erwiderte Ellery.

»Enttäuschung? Was soll das heißen? Wessen Enttäuschung?«

»Vielleicht will er nur ausdrücken«, antwortete Ellery und zog so fest an seiner Nase, daß seine Augen tränten, »daß es *unsere* ist.«

Die nächste Botschaft war wieder direkter und leichter verständlich.

FRÜHERE KARRIERE NINOS ALS SEMIPROFESSIONELLER BEI BINGHAMTON NEW YORK

»Hat Importuna je als Semiprofessioneller Baseball gespielt?« wollte der Inspektor wissen.

»Du fragst mich?« rief Ellery. »Ich weiß es nicht!« Seine Antworten kamen in diesen Tagen ziemlich laut, als würde er oder die ganze Welt langsam taub.

»Ich denke nur laut, mein Junge. Baseballmannschaften besetzen das Feld mit ...«

»Mit neun Männern, stimmt. Das habe ich bereits bemerkt. Danke.«

»Und die Botschaft ...«

»Besteht wieder aus neun Wörtern. Das habe ich auch gemerkt. Ich verstehe nur nicht, was alles bedeutet. Worauf es abzielt.«

Memorandum an Inspektor R. Queen vom Stellvertretenden Polizeichef Lew B. Malawan: »Untersuchen Sie Baseballkarriere von Nino Importuna oder Tullio Importunato.«

»Es steckt an!« stöhnte der Inspektor. »Das sind auch neun Wörter!«

Nach demselben Muster ging es weiter. Die nächste Botschaft war wieder eine Spielkarte, offensichtlich aus demselben Spiel.

Nur diesmal eine Pik-Neun.

»Sorgen«, meinte Ellery.

»Das sagst du *mir*?« rief der Inspektor. »Aber ich wollte die Bedeutung der Pik-Neun wissen.«

»Habe ich doch gerade erklärt: Sorgen.«

»Sorgen – sonst nichts?«

»Nun, offensichtlich Sorgen für jemanden.«

»Für wen?«

»Kann ich mir nicht vorstellen. Oder vielleicht doch. Möglicherweise für Virginia Importuna. Schließlich wurde sie auf besonders häßliche Weise von ihrem Ehemann befreit.«

»Aber das führt zu nichts, Ellery.«

»Ich weiß. Ich nehme auch nicht an, daß der Mörder uns all diese Botschaften schickt, um uns irgendwo hinzuführen, Dad. Höchstens ins Irrenhaus.«

»Genau das versucht er. Nur aus Gaudi.«

»Dem kann ich nicht zustimmen.«

»Aber du hast es doch gerade gesagt!«

»Glaubst du alles, was die Leute sagen? Diese Botschaften verfolgen ein vernünftigeres Ziel – oder ein praktischeres –, als die New Yorker Stadtpolizei auf den Arm zu nehmen. Die Schwierigkeit ... Bei meinem Leben ... O verdammt, Dad, ich gehe lieber nach Hause und klemme mich hinter meinen Roman.«

»Sitzt du immer noch daran?« erkundigte sich sein Vater kalt.

Ellery schlich hinaus.

Ninos Palm-Spring-Ranch hat einen ausgezeichneten privaten Golplatz

Der gleiche Umschlag, das gleiche Papier, die gleichen Großbuchstaben mit demselben Kugelschreiber.

Keine Hinweise.

Nichts, was man nachprüfen konnte.

»Klingt wie die Anzeige eines verdammten Grundstückmaklers«, murrte Ellery. »Du verstehst natürlich, worauf er hinauswill?«

»Sogar ein Kind könnte sich das denken«, erwiderte der Inspektor verdrießlich. »Private Golfplätze haben meist neun Löcher.«

»Und sogar, falls der Ninos achtzehn hat ...«

»Ich weiß, Ellery, 1 plus 8 ergibt 9.«

»Und die Botschaft hat wieder neun Worte. Bei Gott!« fluchte Ellery ohne jede Ehrfurcht. »Ich wünschte – ich wünschte, ich wüßte, warum dieser Kerl das macht!«

Klang die letzte Nachricht wie die Reklame eines Grundstückmaklers, so war die folgende weit davon entfernt. Für diese Anschuldigung war eher Baron Richard von Krafft-Ebing zuständig:

NINO SCHLUG SEINE SÜSSEN TÄUBCHEN MIT EINER NEUNSCHWÄNZIGEN KATZE

»Ich frage mich nur«, überlegte Ellery laut, »ob die Verleumdung, ein Anhänger von Sacher-Masoch oder de Sade zu sein, an dem verstorbenen Mr. Importuna hängenbleibt.«

»Das wäre ein gefundenes Fressen für die Presse«, meinte der Inspektor und schüttelte den Kopf. »Glaubst du, es ist wahr?«

»Woher soll ich das wissen?« erwiderte Ellery schlechtgelaunt. »Ich kenne Importunas Schlafzimmergeheimnisse nicht. Aber warum nicht? Wer sich mit fünfhundert Millionen Dollar amüsieren kann, dem ist ein konventionelles Sexualleben vielleicht zu spießig.«

»Warum, zum Teufel, wird das Ding neunschwänzige Katze genannt?«

»Weil die Spuren der neun Peitschenschnüre auf der Haut des Opfers den Kratzern einer Katzenpfote ähneln. Natürlich weiß ich das nur vom Hörensagen.«

»Dann zur Hölle damit.« Und Inspektor Queen verließ das Büro mit stampfenden Schritten, um oben die neueste Entwicklung zu melden.

»Einen Augenblick – Katze? Neun Leben!« rief Ellery dem entschwindenden Rücken seines Vaters nach. »Vergiß nicht, das zu erwähnen!«

Beinahe eine Woche verging, ohne daß ein Umschlag auftauchte.

»Es ist vorbei«, sagte der Inspektor hoffnungsvoll. »Er hat es satt, mich an der Nase herumzuführen.«

»Nein, Daddy«, erwiderte Ellery. »Er läßt dich nur zappeln. Merkst du's denn nicht, wenn du an der Angel hängst?«

»Aber woher weißt du, daß noch mehr kommen werden?« fragte sein Vater erbittert.

Am nächsten Morgen steckte ein Umschlag zwischen der Post auf des Inspektors Schreibtisch:

NINO WOLLTE MUSEN FÜR VILLA IN LUGANO, ITALIEN, KAUFEN

»Ein Pluspunkt für dich«, murmelte der Inspektor. »Musen? Können damit Mafiosi gemeint sein?«

»Es reicht viel weiter zurück«, antwortete Ellery müde. »Die Musen, Dad – die neun Musen. Die neun Töchter der Mnemosyne und des Zeus: Kalliope, Slio, Erato – und so weiter. Griechische Mythologie.«

Der Inspektor verdeckte die Augen mit zitternder Hand.

»Und natürlich wieder neun Wörter. Besaß Importuna eine Villa in Italien?«

»Was? Oh . . . Ja, ich glaube. Nein, ich bin sogar sicher. Aber was macht das schon für einen Unterschied? Dies ist ein Alptraum! Wird er denn ewig dauern?«

Das sollte nur eine rhetorische Frage sein. Trotzdem beantwortete Ellery sie.

»Nein«, sagte er. »Es kommt nur noch einer.«

Und zwei Tage später lag wieder ein Umschlag unter des Inspektors Post. Er öffnete ihn, und heraus fiel eine neue Spielkarte mit rotem Rücken.

Eine Kreuz-Neun.

»Aber er hat mir doch schon eine Kreuz-Neun geschickt«, protestierte Inspektor Queen, als hätte sein Korrespondent eine Regel ihres geheimnisvollen Spiels verletzt. »Im ersten Umschlag!«

»Er hat dir eine halbe Kreuz-Neun geschickt«, korrigierte Ellery. »Etwas ganz anderes. Nebenbei beweist dies, daß er ein zweites Spiel mit rotgemusterter Rückseite besorgen mußte, um eine ganze Kreuz-Neun zu haben, nachdem er eine halb durchgerissen hatte.«

»Macht das einen Unterschied?« erkundigte sich ein Zuschauer ängstlich.

»Nicht den geringsten«, erwiderte Ellery. »Bemerkte es nur für die Akte. Schön, meine Herren! Sie sehen doch, was das bedeutet?«

Aus mehreren Kehlen hörte man ein: ›Was?‹

»Erinnerst du dich, Dad, daß ich dir die Bedeutung einer ganzen Kreuz-Neun erklärte?«

Der Inspektor errötete dunkel. »Ich, äh, habe es vergessen.«

»Letzte Warnung.«

»Stimmt! Letzte Warnung. Natürlich. Letzte Warnung wovor, Ellery? Für wen?«

»Keinen blassen Schimmer.«

Der Inspektor lächelte schwach in die Richtung seiner Vorgesetzten, um sich für die mißlungene Vorstellung seines Sprößlings zu entschuldigen.

Da brüllte der Polizeichef auf: »Weiß denn niemand in diesem verfluchten Haus etwas über diese saudummen, hirnverbrannten Botschaften?«

Schweigen.

»Darf ich etwas bemerken?« begann Ellery.

»Sie arbeiten nicht einmal für uns, Queen!«

»Nein, Sir. Aber ich kann Ihnen versichern, daß dies die letzte Botschaft ist.«

»Woher wollen Sie das wissen?«

»Es ist die neunte, Sir«, erwiderte Ellery und winkte mit allen Fingern der rechten Hand und mit allen der linken bis auf den Daumen.

Die Tage vergingen, es kamen keine weiteren Botschaften. Ellery zog aus diesem winzigen Triumph eine winzige Befriedigung. In diesen Tagen war er dankbar selbst für Krumen. Er gehörte zum Beispiel zu den ersten jener Privilegierten, die in das Geheimnis eingeweiht wurden, daß die Zeitspanne, in der die neun Botschaften auftauchten, genau siebenundzwanzig Tage betrug.

Und siebenundzwanzig war ein Vielfaches von neun.

Und die Quersumme von siebenundzwanzig war neun.

Durch Ellerys Kopf ging das Leitmotiv, nach dem er augenblicklich lebte: ›Er will uns mit den Neunen aufs Glatteis führen. Warum?‹

Inspektor Queen las die alten und neuen Berichte wieder und wieder, bis er sie mit geschlossenen Augen völlig auswendig hätte wiederholen können. Nicht das geringste Licht fiel in die absolute Dunkelheit dieses Falles.

Eine frühe Theorie, nach der Nino Importuna vergiftet worden war, ehe er auf den Kopf geschlagen wurde, wurde von der toxikologischen Untersuchung der inneren Organe widerlegt. Die Ursache seiner Magenverstimmung ging auf eine kulinarische Krise zurück, die den Multimillionär im schlimmsten Fall um die Dienste seines temperamentvollen Chefkochs gebracht hätte.

Mrs. Importuna hatte Cesar Tage zuvor gebeten, als Vorspeise für das Dinner eines der Lieblingsgerichte ihres Mannes zu bereiten, Caccuicco alla Livornese, ein livornesisches Ragout aus Meerestieren.

Zwei der Zutaten waren Hummer und Tintenfisch. Bei seinen italienischen Rezepten bestand Cesar darauf, von der Quelle zu beziehen. Hummer und Tintenfisch wurden also aus Italien eingeflogen. Cesar bereitete zuerst die Soße, in der er dann Tintenfisch und Hummer kochte. Als er das Endprodukt abschmeckte, heulte er auf vor Schmerz. Der Tintenfisch, brüllte er, habe einen *guasto gusto*, einen schlechten Geschmack. Er könne mit dem Caccuicco nicht weitermachen, seine Ehre als Chefkoch stehe auf dem Spiel. Er drohte, unter Schimpf und Schande zu gehen. Importuna persönlich war in die Küche geeilt, um ihn zu beruhigen. Er hatte eine gehörige Portion Tintenfisch gekostet und sich ohne Zögern auf Cesars Seite gestellt, der besänftigt die Kündigung zurückzog. Das Caccuicco wurde aus dem Menü gestrichen. Cesar hatte im Verlauf des Abends eine leichte Magenverstimmung verspürt, ungefähr um dieselbe Zeit, als Importuna die heftigen Magenkrämpfe hatte. Unglücklicherweise konnte der Inhalt der Caccuicco nicht mehr analysiert werden, da er in den Müllverzehrer gewandert war. Eine Spur Tintenfischfleisch hatte man jedoch in Importunas Magen gefunden, und die Untersuchung ergab, daß es eine leichte Nahrungsmittelvergiftung verursacht hatte. Der verdorbene Tintenfisch hatte nichts mit dem Mord zu tun.

Eine andere Theorie besagte, daß Nino Importuna und sein Bruder Julio – vielleicht auch alle drei Brüder – mit der Mafia aneinandergeraten waren. Sie wurde von jenen gestützt, die behaupteten, die anonymen Botschaften stammten von einem Verrückten und hätten mit dem Fall nichts zu tun. Die Mafia-Anhänger, welche die sizilianische Herkunft der Importunatos aufbauschten, behaupteten, die Mafia habe sich in einige Importunakonzerne eingeschlichen, und der Mord an den Brüdern sei eine Folge des unausweichlichen Machtkampfes um die Herrschaft über das riesige Industriereich.

Diese Theorie überlebte jedoch die Nachforschungen nicht. Es konnte kein Beweis erbracht werden, daß Nino, Marco, Julio oder eine ihrer Firmen Verbindung zur Cosa Nostra hatten. Dies war die übereinstimmende Meinung von Polizei und FBI.

Wenn der Mangel an Erfolg für Inspektor Queen und seine Kollegen eine Enttäuschung war, so empfand Ellery ihn als persönliche Beleidigung. Der Roman, den sein Verleger schon lange aufgegeben hatte, moderte auf dem Schreibtisch. Er schlief schlecht, schreckte aus fürchterlichen Träumen auf, in denen die Neun eine wichtige Rolle spielte, stocherte in seinem Essen und verlor Pfunde, die sein schlanker Körper nicht entbehren konnte. Er schnauzte jeden an, auch seinen Vater und die arme Mrs. Fabrikant, die in diesen Tagen ständig kurz vor Tränenausbrüchen stand.

»Welch Vergnügen, mal ein lebendes Gesicht zu sehen, auch wenn du den Kopf hängenläßt«, meinte Doc Prouty. »Hier bekommen wir sonst nur Leichen. Wie geht's, Ellery? Was kann ich für dich tun?« Der Polizeiarzt gehörte zur Generation Inspektor Queens und war wie der Inspektor ein wandelndes Museum fossilen Humors.

»Ich lasse den Kopf hängen. Deine Diagnose stimmt. Kannst du mir über die Zeit von Nino Importunas Tod etwas erzählen?« Ellery blickte von dem Arzt fort, der an einem Sandwich mit Erdnußbutter und Thunfisch kaute. Solange Ellery denken konnte, hatte Sam Prouty sein Mittagessen mit zur Arbeit gebracht. Ellery fand, daß Doc Proutys Arbeitsplatz nicht unbedingt als Eßzimmer geeignet war.

»Importunas Todeszeit?« Der Arzt blinzelte beim Kauen. »Das ist antike Geschichte.«

»Ich weiß, der Schlag auf Importunas Armbanduhr hielt den Zeiger um 9.09 Uhr an. Ich möchte nur erfahren, ob 9.09 Uhr mit deinen Obduktionsergebnissen übereinstimmt.«

»Hast du eine Vorstellung davon, wie viele Obduktionen wir seither gemacht haben?«

»Nicht mit mir, Doc! Du kannst dich noch an Einzelheiten von Obduktionen erinnern, die du vor zwanzig Jahren gemacht hast.«

»Es steht alles in meinem Bericht, Ellery. Hast du ihn nicht gelesen?«

»Er wurde mir nie gezeigt. Willst du etwa nicht antworten?«

»Diese Uhrzeit war reiner Blödsinn. Nach unserer Meinung wurde Importuna gegen Mitternacht erschlagen – sogar etwas später als Mitternacht. Ungefähr drei Stunden später, als die Uhr zeigt.«

Die silbernen Tiefen von Ellerys Augen begannen, Leben zu zeigen. »Willst du damit andeuten, daß seine Armbanduhr absichtlich um 9.09 Uhr angehalten wurde, um die Todeszeit zu verwischen?«

»Die Absicht geht mich nichts an. Das gehört in ein anderes Ressort. Jedenfalls werde ich nie verstehen, warum ich meine amtlichen Ergebnisse wie ein verdammtes Auskunftsbüro an einen wichtigtuerischen Zivilisten weitergebe. Möchtest du ein Sandwich? Die alte Dame geht sehr sparsam mit Erdnußbutter und Thunfisch um.«

»Ich würde lieber verhungern, als dir einen Brocken wegschnappen. Kann ich – oder darf ich – annehmen, daß du bei der Obduktion nichts gefunden hast, was deiner ursprünglichen Zählung von neun Schlägen widerspricht?«

»Ich sagte neun, und es waren neun.«

»Schön. Danke, Doc. Ich verlasse dich jetzt, damit du die Thunfischleiche in Ruhe genießen kannnst.« Ellery drehte sich um. »Noch etwas. Habe ich recht mit der Annahme, daß der Schlag, der Importunas Uhr anhielt, von einem der neun Schläge abglitt? Ich meine, rutschte einer der Schläge auf seinen Kopf ab und traf das Handgelenk? Vielleicht hob er instinktiv den Arm, um den Schlag abzuwehren.«

»Habe ich das etwa behauptet?« verlangte Doc Prouty durch einen Sprühregen aus Erdnußbutter zu wissen. »Der Schlag auf das Handgelenk, der die Uhr zerbrach, war ein anderer. Auf der Uhr oder dem Handgelenk war keine Spur von Blut oder Gehirnmasse. Ich glaube, daß der Schlag auf die Uhr sogar von einer anderen Waffe herrührte. Nicht von dieser gußeisernen Figur.«

»Stand das in deinem Bericht, Doc?«

»Gewiß nicht! Ich bin Pathologe, kein Detektiv. In meinem Bericht steht, daß an der Uhr und dem Handgelenk weder Blut noch Kopfhaar, noch Gehirnmasse gefunden wurde. Das war eine rein medizinische Beobachtung. Alles andere ist euer Job.«

»Ich werd' verrückt«, murmelte Ellery und schlug sich vor die Stirn. »Warum habe ich nicht darauf bestanden, deinen Obduktionsbericht zu lesen?«

Und im Laufschritt verschwand er und ließ den Arzt zurück, der seine Zähne bis zu den Wurzeln in die Leiche eines Apfels grub.

Virginia Whyte-Importuna empfing Ellery in ihren Privatgemächern. Er war überrascht, daß das Zimmer wie Hunderttausende amerikanischer Wohnungen im frühen Kolonialstil eingerichtet war. Er hatte eher den prächtigen Stil des Sonnenkönigs oder den Lack und die Stukkatur des alten Venedig erwartet.

Was er jedoch zuerst für gute Reproduktionen gehalten hatte, erkannte er bald als Originale in makellosem Zustand. Da gab es zum Beispiel einen Schrank mit Einlegearbeiten aus dem siebzehnten Jahrhundert, von dem er geschworen hätte, daß er aus dem Metropolitan Museum gestohlen worden sei, und Stühle aus einer noch früheren Zeit, die aussahen, als hätten sie Gouverneur Bradford gehört. Alle Stücke im Wohnzimmer der jungen Witwe waren seltene Antiquitäten von hohem Wert.

»Ich sehe, Sie bewundern meine Antiquitäten, Mr. Queen«, sagte Virginia.

»Bewundern ist kaum der richtige Ausdruck, Mrs. Importuna. Ich bin überwältigt. Ihr Mann war Ihnen gegenüber sehr großzügig, nehme ich an.«

»O ja«, erwiderte sie schnell. Zu schnell? Es interessierte ihn, wie sie sofort das Thema wechselte, als ob sie nicht weiter über Nino Importuna reden wolle. »Tut mir leid, daß Sie solche Mühe hatten, zu mir durchzudringen, Mr. Queen. Manchmal fühle ich mich wie eine Prinzessin im Turm, der von Drachen bewacht wird. Ich besitze weiß Gott wie viele Wohnsitze in der ganzen Welt, wie man mir sagt, von denen ich die meisten nie besucht habe, und darf nicht mal die Nase vor die Tür stecken. Ich fange an, 99 East zu hassen. Wie lange dauert dies noch?«

»Bis der Fall geklärt ist, nehme ich an«, antwortete Ellery. »Ich möchte Ihnen nicht die Zeit stehlen . . .«

»Um Himmels willen, ich habe davon mehr als genug.« Virginia seufzte und schaute auf ihre Hände im Schoß nieder. »Abgesehen von Tausenden von Papieren, die mir die Anwälte zum Unterschreiben vorlegen, habe ich zur Zeit nicht viel zu tun. Es ist ein Vergnügen, mit jemandem zu reden, der kein Polizist ist.«

»Da muß ich Sie leider enttäuschen«, erwiderte Ellery lächelnd. Warum war sie so nervös? Sie mußte doch jetzt gegen solche Begegnungen abgehärtet sein. »Obwohl ich kein Polizeibeamter bin, Mrs. Importuna, möchte ich Ihnen doch einige Polizeifragen stellen.«

»Oh . . .«

Er hielt diesen Ton der Überraschung und des Bedauerns für unaufrichtig. Sie mußte gewußt haben, daß er sie nicht aufgesucht hatte, um mit ihr über Antiquitäten zu plaudern.

»Macht es Ihnen etwas aus?«

Sie zuckte mit den Schultern. »Ich sollte daran gewöhnt sein, aber ich bin's nicht. Natürlich macht es mir etwas aus, Mr. Queen. Es macht mir sogar sehr viel aus. Das hilft mir jedoch wenig, nicht wahr?«

Das war ein schlauer Schachzug von ihr.

Ellery fühlte den vertrauten Adrenalinstoß in seinem Blut bei der

Aussicht, sich mit ihrem Geist zu messen.

»Da wir so offen zueinander sind, Mrs. Importuna – nein, es hilft Ihnen nichts. Sie können sich natürlich weigern zu antworten, aber ich wüßte nicht, warum Sie das sollten. Es sei denn, Sie hätten etwas zu verbergen.«

»Und was möchten Sie wissen?« fragte sie abrupt.

»Stand jene gußeiserne Skulptur, die der Mörder benutzte, um Mr. Importuna zu töten, gewöhnlich in seinem Schlafzimmer?«

»Sie stand nie in seinem Schlafzimmer. Er konnte sie nicht leiden.«

»Oh? Wo wurde sie dann aufgehoben?«

»Im gemeinsamen Wohnzimmer.«

»Das verstehe ich nicht, Mrs. Importuna. Das kann eine wichtige Neuigkeit sein. Ich habe alle Nachschriften Ihrer Vernehmungen gelesen, und ich erinnere mich nicht, daß Sie diese Sache schon einmal erwähnt haben. Warum nicht?«

»Niemand hat mich bis jetzt danach gefragt, daher!« Ihre ätherischen blauen Augen blitzten jetzt wie Wasser, auf das die Sonne strahlt. Ihre Backenknochen hatten einen warmen Rotton, was an eine Puppe erinnerte. »Ich nahm an . . . Na schön, ich habe einfach nicht daran gedacht.«

»Unglücklicherweise, denn Sie sehen, wohin uns das führt, Mrs. Importuna. Wer es auch war, er hielt auf dem Weg zum Schlafzimmer Ihres Mannes lang genug an, um die Mordwaffe auszuwählen. Offenbar brachte er keine mit. Oder er wählte, falls er bewaffnet kam, absichtlich die Skulptur im Wohnzimmer. Das führt logischerweise zu der interessanten Frage, warum gerade diese Skulptur? Ich habe ein Dutzend Gegenstände im Wohnzimmer gesehen – und auch in Mr. Importunas Schlafzimmer –, die der Absicht des Mörders genausogut gedient hätten. Wenn ich es mir richtig überlege, brauchte er das Wohnzimmer gar nicht zu durchqueren, um ins Schlafzimmer Ihres Mannes zu gelangen. Das bedeutet, er machte einen Umweg, um diese Skulptur in die Finger zu kriegen. Warum? Was ist an dieser gußeisernen Figur so wichtig?«

»Woher soll ich das wissen?«

»Haben Sie keine Theorie, Mrs. Importuna?«

»Nein.«

»Fiel Ihnen an der Form der Skulptur nie etwas Besonderes auf? Erinnert sie Sie an nichts?«

Sie schüttelte den Kopf.

»Nun, macht nichts«, sagte Ellery und lächelte wieder. »Erzählen Sie mir von ihr, Mrs. Importuna. Sie sagten, sie wurde nicht in Mr. Importunas Schlafzimmer aufgehoben, weil er sie nicht leiden konnte?«

»Das habe ich nicht gesagt. Ich stellte zwei verschiedene Dinge fest, Mr. Queen: einmal, daß sie nicht im Zimmer meines Mannes aufgehoben wurde, und zweitens, daß er sie nicht leiden konnte. Beide Feststellungen waren nicht durch ›weil‹ verbunden.«

»Oh, ich verstehe. Woher stammt sie?«

»Sie war ein Geschenk.«

»An Mr. Importuna?«

»Nein.«

»An Sie?«

»Ja.«

»Und gewöhnlich stand sie im Wohnzimmer, sagten Sie?«

»Ja, sie paßte in ein Elfenbeingestell.«

»Darf ich nach der Gelegenheit für das Geschenk fragen? Und nach dem Geber?«

»Vor zwei Jahren bekam ich sie als Geburtstagsgeschenk. Und was den Geber betrifft, so sehe ich nicht ein, was er damit zu tun hat.«

»Ich weiß aus Erfahrung«, meinte Queen geschwätzig, »daß man nie im voraus beurteilen kann, was wichtig ist und was nicht. Aber ich spüre Ihren Widerstand, Mrs. Importuna, das weckt meine Neugier. Auch wenn Sie mir nicht sagen wollen, wer Ihnen die Skulptur schenkte, versichere ich Ihnen, daß ich es herausfinden kann. Und daß ich auch die Absicht habe, das zu tun.«

»Peter Ennis.« Es war eine nichtssagende Feststellung, die ohne Saft aus ihr herausgepreßt worden war.

»Danke«, murmelte Ellery. »Ich verstehe, warum Sie vorzogen, den Geber nicht zu verraten. Ennis lebte praktisch als Vertrauter Ihres Mannes und dessen Brüder hier. Er ist ein ansehnlicher, viriler, attraktiver junger Mann und das vollkommene Pendant zu der jungen und sehr schönen Dame des Hauses, die mit einem untersetzten, häßlichen alten Mann verheiratet war. Wenn es herauskäme, daß der junge Sekretär der jungen Frau kostbare Geschenke machte, würden die Leute reden. Dienstboten ganz bestimmt. Und Mr. Importuna? Wußte er, daß die wertvolle Skulptur ein Geschenk des Sekretärs war?«

»Nein. Ich habe ihm etwas vorgeschwindelt. Ich erzählte ihm, ich hätte sie selbst gekauft.« Ihr glänzendes Haar schien plötzlich unfrisiert, und sie sah seltsam nackt aus. »Sie sind grausam, Mr. Queen, wissen Sie das? Nino war eifersüchtig, ich hatte keine leichte Ehe. Es gab Umstände in meiner Ehe, die . . .«

Sie schwieg.

»Ja?« versuchte Ellery, sie sanft weiterzulocken.

Aber sie schüttelte lächelnd den Kopf. »Sie sind genauso clever wie alle. Verschwinden Sie, Mr. Queen! Ich glaube nicht, daß ich mich weiter mit Ihnen unterhalten möchte.« Sie erhob sich und ging zur Tür. »Crump wird Sie hinausführen.«

Sie zog an der Klingelschnur.

»Tut mir leid, daß ich Sie durcheinandergebracht habe, Mrs. Importuna. Wenn Sie mich besser kennen würden, wüßten Sie, daß ich nicht wirklich grausam bin, nur ein Todfeind der Lüge. Würden Sie mir bitte noch etwas erzählen?«

»Es hängt davon ab, was es ist.«

»Skulpturen haben wie Gemälde gewöhnlich einen Namen. Hatte diese einen?«

»Ja. Was war es noch? Etwas verzwickt . . . Er steht auf der Unterseite, eine kleine Plakette . . .« Sie runzelte die Stirn, aber dann klärte sich ihr Gesicht. In diesem Augenblick sah sie außerordentlich unschuldig aus. »Ich erinnere mich: ›Austritt des Neugeborenen‹.«

Ennis, du Schuft, dachte Ellery.

Crump begleitete Ellery nicht hinaus. Sein vornehmer britischer Marschtritt zeigte an, daß er die feste Absicht dazu hatte, aber Ellery stoppte ihn nach zehn Schritten. »Ich möchte noch mit Mr. Ennis sprechen, bevor ich gehe. Ist er da?«

»Ich kann nachsehen, Sir.« Unerwarteterweise ließ Crumps Tonfall erkennen, daß er dies für eine glänzende Idee hielt.

»Bitte.«

Crump wußte also alles über die beiden und mißbilligte es. Es gab keine prüderen Leute als die altmodischen Dienstboten, an der Spitze Butler.

»Mr. Ennis läßt sagen, er sei zu beschäftigt, Sir.«

»Zufällig bin auch ich beschäftigt. Da können wir uns ja gemeinsam beschäftigen. Wie komme ich zu ihm, Crump?«

»Mr. Ennis läßt sagen, Sir . . .« Crumps Ton drückte jetzt Bedauern aus.

»Ich werde alle Schuld auf mich nehmen, Crump. Wo ist er?«

»Danke, Sir. Hier bitte, Mr. Queen.«

Er führte Ellery mit sichtbarem Vergnügen zu Nino Importunas Höhle. Dort thronte der gutaussehende Privatsekretär auf dem Stuhl seines verstorbenen Arbeitgebers hinter dem Medicischreibtisch, bis zum Hals in Akten und Dokumente vergraben. Peter Ennis sah von dem Papierkram auf und unterdrückte seine Verärgerung nicht.

»Ich habe Crump gesagt, er solle Ihnen mitteilen, ich sei zu beschäftigt, um Sie zu empfangen, Queen. Ich habe einfach keine Zeit, denselben mageren Boden noch einmal mit Ihnen abzugrasen. Crump, ich werde Sie Mrs. Importuna melden müssen.«

»Dann bestrafen Sie einen Unschuldigen«, sagte Ellery äußerst liebenswürdig. »Crump erfüllte seine Pflicht wie ein echter Engländer. Ich drang nur mit Brachialgewalt zu Ihnen durch, Ennis. Darf ich mich setzen? Es wird eine Weile dauern. Nein? Ich habe das Gefühl, Sie wollen nicht mit mir reden.«

»Okay«, sagte Ennis und zuckte die Achseln. »Ich muß mich nicht mit Ihnen abgeben, Queen, ich tue es nur, um Sie loszuwerden.«

Ellery ließ sich in dem eckigen, grobgeschnitzten Besucherstuhl nieder, was er sofort bereute. »Wer diesen Stuhl ausgewählt hat, muß vom Geist der alten Inquisition beseelt gewesen sein. Ich nehme an, es war Importuna. Da wir schon von ihm sprechen – hatte er einen alten Jugendfreund, der später Richter am obersten Gerichtshof der Vereinigten Staaten wurde?«

»Falls er ihn hatte, hat er nie mit mir darüber gesprochen.«

»Dann will ich es so formulieren: Hat Importuna Ihres Wissens nach – brieflich, telefonisch oder durch Pferdeexpreß, wie auch immer – je mit einem Richter des obersten Gerichtshofs in Verbindung gestanden?«

»Meines Wissens nach nicht.«

»Hat ihm je ein Richter des obersten Gerichtshofes geschrieben?«

Peter grinste. »Sie haben Ausdauer, Mann. Nein, ich weiß von nichts. Was soll das mit dem Richter?«

»Hat Importuna in jungen Jahren als Semiprofi Baseball gespielt?«

»Baseball? Nino Importuna?« Peters Grinsen wurde breiter. »Hätten Sie ihn gekannt, Queen, wüßten Sie, wie lächerlich diese Frage ist.«

»Lächerlich oder nicht, Sie haben sie nicht beantwortet.«

»Er versäumte es, mir gegenüber ein so schreckliches Geheimnis aus seiner Vergangenheit zu machen. Und ich fand unter seinen Aufzeichnungen nie etwas, das darauf hingedeutet hätte.« Das Grinsen verschwand. »Sie meinen es ernst?«

»Sagt Ihnen Binghamton, New York, etwas?«

»In Verbindung mit Mr. Importuna? Binghamton? Nichts.«

»Besitzt – besaß er eine Ranch in Palm Springs, Kalifornien?«

»Das tut er – tat er.«

»Wirklich? Sie meinen, ich bin endlich auf eine Spur gestoßen?« Ellery rutschte vor. »Ein Besitz mit privatem Golfplatz?«

»Golfplatz? Um Himmels willen, wer hat Ihnen das erzählt?«

»*Gibt* es auf dem Besitz in Palm Springs einen Golfplatz?«

»Es nützt Ihnen nichts, wenn Sie mir den Kopf abreißen, Queen. Importuna wäre es genausowenig eingefallen, den Fuß auf einen Golfplatz zu setzen, wie Heimmutter bei den Pfadfinderinnen zu werden. Er hielt Golf für eine kriminelle Zeitverschwendung. Nein, Nino besaß weder einen Golfplatz in Palm Springs noch sonstwo. Er hatte nicht mal Golfschläger. Wahrscheinlich wußte er nicht einmal, wie man Golf spielt.«

Ellery kniff sich in die Nase, um die Enttäuschung durch Schmerz zu vertreiben. »Ist Ihnen zufällig unter Importunas Nachlaß eine neunschwänzige Katze begegnet?«

»Eine was?«

»Wir haben einen Tip erhalten, daß Nino Importuna fürs Auspeitschen schwärmte. Was halten Sie davon, Herr Privatsekretär?«

Peter warf den Kopf zurück. »Ich versichere Ihnen, so weit reichte meine Vertrauensstellung nicht!« Dann hörte er auf zu lachen. »Wenn Sie in seiner Intimsphäre herumstochern müssen, sind Sie bei mir an der falschen Adresse. Die beste Quelle wäre seine Frau, aber ich hoffe – eigentlich bin ich sogar ziemlich sicher –, daß sie Ihnen ins Gesicht spuckt.«

»Ich habe mich gerade mit Mrs. Importuna unterhalten und dabei so nebenbei erfahren, daß ihr Eheleben nicht so ganz . . .«

»Ich spreche mit Ihnen nicht über Dinge, die mich nichts angehen«, erwiderte Peter hochmütig. »Und Sie auch nicht.«

»War Importuna ein Schürzenjäger? Darüber wissen Sie doch sicher Bescheid.«

»Schürzenjäger? Aber er war doch imp –« Erschreckt schwieg er.

»Impotent?« fragte Ellery sanft.

»Das hätte ich nicht ausplappern sollen! Es geht nur Mrs. Importuna an. Bitte vergessen Sie, was ich gesagt habe. Aber natürlich werden Sie's nicht tun.«

»Natürlich nicht. Woher wissen Sie, daß Importuna impotent war? Hat er's Ihnen selbst erzählt? Nein, kein Mann enthüllt so etwas einem jüngeren, erst recht kein kleiner Napoleon wie Nino Importuna. Sie haben es also wahrscheinlich von seiner Frau. Stimmt's?«

»Ich sage kein Wort mehr!«

Ellery fegte das Thema sofort liebenswürdig beiseite. »Ich habe noch etwas, das Ihr Gewissen nicht belastet. Hat Importuna einem Bildhauer den Auftrag erteilt, eine Skulptur der neun Musen für seine Villa in Lugano anzufertigen? Besitzt er überhaupt eine Villa in Lugano?«

»Ja. Aber ich weiß nichts von einem Auftrag für Skulpturen. Und gerade darüber müßte ich Bescheid wissen, denn es wäre mein Job gewesen, mich um das Projekt zu kümmern. Kein einziger Treffer, Queen, aber viele Minuspunkte. Möchten Sie das Spiel wirklich fortsetzen?«

»Ich glaube langsam, daß jemand an den Spielregeln herumdoktert«, nörgelte Ellery. »Noch eine Frage, Ennis, und dann lasse ich Sie in Ruhe: Liebte Importuna Karten? Verstehen Sie, Poker, Bridge, Binokel, Canasta – irgendein Kartenspiel?«

»Er interessierte sich absolut nicht für Karten oder Glücksspiel, nur für den Aktienmarkt. Und wie er dort spielte, das war eher Kunst als Glück.«

»Wie steht's mit Karten, welche die Zukunft voraussagen?«

»Wahrsagen? Jemand muß euch mit LSD gefüttert haben. Nino Importuna wahrsagte sich keine Zukunft, er war zu sehr damit beschäftigt, sie zu zimmern.«

»Wer ist Mr. E?«

»Sie sind vielleicht sprunghaft«, tadelte Ennis. »Mr. E.? Jetzt, da das Importuna-Reich liquidiert wird, kann ich es Ihnen ja erzählen. Mr. E. war Importunas persönlicher Marktforscher – sein Geheimagent, wie man ihn nennen könnte. Wenn sich der Boss für ein neues Unternehmen interessierte – wenn er fühlte, ein Geschäft war im Steigen oder Absinken begriffen und billig zu haben –, kurz bei jedem geschäftlichen Abenteuer, das vielversprechend aussah, schickte er Mr. E. los, um das Terrain zu sondieren. Mr. E. lebte praktisch in

Flugzeugen, obwohl er auch im Kamelreiten nicht ungeübt ist. Er erstattete immer Mr. Importuna persönlich Bericht, niemandem sonst; nicht einmal Julio und Marco.«

»Wie heißt er? Doch kaum einfach Mr. E.?«

»Nein. E. wird ein Anfangsbuchstabe sein, aber ich habe nicht den blassesten Schimmer. Mr. Importuna hat es mir nie anvertraut, und der Name erscheint in keinem persönlichen Memorandum. Meine Arbeit hat mich nie mit ihm zusammengeführt, außer wenn ich für ihn ein Treffen mit dem Boss arrangieren mußte.«

»Wenn Importuna mit Mr. E. in Kontakt treten wollte, wie redete er ihn an?«

»Er gebrauchte ein Codewort, ähnlich einer Kabeladresse. Er hatte solche Codeadressen in allen großen Städten der Welt. Über all das habe ich die Polizei bereits informiert. Ich dachte, die vertrauen Ihnen alles an?«

»Nicht notwendigerweise.« Ellery seufzte. »Dieser Mr. E. muß eine geheimnisvolle Persönlichkeit sein.«

»Große geschäftliche Transaktionen waren für mich immer geheimnisvoll«, erwiderte Peter Ennis. »Da wir aber von Geheimnissen sprechen, Queen, und Sie schon so viel von meiner Zeit verschwendet haben – könnten Sie vielleicht ein Rätsel lösen? Es geht mir nicht aus dem Kopf, seit es passierte, und Sie sind berühmt für solche Dinge.«

»Meine Leistung in diesem Fall hat diesen Ruf bis jetzt nicht gerechtfertigt«, antwortete Ellery. »Worum handelt's sich?«

»Es ereignete sich letzten Sommer – ich glaube, im Juni. Mr. Importuna diktierte mir hier drin Briefe. Beim Auf- und Abgehen hielt er plötzlich an und starrte auf das Bücherbord dort drüben. Dann wirbelte er herum und zog mir fast das Fell über die Ohren, als hätte er mich mit der Hand in seiner Brieftasche erwischt. Ich hatte bemerkt, daß verschiedene Bücher verkehrt herum standen, und da ich nun mal ein ordentlicher Mensch bin, stellte ich sie richtig hin. Nun, er machte mich dafür zur Schnecke. Dann drehte er die Bücher wieder um und erinnerte mich daran, daß er mich gewarnt habe, nie etwas in diesem Fach zu berühren – er machte mich sogar dafür verantwortlich, daß ihm deshalb ein Handelsabkommen geplatzt war. Was, zum Teufel, ist an jenen Büchern so bemerkenswert, daß es ein Unglück bedeutete, wenn sie so standen wie in jeder anständigen Bibliothek?«

Ellery sprang auf die umgedrehten Bücher zu.

»›Die Gründung von Byzanz‹, MacLister ...«, er las das Titelblatt und überflog die ersten Seiten. Ähnlich verfuhr er mit Beauregards ›Das Originale KKK‹ und dem ›Untergang Pompejis‹.

Nachdem Ellery sie wieder so hingestellt hatte, wie er sie angetroffen hatte, blätterte er einige der Bände durch, die richtig im Regal standen.

Er wandte sich Peter zu und schüttelte den Kopf. »Importuna war ein Besessener. Was für ein Briefmarkensammler ist an ihm verlorengegangen! Interessierte er sich für Geschichte?«

»Nicht im geringsten. Er las kaum etwas außer Börsen- und Geschäftsberichten. Ich weiß nicht, warum er diese Bücher kaufte. Vielleicht, weil in eine Bibliothek Bücher gehören.«

»Diese drei Bände sind mehr als Lückenbüßer, Ennis. Es ist kein Geheimnis, wie behext er von der Zahl Neun war. MacLister versucht, durch archäologische Funde zu beweisen, daß die Stadt Byzanz 666 vor Christus gegründet wurde.«

»666 vor Christus?« Einen Augenblick lang sah Peter Ennis verblüfft drei. Dann dämmerte es ihm. »Umgekehrt wird 666 zu 999!«

Ellery nickte. »Sie machten wieder 666 daraus, als Sie es richtig einordneten. Das war so ziemlich das größte Sakrileg bei einem Anbeter der Neun, der sich mit Mystik beschäftigt.

»Ähnlich steht's mit dem Satinibuch. Es handelt von der Niederwerfung Pompejis durch den parthischen Kaiser Mithridates 66 vor Christus. Die 66 machte Importuna zur 99, indem er das Buch umdrehte. Mit der Verwegenheit des Unwissenden drehten Sie es zurück – kein Wunder, daß er außer sich geriet.«

Peter winkte schwach mit der Hand ab. »Ich träume wohl. Der Mann muß verrückt gewesen sein.«

»Jemand hat einmal gesagt, ach ja, ich glaube, es war der Tristram-Shandy-Dichter Sterne, daß Irrsinn logisch handelt, was man vom Verstand nicht immer sagen kann. Wollen Sie wissen, wie konsequent Importunas Irrsinn arbeitete?« fragte Ellery. »Hier steht im selben Regel das Buch ›Die Landung der Pilgerväter‹. Es steht richtig. Gibt es dafür einen besonderen Grund? O ja! Sie landeten im Jahre 1620 in Plymouth Rock. Die Quersumme dieser Jahreszahl ist die unentbehrliche Neun. Die Zahl 1620 läßt sich auch durch 9 teilen, und zwar 180mal. 180 ist 1 plus 8 plus 0, das ergibt wieder 9. Sehen Sie nicht, wie sich Importuna förmlich die Hände rieb?«

»Ehrlich, das kann ich nicht«, murmelte Peter.

»Sie sind ein Spielverderber. Nun, Tatsache ist, Peter – darf ich Sie Peter nennen? Mir ist, als kenne ich Sie seit Urzeiten –, daß jedes Buch in diesem Regal, ob es nun auf dem Kopf oder richtig steht, Bezug hat zu Importunas mythischem Glauben an die glückbringenden Kräfte der Neun. Daher hat er Sie gewarnt, kein Buch zu berühren. Daher wurde er so wütend, als Sie es taten.«

»Ich wußte, daß die Neun seine Glückszahl war«, meinte Peter, »aber dies . . . Es ist Humbug!«

»Oh, ich weiß nicht. Sie erwähnten, daß er Sie beschuldigte, einen Vertrag zum Platzen gebracht zu haben. Können Sie mir erzählen, ob sich alles wieder einrenkte, nachdem Importuna die drei Geschichtsbücher in eine für die Neun günstige Position gebracht hatte? Ich bin sicher, daß er den Fehlschlag nicht auf sich beruhen ließ, nachdem er seine vermeintliche Ursache kannte.«

»Sie haben recht. Er berief sofort eine transatlantische Telefonkonferenz ein und machte den Parteien ein neues Angebot.«

»Was passierte?«

»Der Vertrag wurde abgeschlossen.«

»Sehen Sie«, sagte Ellery und schüttelte Peter triumphierend die Hand, als er ging.

Bei der Polizei erfuhr Ellery, daß noch immer kein Fisch an ihren Angelleinen zappelte. Trotz eines vertraulichen Fischzugs in den ehrfurchtgebietenden Vorhallen des obersten Gerichtshofs erbrachten die Nachforschungen in Washington nicht den geringsten Hinweis auf einen Jugendfreund Ninos. Und die vierte Botschaft, daß der verstorbene Multimillionär in seiner Jugend als Semiprofi bei der Baseballmannschaft von Binghamton, New York, gespielt habe, rief weder in Binghamton noch sonstwo ein Echo hervor.

Es gab weder einen Golfplatz auf noch in der Nähe von Importunas Grundstück in Palm Springs, noch hatte es ihn je gegeben. Die Botschaft war schlicht und einfach falsch.

Soweit festgestellt werden konnte, galt das auch für die siebte Nachricht. Wenigstens konnte sie nicht bewiesen werden. Nino Importuna war vielleicht, vielleicht auch nicht, Anhänger sadistischer oder masochistischer Sexualpraktiken gewesen, aber nicht der geringste Beweis stützte die Anschuldigung, er habe eine neunschwänzige Katze verwendet. Und Mrs. Importuna, die es am besten wissen mußte, weigerte sich, ihr Eheleben zu erörtern. Was die neunschwänzige Katze anging, bemerkte sie nur hitzig: »Soweit das mich betrifft, ist es eine üble Verleumdung.«

Weiterhin gab es in Importunas Luganer Villa keine Abbildungen der Musen. Es konnte auch kein Bildhauer aufgetrieben werden, der einen entsprechenden Auftrag bekommen hatte.

»Ich nehme an, der Kerl ist einfach verrückt«, meinte der Inspektor. »Es ist so gut wie abgemacht, daß wir alle Nachforschungen in dieser Richtung einstellen.«

»Das halte ich für unklug«, erwiderte Ellery. »Aber frag mich nicht, warum. Oh, noch zwei Dinge, Dad. Ich hätte gern Einzelheiten über das Gebäude 99 East – den Kauf, eine Abschrift des Vertrages, und so weiter.«

»Was kann das schon nützen?«

»Nenn es einen Verdacht. Das andere ... Nein, darum kann ich mich allein kümmern.«

»Um was?«

»Ich werde der Privatdetektei telegraphieren, die ich in Italien benutze, damit sie mir eine Abschrift von Tullio Importunatos Taufeintrag ins Kirchenregister besorgt und per Luftpost schickt.«

»Warum? Ach, nichts für ungut«, brummte der Inspektor. »Nenne es ruhig wieder nur einen Verdacht. Was hast du im Penthouse entdeckt?«

Ellery sah seinen Vater an. »Woher weißt du, daß ich etwas entdeckt habe?«

»Ich sehe nicht umsonst alle diese Jahre in dein dämliches Gesicht, um nicht gelegentlich darin lesen zu können.«

»Ich habe wirklich·nichts entdeckt. Aber es ist mehr als ein Verdacht. Nach reiflicher Überlegung glaube ich, daß Virginia Importuna und Peter Ennis dem armen Nino gewaltige Hörner aufgesetzt haben. Ich bin bereit zu schwören, daß es mehr war als ab und zu ein sehnsüchtiger Blick. Jetzt erzähl du, was dich aufgemuntert hat.«

»Aufgemundert? Mich?

»Vor wenigen Tagen warst du drauf und dran, in ein Altersheim überzusiedeln. Heute siehst du schon viel lebensfähiger aus. Was ist passiert?«

»Nun, wir verfolgen eine Spur«, deutete der Inspektor vorsichtig an. »Sie lag von Anfang an auf der Hand ... Es läuft alles sehr heimlich, Ellery. Direkter Befehl von oben. Ich kann mich pensionieren lassen, wenn sie entdecken, daß ich es dir erzählt habe.«

»Mir? Aber du hast mir noch gar nichts erzählt.«

»Na schön, mein Junge, es steckt noch in den Anfängen – aber wir tasten uns vor. Ich sage nur dies: Wir werden erst losschlagen, wenn wir Befehl dazu vom Distriktsanwalt bekommen. Der wird sich übrigens mächtig für das interessieren, was du mir gerade gesagt hast. Es trifft den Nagel auf den Kopf.«

»Aber was ist es denn?«

Der Inspektor antwortete nur mit einem Kopfschütteln. Auch Ellerys Schmeicheleien vermochten den alten Drachen nicht zu rühren.

Ellery zeichnete geistesabwesend Neunen, träumte von ihnen, aß sie wie Alphabetnudeln. Er studierte die neun anonymen Botschaften immer wieder und suchte nach ihrer geheimen Bedeutung wie eine Affenmutter nach Läusen. Und er fragte sich schon, ob er nicht einen Geheimschriftexperten konsultieren sollte.

Nur einer Sache war er sicher. Die Neunen bedeuteten etwas. Alles andere war für ihn undenkbar. Daß der Initiator der mörderischen Ereignisse die Neun gewählt hatte, war ein fruchtbarer Fingerzeig.

Fruchtbar? Fruchtbarkeit?

Aus irgendeinem Grund behielt Ellery diesen Begriff im Gedächtnis. Er wußte nicht, warum, aber er hing vor seiner Nase, quälend außer Reichweite.

Wenn der Fall einer Schwangerschaft ähnelte, gab es dann voraussichtlich eine Totgeburt? Oder wollte die Dame abtreiben? Würde sie es etwa bis zum Ende austragen und eines jener seltsamen kleinen Ungeheuer zur Welt bringen, welche die Ärzte schweigend sterben lassen?

Ein neun Monate altes Ungeheuer.

9 . . .

Oder 99? . . . 999? . . . 9,999? . . . 99,999 . . .

Er verlor noch den Verstand.

In der Zwischenzeit wurden im Polizeipräsidium millimeterweise Fortschritte erzielt. Bestimmte Dinge hatte man eliminiert. Das wurde auch als Fortschritt gewertet, aber nicht vom Polizeipräsidenten und anderen Leuteschindern. Die anonymen Botschaften hatte man zu Ellerys Bestürzung offiziell abgeschrieben. Erschöpfende Verhöre von Nino Importunas Geschäftsfeinden, die eine eindrucksvolle Liste abgaben, hatten durchweg nur erschöpfte Verhörer zur Folge. Man hatte noch keine Spur von dem rätselhaften Mr. E. entdeckt. Irgendeine Naturkatastrophe schien ihn verschluckt zu haben. Ihn hatte man noch nicht abgeschrieben, aber nur aus routinemäßiger Vorsicht.

Eines Tages gegen Ende Oktober verkündete Inspektor Queen: »Mein Junge, die Zeit ist da.«

»Wofür?« murmelte Ellery. Er murmelte augenblicklich sehr häufig.

»Erinnerst du dich an den weitschweifigen, komplizierten Unsinn, den du über den Mord an Julio Importunato hervorgesprudelt hast? Das Verschieben des Schreibtisches, die Sache mit dem Lindshänder, wie der Verdacht auf Marco gelenkt werden sollte? Es war großartig, Ellery, aber leider hirnverbrannt. Als Marco den Mord an Julio durch seinen Freitod eingestand, fielen deine phantastischen Schlußfolgerungen in sich zusammen.«

»Danke, Dad«, erwiderte sein Sohn. »Ein Besuch in deinem Büro stärkt einem wirklich den Rücken.«

»Und hör auf, Daumen zu lutschen. Dieses Mal interessiert sich keiner für geistige Höhenflüge. Wir haben uns alle von dem, was direkt vor unserer Nase liegt, ablenken lassen, obwohl es von Anfang an klar zu erkennen war.«

»Ich werde langsam blind. Was liegt vor unserer Nase?«

»Zuerst einmal das Motiv.«

»Das Motiv?«

»Für den Mord an Importuna«, erklärte der Inspektor ungeduldig. »Bist du heute nicht ganz auf der Höhe, Ellery? Du hast mir einmal *cui* irgend etwas an den Kopf geworfen . . .«

»*Cui bono.*«

»Das war's. Wer profitiert? Nun, es ist so einfach, daß es weh tut. Die einzige, die profitiert, ist Virginia Whyte-Importuna. Verflucht noch mal, eine halbe Milliarde Dollar sind kein Pappenstiel. Wenn es um solche Unsummen geht«, philosophierte sein Vater, »wird man geblendet. Punkte tanzen einem vor den Augen. Sie erbt nicht nur eine halbe Milliarde durch den Mord, ergänzend kommt noch hinzu, daß er unmittelbar nachdem sie zur Alleinerbin geworden war aus dem Weg geräumt wurde. Die Tinte auf dem neuen Testament war kaum trocken. Stimmt's?«

»Stimmt«, erwiderte Ellery. »Aber . . .«

»Kein Aber. Damit haben wir das Motiv. Wie steht's mit der Gelegenheit? Sonnenklar. Virginia konnte mit größter Leichtigkeit ins Schlafzimmer ihres Ehemannes spazieren, wann sie in jener Nacht Lust dazu hatte. Wer hätte unverdächtiger dort hineingehen können? Wer hätte ein besseres Recht dazu gehabt? Einverstanden?«

»Einverstanden«, antwortete Ellery. »Aber es ist trotzdem kein Beweis. Ich behaupte noch immer . . .«

»Drittens das Tatwerkzeug. Was war's? Ein Ungetüm aus Guß-eisen, das ihr gehört.«

»Wobei der Mörder, verzeih, die Mörderin, einen Riesenumweg machte, um die Skulptur in die Finger zu kriegen, wie sich später herausstellte. Warum hat sie kein schriftliches Geständnis an seinen Schlafanzug geheftet? Das wäre noch geistreicher gewesen.«

»Vielleicht hast du nicht das richtige Geschlecht verwendet«, meinte der Inspektor mit dem Finger an der Nase.

»Was soll das heißen?«

»Der Sekretär.«

»Peter Ennis? Diese Möglichkeit läßt sich nicht ausschließen, vor allem nicht, falls der Staatsanwalt beweisen kann, daß die beiden ein Verhältnis miteinander haben. Andererseits besitzt er ein hieb- und stichfestes Alibi. Er hat das Haus nach dem Dinner verlassen und ist in seine Wohnung zurückgekehrt. Gibt es irgendein Gegenargument, das Ennis auch nur indirekt mit dem Verbrechen in Verbindung bringt.«

»Vielleicht.«

»Du verschweigst mir etwas!«

»Ich sollte dir überhaupt nichts erzählen. Aber angenommen, ich teile dir mit, daß wir einen Zeugen haben, der beobachtete, wie Ennis kurz vor neun Uhr abends sein rotes Sandsteinhaus verließ«, sagte der Inspektor, »und einen weiteren Zeugen, der ihn gegen drei Uhr morgens heimkommen sah?«

»Hat man Ennis darüber verhört?«

»Ja.«

»Was sagt er?«

»Er streitet ab, die Wohnung wieder verlassen zu haben. Er habe eine Weile ferngesehen und sei dann ins Bett gegangen. Jeder, der bei dem Verhör anwesend war, schwört, daß er gräßlich lügt. Er ist kein überzeugender Lügner.«

»Wie zuverlässig sind eure Zeugen?«

»Der Staatsanwalt baut so fest auf sie, daß er entschlossen ist, das Geschworenengericht einzuberufen. Mord ersten Grades.«

Ellery schwieg. Schließlich meinte er: »Ein abgekartetes Spiel?«

»Ja.«

»Kein toller Fall.«

»Bei wie vielen Morden kann man schon mit Augenzeugen aufwarten?« Der Inspektor zuckte die Achseln. »Viele haben lautstark gefordert, den Fall auf Eis zu legen, Ellery, sogar allerhöchste Stellen. Aber vielleicht ist's ein besserer Fall, als es scheint. Da die beiden den Zeitpunkt für Importunas Tod gemeinsam wählten, müssen sie ein schlechtes Gewissen haben. Der Staatsanwalt glaubt, daß er einen von ihnen weichkriegt.«

»Wie steht's mit den vielen Neunen?« murmelte Ellery.

»Die sind dem Gehirn eines Verrückten entsprungen. Oder sie waren nur Finten. In keinem Fall sind sie von Bedeutung.«

»*Was* hast du da gesagt?«

»Was ich gesagt habe?«

»Finten . . .«

»Stimmt. Was ist dir?«

»Eine Finte.« Ellerys Wiederholung klang erregt. Sein Vater starrte ihn an. »Weißt du, Dad, vielleicht hast du den Nagel auf den Kopf getroffen. Das könnte stimmen. Nur Finten.«

»Hab' ich doch gerade gesagt . . .«

»Aber waren alle nur Finten?« murmelte Ellery. »So viele Neunen? Jede einzelne?« Er sprang aus dem riesigen schwarzen Ledersessel auf, den er sich in den langen Jahren ähnlicher Besprechungen ersessen hatte, und begann, mit den langen Armen zu rudern. »Daddy, ich glaube, ich hab' etwas!«

»Ich sag' dir, was du hast«, grunzte sein Vater. »Einen Sonnenstich.«

»Nein, hör zu . . .«

Aber bei diesem Stand der Dinge tauchte Sergeant Thomas Velie in der Tür auf und schwenkte einen vertrauten Umschlag.

»Hat man Töne?« rief der Sergeant. »Wieder ein Brief von unserem Freund mit den lockeren Schräubchen. Diesmal per Eilboten.«

»Unmöglich«, sagte Ellery. »*Unmöglich!*«

Aber es war wahr. Die Botschaft lautete:

WER WAR MIT VIRGINIA AM 9. DEZEMBER 1966 LUNCHEN?

»Stammt wirklich von unserem Irren«, sagte der Inspektor voll Abscheu. »Die gleichen handgeschriebenen Großbuchstaben, derselbe Kugelschreiber, der gleiche frankierte Umschlag . . .«

»Und wieder neun Wörter«, meinte Ellery rasch. »Weißt du, Dad, dies könnte eine interessante Wendung sein. Falls dein Korrespondent auch nicht alle Tassen im Schrank hat, so ist er doch ein Verrückter mit geheimen Informationsquellen. Ich frage mich wirklich, mit wem Virginia am 9. Dezember 1966 zu Mittag gegessen hat. Gibt es darüber eine Aussage?«

»Ich kann dir nicht einmal sagen, wo *ich* am 9. Dezember 1966 gewesen bin«, antwortete sein Vater gereizt. »Woher soll ich wissen, wo sie war?«

»Dann schlage ich vor, daß du es herausfindest.«

»Das kannst du tun. Du Galgenvogel hast schon genug Steuergelder verschwendet.«

»Also erlaubst du, daß ich ein Tête-à-tête mit Virginia arrangiere? Während du zum Büro des Staatsanwalts pilgerst und ihn für eine Weile von der Ausführung seiner großartigen Theorie abhältst? Danke, Dad!«

Ellery stürzte hinaus.

»Was haben Sie diesmal auf dem Herzen, Mr. Queen?« Virginia lächelte ein wenig. »Ich wollte sagen, ich weiß natürlich, daß sie immer dasselbe auf dem Herzen haben – aber es muß ein neuer Gesichtspunkt aufgetaucht sein.«

»Nicht das, womit ich mich beschäftige, sollte Sie beunruhigen, Mrs. Importuna«, sagte Ellery wie das Orakel von Delphi, »sondern das, womit sich der Staatsanwalt und die Polizei abgeben.«

Die faszinierenden Augen weiteten sich. »Was meinen Sie?«

»Ich werde Ihnen etwas erzählen, das mich in die größte Klemme bringt, wenn es in der City bekannt wird, Mrs. Importuna. Der Staatsanwalt bereitet sich augenblicklich darauf vor, Sie vor ein Geschworenengericht zu zerren, weil er hofft, daß er Sie wegen Mittäterschaft beim Mord verurteilen kann.«

»Mittäterschaft . . .«

»Sehen Sie, man weiß, was zwischen Ihnen und Peter Ennis hinter dem Rücken Ihres Mannes vorgegangen ist.«

Sie blieb so ruhig, daß er fast glaubte, sie habe durch den Schock das Gehör verloren. Diese Ruhe und ihre Blässe waren die einzigen

Reaktionen auf seinen Schlag.

»Mrs. Importuna?«

Etwas Röte kehrte in ihre Wangen zurück. »Entschuldigen Sie, ich dachte über mein schlechtes Leben nach«, sagte sie. »Ich nehme an, ich kann sie nicht einmal dafür tadeln, daß sie alle möglichen Bosheiten gegen mich vorbringen. Ich habe Nino nicht ermordet, Mr. Queen. Das ist die reine Wahrheit. Aber es ist sicher naiv von mir, anzunehmen, daß Sie mir glauben.«

»Oh, ich weiß nicht. Ich wurde mit einem sehr offenen Geist geboren. Er ist voller Löcher, wie meine Verleumder zu sagen pflegen.« Ellery lächelte ihr zu. »Aber ich bin auch nicht wie die Behörden verpflichtet, Resultate zu produzieren. Urteilen Sie also nicht zu hart über die armen Burschen. Sie müssen zugeben, daß zumindest der Schein für ihre Theorie spricht.«

»Warum erzählen Sie mir das, Mr. Queen?«

»Sagen wir, ich bin mit der offiziellen Theorie nicht einverstanden. Ich bin nicht im geringsten damit zufrieden, Mrs. Importuna. Oh, ich zweifle nicht daran, daß Sie und Peter ein Verhältnis haben, aber ich bin nicht überzeugt, daß Sie jemanden kaltblütig ermorden könnten, und dies war kaltblütiger Mord. Natürlich kann ich mich in Ihnen gräßlich täuschen, ich habe mich schon früher getäuscht, mehr als einmal. Aber dieses Mal würde ich, wie ich zugebe, gern recht behalten.«

»Danke.« Virginias Murmeln verriet Überraschung.

»Jetzt zu dem, weswegen ich gekommen bin. Ob Sie antworten oder nicht, hängt davon ab, ob Sie mir vertrauen. Ich hoffe, Sie entschließen sich, mir zu vertrauen. Mit wem waren Sie am 9. Dezember letzten Jahres zum Lunch aus, Mrs. Importuna?«

Sie kicherte tatsächlich. »Was für eine komische Frage nach dieser langen Vorrede! Erwarten Sie wirklich von mir, daß ich mich an etwas so Triviales wie ein Mittagessen vor zehn Monaten erinnere?«

»Bitte versuchen Sie's. Es könnte lebenswichtig für Sie sein.«

Seine Feierlichkeit schien sie zu beeindrucken. Eine Zeitlang schweiften ihre Augen ab, dann kehrten sie zu ihm zurück. »Ich bin vielleicht ein Dummkopf, aber ich glaube nicht, daß Sie mich hereinzulegen versuchen.« Ellery hielt es für besser, still zu bleiben. »Zufällig kann ich Ihre Frage beantworten, Mrs. Queen. Seit vielen Jahren führe ich ein Tagebuch und habe seit meinem vierzehnten Lebensjahr keinen Tag ausgelassen. Ich war einmal absolut überzeugt, ich würde eine moderne Emily Dickinson – aber Sie haben sicher kein Interesse an meinen Mädchenträumen. Die täglichen Ereignisse, die mich betrafen, habe ich jedenfalls festgehalten.«

»Ja«, meinte Ellery, »ja, das genügt sicher.«

Er erhob sich mit ihr und hielt den Atem an.

»Bin sofort wieder da«, sagte Virginia.

Sie blieb eine Ewigkeit.

Dann kehrte Sie mit einem überdimensionalen Tagebuch aus schwarzem marokkanischem Leder mit Goldschnitt zurück. Es hatte einen Riegelverschluß. Ellery mußte sich eisern beherrschen, um nicht danach zu grabschen.

»Dies ist mein Tagebuch von 1966.«

»Und das richtige, ja.«

»Nehmen Sie doch wieder Platz, Mr. Queen.«

Sie sank auf das Sofa, und er setzte sich ihr gegenüber und versuchte nicht zu verraten, wie heftig er nach dem Tagebuch gierte. Sie drehte einen goldenen Schlüssel an einer Goldkette.

»Nun, lassen Sie uns nachsehen. Am wievielten Dezember, Mr. Queen?«

»Am neunten.«

»Am neunten . . . Hier steht's . . . Oh«, sagte sie, »an *dem* Tag.«

»Ja?« erkundigte sich Ellery wie nebenbei. »War an jenem Tag etwas Besonderes, Mrs. Importuna?«

»Das kann man wohl sagen! Es war das erstemal, daß ich mit Peter etwas so Schandbares wie ein Rendezvous hatte, noch dazu ein öffentliches. Ich glaube mich zu erinnern, daß Nino in Europa oder sonstwo beschäftigt war. Wir begaben uns leichtsinnig in Gefahr. Aber es war ein kleines, verstecktes Lokal, das niemand, den ich kannte, besuchte . . .«

Er hätte beinahe gefragt, ob er mal hineinsehen durfte. Aber er fing sich gerade noch. Er war sich bewußt, wie verletzlich sie sich fühlen mußte, und wunderte sich, daß sie die Existenz eines Tagebuches zugegeben und es sogar herbeigebracht hatte. Sein Inhalt in falschen Händen . . . In seinen Händen?

Zu seiner Verblüffung hörte er sie sagen: »Aber warum erzähle ich Ihnen das alles, Mr. Queen? Lesen Sie selber.«

Und da war es. In seinen Händen.

»Mrs. Importuna«, meinte Ellery, »wissen Sie, was Sie mir da anbieten? Sie liefern mir Informationen, die ich, wenn sie sachdienlich sind, an meinen Vater weitergeben muß. Mein Vater gehört zu den Beamten, die den Fall untersuchen. Nur meinem Vater habe ich es zu verdanken, daß mich der Wachhabende in Ihr Haus ließ. Ich kann nicht verhindern, daß Sie angeklagt und vor Gericht gestellt werden – ja, aller Wahrscheinlichkeit nach bin ich nicht einmal in der Lage, die Dinge zu verzögern. Verstehen Sie?«

»Ja.«

»Und trotzdem lassen Sie mich den Eintrag für den fraglichen Tag lesen?«

Unter ihren Augen waren zarte kleine Schatten von Ängstlichkeit und Anspannung. Aber die Augen selbst waren klar.

»Ich habe meinen Mann nicht ermordet, Mr. Queen. Ich habe mich auch mit niemandem verschworen, ihn zu töten. Ich habe mich in Peter Ennis verliebt, der nicht nur gutaussehend, sondern auch herzensgut ist. Aber da Sie bereits wissen, daß wir uns lieben, kann mein Tagebuch uns nicht mehr schaden.«

Er öffnete es vorsichtig.

Und las.

»9. Dezember 1966 ... Ich frage mich, warum ich dieser Schreiberei immer wieder etwas hinzufüge. Dieses vermaledeite Durcheinander von Gefühlen ... Hoffnungen, Enttäuschungen, Entsetzen, Freude, alles. Ist es wegen der Freude? Weil ich so wenig davon habe?«

Er fuhr fort zu lesen, versenkte sich in ihre Gedanken und Gefühle, analysierte ihren Bericht von den Ereignissen dieses Tages – ihr Treffen mit Ennis in dem kleinen Restaurant, Peters ständiges Drängen, sie solle sich von ihrem Mann scheiden lassen, bis zu den Worten: ›Falls ich das wirklich in Peters Augen entdeckte und falls seine Abschiedsworte das bedeuten, was sie zu bedeuten scheinen, wird der Embryo sich zu einem Monstrum oder noch Schlimmerem entwickeln.‹ Und ihr abschließendes, unsicheres: ›Ich höre lieber auf und verkrieche mich schön artig in mein Heiabettchen.‹

Er schloß das in Leder gebundene Buch und gab es ihr zurück. Virginia steckte den Schlüssel ins Schloß, drehte ihn um, band sich die Kette um den Hals und versteckte den Schlüssel in ihrem Ausschnitt.

Das Tagebuch lag verschlossen in ihrem Schoß.

»Haben Sie etwas dagegen, wenn wir einen Augenblick lang schweigen?«

Ellery erhob sich, ohne eine Antwort abzuwarten, und begann auf und ab zu wandern, rieb sich den Nacken, faßte nach seinem Ohr, zog an der Nase und preßte schließlich die Stirn gegen den Rand des hohen Kaminsimses.

Virginia folgte ihm mit den Augen. Sie schien in alles, was das Schicksal für sie bereithielt, ergeben und wartete vertrauensvoll und geduldig. Nach einiger Zeit erreichte Ellery diese Ausstrahlung von Selbstvertrauen und durchdrang seine Konzentration. Er kehrte vom Kamin zurück und sah auf sie hinab.

»Wo bewahren Sie Ihre Tagebücher auf, Mrs. Importuna?«

»An einem sehr sicheren Ort«, erwiderte Virginia. »Fragen Sie mich nicht, wo, denn das werde ich nicht sagen.«

»Kennt jemand das Versteck?«

»Keine Menschenseele in dieser Welt.« Sie fügte hinzu: »Oder in der nächsten.«

»Nicht einmal Peter Ennis?«

»Niemand, Mr. Queen.«

»Es besteht keine Möglichkeit, daß jemand diesen Band in die Hände bekam und las?«

»Keine Möglichkeit. Darauf würde ich mein Leben wetten.« Sie lächelte. »Oder tue ich das gerade, Mr. Queen? Nein. Es gibt nur einen Schlüssel, ich trage die Kette immer um den Hals, sogar wenn ich bade. Selbst im Schlaf.«

»Ihr Mann, hätte er nicht . . .?«

»Ich habe nie bei meinem Mann geschlafen«, sagte Virginia mit mörderischer Stimme. »Nie! Wenn er genug von mir hatte, ging ich immer in mein eigenes Zimmer zurück. Und schloß diese dreckige Tür.«

»Mrs. Importuna, ich muß Sie etwas fragen . . .«

»Bitte nicht.«

»Entschuldigen Sie. Gebrauchte Mr. Importuna eine Peitsche?«

Sie schloß die Augen, als wolle sie Vergessen in der Dunkelheit suchen. Aber sie öffnete sie fast sofort wieder.

»Die Antwort darauf ist zufällig nein. Aber wenn Sie wissen wollen, was er bevorzugte, machen Sie sich nicht die Mühe zu fragen. Ich würde doch nicht antworten. Niemand – niemand, Mr. Queen – wird das je von mir erfahren. Und der einzige, der es sonst noch erzählen könnte, ist tot.«

Ellery nahm ihre Hand. Sie lag vertrauensvoll wie die eines Kindes in der seinen. »Sie sind eine bemerkenswerte junge Dame«, sagte er. »Und ich bin in großer Gefahr, mich in Sie zu verlieben.« Aber dann ließ er ihre Hand los, und sein Ton änderte sich. »Ich weiß noch nicht, wie alles ausgehen wird. Aber wie das Ergebnis auch ausfällt, Sie haben mich nicht zum letztenmal gesehen.«

Er war ein vollkommenes Nichts, weder groß noch klein, weder dick noch dünn, weder blond noch dunkel, weder jung noch alt, weder langmähnig noch kahl. Mr. E.'s Gesicht hatte aus Teig sein können oder aus Plastilin. Es besaß die Fähigkeit, sich der unmittelbaren Umgebung so anzupassen, daß es ein Teil von ihr wurde.

Er war weder elegant noch schäbig gekleidet, sein neutraler grauer Anzug zeigte kaum Spuren des Gebrauchs. Unter der Jacke trug er ein nicht ganz nagelneues weißes Hemd und eine graue Krawatte mittlerer Schattierung mit winzigem dunkelgrauem Muster. Er trug schwarze, englische Halbschuhe, die matt glänzten und an den Absätzen etwas abgetreten waren.

Er hatte einen dunkelgrauen Fedora in einer Hand und einen abgenützten schwarzen Aktenkoffer in der anderen.

Seine Spezialität, das einzig Hervorstechende an ihm, bestand augenscheinlich darin, daß er sich völlig unsichtbar machen konnte. Auch das noch so gewissenhafte Auge hätte ihm normalerweise keinen zweiten Blick gegönnt.

Dies war jedoch kein alltägliches Ereignis, und Inspektor Queen betrachtete Mr. E. von Kopf bis Fuß mit größer Aufmerksamkeit. Nino Importunas Vertrauensmann war von zwei Kriminalbeamten in die Centre Street begleitet worden. Sie hatten ihn aufgegabelt, als er auf dem Kennedy Air Port aus einer El-Al-Maschine stieg. Den kritischen Blicken des Inspektors begegnete er geduldig und gleichmütig, aber auch so, als wäre er sich seines Wertes bewußt. Er setzte sich auf Einladung des Inspektors so unauffällig, daß er in einem Augenblick noch stand und im nächsten schon saß, ohne daß sich jemand erinnern konnte, wie er diesen Haltungswechsel vorgenommen hatte. Die Hände lagen über dem Aktenkoffer in seinem Schoß.

Er wartete.

»Sie sind in 99 East als Mr. E. bekannt«, begann Inspektor Queen. »Sie reisten – jedenfalls während dieses Fluges – unter dem Decknamen Kempinsky. Ihr richtiger Name ist, wie wir jetzt herausgefunden haben, Edward Lloyd Merkenthaler. Wie soll ich Sie anreden?«

»Wie Sie wollen.« Mr. E. hatte eine milde Stimme, sanft wie Badesalz. Sie schien im selben Augenblick diskret zu verhallen, in dem er sie gebrauchte. Falls er nervös war, weil ihn zwei Kriminalbeamte am Flugplatz abgeholt und zur Polizei gebracht hatten, damit er dort wegen eines Mordes verhört werden konnte, so zeigte er es nicht. »In meiner Stellung habe ich es immer als angenehm empfunden, mehrere Namen zu benutzen, Inspektor. Ich habe für keinen eine besondere Vorliebe.«

»Nun, ich schon. Verwenden wir also Ihren richtigen Namen. »Mr. Merkenthaler, erheben Sie Einwand gegen ein Verhör?«

»Nicht den geringsten.«

»Sie kennen Ihre Rechte?«

»O ja.«

»Hätten Sie lieber Ihren Anwalt zugegen?«

Mr. E.'s Lippen verzogen sich zu einem anerkennenden Lächeln, als hätte der Inspektor einen besonders guten Scherz gemacht. »Das ist absolut unnötig.«

»Vor einem Augenblick erwähnten Sie Ihre Stellung. Was tun Sie genau, Mr. Merkenthaler?«

»Seit einer Anzahl von Jahren war ich bei Nino Importuna angestellt – nicht beim Konzern. Mr. Importuna bezahlte mich aus seinem persönlichen Fonds als wandernden Industriespion oder Goldsucher, oder als beides.«

»Das bedeutet?«

»Ich spürte Geschäfte auf, die sich Mr. Importuna gern angeeignet hätte, untersuchte ihre Stabilität und Rentabilität und dergleichen mehr. Ich habe unter anderem abgeschlossene Examina in Maschinenbau, Geologie, Volkswirtschaft und Finanzwesen. Mr. Importuna kaufte fast seinen ganzen Besitz auf mein Anraten.«

»Warum diese Geheimniskrämerei?«

»Nun, wenn einmal bekanntgeworden wäre, daß Nino Importuna hinter einem Geschäft her war, hätte es allerlei Möglichkeiten für Betrug, Schikane und Schönfärberei gegeben. Jedenfalls hätte es den Preis mit Sicherheit in die Höhe getrieben. Es brachte schnellere und bessere Ergebnisse, wenn ich unter einem Decknamen für ungenannte Interessenten operierte.«

»Sie haben diese Vertrauensposition bei Importuna seit einigen Jahren inne«, meinte der Inspektor plötzlich. »Könnten es vielleicht neun Jahre sein?«

Mr. E. hob die Brauen. »Ah, ich merke, Sie kennen seinen Aberglauben. Nein, Inspektor, eher fünfzehn.«

Der Inspektor errötete, und sein Ton wurde schärfer als beabsichtigt. »Wir bekamen Ihr Kabel erst vor wenigen Stunden. Wo haben Sie all die Wochen gesteckt? Importunas Tod machte in der ganzen Welt Schlagzeilen. Wie kommt's, daß Sie bis jetzt nicht mit dem Importunakonzern Kontakt aufnahmen?«

»Ich wußte nicht, daß Mr. Importuna tot war, bis ich gestern abend in Rom landete. Ich habe seit Anfang September keine Zeitung gelesen und kein Radio gehört.«

»Das ist schwer zu glauben, Mr. Merkenthaler.«

»Leichter, wenn man die Umstände kennt«, erwiderte Mr. E. liebenswürdig. »Ich lag todkrank in einem Krankenhaus in Tel Aviv. Dort wurde ich bewußtlos aus der Negevwüste eingeliefert – ein geschäftlicher Zwischenfall, über den ich nichts mitteilen kann, ehe ich nicht in 99 East Bericht erstattet habe. Wohl an Mrs. Importuna. Doppelseitige Lungenentzündung mit Komplikationen. Die israelischen Ärzte erzählten mir später, daß sie mich zweimal als hoffnungslos aufgegeben hätten. Ohne Antibiotika hätte ich keine Chance gehabt, sagten sie.«

»Dies wird natürlich überprüft.«

Mr. E. schien geschmeichelt. »Soll ich das so auffassen, daß Sie mich des Mordes an Nino Importuna verdächtigen?«

»Wo waren Sie in der Nacht des 9. September gegen Mitternacht, Mr. Merkenthaler?«

»Ah ... Entschuldigen Sie.« Der Industrieagent brachte wie ein Zauberkünstler einen Schlüssel zum Vorschein und schloß seinen Aktenkoffer auf. Er hob den Deckel ganz wenig, als widerstrebe es ihm, seinen Inhalt fremden Augen auszusetzen. Aus dem Koffer nahm er ein Notizbuch, schloß den Koffer sofort und blätterte nach.

»Ich nehme an, Sie beziehen sich auf Datum und Ortszeit New York, wenn Sie die Nacht vom 9. September meinen, Inspektor?«

Der Inspektor sah verwirrt drein. »Ja.«

»Nun, das ist ein Unterschied, wenn man sich auf der anderen Seite des Planeten befindet, müssen Sie wissen. Als es am 9. September in New York Mitternacht war, hatte ich zufällig geschäftlich in Israel zu tun. Wenn man so viel reist wie ich, ist es nicht leicht, die Zeitunterschiede überall in der Welt zu behalten. Sie wollen also wissen, wo ich, sagen wir, sechs oder sieben Stunden nach Mitternacht New

Yorker Zeit am 9. September war oder, mit anderen Worten, zwischen sechs und sieben Uhr israelischer Zeit am 10. September.

Über diese Zeit steht hier«, fuhr Mr. E. fort und klopfte auf sein Notizbuch, »daß ich in einem Privatflugzeug der Menachem-Lipsky-Negev-Entwicklungsgesellschaft saß, auf dem Weg zu einem bestimmten Ort in der Wüste. Seine genaue Lage kann ich nicht enthüllen. Ich habe mein Wort gegeben, unsere Unterredung streng vertraulich zu behandeln, und meine Arbeit beruht auf Verläßlichkeit.

Auf jeden Fall erkrankte ich sofort nach der Landung und wurde noch am selben Morgen ins Krankenhaus nach Tel Aviv zurückgeflogen, da ich über vierzig Grad Fieber hatte, wie man mir später mitteilte. Die Gesellschaft und das Krankenhaus werden meine Angaben natürlich bestätigen. Und, o ja«, sagte Mr. E. schüchtern, »wenn Sie das überprüfen, achten Sie darauf, es unter dem Namen Mortimer C. Ginsberg zu tun. Sonst weiß man nicht, von wem Sie reden.«

9. November 1967

Ellery wählte Datum und Ort der Gegenüberstellung, um dem ästhetischen Aspekt des Falles und dem Verlangen nach Gerechtigkeit in seinem Herzen Genüge zu tun: den neunten des Monats und Importunas Schlafzimmer, wo der Industrielle den Tod gefunden hatte.

Inspektor Queen willigte voll böser Ahnungen ein. Er bestand jedoch darauf, daß jemand aus dem Stab des Distriktsanwalts anwesend sein mußte.

»Was kannn schon schiefgehen?« hatte Ellery ohne seine sonstige Bescheidenheit gefragt. Er war einfach euphorisch. »Du kennst mich, Dad. Es war wirklich eine harte Zeit, aber jetzt bin ich endlich am Ziel. Ich lasse nie eine Falle zuschnappen, ehe ich nicht weiß, ob die Beute drin ist.«

»Sicher, mein Junge, sicher«, hatte sein Vater durch den abgeknabberten Schnurrbart geantwortet. »Nimm einfach an, ich möchte mir den Rücken decken.«

»Hast du denn gar kein Vertrauen?«

»Dieser Fall hat mich das Mißtrauen gelehrt!«

Der Assistent des Distriktsanwalts war ein junger Mann namens Rankin, den Ellery nicht kannte. Er postierte sich in der Ecke des Raumes, von wo er einen umfassenden Blick auf die Handlung hatte. Sein Fuchsgesicht drückte aus, daß er, auch wenn er diesem unerhörten, wenn nicht sogar ungesetzlichen Vorgehen alles Gute wünschte, als Realist nur das Gegenteil erwartete. Ellery ignorierte ihn.

Die einzigen anderen Anwesenden waren außer den Queens Virginia Importuna und Peter Ennis. Die Witwe zeigte eine fast heitere Erwartung, als säße sie anläßlich einer Premiere in ihrer Loge. Ennis jedoch war blaß und kribbelig. Ein sehr nervöser junger Mann. Ellery lächelte beiden zu.

»Das Geheimnis dieses ungewöhnlichen Falles«, begann er, »liegt in der Neun. Die ganze Zeit hindurch war ich überzeugt, daß die Neun eine entscheidende Rolle beim Mord an Nino Importuna spielt, daß wir, wenn wir nur ihre wahre Bedeutung wüßten, auch das Geheimnis dahinter erfahren würden. Aber es blieb verborgen, bis du, Dad, mir unabsichtlich den Schlüssel liefertest. Du nanntest die Neun eine Finte.

Dieses Wort war das ›Sesam, Sesam, öffne dich‹.

Die Neun häufte sich um das Mordopfer«, fuhr Ellery fort. »Waren einige von ihnen frei erfunden? Absichtlich erfunden? Finten werden verwendet, um jemanden von der richtigen Spur abzubringen. Diente die Neun im Fall Importuna diesem Zweck?

Ich baute auf dieser Hypothese auf. Angenommen, sie bezweckten das wirklich, welche hatte man dann auf die Spur gestreut, um das Aufstöbern des Mörders zu erschweren, wenn nicht gar unmöglich zu machen?«

Der Assistent des Distriktsanwalts begann Interesse zu zeigen. Er grub Notizblock und Bleistift aus.

»Ich kam erst weiter, als ich mich an G. K. Chestertons Kurzgeschichte erinnerte: ›Die Unschuld des Pater Brown‹. An einer Stelle der Geschichte fragt Pater Brown den auf den Pfad der Tugend zurückgeführten Flambeau: ›Wo verbirgt ein kluger Mann einen Kiesel?‹ Flambeaus Antwort: ›Am Strand.‹ ›Wo verbirgt ein kluger Mann ein Blatt?‹ fuhr Pater Brown fort. Flambeau erwiderte: ›Im Wald‹ und fragte: ›Wollen Sie damit sagen, daß ein kluger Mann einen echten Diamanten unter falschen verbirgt?‹

Diese Erinnerung brachte mich auf die Schlüsselfrage, nach der ich suchte. Ich umschrieb Flambeaus Frage. ›Meinen Sie also, daß ein

Mörder, wenn er einen echten Hinweis verbergen muß, ihn vielleicht unter falschen begräbt?‹

Sofort sah ich die Zwangslage des Mörders und seinen Plan klar und deutlich. Es gab einen echten Fingerzeig, der die Neun betraf, ihn als den Schuldigen auswies und den er nicht auslöschen konnte. Gleichzeitig konnte er die Sache aus Selbsterhaltungstrieb aber auch nicht auf sich beruhen lassen. Daher mußte er ihn wie Pater Browns Kieselstein in einem Wald von Neunern verbergen, die alle bis auf einen falsch waren. In dem Durcheinander würde man die einzig bedeutende, die echte Neun, nicht bemerken. Jedenfalls dachte er so und handelte entsprechend, indem er falsche Fährten legte; er hatte nichts zu verlieren und viel zu gewinnen – seine Sicherheit.

Der einzige Gegenzug war, alle Neunen zu überprüfen, sie eine nach der anderen auf ihre Echtheit zu untersuchen. Und wir machten einen seltsamen Fang.«

Ellery wandte sich an Virginia Importuna.

»Die Glückszahl Neun hat anscheinend ihren Ausgangspunkt in dem Geburtsdatum, das Ihr Mann für sich beanspruchte, den 9. September 1899. Ich begann also, seine Gültigkeit zu überprüfen, wie bei allen Neunen des Falles, indem ich mir eine Abschrift seiner Geburtsurkunde aus Italien schicken ließ. Und natürlich stellte sich heraus, daß er nicht 1899, sondern ein Jahr zuvor geboren worden war. Und nicht im neunten Monat, sondern im fünften, nicht am neunten Tag, sondern am sechzehnten. Der 16. Mai 1898 ist weit entfernt vom 9. September 1899. Als Glückszahl war er eine Niete. So machte Nino einfach den neunten Tag des neunten Monats des Jahres zu seinem Geburtsdatum, da das der Neun am günstigsten war.

Mit anderen Worten, die Neunen seiner Geburtsurkunde waren falsch, eine Finte. Wie sein Name Importuna, der aus neun Buchstaben besteht, falsch war. Sein wirklicher Name Importunato hatte elf Buchstaben. Sein Vorname Nino? Falsch. Er hieß in Wirklichkeit Tullio. Der ganze Nino Importuna war also eine Fälschung.

Diese Gebäude, 99 East. Mein Vater ließ es überprüfen und entdeckte, daß 99 nicht die ursprüngliche Hausnummer war, sondern 97. Es gab gar keine 99 in dieser Straße. Um seinen Tick zu befriedigen, ließ Importuna das Haus umbenennen, als er es kaufte – mit seinen finanziellen Mitteln und seiner Macht kein Problem. Und neun Stockwerke? Eine nicht ganz so offensichtliche Fälschung. Aber ein Gebäude mit neun Stockwerken und einem Penthouse wird gewöhnlich als zehnstöckig bezeichnet.«

»Ich wußte nichts von Ninos echtem Geburtsdatum, Mr. Queen, oder von einer Umnumerierung des Hauses«, sagte Virginia. »Du, Peter?«

Ennis fuhr zusammen, als er angeredet wurde, und nahm schnell die Hand aus seinem Mund, an deren Knöcheln er nagte. »Beides ist mir neu.«

»Aber es waren ja auch keine wichtigen Fälschungen«, fuhr Ellery fort. »Machen wir weiter.

Die Zeit des Todes. Die Armbanduhr Ihres Mannnes blieb durch einen Schlag stehen, der die Mordzeit auf neun Minuten nach neun festlegte. Falsch. Der Kriminalarzt stellte fest, daß der Tod kurz nach Mitternacht eingetreten war, drei Stunden später, als die Uhr anzeigte. Der Mörder hatte die Uhr also nach dem Mord zurück-gestellt und dann draufgeschlagen, um sie anzuhalten. Damit lieferte er uns zwei weitere Falschspuren, an denen wir uns die Zähne aus-beißen konnten. Ganz nebenbei ergab die Obduktion auch, daß der 10. September und nicht der 9. der Todestag war.

Jetzt betrachten Sie in diesem Zusammenhang das Tatwerkzeug, diesen abstrakten gußeisernen Schnörkel, in dem wir – besonders ich – so eifrig eine Neun sahen, da der Mörder einen Umweg machte, um sie in die Hand zu kriegen. Kann es überhaupt einen Zweifel ge-ben, daß er ihn wählte, weil er einer Neun ähnelte? Aber in Wirk-lichkeit ist es keine Neun. Für den Bildhauer war es, wie der Name sagt, die Geburt eines Kindes.«

»Aber es sieht wie eine Neun aus«, protestierte Peter.

»In der einen Stellung, ja. Aber wenn man sie umdreht – und wie kann man bei abstrakter Kunst je sicher sein –, dann ist es eine Sechs. Wieder eine falsche Spur.

Und noch eine. Die Zahl der Schläge mit dem nicht allzu stumpfen Tatwerkzeug. Wir behaupteten immer, es waren neun. Aber wir hatten unrecht. Der Mörder schlug zehnmal zu. Der Schlag auf das Handgelenk, um die Uhr zu dieser seltsamen Zeit zum Stehen zu bringen, war nach Doc Prouty kein Abrutscher des neunten Schlages, sondern ein zehnter Schlag, der seiner Meinung nach sogar von einer anderen Waffe herrührte. Wieder eine falsche Spur.«

Inspektor Queen murmelte: »Es gibt noch massenhaft Neunen«, und sah sich dann erschrocken um.

»Schon gut, Dad, du brauchst es nicht mehr geheimzuhalten. Kommen wir also zu den anonymen Briefen.«

»Halten Sie ein, Queen!« schrie der Assistent des Distriktsanwalts. Er stand hinter Virginia und Peter und wies mit dem Zeigefinger vielsagend in ihre Richtung.

»Schon gut, Mr. Rankin. Ich muß erklären«, fuhr Ellery, zu Virginia und Peter gewandt, fort, »daß mein Vater eine Reihe anonymer Botschaften erhielt, von denen nur eine Handvoll Beamter je erfuhren.«

»Jetzt haben Sie's verraten«, sagte Rankin ärgerlich. »Ich war von Anfang an dagegen. Das habe ich dem Distriktsanwalt gleich gesagt!« Ellery schenkte ihm gar keine Beachtung.

»Die Hinweise auf die Neun in einigen Botschaften zeigen deutlich, daß sie von Importunas Mörder kamen. Einige Umschläge enthielten Spielkarten, ganz oder halbiert, um eine Botschaft zu übermitteln. Spielkarten haben natürlich beim Wahrsagen eine spezielle Bedeutung. Ich interpretierte die Karten nach dem üblichen System. Es gibt jedoch verschiedene, und der Absender erklärte nie, welches System verwendet werden sollte. Meine Interpretation war also völlig willkürlich und daher auch nicht notwendig zutreffend. Irreführend waren auch die Postleitzahlen der Ämter, bei denen er die Umschläge einwarf, die ebenso auf die Neun anspielten.

Sogar die Anzahl der Umschläge war Schwindel. Sicher, zuerst waren es neun. Aber dann kam ein zehnter, der den magischen Kreis der Zahl sprengte. Wieder eine falsche Spur.

In fünf Umschlägen waren wörtliche Mitteilungen. Eine sagte, ein Jugendfreund Importunas sei Richter am obersten Gerichtshof geworden. Daß die Neun eine Rolle beim obersten Gerichtshof der Vereinigten Staaten spielt, weiß jedes Schulkind. Eine erschöpfende Nachforschung führte zu nichts. Die Botschaft war schlicht falsch.

Dasselbe ergab sich bei den anderen vier wörtlichen Botschaften. Eine berichtete, Nino Importuna habe als Semiprofi Baseball für Binghamton, New York, gespielt. Leider stimmte das nicht. Eine andere Botschaft – verzeihen Sie, daß ich es erwähne, Mrs. Importuna – spielte auf Importunas Vorliebe für neunschwänzige Katzen an. Mrs. Importuna versicherte mir, das sei nicht wahr, und es konnte auch kein Beweis für eine Perversion Ninos erbracht werden.

Dann gab's die Botschaft, daß Importuna den Auftrag erteilt habe, Skulpturen der neun Musen für seine Villa in Lugano anzufertigen. Sie, Peter, haben das nachdrücklich verneint und mir erklärt, daß ein Auftrag dieser Art zu Ihrem Ressort gehört hätte, aber daß Sie von nichts wissen. Es bestand für Sie kein Grund zu leugnen, da die primitivsten Nachforschungen den Bildhauer aufgestöbert hätten.

So waren die neun Botschaften entweder nebensächlich oder falsch. Wie Sie sich erinnern, versuchte ich, die falschen zu eliminieren, um die echte Neun zu entdecken. Und da gelangte ich zu der vernichtenden Feststellung, daß alle Neunen falsch waren – ganz bestimmt alle, die auch nur den geringsten Anstrich von Bedeutung hatten. Nino konnte Verträge am 9. oder 18. oder 27. des Monats unterzeichnen oder ablehnen, konnte seinen Hochzeitstag auf den neunten Tag des neunten Monats festlegen, weil er sich davon Glück erhoffte, oder auch sein Geburtsdatum fälschen, damit es von Neunen wimmelte. Aber das waren Dinge, die Importuna und nicht sein Mörder getan hatte. Ich war aufgebrochen, um eine Neun zu finden, die auf den Mörder wies, und hier stand ich mit leeren Händen. Bis das plötzlich nicht länger galt. Ich hatte alle Neunen eliminiert«, sagte Ellery. »Bis auf eine.«

Dies war der Höhepunkt seiner sorgfältig inszenierten Schau, und Ellery spielte ihn so wie ähnliche Höhepunkte in ähnlichen Szenen. Er bannte die Zuhörer mit glitzernden Augen, benutzte seine Stimme wie einen Degen, beherrschte sie mit seiner Gegenwart, bedrohte sie mit seinem Zeigefinger.

»Bis auf eine«, wiederholte er. »Die war echt. *Eine* Neun war keine Finte.

»Es war die letzte Neun in der zehnten Botschaft. Diese unerwartete letzte Botschaft, die den Neunerkreis durchbrach, veranlaßte mich zu der Frage, die ich Ihnen über den Lunch mit Peter Ennis am 9. Dezember 1966 stellte, Mrs. Importuna.« Virginia zuckte zusammen und versteifte sich zornig. »Tut mir leid, aber ich habe keine andere Wahl. Ich sagte Ihnen, daß ich nicht versprechen könne, Ihr Tagebuch den Behörden vorzuenthalten, falls eine Information bedeutsam würde.«

»Information? Welche Information?« Inspektor Queen fuhr wütend auf. Und der Assistent des Distriktsanwalts kritzelte mit ungeheurer Geschwindigkeit.

»Mrs. Importuna hat von Kindheit an Tagebuch geführt, Dad. Sie war so freundlich und ließ mich die Eintragung vom 9. Dezember 1966 lesen. Aus dieser Eintragung erfuhr ich, daß an jenem Tag während des Essens mit Ennis eine Neun auftauchte. Diese.« Ellery beugte sich vor. »Virginias und Ninos Vereinbarung vor der Hochzeit hatte noch auf den Tag genau neun Monate Gültigkeit – neun Monate von jenem Tag an, vom 9. Dezember 1966 bis zum 9. September 1967, dem Datum, an dem Mrs. Importuna dem Vertrag nach Alleinerbin ihres Mannes wurde.

Diese neun Monate hat keiner erfunden, sie waren keine Finte oder falsche Spur. Diese neun Monate waren Tatsache, und zwar eine bedeutsame. Falls jemand wollte, daß Virginia die halbe Milliarde Dollar erbte, mußte er noch neun Monate warten, ehe ihr Anspruch rechtsgültig wurde.

In einem grimmig echten Sinn ähnelten diese neun unvermeidlichen Monate des Wartens einer Schwangerschaft. Zur Empfängnis kam es am 9. Dezember 1966. Es folgten neun Monate der Entwicklung. Dann, am 9. September 1967, wurde das Kind geboren, ein Monstrum namens Mord. Ja, sogar das Tatwerkzeug, das bei dieser Geburt verwendet wurde, trägt die Aufschrift: ›Austritt des Neugeborenen.‹«

Ellery machte eine Pause, um Atem zu schöpfen. Sie drängten ihn, weiterzumachen, sogar Rankin in seiner Ecke.

»Betrachten wir den Vorfall, den ich als Empfängnis bezeichnet habe, das Essen in dem versteckten Restaurant am 9. Dezember letzten Jahres. Ich suchte, wie Sie sich erinnern, nach einem Hinweis, der den Mörder mit einbezog. Ich mußte mich fragen, ob bei dem Essen etwas passierte, was der Mörder aus gutem Grund fürchtete. Nun, wie steht's mit der Tatsache des bloßen Zusammentreffens? Angenommen, Virginias und Peters Erscheinen in der Öffentlichkeit, ihre einzige Indiskretion, soweit es die Außenwelt betraf, wäre bekanntgeworden? Wenn bekannt wurde, daß Virginia Importuna und Peter Ennis, der Privatsekretär ihres Mannes, ein Verhältnis hatten; wenn bekannt wurde, daß Virginia ihren Mann wegen der Vereinbarung nicht verlassen konnte, ohne alles zu verlieren; wenn bekannt wurde, daß Peter noch neun Monate warten mußte, ehe Virginia Importunas Erbin wurde – aus diesen einfachen Fakten kann sich jeder den Rest, den Plan zu Importunas Mord, sein Entwicklungsstadium und die Geburt des Verbrechens ausmalen. Es war eine tödliche Gefahr für den Pläneschmied: die Neun, die er unter dem Haufen falscher Neunen, mit dem er uns nach dem Mord bombardierte, verbergen wollte.«

Inspektor Queen hatte einen leidenden und grünlichen Ausdruck um den Mund bekommen, als versuche er erfolglos, einen außerordentlich schlechten Geschmack hinunterzuschlucken.

»Um dies näher zu erläutern«, fuhr Ellery mit ermutigendem Lächeln zu seinem Vater hin fort, »lassen Sie mich erklären, was ich mit der Entwicklungsphase meine. Der Pläneschmied mußte, wie schon gesagt, neun Monate warten, ehe Virginia Importunas Erbin wurde. Dann konnte er ihn umbringen. Warum sollte er die neunmonatige Wartezeit nicht auf möglichst vorteilhafte Weise nützen? Denn Nino Importuna besaß am 9. Dezember letzten Jahres nur ein Drittel des Familienvermögens. Aber falls seine Brüder mittlerweile starben ... So ermordete er Julio, lenkte den Verdacht auf Marco und rechnete damit, daß er so beide los wurde.

Die Verdächtigung gelang nicht ganz, aber Marco war so entgegenkommend, Selbstmord zu begehen. Die Polizei nahm das als Geständnis, das Ergebnis war für den Pläneschmied absolut befriedigend. Die beiden jüngeren Brüder waren tot, kein Verdacht fiel auf ihn, den Pläneschmied und Mörder, und Ninos Vermögen hatte sich verdreifacht. So daß der langsam näherrückende Septembertag, an dem Virginia Importunas gesetzmäßige Erbin wurde, dem Mörder nach der letzten Tag eine halbe Milliarde Dollar einbringen würde. Natürlich nicht auf direktem Weg, aber durch den Umweg über Sie, Virginia. Denn ich bin sicher, daß Sie und er schon lange Pläne für eine Hochzeit schmieden ...«

»Nicht auf direktem Weg? Hochzeit?« Peter Ennis sah plötzlich zum Fürchten aus. »Was, zum Teufel, wollen Sie damit andeuten, Queen?«

Ellery runzelte die Stirn. Virginia lächelte.

»Wenn Sie mich ausreden lassen, Peter«, sagte er, »werden Sie feststellen, daß es viel mehr ist als eine Andeutung.«

»Sie brauchen gar nichts anzudeuten, alter Bursche. Was Sie da tun oder jedenfalls vorhaben, ist nichts anderes als mich zu beschuldigen, ich hätte vor dem tatsächlichen Mord an Virginias Mann Julio und Marco aus dem Weg geräumt, um Virginias Erbe zu verdreifachen. Stimmt's? Und ich soll das alles in der Erwartung getan haben, sie zu heiraten und so die Kontrolle über das Importunavermögen zu gewinnen?«

»Sehr schön ausgedrückt, Peter«, antwortete Ellery. »Genau dessen beschuldige ich Sie.«

Peter grinste. Er blickte flüchtig zu Virginia hin, deren Lächeln zu einem Kichern wurde.

»Tut mir leid, Mr. Queen«, sagte sie, »es ist unhöflich von mir. Und Sie tun wirklich Ihr Bestes.«

»Was heißt das?« fragte Ellery errötend. »Habe ich etwas Witziges gesagt?«

»Ganz bestimmt«, erwiderte Peter. »Außerordentlich erheiternd. Ich nehme an, wenn ich beweise, daß ich Nino Importuna unmöglich ermordet haben kann, bin ich wieder aus der Falle raus?«

»Peter, nicht doch, wirklich«, schalt ihn Virginia. »Das ist keine nette Art, mit Mr. Queen zu reden. Bestimmt hat er alles getan, was von ihm erwartet werden konnte.«

»Das tat auch die Schlange im Paradies. Ich bin nicht gerade begeistert davon, als Mörder verdächtigt zu werden, Liebes. Na schön, soll ich den Beweis antreten, Queen?«

»Natürlich.« Ellery stand wie ein kleiner Junge da, der gerade aus einem wunderschönen Traum aufwacht und feststellt, daß er bis auf die Haut naß ist.

»Wann genau wurde Nino ermordet, Inspektor Queen?« erkundigte sich Peter Ennis. »Sagen Sie's uns noch einmal. Zu welcher Nachtzeit?«

»Kurz nach Mitternacht vom 9. auf den 10. September.« Der Inspektor wich Ellerys mitleidheischendem Blick aus. »Am 10. September gegen 0,15 Uhr.«

»Geben Sie acht, daß Sie ja alles mitschreiben, Mr. Rankin. Es vernichtet den Haftbefehl, der Ihnen wahrscheinlich schon ein Loch in die Tasche brennt.

Nino Importuna, Virginia und ich aßen zusammen im Penthouse zu Abend – am 9. –, wie wir euch Gesellen schon vor langer Zeit erzählt haben. Gegen Ende des Essens klagte Nino, er fühle sich nicht wohl, und ging zu Bett, nachdem er angeordnet hatte, den Nachtisch ohne ihn zu genießen. Virginia und ich gehorchten, und sofort danach ging ich nach Hause. Was ich nicht zugab, war, daß ich zu meinem Apartment fuhr, mich umzog, Zahnbürste und Schlafanzug in meine Aktentasche warf und in die Nähe von 99 East zurückfuhr. Virginia wartete am verabredeten Ort auf mich . . .«

»Wie konnte sie, ohne daß man sie das Gebäude verlassen sah?« spottete Ellery.

»Laß mich antworten, Peter«, sagte Virginia. »Es war wirklich ganz einfach, Mr. Queen. Das nächste Gebäude liegt dicht neben unserem und ist nur ein Stockwerk niedriger. Es gibt auf unserem Dach eine Stahlleiter, die im Notfall auf das Nachbardach herabgelassen werden kann. Ich hatte einen schwarzen Hosenanzug angezogen, ließ die Leiter runter, kletterte auf das andere Dach, stieg dort in den Fahrstuhl, den man selbst bedienen kann, und fuhr hinunter zum Ausgang. In dem Haus gibt's keinen Nachtwächter oder Sicherheitsposten. Auf dieselbe Art kehrte ich später ins Penthouse zurück und zog einfach die Leiter wieder hoch.«

Ellery ließ sich auf Importunas Bett fallen. Es war weniger ein Hinsetzen als ein Zusammenbrechen.

Peter Ennis sagte mit großer Genugtuung: »Wir fuhren nach New Milford in Connecticut, Queen, und schrieben uns dort in einem Motel unter dem Namen Mr. und Mrs. Angelo ein – Virginia fand es romantisch. Die Fahrt dauerte zwei Stunden – ich glaube nicht, daß es jemand darunter schaffen kann. Wir erreichten das Motel gegen elf Uhr abends – ihr Gästebuch sollte die Zeit genau angeben, denn sie verwenden eine Stechuhr. Sogar wenn wir das Motel sofort wieder verlassen hätten und in die Stadt zurückgekehrt wären, hätten wir 99 East unter keinen Umständen früher als um ein Uhr erreichen können, eine Stunde später als zur Tatzeit. Doch in Wahrheit sind wir erst um halb zwei wieder aufgebrochen – die genaue Zeit werden Sie dort finden. Ich ließ Virginia um halb vier vor dem Nachbarhaus aussteigen und fuhr zu meinem Apartment.

Ich sollte wohl noch hinzufügen«, fuhr Peter fort, indem er sie ansah, »warum wir die Wahrheit über jene Nacht verschwiegen haben, bis Sie es uns geradezu unmöglich gemacht haben, länger zu schweigen, Queen. Wir konnten nicht erwarten, daß jemand verstehen würde, wie sehr wir uns seit langem liebten, daß es für uns beide das einzig Richtige war und daß wir es nicht ertragen hätten, wenn man das noch tiefer in den Schmutz gezogen hätte, was in unseren Augen durch die Umstände schon schmutzig genug war.

Jetzt, da ich alles zugegeben habe«, sagte Peter, »wollen Sie sicher den Namen des Motels . . .«

»Wir kennen den Namen des Motels«, antwortete Inspektor Queen. »Es ist überprüft worden, Ellery, nicht nur die Ankunfts- und Abfahrtszeit, sondern auch eine Identifikation von Ennis und Mrs. Importuna nach Fotos, die wir dem Nachtportier vorlegten. Ich hatte heute bei der Eile keine Gelegenheit, es dir mitzuteilen, Junge.«

»Aber du mußt doch gewußt haben, was ich vorhatte, als ich dies alles arrangierte, Dad«, sagte Ellery wild. Er griff mit beiden Händen nach der Bettkante, als säße er am Rand eines Abgrundes.

»Nicht genau, Junge. Du warst ziemlich geheimnisvoll. Ich dachte, du würdest wie sonst auch das Kaninchen aus dem Hut ziehen, mit einem deiner Zaubertricks, die dem Fall eine ganz andere Wendung geben. Ellery, wenn du das Alibi nicht erschüttern kannst, sind beide unschuldig. Und du kannst es nicht! Warum, glaubst du, wurden sie nicht vorgeladen? Auf Grund dieses Beweismaterials können weder Mrs. Importuna noch Ennis zur Tatzeit hiergewesen sein.«

»Es tut mir wirklich leid, Mr. Queen. Ganz ehrlich«, murmelte Virginia wieder, als hätte sie lieber das Verbrechen gestanden, nur um Ellery weitere Verlegenheiten zu ersparen. »Ich bin sicher, Sie werden die richtige Lösung bald finden.«

Ellery hörte nicht zu, er redete mit sich selbst. Er flüsterte: »Diese Neunen, diese verdammten Neunen! Sie müssen der Schlüssel sein. Aber wie?«

»Du bist in die Irre gelaufen, mein Junge«, sagte der Inspektor später am Abend, als sie bei Pastrami und Selleriesaft saßen, »weil du das große Loch in deiner Argumentation nicht entdeckt hast.«

»Loch?« Er kaute auf den rumänischen Leckerbissen, aber nur aus Gewohnheit. »Welches Loch?«

»Falls Peter Ennis nicht der Mörder war, hätte er den letzten anonymen Brief, die Nr. 10, wohl schicken können. Aber wenn er schuldig war, wäre es das letzte gewesen, was er je getan hätte. Die Botschaft gab uns den Tip, mit wem Virginia damals zu Mittag gegessen hat – zu dem Zeitpunkt, an dem nach deinen Worten die neunmonatige Wartezeit begann. Nun, das konnte uns der Mörder mit absoluter Sicherheit nicht herausfinden lassen. Es ist die eine Sache, die er mit allen Mitteln zu verbergen trachtete, indem er uns all die Neunen ins Gesicht streute. Du hast das Problem nicht genau genug durchdacht, Ellery. Wie schon gesagt, der einzige in der Welt, der diese zehnte Botschaft *nicht* geschickt hätte, wäre Peter Ennis gewesen, hätte er den Mord wirklich begangen.«

»Du hast recht, du hast tausendmal recht«, murmelte Ellery. »Wie konnte mir solch ein Fehler unterlaufen? Es ist lächerlich ... Aber, Dad, da ist etwas, das Virginia niederschrieb – ich glaube, als Peter sie nach dem Essen in einem Taxi verstaute –, etwas, das mich beunruhigt, seit ich das Tagebuch gelesen habe.«

»Was?«

»Sie schrieb, er habe gesagt: »Es gibt nur einen Ausweg für mich, bei Gott, und wenn die Zeit reif ist, werde ich's tun.« Virginia ließ keinen Zweifel darüber, was sie Peter unterstellte. Und ich faßte es genauso auf. Peter wolle Importuna aus dem Weg räumen, wenn die neunmonatige Wartezeit abgelaufen und Virginias Erbschaft durch Testament gesichert war.«

»Ellery, der junge Bursche meinte wahrscheinlich nur, er würde bald mal allen Mut zusammenraffen und mit dem alten Kerl reden und wie ein Mann um die Frau kämpfen, die er liebte, zugeben, was vorgefallen war, und versuchen, ihn zur Scheidung zu überreden. Virginia ließ ihrer Phantasie freien Lauf, und du auch.«

Ellery zog ein Gesicht, als wäre eine Küchenschabe über seinen Teller gekrochen. Er legte das halb aufgegessene Pastramibrot auf den Teller zurück und sagte: »Ich weiß nicht, warum ich esse. Ich habe keinen Hunger. Räumen wir ab, Dad.«

Das Brot endete wie seine Theorie im Mülleimer.

9. Dezember 1967

Ob Virginia Importunas ›bald‹, das zufällig auf den Neunten des folgenden Monats fiel, eine Verkettung der Umstände oder eine schlaue Wahl von Ellerys Unterbewußtsein war, blieb ein Rätsel, das er nicht löste und das zu lösen er auch nie den Drang verspürte. Es ergab sich jedoch, daß Samstag der 9. Dezember war. Er versuchte, das Datum nach besten Kräften wieder zu vergessen, als er sich dessen bewußt wurde.

Der dazwischenliegende Monat seit dem Debakel in Nino Importunas Schlafzimmer war ein Test gewesen, wenn nicht sogar eine Charakterprüfung. Er konnte sich an andere Fehlschläge erinnern, von denen wenigstens ein oder zwei genauso schmerzlich gewesen waren, aber dieser war eine seltsame Gefühlsmischung aus Scham, Selbstverachtung und der Ahnung schwindender Fähigkeiten, womit er sich in den Augen einer schönen und begehrenswerten Frau zum Narren gemacht hatte.

Aber er überlebte es, und es gelang ihm sogar, den Fehlschlag zu verdrängen, indem er achtzehn Stunden an seinem vernachlässigten Roman arbeitete und ihn zu seinem absoluten Erstaunen (und zu dem seines Agenten und Verlegers) beendete. Daneben löste er in einem geheimnisvollen Prozeß, den er nur als schwarze Magie bezeichnen konnte, den Importuna-Importunato-Fall.

Zuerst schlich er um die neue Lösung herum wie die Katze um den heißen Brei, was unter den Umständen verständlich war. Er fühlte noch immer Bitterkeit über den ersten Lösungsversuch. Aber endlich war er zufrieden. Er wählte eine Telefonnummer, gab sich zu erkennen und arrangierte für diesen Nachmittag eine Zusammenkunft mit dem Mörder.

Dieser empfing ihn mit dem Gleichmut, den Ellery erwartet hatte.

»Möchten Sie einen Drink, Mr. Queen?«

»Kaum«, erwiderte Ellery. »Soweit ich Sie kenne, haben Sie alle vorhandenen Getränke vorsorglich vergiftet, in weiser Voraussicht des Kommenden.«

»Und falls *Sie* ein Tonbandgerät verborgen mit sich herumtragen«, antwortete der Mörder mit einem Lächeln, »nehmen Sie Platz, Mr. Queen. Meine Sitzgelegenheiten sind wenigstens völlig sicher – ich habe in meinem ganzen Leben noch keinen Menschen vergiftet.«

»Bei Menschen Ihres Schlages gibt es immer ein erstes Mal«, erwiderte Ellery und lächelte nicht zurück. »Sind Sie sicher, daß der Stuhl nicht unter Strom steht? Na schön, ich nehme an, das wäre doch zu weit hergeholt, sogar für Sie.«

Er setzte sich, und zu seiner Erleichterung passierte nichts.

»Was wird mir zur Last gelegt, Mr. Queen? Nicht daß ich mich im geringsten darum schere, was Sie sagen. Es kann nur eine Theorie sein, kein Beweis. Aber ich gestehe – nein, nein, schauen Sie mich nicht so erwartungsvoll an –, ich gestehe nur, daß ich neugierig bin.«

»Oh, wenn die Polizei erst einmal weiß, nach wem und was sie suchen muß«, meinte Ellery, »könnte der Beweis leichter zu erbringen sein, als Sie annehmen. Jedenfalls sagte Sam Johnson einmal, daß Vermutungen über nützliche Dinge nützlich sind, und könnte irgend etwas auf dieser Welt nützlicher sein, als sie von Ihnen zu befreien?«

»Sie werden mir verzeihen, wenn ich Ihnen lebhaft widerspreche. Und hoffentlich halten Sie mich nicht für ungezogen, wenn ich allein trinke?« erkundigte sich der Mörder und goß eine großzügige Portion Scotch über einige Eisstücke. »Fahren Sie fort, Queen. Unterhalten Sie mich.«

»Ich kann nicht versprechen, Sie bei Laune zu halten«, antwortete Ellery, »obwohl ich hoffe, Ihnen ein oder zwei Schrecken einzujagen.« Er rollte die Theorie auf, die er vor einem Monat in Nino Importunas Schlafzimmer entwickelt hatte. Er berichtete, wie das Motelalibi in New Milford Peter Ennis und Virginia Importuna von jedem Verdacht befreit und ihm einen Strich durch die Rechnung gemacht hatte. »Aber ich wollte es nicht dabei belassen«, fuhr Ellery fort. »Ich habe die Hartnäckigkeit der Iren geerbt. Mein Gehirn arbeitete weiter, und endlich hatte ich's.«

»Was?«

»Das Beweisstück, das mir fehlte.«

»Unsinn«, erwiderte der Mörder. »Es gibt kein Beweisstück.«

»O doch. Es gab ein ganz einfaches. So einfach, daß es mir zuerst entging. Es stand in Virginias Tagebuch, in dem Bericht von ihrem Essen mit Peter an jenem 9. Dezember vor einem Jahr – nebenbei, auf den Tag genau vor einem Jahr. Es gibt doch eine ausgleichende Gerechtigkeit. Sie wußten natürlich, daß Virginia Tagebuch führte?«

»Natürlich.«

»Aber sie erlaubte niemandem, darin zu lesen, und falls Sie je in Versuchung gerieten, hätten Sie's nicht gefunden. Sie beteuerte, daß sie die vielen Bände sicher versteckt aufbewahrt. So konnten Sie also nicht wissen, was Virginia in dem langen Eintrag über jenen Tag festhielt. Ich meine die Einzelheiten, unter denen sich auch das erwähnte Beweisstück befindet. In diesem Sinn haben Sie sich keine Nachlässigkeit zuschulden kommen lassen – ich kann Ihnen nicht als Fehler anrechnen, was Sie nicht wußten und nicht voraussehen konnten. Sie sind ein schlauer Gegner. Einer der schlauesten, die ich je hatte.«

»Schmeichelei bringt Sie auch nicht voran, Queen«, sagte der Mörder. »Spinnen Sie Ihr Märchen weiter.«

»Jedenfalls ist es bei weitem grimmiger als die Grimms. Alles, was ich Peter vorwarf, wurde in Wirklichkeit von Ihnen ausgeführt. Sie, nicht Peter, waren derjenige, der noch neun Monate warten mußte, ehe Virginia die Erbin ihres Mannes wurde. Sie, nicht Peter, waren derjenige, der sah, daß er Virginias Erbe verdreifachen konnte, wenn er Ninos Brüder ausschaltete. Sie waren es also, und nicht Peter, der Julio ermordete und den Verdacht auf Marco lenkte.

Ich kann natürlich nicht sicher beweisen, daß Sie den Goldknopf von Marcos Blazer absichtlich auf den Boden in Julios Arbeitszimmer legten – er kann rein zufällig aus seiner Tasche gefallen sein, aber ich bin glücklichen Umständen gegenüber immer mißtrauisch, wenn sie zufällig mit den Interessen des Mörders zusammenfallen. Und ich bin vollkommen sicher, daß Sie den Fußabdruck und die Anzeichen für das Handgemenge sorgfältig arrangierten. Ach ja, und Julios Schreibtisch aus den Gründen umstellten, die ich bei der Untersuchung angab und von denen ich mir nicht die Mühe machen will, sie zu wiederholen.

Mir scheint, es geschah folgendermaßen: Sie hatten die Verdächtigung Marcos bis in die kleinste Einzelheit geplant: der Knopf und sein Fußabdruck in der Zigarrenasche und natürlich der linkshändige Schlag mit dem Feuerhaken. Sie planten den linkshändigen Schlag nach Julio von vorn über den Schreibtisch hinweg, an dem er Ihnen gegenübersaß. Aber unglücklicherweise für Ihren Plan drehte sich Julio im instinktiven Versuch, dem Schlag auszuweichen, mit seinem Drehstuhl um hundertachtzig Grad, als Sie den Feuerhaken gegen Ihr Opfer erhoben. Er drehte Ihnen also im Augenblick des Angriffs den Hinterkopf zu. Der Feuerhaken traf die entgegengesetzte Seite des Kopfes, die Sie gewählt hatten, um auf den linkshändigen Täter hinzuweisen.

Ehe Sie die Verwicklungen, die daraus entstehen konnten, begriffen, hatten Sie Julios Körper wieder in seine ursprüngliche Stellung gedreht. Sein Kopf fiel nach vorn auf den Schreibtisch, das Blut tropfte auf den Löscher. Zu spät erkannten Sie, daß es jetzt so aussah, als wäre Julios Mörder Rechtshänder gewesen. Sie konnten den Körper nicht zurückdrehen, weil die Blutflecken auf dem Schreibtisch gezeigt hätten, daß der Körper nach dem Schlag in eine andere Stellung gebracht worden war. Was tun, um die linkshändige Täterschaft als möglich erscheinen zu lassen? Sie lösten das Problem, indem Sie Julios Körper in seiner Stellung beließen – den Kopf nach vorn auf den Schreibtisch gesenkt –, aber den Schreibtisch und den Drehstuhl mit Leiche von der ursprünglichen Übereckstellung in eine Stellung verschoben, aus der heraus ein Schlag mit der Linken möglich war.«

»Das ist alles ziemlich abwegig«, meinte der Mörder und lächelte wieder.

»Sie haben auch einen abwegigen Verstand«, erwiderte Ellery. »Ähnlich wie ich. Oh, und außerdem lenkten Sie den Verdacht auf Marco durch die Anzeichen des Kampfes, die Sie für uns hinterließen. Natürlich hat kein Kampf stattgefunden, wie uns Marco vertrauensvoll versicherte. Aber Sie mußten es so arrangieren, um den umgeworfenen Aschenbecher zu erklären, dessen Asche Sie für den Fußabdruck benötigten. Ein vorgespiegelter Kampf zwischen Julio und Marco lieferte die Rechtfertigung. Sie wußten also von den Unstimmigkeiten zwischen Ninos Brüdern, weil Julio dem kanadischen Geländekauf nicht zustimmte, und von Meinungsverschiedenheiten bis zu Handgreiflichkeiten schien es für Sie – und Sie waren sicher, auch für die Polizei – ein logischer nächster Schritt.

Die Wahrheit ist«, fuhr Ellery fort und streckte die langen Beine so weit aus, daß seine Fußspitzen fast die des Mörders berührten, »die Wahrheit ist, daß die Verdächtigung Marcos bei weitem das Ungeschickteste war, was Sie getan haben. Na schön, es war erst der Anfang. Aber in Ihrer Ungeschicklichkeit hatten Sie Glück. Marco war sozusagen der Schwächere der beiden Brüder; er konnte sich nicht gegen den Druck behaupten, den Sie wohlüberlegt auf ihn ausübten, vor allem nicht, wenn er betrunken war. So erledigte er die Sache besser als Sie. Er erhängte sich pflichtschuldigst und gab der Polizei den Strohhalm, an den sie sich klammerte: Marco ermordete Julio und beging Selbstmord aus den Gewissensbissen eines Betrunkenen. Das war genau, was Sie der Polizei hatten suggerieren wollen.

Wie Sie in das Gebäude 99 East hineinkamen, ohne bemerkt zu werden«, fuhr Ellery auf dieselbe freundliche Art fort, »kann ich nur raten. Aber mit Ihrer besonderen Beziehung zum Chef konnten Sie sich bestimmt überall frei bewegen, so daß Ihr Kommen und Gehen kaum registriert wurde. Außerdem waren, ehe Sie Julio ermordeten, noch keine Verbrechen in 99 East begangen worden, so bestand also auch für niemanden Anlaß zu besonderer Wachsamkeit. Offenbar wurden Sie weder beim Rein- noch beim Rausgehen gesehen. Es gelang Ihnen, am Nachtwächter vorbeizuschlüpfen.

Ein anderes Problem war, in 99 East einzudringen, um Nino Importuna zu ermorden. Das Gebäude war bereits Schauplatz eines Mordes und eines Selbstmordes gewesen, jeder war auf Sicherheit bedacht. Es ist möglich, daß Sie trotzdem am Nachtwächter unbeobachtet vorbeigelangten, aber ich bin geneigt, anzunehmen, daß es eine einfachere Erklärung gibt, bei der Ihr Glücksstern eine Rolle spielte. Früher am Abend – gegen neun Uhr oder so – hatte Virginia die Leiter vom Dach des Obergeschosses auf das des Nebenhauses hinabgelassen, um zu einem Rendezvous mit Peter Ennis zu entweichen.

Sie ließ die Leiter natürlich für ihre Rückkehr in dieser Position. Sie wußten nichts über das heimliche Stelldichein mit Peter, Sie suchten nur nach einem Weg ins Penthouse, ohne von Gallegher bemerkt zu werden. So taten Sie das einzig Logische und strebten auch zum Dach des Nebengebäudes. Das war natürlich Stunden nach Virginia, kurz vor Mitternacht. Zu Ihrer Überraschung fanden Sie die Leiter, zum Hinaufklettern bereit. Welches Werkzeug Sie auch mitgebracht hatten, um dieses eine Stockwerk zu überwinden, es wurde nicht mehr benötigt. Sie kletterten die Leiter hinauf, ermordeten Nino und benutzten denselben Weg zur Flucht, die lange vor halb vier stattfand, als Virginia aus Connecticut zurückkehrte. Sie hätten es vielleicht nicht für einen solchen Glückstreffer gehalten, fürchte ich, wenn Sie auch nur geahnt hätten, daß Virginia die Leiter vor Ihnen benutzte, um mit Peter loszuziehen.«

Der Mörder war jetzt ganz nüchtern.

»Zutritt zu den beiden Importunato-Apartments und zu Ninos Penthouse erlangten Sie, indem Sie sich eines Nachschlüssels bedienten. Ihre Verwandtschaft mit der Familie machte es Ihnen leicht, einen zu erhalten. Ich tippe eher auf einen Nachschlüssel als auf einen Verbündeten im Haus, denn Sie sind zu klug, um sich in die Gewalt eines kleinen Schurken zu begeben, der Sie später erpressen konnte, vor allem, da solcher Reichtum auf dem Spiel stand.«

»Kein Wunder, daß Sie Ihren Lebensunterhalt als Kriminalschriftsteller verdienen«, bemerkte der Mörder. »Sie haben eine Einbildungskraft, die nicht nur beweglich ist, sondern auch auf zwei Ebenen operiert.«

»Gut, daß Sie mich auf diesen wesentlichen Punkt bringen«, sagte Ellery dankbar. »Sie haben gerade eine Schlußfolgerung bestätigt, zu der ich kam, ehe ich dieses Zusammentreffen arrangierte. Sie sind ein erstklassiger Menschenkenner und haben meinen Charakter gründlich studiert. Nur heraus mit der Sprache! *Das* können Sie doch zugeben, oder nicht?«

»Aus Prinzip gebe ich gar nichts zu«, murmelte der Mörder. »Außer daß Ihre Vorstellung, Queen, besser ist als alles, was auf dem Broadway geboten wird – und billiger obendrein.«

»Der endgültige Preis, den Sie dafür zahlen werden«, gab Ellery zurück, »wird die Skalpjäger noch als Menschenfreunde erscheinen lassen. Wenigstens hoffe ich das.

Aber um auf Ihr Studium meines Charakters zurückzukommen

– in dem Augenblick, als Sie entdeckten, daß ich bei der Aufklärung von Julios Mord zugezogen wurde – Sie waren nicht am Tatort mit mir, aber Sie haben den lieben alten Peter ausgehorcht, nicht wahr? –, mußten Sie mich in- und auswendig kennenlernen. Sie lasen meine Bücher, wie ich nicht bezweifle, und studierten einige meiner typischen Fälle. Sie kamen zu der richtigen Schlußfolgerung, daß ich wie ein Fisch von allem Farbigen, allem, was dem Eintönigen und der Routine widerspricht, angezogen werde. Ich gebe eher dem Feinsinnigen als dem Groben, eher dem Komplizierten als dem Einfachen den Vorzug. So planten Sie also einen Weg durch ein kompliziertes Labyrinth, in der Überlegung, daß ich ihm mit lautem Gebell folgen und schließlich dort ankommen würde, wo Sie mich haben wollten.

Sie verknüpften das Beweisstück der neunmonatigen Wartezeit auf die Erbschaft absichtlich mit Nino Importunas Aberglauben. Auf Ihr Konto gehen jene phantastischen Neunen, die alles verdunkelt haben. Das war eine schreckliche Sünde, wie Pater Brown es nennen würde. Kennen Sie Pater Brown, meinen Lieblingspriester in Dichtung und Wirklichkeit? ›Wo verbirgt ein kluger Mann ein Blatt?‹ wollte er wissen. ›Im Wald.‹ Aber was tut er, wenn es keinen Wald gibt? Er läßt einen wachsen, um es darin zu verbergen. Eine schreckliche Sünde. Und genau das haben Sie befolgt. Sie haben einen Wald aus Neunen gepflanzt.

Sie schickten Inspektor Queen die anonymen Botschaften, um mich zu verwirren. Sie wußten, daß ich, wenn Sie mich lange genug mit all den netten, phantastischen Neunen eindeckten, einmal zu der Theorie vom Blatt im Wald kommen würde. Ich kann mich nicht brüsten, daß ich nicht nach Ihrer Pfeife tanzte. Ich war wirklich die Marionette in der Hand eines Puppenspielers. Als ich jede falsche Neun aufgeklärt hatte, wie Sie es von mir wollten, und trotz meiner Anstrengungen noch immer nicht erfahren hatte, daß Peter am 9. Dezember 1966 mit Virginia zu Mittag gegessen hatte, sorgten Sie dafür, daß die Information in meine Hände gelangte. Sie schickten die zehnte und letzte Botschaft an meinen Vater, um mich auf die Fährte zu locken.

Dies«, fuhr Ellery in seiner gleichmäßigen, gedehnten Sprechweise fort, »führte mich zu der echten Neun, auf der ich nach Ihrem Plan meine Hypothese aufbauen sollte. Ich sollte die Theorie aufstellen, daß Peter Ennis als Mörder die neunmonatige Entwicklungsphase unter allen Umständen vor mir verbergen wollte und mich deswegen mit Neunen bombardierte.

Aber ihre letzte Absicht war sogar noch feinsinniger. Sie führten die ›Blatt im Wald‹-Taktik noch einen Schritt weiter. Sie verbargen nicht nur das entscheidende Blatt, Sie benutzten die Tatsache des Verbergens auch dazu, mich mit der falschen Lösung zu versorgen. Sie ließen mich alle Neunen bis auf eine eliminieren, so daß ich, gestützt auf die verbleibende, den Mann als Mörder identifizierte, den Sie von Anfang an für mich gewählt hatten.«

Und jetzt standen sie einander Auge in Auge gegenüber, und auf dem Gesicht des Mörders zeichnete sich nicht länger Belustigung ab, nur eine vermehrte Wachsamkeit, die lauernde Unbeweglichkeit eines Tiers beim Herannahen der Gefahr.

»Ihr Fehler war«, sagte Ellery klar und deutlich, »daß Sie einen zu dichten Wald pflanzten. Die letzte anonyme Botschaft erfüllte ein Übersoll. Sie gab mir die falsche Lösung, aber unglücklicherweise für Sie hörte ich nicht dort auf, wo ich sollte. Sie wußten nicht, wie ich noch vor wenigen Minuten bemerkte, daß Peter und Virginia unbeabsichtigt ein hieb- und stichfestes Alibi für die Tatzeit hatten und daß ihr Alibi mich dazu zwang, die Unrichtigkeit meiner Lösung, zu der Sie mich verleitet hatten, einzusehen. Es zwang mich logischerweise, mich Ihnen zuzuwenden.

Denn«, sagte Ellery, und er wurde jetzt schneller, »wenn Peter – Virginia gar nicht zu erwähnen – unschuldig war, mußte ein anderer der Mörder sein, aber einer, der dieselben beiden Eigenschaften besaß: Erstens mußte der Mörder wissen, daß Virginia und Peter sich am 9. Dezember 1966 verabredet hatten, und zweitens mußte das Wort *cui bono* auf ihn genauso zutreffen wie auf Peter, wenn er erst mit Virginia verheiratet war.

»Zur ersten Eigenschaft: Woher wußte der Mörder von dem Essen? Die Antwort lag wie eine Perle gegen Ende des Berichts in Virginias Tagebuch eingebettet. Sie hatte Sie ins Restaurant kommen sehen. Sie hatte Angst, daß Sie, falls Sie sie mit Peter entdeckten, ihre Beziehungen erraten würden, und veranlaßte Peter, mit ihr durch die Küche zu verschwinden. Paßt wunderbar, nicht? Denn wenn Virginia und Peter Sie sehen konnten, so konnten umgekehrt auch Sie die beiden sehen. Und Sie haben sie gesehen, sonst hätten Sie die zehnte anonyme Botschaft nicht absenden können.

Zur zweiten Eigenschaft: Wem nützt es? Ihnen? Natürlich, in

ähnlicher Weise wie es Peter genützt hätte: durch Virginia. Und Sie sind die einzige andere Person, auf die dies zutrifft. Noch mehr, falls irgend etwas Ihnen bei der Kontrolle über Virginias halbe Milliarde im Weg stehen sollte – falls Peter sich als Hindernis erweisen sollte oder Virginia selbst –, waren Sie garantiert darauf vorbereitet, einen oder beide loszuwerden. Wahrscheinlich war das letztlich Ihre Absicht, da der Tod von Virginia und Peter – vorausgesetzt sie hätten geheiratet – Ihnen als einzigem überlebenden Erben Virginias das ganze Importunavermögen verschafft hätte.

Was hätten Sie dann für Orgien mit Glücksspielen, Frauen und Macht feiern können! Wer weiß, welche Pläne Sie für Ihren weiteren Ruhm geschmiedet haben, Sie, das gedemütigte Objekt der Verachtung und Gnade Nino Importunas? Oder wollten Sie etwa ein Graf von Monte Christo werden?«

Ellery zog die Beine an, stand auf und sah hinunter in das gutaussehende, gegerbte Gesicht von Virginias Vater.

»Na, wollten Sie das?« wiederholte Ellery.

»Jedenfalls etwas Ähnliches«, erwiderte Wallace Ryerson Whyte.

Ellery Queen

Sanatorium des Todes

Klassischer Krimi

Ullstein Krimi

I

Nichts im Aussehen des schönen, im Kolonialstil gehalte-
nen Herrenhauses, das hundert Jahre lang der Stolz von
Spuyten Duyvil gewesen war, deutete auf die Tragödie
hin, die sich bald in seinen Mauern ereignen sollte. Im Gegenteil — die geräumige Piazza, von der vier hohe Säulen
emporstrebten, die das Dach stützten, die großzügige, ge-
pflegte Rasenfläche davor, die beiden gewaltigen Eichen
neben dem Eingang, welche mit ihrem dunklen Laub die in
der Julisonne blitzende Fassade noch weißer erscheinen ließen, alles verriet Würde, Gelassenheit und Sicherheit. Die
Lage des Gebäudes, auf dem Kamm eines Hügels, umgeben
von den grünen Rasenflächen und herrlichen Gärten, mit
dem Blick über die angrenzenden Wiesen und Wälder bis
hin zu dem breiten Bett des Hudson, verriet beinahe eine
gewisse Reserviertheit. Alles wäre perfekt gewesen, wenn
die ruhige Schönheit von Haus und Land nicht von einem
Anachronismus verdorben worden wäre:

An der Dachtraufe über der Piazza waren rote Neon-
buchstaben angebracht, die nachts vorbeikommenden Auto-
fahrern flimmernd verkündeten: *John Brauns Tempel der
Gesundheit.*

John Braun hatte den Besitz vor einigen Jahren gekauft,
und Publicity war ihm wichtiger, als für einen Mann von
gutem Geschmack gehalten zu werden. Schönheit, so erfuhr
man aus seinen im ganzen Land verbreiteten Magazinen —
*Der vollkommene Körper, Vollendete Formen und Brauns
gesunde Nahrung* und etlichen anderen — erstreckte sich

ausschließlich auf die menschliche Anatomie und wurde einzig und allein durch gewisse gymnastische Übungen und den Verzehr von Brauns Nahrungsmitteln erworben. Sein tiefes Vertrauen in die Notwendigkeit der Publicity ließ ihn in Sichtweite des Eingangs eine Statue aufstellen — John Braun in Lebensgröße und in engsitzenden Hosen! Außerdem sorgte er dafür, daß seine vollbusige, sonnengebräunte Assistentin, Cornelia Mullins, ihren Gymnastikunterricht im Freien und auf der südlichen Terrasse des Hauses abhielt, wo sie ebenfalls von Vorbeikommenden beobachtet werden konnte. Daß ihre Schüler sich ausschließlich aus Männern mit dicken Bankkonten und ebenso dikken Bäuchen rekrutierten, und Frauen, die krampfhaft versuchten, den überreichlichen Genuß von Kuchen und Pralinen abzuarbeiten, störte nicht und hob sogar ihre Schönheit doppelt hervor.

Aber bald sollten die halb neugierigen, halb amüsierten Zuschauer am Tor von anderen verdrängt werden, die mit gierigen, sensationslüsternen Augen durch die Gitterstäbe starrten. Auto an Auto parkte auf der Straße, Menschen drängelten sich und deuteten aufgeregt auf John Brauns Sanatorium. »Da ist es — das Zimmer im ersten Stock! Genau darüber, wo der Polizist steht. Da haben sie die Leiche gefunden!« Ein Jugendlicher flüsterte mit weit aufgerissenen Augen: »Richtig unheimlich, was? Aber Mr. Queen wird den Killer schon schnappen.«

Am Morgen des 23. Juli war noch alles wie sonst gewesen. Noch schliefen die männlichen Gäste nach dem reichlichen Genuß von Whisky am vergangenen Abend; die Damen häuften sich Marmelade auf ihre Frühstücksteller. Die Sonne schien auf die grünen Rasenflächen und den blaugekachelten Swimmingpool, warf ihre Strahlen durch die Zweige der großen Eichen und malte helle und glänzende Muster auf die weiße Hausfassade. Ein schief auftreffender Strahl fiel durch das schmiedeeiserne Gitter, welches vor einem Fenster des ersten Stocks angebracht war, von dort auf eine Röntgenplatte, wurde abgelenkt und erhellte die grimmigen Züge des Arztes, der die Platte in der Hand hielt.

»Es besteht nicht der geringste Zweifel, Dr. Rogers«, sagte der Mann nüchtern, während er die Platte einem der beiden anderen Kollegen in John Brauns Arbeitszimmer hinreichte. »Ein klarer Fall von Karzinom in fortgeschrittenem Stadium. Herz und Lungen sind bereits befallen. Eine Operation wäre glatter Mord.«

»Das ist auch meine Diagnose«, sagte Jim Rogers. »Ich bin nur in einer mißlichen Lage, müssen Sie verstehen. Ich arbeite nun schon seit Jahren als eine Art Hausarzt hier im Sanatorium. Damals, als John Braun mir das Angebot machte, habe ich meine Praxis aufgegeben. Aber nun nimmt er mich nicht mehr ganz für voll. Wie keinen seiner Umgebung.«

»Ach, dann schreiben Sie also die medizinischen Artikel in seinen Zeitschriften?«

Rogers nickte.

»Ja, und er setzt seinen Namen darunter. Aber darum geht es im Moment nicht. Er glaubt mir einfach kein Wort. Ich hatte schon Gott weiß was für eine Mühe, ihn zu bewegen, sich endlich röntgen zu lassen. Sehen Sie, der menschliche Körper ist sein Idol. Der Gedanke, möglicherweise krank zu sein, ist ihm entsetzlich. Braun ist Brauns Gott. Und sein eigener Körper ist die Inkarnation dieses Gottes. Ich habe noch nie eine derartig leidenschaftliche Hingabe dieser Art erlebt.« Rogers sah erst Dr. Henderson und dann den graubärtigen Mann zu seiner Rechten an. »Können Sie mir folgen, Garten?«

Dr. Garten zuckte die Achseln und lächelte dann.

»Die Marmorstatue auf der Terrasse bestätigt ja wohl Ihre Worte.«

»Statue!« Rogers verzog das Gesicht. »Die ist das reine Juju-Idol. Da, sehen Sie nur.« Mit einer Geste forderte er die beiden Herren auf, ihm an das andere Ende des Raumes zu einem Alkoven zu folgen.

In der rechten Alkovenwand befand sich eine Nische, und in der Nische eine fleischfarben aufgemalte Gipsfigur.

Nachdenklich fuhr sich Dr. Garten über den Bart.

»Man kann's ihm nicht verdenken, wenn er stolz auf seinen Körper ist«, meinte er. »Er hat wirklich die Figur eines Hermes'.«

»Er hat dem Bildhauer nicht getraut und tatsächlich Gipsabdrücke von sich machen lassen«, berichtete Rogers verdrossen. »Das Ding hier ist eine Nachbildung der Marmorstatue von draußen.«

»Tja, lange wird sich der arme Teufel nicht mehr an seinem eigenen Körper erfreuen können«, sagte Henderson und kehrte in das Arbeitszimmer zurück. »Mehr als sechs Wochen gebe ich ihm nicht.«

»Wie wird er es aufnehmen?« erkundigte sich Garten. »Ahnt er, was ihm bevorsteht?«

»Das ist ja das Schreckliche«, entgegnete Rogers stirnrunzelnd. »Man kann ihm nichts vormachen, dazu hat er zu gute medizinische Kenntnisse. Furchtbar, wenn ich daran denke, was er durchmachen muß. Dabei sieht er bis jetzt noch völlig gesund aus.«

»Wie hat er sich denn verhalten, als Sie ihm die Diagnose mitteilten?«

»Er ist explodiert und hat völlig verrückt gespielt. Ich hatte Mühe, ihn überhaupt ins Bett zu bekommen. Wenn Sie, meine Herren, die Diagnose bestätigen, wird er Sie als persönliche Feinde ansehen.«

»Das werden wir ertragen können«, meinte Garten philosophisch. »Und was die Behandlung angeht . . . Natürlich kann man sein Leben um Tage, vielleicht um einige Wochen verlängern, aber . . .« Der Arzt zögerte, dann vollendete er schnell den Satz: »Es wäre gnädiger, ihn nicht zu sehr zu quälen.«

»Sollen wir jetzt mit ihm reden?« fragte Henderson und

nickte in Richtung auf die geschlossene Schlafzimmertür hin.

»Wenn es Ihnen recht ist, möchte ich lieber nicht dabei sein«, sagte Rogers zögernd. »Ich spreche dann hinterher mit ihm. Seine Frau ist anwesend. Sie weiß Bescheid; ich habe sie informiert.«

Henderson nickte und ging auf die Tür zu. Sein Kollege schloß sich ihm an. Wenige Sekunden später waren sie verschwunden.

Jim Rogers stützte das Kinn in die Hände und starrte düster auf die Röntgenplatte nieder, die er auf John Brauns Schreibtisch gelegt hatte. Wenn er damals vor zehn Jahren seine wissenschaftliche Forschungsarbeit fortgesetzt hätte, könnte er heute, mit Anfang Dreißig, einen guten Namen haben. Aber er hatte Brauns Angebot angenommen und war Hausarzt im ›Tempel der Gesundheit‹ geworden, wo sein Geist ziemlich brach lag. Die eingebildeten Krankheiten der fetten Hausgäste interessierten ihn wenig, und die endlosen Artikel, die er für Brauns Zeitschriften verfassen mußte, langweilten ihn. Er bemühte sich zwar um medizinische Korrektheit, aber sie waren für die Masse überfütterter, fauler und verwöhnter Leute geschrieben und nicht für die Augen seiner Berufskollegen.

Dr. Rogers hatte eine hohe Stirn, dunkle Augen und ein etwas spitzes Kinn, das Freunde als sensitiv und Gegner als schwächlich bezeichneten. Zu Anfang hatte es ausgesehen, als ob er den Job im ›Tempel der Gesundheit‹ nach ein paar Jahren wieder aufgeben und zu seiner wissenschaftlichen Arbeit zurückkehren würde, aber dann gewann der Fatalist oder der Opportunist in ihm die Oberhand; er blieb, schrieb langweilige Artikel, hörte sich die Beschwerden seiner voluminösen Patienten an und trank mehr, als gut für ihn war.

Jim schob das Röntgenbild so plötzlich von sich, als sei es ihm widerlich geworden, dann sah er sich unruhig im Raum um. Wie alles, womit Braun sich beschäftigt hatte, wirkte das Zimmer gewichtig und dekorativ. Da stand ein riesiger und auffallender Schreibtisch mit einer Löschblattunterlage, einem Tintenfaß aus Achat, neben welchem ein grüner Füller in einer dafür bestimmten Halterung spitzwinklig in die Luft ragte; davor lagen sechs genau parallel ausgerichtete Magazine und in diesem Augenblick noch die Röntgenplatte. Der Teppich unter Jims Füßen fühlte sich weich und dick an. An den Wänden standen halbhohe Bücherregale mit eindrucksvollen und kostbaren Bänden, welche Braun seit dem Tag, da er die komplette Bibliothek von einem seiner Klienten gekauft hatte, nicht mehr angefaßt hatte; darüber hingen Bilder von griechischen Göttern und Göttinnen. Die dunkelbraunen Samtvorhänge zusammen mit den Veloursbezügen von Sesseln und Couch gaben dem Raum noch zusätzlich etwas Erdrückendes.

Jim ging zu dem Alkoven hinüber und betätigte einen Schalter. Auf einmal stand die Statue von John Braun in hellem Scheinwerferlicht gebadet. Mit einer gewissen Feindseligkeit betrachtete Jim die muskulösen Arme, den kräftigen Nacken, die breite Brust und die wohlgeformten Beine. Dann drehte er das Licht wieder ab und kehrte zu dem Schreibtisch zurück. Von dort starrte er auf die Schlafzimmertür, und so stand er noch, als Henderson und Garten schließlich wieder erschienen und leise die Tür hinter sich zumachten.

»Das wäre geschafft«, sagte Dr. Garten. »Ich kann nur sagen, der Mut des Mannes ist eindrucksvoller als seine Manieren.«

»Es sollte mich nicht wundern, wenn er uns drei irgendwie für seine Krankheit verantwortlich machte«, meinte Dr. Henderson. Dann zuckte er die Achseln und hielt Jim die Hand hin. »Um diesen Patienten beneide ich Sie nicht«, sagte er lächelnd.

»Vielen Dank für Ihren Besuch«, entgegnete Jim und verabschiedete sich von den beiden Herren. »Ich werde alles tun, ihn von seiner Krankheit abzulenken.«

»Das ist auch wohl das einzige, was Ihnen übrig bleibt«, gab Garten zurück, während er mit Henderson die Halle durchquerte. »Ja, dann viel Glück also.«

Jim wartete, bis die beiden abgefahren waren, dann trat er resolut an die Schlafzimmertür. Mit einem festen Griff hatte er sie geöffnet und ging ins Zimmer.

Den Kopf in die Kissen gestützt, starrte John Braun ihn an. Neben dem Bett saß seine Frau, eine unscheinbare Gestalt von etwa fünfzig Jahren, die tränenerfüllten Augen hilflos auf Rogers gerichtet.

»Oh, Jim«, schluchzte sie.

»Raus«, schnaubte Braun. »Machen Sie, daß Sie rauskommen, Rogers. Sie haben genug Unheil angerichtet. Da ich praktisch schon tot bin, entlasse ich Sie hiermit.«

»Mr. Braun, — jede Aufregung ist Gift für Sie.«

»Raus, sage ich!«

»Es handelt sich um etwas sehr Wichtiges, Mr. Braun . . .«

Braun deutete auf die Tür. »Raus!« Ein Schweißtropfen löste sich von seiner Stirn, rann ihm seitlich an der Nase herunter und verschwand glitzernd in seinem Mundwinkel.

Mit zusammengepreßten Lippen drehte sich Rogers um und verließ den Raum.

»Ach, John!« Mrs. Braun vergrub ihr Gesicht in den Händen und weinte hemmungslos. »Das darfst du nicht tun.«

»Laß das Geheule«, entgegnete Braun scharf, »damit änderst du auch nichts mehr. Man hat mir mein Todesurteil ausgehändigt, aber bilde dir nicht ein, daß John Braun ein Feigling ist. Jetzt ist keine Zeit zu klagen, jetzt muß gehandelt werden.«

»Wie du meinst, John«, entgegnete sie schüchtern und wischte sich die Tränen mit einem winzigen Taschentuch ab. »Du willst doch sicher, daß ich Barbara ausfindig mache, nicht wahr?«

Wenn sie ihn geschlagen hätte, hätte er sich nicht schneller aufrichten können. Wut funkelte aus seinen blutunterlaufenen Augen.

»Barbara!« schrie er mit krächzender Stimme. »Bleib mir mit Barbara vom Leibe. Ich will sie weder sehen noch von ihr hören. Sie existiert nicht für mich — verstanden?«

»Aber John, deine eigene Tochter, dein einziges Kind?« flüsterte Mrs. Braun. »Das ist doch unmöglich. Wir müssen sie suchen, sie muß zurückkommen.«

»Unsinn. Seitdem Barbara das Haus verlassen hat, hat sie aufgehört, meine Tochter zu sein. Sie hat es so gewollt, soll sie die Konsequenzen tragen.«

»Aber John, du hast sie doch praktisch zu dem Schritt getrieben«, wagte Mrs. Braun einzuwenden.

»Ich sie dazu getrieben?« entgegnete er wütend. »Ich habe ihr nur untersagt, diesen Quacksalber von Rogers zu heiraten. Ich habe sie davor bewahrt, sich an einen Säufer und Erbschleicher wegzuwerfen. Und das nennst du, sie aus dem Haus treiben!«

»Aber John, du hast Jim doch selber hergebracht. Du hast gesagt, er sei ein vielversprechender junger Mann, der dir sehr wertvoll sei . . .«

»Geschäftlich hat er seinen Zweck erfüllt, sonst hätte ich ihn schon längst in die Gosse gestoßen, wo er hingehört. Aber was hat das mit den Tatsachen zu tun? Wenn Barbara eine solche Närrin war, sich in einen Niemand zu vergaffen — wie kann man mich dafür verantwortlich machen, nur weil ich ihn eingestellt habe? Komm, Lydia, nimm Vernunft an.« Braun ließ sich in seine Kissen zurückfallen. »Nörgle jetzt nicht an mir herum«, murmelte er mit etwas sanfterer Stimme. Und dann: »Ich habe keine Angst vor dem Tod. Ich habe an die Gesundheit des Körpers geglaubt, das war mein Leben und meine Religion. Jetzt ist alles dahin — mein Leben und mein Glaube. Gott hat mir gezeigt, daß ich einer Lüge nachgejagt bin, einer wertlosen Lüge.«

Wieder begann Mrs. Braun zu schluchzen. Ihr Mann tätschelte ihr die Schulter. »Laß mich jetzt allein, meine Liebe. Ich muß über vieles nachdenken. Lauf jetzt.« Er setzte sich auf die Bettkante und starrte auf den Teppich zu seinen Füßen.

Sie sah, daß er wie schon so oft sie und Barbara völlig aus seinem Gedankenkreis ausgeschlossen hatte. Mit der ihm eigenen Konzentriertheit beschäftigte er sich mit persönlichen Problemen, die er ihr nie zu teilen gestattet hatte. Ein Gefühl der Einsamkeit beschlich sie.

Mrs. Braun erhob sich und verließ eilig, ohne ihren Mann noch einmal anzublicken, das Zimmer.

2

»Ich habe hier gerade eine Ausgabe Ihres neuesten Buches, Ellery, wie wär's, wenn Sie mir eine Widmung reinschrieben?« Sergeant Velie, ein riesiger Kerl mit langen Gliedmaßen und dem Brustkasten eines Gorillas, betrachtete Ellery Queen, der es sich auf dem Drehstuhl des Sergeanten bequem gemacht hatte.

»Wer ist da bei Dad drin?« fragte Ellery Queen, ohne auf die Bitte des Sergeanten einzugehen, und nickte dabei zur Tür, auf deren oberer Milchglasscheibe in schwarzen Buchstaben der Name *Inspektor Richard Queen* zu lesen war.

»Eine Maus«, entgegnete Velie. »Ein ganz kleines Mädchen.«

Ellery betrachtete Velies breites hartes Gesicht.

»*Mus musculus?*« erkundigte er sich.

»Was für 'n mus?« fragte Velie zurück. »Nein, eine kleine, mausige alte Dame. Und schreiben Sie mir jetzt Ihren Namen in mein Buch?«

»Wie heißt sie denn?«

»Häh? Ach so — Mrs. Braun.«

Sergeant Velie zog eine Schublade seines Schreibtischs auf und holte ein in dunkelgrünes Leinen gebundenes Buch hervor mit dem Titel: ›Ellery Queens neueste Abenteuer.‹ Er blätterte durch die Seiten.

»Wie sind Sie denn daran gekommen, wenn ich fragen darf?«

»Wieso? Ich habe es bei Brentano gekauft.« Sergeant Velie schraubte seinen Füller auf.

»Und wo haben Sie den Schutzumschlag gelassen?«

»Weggeworfen. Außerdem, warum fragen Sie? Hier — unterschreiben Sie lieber.«

»Ach?« murmelte Ellery. »Wie merkwürdig, daß die Seiten so unregelmäßig und manche noch nicht einmal aufgeschnitten sind. Die ersten Kopien fallen häufig so aus; sie werden dann vom Verleger als Besprechungsexemplare verschickt, und der Autor bekommt ebenfalls einige davon. So sind sie nämlich nicht verkäuflich.«

»Ich weiß nicht, worauf Sie hinaus wollen«, erwiderte Velie. »Ich verstehe immer nur Bahnhof.«

»Mir ist nämlich aufgefallen, daß eins meiner Belegexemplare verschwunden ist.«

Der Sergeant setzte eine Miene auf, die ausdrücken sollte, wie gekränkt er war.

»Wollen Sie damit vielleicht andeuten, daß ich . . .«

Aber Ellery war auf einmal hellwach.

»Was für eine Mrs. Braun ist da drin?« fragte er und deutete mit dem Daumen auf die Tür zu seines Vaters Arbeitszimmer.

»Mrs. John Braun.«

»Die Frau von dem Burschen, der in Körperkultur macht?«

»Ganz richtig.« Velie hielt Ellery immer noch seinen Füller hin.

»Velie, ich brauche eine neue Idee für einen Krimi — und zwar dringend. Mein Verleger . . . Hören Sie, ich mache Ihnen ein Angebot . . .«

»Das übliche?« Velie runzelte die Stirn.

»Richtig.«

Der Sergeant zögerte.

»Na schön«, sagte er und zuckte die massigen Schultern. »Aber passen Sie auf, daß Ihr alter Herr Sie nicht erwischt.«

Ellery Queen griff nach dem Füller, schlug die erste Seite des Buches auf, langte gleichzeitig über den Schreibtisch und schaltete die Haussprechanlage ein.

Während er: *Für Velie, mit besten Wünschen — Ellery* schrieb, tönte eine wehleidige Stimme aus dem Gerät.

». . . ihr Name ist Barbara, Inspektor Queen. Vor zwei Monaten hat sie das Haus verlassen — vor zwei Monaten und sechs Tagen, am siebzehnten Mai.«

»Und warum?«

Ellery erkannte seines Vaters offizielle Stimme, die sehr verschieden war von dem liebenswürdigen Näseln mit den leicht ironischen oder auch neckenden Untertönen, dessen sich sein Vater zu Hause bediente.

»Ich habe Ihnen ja schon erklärt — Mr. Braun hat sie immer sehr streng gehalten. Er . . . Er ist etwas herrschsüchtig, und sie ist ein modernes Mädchen. Ich . . .«

»Ja, ja, ich verstehe schon. Aber was war der Anlaß? Ich meine, warum ist sie am siebzehnten Mai fortgegangen und nicht am sechzehnten oder zwanzigsten?«

Nach kurzem Zögern antwortete Mrs. Braun: »Weil meine Tochter ihm an dem Tag mitgeteilt hat, daß sie Dr. Rogers heiraten wollte.«

»Aha. Und warum hat Mr. Braun nicht den Doktor rausgeworfen, anstatt seine Tochter gehen zu lassen?«

»Das konnte er nicht, Inspektor. Mein Mann hat Dr. Rogers sozusagen als Kapazität aufgebaut. Er ist für den Betrieb unentbehrlich.«

»Ach so.« Das klang nicht sehr überzeugt.

Velie beugte sich vor und flüsterte Ellery zu: »Ich bitte Sie, schalten Sie das Ding ab. Wenn er dahinterkommt!«

Ellery winkte ihm ab.

»Haben Sie ein Bild Ihrer Tochter mitgebracht, Mrs. Braun?«

»Ich habe leider keines mehr, Inspektor. Mein Mann hat alles vernichten lassen, was ihn an sie erinnerte – selbst ihre Garderobe.« Die Stimme von Mrs. Braun wurde leiser. »Nicht mal ein Bild hat er übrig gelassen.«

»Wissen Sie vielleicht die Adresse eines Fotografen, wo sie mal Bilder von sich hat machen lassen?«

»Ich kann mich nicht erinnern . . .«

»Aber die Liste von den Dingen, die sie mitgenommen hat, ist vollständig?«

Da es eine Zeitlang still in dem Sprechgerät blieb, nahm Ellery an, daß Mrs. Braun genickt hatte und sein Vater jetzt die Liste überflog. Unwillkürlich hatte sich Ellery ein paar Notizen gemacht. Als die Stimmen schwiegen, kritzelte er: ›1. Kapitel: Erbin verschwindet. Rückblenden auf Familienleben im ›Tempel der Gesundheit‹! Pseudomedizinische Atmosphäre und hypochondrische Randfiguren. Hinweis: kein Foto der Vermißten, aber eine ausreichende Beschreibung. Weiter . . .«

Die Stimme seines Vaters ließ ihn seine Kritzeleien unterbrechen. »Vergleichen wir noch einmal die Personalbeschreibung«, sagte Inspektor Queen. »Also, Alter: 21 Jahre. Größe: 1,65. Gewicht: 53 Kilo. Braunes, lockiges Haar, dunkle, dichte Wimpern und dunkelbraune Augen. Tiefe Stimme, lebhafte Gesichtsfarbe. Hübsch. Hm, viel ist das nicht, Mrs. Braun, aber wir werden unser möglichstes tun.«

»Und Sie werden daran denken, Inspektor, daß mein Mann auf keinen Fall erfahren darf, daß ich mich an Sie gewendet habe, nicht wahr? Wie ich schon sagte, ist er . . .« Ihre Stimme schwankte auf einmal und war kaum mehr zu verstehen. »Ist er . . .«

Da das Interview offensichtlich beendet war, schaltete Ellery die Sprechanlage ab, griff nach seinem Hut und öffnete die Tür zum Wartezimmer.

»Vielen Dank für die Story«, rief er zurück und grinste. »Das erste Kapitel hätte ich.«

Als Inspektor Queen kurz darauf den Warteraum betrat, saß sein Sohn auf einem der Stühle, hatte den Hut im Genick und eine Zeitung vor sich, in die er so vertieft war, daß er nicht einmal aufblickte, als sein Vater die Dame zur Tür begleitete.

Nachdem ihr der Inspektor die Tür geöffnet und sich verabschiedet hatte, trat er mit blanken Augen auf seinen Sohn zu.

»Nanu? Was treibt dich denn zu uns ins Hauptquartier? Kann ich dir mit irgendwas helfen?«

Inspektor Queen war ein kleiner Mann mit flinken, vogelähnlichen Bewegungen. Sergeant Velie hatte einmal zu Ellery gesagt: »Ihr Dad ist ein richtiges Wasserhuhn, aber ein ganz verdammt flinkes. Er hat schon allerhand eingesteckt, aber, Mann, mindestens das Doppelte ausgeteilt!«

Die Heldenverehrung, die der Sergeant seinem Chef entgegenbrachte, war in der ganzen Centre Street bekannt. Und ein passenderes Gegengewicht zu dem kleinen, zierlichen, aber dynamischen Mann mit dem stacheligen grauen Schnurrbart konnte es gar nicht geben, als diesen ergebenen Koloß von Sergeant.

»Hallo, Dad!« Ellery gähnte, stand auf und warf die Zeitung auf einen Stuhl. »Ich hatte zwar eine Bitte an dich, die hat sich aber zwischendurch erledigt.« Er warf einen Blick auf seine Armbanduhr. »Oh, so spät schon? Dann muß ich aber laufen.« Und er war bereits in der Halle, ehe sein Vater Gelegenheit hatte, ein Wort zu erwidern.

Der Inspektor rieb sich den Nacken und wandte sich an Sergeant Velie.

»El ist ein smarter Bursche«, sagte er grinsend. »Will seinen alten Herrn zum Narren halten! Ich frage mich nur, warum er hinter Mrs. Braun her ist?«

In der Halle sah Ellery gerade noch, wie Mrs. Braun den Lift betrat. So schnell er konnte, rannte er die Treppe hinunter und erreichte sie in dem Moment, als ihr ein uniformierter Chauffeur in eine Packard-Limousine half. Ellery nahm den Hut ab und steckte den Kopf in das heruntergelassene Wagenfenster.

»Oh, Mrs. Braun«, japste er. »Mein Vater, Inspektor Queen, hat noch eine Frage an Sie.«

»Dann müssen Sie wohl Mr. Ellery Queen sein«, sagte sie. »Das freut mich aber, freut mich wirklich. Und was wollte Ihr Vater noch wissen, Mr. Queen?«

»Dr. Rogers wohnt doch mit im ›Tempel der Gesundheit‹, oder?«

»Aber sicher. Das habe ich ihm doch mitgeteilt.« Sie sah etwas ratlos aus.

»Natürlich«, entgegnete Ellery schnell. »Dad wollte auch nur wissen, ob er noch eine Privatpraxis außer Haus unterhält.«

»Nein, Mr. Queen. Dazu würde ihm keine Zeit bleiben. Werden Sie sich um die Sache kümmern? Ich meine, Sie persönlich? Das wäre mir eine große Beruhigung.«

Ellery sah leicht verlegen aus. »Nun — das wollen wir einmal abwarten, Mrs. Braun.« Dann nickte er dem Chauffeur zu.

Tränen stiegen in Mrs. Brauns Augen, als sie ihm verabschiedend winkte, dann lehnte sie sich gegen das Polster zurück, und der Wagen fuhr an.

Mr. Queen starrte dem verschwindenden Fahrzeug lange nach.

3

Barbara Braun stand am Fenster eines roten Backsteinhauses im ersten Stock und schaute auf die Straße hinunter, wo drei kleine Jungen herumhüpften. Nicht weit von ihnen hatte ein Mann einen Karren aufgebaut und pries mit lauter Stimme seine auf Hochglanz polierten Äpfel an. Auf der gegenüberliegenden Straßenseite streckte eine Frau den Kopf aus dem Fenster und brüllte: »Francis! Francis!« Einer der kleinen Jungen sah hoch. »Och, Ma, schon?« Hinter Barbara ertönte jetzt ein wildes Schreibmaschinengeklapper; sie blickte sich um, warf einen Blick auf ihre Freundin Nikki Porter und wandte sich dann wieder der Straße zu.

Sie mochte Nikki, bewunderte sie und war ihr dankbar. Sie hätte nicht gewußt, was sie ohne Nikki angefangen hätte. Sie waren sich in vielen Dingen sehr ähnlich, das gleiche Alter, die gleiche Größe, beide waren schlank und von ähnlicher Haar- und Augenfarbe. Vielleicht war Nikki etwas hübscher, gestand sich Barbara ein, außerdem lebhafter und impulsiver. Bei Nikki wußte man nie, was sie in der nächsten Minute ausbrütete. Sie, Barbara, war alles andere als impulsiv. Sie war geduldiger, aber auch entschlossener. Der Entschluß, ihr Elternhaus zu verlassen, war nicht einem Impuls entsprungen, sondern das Ergebnis längeren Nachdenkens. Sie hatte nicht bleiben können, da ihr Vater ihr das Leben zur Hölle gemacht hätte — und alles nur, weil sie liebte, Jim Rogers liebte. Und Jim liebte sie ebenfalls, das wußte sie. Aber ihre Mutter!

Arme Mutter!

Barbara seufzte.

Und als sie krank geworden war, zuerst eine Erkältung und dann eine Gelbsucht — ausgerechnet Gelbsucht! — was wäre ohne Nikki aus ihr geworden, als sie schwach und elend im Bett lag? Damals war Nikki praktisch eine Fremde gewesen. Aber Nikki war freundlich. Und Nikki würde alles für einen tun. Tapfere Nikki, die den Mut nicht sinken ließ und immer wieder von neuem anfing, obwohl niemand ihre Geschichten kaufen wollte. Denn Nikki wollte unbedingt Schriftstellerin werden. Arme, tapfere Nikki.

Ein Geräusch hinter ihr ließ sie herumfahren. Nikki hatte eine Seite aus der Maschine gezogen und riß sie jetzt in kleine Fetzen, die sie dann in den neben ihr stehenden Papierkorb feuerte.

»Nikki?«

Mit funkelnden Augen sah Nikki hoch.

»Wieder dieser unverschämte Bursche!«

»Was für ein Bursche?«

»Dieser aufgeblasene, idiotische Schreiberling von Ellery Queen! Weißt du, was mir der Verleger heute morgen gesagt hat?«

»Was hat er denn gesagt?«

»Er hat behauptet, daß ich meine Ideen aus Ellery Queens Büchern klaue. Daß ich abschreibe! Geistigen Diebstahl begehe! Er sagte, ich solle mal aus eigener Erfahrung schreiben. Das wagt mir dieser Zwerg ins Gesicht zu sagen!«

»Vielleicht hast du dich ja wirklich unbewußt etwas von Ellery Queen beeinflussen lassen«, meinte Barbara beschwichtigend. »Schließlich liest du ständig seine Bücher.«

»Jetzt kommst du auch noch damit!« Nikki warf ihre Locken zurück. »Bin ich für alles verantwortlich, was ich in meinen Jugendjahren verbrochen habe? Jetzt bin ich erwachsen und weiß, was für ein grauenhaftes Zeug er zusammenschmiert. Bitte, ich gebe zu, daß der Mensch eine Zeitlang meinen Geist vergiftet hat. Aber seit zwei Jahren bin ich darüber hinausgewachsen. Jetzt verabscheue ich ihn.«

»Aber was hat Mr. Queen denn damit zu tun, daß du dein Geistesprodukt in den Papierkorb wirfst?« erkundigte sich Barbara.

Nikkis dunkle Augen wurden noch eine Spur dunkler.

»Ich bin gerade dabei, eine neue Kriminalstory zu schreiben, die ich ›Das Haus an der Straße‹ nennen wollte. Ort der Handlung ist eine halb verfallene Hütte am Rande des Moors von Trenton. Auf einmal fiel mir ein, daß dieser Queen etwas ziemlich ähnliches verbrochen hat — ›Das Haus am halben Wege‹ hat er es genannt. Ich hätte es wissen müssen; wenn man schon die Atmosphäre eines Moors benutzt, ist Ellery Queen einem natürlich zuvorgekommen.«

Es gelang Barbara, ihr Lächeln zu unterdrücken.

»Wahrscheinlich störe ich dich. Ich werde mich ein bißchen hinlegen, das hat mir der Arzt sowieso verordnet.«

»Du störst mich überhaupt nicht«, entgegnete Nikki. »Es ist nur . . . Ach, ist ja auch egal! Wie geht es dir denn heute, Babs?« fragte sie und betrachtete ihre Freundin mit prüfenden Augen.

»Großartig. Ich könnte Bäume ausreißen. Jim verwöhnt mich nach Strich und Faden, das Goldstück.«

»Du hast auch endlich wieder Farbe bekommen«, bestätigte Nikki. »Aber Jim hat recht — übernimm dich nur nicht. Ich schick ihn dir rein, wenn er kommt. So, und nun leg dich hin.«

Als Barbara die Tür hinter sich zugemacht hatte, legte Nikki einen neuen Bogen in die Maschine. Dann saß sie eine Zeitlang regungslos da und starrte auf die Tasten. Nur ihr Mienenspiel verriet, wie angestrengt sie nachdachte. Schließlich schien ihr eine Erleuchtung gekommen zu sein. Sie richtete sich auf und schrieb oben auf die Seite:

Das Geheimnis des Orientteppichs
von
Nikki Porter

Gerade als sie ihren Namen beendet hatte, klopfte es. Sie stand auf, öffnete einen Spalt und riß die Tür dann auf.

»Ach, Sie sind's, Jim. Barbara hat schon nach Ihnen Ausschau gehalten.«

»Wie geht's Ihnen, Nikki, mein Schatz? Und Barbara ist auch wohlauf?« Dr. Rogers trat ein.

Nikki machte die Tür hinter ihm zu.

»Frisch wie ein Veilchen. Sie wartet bereits auf Sie.«

Und Nikki deutete auf das Schlafzimmer.

Danach kehrte sie zu ihrer Schreibmaschine zurück. Sie starrte noch auf die Seite, auf der nichts als die Überschrift stand, als Jim nach überraschend kurzer Zeit wieder erschien und vorsichtig die Tür hinter sich ins Schloß zog.

»Nikki«, sagte er leise und bedrückt. »Ich . . . Ich konnte es ihr einfach nicht sagen. Vielleicht morgen oder übermorgen, wenn sie sich etwas kräftiger fühlt. Und so eilig ist es ja auch nicht. Ich habe nämlich eine schlechte Nachricht für sie. Ihr Vater ist krank. Er hat Krebs und nur noch ein paar Wochen zu leben.«

»Wie entsetzlich!« Nikki schlug die Hände vor den Mund und sah ihn entgeistert an.

»Ich muß Barbara dazu bewegen, wieder nach Hause zu kommen. Ihr Vater hat zwar seine Ansicht nicht geändert, nicht einmal jetzt, da er sein Ende vor Augen hat. Gar nicht zu glauben, daß ein Mensch so — so hart sein kann.«

»Dann darf sie nicht zurück«, flüsterte Nikki. »Stellen Sie sich mal vor, wenn er noch auf dem Totenbett . . . Nein, das wäre zu grausam.«

»Das ist eigentlich auch meine Ansicht. Aber Sie müssen meine Lage verstehen. Ich kann die Verantwortung nicht übernehmen, es ihr zu verschweigen. Meine Pflicht ist es, sie zur Rückkehr zu bewegen, aber ich hoffe inständig, daß sie es nicht tut. Er ist der dickschädeligste Bursche, der mir je untergekommen ist.«

»Sie wird auch nicht gehen«, sagte Nikki fest.

»Hoffen wir es«, entgegnete Jim. »Ich komme morgen, sobald ich Zeit habe.«

Wieder saß Nikki vor ihrer Maschine, aber ihre Gedanken beschäftigten sich nicht mit der neuen Kriminalstory. Sie wußte, daß ihre Freundin litt — trotz ihrer Liebe zu Jim. Sie litt und versuchte, niemandem etwas von ihrem Kummer zu zeigen. Nein, sie durfte nicht noch mehr gequält werden. Wenn Jim vielleicht Mrs. Braun mitteilte, wo Barbara war . . .

Nikki hätte nicht sagen können, wie lange sie so gesessen hatte. Ein Klopfen riß sie aus ihren Gedanken. Sie schrak zusammen. Wer konnte das sein? Da klopfte es schon ein zweitesmal.

Sie lief schnell zum Schlafzimmer und flüsterte: »Babs, da ist jemand an der Tür. Bleib, wo du bist, und verhalte dich ruhig.« An dem erschrockenen Blick ihrer Freundin erkannte sie, daß diese verstanden hatte. Auf Zehenspitzen lief sie dann zur Tür und fragte: »Wer ist da?«

»Der Gasmann. Ich möchte den Zähler ablesen«, ertönte eine muntere Stimme.

Sie öffnete die Tür, stellte vorsichtshalber aber einen Fuß dahinter. Der junge Mann sah nicht ein bißchen wie ein Angestellter des Gaswerks aus. Jedenfalls hatte sie noch keinen Gasmann in grauen Flanellhosen und Tweedjackett gesehen. Als sie die Tür schließen wollte, gab diese nicht eine Spur nach, und Nikki erkannte auch den Grund dafür: Eine blankgeputzte Schuhspitze hatte sich in den Spalt geschoben. Indem sie ihr ganzes Gewicht gegen die Füllung legte, versuchte sie, den Fuß wegzudrücken. Dem Kerl würde sie's zeigen . . .

Statt dessen wurde sie langsam, aber unwiderstehlich selber ins Zimmer zurückgeschoben. Als der Mann eintrat, grinste er auf sie herab. Es war weder ein drohendes noch ein überhebliches Grinsen, eigentlich mehr ein amüsiertes Lächeln und dafür doppelt ärgerlich.

»Also«, japste sie atemlos und trat einen Schritt zurück. »Wenn Sie nicht sofort machen, daß Sie rauskommen, zerkratze ich Ihnen das Gesicht!«

»Eine kleine Wildkatze, was?« Wieder lächelte er.

Trotz ihrer Wut mußte sie sich eingestehen, daß er bemerkenswert scharfe, graue Augen hatte, dazu ein gutgeschnittenes, offenes Gesicht, braunes, gewelltes Haar, breite Schultern, gute Zähne, nettes Lächeln . . . Das würde ihm gleich vergehen, wenn er mit ihren Nägeln Bekanntschaft machte!

»Werden Sie jetzt gehen?« fragte sie drohend und zeigte ihre Krallen.

»Nein«, gab er zurück und trat weiter ins Zimmer hinein.

Nikki wich nicht eine Handbreit. Ihre Hände fuhren in die Höhe. Beim Anblick der roten Nägel grinste er breit.

»Wer sind Sie eigentlich?« begehrte sie auf.

»Ein Privatdetektiv«, sagte Ellery Queen, ohne mit der Wimper zu zucken. »Machen Sie keine Geschichten, Miss Braun — Ihr Versteckspiel ist zu Ende.«

4

Nachdem Mrs. Brauns Limousine den Parkplatz des Polizeihauptquartiers verlassen hatte, setzte sich Ellery Queen mit einem Taxifahrer, Pinky, in Verbindung, der außer seinem ausgezeichneten Fahrtalent noch die Gabe hatte, Leuten unauffällig folgen zu können, ohne selbst dabei bemerkt zu werden. Nachdem er Pinky seine Instruktionen gegeben hatte, kehrte Ellery in das Apartment auf West 76th Street zurück, das er mit seinem Vater bewohnte. Kurz nach zwei klingelte das Telefon. Wie Pinky berichtete, hatte er Glück gehabt. Er hatte Dr. Rogers aus dem ›Tempel der Gesundheit‹ kommen sehen und war ihm bis zur Fourth Street gefolgt, wo Rogers seinen Wagen abgestellt hatte. Rogers war dann zu Fuß bis zum Waverley Place gegangen, wobei er sich wiederholt nach irgendwelchen Verfolgern umgesehen hatte. Pinky gab Ellery die genaue Adresse an. Ellery bat ihn, dort zu warten, und stürzte aus dem Haus. Als er kurz darauf an der Fourth Street ankam, hatte Rogers gerade eben das Haus wieder verlassen. Pinky hatte aber feststellen können, daß Rogers im ersten Stock an der Tür einer Miss Nikki Porter geläutet hatte. Zufrieden grinsend, händigte Ellery dem Mann eine Zehndollarnote aus und stieg die Treppe hinauf.

Jetzt, da er sich Einlaß ins Apartment verschafft hatte, betrachtete er beifällig das vor ihm stehende Mädchen. Braunes, lockiges Haar. Dunkle Augen, dunkle und dichte Wimpern, kleine Füße. Hübsch, unzweifelhaft hübsch. Lebhafte Gesichtsfarbe ... Da Dr. Rogers keine Praxis ausübte, mußte es sich um einen privaten Besuch gehandelt haben. Außerdem hatte Pinky bemerkt, wie er sich mehrfach umgesehen hatte. »Ein Privatdetektiv!« japste Nikki.

»Sozusagen«, erklärte Ellery großzügig. »Miss Braun, Ihre Mutter hat mich beauftragt, Sie zu suchen und nach Hause zu bringen.«

Nikkis Gedanken überschlugen sich. Er hielt sie also irrtümlich für Barbara. Auf jeden Fall wußten sie jetzt, wo Barbara untergekrochen war.

»Wie haben Sie Bar — mich denn aufgefunden?« fragte sie. Verdammt, beinahe hätte sie sich noch versprochen!

»Das erzähle ich Ihnen später, Miss Braun. Wie wär's wenn Sie sich jetzt fertig machten?«

»Warum denn so eilig?« Auf jeden Fall mußte sie Barbara retten. Wie wurde sie den Kerl bloß los?

»Wir müssen hier fort sein, ehe die Polizei kommt.«

»Die Polizei?« Nikki wurde es ganz elend.

»Die werden jede Minute eintreffen, und es wird Ihnen bestimmt angenehmer sein, mit mir zu fahren, als mit einem Haufen Polizisten. Denken Sie doch an die Publicity — die Reporter, die Fotografen! Das wäre ein gefundenes Fressen für die. Also packen Sie Ihre Sachen und eilen Sie sich.«

»Wie schrecklich!« Diese Nachricht schien ihren Widerstand gebrochen zu haben, sie wurde auf einmal ganz gefügig. »Ja, wenn das so ist ... Aber bitte nehmen Sie doch Platz. Ich ... Ich bin gleich zurück.« Hilflos deutete sie auf einen Sessel und verschwand im Schlafzimmer.

Die Tür fiel hinter ihr ins Schloß.

»Babs«, flüsterte Nikki, »sie haben herausgefunden, wo du bist; gleich wird die Polizei aufkreuzen.«

»Oh, Nikki, was soll ich denn tun? Ich gehe nicht!« Barbaras Lippen begannen zu zittern.

»Pst, nicht so laut! Der Mann da hält mich für dich. Ich werde mit ihm gehen, und sobald ich aus dem Haus bin, rufst du Jim an, daß er dich hier weggholt. Aber du mußt dich eilen, ich lenke ihn inzwischen ab. Und rühr dich nicht, bis wir raus sind. Dann pack deinen Kram zusammen.« Nikki begann schon, die ersten Sachen in den Koffer zu stopfen.

Ellery Queen hatte sich trotz Nikkis Aufforderung nicht hingesetzt, sondern stöberte neugierig im Zimmer umher. Auf dem Bücherregal entdeckte er Webster's Collegiate Dictionary, Roget's Thesaurus, Fowler's The King's English, Little Essays, von George Santayana, weiter zu seiner großen Überraschung einen Riesenband Piersol's Menschliche Anatomie und dazu ein Dutzend Bände von Ellery Queen. Als er sich das in der Schreibmaschine steckende Blatt näher besah, las er oben auf der Seite: ›Das Geheimnis des Orientteppichs‹ von Nikki Porter. Neben dem Tisch lag ein Stapel sauber ausgerichteter Manuskripte, alle mit einem halben Dutzend Ablehnungsschreiben irgendwelcher Verleger versehen. Er nahm das erste hoch und las: ›Das Geheimnis des Federhuts.‹ Er schlug das Manuskript in der Mitte auf. Die erste Zeile, auf die sein Blick fiel, lautete: ›Fürwahr, es war Harry MacTavish, der allen wohlvertraute.‹ Ohne zu überlegen, holte er einen Bleistift aus der Tasche, strich ›fürwahr‹ durch und ersetzte es durch ›tatsächlich‹. Als er die Seite zu Ende las, begann er leise vor sich hin zu lachen. Er lachte immer noch, als Nikki mit einem Koffer zurückkam.

»Warum so vergnügt?« erkundigte sie sich und machte schnell die Schlafzimmertür hinter sich zu.

Ellery Queen legte das Manuskript an seinen Platz zurück.

»Miss Braun«, sagte er feierlich, »ich möchte Ihnen einen guten Rat geben: Spielen Sie mit Ihren Millionen, aber überlassen Sie das Schreiben von Kriminalromanen Leuten, die etwas davon verstehen.«

»Oh, ein Literatursachverständiger«, höhnte Nikki.

Zerknirscht sah Ellery sie an. »Ich bitte um Vergebung. Und jetzt können wir wohl gehen.«

In Ellery Queens Cadillac fuhren sie in Richtung Norden. Mehrere Male hatte Ellery versucht, eine Unterhaltung in Gang zu bringen, aber Nikki hüllte sich in hartnäckiges Schweigen, bis sie an der Twenty-first Street waren.

Dann schien ihre Neugierde die Oberhand gewonnen zu haben, denn sie fragte, zwar immer noch etwas verschnupft: »Da Sie ja in meiner Arbeit herumgeschnüffelt haben — was war so schlecht an meinen Kriminalgeschichten?«

»Ach, eigentlich nichts. Es amüsiert mich nur immer, Leuten zu begegnen, die solche Sachen schreiben. Ich gehöre nämlich auch zu der Sorte.«

»Wirklich?« Jetzt war Nikki ehrlich interessiert. »Verkaufen Sie denn auch ab und zu was?«

»Alles, was ich schreibe.«

Sie sah ihn beinahe ehrfürchtig an.

»In Wirklichkeit bin ich nämlich mehr Schriftsteller als Detektiv«, bekannte Ellery. »Aus dem Grund habe ich Sie auch hauptsächlich aus Ihrem Bau gescheucht.«

»Das verstehe ich nicht«, sagte sie verwundert.

»Ich wollte Sie kennenlernen, ebenso Ihren Vater.«

»Und warum?«

»Um ehrlich zu sein, sitzt mir mein Verleger im Nacken. Er will ein neues Buch von mir haben. So jage ich nach einer Eingebung, einer Idee. Und die besten Ideen beziehe ich aus dem Leben. Das macht alles viel realistischer.«

Nikki schniefte.

»Genau das hat mir so ein hochgestochener Verleger heute früh gepredigt. Er hat mir doch tatsächlich ins Gesicht gesagt, ich klaute meine Ideen von Ellery Queen. Dieser aufgeblasene Schreiberling.«

»Warum nennen Sie ihn einen aufgeblasenen Schreiberling? Ich finde, er hat recht. Man sollte seine Stories aus
eigener Lebenserfahrung heraus schreiben.«

»Damit habe ich ja auch nicht den Verleger gemeint,
sondern diesen Ellery Queen.«

Ellery schielte sie aus dem Augenwinkel an.

»Und warum das?« fragte er grinsend und sah wieder
auf die vor ihm liegende Straße.

»Weil er so ein verdammtes Zeug zusammenschmiert.«

Er fühlte, wie es ihm warm den Nacken hinaufstieg.

»Von der Anzahl seiner Bücher her betrachtet, die Sie
auf Ihrem Regal stehen haben, war ich der Meinung, daß
Sie dieses Zeug nicht ungern lesen.«

»Der Kerl verfolgt mich in meinen Träumen«, erklärte
sie bitter. »Reden wir lieber nicht mehr davon.« Sie
schwieg ein paar Sekunden, um dann fortzufahren: »Sie
sehen in der Tatsache, daß Ba . . . daß ich von zu Hause
fortgelaufen bin, eine Story, ja?«

»Gewiß.« Die Vorstellung, daß er jemanden bis in seine
Träume verfolgen sollte, amüsierte Ellery. »Sonst hätte ich
mich der ganzen Mühe nicht unterzogen. Eine davongelau-
fene Erbin, der unversöhnliche Vater, die verzweifelte
Mutter und ein Verlobter, der nach allen Seiten gezerrt
wird — was wollen Sie mehr für den Anfang?«

»Es scheint Ihnen wohl nicht klar zu sein, daß Sie reichlich taktlos sind.«

»Wenn Sie es von der Warte aus sehen, werden Sie nie
schreiben können. Man muß objektiv sein und über Persön-
liches hinwegsehen können. Glauben Sie ja nicht, daß ich
etwas über Sie oder Ihren Vater in mein Buch bringen
werde — so was überlasse ich den Reportern. Schließlich
bin ich ein Romanschriftsteller. Was mich interessiert, ist
Ursache und Wirkung, menschliche Reaktionen und Schwächen, grundlegende Charakterzüge. Wie sich die Leute nach
außen geben, interessiert mich nicht, das ist alles nur
Maske.«

Bis sie die Hudson-Brücke überquert, den Highway verlassen und die steile Straße nach Spuyten Duyvil erreicht hatten, sagte keiner der beiden ein Wort.

Dann erklärte Nikki grimmig: »Ich werd's tun.«

»Was werden Sie tun?«

»Was Sie vorgeschlagen haben. Die Geschichte von Barbara Braun schreiben.«

Ellery grinste. Sie hatten jetzt die Einfahrt zum ›Tempel der Gesundheit‹ erreicht, und Ellery bog durch das breite Portal ein und fuhr den geschwungenen Weg hinauf, der sich kurz darauf gabelte, um in einer langgestreckten Ellipse bis vor das Haus und wieder zum Ausgang zurückzuführen. Als er an der Piazza angelangt war, erkannte er, daß das Haus zwei durch drei Fenster getrennte Eingänge besaß. Außerdem fiel ihm auf, daß zwei Fenster im ersten Stock mit einem Eisengitter versehen waren.

»Welcher Eingang, Miss Braun?« erkundigte er sich.

Da Barbara ihr alles ausführlich beschrieben hatte, entgegnete Nikki ohne Zögern: »Der linke ist der Büroeingang, er wird offen sein. Ich habe meine Schlüssel für den privaten Eingang nicht mitgenommen, als ich fortlief.«

Ellery brachte den Wagen zum Stehen, stieg aus, nahm ihr Gepäck vom Rücksitz und öffnete ihr den Schlag.

»Vielen Dank«, sagte sie, während sie ausstieg und nach ihrem Koffer griff.

Er ließ ihn aber nicht los. »Wollen Sie mich nicht Ihrem Vater vorstellen?«

»Das ist wohl kaum die richtige Zeit dazu.«

»Ich dachte auch eher an heute abend. Und machen Sie sich keine Sorgen um die Polizei. Ich werde meinen Vater anrufen und ihm mitteilen, daß Sie sicher zu Hause gelandet sind.«

»Ihren Vater?«

»Ja, Inspektor Queen.«

Sie starrte ihn fassungslos an.

»Wollen Sie sagen, daß . . . Daß Sie Ellery Queen sind?«

»Genau das.« Wieder grinste er. »Aber ich verzeihe Ihnen alles, was Sie über mich gesagt haben. Darf ich heute abend noch einmal vorbeikommen?«

Einen Augenblick war sie sprachlos; sie konnte ihn nur ansehen, dabei trat ein Funkeln in ihre Augen.

»Ich will Sie nie im Leben wiedersehen, Sie — Sie Hochstapler!«

Sie entriß ihm ihren Koffer, rannte über die Piazza und verschwand im Haus — in John Brauns ›Tempel der Gesundheit‹, wo sich eine Tragödie anbahnte.

5

Als Nikki den ›Tempel der Gesundheit‹ betrat, war der gesamte Stab in John Brauns Schlafzimmer im ersten Stock versammelt. Braun saß im Pyjama, rotem Bademantel und Lackpantoffeln mißgelaunt an einem nierenförmigen Tisch in der Nähe des vergitterten Schlafzimmerfensters und gestikulierte heftig mit einem Papiermesser, dessen brillantenbesetzter Griff in der Nachmittagssonne funkelte.

Seine Frau hatte sich verschüchtert in die entfernteste Ecke des Raumes verzogen; Jim Rogers starrte düster aus dem Fenster.

Brauns Anwalt, ein magerer, glatzköpfiger Mann mit ewig besorgtem Gesichtsausdruck, fingerte nervös und nutzlos an einem Stapel Papier herum. Bei jeder Bewegung schien sein Pincenez etwas schiefer zu rutschen.

Rocky Taylor, der Publicity-Manager, in Pepita-Anzug, mit grellgelber Krawatte und einem riesigen falschen Brillantring, schien auf sämtliche Anwesende im Raum mit einer gewissen Verachtung herabzusehen, abgesehen von Miss Cornelia Mullins, der stattlichen blonden Gymnastiklehrerin. Gelegentlich blickte er bewundernd in ihre Richtung.

Nur eine einzige Person schien die allgemein herrschende nervöse Spannung entweder nicht zu bemerken oder sich nicht darum zu kümmern — Amos, ein hohlwangiger, alter Mann, der eher in Lumpen als in einem Anzug erschienen war. Sein kalkweißes Gesicht war mit unzähligen dunklen Runzeln durchzogen; seine etwas fiebrig glänzenden Augen starrten beinahe blicklos an die Decke. Mit einem schmutzigen Finger, dessen abgebrochener Nagel Erdspuren aufwies, streichelte er gedankenlos den Schnabel eines zerrupften, schwarzen Raben, der auf seiner Schulter hockte.

John Braun hatte eine Pause eingelegt und studierte nun die Gesichter der Umstehenden. Wie mochte sie auf seine Worte reagieren?

»Um es noch einmal zusammenzufassen«, fuhr er dann wieder fort, »habe ich an das geglaubt, was ich predigte. Der Körper und die Gesundheit sind mir immer über alles gegangen. Aus diesem Glauben heraus habe ich den ›Tempel der Gesundheit‹ gegründet, der zum körperlichen Wohlbefinden einer großen Anzahl von Menschen beigetragen hat. Und jetzt — jetzt muß ich feststellen, daß mein eigener Körper krank ist, von Krebs befallen. Ich bin einem Irrtum erlegen, habe mich selber und viele Menschen mit mir betrogen. Damit muß Schluß sein. Das Unternehmen darf nicht in die Hände irgendwelcher Heuchler fallen, die es nur aus schnöder Profitsucht weiterführen würden. Nein!« Er hieb auf den Tisch. »Das Sanatorium wird geschlossen.«

Jim Rogers wandte sich vom Fenster ab und an seinen Arbeitgeber.

»Ist das wirklich Ihr Ernst, Mr. Braun? Ihre Lebensmittelfabriken und Verkaufsstellen zu schließen? Und den ›Tempel der Gesundheit‹? Soll nicht alles zum Wohl Ihrer Familie weitergeführt werden?«

»Meiner Familie!« Braun verzog ironisch die Lippen. »Warum sagen Sie nicht frei heraus, was Sie wirklich denken — daß Sie Barbara um ihres Geldes willen heiraten wollen?«

Es fiel Jim schwer, die Haltung zu bewahren.

»Ich habe Ihnen wohl den besten Beweis geliefert, daß Sie sich in Ihrer Annahme irren, indem ich Barbara nicht geheiratet habe. Ich wollte nämlich verhindern, daß jemand mir derartige Absichten nachsagen könnte.«

Zachary, der Anwalt, hüstelte.

»Bisher war ich der Meinung, daß wir das Sanatorium im Falle Ihres Ablebens stellvertretend für Mrs. Braun weiterführen sollten«, sagte er und schob nervös seine Akten umher.

»Damit Sie die dicken Gelder einstecken können, und nicht meine Frau«, gab Braun bissig zurück.

»Was ist mit der Radio- und Fernsehwerbung? Die Kontrakte laufen noch ein ganzes Jahr; wir müssen also dafür zahlen, ob wir zumachen oder nicht.«

Braun beugte sich langsam über den nierenförmigen Tisch.

»Tote brauchen keine Publicity mehr«, sagte er lachend.

Mrs. Braun begann zu weinen.

Cornelia Mullins trat näher an John Braun heran und streichelte seinen Arm.

»Vertrauen Sie der Natur, mein Freund«, sagte sie sanft. »Kommen Sie mit in die Sonne, die gibt Ihnen Kraft.«

Brauns grimmige Miene wurde weicher. Aber dann schüttelte er den Kopf.

»Gegen die Röntgenplatten kommt weder Selbstvertrauen noch die Natur an, Cornelia.«

Plötzlich regte sich der alte Amos. Den Blick immer noch an der Zimmerdecke, begann er, vor sich hin zu murmeln: »Mitten im Leben sind wir vom Tode umfangen . . .«

Mrs. Braun schluchzte jetzt laut.

»Armer alter Amos«, sagte John Braun freundlich. »Ich habe arrangiert, daß du in ein neues Heim gebracht wirst, ein Altersheim.«

»Nein«, schrie der Alte. »Da geh' ich nicht hin!« Er rannte hinkend zur Tür, während der Rabe, der sich auf seiner Schulter festklammerte, bei jedem Schritt hin und her schwankte.

Dann fiel die Tür zu.

Cornelia legte noch einmal die Hand auf Brauns Arm. »John, warum sollen wir denn nicht einfach so weitermachen, als ob Sie immer noch die Leitung hätten?«

»Sie hat recht«, stimmte ihr Zachary bei und sah schnell von seinen Papieren hoch.

»Natürlich hat sie recht«, mischte sich nun Rocky Taylor ein. »Sie haben uns doch stets angehalten, unsere Arbeit so zu tun, als ob das Unternehmen unser eigenes wäre; daß es uns auch tatsächlich eines Tages gehören würde, falls Sie einmal als erster von uns gehen sollten.«

»Und in diesem Sinne habe ich auch Ihr Testament aufgesetzt«, meldete sich wieder Zachary, der Anwalt.

»Dieses Testament hat keine Gültigkeit mehr«, erklärte Braun langsam, wobei er jedes Wort betont und deutlich aussprach. »Ich habe ein neues aufgesetzt, in dem ich alles meiner Frau hinterlasse.« Dabei deutete er mit dem Papiermesser auf den vor ihm liegenden Bogen.

»Und Barbara wird nicht berücksichtigt?« fragte Jim Rogers.

»Ganz richtig.«

»Gut. Dann kann ich sie endlich heiraten.«

Braun warf Jim einen haßerfüllten Blick zu, aber er zog es vor, Jims Bemerkung zu überhören.

»Ich habe Sie alle hergebeten, solange ich noch am Leben bin, um Ihnen zu erklären, daß ich Sie aus meinem Testament gestrichen habe. Diese Freude wollte ich mir doch nicht entgehen lassen.«

»Aber warum bloß?« fragte Cornelia mit Tränen in den Augen. »Nach allem, was wir für Sie getan haben?«

Zachary fing seine Brille noch im letzten Moment auf, ehe sie ihm von der Nase gerutscht wäre.

»Es ist unglaublich«, murmelte er. »Einfach nicht zu fassen. Mr. Braun, bitte betrachten Sie die Sache doch einmal . . .«

Rocky Taylor erhob sich mit verbissenem Mund.

»Der Erfolg der Braun Enterprises Incorporated ist hauptsächlich auf meine Werbekampagne zurückzuführen. Aber diese spezielle Art, Ihre Dankbarkeit zu zeigen, hätte man eigentlich von Ihnen erwarten können. Komm, Connie, dann haben wir hier wohl nichts mehr verloren.«

Ohne Braun noch einmal anzusehen, erhob sich Cornelia und folgte Rocky Taylor aus dem Zimmer.

John Braun tauchte einen Federhalter in das Tintenfaß und legte ihn dann neben den Bogen Papier, der mit handschriftlichen Aufzeichnungen bedeckt war, schob seinen Stuhl zurück und stand ebenfalls auf.

Die Lippen zu einem Grinsen verzogen, sagte er zu Jim Rogers: »Da Sie in diesem Testament nicht bedacht sind, dürfen Sie als Zeuge wenigstens unterschreiben.«

»Aber gerne«, entgegnete Jim und unterzeichnete das Geschriebene mit seinem Namen.

»Dasselbe gilt auch für Sie, Zachary.«

Zachary sprang auf, wobei seine sämtlichen Papiere zu Boden flatterten. Verwirrt bückte er sich, sammelte sie alle wieder auf und trat dann an den Tisch. Er nahm Platz, richtete seinen Kneifer gerade und setzte seinen Namen unter Jims Unterschrift.

»Bitte«, sagte er. »Mir ist es gleich, wenn das der Dank für meine jahrelange Arbeit sein soll.«

»Ich danke Ihnen«, gab Braun ironisch zurück. »Und nun verlassen Sie mich bitte.« Und mit einem Blick zu seiner Frau, die geduckt in einer Ecke saß: »Das gilt auch für dich, Lydia. Ich möchte allein sein.«

6

Während Nikki mit Ellery auf dem Weg zum ›Tempel der Gesundheit‹ war, hatte sie bereits angefangen, Pläne zu schmieden, und als sie jetzt die Piazza überquerte, war sie bereit, diese auszuführen.

Sie öffnete die Tür und betrat ein weiträumiges Foyer. Zu ihrer Rechten befand sich ein Empfangstresen, auf dem ein Namensschild mit der Aufschrift ›Miss Norris‹ stand, dahinter saß an einem Telefonschaltbrett ein hübsches junges Mädchen in Nikkis Alter. Schräg hinter ihr führte eine Tür in ein Privatbüro. ›Claude L. Zachary, Manager‹, entzifferte Nikki mit einiger Mühe.

Das Mädchen hinter dem Tisch sah auf.

»Ja, bitte?«

»Ich bin mit Dr. Rogers verabredet.«

»Ihr Name?«

»Nikki Porter.«

»Bedaure, Miss Porter, Dr. Rogers befindet sich eben in einer Besprechung mit Mr. Braun. Möchten Sie vielleicht in seinem Arbeitszimmer warten?«

»Vielen Dank.«

Nikki folgte der Empfangsdame in den ersten Stock hinauf und wurde in Rogers' Zimmer geführt.

»Da wären einige Illustrierte, Miss Porter, wenn Sie vielleicht hineinschauen wollen. Dr. Rogers wird sicher bald hier sein.« Damit zog sich Miss Norris zurück.

Nikki wartete ein paar Minuten, dann öffnete sie die Tür und warf einen Blick in den menschenleeren Flur, von dem zu beiden Seiten eine Reihe Türen abgingen. Auf der ihr gegenüberliegenden Tür stand ›John Braun, Präsident‹. Nikki kehrte wieder in Rogers' Arbeitszimmer zurück, ließ sich in einem Ledersessel nieder und griff nach einer Zeitschrift. Eine goldgetönte Amazone in aufregendem Badeanzug lachte ihr von der Titelseite entgegen.

In derselben Sekunde hörte Nikki einen Schrei — einen lauten, hysterischen Schrei. Ob er von einem Mann oder einer Frau kam, konnte sie nicht unterscheiden. Der Lärm wurde lauter, und sie verstand die Worte: »Mitten im Leben . . .«

Ein Schauer lief Nikki über den Rücken. Erschrocken rannte sie zur Tür.

Die gegenüberliegende Tür wurde aufgerissen, ein lumpenbekleideter Mann stürzte auf den Flur. Er hatte wildblickende Augen und langes, ebenso wildes Haar. Und auf seiner Schulter hockte ein riesiger schwarzer Vogel. Der Mann rannte durch den verlassenen Korridor. »Mitten im Leben sind wir vom Tode umfangen!«

Dann war alles wieder still.

Nikki wußte nicht, was sie von all dem halten sollte. Was für ein Haus war das, aus dem Barbara stammte? Der Raum da gegenüber war offensichtlich Mr. Brauns Büro. Aber die Empfangsdame hatte doch gesagt, Jim Rogers sei gerade bei ihm. Trotzdem drang nicht der leiseste Laut aus der offenen Tür.

Nikki schlich auf Zehenspitzen hinüber und warf einen vorsichtigen Blick in das Zimmer. Es war eine Art Bibliothek oder Arbeitszimmer, in dem sich aber kein Mensch befand. Nikkis Blick ging von dem riesigen Schreibtisch zu den Sesseln und der Couch und dann zu den dichten, weichen Velourvorhängen. Alles wirkte äußerst prächtig, dachte sie. Aber warum nur das vergitterte Fenster? Die hereinfallenden Sonnenstrahlen malten ein Schattenmuster auf den Schreibtisch.

Sie setzte den Fuß auf den dicken Teppich. Komisch, dachte sie, warum der Alte nur so aufgeregt herausgestürzt kam? Irgend jemand mußte ihn erschreckt haben — aber wer? Er konnte dort aus der linken Tür gekommen sein oder durch den Türbogen zur Rechten.

Sie lief bis zum Alkoven, warf einen Blick hinein und wich beim Anblick der Statue zurück. Sie wirkte außerordentlich lebendig, dachte sie und trat einen Schritt näher, um sie zu berühren. Das mußte Mr. Braun sein. Kein Wunder, daß Barbara . . . Da keine Tür vom Alkoven wegführte, mußte der zerlumpte Mann wohl von der anderen Seite gekommen sein.

Leise durchquerte sie den Raum und legte das Ohr an die gegenüberliegende Tür.

»Und Barbara wird nicht berücksichtigt?« Das war Jims Stimme, stellte Nikki aufgeregt fest. Es war, als ob sie einem Dialog in irgendeinem Film zuhörte, ohne auf die Leinwand zu schauen.

»Ganz richtig.«

»Gut. Dann kann ich sie endlich heiraten.« Wieder Jim.

Danach wurde etwas mit leiser Stimme gesagt, was sie nicht verstehen konnte. Es folgte ein Stimmengemurmel. Irgend jemand schien sich zu ärgern.

»Aber diese spezielle Art, Ihre Dankbarkeit zu zeigen, hätte man eigentlich von Ihnen erwarten können. Komm, Connie, dann haben wir hier wohl nichts mehr verloren.«

Nikki verzog sich schleunigst in den Alkoven. Sie konnte sich gerade noch hinter die Statue drücken, als die Schlafzimmertür geöffnet wurde. Dann fiel sie wieder ins Schloß, und eine Männerstimme sagte: »Das ist ja eine schöne Bescherung. Dieser verdammte Bursche. Warum hast du dich bloß nicht mehr ins Zeug gelegt, Connie?«

»Ich hab getan, was ich konnte.«

»Möglich. Aber so einen schönen Job kriegen wir sobald nicht wieder, den gebe ich nicht kampflos auf. Laß mir etwas Zeit, dann wird mir schon was einfallen. An Ideen fehlt es mir nicht, das ist schließlich meine Aufgabe. Wart's nur ab, dann zaubere ich dir eine aus dem Hut.«

»Viel Zeit haben wir aber nicht, Rocky.«

»Dann wollen wir mal ans Werk gehen. Wir fahren irgendwo hin und besprechen die Sache.«

Nikki hörte gedämpfte Schritte auf dem Teppich und dann das Klappern von Hacken draußen auf dem Korridor. Danach wurde es wieder still. Sie wartete noch eine Weile, dann kam sie hinter der Statue hervor und nahm ihren Horchposten wieder ein.

»Ich danke Ihnen«, hörte sie eine Stimme sagen. »Und nun verlassen Sie mich bitte. Das gilt auch für dich, Lydia.«

Nikki verschwand ein zweitesmal im Alkoven. Gleich darauf wurde die Tür geöffnet.

»Ich möchte von niemandem gestört werden, bitte sorge dafür, Lydia.«

Vorsichtig lugte Nikki um die Ecke. Das war von dem Mann im Morgenmantel gekommen. Und da war auch Jim und neben ihm eine Matrone mit grauen Haaren. Sie mußte Lydia sein. Natürlich! Barbaras Eltern. Und der wichtigtuerische, magere kleine Kerl da war sicher der Manager Zachary. Mr. Braun drängte sie alle aus seinem Zimmer, so hastig, daß er seiner Frau sogar etwas wie einen Schubs versetzte. Verflixt! Jetzt machte er die Tür zum Flur zu und drehte sogar den Schlüssel herum! Herr des Himmels, jetzt zog er den Schlüssel ab und steckte ihn ein!

Als Braun sich umwandte, zog Nikki den Kopf schnell zurück. Ein paar Sekunden später wagte sie ihn wieder vorzustrecken und sah gerade noch, wie er die Tür gegenüber dem Alkoven öffnete. Flüchtig konnte sie ein weißes Bettgestell erkennen. Das war also Brauns Schlafzimmer ... Dann wurde die Tür zugemacht.

Einen Augenblick lang geriet Nikki in Panik. Was sollte sie nur tun? Wenn sie an die Tür zum Flur hämmerte, würde der ganze Haushalt zusammenlaufen. Außerdem konnte sie nicht einmal von dort geöffnet werden, da sie ja abgeschlossen war. Und wenn sie am Schlafzimmer klopfte — wie um alles in der Welt sollte sie Mr. Braun ihr Hiersein erklären? Er konnte sie wegen unbefugten Eindringens oder womöglich als Diebin verhaften lassen. Cholerisch genug war er dazu. Und wenn sich dann herausstellte, daß sie mit Barbara befreundet war ... Nikki stöhnte. Nein, sie durfte Barbara nicht verraten. Aber was sollte sie bloß tun?

Sie sah sich im Arbeitszimmer um. Es besaß zwei Türen: eine zum Flur und eine, die in Brauns Schlafzimmer führte. Die Fenster waren vergittert. Bei näherem Hinsehen stellte sie fest, daß die Gitterstäbe fest in dem Zement verankert waren. Was sollte sie also tun? Was hätte Ellery Queen getan, dieser Neunmalgescheite? Wahrscheinlich würde der sich hinsetzen und ein Buch darüber schreiben, dachte sie mit aufsteigender Bitterkeit. Er suchte seine Themen ja stets aus dem wahren Leben zusammen.

Nikki schnaufte abfällig. Aber da kam ihr plötzlich ein Gedanke, der sie wieder aufmunterte. Warum sollte nicht auch sie schreiben? Genau alles aufschreiben, was geschehen war? Sie brauchte Mr. Braun dann nur zu erklären, daß sie Schriftstellerin sei. Schließlich hatte Mr. Queen sie ja auch ohne Bedenken überfallen, weil er auf der Jagd nach einer Story war. Ja, sie würde sich an die Arbeit machen.

Sie öffnete die obere Schreibtischschublade, fand dort Papier und Kugelschreiber und setzte sich hin.

›Mädchen in der Falle‹, von Nikki Porter, schrieb sie oben auf die Seite; dann lehnte sie sich zurück und dachte nach.

Sie hatte immer noch nicht den richtigen Anfang gefunden, als ein Läuten sie aus ihren Überlegungen riß. Es war zweifellos das Läuten eines Telefons und kam aus dem Schlafzimmer. Warum wurde nur der Hörer nicht abgenommen? Warum ließ man es immer weiter klingeln? Natürlich! Sie setzte sich gerade. Weil er nicht mehr im Zimmer war. Er war durch eine andere Tür hinausgegangen. Junge! Nun konnte sie endlich verschwinden.

Schnell raffte sie das Papier vom Schreibtisch und lief zur Schlafzimmertür. Nichts regte sich dahinter, nur das Telefon läutete ununterbrochen. Ganz vorsichtig drückte sie auf die Klinke. Der Raum war leer, und von der gegenüberliegenden Wand führten zwei Türen ab. Auf Zehenspitzen durchquerte sie den Raum. Plötzlich blieb sie wie angewurzelt stehen und schlug die Hand vor den Mund.

Hinter dem Tisch kam ein Bein zum Vorschein.

Das Bein wirkte irgendwie phantastisch, wie die Sonne sich auf dem Lacklederpantoffel spiegelte.

Sie trat einen Schritt näher, Angst und Entsetzen schnürten ihr die Kehle zu. Und da — eine Hand! Eine Männerhand ... Und Blut! Überall Blut! Über der Hand, über dem Morgenmantel ... Und auf dem Teppich. Oh ... Die Kehle!

Nikki mußte sich gegen den Tisch lehnen, sonst wäre sie gefallen. Um das schreckliche Bild zu verscheuchen, bedeckte sie die Augen mit der Hand.

Er war tot. Mr. John Braun war tot, Barbaras Vater. Blut . . . Sie mußte Hilfe herbeiholen. Nein, dazu war es zu spät. Sie mußte raus, weg von hier, raus!

Auf unsicheren Beinen lief Nikki zur nächsten Tür. Dann zögerte sie.

Fingerabdrücke. Sie durfte keine Fingerabdrücke hinterlassen. Und warum hörte das Telefon nicht auf zu läuten? Wenn es nur still wäre. Vor allem keine Fingerabdrücke . . . Niemand durfte wissen, daß sie hiergewesen war.

Sie legte ein Taschentuch über den Türknauf und drehte ihn herum.

Ein Wandschrank. Nichts wie Anzüge und Mäntel!

Sie probierte es auf die gleiche Art mit der nächsten Tür.

Die führte in ein Badezimmer. Weiße Fliesen, vergittertes Fenster!

Sie hatte das Gefühl, als ob sie ersticken müsse, griff sich an den Hals und rang nach Luft.

Wieder lehnte sie sich gegen den Tisch.

Sie saß in der Falle. Eingesperrt mit einer Leiche. Der Schlüssel! In seiner Tasche. Nein, das brachte sie nicht fertig. Vor allem konnte sie nicht hinsehen . . . Unmöglich . . .

Ihre Augen verschleierten sich.

Um Gottes willen nur jetzt nicht schlapp machen! Sie mußte . . . Da, auf dem Tisch lag ein Schlüssel. Lieber Gott, laß es den Schlüssel zum Korridor sein!

7

Sehr zufrieden mit sich selbst hatte Ellery Queen das Mädchen auf der Piazza abgesetzt und fuhr wieder in die Stadt zurück. Es war immer vergnüglich, seinem Vater eine Nasenlänge voraus zu sein. Und um seinem alten Herrn das auch klar zu machen, hielt er an einem Drugstore nicht weit von der 230th Street an.

Dort wählte er SP 7-3100 und verlangte Inspektor Queen.

»Dad?«

»Ach, du bist's Junge. Na, was gibt's denn?«

»Ach, nichts besonderes. Ich dachte nur, es würde dich interessieren.«

»Was denn?«

»Daß Barbara Braun wieder sicher im Schoß ihrer Familie ist.«

»Wie bitte?«

»Du weißt doch — die verlorengegangene junge Dame, nach der du gefahndet hast.«

»Ich verstehe überhaupt nicht, wovon du redest.«

»Ich dachte, ich hätte mich ganz unmißverständlich und simpel ausgedrückt, aber ich kann's ja noch einmal versuchen: Ich hatte gerade das Vergnügen, Miss Braun bei ihren Eltern abzuliefern.«

»Ach, tatsächlich?« brummte Inspektor Queen.

»Tut mir schrecklich leid, Dad, aber es ist so.«

Plötzlich lachte der Inspektor. »Miss Barbara Braun befindet sich in dieser Sekunde hier in meinem Arbeitszimmer. Das Mädchen, das du zum ›Tempel der Gesundheit‹ rausgefahren hast, war Miss Brauns Freundin, eine Nikki Porter.«

Ellery Queen seufzte nachsichtig.

»Dad, wer auch immer da bei dir sitzt — laß dich nicht einseifen. Nikki Porter ist nur ein Name, den Barbara Braun sich zugelegt hat.«

»Blödsinn. Miss Porter bildet sich ein, Kriminalgeschichten schreiben zu können, genau wie du. Ich werde Miss Braun jetzt selber nach Hause bringen. Velie hat sie vor wenigen Minuten im Rathaus aufgetrieben, wo sie gerade Jim Rogers ehelichen wollte.«

Einen Augenblick hatte es Ellery die Sprache verschlagen.

»Ach, wirklich?« war alles, was er herausbrachte.

»Ich habe dich beschatten lassen, als du so plötzlich hier aufgebrochen bist, mein Sohn. Du hast die Adresse ganz richtig herausgefunden, nur in der Person des Mädchens hast du dich geirrt; du hast die falsche erwischt. Miss Braun wohnte nämlich mit Miss Porter zusammen.«

»Oh.« Ellery schluckte.

»Aber vielen Dank, Sohn, daß du der Polizei geholfen hast. Wir freuen uns immer, Hilfe aus der Bürgerschaft zu bekommen. Und noch etwas . . .«

»Mach nur weiter. Ich kann's ertragen.«

»Ich wollte nur sagen — wenn du eines Tages einen Sohn hast und herausfinden mußt, daß er ein ganz gewitzter Bursche ist, dann wirst du verstehen, wie stolz ich auf dich bin.«

Damit hängte er ein.

Ellery, der wieder in seinen Wagen gestiegen war, wartete eben an einer roten Ampel. Sich so zum Narren machen zu lassen! Und das von so einem naseweisen Ding.

Die Ampel schaltete auf Grün. Ellery trat wütend auf das Gaspedal. In verkehrswidrigem Tempo raste er nach Spuyten Duyvil hinaus, jagte die Auffahrt hinauf und kam vor dem zweiten Eingang zum Halten.

Ellery sah sich in der leeren Empfangshalle um und ging dann schnell in den ersten Stock hinauf. Die zweite Tür zu seiner Rechten trug ein Namensschild: ›Dr. James Rogers‹. Ohne zu klopfen trat er ins Zimmer. Es war leer, ebenso der anschließende Raum. Ellery sah sich um. Auf dem Boden stand eine mit einem Tuch bedeckte Bahre. An den Wänden hingen Glasschränke voll blitzender Instrumente, weiter erkannte er zwei Leichtmetallstühle und mehrere Lampen.

Er kehrte wieder auf den Flur zurück.

In der Sekunde hörte er ein leichtes Geräusch. Irgend jemand versuchte, die gegenüberliegende Tür aufzuschließen. Mit einem schnellen Schritt verschwand er hinter der offenen Tür zu Rogers' Dienstzimmer. Auf dem Flur wurde eine Tür geöffnet und wieder geschlossen. Dann ertönten leise Schritte, und dann . . .

Nikki stürzte in Rogers' Dienstzimmer und griff nach ihrem Koffer, den sie dort abgestellt hatte. In dieser Sekunde erblickte sie Ellery.

»Sie!« japste sie.

»Ja, ich — Miss Nikki Porter«, entgegnete Ellery grimmig. »Was haben Sie sich eigentlich dabei vorgestellt, mich in dem Glauben zu lassen, Sie seien Barbara Braun? Was wird hier gespielt?«

»Oh, Mr. Queen, es ist etwas Schreckliches passiert!«

Er sah, daß sie zitterte und schneeweiß im Gesicht war.

»Passiert?« fragte er scharf. »Was meinen Sie damit?«

»Er ist tot, Mr. Queen! Er ist tot!«

Ellery regte sich nicht.

»Wer ist tot?«

»Mr. Braun!«

»Und woher wissen Sie das?«

»Ich habe ihn gesehen. Es war schrecklich. Alles voller Blut.«

»Wo?«

»Da drin.« Sie deutete auf die gegenüberliegende Tür.

»Warum haben Sie die Tür abgesperrt? Warum haben Sie sich eingeschlossen?«

»Das habe ich doch gar nicht. Das war er.«

Ellery nahm ihr den Koffer ab; mit der freien Hand packte er sie am Ellenbogen.

»Los, zeigen Sie's mir.« Er zog sie über den Flur in das Arbeitszimmer von Braun. »Wo ist er?«

Sie nickte zum Schlafzimmer hin. Er zog sie hinter sich her.

Den Koffer neben dem Bett abstellend, bedeutete er ihr: »Sie bleiben hier.«

Dann ging er zu dem nierenförmigen Tisch hinüber und sah auf den reglosen Körper hinunter. Er kniete sich neben die Leiche, betrachtete prüfend die Kehle, den rotbraun gefleckten Morgenmantel und die blutleeren, leicht angewinkelten Finger der Hand. John Braun war tot, daran gab es keinen Zweifel.

Er erhob sich wieder. Mit einem Blick umfaßte er den ganzen Raum; den Fußboden, Tisch und Schrank, das Bett, die Wände. Er öffnete die Tür des Wandschrankes, schob die Anzüge beiseite und klopfte an die dahinterliegende Wand. Im Badezimmer untersuchte er die Fenstergitter. Schließlich kehrte er ins Schlafzimmer zurück. Auch hier prüfte er die Eisenstreben vor dem Fenster und rüttelte daran. Er klopfte alle vier Wände ab. Nachdem er den Teppich hochgeschlagen hatte, kniete er sich auf den Boden und tastete die Dielenbretter ab. Schließlich stand er auf und ging ins Arbeitszimmer.

»Kommen Sie her«, rief er Nikki zu. »Und vergessen Sie Ihren Koffer nicht.«

Nikki gehorchte. Ihre Erregung hatte sich mittlerweile etwas gelegt. Die Art, wie er die Sache anpackte — kühl, sachkundig und tüchtig — wirkte beruhigend auf ihre Nerven. Sie beobachtete ihn, wie er leise im Zimmer umherging. Seine Augen schienen auch das kleinste Detail wahrzunehmen.

Schließlich blieb er vor ihr stehen, und sie las in seinen Augen die gleiche gnadenlose Objektivität.

»Sagen Sie mir genau, was geschehen ist. Alles, von dem Moment an, als Sie das Haus betreten haben.«

Sie berichtete, zuerst stockend und dann mit steigendem Selbstvertrauen immer fließender. Als sie geendet hatte, reichte sie ihm den Bogen, auf dem sie ihre Geschichte hatte schreiben wollen.

Er sah darauf hinunter und steckte ihn dann ein.

»»Mädchen in der Falle!« Diesmal haben Sie wirklich den Nagel auf den Kopf getroffen.«

»Wieso?« fragte sie bestürzt.

»Jemand hat John Brauns Halsschlagader aufgeschlitzt, und zwar mit einem Messer. Der einzige Ausgang aus dem

Schlafzimmer führt durch dieses Arbeitszimmer. Und hier kommt man wiederum nur durch die Tür hinaus, die auf den Gang führt und die abgeschlossen war — bis zu dem Moment, als Sie sie wieder aufsperrten.«

»Das stimmt«, gab sie zaghaft zu.

»Das Messer, oder was auch benutzt wurde, ist verschwunden. Damit ist es klar, daß es sich um einen Mord handelt. Sie waren die einzige Person hier in diesen Räumen, während Braun ermordet wurde. Was schließen Sie also daraus?«

»Jedenfalls nicht, daß ich ihn umgebracht und das Messer beiseite geschafft habe«, entgegnete sie. Sie war blaß geworden, gab seinen Blick aber ohne Wimpernzucken zurück. »Und zwar, weil ich es nicht getan habe — falls Sie das denken sollten.«

»Die Polizei wird es jedenfalls denken«, entgegnete er ruhig.

»Und was für ein Motiv sollte ich haben?« Ihre Stimme klang eher aufgebracht und eine Spur ironisch als verängstigt. »Ich habe den Mann heute nachmittag zum erstenmal gesehen.«

»Überlassen Sie das ruhig dem D. A. Staatsanwälte haben eine große Begabung, Motive aufzudecken. Er könnte vielleicht zu der Ansicht kommen, daß Sie Ihre Freundin rächen wollten.«

»Und das glauben Sie auch?« Ihre Augen blitzten ihn an.

»Nein, das glaube ich nicht. Ich sage nur, wie die Polizei reagieren wird. Polizeibeamte haben eine ganz spezielle Denkweise. Ich bin Schriftsteller und kein Polizeibeamter. Ein Schreiberling urteilt nicht vorschnell, denn er weiß, daß Tatsachen manchmal überzeugender lügen können als Menschen. Ein Schreiberling gehört zu der Sorte von Idioten, die sich von ihrem Instinkt leiten lassen. So, und jetzt müssen wir Sie hier rausschaffen, ehe der Alte anrauscht.«

»Der Alte?«

»Inspektor Queen. Er ist nämlich auf dem Weg hierher

— mit Barbara und Jim Rogers.« Ellery wischte die Tischplatte und die Sessellehne mit seinem Taschentuch ab. »Haben Sie außerdem irgendwas angefaßt?«

»Nein«, sagte sie. »Aber wäre es nicht besser, wenn ich hierbliebe und alles erklärte?«

»Was wollen Sie erklären? Meine Beste, Sie werden machen, daß Sie hier rauskommen.« Er zerrte sie am Arm zur Tür. »Geben Sie mir Ihren Koffer.«

Eilig liefen sie durch den Korridor zur rückwärtig gelegenen Treppe. Auf halber Höhe blieb Ellery stehen und lauschte, dann schlichen sie nach unten. Gleich darauf schlüpften sie durch den mit einer Fliegengittertür versehenen Lieferanteneingang. Ellery warf einen vorsichtigen Blick ins Freie. Neben der Auffahrt erkannte er einen zementierten Fußweg. In fünfzig Schritt Entfernung mündete er in einer Öffnung der schulterhohen Buchsbaumhecke.

»Vorsicht jetzt«, sagte er. »Gehen Sie ganz normal, nur nicht rennen. Wenn wir auf der anderen Seite der Hecke sind, ducken Sie sich.«

Sie schafften es ungesehen bis zu dem Durchgang. Dann schlichen sie unbemerkt an der Hecke entlang, bis sie von Ligusterbüschen abgelöst wurde und sie den nördlichen Waldrand erreicht hatten. Hier endete das Pflaster und ging in einen Sandweg über, der sich durch Unterholz und kleinere Rebenanpflanzungen schlängelte. Mehrere hundert Meter liefen sie so hintereinander her. Hier gabelte sich der Weg. Nach Westen zu senkte er sich in eine Schlucht, die zum Fluß führte, nach Osten stieg er an in Richtung Gun Hill Avenue. Ellery Queen wandte sich ostwärts, dem entfernten Geräusch des vorbeiziehenden Verkehrs entgegen.

Als sie die Gun Hill Avenue erreicht hatten, blieb er stehen und holte eine Karte aus der Brieftasche. Er kritzelte ein paar Zeilen und reichte sie Nikki hin.

»Hier ist die Adresse meines Apartments«, erklärte er. »Ich habe ein paar Worte für Annie, unser Mädchen, geschrieben — sie wird sich um Sie kümmern. So, und nun nehmen Sie das erste Taxi, das Sie kriegen können, und fahrten dorthin. Und da bleiben Sie erst mal und setzen keinen Fuß vor die Tür.«

»Aber warum soll ich nicht . . .«

Er unterbrach sie.

»Das ist der einzige Platz, wo die Polizei Sie nicht suchen wird, und bestimmt etwas gemütlicher als eine Zelle im Frauengefängnis.«

»Hoffentlich wissen Sie, was Sie tun«, sagte Nikki zaghaft.

»Bestimmt«, versicherte er ihr. »Ich nehme in kauf, als Komplize einer Mörderin angeklagt zu werden. Aber was bleibt mir anderes übrig — ich habe Sie in die ganze Geschichte hineingezerrt.«

Nikki sah ihn mit großen Augen an.

»Aber was werden Sie unternehmen? Wo wollen Sie hin?« fragte sie.

»Zurück zum Sanatorium.«

Mit weitausholenden Schritten lief er den Weg zurück, den sie gekommen waren, und war bald im Schatten der Bäume verschwunden.

8

Wieder im ›Tempel der Gesundheit‹, öffnete Ellery eben die Tür zu Brauns Arbeitszimmer, als er im Parterre die Stimme seines Vaters hörte. Er ging bis zur Treppe, beugte sich über das Geländer und sah, wie Mrs. Braun tränenüberströmt ein braunhaariges Mädchen — wahrscheinlich ihre Tochter Barbara — umarmte.

»Ach, mein Kind, ich bin ja so glücklich«, schluchzte sie.

An der Tür, den Inspektor um einiges überragend, stand Sergeant Velie, drehte seinen grauen Filzhut zwischen den Händen und grinste wohlwollend. Wie ein Weihnachtsmann, fand Ellery.

Der Inspektor räusperte sich.

»Mrs. Braun, ich habe Ihrer Tochter für den Fall, daß sie nach Hause gehen sollte, versprochen, ein paar Worte mit ihrem Vater zu wechseln und zu versuchen, ob ich die beiden nicht vielleicht wieder versöhnen kann.«

»Vielen Dank, Inspektor. Vielen, vielen Dank.« Nur widerstrebend entließ sie Barbara aus ihren Armen. »Es ist mir zwar peinlich, Fremde mit unseren Privatangelegenheiten zu belästigen, aber mein Mann ist krank ... Und ziemlich dickköpfig.«

»Am besten spreche ich allein mit ihm«, schlug der Inspektor vor.

»Natürlich. Er ist in seinem Zimmer, oben im ersten Stock. Die zweite Tür rechts vom Gang. Wie soll ich das nur jemals wieder gut machen, Inspektor?«

Ellery Queen verschwand geräuschlos in Brauns Arbeitszimmer. Er saß an dem großen Schreibtisch, als es an der Tür klopfte.

»Herein.«

Die Tür ging auf.

»Ja, was machst du denn hier?« erkundigte sich Inspektor Queen. »Dich wird man wohl überhaupt nicht mehr los?«

»Ich habe auf dich gewartet«, entgegnete Ellery folgsam. »Man hat mir am Telefon gesagt, daß du auf dem Weg hierher seist.«

»Und was geht dich das an?« brummte der Inspektor. »Ich will mit John Braun sprechen.«

»Da wirst du eine Enttäuschung erleben.«

»Keine Sorge, mit mir wird er schon reden.«

»Mit durchschnittener Kehle?«

»Wie bitte?« Der Inspektor glaubte, nicht richtig gehört zu haben.

»Jemand hat ihm den Hals durchschnitten«, erklärte Ellery. »Er ist mausetot. Da drin liegt er.« Und er deutete auf das Schlafzimmer.

»Ach, du mein Schreck«, sagte Inspektor Queen und ging auf die Tür zu.

Eine Zeitlang starrte er auf den leblosen Körper hinunter, dann sah er sich im Zimmer um.

»Keine Waffe irgendwelcher Art?«

»Nein. Ich habe nichts dergleichen gefunden.«

»Also Mord«, sagte der Inspektor.

»Sieht stark so aus, Dad.«

Der Inspektor griff nach dem Telefonhörer und rief das Hauptquartier an. Mit wenigen Worten gab er seine Anweisungen.

Als er den Hörer wieder zurückgelegt hatte, wandte er sich stirnrunzelnd an Ellery. »Und was hast du hier zu suchen?«

»Das Mädchen — diese Nikki Porter.«

»Und zu welchem Zweck?«

»Um ihr den Hals umzudrehen.«

»Hm«, machte der Inspektor. »Vielleicht erzählst du mir nun endlich, was du von der Geschichte weißt.«

Ellery berichtete wahrheitsgetreu von seinen Entdeckungen, nur ließ er aus, daß er Nikki eingeschlossen im Mordzimmer vorgefunden hatte. Er beschränkte sich zu erzählen, wie wütend er auf das Mädchen gewesen wäre, wie er sie gesucht hatte, und wie er, als sie nicht in Dr. Rogers' Arbeitszimmer war, daraufhin in Brauns Zimmer nachgeschaut hatte und diesen dann mit durchschnittener Kehle aufgefunden hatte. Und da ihm bekannt war, daß sich sein Vater bereits auf dem Weg befand, hatte er seine Ankunft abwarten wollen, ehe er Alarm schlug. Er hatte aber im Vorzimmer am Schreibtisch Posten bezogen.

»Üble Geschichte«, brummte Inspektor Queen. Dann trat er in die Tür und brüllte nach unten: »Velie, kommen Sie sofort rauf! Es gibt Arbeit.«

Detektive, Fingerabdruckleute und Fotografen waren gekommen, hatten ihre Arbeit verrichtet und waren wieder

gegangen. Dann erschien Dr. Samuel Prouty, der Polizeiarzt, im ›Tempel der Gesundheit‹. Prouty war ein jahre-
langer Freund des Inspektors, ein mißmutig wirkender, sar-
kastischer Bursche, der sich ständig – und zu recht – be-
klagte, völlig überlastet zu sein. Einen Mord betrachtete er
beinahe als persönliche Beleidigung.

Um fünf Uhr nachmittags stapfte er in Brauns Schlafzimmer, nickte dem Inspektor und Sergeant Velie sauer-
töpfisch zu, übersah Ellery und beugte sich über Brauns Leiche.

»Ich verstehe gar nicht, warum Sie mich hier rauszitiert
haben«, blaffte er den Inspektor an.

»Hören Sie auf zu meckern und machen Sie sich an die
Arbeit«, entgegnete dieser ungerührt.

»Nun denkt man schon, man könnte einmal rechtzeitig
nach Hause zu seiner Familie kommen, da muß sich wieder
so ein Idiot umlegen lassen.« Prouty schob sich das zer-
kaute Ende einer halb aufgerauchten, erloschenen Zigarre
zwischen die Zähne und betrachtete noch einmal die Leiche. »Durchschnittene Kehle. Halsschlagader angeritzt.
Wiedersehen.«

»He, Moment noch«, rief der Inspektor. »So schnell lasse
ich Sie nicht aus den Fingern.«

»Das sieht doch ein Blinder, daß der Bursche verblutet
ist – und Sie schleifen mich darum raus nach Spuyten
Duyvil.«

»Wie lange ist er schon tot?«

Prouty befühlte die Gliedmaßen des Toten und prüfte
das geronnene Blut.

»Etwa zwei Stunden.« Und nach einem Blick auf die
Uhr: »Muß gegen drei gewesen sein.«

Der Inspektor wandte sich an Ellery.

»Wann bist du hier angekommen, El?«

»Etwas später. Viertel nach drei, würde ich sagen.«

Prouty sah Ellery an, als bemerke er ihn erst jetzt.

»Sie werden eine Obduktion machen müssen, Sam«,
sagte der Inspektor.

»Wozu, um alles in der Welt?« begehrte Prouty auf. »Das sieht doch ein Blinder, daß . . .«

»Es handelt sich um einen Mord«, gab der Inspektor zurück.

»Heilige Mutter Gottes!« rief Prouty mitleidheischend. »Für was haltet ihr mich eigentlich? Bin ich ein Übermensch?«

»Ich möchte, daß Sie ihn nach Gift untersuchen. Vielleicht hat ihn jemand mit Arsen gefüttert und seine Kehle nur zum Spaß durchschnitten.«

»Die Nacht arbeite ich jedenfalls nicht durch. Kommt nicht in die Tüte. Morgen früh lasse ich mit mir reden.«

»Es eilt aber diesmal, Sam.«

»Diesmal! Wann eilt es euch eigentlich nicht, möchte ich wissen? Heute abend bin ich jedenfalls zum Poker verabredet. Bill und Jerry haben mir letzte Woche sechzehn Dollar abgeknöpft, die werde ich mir heute zurückholen — ob's euch paßt oder nicht.«

»Dann aber gleich morgen früh«, bat Inspektor Queen.

Prouty grunzte.

»Hier haben Sie die Transportbescheinigung.«

»Wir bringen ihn später auf einer Bahre fort. Einstweilen möchte ich die Leiche noch hierbehalten, während ich die Leute vernehme — wegen des psychologischen Effekts.«

»Wie Sie wollen. Ich trolle mich jedenfalls«, gab Prouty zurück und stapfte auf die Tür zu.

Um sechs Uhr saßen Cornelia Mullins, Rocky Taylor und Zachary in Brauns Schlafzimmer. Ellery Queen stand am Fenster und blickte hinaus. Sergeant Velie lehnte an der Tür, die in Brauns Arbeitszimmer führte. Inspektor Queen hatte sich an dem nierenförmigen Tisch niedergelassen. Am Fuße des Betts stand die Bahre mit dem Toten, den man mit einem Laken bedeckt hatte. Jetzt richtete der Inspektor einen strengen Blick auf die drei Versammelten, von denen jeder seiner Meinung nach nicht nur ein Motiv gehabt hatte, Braun umzubringen, sondern auch die nötige Gelegenheit.

Im Moment sahen alle drei verstört und erschöpft aus — der Inspektor hatte sie gehörig in die Zange genommen. Zachary konnte seine Hände nicht stillhalten und beschäftigte sich damit, einen Bogen Papier in einen festen Zylinder zu rollen. Cornelia beobachtete Rocky Taylor, der an seinem falschen Brillantring drehte und ihrem Blick auswich.

»Wie Mrs. Braun mir berichtet hat«, sagte der Inspektor, »hatte ihr Mann am Nachmittag ein neues Testament aufgesetzt und außerdem die Absicht bekundet, das Unternehmen aufzulösen.«

»Das bestreitet auch niemand«, sagte Zachary schnell.

»Dann bestreiten Sie wohl auch nicht, daß Sie die einzigen Personen sind, die ein Interesse an dem Verschwinden des neuen Testaments haben können, womit zwangsweise das alte Testament wieder in Kraft tritt? Mit anderen Worten — alle drei, wie Sie da sitzen, sind in dem alten Testament bedacht, das Mr. Zachary im Safe von Mr. Brauns Arbeitszimmer gefunden hat, während Sie in dem neuen Testament sozusagen enterbt wurden — das aber glücklicherweise nicht mehr aufzufinden ist, ebensowenig wie die Mordwaffe.«

Alle schwiegen.

»Wenden wir uns nun einmal Ihren Alibis zu. Mr. Zachary, Sie behaupten, unten in Ihrem Büro gewesen zu sein. Sie haben Abrechnungen gemacht?«

Zachary nickte. »Ganz richtig.«

»Aber Sie können niemanden namhaft machen, der Ihre Aussage bestätigt«, fuhr der Inspektor fort. »Und Mr. Taylor und Miss Mullins, Sie wollen, nachdem Sie das Zimmer hier verlassen hatten, spazieren gegangen sein?«

»Am Fluß entlang«, nickte Rocky Taylor.

»Aber Sie haben niemanden gesehen und sind auch nicht gesehen worden.«

»Es stimmt aber«, protestierte Cornelia Mullins und strich sich nervös eine blonde Haarsträhne aus dem Gesicht.

»Natürlich. Wie lange sind Sie eigentlich schon miteinander verlobt?«

»Verlobt? Ach so — seit einigen Jahren.«

»Das wäre dann alles für den Augenblick. Ach ja, niemand verläßt ohne meine Erlaubnis das Grundstück.«

Nachdem sie hinausgegangen waren, winkte der Inspektor dem im Arbeitszimmer wartenden Jim Rogers zu, näherzutreten.

»Dr. Rogers«, begann er, nachdem Velie die Tür zugemacht hatte, »die Empfangsdame hat mir berichtet, daß heute nachmittag eine Miss Porter, Miss Nikki Porter, nach Ihnen gefragt hat. Warum haben Sie mir nichts davon gesagt?«

»Ich habe sie nicht gesehen«, entgegnete Rogers. »Als Sie mich vernahmen, wußte ich noch nichts davon; Miss Braun hat mir erst im Stadthaus davon erzählt, ich meine von der Szene, die sich in Nikkis Apartment abgespielt hat.«

»Aha«, sagte Inspektor Queen. »Das wäre alles.« Und zu Velie: »Rufen Sie mir bitte Miss Norris rauf.«

Als die Empfangsdame den Raum betrat, warf sie einen ängstlichen Blick auf die am Boden stehende, zugedeckte Bahre und sah schnell wieder fort.

»Miss Norris, wann hat die junge Dame, die Dr. Rogers sprechen wollte, das Haus wieder verlassen?«

»Das weiß ich nicht, Sir. Ich habe sie nicht gehen sehen.«

»Kommt Ihnen das nicht seltsam vor, daß sie ohne Ihr Wissen gegangen sein soll?«

»Keineswegs, Sir. Ich werde oft von meinem Platz fortgerufen. Kurz darauf hat mich zum Beispiel Mrs. Braun rufen lassen.«

Ellery Queen starrte immer noch aus dem Fenster, lauschte aber angestrengt auf jedes Wort. Wie lange würde sein Vater noch auf diesem Thema verharren?

»Was wollte Mrs. Braun denn?«

»Sie sagte mir, daß Mr. Braun nicht gestört sein wollte. Es ist schrecklich, Sir. Ist Mr. Braun — erstochen worden?«

»Nein. Jemand hat ihm die Halsschlagader durchschnitten, mit einem Messer oder einem scharfen Instrument.«

»Oh«, sagte sie und fuhr etwas zurück. Dann sah sie zum Tisch hin und tat einen Schritt darauf zu. »Es ist weg«, flüsterte sie. »Hat man das benutzt?«

»Was denn?«

»Das Papiermesser.«

»Welches Papiermesser?«

»Das Mr. Braun hier immer auf seinem Tisch liegen hatte. Er hat immer die Post damit geöffnet.«

»Wie sah es denn aus?«

»Es war klein und sehr scharf. Der Griff war mit Brillanten besetzt. Ich glaube, es war eine venezianische oder florentinische Arbeit — irgendwas Italienisches. Aber vielleicht liegt es ja in der Schublade.«

»Da liegt es nicht, Miss Norris. Vielen Dank, Sie waren eine große Hilfe.«

»Velie«, sagte der Inspektor, nachdem das Mädchen wieder gegangen war. »Fragen Sie mal Mrs. Braun, ob sie sich an das Papiermesser erinnert. Ich meine, ob sie es heute nachmittag, als alle hier versammelt waren, gesehen hat. Und dann rufen Sie das Hauptquartier an. Fahndungsbefehl für Miss Nikki Porter.«

»Dad!« Ellery wandte sich vom Fenster ab, als der Sergeant das Zimmer verlassen hatte. »Sieh dir das mal an!«

Der Inspektor trat neben seinen Sohn ans Fenster.

In ungefähr zweihundert Meter Entfernung, in der Nähe des Waldrands, war der alte Amos eifrig dabei, ein tiefes Loch zu graben. Nur sein Oberkörper ragte noch heraus. Es schien immer noch nicht tief genug zu sein, da er unermüdlich weiter grub.

»Was macht der denn da?« fragte der Inspektor verwundert.

»Sehen wir doch nach«, schlug Ellery vor.

»Gut, gehen wir.«

»Hallo, wie heißen Sie eigentlich?« fragte der Inspektor, als sie neben der Grube standen.

Der in Lumpen gekleidete Alte sah nicht hoch. Wieder flog eine Schaufel voll Erde auf den ständig größer werdenden Haufen. Der Rabe schwang sich mit lautem Flügelschlag von seiner Schulter, flog auf einen Ahornbaum und krächzte vernehmbar.

»Amos«, erwiderte der alte Mann schließlich.

»Arbeiten Sie hier?« fragte der Inspektor weiter.

»Arbeit macht das Leben süß«, murmelte Amos, ohne mit seiner Beschäftigung innezuhalten.

»Kra-kra«, ertönte es über ihren Köpfen.

»Gehört Ihnen dieses schwarze Vieh?«

»Josef ist mein Freund, mein einziger Freund. Josef heißt er.«

Ein Klumpen Erde landete auf Ellerys Schuh. Etwas Gelbes schimmerte darin. Er bückte sich und hob eine Porzellanscherbe auf.

»Wissen Sie, daß Mr. Braun tot ist?« erkundigte sich der Inspektor.

»Alles kommt und vergeht, kommt und vergeht«, leierte Amos.

Ellery warf die gelbe Scherbe gegen den Stamm des Ahornbaums.

»Warum graben Sie eigentlich so ein tiefes Loch?« fragte er.

»Das wird ein Grab.«

»Für wen denn?«

»Die Erde ist meine Mutter.«

Inspektor Queen gab Ellery ein Zeichen.

Auf dem Rückweg zum Haus sagte er: »Der Alte ist etwas wirr, aber ich glaube nicht, daß er so verrückt ist, wie er sich stellt. Wir sollten ihn im Auge behalten.«

Ellery sah über die Schulter zurück. Der Rabe war auf den Boden heruntergekommen und pickte jetzt an der Porzellanscherbe.

Sergeant Velie kam ihnen schon entgegen.

»Sie sagt, das Papiermesser hätte heute nachmittag noch auf dem Schreibtisch gelegen«, berichtete er aufgeregt. »Wenn Sie mich fragen, hat ihn das Mädchen umgelegt.«

»Das weiß Mrs. Braun ganz genau?«

»Ganz genau. Sie sagt, Mr. Braun hätte die ganze Zeit damit gespielt.«

»Haben Sie den Abtransport der Leiche veranlaßt?«

»Ja, Inspektor. Die Sanitäter sind da, ich habe ihnen die unterschriebene Bestätigung gegeben und gesagt, sie könnten sie jetzt mitnehmen.«

Wie um die Worte des Sergeanten zu bestätigen, erschienen jetzt zwei Männer im Hauseingang, die eine mit einem Laken bedeckte Bahre zwischen sich trugen, und sie kurz darauf in den Wagen des Leichenschauhauses schoben. »Damit der alte Prouty nicht arbeitslos wird«, grinste Velie.

»Also, Sohn«, sagte Inspektor Queen, als der Wagen verschwunden war, »ich fahre jetzt mit Velie zurück zum Hauptquartier. Zum Abendessen werde ich nicht zu Hause sein. Sag Annie Bescheid, ja?«

»Dann machst du dich also auf die Suche nach Miss Porter?« erkundigte sich Ellery Queen.

»Richtig. Bis morgen früh sollten wir sie gefunden haben.«

Velie hielt dem Inspektor die Wagentür auf und zwängte sich dann selber hinter das Steuer. Sein Schuh, Größe 12 ½, trat auf den Anlasser.

»Sie sind doch so großartig, wenn es darum geht, Miss Porter aufzuspüren«, grinste er. »Warum versuchen Sie es nicht noch einmal?«

»Hört auf, mich hochzunehmen«, wehrte Ellery zerknirscht ab. »Ich weiß selber, daß ich einen Bock geschossen habe.«

»Schnapp dir jedenfalls nicht wieder das falsche Mädchen«, lachte der Inspektor. »Es könnte verheiratet sein und einen eifersüchtigen Ehemann haben.«

Ellery zog es vor, nichts darauf zu antworten. Mit gerunzelter Stirn stieg er in seinen Wagen.

Er war ein Narr. Jeder, der seinen Verstand nur halbwegs beisammen hatte, mußte sehen, daß es nur Nikki gewesen sein konnte. Sämtliche Umstände deuteten auf sie. Es gab keinen anderen Ausgang aus Brauns Räumen — keine Fall- oder Tapetentür —, als die abgeschlossene, die von seinem Arbeitszimmer in den Korridor führte. Aber er hatte Nikkis Augen gesehen, dunkle, angsterfüllte, aber unschuldige Augen. Verdammt noch mal! Um dieser Augen willen machte er sich zum Narren. Und nun saß er mit ihr in der Patsche — bis über die Ohren — und durfte beweisen, daß Unmögliches möglich war. Mehr nicht. Nur diese eine Kleinigkeit. Er mußte herausfinden, wer John Braun umgebracht hatte und wie dieser Jemand es fertiggebracht hatte. Vor allem das Wie war die große Frage.

Und außerdem mußte er sich beeilen. Wenn sein Vater merkte, daß Nikki in ihrem Apartment . . .

»Mr. Ellery Queen«, sagte er laut, während der Wagen anfuhr, »Sie sind ein Idiot! Wahrscheinlich sind Sie als Baby zu heiß gebadet worden.«

»Kra-kra.« Es hörte sich an, als ob das Rabenvieh sich über ihn lustig machen wollte. »Kra-kra.«

9

Es war kurz nach vier, als Nikki an der Tür des Queen'schen Apartments in der West 87th Street läutete und Annie, grauhaarig und wachsam, Köchin, Stubenmädchen und Faktotum, die Tür öffnete und sie begutachtete.

»Mr. Queen hat gesagt, ich soll hier auf ihn warten«, sagte Nikki.

Annie räusperte sich.

»Mr. Ellery Queen, nehme ich an?« Prüfend betrachtete sie das Mädchen.

»Ja.« Nikki errötete und händigte ihr Ellerys Karte aus.

»Treten Sie näher«, sagte Annie resigniert. »Mr. Ellery sagt, ›in sein Arbeitszimmer‹.« Annie schob die Lippen vor, während sie die Tür hinter Nikki zumachte.

Auf der gegenüberliegenden Seite der Eingangsdiele lag das große Wohnzimmer. Es war gemütlich und so sauber und aufgeräumt, daß es beinahe bedrückend wirkte. Jedes Ding stand an seinem genauen Platz; die Aschenbecher sahen so funkelnagelneu aus, daß niemand gewagt hätte, auch nur eine Zigarette darin auszudrücken. Die polierte Schreibtischplatte, auf der eine altmodische Leselampe prangte, wurde von keinem Staubkörnchen verunziert; der Teppich, in braun-rosa, hätte jederzeit für eine Staubsaugerwerbung dienen können. Gegenüber der mit buntem Chintz bezogenen Couch, deren Kissen Annie aufgeschüttelt und wieder glattgestrichen hatte, ging die Tür zu Inspektor Queens Schlafzimmer ab. Direkt neben der Couch war eine Schiebetür zum Eßraum. Dahinter lagen die Pantry und die Küche, wie Nikki am Summen des Kühlschranks erkannte. Im Vorbeigehen konnte sie eine Reihe blankgeputzter Aluminiumtöpfe und -pfannen erkennen.

Ellery Queens Arbeitszimmer lag am Ende des Korridors. Nikki öffnete die Tür — und erstarrte.

Der Raum befand sich im Zustand der unglaublichsten Unordnung. Es roch nach kaltem Zigarettenrauch. Der Tisch am Fenster war mit Manuskripten, Zeitschriften, Zeitungen, nicht ausgeleerten Aschenbechern, Bleistiften, Radiergummis, Pfeifen, zerdrückten Zigarettenschachteln, einer Krawatte, einem Pantoffel, drei Schlittenklingeln und einer Elefantenglocke, drei Korken, die aufeinandergebaut waren und wie der schiefe Turm von Pisa aussahen, und schließlich noch mit einer Schreibmaschine vollgepackt.

Annie war zutiefst gekränkt.

»Mr. Ellery läßt mich auch nichts in seinem Zimmer anfassen«, erklärte sie, rümpfte die Nase und öffnete das Fenster. »Mit etwas frischer Luft wird es vielleicht besser, aber um diesen Mief hier rauszukriegen, müßte man einmal von Grund auf saubermachen.« Wütend sah sie die überquellenden Aschenbecher an. »Nicht mal die darf ich ausleeren. Wenn sie voll sind, kippt er alles in die große Bodenvase da.« Dabei deutete sie auf eine blaue Porzellanvase, in der zwei Spazierstöcke, eine Gardinenstange, ein Stück Bleirohr (Erinnerungsstücke an einen längst gelösten Mordfall) und ein paar Kätzchenzweige standen. Dann beeilte sich Annie, die Schlafzimmertür zu schließen, wobei ihr Gesichtsausdruck besagte, daß dieses Allerheiligste nicht durch die Augen eines weiblichen Eindringlings entweiht werden dürfe. Sie nahm ein Buch vom Regal und reichte es Nikki. »Wenn Sie inzwischen etwas lesen wollen — das ist Mr. Ellerys letztes Werk«, verkündete sie stolz. »Und wenn Sie sonst was brauchen, dann rufen Sie nur.«

»Vielen Dank«, entgegnete Nikki.

Plötzlich beugte sich Annie zu ihr, ihre Augen leuchteten, und es war nichts mehr von der vorherigen Mißbilligung zu merken.

»Es geht doch nichts über einen guten Mord, finden Sie nicht, Miss?«

Nikki zuckte innerlich zusammen.

»Finden Sie nicht?« drängte Annie.

»O ja, natürlich. Selbstverständlich.«

»Ich komme bloß nie auf den Mörder. Wetten, daß Sie in dem da . . .« und sie nickte zu dem Buch hin, das Nikki in der Hand hielt, ». . . auch nicht drauf kommen? So, und nun muß ich mich wieder an meine Arbeit machen.« Und damit verließ sie das Zimmer.

Nikki ließ den Blick umherwandern. Ellery Queen schien nicht sonderlich begabt zu sein, wenn es darauf ankam, mit zerknüllten Papierbällen richtig in den Korb zu zielen. Der Boden in der Nähe des Papierkorbs war mit derlei Bällen übersät. Vor dem Schreibtisch stand ein bequemer Stuhl mit einer verstellbaren Rückenlehne, die so weit zurückgestellt war, wie es der Mechanismus erlaubte. Für Nikki hieß das, daß Ellery es liebte, beim Nachdenken die Füße auf den Schreibtisch zu legen. Auf der flachen Sessellehne entdeckte sie eine Anzahl kleiner weißer Gegenstände. Offensichtlich pflegte Ellery seine Pfeifenreiniger zu zerschnippeln und aus den Stückchen kleine Figuren zu formen. Was sie in der Hand hielt, war ein Rentier. Weiter erkannte sie einen Affen, einen Elefanten und ein Schwein. Unter der Schreibmaschine ragte die Schere heraus. Kopfschüttelnd stellte sie das Ren zum Rest der Herde zurück.

So also verbrachte Mr. Ellery Queen seine Zeit! Es sah so aus, als habe er das ganze Zeug zusammengeschoben, um Platz für seine Schreibmaschine zu machen. Was Männer doch für seltsame Geschöpfe waren! Wie konnte er es in dieser Unordnung aushalten?

Sie sammelte die Aschenbecher zusammen und trug sie zur Fensterbank. Nachdem sie sich mit einem Blick versichert hatte, daß niemand sie beobachtete, kippte sie den Inhalt schnell auf den Hof hinaus.

Dann nahm sie einen abgetragenen Filzhut von der Couch, setzte sich und schlug das Buch auf.

Als sie die Überschrift las, gähnte sie.

Was für ein seltsamer Mann . . .

Der Mord an John Braun war auf einmal in weite Ferne gerückt.

Um Viertel nach sieben kehrte Ellery in die Wohnung zurück.

»Annie!« rief er. »Wo stecken Sie, schöne Annabel Lee?«

Annie schlurfte ihm entgegen.

»Da sind Sie ja endlich, Mr. Ellery. Wurde auch Zeit!«

»Was ist denn los, Annie?« Annies Nasenflügel bebten; immer ein Zeichen, daß sie ärgerlich war. »Ist Miss Porter angekommen?«

»Ich hab die junge Dame in Ihre Höhle geführt, wie Sie geschrieben haben. Aber wollten Sie mich nicht vorher anrufen, ehe Sie kamen, damit ich den Braten rechtzeitig in die Röhre stellen konnte? Jetzt ist es dazu zu spät, jetzt gibt's Eier und Schinken, und ich möchte nicht wissen, was der Inspektor dazu sagt.«

Ellery Queen grinste.

»Dad kommt zum Abendessen gar nicht nach Hause, Annie, und ich esse auswärts.«

»Ach, Sie essen auswärts! Und ich habe die Eier schon verquirlt. Das sind mir ja schöne Manieren so plötzlich.«

»Annie, Dad hat recht gehabt.«

»Was soll das nun wieder heißen, Mr. Ellery?«

»Er sagte, Sie seien völlig überarbeitet und brauchten etwas Ruhe. Er bestand direkt darauf, daß Sie Urlaub nehmen sollten.«

»Aber ich war doch vor einem halben Jahr in Urlaub«, protestierte Annie.

»Macht nichts. Dad sagt, morgen früh wollte er Sie nicht mehr sehen, und übermorgen und über-übermorgen auch nicht. Sie sollen ausspannen. Es wird Ihnen gut tun.«

Ellery Queen holte ein paar Geldscheine aus seiner Brieftasche und drückte sie Annie in die Hand.

»Na, so was!« brachte Annie zweifelnd hervor.

»Das wäre ein Wochenlohn. Und vor einer Woche wollen wir Sie nicht hier sehen, Annie. Also, erholen Sie sich gut.«

»Wo hat man so was schon gehört?« Aber Annie lächelte jetzt.

»So, nun raus mit Ihnen. Auf der Stelle.«

»Aber die Eier, Mr. Ellery.«

»Darum werde ich mich schon kümmern.«

Wenige Minuten später — er hatte Annie kaum genügend Zeit gelassen, ihr Kleid zu wechseln und einen Hut aufzusetzen — schob er sie aus der Tür und machte sie hinter ihr zu. Dann seufzte Ellery erleichtert auf und ging in sein Arbeitszimmer.

Auf der Schwelle blieb er wie festgenagelt stehen. Den Kopf auf seinem blauen Morgenmantel, sein neuestes Buch neben sich auf dem Boden, lag Nikki Porter auf der Couch — in tiefem Schlaf. Der kleine beige Strohhut war ihr über ein Auge gerutscht. Das andere öffnete sich groß und erstaunt, als Ellery das Zimmer betrat.

»Mein Held!« Sie richtete sich auf. »Es wird auch langsam Zeit.«

»Müde?« fragte er mitfühlend.

»Aber nein«, gab sie bitter zurück. »Ich habe nur Ihr neuestes Buch gelesen, das war das beste Schlafmittel. Es würde sogar 'ne Meise an einem Frühlingsmorgen einschläfern. Was gibt's inzwischen Neues?«

»Nichts, außer daß eine Großfahndung nach einem schnippischen braunäugigen Ding mit einer Stupsnase eingeleitet ist«, sagte er liebenswürdig.

Er hatte irgendeine Schreckensäußerung von ihr erwartet, statt dessen sah sie auf ihre Uhr.

»Kein Wunder, es ist ja auch beinahe halb acht.«

»Ich verstehe kein Wort.« Ellery ließ sich in seinen Schreibtischstuhl fallen und legte die Füße auf die Platte. Dabei wippte er mit einem Schuh. »Was ist kein Wunder?« erkundigte er sich.

»Daß ich nervös und durcheinander bin. Seit dem Frühstück habe ich nichts mehr zu essen bekommen.«

»Ich auch nicht.«

»Und was gedenken Sie zu tun?«

»Wenn Sie Lust haben, können Sie etwas Toast und Kaffee für uns machen. Und dazu ein paar Rühreier.«

»Ich soll kochen?« Ihre Stimme klang entsetzt.

Ellery Queen sah sie neugierig an.

»Wieso? Können Sie nicht kochen?«

»Natürlich nicht. Ich bin Schriftstellerin und keine Köchin.«

»Vielleicht ist das sogar ein Vorteil.«

»Was meinen Sie damit?«

»Ich meine, daß Sie nicht kochen können. Wenn Sie so kochen wie Sie schreiben . . .« Er fing an zu lachen.

Dabei stieß er mit dem Fuß an die Schreibmaschine, daß der Wagen klingelnd ins Rutschen geriet.

»Sitzen Sie eigentlich immer so unbequem mit den Füßen über dem Kopf?« fragte sie eisig.

»Die ideale Fußstütze ist ein Kaminsims«, klärte Ellery sie auf. »Aber unglücklicherweise hat das Zimmer keinen Kamin. Ach, würden Sie mir bitte wohl meine Pfeife rüberreichen? Die mit dem abgekauten Stiel? Sie muß irgendwo hier auf dem Schreibtisch liegen.«

»Wollen Sie Annie endlich sagen, daß sie mir etwas zu essen bringt, oder muß ich Ihnen erst Beine machen?« fragte sie und erhob sich dabei.

»Sind Sie denn wirklich so hungrig?« fragte er verwundert.

»Ich sterbe vor Hunger!«

»Ach, du liebe Güte, was machen wir da? Annie arbeitet nämlich nicht mehr bei uns.«

»Was soll das? Ich dachte, sie gehört zum Haushalt.«

»Ich habe ihr gerade eine Woche Urlaub gegeben.«

»Warum?« fragte Nikki und sah ihn scharf an.

»Um sie loszuwerden. Sie hätte Dad sonst von Ihnen erzählt.«

»Wollen Sie damit behaupten, daß Ihr Vater auch hier wohnt?« Nikki war ganz blaß geworden.

»Natürlich. Die Wohnung gehört ihm.«

»Aber . . . Aber . . .« Nikki war sprachlos.

»Nur keine Aufregung. Er wird Sie nicht finden.« Ellery richtete seinen Zeigefinger wie den Lauf einer Pistole auf die Tür des Schlafzimmers, dann nahm er den Daumen etwas zurück — sozusagen der Hammer der Waffe — und ließ ihn vorschnellen. »Ich werde Sie darin verstecken.«

»Das werden Sie nicht«, entgegnete sie bestimmt und setzte ihren Hut gerade. »Ich werde mich nämlich von hier verziehen.«

»Wirklich? Dann rate ich Ihnen, sich gleich mit dem Taxi ins Frauenuntersuchungsgefängnis Ecke Sixth und Greenwich zu begeben. Die Küche dort soll ausgezeichnet sein, sagt man. Sie nehmen nur die beste Magermilch für ihre Rühreier, und Speck kommt ihnen natürlich nicht ins Haus.«

»Rühreier und Speck!« stöhnte Nikki. »Mein Gott, bin ich hungrig.«

Ellery Queen erhob sich und packte Nikki am Ellbogen.

»Sie kommen jetzt mit und benehmen sich wie ein artiges kleines Mädchen. Bis ich aus dem Schlamassel heraus bin, in den ich Ihretwegen geraten bin, werden Sie Ihr Stupsnäschen nicht vor die Tür stecken, verstanden?«

In der Küche hockte sich Nikki auf einen Schemel und sah hungrig zu, wie Ellery ein großes Stück Butter in die Pfanne tat und es über der Gasflamme zerlaufen ließ. Als es eine goldbraune Tönung annahm, goß er die von Annie gequirlten Eier, zu denen er vorher noch eine halbe Tasse Sahne gerührt hatte, hinein.

»Möchten Sie außer dem Speck auch noch Würstchen?« fragte er, öffnete die Herdklappe und zündete die Grillflamme an.

»Liebend gerne.«

Er holte sechs Schweinewürstchen und ebenso viele Scheiben Schinkenspeck aus dem Kühlschrank und legte alles auf den Grill.

»Hier«, sagte er und schob zwei Scheiben Weißbrot in den Toaster. »Das können Sie wohl übernehmen.«

»Und was soll ich damit?«

»Wenn sie hochspringen, nehmen Sie sie raus, streichen Butter drauf und legen zwei neue Scheiben ein. Oder wissen Sie nicht, wie man Butter auf Toast streicht?«

Sie würdigte ihn nicht einmal eines Blickes.

Dann holte Ellery noch mehrere Gläser aus dem Kühlschrank und setzte sie auf den Küchentisch. Nikki drehte sie herum, um die Etiketten lesen zu können.

»Quittengelee, Erdbeermarmelade und Honig. Mr. Queen, Sie scheinen auch Ihre guten Seiten zu haben.«

»Was wollen Sie zum Nachtisch? Pflaumen oder Feigen mit Sahne?«

Bis halb elf saßen sie dann in Ellerys Arbeitszimmer und sprachen über den Mord an Braun, Kriminalgeschichten im allgemeinen, wie Nikki der Polizei entgehen konnte, internationale Politik und über einige von Ellerys Abenteuern. Dann hörte Ellery, wie die Wohnungstür aufgeschlossen wurde. Schnell schob er Nikki samt ihrem Koffer ins Schlafzimmer und hämmerte lärmend auf seiner Schreibmaschine herum, als der Inspektor und hinter ihm Sergeant Velie über den Flur und in sein Zimmer kamen.

»Immer noch bei der Arbeit?« bemerkte der Inspektor gähnend.

»Ach, Sie haben die Porter noch nicht erwischt?« erkundigte sich Velie ironisch. »Sieh mal einer an. Dabei war ich immer der Meinung, daß Sie den Mörder schnappen.«

»Wir werden das Mädchen schon finden, nur keine Sorge«, brummte der Inspektor. »Hat Annie dir ein anständiges Abendessen vorgesetzt, mein Sohn?«

»Nein. Ich hab' mir ein paar Eier in die Pfanne geschlagen. Annie ist nach Ohio gefahren — nach Wapakoneta, Auglaize County, in Ohio.«

»Was?« fragte der Inspektor überrascht.

»Nach Wapakoneta, Dad. Du weißt doch — südwestlich von Bluffton.«

»Willst du mich auf den Arm nehmen?«

»Aber nicht doch. Dort lebt Annies Familie. Sie haben ihr ein Telegramm geschickt, sie solle umgehend nach Hause kommen. Ihre Großtante Amanda ist krank.«

»Das heißt ja dann wohl, daß wir auswärts essen müssen. Verdammte Verwandtenwirtschaft!« Der Inspektor sah richtig unglücklich aus.

»Ist schon alles in Ordnung. Annie hat für eine Vertretung gesorgt. Sie soll eine großartige Köchin sein — morgen ist sie hier.« Ellery Queen hob seine Stimme, damit Nikki alles verstehen konnte. »Annie sagt, sie soll uns auf jeden Fall Yorkshire Pudding und Popovers machen, darin ist sie große Klasse.«

»Wirklich?« Der Inspektor leckte sich die Lippen. »Wenn Annie sie empfiehlt, dann stimmt das auch. Popovers, tatsächlich?«

»He«, sagte Sergeant Velie und warf seinen Hut schwungvoll auf die Couch. »Hatten Sie nicht was von einer Flasche Bier gesagt, Chef?«

»Steht alles im Eisschrank«, sagte Inspektor Queen fröhlich. »Holen Sie sich eine und bringen Sie auch gleich eine für Ellery mit. Er wird Ihnen noch Gesellschaft leisten, Nachteule, die er ist. Ich verschwinde jetzt. Muß morgen wieder früh raus. Wir haben das Schleppnetz — wie du es in deinen Büchern zu nennen beliebst — für die Porter ausgeworfen; außerdem wird Sam Prouty in aller Herrgottsfrühe mit der Obduktion beginnen.«

Ellery Queen gab einen Pfiff von sich.

»Wie hast du dieses Wunder bewirkt?«

»Ich hab ihm erzählt, draußen bei den Brauns wäre ein Esel eingegangen, wahrscheinlich eine Vergiftung, und ich müsse den Report morgen früh um acht abliefern. Er war mitten in einer Pokerpartie, als ich anrief, und brüllte sich beinahe die Kehle heiser. Darauf sagte ich, ich würde den Esel einem Veterinär übergeben, wenn er mir dafür den Obduktionsbericht bis acht anbrächte.«

»Ihr Dad war heute wirklich in Hochform, Ellery«, sagte Sergeant Velie. »So, und nun hol ich uns ein Bier.« Seine massige Gestalt verschwand durch die Tür.

»Dann gute Nacht«, sagte der Inspektor und erhob sich.

»Nacht, Dad.« Ellery starrte auf die Tasten seiner Schreibmaschine. Velies unerwartetes Erscheinen war ärgerlich. Normalerweise redete er nicht viel, aber abends, mit einem Glas Bier in der Hand ... Und warum kam er nicht zurück? Er kannte sich doch in der Wohnung aus.

Ellery Queen schrieb die letzten Worte des Satzes, den er vorhin angefangen hatte. »Punkt, Abführungszeichen«, murmelte er, während er die letzten beiden Tasten betätigte.

Da erschien Velie auch schon wieder in der Tür. Er trug ein schwarzes Lacktablett, auf das er zwei Gläser, eine Schüssel mit Salzbretzeln und einen großen Deckelkrug gestellt hatte.

»Was haben Sie denn da drin?« fragte Ellery erstaunt.

»Da hab ich sechs Flaschen Bier reingegossen«, grinste der Riese fröhlich. »Was ist schon ein Fläschchen? Feuchtet gerade die Kehle etwas an. Los, schieben Sie das Zeug mal 'n bißchen beiseite.«

Ellery Queen schob einen Stapel Papier an die andere Seite des Schreibtischs.

»Aber ich habe noch zu arbeiten«, protestierte er.

»Ach, Unsinn. Das können Sie morgen noch alles aufschreiben. Warum stehen Sie zur Abwechslung nicht mal 'n bißchen früher auf?« Velie setzte das Tablett ab und schenkte zwei Gläser ein. Schaum stieg hoch, und Velie hängte einen Zeigefinger hinein. »So fließt es nicht über«, erklärte er grinsend. »Wissen Sie was, Ellery, mir geht's prächtig.«

»Das sehe ich«, gab Ellery düster zurück.

»Der Fall Braun ist praktisch schon gelöst.«

»Tatsächlich?«

Velie ließ sich auf die Couch fallen, dann beugte er sich vor, griff nach seinem Glas, tat einen tiefen Schluck und drehte es zwischen den Händen.

»Das Mädchen hat ihn umgebracht.«

»Welche? Die aufregende Blondine?«

»Ach, was. Die Porter.«

»Wirklich? Wie kommen Sie darauf?«

»Folgendermaßen: Sie wissen doch auch, daß Nikki Porter mit Barbara Braun befreundet ist. Da kreuzen Sie bei den Mädchen auf und verkünden, daß die Polizei hinter

Barbara her ist. Die Mädchen überlegen schnell. Barbara kann ihren Alten nicht ausstehen — dieser ganze Zimt von Gesundbetung hängt ihr zum Halse raus. Der Alte haßt seine Tochter ebenfalls. Sie kommen also zu dem Ergebnis, daß er ihr die Polizei auf die Spur gesetzt hat, um sie wieder nach Hause zu bringen. Und jetzt sehen sie ihre Chance gekommen. Sie werden zum Sündenbock erkoren — wofür man Ihnen keinen Vorwurf machen kann, Ellery«, setzte Velie großmütig hinzu. »Die Porter geht also mit Ihnen, versteckt sich hinter der Statue und wartet auf die Gelegenheit.«

»Woher wissen Sie das denn?« fragte Ellery Queen.

»Weil wir auf der Rückseite ein Dutzend Fingerabdrücke des Mädchens gefunden haben.«

»Weiter.«

»Daß sie sich hinter der Statue versteckt hat, beweist die Vorsätzlichkeit ihres Tuns. Sie wartet, bis alle anderen Brauns Schlafzimmer verlassen haben, dann schlüpft sie hinein, schnappt sich das Papiermesser vom Schreibtisch und sticht zu.«

»Sergeant, Sie haben eine blühende Phantasie.«

»Was heißt hier Phantasie? Auch der Schreibtisch im Schlafzimmer war mit ihren Fingerabdrücken übersät. Wie sollen Sie das denn sonst erklären, Mr. Queen?«

Mr. Queen setzte nicht einmal zu einem Versuch an. Er starrte in den halbvollen Aschenbecher. Sie hatten also ihre Fingerabdrücke hinter der Statue und auf dem Tisch im Schlafzimmer gefunden. Den großen Schreibtisch hatte er abgewischt. Daß sie im Schlafzimmer etwas angerührt hatte, davon hatte sie nichts gesagt. Sie hatte nur erwähnt, daß sie den Türknauf mit einem Taschentuch in der Hand geöffnet hatte, und jetzt ... Zweifellos lauschte sie jetzt an der Tür und hatte die ganze Unterhaltung mitbekommen.

»Es sieht tatsächlich so aus, als ob Sie da etwas gefunden hätten, Velie«, gab er zu.

Es war beinahe ein Uhr nachts, als Sergeant Velie sich

zum Aufbruch anschickte. Ellery Queen war erschöpft. Aber er hatte das Gefühl, er müsse Nikki moralisch aufrichten. Sie mußte halbtot vor Angst sein. Er ging zur Schlafzimmertür und klopfte leise. Keine Antwort. Er klopfte ein wenig lauter. Immer noch nichts. Schließlich legte er die Hand auf die Klinke und öffnete die Tür. Im Mondlicht konnte er unter der Bettdecke die Umrisse einer menschlichen Gestalt erkennen. Auf dem Kissen war nur eine Strähne dunklen Haares zu sehen. Leise machte er die Tür wieder zu. Nerven hatte das Mädchen!

Nachdenklich rieb er sich das Kinn. Warum sollte sie eigentlich nicht schlafen? Er war selber hundemüde. Er nahm Jackett und Krawatte ab und hängte beides über die Rückenlehne seines Schreibtischsessels. Dann setzte er sich auf die Couch, zog die Schuhe aus und knöpfte sein Hemd auf. Schließlich griff er nach seinem Morgenmantel, formte eine Art Kissen daraus und schob es unter seinen Kopf.

Armes Wurm. Sie war weiß Gott in einer mißlichen Lage. Er übrigens auch. Das Unmögliche mußte möglich gemacht werden! Nikki konnte keiner Fliege etwas zuleide tun. Man brauchte nur ihre Augen anzusehen — erschreckte, ängstliche Augen. Lange, dunkle Wimpern. Unschuldige Augen.

»Ellery Queen, du bist ein Idiot!« murmelte er. Er reckte sich und knipste das Licht aus.

10

Ellery Queen öffnete die Augen. Das Sonnenlicht strömte durchs Fenster, und Inspektor Queen, in langen Unterhosen, schlich auf Zehenspitzen durch das Arbeitszimmer auf die geschlossene Schlafzimmertür zu.

»Dad!« schrie Ellery und fuhr von der Couch hoch.

Inspektor Queen, der gerade nach der Klinke faßte, schrak zusammen, als habe man einen Schuß in seinem Rükken abgefeuert. Der Rasierpinsel, den er mitgebracht hatte, entglitt seiner Hand und fiel in die Bodenvase, in welche Ellery seine Aschenbecher auszuleeren pflegte. Mit aufgerissenen Augen schnellte er herum.

»Was ist denn in dich gefahren, warum brüllst du wie ein Stier?« erkundigte er sich verärgert.

»Entschuldige, Dad, ich hab noch geschlafen.«

»Das weiß ich, darum hab ich ja auch versucht, dich nicht aufzuwecken. Ist das ein Grund, so hochzufahren und einen Menschen so anzuschreien?«

»Ich muß wohl einen Alptraum gehabt haben, Dad.«

»Was ist eigentlich los mit dir? Warum hast du dich nicht richtig ausgezogen und ins Bett gelegt? Und nervös bist du . . .«

»Velie ist schrecklich lange geblieben. Dann wollte ich noch ein paar Zeilen schreiben und legte mich hin, um nachzudenken. Dabei muß ich wohl eingeschlafen sein.«

Der Inspektor hatte seinen Rasierpinsel aus der Vase gefischt.

»Also, wirklich, Ellery — du dürftest dir ein paar appetitlichere Angewohnheiten zulegen«, sagte er mißbilligend und schüttelte die Asche heraus.

»Entschuldige, Dad. Moment mal . . .« sagte Ellery, als der Inspektor erneut Miene machte, das Schlafzimmer zu betreten. Mit wenigen Schritten stand er neben seinem Vater und legte ihm die Hand auf den Arm.

»Was hast du denn nun schon wieder?«

»Wieviel Uhr ist es?«

»Fünf vor acht. Ich habe verschlafen.«

»Hast du schon Nachricht wegen der Obduktion?«

»Natürlich nicht. Laß mich los.«

»Würdest du mir einen Gefallen tun?« Ellery hatte noch immer seines Vaters Arm gepackt und zog ihn jetzt von der Tür weg.

»Wenn ich kann.«

»Würdest du mich umgehend anrufen, wenn der Bericht vorliegt? Ich interessiere mich nämlich für diesen Fall.«

»In Ordnung. Mache ich. Aber nun laß mich doch endlich los. Was zerrst du eigentlich so an mir herum?«

»Wolltest du etwas, Dad?«

»Ja. Ich . . .« Der Blick des Inspektors fiel auf die Gläser und den Deckelkrug. »Habt ihr den ganz ausgetrunken?«

»Ja. Ich dachte, Velie würde nie verschwinden.«

»Dann gehst du besser jetzt ins Bett und schläfst noch ein bißchen. Ich wollte auch nur eine Rasierklinge von dir borgen.« Überraschend geschickt hatte sich der Inspektor losgemacht und war schon an der Schlafzimmertür.

Starr vor Entsetzen sah Ellery, wie er die Tür öffnete und ins Schlafzimmer marschierte. Stöhnend sank er auf die Couch und hielt sich den Kopf. Jede Sekunde mußte die Bombe in die Luft gehen. Er wartete auf den ersten Überraschungslaut seines Vaters. Erst würde er beleidigt sein und dann wütend. Und dann würde das Ungewitter losbrechen. Er würde seinen Sohn schnöden Verrats, der Körperverletzung und des Totschlags zeihen und obendrein der Verschwörung mit einer Verbrecherin. Der Sohn von Inspektor Queen hatte . . .

Ellery hörte, wie die Badezimmertür geöffnet und kurz darauf wieder geschlossen wurde. Dann erschien der Inspektor wieder und hielt munter eine in blaues Papier gewickelte Klinge in der Hand. Ellery stierte ihm mit offenem Mund nach, als er das Arbeitszimmer durchquerte.

»Leg dich noch ein bißchen hin, Ellery«, riet sein Vater. »Du siehst aus, als ob du's nötig hättest.«

Kaum war sein Vater im Korridor verschwunden, stürzte Ellery in sein Schlafzimmer. Nikki war nirgends zu sehen. Das Bett war gemacht. Alles war in tadelloser Ordnung. Er riß die Tür des Wandschranks auf. Leer. Am Fuß des Bettes blieb er stehen und dachte fieberhaft nach.

Natürlich, sie war in der Nacht davon. Wollte ihn zum Sündenbock machen, wie Velie vorausgesagt hatte. Narr, der er war!

»Pst!«

Etwas zerrte an seinen Hosenbeinen, und er sah nach unten.

»Pst!«

Eine kleine Hand mit feuerroten Nägeln kam unter dem Bett hervor.

»Alles in Ordnung?« flüsterte Nikki.

Er machte schnell die Tür zum Arbeitszimmer zu.

»Ja.«

Nikki zwängte sich unter dem Bett hervor. Sie hatte seinen weißen Seidenpyjama angezogen, in dem sie beinahe verschwand.

Ellery fing an zu lachen

»Was gibt's Komisches?« fragte sie und zerrte ihren Koffer nach sich.

»Sehen Sie nur mal in den Spiegel!«

»Sehen Sie doch selbst rein. Rasieren Sie sich eigentlich nie? Sie sehen wie der reinste Kaktus aus.«

»Ziehen Sie sich lieber an«, riet er. »Ich sage Ihnen Bescheid, wenn Dad aus dem Haus ist.«

Als Ellery in den Korridor trat, hörte er zu seinem Erstaunen die Stimme von Dr. Prouty aus dem Wohnzimmer ertönen.

»Ha!« schnaubte dieser. »Ich konnte es mir nicht verkneifen, Ihr Gesicht bei dieser Nachricht zu beobachten. Ha! Ich bin extra deswegen raufgekommen. Den Spaß wollte ich mir nicht entgehen lassen.«

Als Ellery das Wohnzimmer betrat, erkannte er nicht nur den Polizeiarzt, sondern auch noch Sergeant Velie. Etwas verlegen sah Velie seinen Chef an, der in Hose und Unterhemd und mit herunterhängenden Hosenträgern vor ihnen stand. Proutys Miene dagegen war alles andere als verlegen. Zum erstenmal in seinem Leben schien er sich regelrecht zu amüsieren.

Mit zurückgeworfenem Kopf wollte er sich vor Lachen ausschütten. »Ha, ha, ha!«

»Lassen Sie das alberne Gegacker«, sagte der Inspektor gereizt, »und erzählen Sie mir lieber, was bei der Obduktion herausgekommen ist.«

»Inspektor«, japste Prouty. »Sie haben doch nichts dagegen, wenn ich Sie Inspektor nenne, Inspektor — oder? Also, Inspektor, ich bin extra den ganzen Weg hergekommen, um Ihnen persönlich zu berichten. Es hat in der Braun'schen Villa also einen vergifteten Esel gegeben, ja? Es hat sich dabei nicht zufällig um Sie gehandelt — oder?«

Der Inspektor wandte sich an seinen Sergeanten.

»Ist er betrunken?«

Velie sah aus, als wolle er jeden Augenblick in Tränen ausbrechen. »Nein, Sir. Eine unangenehme Geschichte, Sir.«

»Hören Sie, Inspektor Queen«, fuhr Prouty fort. »Ich bin um sechs Uhr früh aufgestanden. Fluchend und schimpfend. Ich schleppe mich zum Leichenschauhaus. Ich ziehe mir meinen weißen Kittel über und meine Gummihandschuhe, dann sage ich meinen Leuten, sie sollen mir die Leiche reinrollen. Sie wird reingebracht, mit einem Laken bedeckt. Die ganze Nacht hat sie im Kühlraum gelegen. Ich zieh das Laken ab. Und was kommt zum Vorschein, Inspektor? Was sehen meine erstaunten Augen?« Prouty machte eine dramatische Pause.

»Los, was haben Sie gesehen? So reden Sie schon!«

»Eine Statue! Eine Gipsstatue! Ha, ha, ha!« Prouty krümmte sich vor Lachen. »Wofür halten Sie mich eigentlich, Inspektor? Für einen Bildhauer? Ha, ha, ha! Inspektor Queen schickt eine Statue in die Leichenhalle. Die Polizei verliert die Leiche eines Ermordeten! Sie sollten Romane schreiben — ›Wie ein Steifer zu Stein wurde‹, von Inspektor Richard Queen! Ha, ha, ha!«

»Moment mal«, unterbrach ihn Inspektor Queen. »Ich verstehe kein Wort.«

»Man hat Sie an der Nase herumgeführt, Dick, mein Freund. Velie sagt, es sei die Gipsstatue von Braun, die in dem Alkoven neben seinem Arbeitszimmer gestanden hat.«

Inspektor Queen wandte sich an den Sergeanten.

»Stimmt das?« fragte er ruhig.

Velie war blaß geworden. Er mußte sich räuspern.

»Es stimmt, Sir. Ich habe meinen Augen nicht trauen wollen, aber es ist schon so, wie der Doktor sagt. Ich habe sofort in der Villa angerufen. Flint war noch draußen. Er sagt, die Statue wäre nicht mehr da — kann sie ja auch nicht, weil sie in der Leichenhalle liegt. Der Himmel mag wissen, wo die Leiche hingekommen ist.«

»Aber . . .« Eine volle Minute lang herrschte absolutes Schweigen im Raum. Dann fragte der Inspektor: »Haben Sie den Dienstwagen draußen?«

»Jawohl, Sir.«

»Ich bin sofort fertig.« Ohne Prouty eines Blickes zu würdigen, verließ Inspektor Queen schnell das Zimmer.

»Ich dachte, ich würde Ihnen einen Gefallen tun, wenn ich Ihnen die Geschichte persönlich erzählte«, rief Prouty ihm nach.

In seinem Arbeitszimmer band sich Ellery die Krawatte — ohne die Hilfe eines Spiegels. Dann knöpfte er sich die Weste falsch zu und wollte gerade das Jackett überziehen, als die Schlafzimmertür geöffnet wurde und Nikki den Kopf ins Zimmer steckte.

»Okay?« flüsterte sie.

»Dad wird in ein paar Minuten gehen«, sagte er eilig. »Ich übrigens auch.«

»Und was soll ich tun?«

»Die Wohnung aufräumen. Und die notwendigen Lebensmittel bei A. & P. bestellen. Lassen Sie alles auf die Rechnung schreiben. Sie sind die neue Köchin. Essen um sieben. Aber pünktlich.«

»Aber Ellery, was ist denn passiert? Haben sie den Mörder gefunden?«

Ellery griff hastig nach seinem Hut.

»Nein. Sie haben die Leiche verloren.«

11

Nachdem er seinen Wagen in der Auffahrt hinter dem
›Tempel der Gesundheit‹ abgestellt hatte, ging Ellery Queen
direkt zu dem ›Grab‹, das Amos in der Nähe des Waldrands
gegraben hatte. Die Grube war jetzt über einen Meter tief
und der danebenliegende Erdhaufen schulterhoch. Es war
halb neun, und Amos hatte seine Arbeit noch nicht aufgenommen. Der Spaten ragte erwartungsvoll aus der locker
aufgeworfenen Erde heraus, als ob er nur darauf hoffe, daß
Amos kommen und seinem schaurigen Tagewerk weiter
nachgehen möge.

Vom Wald her tönte das fröhliche Zwitschern der Vögel,
dazwischen ein gelegentliches heiseres ›Kra-kra‹ des Raben.

Ellerys Gedanken kehrten wieder zu dem Mord zurück.
John Braun mußte von einem Mitglied seines Haushalts
ermordet worden sein, denn nur diese waren anwesend, als
die Leiche gestohlen wurde. Und das wiederum hatte nur
in einer sehr kurzen Zeitspanne stattfinden können. Sein
Vater hatte Sergeant Velie zu Mrs. Braun geschickt, um von
ihr zu erfahren, ob sie das Papiermesser auf dem Tisch
im Schlafzimmer gesehen hatte. Danach waren Ellery und
der Inspektor zum Wald gegangen und hatten sich mit
Amos unterhalten, der mit seiner Grube beschäftigt war.
Das Schlafzimmer war nicht länger als zehn oder zwölf
Minuten unbeobachtet gewesen, dann waren bereits die
Männer von der Leichenhalle erschienen, die den Toten abholen sollten. In dieser Zeit hatte jemand die Leiche gestohlen und statt ihrer die Gipsstatue auf die Bahre gelegt und
mit einem Laken bedeckt. Der Zweck lag auf der Hand:
Die Obduktion sollte vermieden werden. Aber was hatte
der Mörder mit der Leiche angefangen? Die untere Eingangshalle war ständig von einem Polizeibeamten bewacht
worden. Von Velie wußte er, daß Detektiv Flint Brauns
Arbeitszimmer nicht verlassen hatte. Also mußte sich die
Leiche noch im Haus oder auf dem Grundstück befinden.

Ellery Queen packte Amos' Spaten und machte sich über den lockeren Erdhaufen her.

Es war keine Leiche darunter verborgen.

»Kra-kra ... Kra-kra.« Das Krächzen ertönte über Ellerys Kopf.

Er sah auf. Hoch in den Lüften zog der Rabe seine Kreise. Dann schlug er mehrere Male mit den Flügeln und ließ sich in einer steilen Spirale fallen. Direkt über Ellery fing er sich ab, landete in der Krone des Ahornbaums und zog die Schwingen ein.

Für Ellery wirkte dieses plötzliche Herunterstoßen aus dem blauen Himmel wie ein böses Omen, und der mächtige Vogel selber — er war viel größer als eine Krähe, beinahe einen Dreiviertel Meter hoch, mit glänzend schwarzem Gefieder, auf dem rötliche und grüne Lichtreflexe spielten — wie die Verkörperung eines bösen Geistes.

Was hatte der Vogel nur an sich, überlegte Ellery und starrte in die Höhe, das man ihn unwillkürlich für einen Vorboten kommenden Unheils ansah? War es sein schwarzes Trauerkleid oder sein heiseres Krächzen? Abergläubische Leute nannten ihn den Unglücksboten und machten ihn für alle nur erdenklichen Mißgeschicke verantwortlich. Dabei war er eine recht friedliche und freundliche Kreatur, zumindest dieser hier. Im Augenblick schien sich der Vogel genauso sehr für Ellery zu interessieren wie dieser für ihn. Fasziniert starrten die schwarzen Vogelaugen auf die goldene Kappe des Füllhalters, die aus Ellerys äußerer Brusttasche ragte.

»Hallo, Josef«, rief Ellery zu dem schwarzen Vogel hinauf. »Wo ist dein Herr? Warum hockst du nicht auf Amos' Schulter?«

Er grinste. Plötzlich wurde er wieder ernst.

Das war seltsam. Das war mehr als seltsam. Noch vor einem Augenblick war nicht die Spur einer Rauchfahne aus dem Kamin im Haus gekommen, und nun stieg dicker schwarzer Qualm in den Himmel empor.

Um sich einer Leiche zu entledigen, konnte man sie entweder begraben oder . . .

Ellery Queen rannte schnell zum Haus zurück.

Die Fliegengittertür zum Lieferanteneingang war nicht verschlossen. Dahinter lag eine Tür, die zum Keller führte. Vorsichtig machte er sie hinter sich zu und tastete sich in der Dunkelheit die steinernen Stufen hinab.

Unten angelangt, sah er am Ende eines langen Korridors ein Licht aus einer Tür hervorschimmern. Leise schlich er hin und spähte vorsichtig um die Ecke.

Vor der offenen Tür des Heizungsofen hockte der kahle Anwalt, Zachary, auf dem Boden.

Die Flammen ließen sein Gesicht in geisterhaftem Licht erscheinen; sie spiegelten sich in seinen Kneifergläsern, Miniaturheliographen, die kleine Lichtsignale in die Dunkelheit aussandten.

Jetzt nahm er eine Eisenstange und stocherte in der Glut herum, dabei verzog sich sein Mund zu einem befriedigten Grinsen. Dann legte er die Stange wieder fort und schloß die Eisenklappe.

Es wurde dunkel. Kein Laut war zu hören.

Zachary zündete ein Streichholz an. Es mit der Hand abschirmend, kam er auf Ellery zu.

Ellery drückte sich an die Wand und erstarrte.

Langsam kam Zachary näher. Im schwachen Schein des brennenden Hölzchens wirkte sein Gesicht maskenhaft weiß. Jetzt war er nur noch wenige Schritte von Ellery entfernt. Und nun war er vorbei. Mit schnellen Schritten eilte er durch den Korridor. Dann hörte Ellery ihn die Steinstufen hinaufeilen. Oben blieb er stehen, offensichtlich um zu lauschen. Schließlich wurde die Tür oben geöffnet und schnell wieder zugemacht.

Ellery stürzte auf den Ofen zu, riß die Klappe auf und spähte hinein. Dann griff er nach einem Stochereisen und begann wie wild, die glimmenden Bücher aus den Flammen zu zerren.

Zehn Minuten später schlich er ebenso leise wie er gekommen war, wieder zurück. Unter dem Arm hielt er ein in Sackleinen gewickeltes Bündel, dem ein übelkeiterregender Geruch entströmte.

Er verließ ungesehen das Haus durch die Fliegengittertür, eilte zu seinem Wagen, öffnete den Kofferraum, verstaute das Bündel darin, schloß ihn ab und kehrte zum Haus zurück.

Gerade als er die Tür aufstoßen wollte, hörte er von oben ein gewaltiges Poltern. Es schien, als habe jemand eine schwere Holzkiste fallenlassen. Er blieb stehen und lauschte.

Dann ertönte die heisere Stimme von Rocky Taylor: »Mann, hat der ein Gewicht!«

»Still! Bist du verrückt? Im Arbeitszimmer ist ein Polizist!« Das war Cornelia Mullins. »Wir müssen hier raus. Jetzt oder nie.«

»Wenn wir ihn unten haben, paßt du drauf auf, während ich den Caravan hole. Okay? Los jetzt, pack mit an!«

Ellery Queen flüchtete über die Auffahrt und versteckte sich hinter der Hecke. Von dort aus behielt er die Fliegengittertür im Auge. Wenige Minuten später erschienen Rocky Taylor und die blonde Cornelia Mullins. Sie schleppten einen schweren Kabinenkoffer, den sie keuchend auf den Boden absetzten. Er war etwa anderthalb Meter lang, einen Meter breit und ebenso hoch.

Cornelia ließ sich darauf nieder, Rocky öffnete die Tür, steckte den Kopf ins Freie und warf einen Blick hinaus.

»Da steht ein Wagen«, sagte er. »Was meinst du, wem der gehört?«

»Ist ja egal«, entgegnete Cornelia. »Eil dich ein bißchen. Los, so mach schon!«

Nachdem sich Rocky überzeugt hatte, daß sie unbeobachtet waren, lief er zur Garage, einem rotgestrichenen Holzhaus, das früher einmal die Scheune gewesen war. Es stand am Ende der Auffahrt, gut fünfzig Schritte vom Haus entfernt.

`Ellery sah, wie er die Garagentür öffnete, sie mit einem Stein arretierte und dann in der Scheune verschwand. Einen Augenblick später wurde ein Motor angelassen, und der Caravan rollte heraus. Rocky Taylor fuhr ihn vor die hintere Eingangstür und stieg aus, ohne die Zündung abzustellen.

Auf der Wagentür konnte Ellery die Aufsschrift: *Brauns Tempel der Gesundheit*, und darunter in kleineren Buchstaben: *Der vollkommene Körper* erkennen.

Auf einmal gewann der schwere Koffer, den Rocky Taylor und Cornelia Mullins jetzt gemeinsam aus dem Haus schleppten, an Bedeutung. Er war zweifellos sehr schwer. Rocky wischte sich die Stirn ab. Dann trugen sie ihn hinter den Wagen. Wieder betätigte Rocky sein Taschentuch.

»Kannst du nicht fixer machen?« drängte Cornelia und sah ihn verächtlich an. »Mein Gott, was bist du für ein Schwächling! Wir müssen sehen, daß wir hier fort kommen. Die Alte ist sowieso schon mißtrauisch.«

»Nun laß mich nur ein bißchen verschnaufen«, protestierte Rocky. »Was glaubst du, warum sie dich an die Luft gesetzt hat?«

»Die Alte hat mich nie leiden mögen. Und jetzt, nach ihres Mannes Tod, gebärdet sie sich wie die reinste Königin-Mutter. Die Maus hat endlich mal etwas zu befehlen. Also los, auf geht's!«

Rocky Taylor öffnete die hinteren Wagentüren.

»Dann woll'n wir mal. Eins, zwei, drei — hoch!«

Jeder von ihnen hatte einen Griff des Koffers gepackt. Rockys Halssehnen traten hervor; sein Gesicht nahm eine purpurrote Farbe an, und der Schweiß brach ihm erneut aus. Aber dann hatten sie den Koffer in den Wagen gewuchtet. Gemeinsam schoben sie ihn weiter hinein und warfen die Türen zu.

12

»Jetzt aber nichts wie los!« Die sonst so gelassene Stimme von Cornelia klang drängend. »Wir dürfen nicht erwischt werden.«

Hinter seiner Hecke beobachtete Ellery, wie die Blonde den von der Anstrengung völlig erschöpften Rocky vor sich her schob. Mißmutig setzte er sich hinters Steuer, legte den Gang ein und ließ die Kupplung kommen. Aber ehe sie noch einen Meter hinter sich gebracht hatten, trat er auf die Bremse.

»Die Polizei!« japste er. »Connie, sieh doch, die Polizei!«

Ellery wandte sich um und erkannte den Wagen seines Vaters. Velie lenkte ihn direkt auf den Caravan zu, womit diesem der Weg abgeschnitten wurde. Der Inspektor, der auf dem Beifahrersitz saß, stieg aus.

»Was geht hier eigentlich vor?« fauchte er aufgebracht. »Wo wollen Sie hin?«

»Ich wollte Miss Mullins nur zum Bahnhof fahren«, gab Taylor zurück und leckte sich die trockenen Lippen.

»Irrtum«, gab der Inspektor zurück. »Steigen Sie wieder aus.«

Velie war neben den Caravan getreten, bückte sich, griff durch das offene Wagenfenster nach dem Zündschlüssel und steckte ihn ein. Taylor stieg aus und begann, sich den Nakken zu wischen.

»Was haben Sie da hinten im Wagen?« erkundigte sich der Inspektor.

»Den Koffer von Miss Mullins«, entgegnete Rocky nervös.

Der Inspektor trat hinter den Caravan und öffnete die Rücktüren.

»Los, Taylor«, kommandierte er, »holen Sie den Koffer raus und machen Sie ihn auf. Helfen Sie ein bißchen, Velie.«

Velie schob Taylor beiseite. Mit beiden Armen reichte er in den Wagen hinein, packte den Koffer und hievte ihn heraus, als ob es sich um eine Hutschachtel handelte.

»Öffnen!« sagte er, zu Taylor gewandt.

»Sie haben kein Recht . . .« begann Cornelia, aber der Blick des Inspektors ließ sie verstummen.

Rocky holte ein Schlüsselbund heraus, suchte nach dem passenden Schlüssel, steckte ihn ins Schloß und . . .

»Es ist also Miss Mullins Koffer, aber Sie tragen die Schlüssel dazu mit sich herum. Ist ja merkwürdig«, sagte der Inspektor. Er streichelte seinen grauen Schnurrbart, und seine wachen Augen wanderten von Taylor zu der neben ihm stehenden Frau und dann zu dem Koffer.

Rocky Taylor zog es vor, nichts darauf zu entgegnen. Wortlos schloß er auf und nahm den Deckel in die Höhe.

Inspektor Queen und Sergeant Velie betrachteten sich den Inhalt. Gerade als sie einen erstaunten Blick wechselten, klappte hinter ihnen die Fliegengittertür. Sie fuhren herum. Mrs. Braun eilte auf sie zu.

»Miss Mullins«, sagte sie mit eisiger Stimme, »ich habe Ihnen vor einer Stunde gekündigt und Sie gebeten, mein Haus zu verlassen. Warum sind Sie noch nicht fort?«

»Bedaure, Mrs. Braun, es darf niemand das Haus verlassen«, mischte sich der Inspektor ein. »Das gilt für alle und ist ein ausdrücklicher Befehl.«

»Oh«, entgegnete Mrs. Braun plötzlich wieder verschüchtert. »Das wußte ich nicht . . .« Sie warf einen Blick in den Koffer und erstarrte. »Ja, aber . . . Aber . . .« Mehr brachte sie nicht heraus.

Cornelia, die die Szene mit düsterer Miene verfolgt hatte, wandte den Blick ab.

Mrs. Braun griff in den Koffer und förderte eine Höhensonne zutage. Es war ein kostbares Gerät, in dessen Chromteilen sich jetzt die Sonne spiegelte. Der Koffer enthielt noch andere medizinische Geräte und Lampen — zusammen von beträchtlichem Wert.

»Wie kommen diese Sachen in Ihren Koffer?« fauchte Mrs. Braun und wandte sich an Cornelia Mullins.

»Die hat Mr. Braun mir geschenkt«, behauptete diese trotzig.

»Ausgeschlossen! Das ist eine Lüge, und Sie sind eine Diebin.«

»Sie gehören mir, und ich benötige sie für das Sanatorium, das ich eröffnen werde«, beharrte Cornelia.

»Sie tragen die Sachen dorthin, wo Sie sie hergenommen haben, oder ich lasse Sie verhaften.« Mrs. Braun drehte sich um und ging ins Haus zurück.

»Die Hexe«, murmelte Cornelia. »Sie kann nicht . . .«

»Sie beide gehen jetzt ins Haus zurück«, befahl der Inspektor. »Ohne meine spezielle Erlaubnis dürfen Sie nicht einmal spazieren gehen.«

Sie gehorchten ohne Widerrede. In der Tür begegneten sie Jim Rogers, der gerade hinaus kam.

»Guten Morgen, Inspektor«, rief er. »Morgen, Sergeant! Gibt's was Neues? Was hat die Obduktion ergeben?«

»Die Leiche ist gestohlen worden«, verkündete der Inspektor.

Rogers blinzelte.

»Gestohlen? Soll das heißen, daß jemand ins Leichenhaus eingebrochen ist und . . .«

»Nein, sie wurde schon hier im Haus gestohlen.«

»Aber ich habe doch selber gesehen, wie sie abtransportiert wurde.«

»Das haben wir uns auch eingebildet«, entgegnete der Inspektor. Plötzlich verzog er sein Gesicht — er hatte Barbara erkannt, die an der Fliegengittertür stand. »Tut mir leid, Miss Braun, daß Sie es mitgehört haben. Ich wollte Ihnen und Ihrer Mutter keinen unnötigen Kummer verursachen.«

»Aber wie — wie konnte so etwas Schreckliches denn nur passieren?« Barbaras Gesicht hatte die Farbe von Asche angenommen.

»Das untersuchen wir eben.«

Rogers, der vor dem Haupteingang stehengeblieben war, hatte Barbara jetzt auch erkannt und kam auf sie zu.

»Übrigens, haben Sie Nikki Porter schon gefunden, Inspektor?« fragte Barbara plötzlich.

Er schüttelte den Kopf.

»Bis jetzt noch nicht.«

»Aber ist das nicht der beste Beweis für ihre Unschuld? So etwas hätte Nikki doch nie bewerkstelligen können.«

Der Inspektor zuckte die Achseln.

»Wenn Sie sie verhaften, besorge ich ihr den besten Anwalt, den ich auftreiben kann.«

»Ihre Loyalität ist bewundernswert, Miss Braun.«

Barbara ging mit Jim Rogers ins Haus zurück.

»Kommen Sie, Velie«, sagte der Inspektor. »Ich möchte mich noch mit Flint unterhalten.« Er machte ein paar Schritte auf das Haus zu.

»Dad!«

Der Inspektor fuhr herum.

Hinter der Hecke trat Ellery Queen hervor.

»Du scheinst ein Talent zu haben, immer da aufzutauchen, wo ich gerade bin«, sagte der Inspektor mit gerunzelter Stirn.

Velie grinste.

»Man braucht nur einen Nickel in die Maschine zu stecken, und schon springt einem unser Mr. Ellery entgegen«, sagte er.

»Ich dachte, ihr wolltet vielleicht wissen, wo die Leiche ist«, sagte Ellery und zündete sich eine Zigarette an.

»Weißt du das denn?« Inspektor Queen sah seinen Sohn überrascht an.

»Wissen wäre zu viel gesagt; ich habe aber eine Vorstellung, wo sie sein könnte«, gab Ellery zu.

»Hm«, schnaubte der Inspektor. »Du und deine Vorstellungen.«

»Kommt mit, dann werdet ihr ja sehen.«

Als sie Brauns Arbeitszimmer betraten, erhob sich Flint, der diensthabende Detektiv in Zivil.

»Das Hauptquartier hat eben angerufen, Inspektor«, meldete er.

»Ja?«

»Zachary, Cornelia Mullins, Taylor und Rogers sind nicht vorbestraft«, berichtete er mit gelangweilter Stimme. »Die Mullins war früher Tänzerin und Taylor ihr Presseagent.«

»Schon was Neues betreffs der Porter?«

»Nichts, Sir.«

Der Inspektor wandte sich an Ellery.

»Also, Ellery, dann laß uns mal sehen, was du kannst.«

Ellery betrat das Schlafzimmer, der Inspektor und Velie folgten ihm.

Ellery ging auf den Wandschrank zu.

Auf dem Boden, unter den ordentlich auf Bügeln hängenden Anzügen, lag die unbekleidete Leiche von John Braun.

Ein Ausdruck der Erleichterung breitete sich auf dem Gesicht des Inspektors aus; Velie starrte verblüfft auf den Toten nieder.

»Das willst du also erraten haben, El?« fragte Inspektor Queen. »Ich nehme an, weil es die unwahrscheinlichste Stelle war, wo man suchen würde?«

»Ha, ha«, lachte Sergeant Velie.

Ellery lächelte. »Das Versteck erscheint nur dir unwahrscheinlich, weil du meinst, der Mörder müsse doch unbedingt damit rechnen, daß die Polizei sofort in sämtlichen Schränken und Abstellkammern nachsuchen würde. Aber es ist der einzige Ort, wo er die Leiche hat lassen können – außer dem Badezimmer natürlich. Aber der Mörder überlegte ganz richtig, daß man eine Wache in den Räumen hinterlassen würde und der Mann zwangsweise auch mal im Laufe der Nacht das Badezimmer betreten würde. Daß er den Wandschrank öffnete, damit brauchte der Mörder nicht zu rechnen, zumal er im Laufe der Routineuntersu-chung bereits überprüft worden war. Die Leiche wurde gestern nachmittag entwendet und zwar in einer Zeitspanne von zehn oder zwölf Minuten, als niemand hier im Raum war. Aber das Haus war trotzdem voll von Polizisten. Wenn er die Leiche aus Brauns Zimmer geschafft hätte, wäre er unweigerlich bemerkt worden. Unser Mörder war verzweifelt, aber schließlich nicht völlig kopflos. Er wollte die Obduktion verhindern und tat das einzig mögliche unter den gegebenen Umständen.«

»Aber warum? Er mußte doch wissen, daß wir die Leiche früher oder später entdecken würden. Was hat er dadurch erreicht?«

»Das ist wieder ein anderes Problem.« Ellery Queens Augen schlossen sich halb, und er wandte sich ab.

»Benachrichtigen Sie Doc Prouty«, sagte der Inspektor mit einem befriedigten Funkeln in den Augen zu Velie. »Er soll sofort mit dem Wagen vom Leichenschauhaus kommen.«

Auch in Velies Blick glomm etwas wie Schadenfreude auf.

»Hallo, Doc«, sagte er einen Augenblick später am Telefon, »wir haben hier was gefunden, das Ihnen gehört . . .«

Kurz nach elf betrat Dr. Prouty das Haus, von dem Ambulanzfahrer und einem weißgekleideten Träger, welche die Bahre schleppten, begleitet.

»Mußten Sie mich unbedingt hier rauszitieren?« brummte er.

»Das letztemal haben Ihre Leute eine Statue an Stelle einer Leiche mitgenommen«, grinste Inspektor Queen. »Ich dachte, Sie würden den Abtransport diesmal lieber persönlich überwachen.«

»Sie wollen damit sagen, daß Ihre Leute den meinen eine Statue übergeben haben«, verbesserte ihn Prouty. »Nun, ich kann mir vorstellen, daß Sie jetzt übervorsichtig sind, nachdem Ihnen diese Geschichte passiert ist. Schon gut,

Queen, überlassen Sie alles ruhig Dr. Prouty, dann brauchen Sie sich keine Sorgen mehr zu machen. Diesmal nehmen wir die Leiche mit, verlassen Sie sich drauf.« Damit gab Prouty seinen Männern ein paar Anordnungen.

Kurz darauf erschien die kleine Prozession im Flur. Der Fahrer trug das vordere Ende der Bahre, der Träger das hintere. Prouty folgte den beiden, dann kam Inspektor Queen mit Ellery, und Velie stapfte als letzter hinterher. Langsam stiegen sie die breiten Treppenstufen hinunter. Als sie die Empfangshalle durchquerten, lief Velie voraus, um die Türe zu öffnen. Alle miteinander zogen über die Piazza. Da stand auch der Ambulanzwagen mit einladend geöffneten Hecktüren. Die Bahre wurde hineingeschoben und die Türen zugeworfen.

In der Sekunde fuhr der Wagen mit aufheulendem Motor an.

»He, stop!« schrie der Inspektor. »Halt!«

Auf zwei Rädern und mit quietschenden Reifen hatte die Ambulanz eine Kehrtwendung in der Auffahrt gemacht und raste nun auf das Portal zu.

»Heiliges Kanonenrohr!« heulte Dr. Prouty. »Bahre, Leiche und Ambulanz geklaut! Der Kerl geht auf Nummer sicher!«

13

Ellery hatte seinem Vater gegenüber am Eßtisch Platz genommen und schielte erwartungsvoll auf die Tür zur Pantry. Ein beißender Geruch, wie von verbranntem Herbstlaub, drang durch die Pendeltür. Von den paar Worten her, die er mit Nikki gewechselt hatte, wußte er, daß sie sich nicht an einen Braten gewagt hatte. Steaks waren ihr leichter erschienen, dazu Suppe aus der Konservendose und ebenso Dosengemüse. Zunächst einmal war das Essen eine halbe Stunde später fertig, als es der Inspektor gewohnt war. Weiter hatte Nikki reichliche Mengen von Worcestersauce,

Pfeffer, Thymian, Basilikum und was sonst noch in die Suppe getan, damit niemand merken sollte, daß sie sich einer Dose bedient hatte.

Der Inspektor war schlechter Laune. Der Chef hatte ihn kommen lassen und allerhand zu sagen gehabt. Der Streich, den man ihm gespielt hatte, indem man die Leiche mit der Statue vertauschte, war schon schlimm genug gewesen; sich jetzt aber noch Leiche samt Ambulanz stehlen zu lassen — das ging über die Hutschnur. Außerdem kamen noch kleinere, aber trotzdem ärgerliche persönliche Demütigungen hinzu. Der Dieb, der zweifellos auch der Mörder war, hatte den Zündschlüssel ihres Dienstwagens mitgenommen, wie der Inspektor und Velie feststellen mußten, als sie zu ihrem Wagen rannten, um die Verfolgung aufzunehmen. Außerdem hatte er die Telefonkabel zerschnitten. Prouty hatte das entdeckt, als er telefonisch Alarm geben wollte. Und als Ellery um das Gebäude herumgelaufen und in sein Auto gestiegen war, wollte dieses nicht anspringen. Auch hier hatte der Dieb ganze Arbeit geleistet. Ellerys Bewunderung für den Wagemut des Verbrechers, seine Sorgfalt und Kaltblütigkeit bei der Ausführung des Diebstahls, weiter Ellerys unverhohlene Belustigung über den Ärger des Inspektors und des Polizeiarztes, hatten nicht dazu beigetragen, ihre schlechte Laune zu verbessern.

Inspektor Queen sah auf die Uhr im Eßzimmer.

»Zwanzig vor acht«, brummte er. »Die neue Köchin ist unpünktlich.«

»Sie wird sich noch nicht so richtig in der Küche auskennen«, meinte Ellery.

»Sie ist zu hübsch, um eine ordentliche Köchin zu sein«, sagte der Inspektor und warf seinem Sohn einen scharfen Blick zu.

»Wirklich? Das ist mir noch gar nicht aufgefallen«, gab Ellery unschuldig zurück.

In der Küche lief nicht alles wie gewünscht.

Nikki schnupperte. Irgend etwas war am Anbrennen. Mit einem Blick auf den Ofen stellte sie fest, daß aus dem Spalt der Backofentür blauer Rauch emporstieg. Sie warf zwei leere Dosen in den Mülleimer unter dem Spültisch und riß die Ofentür auf. Der Qualm, der ihr entgegenschlug, ließ sie husten. Schnell drehte sie das Gas aus und begann zu blasen. Aber je mehr sie blies, desto höher schlugen die Flammen von den spritzenden, brutzelnden Steaks.

Nikki rannte zum Wasserhahn, feuchtete einen Spüllappen an und warf ihn über die Flammen. Eine Sekunde später war sie von Fettspritzern übersät, die wie glühende Nadelspitzen auf ihrer Haut brannten. Sie klappte die Tür zu und wartete. Als sie sie schließlich vorsichtig wieder aufmachte, war das Feuer erloschen.

Sie holte den triefenden Spüllappen heraus. Von den Steaks stieg immer noch ein beißender Qualm auf. Mit einer langen Küchengabel spießte sie sie auf, trug sie zum Spülbecken und ließ sie hineinfallen. Zischend verdampfte das heiße Wasser, das sie darüberlaufen ließ. Dann trocknete sie die Steaks mit einem sauberen Küchenhandtuch ab und legte sie, mit der verbrannten Seite nach unten, auf die Vorlegeplatte.

Als sie ihr Werk gerade prüfend betrachtete, erinnerte sie ein Geräusch, das sich wie explodierende Feuerwerkskörper anhörte, daß sich das Wasser in dem Topf, in dem sie die Dose Erbsen heißmachte, längst verflüchtigt hatte.

Nur mit Anstrengung hielt Nikki die Tränen zurück. Den ganzen Tag über war sie schon nervös und angespannt gewesen. Ihre mißliche Situation beunruhigte sie mehr, als sie Ellery gegenüber zugegeben hatte. Obwohl sie wußte, daß sie unschuldig war — aber wer außer Ellery würde ihr das abnehmen? Sie hatte sich einer gesetzlichen Vernehmung durch die Flucht entzogen. Wenn man sie aufspürte — und das würde früher oder später der Fall sein, dann ... Ja, dann wanderte sie ins Gefängnis. Und dann fingen die Fragen an. Die endlosen Fragen. Sie versuchte sich zu erinnern, was sie je in Kriminalromanen über derartige Situationen gelesen hatte. Würde man sie sofort in Gefängniskleider stecken? Danach mußte sie Ellery unbedingt fragen. Wenn er sie in diesen gestreiften Sachen sah — entsetzlich!

Es war ein schlimmer Tag für sie gewesen, und jetzt kamen noch die verbrannten Steaks hinzu, dann die angekohlte Pfanne, die immer noch brutzelnde, knackende Geräusche von sich gab!

Im Eßzimmer sagte Ellery: »Sieh nicht so trübselig aus, Dad. Iß lieber deine Suppe.«

Der Inspektor hatte sich immer noch nicht beruhigt.

»Das soll eine Suppe sein? Erst wird uns die Leiche vertauscht. Nachdem wir sie glücklich wiederhaben, wird sie uns geklaut, samt Bahre und Ambulanz. Da soll ein Mensch nicht trübselig werden! Außerdem, wie lange sollen wir eigentlich noch auf unser Essen warten, was meinst du?«

»Paß auf, Dad. Du warst so wütend über den Diebstahl der Leiche, daß dir die Bedeutung der ganzen Sache gar nicht so richtig aufgegangen ist.«

»Ach, tatsächlich? Und selbst wenn dem so wäre, hätte ich es zumindest dem entnommen, was mir der Chef unter die Nase gerieben hat.«

»Der Diebstahl klärt wenigstens eine Seite der Angelegenheit«, führte Ellery ungerührt aus. »Irgend etwas mit den Plänen des Mörders muß entscheidend schiefgegangen sein. Nennen wir ihn einmal Mr. X. X ist gezwungen, plötzlich zu improvisieren. Am Mordtag selber kann er die Leiche weder fortschaffen, vernichten oder so verstecken, daß sie nie wieder gefunden wird. Er braucht Zeit, um neue Pläne zu erarbeiten und auszuführen. Aus diesem Grund kommt es zu der Vertauschung der Leiche — etwas, das uns völlig sinnlos und töricht erschienen ist. Aber es gibt X die Gelegenheit, sich auszudenken, wie er die Leiche aus dem Haus bekommt — und zwar, indem er sie von der

Polizei offiziell abholen und in die Ambulanz verfrachten läßt, mit der er dann selber das Weite sucht.«

»Als ob ich das nicht auch wüßte«, grollte der Inspektor.

»Entschuldigung«, murmelte Ellery. »Das hatte ich bezweifelt, weil du nicht die nötigen Konsequenzen daraus gezogen hast.«

»Die da wären?«

»Ganz gleichgültig, wie unverschämt genial der Mörder gehandelt hat, seine Lage ist und bleibt schwierig. Sich einer Leiche zu entledigen, die auf keinen Fall gefunden werden darf, ist nicht so leicht. Man muß sie entweder vergraben, im Wasser versenken oder verbrennen. Zu der ersten Möglichkeit benötigt man Zeit, um die notwendige Grube auszuheben; für die zweite ein Gewicht und ein tieferes Gewässer, und schließlich für die dritte einen Ofen oder Brennmaterial, Zeit und Ungestörtheit. Da X über keine dieser Vorausbedingungen verfügt, muß er die Leiche noch einmal sozusagen nur vorübergehend verstecken. Zu allem anderen fehlt ihm einfach die Zeit.«

»Und warum hat er keine Zeit? Ich würde sagen, neun Stunden sollten doch weiß Gott ausreichen.«

»Weil X zu dem Personenkreis gehört, der im ›Tempel der Gesundheit‹ wohnt. Er mußte zurück sein, ehe du wieder anfingst, sie in die Mangel zu nehmen.«

»War die kleine Porter eigentlich hübsch?« erkundigte sich Inspektor Queen plötzlich und richtete seine kleinen, wachen Augen auf seinen Sohn.

»Ach, so mittel. Wieso?«

»Weil du dir so außerordentliche Mühe gibst, sie als Unschuldslamm darzustellen.«

Während der letzten Worte war Nikki, in jeder Hand eine Schüssel, durch die Pendeltür getreten. Als sie ihren Namen hörte, blieb sie unwillkürlich stehen, mit dem Resultat, daß ihr die zurückfallende Pendeltür einen Klaps gegen die Kehrseite versetzte.

»Oh«, entfuhr es ihr.

Der Inspektor sah sich um.

»Was ist? Was haben — verflixt, wie heißen Sie eigentlich?«

»Ni — Nelly, Inspektor Queen.«

Der Inspektor wandte sich wieder seinem Sohn zu.

»Du scheinst die Tatsache zu übersehen, daß sie einen Komplizen gehabt haben kann. Nehmen wir einmal an, sie und Barbara Braun haben gemeinsame Sache gemacht. Damit erscheint ihr Verhalten wohl in einem ganz neuen Licht, oder?«

Nikki, die hinter des Inspektors Stuhl getreten war, zögerte, von welcher Seite sie die Schüssel reichen sollte. Rechts oder links? Schließlich trat sie rechts neben den Inspektor und stellte ihm die Schüssel hin — womit sich Ellery von links bedienen konnte und sie es wenigstens zu fünfzig Prozent richtig gemacht hatte.

»Der Name Nikki Porter ist ihr richtiger«, fuhr der Inspektor fort. »Er hört sich zwar an wie der Name eines Ganovenliebchens, ist es aber nicht. Sie stammt aus Rochester, und morgen früh kriegen wir ein Bild von ihr, für die Zeitungen. Dann ist es nur noch eine Frage von Stunden, bis wir sie haben.«

Nikki starrte den Inspektor mit aufgerissenen Augen an.

»Nun?« fragte dieser und sah zu ihr auf.

»Ich . . . Ich wollte nur fragen, ob Sie — ob Sie . . .«

»Schon gut, Nelly«, entgegnete der Inspektor ungeduldig und betrachtete seinen Teller. »Und was soll dies hier sein, wenn man fragen darf?«

»Steak, Sir«, gab Nikki zaghaft zurück.

»Steak, so, so, also Steak.«

Sie verschwand eilig in der Küche.

Der Inspektor griff nach einer Gabel und stach sie in das Stück Fleisch. Er schnüffelte daran und drehte es dann um. Die Augen fielen ihm beinahe aus dem Kopf. Er ballte die Serviette zusammen und warf sie neben seinen Teller, dann schob er seinen Stuhl zurück und stand auf.

In der Tür blieb er kurz stehen, um Ellery, der mannhaft an seinem Stück Fleisch kaute, zu verkünden, daß er auswärts zu essen gedenke. »Und sorge dafür, daß sie das Haus verlassen hat, ehe ich zurückkomme«, schloß er wütend.

Kurz danach fiel die Wohnungstür ins Schloß.

»Oh, Nikki«, rief Ellery.

Nikki steckte den Kopf ins Eßzimmer.

»Ich fürchte, Sie haben Ihren Job verloren«, stöhnte er.

14

Als der Inspektor um halb elf nach Hause kam, war Nikki vorsorglich im Wandschrank von Ellerys Schlafzimmer versteckt.

»Ist das Mädchen weg?« erkundigte er sich.

»Mit Sack und Pack«, entgegnete Ellery.

»Gut. Wir werden dann im Restaurant essen, bis Annie wiederkommt. So, ich hau mich jetzt aufs Ohr.«

»Gute Nacht, Dad.«

Um halb zwei brannte immer noch Licht in Ellerys Arbeitszimmer. Er lag auf der Couch, die Füße auf dem danebenstehenden Beistelltisch. Seit Stunden war er noch einmal alles durchgegangen, was er über die Mordsache Braun wußte. Aber jede Theorie, die er aufstellte, scheiterte an der Hürde: Der Mörder hatte keine Möglichkeit gehabt, von Nikki ungesehen die Suite zu verlassen. Das wiederum ließ nur einen einzigen Schluß zu: Nikki Porter deckte den Mörder! Aber wen außer Barbara kannte sie gut genug, um ihn — oder sie — zu decken? Und Barbara hatte nichts mit der Sache zu tun, daran gab es keinen Zweifel. Barbara hatte sich zur Mordzeit zusammen mit Jim Rogers im Büro von Inspektor Queen befunden.

Plötzlich fuhr Ellery zusammen. Die Tür zu seinem Schlafzimmer öffnete sich langsam. Aber es war nur Nikki.

Sie hatte seinen Pyjama an und sich darüber hinaus in seinen blauen Flanellmorgenmantel gewickelt. Ihre Hände verloren sich irgendwo in den Ärmeln.

»Oh, Ellery, ich hab noch Licht in Ihrem Zimmer gesehen ... Ich kann nicht schlafen, ich habe solche Angst. Morgen haben sie mein Foto — was wird Ihr Vater dann sagen?«

»Daran wage ich gar nicht zu denken«, gab Ellery zu.

Nikki ließ den Kopf hängen.

»Bitte, erzählen Sie mir, was geschah, als die Leiche das zweite Mal gestohlen wurde«, bat sie.

»Ungefähr zwanzig Minuten lang rannte alles kopflos umher. Dad und Velie liefen zu ihrem Wagen, dann schrie Dad Prouty zu, er solle das Hauptquartier anrufen und Alarm geben. Ich selber versuchte, mein Auto anzulassen. Es sprang nicht an. Auch der Caravan nicht. Dann brüllte Dad Velie an, er solle zur Gun Hill Avenue laufen und das erste Fahrzeug anhalten, das ihm über den Weg kam. Velie schoß davon. Wir hatten nämlich beobachtet, wie die Ambulanz in nördlicher Richtung davongefahren war — sie mußte leicht zu verfolgen sein. In dieser Sekunde kam Prouty zurück und berichtete, daß die Telefondrähte zerschnitten wären. Das brachte meinen Alten wiederum in Bewegung. Ich ahnte gar nicht, daß er so schnell rennen kann. Er machte sich auf die Suche nach einem Telefon und kam schließlich mit Velie zurück. Velie hatte endlich einen Wagen aufgetrieben, aber von der Ambulanz war keine Spur mehr zu entdecken.«

»Und was haben die Männer vom Leichenschauhaus getan?«

»Dagestanden und albern gegafft. Was hätten sie sonst tun können?«

»Und Sie, was haben Sie unternommen?«

»Ich habe meinen Wagen wieder in Gang gebracht. Aber dann war es zu spät.«

»Und dann?«

»Zwanzig Minuten nach dem ganzen Fiasko nahm sich Dad die Hausbewohner vor. Mrs. Braun hatte sich hingelegt, und Barbara saß an ihrem Bett. Cornelia Mullins lag in einer Hängematte am Swimming-pool und schlief. Sie hatte sich mit Rocky Taylor gestritten, der in der Garage an seinem Auto herumbastelte. Jim Rogers stand beim alten Amos und sah zu, wie dieser an seiner Grube schaufelte. Wie er sagt, interessiert er sich für den Geisteszustand des Alten. Zachary behauptet, er habe an seinen Kontenbüchern gearbeitet, hat aber niemanden, der seine Aussage bestätigt. Er ist natürlich verdächtig, da er versucht hat, die wichtigsten Journale zu verbrennen.«

»Tatsächlich?« fragte Nikki hoffnungsfroh. »Woher wissen Sie das denn?«

»Weil ich ihn heute morgen dabei beobachtet habe. Ich habe die Bücher aus den Flammen fischen können, ehe es zu spät war.«

»Und warum hat er sie vernichten wollen?«

»Wahrscheinlich, weil sie gefälscht waren. Dad hat die angesengten Journale zum Hauptquartier geschickt, dort werden sie von geprüften Buchhaltern kontrolliert. Davon hat Zachary aber keine Ahnung.«

»Ach, Ellery, wenn sie den Mörder nur schnappen würden, ehe . . .«

»Indem sie ihre Nasen in alte Kontenbücher stecken, werden sie ihn ganz bestimmt nicht finden. Vielleicht stoßen sie dabei auf ein Motiv, das wäre möglich. Aber was dann? Ein Motiv genügt nicht, um einen Mann als Mörder zu verurteilen. Nein, die Lösung zu dem Mord liegt in John Brauns Schlafzimmer.« Ellery reckte sich und gähnte. »Mein Kopf ist ganz leer.«

»Aber, Ellery, wir haben doch nur bis morgen früh Zeit! Was sollen wir . . . Was wollen Sie bloß tun?«

»Erst mal schlafen«, sagte Ellery.

»Schlafen!« wiederholte Nikki fassungslos.

»Ich habe so lange nachgedacht, bis mein Gehirn völlig

ausgetrocknet war. Vielleicht genügen zwei Stunden Schlaf, um es wieder zu ölen. In aller Herrgottsfrühe werde ich zum Sanatorium hinausfahren. Dort muß die Lösung zu finden sein — wenn ich Augen hätte, sie zu erkennen. Es ist unsere letzte Chance, Nikki Porter, also trollen Sie sich und lassen Sie mich schlafen.« Er tastete nach dem Lichtschalter.

»Ich komme mit Ihnen«, verkündete sie fest.

»Seien Sie nicht albern.«

»Ich bin nicht albern. Ich komme mit. Ich war im Zimmer von Mr. Braun, als er ermordet wurde. Vielleicht ist mir ja irgendeine Tatsache entfallen. Und schließlich bin ich diejenige, die ins Kittchen gesteckt wird, wenn wir den Mörder nicht finden. Sie haben nicht das Recht, mich wegzuschicken.«

»Blödsinn«, sagte Ellery und knipste das Licht aus. »Und nun gehen Sie auch zu Bett.«

»Tu ich«, versprach Nikki in der Dunkelheit. »Aber mitkommen werde ich trotzdem.«

15

Die aufgeblendeten Scheinwerfer erleuchteten den vor ihnen liegenden Wald, als Ellery die Steigung der Gun Hill Avenue hinauffuhr. Auf halber Höhe schaltete er sie aus und nahm auch das Tempo zurück. Jetzt kam links das Portal zum ›Tempel der Gesundheit‹ in Sicht. Nebelfetzen trieben ihnen entgegen und wirbelten in geisterhaftem Tanz wieder davon.

»Warum fahren Sie nicht rein?« flüsterte Nikki, als sie am Tor vorbei waren. Und warum flüsterte sie? wunderte sie sich selbst. Es lag keine Veranlassung dazu vor.

»Niemand braucht zu wissen, daß wir hier sind«, erklärte Ellery. »Wir nehmen die alte Straße, auf der Sie davongeschlichen sind.«

In hundert Meter Entfernung bog die alte Straße auf den

Highway ein. Eine Zeitlang rumpelten sie über Erdklumpen und Gesteinsbrocken, bis sie zu einer Lichtung gelangten. Ellery setzte den Wagen zurück, bis er hügelauf stand und von den Tannenzweigen verborgen wurde.

»Wir laufen von hier aus«, verkündete er, stellte den Motor ab und steckte den Zündschlüssel ein.

Sie stiegen aus. Mit der Hilfe von Ellerys Taschenlampe entdeckten sie den Feldweg, der durch den Wald direkt zum Haus führte.

Sie kamen sich vor, als ob sie durch einen Tunnel schritten, so dicht waren die Kronen der Bäume, so stickig war die Luft und so schwarz alles um sie herum. Der konische Lichtstrahl der Taschenlampe erhellte den Weg nur wenige Schritte voraus und ließ beängstigende Schatten entstehen.

Plötzlich knackte zu ihrer Linken ein Zweig.

Sie blieben lauschend stehen. Vom fernen Fluß her ertönte das Nebelhorn eines Dampfers. Das hallende Tuten eines Frachters antwortete. Wieder knackte es irgendwo.

Ellery knipste die Taschenlampe aus. Er konnte Nikkis erregten Atem hören. Seine Finger schlossen sich um ihren Arm.

Ganz in der Nähe raschelten einige Blätter. Stille. Dann huschte etwas über Nikkis Fuß. Nur mit Mühe konnte sie einen Aufschrei unterdrücken.

Ellery drückte ihren Arm.

»Ein Eichhörnchen«, flüsterte er und knipste die Taschenlampe wieder an.

Eine Fledermaus segelte durch den Lichtkegel. Eine zweite folgte im Zickzackflug, stieß in die Dunkelheit, um gleich darauf haarscharf an Nikkis Wange vorbeizufliegen. Sie biß die Zähne zusammen, damit sie nicht vor Angst aufeinanderschlugen, und klammerte sich an Ellery.

»Schnell weg von hier«, flüsterte sie an seinem Ohr.

Schweigend und angespannt schlichen sie weiter. Obwohl keiner es erwähnte, waren beide überzeugt, daß sie nicht allein im Wald waren.

Als sie schließlich den Betonweg erreicht hatten, der parallel zur Buchsbaumhecke lief, wandte sich Ellery zu Nikkis Überraschung nicht in Richtung des Hauses, sondern über den Rasen zum Waldrand. Dort blieb er schließlich vor einem hohen Erdhaufen stehen und ließ den Strahl der Taschenlampe in die dunkle offene Grube fallen.

Nikki erstarrte.

»Ellery, was ist denn das?«

»Der halbverrückte Amos hat hier ein Grab ausgehoben.« Ellery richtete den Strahl der Taschenlampe auf den Erdhügel, in dem immer noch der Spaten steckte.

»Ein Grab!«

»Pst!« Ellery hatte sich umgedreht und betrachtete das Haus, das als dunkler Schatten vor dem von den Lichtern Manhattans rötlich erleuchteten Himmel stand.

»Kommen Sie«, sagte er und zog sie hinter sich her auf die Front des Hauses zu.

Er hatte die Taschenlampe ausgeknipst, und sie überquerten den Rasen. Durch die Glastür, die in die Empfangshalle führte, schimmerte ein Lichtschein. Auf Zehenspitzen liefen sie über die Piazza, dann klopfte Ellery leise an die Tür.

»Der diensthabende Polizeibeamte wird uns reinlassen«, wisperte er.

Aber nichts regte sich.

Er klopfte noch einmal. Als immer noch niemand zur Tür kam, trat er an das Fenster und spähte hinein.

Auf dem Stuhl, den sonst die Empfangsdame innehatte, saß ein uniformierter Polizist. Sein Oberkörper war über den Tisch gefallen; die ausgestreckten Arme berührten beinahe die Telefonschaltanlage. Dicht neben seinem Kopf hatte sich ein großer dunkler Fleck auf der Löschblattunterlage ausgebreitet, in dem sich das Deckenlicht dumpf widerspiegelte.

Das Fenster war zur Hälfte geöffnet. Ellery bedeutete der vor Entsetzen gelähmten Nikki zu bleiben, wo sie war, schob das Fenster völlig nach oben, schwang ein Bein über das Fensterbrett und kletterte hinein. Einen Augenblick starrte er auf den breiten Rücken des Polizisten hinunter, dann wanderte sein Blick zu den locker vom Tisch hängenden Händen und zu den verschiedenen Gegenständen, die auf dem Tisch lagen.

Er beugte sich vor und stieß den Mann leicht in die Seite. Ein schwaches Stöhnen war die Antwort. Er stieß noch einmal kräftiger zu. Der Polizist regte sich, grunzte und sackte wieder weg. Jetzt rüttelte Ellery den Mann an der Schulter. »He, Jerry, aufgewacht!«

»Wa-was?« murmelte Jerry, ohne sich zu bewegen.

»Was'n los?«

Wieder schüttelte Ellery ihn.

Langsam kam der Mann zu sich, richtete sich auf und sah Ellery mit blutunterlaufenen Augen an. Verwirrt blickte er auf die leere Whiskyflasche, die umgekippt auf der Tischplatte lag, und die beiden Gläser auf der Telefonschaltanlage. Dann blinzelte er Ellery an.

Ellery grinste.

Mit einem gewaltsamen Ruck riß sich der Mann in die Wirklichkeit zurück.

»Mr. Queen!«

»Guten Morgen«, sagte Ellery.

»Also wirklich . . . Wie konnte das nur passieren?«

»Wie viele Gläser haben Sie denn getrunken?«

»Zwei«, sagte Jerry und runzelte angestrengt die Stirn. »Zwei kleine sogar nur. Daß die einen Mann gleich umwerfen können? Zugegeben, ich bin nicht viel gewöhnt, aber wer hätte gedacht, daß zwei . . .«

»Die Flasche ist aber leer«, unterbrach ihn Ellery und deutete auf die umgekippte Flasche.

»Sie war auch nur halb voll, als er sie brachte. Wir haben jeder zwei kleine Gläser getrunken. Der Bursche muß sie ausgesoffen haben; er war sowieso schon ganz schön angeschlagen, als er kam.«

»Wer denn? Flint?«

»I wo. Flint würde nie im Dienst trinken, und ich rühre das Zeug auch nicht an, höchstens mal ein oder zwei Glas an Weihnachten oder so.«

»Das sehe ich«, gab Ellery zurück.

»Hören Sie, Mr. Queen, Sie werden das doch Ihrem Vater nicht weitersagen? Ehrlich, ich hatte nicht mehr als zwei, und die auch nur, um den Kerl zu beruhigen. Er war so blau, daß man ihm nicht widersprechen durfte.«

»Was Sie tun, ist ganz allein Ihre Sache«, entgegnete Ellery, »und ich bin sicher, daß es sich um eine rein dienstliche Angelegenheit gehandelt hat. Aber wer war es denn nun, den Sie beruhigen mußten?«

Jerry sah dankbar und erleichtert auf.

»Der Doc — Dr. Rogers. Ich dachte, der bricht sich gleich den Hals, wie er so die Treppe herunterkam, und dann sagte er, er könne das alles nicht mehr aushalten, und wenn er keinen finden würde, der ihm etwas Gesellschaft leistete, dann würde er noch durchdrehen.«

»Und wann war das?«

Der Polizist konsultierte seine dicke Nickeluhr.

»Vor einer Stunde etwa.«

Ellery öffnete die Tür und winkte Nikki herein. Sie hatte wieder Farbe bekommen. Jerry sah sie an und dann von ihr zu Ellery.

»Meine Sekretärin«, stellte Ellery vor. »Miss Nellie Snodgrass.«

Nikki lächelte verbindlich. »Ich freue mich, Sie kennenzulernen.«

»Ganz meinerseits, Miss Snodgrass.«

»Nell«, sagte Ellery, »Sie warten hier bei Officer Jerry Ryan. Ich bin gleich wieder da.« Und leise ging er auf die Treppe zu.

Von Flint, der das Arbeitszimmer bewachte, erfuhr er, welche Räume die verschiedenen Mitglieder des Haushalts bewohnten. Dann ging er zu Jim Rogers Tür. Schon von draußen konnte er den Doktor schnarchen hören. Leise öffnete er die Tür, durchquerte das Zimmer und ließ den Strahl seiner Taschenlampe über das Bett gleiten. Jim lag mit dem Rücken auf dem Bett und schnarchte mit offenem Mund. Selbst als der Lichtstrahl auf sein Gesicht fiel, blieben die Augen geschlossen. Überall roch es nach Whisky.

Ellery Queen ging wieder hinaus. Die beiden letzten Räume am Ende des Korridors wurden von Rocky Taylor und Cornelia Mullins bewohnt. Keine der Türen war abgeschlossen. Zuerst betrat er Rockys Zimmer und dann das von Cornelia. Beide waren leer und beide Betten unbenutzt.

Schnell lief er die hintere Treppe hinunter und trat durch die Fliegengittertür ins Freie. Als er die Garage inspizierte, stellte er fest, daß der Wagen von Rocky Taylor verschwunden war.

Er rannte zurück in die Empfangshalle, öffnete die Tür mit der Aufschrift ›Claude L. Zachary‹, durchquerte eilig das Büro und spähte in das dahinterliegende Schlafzimmer. Einen Moment später kehrte er wieder zurück.

»Jerry«, sagte er, »rufen Sie sofort Inspektor Queen an. Miss Mullins und Mr. Taylor haben sich dünn gemacht. Sie sind in Taylors Wagen davon. Mr. Zachary scheint sich zu Fuß verdrückt zu haben. Rücksichtsvoll wie er ist, hat er den Weg durchs Fenster genommen.«

16

Ellery Queen stand am Fenster von John Brauns Schlafzimmer und sah durch die eisernen Gitterstäbe nach draußen. Die aufgehende Sonne spiegelte sich im ruhigen Wasser des Hudson. Aus den Zweigen des alten Hickoribaumes dicht vor dem Fenster kam das aufgeregte Zirpen einiger Spatzen. Aber Ellery hatte keinen Blick für die goldenen Sonnenstrahlen und kein Auge für das morgendliche Gezwitscher. Er sah auch nicht das muntere Rotkehlchen, das auf dem Rasen nach einem Wurm suchte und damit davonflog. Gedankenverloren drückte er seine Zigarette auf der steinernen Fensterbank aus, warf sie hinunter und griff nach einer kleinen schwarzen Vogelfeder. Immer noch in Gedanken versunken, fuhr er sich damit über den Handrücken.

In der vergangenen halben Stunde, in welcher Jerry dem Inspektor das Verschwinden von Zachary, Taylor und Cornelia Mullins gemeldet hatte, war Ellery noch einmal durch sämtliche Zimmer gegangen, bis auf die Schlafzimmer von Mrs. Braun und ihrer Tochter Barbara. Er hatte den Keller und sogar den Speicher inspiziert. Noch einmal hatte er die Wände in Brauns Schlafzimmer und dem Bad abgeklopft und sich den Wandschrank vorgenommen, in dem die Leiche das erstemal versteckt worden war. Er hatte die Decken, Fußböden und Gitterstäbe untersucht . . .

Es mußte eine Lösung geben. Irgendwie mußte es der Mörder fertiggebracht haben. Aber wie? Arme Nikki. Er hatte versagt. Und wie teuer würde sie dafür zahlen müssen! Weil er blind war! Und dumm. Und beschränkt. Ein Wurm. Ein Wurm . . . Ein Wurm!

Mitten in der Bewegung erstarrte seine Hand. Seine Augen verengten sich. Alle Sinne waren hellwach, sein ganzer Körper war angespannt. Auf einmal sah er die goldenen Lichtstrahlen über dem Fluß; er hörte das Spatzenkonzert.

Dann fuhr er herum.

Nikki lag schlafend in Brauns Schaukelstuhl, den Kopf auf dem chintzbezogenem Polster, die langen Wimpern auf den blassen Wangen. Auf Zehenspitzen trat er neben sie und kitzelte sie mit der Feder an der Nase.

Sie öffnete die Augen.

»Ellery! Ich — ich habe geträumt. Einen schrecklichen Traum!«

»Vielleicht bin ich ja völlig verrückt«, unterbrach er sie hastig, »aber ich glaube, ich bin auf etwas gestoßen. Warten Sie hier. Rühren Sie sich nicht vom Fleck.« Und er eilte aus dem Zimmer.

Nach kurzer Zeit kehrte er zurück und brachte eine große Höhensonne an. Er baute sie neben dem Fenster auf und stöpselte sie ein. Ein helles Oval erschien auf dem Teppich.

»Ungefähr hier hat er gelegen«, sagte Ellery mehr zu sich als zu Nikki. »Und sein rechter Arm muß etwa hier ... Nein, aber hier gelegen haben.« Und er deutete auf eine Stelle des Teppichs, nicht weit von dem immer noch vorhandenen Blutfleck entfernt. »Gegen drei muß er gestorben sein. Drei Uhr Sommerzeit, in Wirklichkeit also zwei Uhr. Die Sonne muß also ziemlich hoch gestanden haben. Sie muß auf den Tisch gefallen sein und...« Er stellte die Lampe so, daß sie auf die Stelle fiel, wo die Hand gelegen haben mußte.

Nikki, die überhaupt nicht verstand, was er wollte, sah ihn immer skeptischer an.

»Wollen Sie darauf hinaus, daß Mr. Braun am Sonnenstich gestorben ist?« fragte sie schließlich.

»... und zwar ungefähr in diesem Einfallswinkel«, fuhr Ellery fort, ohne sich um Nikkis Bemerkung zu kümmern. Er zog die Lampe wieder zurück, ohne aber das Lichtoval auf dem Teppich zu verändern. Dann sagte er plötzlich: »Geben Sie mir mal Ihr Armband her.«

Völlig verwirrt nahm sie den glitzernden Armreifen ab und reichte ihn Ellery hin. Er betrachtete die funkelnden Steine.

»Das müßte gehen«, meinte er. »Vielen Dank. Vielleicht bekommen Sie ihn zurück — vielleicht auch nicht.«

»Ich habe zweieinhalb Dollar dafür bezahlt.«

»Da hat man Sie übers Ohr gehauen.« Ellery legte das Armband mitten in das helle Lichtoval auf den Teppich und trat zurück. Funkelnd brach sich das Licht in den geschliffenen Prismen. »Hervorragend, ausgezeichnet.« Er packte Nikki am Arm und zog sie zum Arbeitszimmer hinüber. »Kommen Sie, wir dürfen nicht gesehen werden.«

Hinter der Tür blieb er stehen. »Ruhig jetzt«, befahl er und stellte sich so, daß er das Armband auf dem Schlafzimmerteppich im Auge behalten konnte. »Bewegen Sie sich nicht, egal was passiert.«

»Was machen Sie denn da?« erkundigte sich Flint und trat zu ihnen.

»Pst! Bleiben Sie, wo Sie sind. Und keine Bewegung!«

Sie warteten. Außer dem Gezwitscher der Spatzen im Hickoribaum, dem Ticken der Uhr in Brauns Arbeitszimmer und dem schweren Atmen von Detektiv Flint war kein Laut zu vernehmen.

Tick-tack, tick-tack. Eine Minute verging, zwei Minuten, drei Minuten.

Obwohl sie keine Ahnung hatte, was Ellery plante, war Nikki beinahe noch gespannter als er. Sie sah zu ihm auf. Seine Augen waren auf Brauns Schlafzimmerfenster gerichtet.

Plötzlich hörten die Sperlinge auf zu zwitschern. Die einsetzende Stille hatte etwas Geisterhaftes an sich. Dann hörten sie das Geräusch etlicher kleiner Flügel. Wieder Stille — bis auf das unermüdliche Tick-tack, tick-tack. Im Augenblick, als das Zirpen aufhörte, hatte auch Flints lautes Atmen ausgesetzt. Er schien die Luft anzuhalten.

Wenn jetzt auch noch die Uhr aufhört zu ticken, dann schreie ich, dachte Nikki.

Tick-tack, tick-tack.

Und dann passierte es.

Schwingen zerteilten die Luft, ein erschreckender Laut, der in die Stille schnitt und immer näher kam.

Nikki legte die Hand auf die Türklinke, um sich darauf zu stützen. Auch sie starrte wie gebannt auf das Fenster.

Das flappende Geräusch kam immer näher. Gräßlich nahe. Auf der Außenseite des Eisengitters schlugen die Flügel auf und nieder, streiften dabei die eisernen Stäbe. Dann packten zwei kräftige Klauen zu. Das Geräusch erstarb. Stille.

Ein Schnabel und dann ein ebenholzschwarzer Vogelkopf erschienen zwischen den Stäben. Dann zwängte sich der

Rabe des alten Amos' hindurch und stolzierte auf der inneren Fensterbank umher. Er schüttelte sein Federkleid zurecht und warf den Kopf zurück.

»Kra-kra! Kra-kra!« machte er triumphierend. »Kra-kra!«

Gierig beäugte er das Armband.

Ohne die Knopfaugen von dem blitzenden Ding zu lassen, hüpfte er auf den Tisch, schlug mit den Flügeln und ließ sich auf den Boden fallen. Den Kopf hin und her drehend, bewegte sich der Rabe auf das Armband zu. Dann schoß der Schnabel vor und hackte auf das Schmuckstück los. Es beschrieb einen funkelnden Bogen, fiel in zwei Fuß Entfernung wieder zu Boden und kullerte weiter. Mit der Beweglichkeit einer Katze stieß der Rabe wieder zu. Diesmal packte er es mit den Krallen, als ob er etwas Lebendiges, in Todesangst Fliehendes vor sich hätte.

»Kra-kra!« Der Rabe hatte das Armband jetzt im Schnabel. Die Flügel öffneten sich, als er sich auf die Fensterbank schwang. Dann schlüpfte er wieder durch das Gitter und war gleich darauf in der Luft verschwunden.

Ellery stürzte zum Fenster, Nikki und Flint hinterher.

Der Rabe kreiste jetzt mit ausgebreiteten Schwingen am Himmel. Plötzlich ließ er sich im Sturzflug fallen, fing sich ab und landete mit schlagenden Flügeln auf einem knorrigen Baumstamm. Kurz darauf war er wie durch ein Wunder verschwunden.

»Ich werd' verrückt!« war alles, was Flint herausbrachte.

Nikki klammerte sich an Ellerys Arm.

»Sehen Sie«, flüsterte sie aufgeregt. »Da sind sie! Sie kommen!«

Ellery Queen sah den Wagen die Auffahrt hinauffahren. Velie saß am Steuer, der Inspektor neben ihm. Jetzt hatte das Auto die Piazza erreicht. Ellery packte Nikkis Ellbogen. Er schob sie durch die Tür, über den Korridor und zur hinteren Treppe.

»Laufen Sie, Nikki«, drängte er, als er die Fliegengittertür aufstieß. »Sie dürfen hier nicht gefunden werden. Rennen Sie zu meinem Wagen und warten Sie dort auf mich. Ich komme, so bald ich kann.«

Nikki rannte. Sie rannte gebückt an der Buchsbaumhecke entlang, bis sie im Schatten des Waldes untertauchen konnte — nur um dort etwas Neuem in die Arme zu laufen, das schlimmer war als alles, was sie bisher erlebt hatte.

17

Nachdem Nikki verschwunden war, kehrte Ellery Queen eilig ins Haus zurück. Er lief nach vorne und trat gerade rechtzeitig durch die Vordertür, als der Wagen des Inspektors zum Halten kam.

»Morgen, Dad«, begrüßte er seinen Vater fröhlich und öffnete ihm den Wagenschlag.

Stirnrunzelnd stieg der Inspektor aus.

»Ellery«, sagte er, »ich dachte, du bist zu Hause und schläfst. Ich mag es nicht, wenn du überall, wo ich erscheine, aufkreuzt. Ich hab schon ohne das genug um die Ohren.«

»Damit spielst du wohl auf die Massenflucht der Verdächtigen an.«

»Das tue ich.« Der Inspektor zog ein Taschentuch hervor und schnaubte sich trompetend die Nase. »Zwei Polizisten genügen offenbar nicht, um eine Handvoll Verdächtige zu hüten. Anscheinend braucht man dazu eine ganze Kompanie.«

»Zerbrich dir darum nicht den Kopf, Dad. Du hast die Fahndung nach ihnen ausgelöst, mehr kannst du nicht tun unter den gegebenen Umständen. Was viel wichtiger ist — ich habe das Rätsel um den Mord an Braun gelöst.«

»Was hast du?« Der Inspektor starrte seinen Sohn ungläubig an.

»Der Titel meines nächsten Buches wird ›John Brauns Leiche‹ heißen.«

Sergeant Velie hatte sich mittlerweile aus dem Fahrersitz gehievt und kam um den Wagen herum.

»Ha!« sagte er in Nachahmung von Dr. Prouty. »Ha!«

»Das ist doch nicht dein Ernst, Ellery!«

»Mein voller Ernst, geliebter Vater. Komm mit!« Und er ging ihnen über den Rasen voraus und zu dem alten Hikkoribaum hin.

Dort blieb Ellery stehen und sah hinauf. Über ihm breitete sich die Baumkrone aus. Etwas darunter ragten zwei knorrige Äste aus dem Stamm und darüber war ein dunkles Loch, ausgehöhlt und verrottet von Regen und Wind.

Ellery zog sein Jackett aus und warf es auf den Boden. Dann sprang er hoch und packte einen dicken Ast. Er ächzte unter seinem Gewicht, aber es gelang Ellery, sich hochzustemmen, einen nächsten Zweig zu ergreifen und sich aufzurichten.

»Er könnte glatt im Zirkus auftreten«, meinte Velie. »Ihr Sohn ist wirklich talentiert, Inspektor.«

Inspektor Queen stand da und hatte den Kopf in den Nacken gelegt.

»Was hast du eigentlich vor, Ellery?« fragte er.

Ellery hatte bereits den Arm in das Loch gesteckt. Gleich darauf zog er die Hand zurück, in der er zwei glänzende Gegenstände und ein halbes Dutzend schwarze Federn hielt.

»Bleiben Sie, wo Sie sind, Velie«, rief Ellery und sah auf den direkt unter ihm stehenden Sergeant hinab. »Vielleicht kann ich Ihnen das hier genau in den Schlund fallen lassen.«

Velie sprang zur Seite. Zwei Bierflaschenkapseln fielen neben seinen Füßen zu Boden. Als er sich bückte, um sie aufzunehmen, folgten eine Pinzette, ein gelber Bleistift und ein Jadeohrring nach.

Grinsend blickte der Inspektor in die Höhe.

»Gut gezielt, Sohn. Jetzt zaubere noch das weiße Kaninchen aus deinem Hut, damit wir wieder an unsere Arbeit gehen können.«

Aber Ellery betrachtete gerade etwas, das er in der Hand hielt. Er steckte es in seine Hosentasche und führte den Arm erneut in die Höhlung.

»Was hast du denn da?« erkundigte sich der Inspektor.

»Ein Armband im Wert von zweieinhalb Dollar, das ich seiner Besitzerin zurückgeben möchte. Hier, Velie, fangen Sie!«

Es folgte eine Kette mit bunten Perlen, dann ein halbmondförmiger, brillantenbesetzter Schildpattkamm.

Jerry Ryan, der die drei von der Piazza aus beobachtet hatte, kam eilig über den Rasen zum Hickoribaum.

»Was macht Mr. Queen denn da oben?« fragte er Velie.

»Der Arme ist verrückt geworden. Er spinnt.«

Wieder wandte sich Ellery interessiert einem Gegenstand zu. Die Männer am Boden konnten nur erkennen, daß es etwas Glitzerndes war.

Plötzlich kam Bewegung in die Laubkrone. Mit schlagenden Flügeln ließ sich der Rabe auf einem Zweig in Ellerys Kopfhöhe nieder und äugte auf den Gegenstand in seiner Hand.

»Kra-kra«, machte der Vogel erbost.

»Reg dich nicht auf, Josef«, sagte Ellery und streichelte den Kopf des Vogels.

»Kra-kra«, sagte der Rabe nur und wich der liebkosenden Hand aus.

»Was hast du da?« wollte der Inspektor wissen.

Ellery hielt ihm das glitzernde Ding hin.

»Ein Papiermesser«, verkündete er von seinem Ast aus. »Genauer gesagt, das Papiermesser, mit dem sich John Braun die Kehle durchgeschnitten hat. Hier, fangt, aber vorsichtig mit der Schneide!« Und Ellery warf das Messer hinunter. Es bohrte sich in den Boden, der funkelnde Griff dicht neben Velies Füßen.

»Aber wie ist es in das Loch da gekommen?« fragte Inspektor Queen verwundert.

»Raben sind als diebisch bekannt«, erklärte Ellery, verschränkte die Hände hinter dem Kopf und lehnte sich bequem gegen den Baumstamm. »Und sie haben eine besondere Vorliebe für alles Blanke, Glitzernde. Und Josef ...« fuhr er fort und streichelte erneut den Kopf des Vogels, »... ist in dieser Hinsicht keine Ausnahme. Josef hat das Messer gestohlen, nachdem Braun sich die Gurgel damit durchgeschnitten hatte. Der funkelnde Griff hat ihn gereizt. Josef hat sich durch die Gitterstäbe gezwängt und schamlos den Diebstahl begangen.«

»Ist das die Möglichkeit!« entfuhr es Velie. »Dann hat Braun also Selbstmord begangen? Es gibt also gar keinen Mörder? Ist das die Möglichkeit!«

»Komm runter, Ellery«, rief der Inspektor. »Sonst bekomme ich noch Genickstarre.«

»Sofort, Dad.«

Ellery langte noch ein letztes Mal in Josefs Höhle. Er zauberte einen Umschlag hervor, der mit rotem Wachs versiegelt war, auf dem jetzt eine gelbe Porzellanscherbe klebte. Auf dem Umschlag stand: ›John Brauns letzter Wille‹.

»Was ist das Gelbe da, Ellery?« fragte Velie. »Mann, das darf doch nicht wahr sein«, brachte Ryan hervor. Velie warf ihm einen wütenden Blick zu. Ellery lachte.

»Eine gelbe Scherbe, die Amos aus seiner Grube ausgegraben hat. Wirklich, Dad, ich nehme dich nicht auf den Arm.« Er warf die Scherbe hinunter. »Aber Braun ist trotz allem ermordet worden. Und ich weiß auch, von wem. Der Mörder war ...«

Ryan hatte die gelbe Scherbe aufgehoben und betrachtete sie argwöhnisch.

»Was haben Sie da von dem alten Amos gesagt? Der hat nicht mehr alle Tassen im Schrank. Vorhin ist er ganz närrisch geworden. Kam zu mir angerannt und packte mich am Arm. Sie hätten nur den Blick in seinen Augen sehen sollen. Völlig unzurechnungsfähig! Er sagte, jemand hätte seinen Spaten geklaut, und nun könnte er sein Grab nicht fertig machen.«

»Wann war das?« erkundigte sich Ellery.

»Vor ungefähr fünf Minuten. Er spinnt. Er zerrte mich mit zu dem Grab und behauptete, daß ihm aus dem Erdhaufen plötzlich ein Arm entgegengekommen sei. Haben Sie ihm den Spaten weggenommen, Mr. Queen?«

Ellery Queen landete federnd auf dem Boden. Er packte Jerry Ryan an der Schulter.

»War die Schaufel da oder nicht?« schrie er.

»Was haben Sie denn, Mr. Queen? Natürlich war keine Schaufel da. Ich sagte Ihnen doch, der Alte spinnt. Dann rannte er in den Wald, um den Dieb zu suchen.«

»Dann ist der Mörder jetzt auch im Wald«, sagte Ellery aufgeregt. Und Nikki ... Nikki, dachte er. Er hatte Nikki in den Wald geschickt — zu dem Mörder! Er schnellte herum und sah seinen Vater an. »Dad, du und Velie, ihr fahrt sofort den alten Weg ab, der durch den Wald führt. Er endet ein paar hundert Meter nördlich an der Gun Hill Avenue. Und habt die Revolver parat.« Dann wandte er sich an Ryan. »Sie gehen runter zu den Bahngleisen. Folgen Sie ihnen in nördlicher Richtung, bis Sie zu der Straße gelangen, die durch die Schlucht führt. Wir haben einen Mörder in der Falle. Um Gottes willen, eilt euch!«

»Aber, El«, protestierte der Inspektor. »Wenn Braun Selbstmord begangen hat ...«

»Das schon, aber er ist trotzdem ermordet worden. Der Mörder war ...«

Aus der Ferne tönte plötzlich ein Schrei zu den vier Männern herüber und ließ sie erstarren. Der Schrei schien aus der Schlucht zu kommen.

Ellery Queen lief mit weitausholenden Schritten auf den Wald zu.

»Los, hol deinen Wagen, Dad«, schrie er und rannte weiter.

18

Als Nikki Ellery verlassen hatte, rannte sie an der Buchsbaumhecke entlang, als sei der Teufel hinter ihr her. Erst als sie den schützenden Wald erreicht hatte, verfiel sie endlich in einen langsameren Schritt.

Obwohl sie gewußt hatte, daß der Inspektor zum Santorium unterwegs war, war sie trotzdem so erschrocken durch seine Ankunft, daß ihr die Bedeutung der kleinen Szene — wie sich der Rabe mit ihrem Armband davongemacht hatte — gar nicht aufgegangen war. Jetzt erst erkannte sie die Wahrheit.

So war also das Papiermesser verschwunden — der gräßliche Vogel hatte es gestohlen. Das bedeutete . . . Natürlich! Es war also überhaupt kein Mensch in Brauns Schlafzimmer gewesen. Schließlich gab es nur den einen Ausweg, der durch das Arbeitszimmer führte, und wenn jemand dort gewesen wäre, hätte sie ihn sehen müssen. Also — Mr. Braun hatte Selbstmord begangen. Damit war alles erklärt!

Erleichtert atmete sie auf. Warum rannte sie eigentlich? Wovor lief sie davon? Wie lächerlich. Sie hatte nichts zu fürchten. Sie würden das Messer dort finden, wo es der Rabe hingeschleppt hatte — wahrscheinlich in irgendeinen Baum. Dieser scheußliche Vogel. Wirklich clever von Ellery. Wie war er nur darauf gekommen? Auf diese ausgefallene Idee?

Sie war jedenfalls sicher und frei, ebenso frei wie Josef. Herrlich, sich nicht mehr sorgen und ängstigen zu müssen. Jetzt brauchte sie nicht mehr mit diesem Druck auf der Seele herumzulaufen, überall Augen zu sehen, die sie anglotzten, und Finger, die auf sie zeigten: Die da, die hat's getan!

Die Luft war mild und angenehm. Die Sonne tat gut: warme, helle Strahlen, die schräg durch das grüne Laubwerk fielen und mit den glitzernden Blättern der Pappeln um die Wette lachten. Welche Angst hatte sie in der vergangenen

Nacht noch vor dem Wald gehabt! Vor dem schönen, freundlichen Wald, mit all seinen lustigen Eichhörnchen. So ein Tierchen war ihr über den Fuß gelaufen, wahrscheinlich ängstlicher als sie. Und dann die Fledermäuse. Nun, Fledermäuse waren nicht ganz so hübsch, sie konnten einem ins Haar geraten. Aber die schliefen jetzt wohl, hingen mit ihren Füßen an irgendwelchen Zweigen. Oder wohnten sie in Höhlen? Aber wen interessierte das schon? Sie lachte laut.

Oh, der Wald war grün und frisch und angenehm kühl so am frühen Morgen. Und dabei hatte sie sich in der vergangenen Nacht fest eingebildet, daß irgend jemand sie und Ellery beobachten müsse.

Langsam war sie den gewundenen Waldweg entlanggegangen, die Augen auf dem Boden, um nicht über eine der vielen Wurzeln zu stolpern. Jetzt bückte sie sich, um eine weiße Blüte abzubrechen. Sie duftete süß.

Ja, Ellery war ... Zumindest würde sie ihn nie mehr für, na ja, für einen Dummkopf halten.

Jetzt hatte sie den alten Weg erreicht. Bei Tag war der Weg kaum halb so lang, wie sie ihn in Erinnerung hatte. Es war wirklich schön. Oh –, da war ein Eichhörnchen.

»Komm, hab keine Angst, Dummchen. Ich such' dir eine Nuß.«

Das Tierchen hockte sich auf seine Hinterpfoten, beäugte sie mißtrauisch und lief ein Stückchen weiter. Nikki folgte ihm.

»So komm doch schon her! Ich tu dir auch nichts.«

Lässig hüpfte das Eichhörnchen auf einen Ast und war gleich darauf verschwunden.

Nikki lief um den Baum herum.

Plötzlich erstarrte sie.

Ein Ambulanzwagen.

Mitten auf dem alten Waldweg. Was um alles in der Welt hatte ein Ambulanzwagen hier in der Schlucht zu suchen?

Sie trat näher.

›New York County Hospital‹ las sie auf der Seite des Wagens.

Also tatsächlich ein Krankenwagen. Aber warum hatte er keine Fenster? Und wo war der Fahrer? Vielleicht hatte er sich festgefahren und suchte nun nach Hilfe.

Ja, das mußte es sein. Da am Baum lehnte ein Spaten. Sicher hatte er damit versucht, die Räder wieder freizubekommen.

Nikki trat näher an das Fahrzeug heran und spähte auf den leeren Fahrersitz. Als sie zur Rückseite des Wagens gelangte, blieb sie stehen.

Ja, jemand hatte hier gegraben, aber nicht um die Hinterräder herum. Die standen auf hartem Grund. Neben dem Weg hatte jemand eine tiefe Grube im weichen Waldboden ausgehoben, anderthalb Meter lang und ziemlich tief.

Und die hinteren Türen des Wagens waren geöffnet.

Verängstigt, aber wie von einem inneren Zwang getrieben, sah sie in das Innere des Krankenautos.

Plötzlich fühlte sich ihr Mund und ihre Kehle wie ausgedörrt an. Der Atem stockte ihr.

Sie konnte den Blick nicht von der Gestalt lösen, die da lag – das weiße Gesicht, der verrenkte Körper und die angewinkelten, steifen Finger!

Ein entsetzlicher Anblick. Trotzdem konnte sie den Blick nicht abwenden. Ihre Augen lagen wie erstarrt in den Höhlen, sie schmerzten und brannten.

Sie wollte schreien. Aber kein Laut entrang sich ihren Lippen. Wenn nicht gleich etwas geschah, würde sie den Verstand verlieren. Aber kein Muskel gehorchte ihr. Ihre Kehle war wie gelähmt. Sie mußte schreien – oder wahnsinnig werden.

Irgend jemand hatte aber geschrien. Wer – sie? Das Echo. Das Echo warf den Schrei wieder zurück. Hundert Stimmen schrien ihre Todesangst in die Schlucht hinaus, warum nur nicht sie?

Sie wußte auch, was nun mit ihr geschehen würde. Aber es dauerte so lange. Sie wußte, daß sich harte, muskulöse Finger um ihre Kehle gelegt hatten und nun langsam zudrückten. Langsam, langsam preßten die Finger sich um ihre Gurgel — wie eine Stahlklammer.

Das Bild vor ihren Augen war ausgelöscht — jetzt sah sie keine Leiche mehr; auch das weiße Gesicht war fort. Alles um sie herum begann sich zu drehen.

Jetzt lag sie auf dem Boden; jemand drückte ihr das Gesicht gegen die Erde. Ihre Arme wurden zurückgezerrt, und ein Knie lastete in ihrem Rücken.

Schneller und schneller drehte sich alles, es wurde trüber, dunkler, immer dunkler.

Sie mußte es schnell aufschreiben. Ja, es hieß, man müßte immer alles gleich niederschreiben. Aber sie hatte nichts zu schreiben. Und kein Papier. Ellerys Kugelschreiber leihen? Das ging nicht... Aber wie sollte sie denn sonst schreiben... Sie...

19

Als Ellery Queen über den gewundenen Waldpfad hastete, hörte er, wie ein Motor angelassen wurde. Dreißig Sekunden später hatte er den alten Weg erreicht und konnte einen Blick in die Schlucht werfen, von wo der Laut gekommen war. Er sah die Räderspuren auf dem Boden. Und da, mitten auf dem Weg, lag Nikkis kleiner Strohhut. Wild blickte er sich um.

In zweihundert Meter Entfernung sah er den Ambulanzwagen in Richtung Gun Hill Avenue davonfahren.

Er rannte hinterher, holte auch etwas auf, weil der Wagen auf dem holperigen Weg nicht gut vorwärts kam. Trotzdem erkannte er, daß eine Verfolgung zu Fuß sinnlos war. Ehe er ihn eingeholt hätte, würde das Krankenauto die gepflasterte Straße erreicht haben.

Dem Himmel dankend, daß er seinen eigenen Wagen im Wald gelassen und noch gewendet hatte, warf er sich auf den Fahrersitz, startete und ließ die Kupplung kommen.

Der Wagen sprang vorwärts und holperte wie wahnsinnig über den unebenen Boden. Er gelangte gerade rechtzeitig an die Kurve, um die Ambulanz in die Gun Hill Avenue einbiegen und in nördlicher Richtung davonfahren zu sehen. Als er selber ein paar Sekunden später die gepflasterte Straße erreichte, hatte die Ambulanz einen Vorsprung von einem halben Kilometer. Da ertönte hinter ihm eine Polizeisirene. Im Rückspiegel erkannte er den Dienstwagen seines Vaters. Sie hatten ebenfalls die Verfolgung aufgenommen. Aber würden sie mit dem Tempo mitkommen? Er legte den Daumen auf die Hupe und nahm ihn nicht mehr fort.

Mit einem Blick auf den Tachometer stellte er fest, daß er an Geschwindigkeit gewann. In diesem Wahnsinnstempo würde er aber aus den Kurven getragen werden.

Da lag eine lange Gerade vor ihm. Hundertundzwanzig. Hundertundfünfundzwanzig.

Da, eine Kurve! Bremsen! Bremsen! Hundert, neunzig, achtzig.

Wieder eine Biegung, diesmal aber nicht so scharf. Er trat aufs Gaspedal.

Eine neue Kurve, danach wieder eine längere gerade Strecke.

Er holte auf.

Da vorne eine Brücke! Die Ambulanz raste darüber hinweg. Sekunden später donnerten die Räder von Ellerys Wagen darüber. Eine neue Kurve, ziemlich steil. Plötzlich war die Ambulanz verschwunden, aber er hörte das Kreischen von Bremsen und Rädern. Als er die Biegung durchfahren hatte, sah er den schweren Wagen rechts in einem Seitenweg verschwinden.

Ellery trat das Bremspedal bis zum Boden durch. Er rutschte über die Abfahrt hinweg, setzte zurück und nahm die Verfolgung wieder auf. Mit einem schnellen Blick vergewisserte er sich, daß ihm der Wagen seines Vaters immer noch folgte. Gerade erschien er um die Kurve. Velie saß am Steuer. Ellery hörte das Heulen der Sirene und wußte, daß sie jetzt ebenfalls in den Seitenweg einbogen.

Trotzdem hatte die Ambulanz an Boden gewonnen. Drei endlose Minuten vergingen, bis Ellery den Wagen wieder zu Gesicht bekam. Die Taktik des Fahrers war bewundernswert, mußte Ellery zugeben. Auf der Chaussee hatte die Ambulanz keine Chance, verglichen mit Ellerys schnellem Cadillac. Aber hier, auf dem schlechten Weg mußten beide langsam fahren, wenn sie sich nicht den Hals brechen wollten. Die siebzig Stundenkilometer, die sie fuhren, waren schon riskant genug. Ellery sah, was der Fahrer vor ihm plante. Er lag so weit in Führung, daß Ellery ihn gelegentlich aus den Augen verlieren mußte. Wenn es ihm gelang, in so einem unbeobachteten Moment seitlich abzubiegen, würde Ellery an ihm vorbeischießen ...

Aber jetzt lag wieder eine gerade Strecke vor ihm. Die Ambulanz hatte sie beinahe schon durchfahren und bog um die darauffolgende Kurve. Ellery trat auf das Gaspedal und holte etwas auf; dann mußte er das Tempo aber wieder zurücknehmen. Die Kurve war schärfer, als er erwartet hatte; Ellery mußte sogar noch die Handbremse ziehen, um nicht hinausgetragen zu werden. Einen Augenblick lang fürchtete er schon, er würde die Gewalt über den Wagen verlieren. Nur mit äußerster Kraftanstrengung hielt er ihn auf dem Weg. Die schwere Karosserie geriet ziemlich ins Rutschen, folgte dann aber doch der Steuerung. Zu seinem Entsetzen stellte Ellery fest, daß sich sofort dahinter eine ebenso scharfe Linkskurve anschloß. Die Hinterräder des Cadillac schwebten den Bruchteil einer Sekunde über dem Graben, der sich neben dem Weg entlangzog, dann faßten sie wieder, und der Wagen bog auf den beiden rechten Außenrädern in die Kehre.

In derselben Sekunde erfaßten seine Augen den Ambulanzwagen, der gegen einen Telegrafenmast geprallt und dann in den Graben gerutscht war.

Ehe Ellery den Cadillac zum Stehen gebracht hatte, war er schon dreißig Meter an dem Autowrack vorbei. Er sprang heraus und rannte zur Unglücksstelle. Der Fahrersitz war leer. Sein Blick suchte den Graben ab, in der Annahme, den Mann und Nikki herausgeschleudert und dort liegen zu sehen. Nichts.

Der Fahrer mußte sich rechts in den Wald geschlagen haben. Aber wo war Nikki? Er konnte Nikki doch nicht mitgeschleppt haben! Wie er entkommen war, interessierte Ellery im Augenblick nicht.

Aber Nikki. Nikki!

Plötzlich hörte Ellery einen Motor aufheulen, er sah seinen eigenen Wagen mit einem Satz anfahren und davonrasen.

In dieser Sekunde hörte er die Polizeisirene. Das Auto seines Vaters bog um die Kurve.

Wild gestikulierend deutete Ellery auf den sich entfernenden Cadillac. Er konnte Velies grimmiges Gesicht erkennen und das verstehende Aufleuchten in seines Vaters Augen, als sie an ihm vorbeibrausten. Aber Nikki! Auf einmal begriff er. Er rannte zu der Ambulanz zurück und riß die hintere Wagentür auf.

Neben der Leiche von John Braun lag Nikki Porter.

Er legte die Arme unter die regungslose Gestalt, hob sie heraus und ließ sie sanft auf den Waldboden gleiten. Mit zitternden Händen tastete er nach ihrem Puls . . .

20

Nikki richtete sich langsam auf.

»Nikki!« Vor Erleichterung lachte Ellery laut auf. »Nikki — Sie haben mich halb zu Tode erschreckt!«

Verständnislos sah sie sich um.

»Wo bin ich? Wie bin ich hierher gelangt?«

Ellery erklärte es in aller Eile.

Sie sah den Graben an, dann den Ambulanzwagen.

»Es ist alles so schnell gegangen, Ellery. Er hat mich gewürgt, und ich muß die Besinnung verloren haben.«

»Wie fühlen Sie sich jetzt?«

Sie blinzelte und bewegte sich vorsichtig.

»Ganz gut«, entgegnete sie überrascht. »Tatsächlich, es ist alles in Ordnung.«

Sie versuchte, aufzustehen, und Ellery stützte sie. »Sehen Sie, ich kann schon wieder auf meinen eigenen Beinen stehen«, sagte sie noch etwas zittrig, um dann mit festerer Stimme hinzuzufügen: »Wirklich, Sie brauchen gar nicht solch jämmerliches Gesicht zu machen. Schließlich haben Sie ja nicht versucht, mich zu erwürgen.«

Obwohl sie immer noch blaß war, schien ihre Kraft langsam zurückzukehren.

»Gott sei Dank, daß Sie leben!« sagte er inbrünstig und wunderte sich selber, wie seltsam seine Stimme klang.

»Es ging alles so schnell, Ellery. Ich weiß nicht mal, wer es war.«

»Ist auch im Moment egal, Nikki. Versuchen Sie mal, ob Sie gehen können.« Und er nahm ihren Arm.

»Natürlich kann ich laufen. Ich bin nur kurz ohnmächtig geworden, das ist alles.« Sie schob seine Hand fort, stieg über den Graben und lachte ihn von der anderen Seite her an. »Soll ich Ihnen herüber helfen, Mr. Queen?«

Ellery grinste zurück.

»Da kommt ein Wagen«, sagte er, als er sich auf dem Weg umsah. »Die werden uns mit in die Stadt nehmen können.«

Um Mittag betraten Ellery Queen und Nikki Porter das Gebäude des Polizeihauptquartiers. In dem leeren Warteraum vor seines Vaters Büro bedeutete Ellery ihr, Platz zu nehmen und klopfte an Velies Tür.

»Oh, Sie sind's, Ellery«, sagte Velie und trat zu ihnen heraus.

»Ich möchte Sie mit einer Freundin von mir bekannt machen — Miss Nellie Snodgrass«, sagte Ellery.

»Freut mich, Miss...« Velie hatte den Namen nicht richtig mitbekommen.

»Was gibt's Neues?« erkundigte sich Ellery.

»Brauns Leiche ist nun endlich im Schauhaus gelandet, und Prouty macht sich bereits darüber her.«

»Und sonst?«

»Wer die Ambulanz und Ihren Wagen geklaut hat, wissen wir immer noch nicht, aber das wird sich bald ändern. Ihr Dad will Ihnen die Geschichte selber erzählen, also fragen Sie lieber ihn.«

»Ich bin nicht neugierig«, gab Ellery zurück. »Wollen Sie Dad Bescheid sagen, daß ich hier bin?«

»Klar.« Velie verschwand im Arbeitszimmer des Inspektors. Kurz darauf erschien er wieder und winkte Ellery hinein. Der Inspektor war bester Laune.

»Der Kerl hat uns ganz schön herumgehetzt«, lachte er fröhlich.

»Das kann man wohl sagen«, gab Ellery zu. »Von dem, was Velie sagte, entnehme ich, daß er euch entkommen ist?«

»Nicht ganz.« Der Inspektor zupfte an seinem grauen Schnurrbart. »Dein Cadillac ist schon ein schön schneller Wagen — oder vielmehr — er war es.«

»Was soll das heißen?« fragte Ellery und setzte sich auf. Der Inspektor lachte vor sich hin.

»War er eigentlich versichert?«

»Natürlich.«

»Dann brauchst du dir ja keine Sorgen zu machen.«

»Soll das ein Scherz sein?«

»Keineswegs. Es war sogar sehr ernst, geradezu tragisch. Der Mörder bildete sich ein, mit deinem Wagen davonkommen zu können. Er raste auf den Saw Mill River Parkway zu. Und dann drückte er auf die Tube! Den Hawthorne

Circle durchfuhr er in falscher Richtung — Velie immer hinterher, ich hab beinahe einen Schlaganfall gekriegt. Dann ging's mit hundertundvierzig auf die Bronx Extension in Richtung Poughkeepsie. Plötzlich sah ich auf die Benzinuhr: Wir hatten nur noch wenige Liter drin. Da schrie ich Velie zu, er solle rausholen, was drin war. Als wir ihn bis auf hundert Meter eingeholt hatten, kurbelte ich das Fenster runter und zielte nach seinem rechten Hinterrad. Beim dritten Versuch erwischte ich ihn. Der Cadillac prallte gegen den rechten Bordstein und von dort auf die linke Straßenseite, wie besoffen. Er schaffte es gerade noch bis zur Mitte der Brücke, dort raste er gegen einen Pfeiler. Im nächsten Moment stellte er sich auf den Kopf, bekam das Übergewicht und ging über das Brückengeländer.«

»So was hab ich noch nie im Leben gesehen«, mischte sich Velie ein, der seine Aufregung kaum verhehlen konnte. »Langsam wie im Zeitlupentempo drehte er sich in der Luft. Dann plumpste er ins Wasser — den Aufprall muß man bis hinein nach Battery gehört haben.«

»Ja, das wär's, was ich dir berichten wollte, Ellery«, sagte der Inspektor. »Der Mörder und dein Wagen liegen auf dem Grund des Croton Reservoirs — es sei denn, daß man sie inzwischen rausgefischt hätte.«

»Dann weißt du also immer noch nicht, wer am Steuer gesessen hat?« fragte Ellery lächelnd.

»Das werden wir erfahren, wenn sie den Cadillac an Land gehievt haben, was jede Sekunde geschehen kann«, gab der Inspektor zurück.

»Ich kann es dir auch schon jetzt sagen«, erbot sich Ellery.

»Sie meinen, Sie hätten es erraten?« fragte Velie.

»Still, Velie«, gebot ihm der Inspektor. »Hören wir uns an, was er zu erzählen hat.«

»Eine ganze Menge«, grinste Ellery. »Das auffallendste an der ganzen Geschichte war doch, wie verzweifelt der

Mörder zu verhindern suchte, daß der Tote ins Leichenschauhaus gebracht wurde. Dafür gibt es nur eine Erklärung: Er wollte nicht, daß eine Obduktion gemacht wurde.«

»Das wissen wir doch«, unterbrach ihn Velie. »Außerdem — warum reden Sie von einem Mörder? Braun hat doch Selbstmord begangen.«

»Also schön — warum hat der Leichendieb die Obduktion unterbinden wollen?« fragte Ellery. »Weil diese nämlich etwas sehr Diskriminierendes gegen ihn ergeben hätte. Und was kann das gewesen sein?«

»Ja, was denn?« drängte der Inspektor.

»Nämlich . . .«

Mit lautem Getöse betrat Dr. Prouty den Raum.

»Ha!« brüllte er. »Ihr habt euch also Hacke und Zeh nach einem Mörder abgelaufen, den es überhaupt nicht gibt. Ein klarer Fall von Selbstmord — davon war ich sofort überzeugt, als ich hörte, daß das Messer gefunden worden war. Ich hätte euch gleich den Tip geben können, nur war ich der Meinung, daß ihr ruhig auch mal 'n bißchen was tun könntet — warum soll ich allein wie ein Galeerensträfling schuften? Braun ist verblutet, nachdem er sich die Halsschlagader geritzt hat. Ich habe sonst nichts nachweisen können, was seinen Tod verursacht haben könnte — kein Gift, kein . . .«

»Genau«, sagte Ellery. »Keinen Krebs, keine Metastasen, nicht wahr, Doktor?«

Doc Prouty ließ den Unterkiefer fallen.

»Ja, woher wollen Sie denn das wissen?«

»Um diese Diagnose zu verschleiern — daß Braun also nicht an Krebs gelitten hat —, wurde die Leiche gestohlen. Das ist die einzig logische Erklärung. Übrigens war es doch ein Mord, obwohl die Methode praktisch einzigartig war.

Der Mörder gab Braun zu verstehen, daß er an Krebs litte und einem gräßlichen Ende entgegensehe. Er haßte Braun und kannte ihn genau. Er wußte, daß Braun, der einen wahren Kult mit seinem Körper trieb, sich eher umbringen als langsam und elend dahinsiechen würde. So trieb er Braun in den Selbstmord — ein psychologischer Mord. Klug, was?«

Das Telefon läutete; Inspektor Queen nahm den Hörer auf und führte ihn an sein Ohr. Etwas später legte er ihn wieder zurück.

»Du hattest recht, Sohn«, sagte er grimmig. »Sie haben den Wagen und die Leiche herausgezogen.«

»Seht ihr«, fuhr Ellery fort, »die Röntgenaufnahmen bewiesen nicht nur Braun, sondern auch noch den hinzugezogenen Kollegen, daß es sich um einen Fall von Krebs im fortgeschrittenen Stadium handelte. Diese Röntgenaufnahmen haben gelogen. Vielmehr, sie haben gelogen, was Braun anging. Die Aufnahmen selber waren natürlich echt, stammten aber von einer anderen Person, die tatsächlich an Krebs litt. Der Mörder hat die Platten absichtlich untergeschoben. Der Mann, der das getan hat, war Dr. Jim Rogers, und seine Leiche hat man wohl aus meinem Wagen gezogen, stimmt's, Dad?«

»Stimmt das, Inspektor?« wollte auch Velie wissen.

Inspektor Queen nickte. »Und jetzt erzählst du uns vielleicht, wie du darauf gekommen bist, daß der Rabe das Messer gestohlen und in dem Baum versteckt hat.«

»Weil ich eine Rabenfeder auf der Fensterbank von Brauns Schlafzimmer gefunden habe«, berichtete Ellery. »Ich sah aus dem Fenster und beobachtete, wie ein Rotkehlchen nach einem Wurm pickte und damit davonflog. Dabei mußte ich zufällig an den Raben denken, wie er auf die gelbe Porzellanscherbe herunterstieß, die Amos ausgegraben hatte. Außerdem hatte er sich mächtig für die goldene Kappe meines Füllhalters interessiert.«

Wieder läutete das Telefon.

Nach einer Weile sagte der Inspektor: »Nein, Sie können Rocky Taylor und die Mullins, oder vielmehr Mr. und Mrs. Taylor freilassen, Zachary aber nicht. Er wird wegen Unterschlagung gesucht . . . Vierzigtausend?« Der Inspektor gab einen Pfiff von sich. »Nicht schlecht.« Damit legte er auf.

»Sie haben Rocky und Cornelia im Stadthaus aufgegriffen«, erzählte er. »Sie hatten eben geheiratet. Und Zachary wollte nach Chicago abdampfen, unsere Leute haben ihn am Grand Central erwischt. Er hatte vierzigtausend Dollar in bar bei sich — zweifellos Geld, das er Braun unterschlagen hat. Aus den Büchern, die er verbrennen wollte, ging hervor, daß er seit Jahren krumme Sachen gemacht hat. So, damit wäre der Fall wohl geklärt, bis auf . . .« Er wandte sich an den Sergeant. »Velie, sorgen Sie dafür, daß der Fahndungsbefehl für Miss Nikki Porter zurückgezogen wird.«

»Dann brauchst du Miss Porter also nicht mehr, Dad?« fragte Ellery schläfrig.

»Ich gebe zu, daß du recht hattest, Sohn. Es liegt nichts gegen das Mädchen vor.«

»Auch nicht zwei verbrannte Steaks?«

»Was soll das, Ellery?« Die buschigen grauen Augenbrauen des Inspektors fuhren in die Höhe.

»Ach, nur eine witzige Bemerkung, Dad.«

»A propos witzige Bemerkungen«, sagte der Inspektor. »Was hast du da gesagt, als du unter dem Hickoribaum standest und etwas in die Tasche stecktest? So ähnlich wie — du wolltest es dem rechtmäßigen Eigentümer zurückgeben, oder?«

»Gut, daß du mich daran erinnerst, Dad«, sagte Ellery. Er ging in das Wartezimmer zurück und händigte Nikki ihr Armband aus.

»Da haben Sie es zurück«, sagte er. »Ich bin gleich wieder bei Ihnen.«

Als er in das Arbeitszimmer seines Vaters zurückkehrte, ließ er absichtlich die Tür weit offen. Erstaunt sah der Inspektor zu Nikki hinüber.

»Was macht Nellie denn hier?« brüllte er. »Ich hab dir doch gesagt, du solltest sie an die Luft setzen.«

»Sie bittet dich, es doch noch einmal mit ihr zu versuchen.«

Die Augen des Inspektors leuchteten auf. Er streifte seinen Sohn mit einem scharfen Blick und begann, sich mit seiner Post zu beschäftigen. Nach ein paar Sekunden hatte er gefunden, was er suchte. Er riß einen Umschlag auf, der den Poststempel Rochester, New York, trug und zog ein Bild von Nikki Porter hervor.

»Aha«, sagte er schließlich. »So weit ist es also schon gekommen. Mein Sohn, mein eigen Fleisch und Blut, verbirgt einen polizeilich gesuchten Flüchtling in meiner Wohnung. Darum warst du also neulich morgen so nervös. Und darum hast du auf der Couch geschlafen. Ellery, wenn du nicht schon erwachsen wärst, dann würde ich dir eins hinter die Ohren geben.«

»Das möchte ich gern erleben«, sagte Doc Prouty.

Sergeant Velies Mund blieb halb offen stehen.

»Und so was nennt sich nun Dankbarkeit«, meinte Ellery traurig. »Ich verhindere, daß du dich lächerlich machst, indem du die falsche Person verhaftest, und das ist nun der Dank dafür!« Er seufzte. »Na schön, Dad, reden wir nicht mehr davon. Dann bis heute abend. Und vergiß nicht — wir essen auswärts!«

Diesmal schloß er sorgfältig die Tür hinter sich.

21

Ellery Queen hatte es so lange hinausgeschoben, Nikki den Namen des Mörders zu nennen, bis er die positive Bestätigung für Dr. Rogers' Schuld erhalten hatte. Er war sich bewußt, daß diese Nachricht wegen ihrer Freundschaft zu Barbara ein Schock für sie sein müsse.

Nachdem er es ihr endlich erzählt hatte und sie zusammen über die Centre Street in Richtung Broome liefen, sagte er: »Ich weiß, wie Ihnen zu Mute ist, Nikki. Aber es wäre noch schlimmer gewesen, wenn Barbara ihn vorher geheiratet hätte. Man muß es von dem Gesichtspunkt aus betrachten, daß sie noch so eben davongekommen ist. Wenn sie den Schock erst überwunden hat, wird sie dankbar sein.«

Nikki war derselben Meinung.

»Schließlich ist ein Mörder letzten Endes immer auch ein Psychopath«, fuhr Ellery fort. »Vielleicht hat er sie wirklich geliebt, vielleicht auch nicht. Das werden wir nie mehr erfahren.«

Das Mädchen nickte, ohne die Augen zu heben. Es hatte Ellerys Arm ergriffen und hielt den Blick beim Gehen auf die Straße gesenkt.

»Ich nehme an, die Tatsache, wie schlecht Braun seine eigene Tochter behandelt hat, hat mit dazu beigetragen, den Plan in Rogers reifen zu lassen. Das Schlimme daran ist nur, daß es sich um eine absolut vorsätzliche Tat handelt. Er hat Braun nicht im aufwallenden Zorn umgebracht, sondern diesen Selbstmord-Mord kaltblütig geplant. Barbara kann dankbar sein; dieses Ende war für alle Beteiligten das beste. Wenn man ihn gefaßt und vor Gericht gestellt hätte, wie furchtbar wäre das für Ihre Freundin gewesen.«

Ellery winkte ein Taxi herbei, half Nikki hinein und gab die Adresse des Queen'schen Apartments an.

»Warum fahren wir denn zu Ihnen?« erkundigte sich Nikki.

»Um Ihre Reisetasche abzuholen, oder haben Sie die schon vergessen? Hinterher bringe ich Sie nach Hause.«

Ellery schloß die Tür zu seiner Wohnung auf. Nikki folgte ihm über den Flur zu seinem Arbeitszimmer.

Nachdenklich sah sie sich in dem unordentlichen Raum um, dann ging sie zu seinem Schreibtisch und zog das Teil eines gebrauchten Fahrradschlauches zwischen den Seiten seines Manuskripts heraus.

»Wozu brauchen Sie das Ding?« erkundigte sie sich.

»Weiß nicht«, entgegnete er geistesabwesend. »Ein Erinnerungsstück an einen alten Fall. Es schadet doch niemandem.«

»Hier ist Ihre Pfeife«, sagte sie und zauberte sie aus dem Pantoffel hervor, der neben der Schreibmaschine lag. »Schmeckt Ihnen der Stiel eigentlich so gut, daß Sie ihn halb aufknabbern müssen?«

Ellery schien ihre Frage nicht gehört zu haben. Gedankenverloren starrte er auf die blaue Bodenvase.

Nikki sah sich bekümmert um und seufzte.

»Unglaublich, diese Unordnung.«

Plötzlich setzte sich Ellery gerade und sah sie an. »Nikki?«

»Ja?«

»Was beabsichtigen Sie jetzt zu tun?«

Nikki blieb sehr ruhig stehen.

»Ich werde meine Arbeit wieder aufnehmen«, entgegnete sie leise.

»Was für eine Arbeit?« fragte Ellery verwundert.

»Meine Schreiberei. Ich habe ein neues Buch angefangen.«

»Wirklich? Was für eins denn?«

»Einen Kriminalroman.«

»Fein«, lächelte er. »Wann haben Sie denn damit angefangen?«

»Als ich auf Sie gewartet habe.«

»Sie meinen, vorhin im Hauptquartier?«

»Ganz recht.«

»Zeigen Sie mal her.«

Sie reichte ihm einen Bogen Papier, der ganz mit ihrer kleinen Schrift bedeckt war.

Ellery las: ›Mr. Ellery Queen saß vor seinem wuchtigen Schreibtisch. Die Wände seines Arbeitszimmers waren mit kostbaren Büchern in ebenso kostbaren Einbänden vollgestellt. Auf dem Schreibtisch, neben dem großen Buch, in das er gerade vertieft war, standen nur drei Telefonapparate, ein Diktograph und ein Radio.

»Damit meinen Sie wohl ein Diktaphon?« fragte Ellery lächelnd.

Nikki grinste.

»Die beiden Dinger kann ich nie auseinanderhalten.«

Ellery fuhr in seiner Lektüre fort: ›An diesem Morgen — wie üblich trug er seinen frisch gebügelten Hausmantel — war Mr. Queen in einen ledergebundenen Band von Francis Bacons Novum Organum vertieft, eine Erstausgabe aus dem Jahre 1620. Auf der feingeschwungenen, aristokratischen Nase von Ellery Queen wippte ein Pincenez . . .‹

»Aber doch kein Pincenez! Wollen Sie mich denn unbedingt als altmodischen Spießer hinstellen?«

Nikki betrachtete ihn kritisch.

»Es stünde Ihnen aber gut«, meinte sie dann.

»›Ah‹, murmelte Mr. Ellery Queen, als er einen Zug aus seiner langen schwarzen Zigarre nahm.« Ellery legte das Blatt empört nieder.

»Nie im Leben habe ich Zigarren geraucht«, protestierte er. »Zigaretten oder auch eine Pfeife, aber . . .«

»Aber, Ellery«, widersprach Nikki mit aufgerissenen Augen. »Sie glauben doch nicht, daß die Leute wirklich wissen wollen, wie Sie leben?«

Ellery sah ihr tief in die dunklen Augen. Kein Wunder, daß er all diese Dummheiten ihretwegen begangen hatte.

»Nikki?«

»Ja?«

Er ergriff ihre beiden Hände.

»Nikki, ich . . .« Er unterbrach sich.

»Was ist, Ellery?« Ihr Atem ging etwas schneller.

Ihre Augen waren auf einmal sehr ernst. Wie groß sie waren! Wie dunkel! Wunderschöne Augen.

»Ich weiß, ich habe nicht das Recht zu fragen . . .«

»Ja?«

»Wollen Sie . . .«

»Ja?«

»Wollen Sie meine . . .«

»Ja? Ja, Ellery?«

»Wollen Sie meine — Sekretärin werden?«